AMERICAN
Evolutionary Perspectives
CLASSICS

アメリカン・クラシックス

進化論的視座から読むアメリカの古典

ジュディス・P・サンダース 著

小沢 茂 訳

風媒社

アメリカン・クラシックス

目次

序論

この論集に収められた論考はいずれも、アメリカの文学的伝統に属するいくつかの作品を進化論批評の見地から分析している。所与のテクストの鍵となる特徴を分析する際の学際的な枠組みを構築し、評価の高い古典的作品に対して新しい光を当てるとともに、進化論批評の方法論へのわかりやすい入門ともなるよう心がけた。展開されている主張を理解するために進化生物学の専門的な知識は必要ない。基本的な用語や概念は関連する科学的研究結果とともに逐次説明しているし、用語集も付してある。議論の中では進化論的な分析と、プロット、舞台設定、トーン、テーマ、メタファ、シンボル、性格付け、視点などといった文学的要素の分析が統合されている。それぞれのテクストの先行研究も随時紹介し、進化論批評が他の批評的アプローチから得た知見を豊かにしたり、その誤りを正したり、再構築したりできることを例証している。

全体に一貫する前提としては、文学作品は進化の結果獲得された人間の本性（human nature）の普遍的特質を反映し、またそれに影響を与える、というものである。文学というものはジャンルを問わず、人間と文化的・物理的環境との関係を扱い、直接的・間接的な形で生殖を動機とする行動を表現するものである。登場人物は配偶者、資源、地位を求めて競争し、欲望、嫉妬心、妬み、復讐心などがその行動の源泉となる。彼らは協力的ないし敵対的な戦略をとり、相手に対して時に誠実な、時に不誠実な対応をする。こうした人類の適応度を上げるための行動は必然的に人類の芸術表現の中に見いだすことができる。文学という「ごっこ遊び」の闘技場においては、登場人物たちは現実世界を模した選択肢や困難に直面し、そうすることで読者はさまざまな行動を「リハーサル」し、社会の複雑さについて思いを巡らし、〔登場人物の〕架空の人生を精査することができるのである。問題解決から欲求の充足に至るまで、芸術は一貫して人間の深い関心を反映しているが、中でも顕著なものは人間が置かれた条件への関心そのものだ。文学は一種のフォーラムとして機能する。そこでは書き手も読み手も自らの存在を抑制するさまざまな力を検討し、称賛し、問いかけ、そして克服しようとするのである。物語も詩も演劇も、自分自身の精神的・感情的プロセスの作用を知覚し評価しうるに足る知性を有した動物の心理を魅惑的に垣間見せてくれる。個々のテクストは単に進化の結果として得られた適応の作用を例証するだけでなく、このような適応が特定の環境的文脈においてどのように機能するのかを精査しているのである。進化そのものが芸術の材料であると言いうるかもしれない。というのも人類の苦境という中核的な喜劇、アイロニー、そして悲劇を作り出したのは進化だからだ。

チャールズ・ダーウィンの著作と、彼に続く遺伝子学、行動科学、認知科学の研究が、人間のコミュニケーション、哲学、そして美学の適応という視点からの研究の基盤となっている。進化論批評は比較的歴史の浅い批評理論ではあるが、学際的な試みとしては急速に成長している分野だ。音楽、絵画、演劇、物語、詩を進化論の視点から分析するための理論的基盤は、斯界の主な論客だけに言及するにしてもエレン・ディサナヤケ、エドワード・O・ウィルソン、ジョセフ・キャロル、ロバート・ストーリー、ブライアン・ボイド、ミシェル・スギヤマ、ブレイキー・ヴァーミュール、リサ・ザンシャイン、ナンシー・イースターリンなどの数多くの美学者や批評家によって確立されてきている。進化論批評の歴史的理論的基盤になじみのない読者はこうした理論家の著作を一読されたい。彼らは進化論の考え方が芸術を説明する際に効果的に用いられると論じており[1]、芸術の適応的価値や、韻文・物語の形式の認知的基盤などを俎上にあげている。そうした理論が確立されるやいなや、すぐにさまざまな実践的分析が行われるようになった。さまざまな国の、さまざまな言語で書かれた作品を分析して、進化論批評の研究者たちはこの数十年の間に、進化心理学的に作品を分析することで誤った読み方を修正し、曖昧なテクストの意味を明瞭にすることができると証拠立て、美的なデザインと社会心理学的な重要性についての長年の理解をより洗練されたものへと再構築してきた。[2] 作品の登場人物の行動が果たして適応的——換言すれば、遺伝子の次世代への引き継ぎを直接的ないし間接的に促進する——であるのか、いつ適応的になるのか、どのような点で適応的といえるのか、と問うことによって、正典となったテクストを決定的に新しい光のもとで見ることができる。進化論批評による分析はポスト構造主義の前提や実践にかわって新たな示唆をもたらしてくれるであろう。

本書で使用する方法論は個々の作家がチャールズ・ダーウィンの概念をどう読み、解釈したかということではなく、現在の進化生物学で主流となっている理論や研究に基づいている。一八五九年以降に創作を行っている作家たちは確かにダーウィンの著作を読む機会があり、結果として彼の理論についての議論を耳にする機会もあったろう。ダーウィン以前にも化石の記録や種の絶滅といった話題を取り上げた科学者は存在したし、『種の起源』の出版以前に創作を行った多くの作家たちは、進化についてのダーウィン以前の概念に触れることができた。多くの伝記作家たちや批評家たちは文壇の大物たちがダーウィンとその先駆者、解釈者、擁護者、攻撃者の思考とどうかかわってきたのかを探っている。たとえばバート・ベンダーは十九世紀末から二十世紀初頭にかけてのアメリカの作家たちがその当時のダーウィン主義に親しんでいたことを分析し、そのような「さまざまな作家たちが進化論に取り組んでいた」[3]としている。そのような歴史的、伝記的問題はそれ自体としては興味深く価値あることなのだが、本書の目的とするところではない。進化論批評は作家が進化生物学に関する知識を有してはじめて成立するというものではないし、作家が時代遅れの、あるいは誤った〈進化論の〉解釈をしたとしてもその価値を減ずるものではない。進化心理学が強く示すように、実際に「普遍的な人間の本性」が存在するのならば――つまり、もし「我々の思考、感情、行動が」何百年もかけて進化してきた「心理的適応の産物である」ならば――作家が進化論の概念やテーマに意識的に焦点を当てようと当てていまいと、そうした人間本性が文学作品内でどのように表現されているかは進化論の見地から分析してしかるべきである。[4] 進化論批評の中核となる原則は、文学は必然的に「適応の結果とした生じた精神の特徴と構造を反映している」というものだ。[5]

本書で扱う十二の作品は年代順にベンジャミン・フランクリンからビリー・コリンズに及び、有名なアメリカの作家やテクストの広汎なサンプルとなっている。正典を構成する作品が何かについての概念は常に変動するものであるばかりでなく、多くの作品を割愛せざるをえなかったから、この「サンプリング」が誰にも受け容れられると言うつもりはない。一冊の論文集でアメリカ文学の有名な傑作すべてを扱うなどということはどだい無理な話だ。（なぜソローであってエマソンでないのか。ホーソンであってメルヴィルでないのか。トウェインであってジェイムズではないのか〔といった疑問は当然あるだろう〕）。これらの作品群の選択はある程度まで恣意的で偶発的なものであった。別の時期に別の本で取り上げるならば、また異なるものになったであろう。心に引っかかっているのはここで取り上げられなかった作品である。取り上げた作品群はどれもよく読まれ、高い評価を受け、教材としても用いられており、研究も多くなされている。唯一例外なのはビリー・コリンズで、彼は成功した現代作家であるが、その詩作品はまだ歴史の法廷で裁かれていない。彼の作品を選んだのは前向きな思考からで、伝統とは絶え間なく生成されるものだという認識がその背後にある。

正典としての地位を得ていることに加え、作品を選ぶ際に考慮したのは、適応に関する幅広い関心を例証するという目的である。それぞれの論文は明確に定義されたトピックないし一連のトピックに焦点を当てており、それはおのおのの文学作品の核心に見られるものである（トピックの例としては、縁故主義、配偶者の防衛、互恵的利他主義、欺きと不正等が挙げられる）。わたしは、所与のひとつのテクスト内にあらゆる進化論的関心事を見ようとするのではなく、もっとも重要ないくつかの点を取り上げて精査しようとした。トピックの中には他のものよりも重点的に扱ったものもあるから、各論文の長さは一定ではない。それぞれの論文は主張も参考文献もそれぞれ独立しているから、関心のあるものを選んで読んでいただくことができるだろう。この論集はアメリカ文学という括りでは一貫しているけれども、アメリカの文学伝統の本質やその展開について全体を統一する主張があるわけではない。進化論批評という方法論が全体を一貫して流れる要素である。適応度を上げるためのさまざまな動機や行動に焦点を当てることで、それぞれの論文は虚構の人物や状況に対して読者がどのように反応するのか、そうした反応はなぜ生じるのかを論じている。この論文集全体は、文学の目的、効果、価値は何か、という基本的な問題に取り組もうとするものである。

注

1　たとえば Ellen Dissanayake, *What Is Art For?* (Seattle: University of Washington Press, 1988) や *Homo Aestheticus: Where Art Comes From and Why* (Seattle: University of Washington Press, 1992); Edward O. Wilson, *Consilience: The Unity of Knowledge* (New York: Alfred A. Knopf, 1998); Joseph Carroll, *Evolution and Literary Theory* (Columbia: University of Missouri Press, 1995) や *Literary Darwinism: Evolution, Human Nature, and Literature* (New York and London: Routledge,

2004), "An Evolutionary Paradigm for Literary Study, with Two Sequels," *in Reading Human Nature: Literary Darwinism in Theory and Practice* (Albany: State University of New York Press, 2011); Robert Storey, *Mimesis and the Human Animal: On the Biogenetic Foundations of Literary Representation* (Evanston, IL: Northwestern University Press, 1996); Brian Boyd, *On the Origin of Stories: Evolution, Cognition, and Fiction* (Cambridge, MA and London: Harvard University Press, 2009); Michelle Scalise Sugiyama, "Reverse-Engineering Narrative: Evidence of Special Design," in *The Literary Animal: Evolution and the Nature of Narrative*, ed. Jonathan Gottschall and David Sloan Wilson (Evanston, IL: Northwestern University Press, 2005); Blakey Vermeule, *Why Do We Care about Literary Characters?* (Baltimore, MD: Johns Hopkins University Press, 2010); Lisa Zunshine, *Why We Read Fiction: Theory of Mind and the Novel* (Columbus: Ohio State University Press, 2006); Nancy Easterlin, *A Biocultural Approach to Literary Theory and Interpretation* (Baltimore, MD: Johns Hopkins University Press, 2012). などを参照されたい。

2　進化論批評を実践している書物や論文はあまりにも多いのでここですべてを紹介することはできない。ジョセフ・キャロルは "An Evolutionary Paradigm for Literary Study" で先行研究について網羅的に述べている。また、*Style* 誌の特別号も出発点としてはなかなかよい。アメリカ、フランス、ロシア、英国の文学作品に対する進化論批評の実践を特集したものだ。"Applied Evolutionary Criticism," ed. Brett Cooke and Clinton Machann, *Style* 46, special issue, no. 3-4 (2012) を参照されたい。さらに詳しく知りたい場合は *Evolution, Literature, and Film: A Reader*, ed. Brian Boyd, Joseph Carroll, and Jonathan Gottschall (New York: Columbia University Press, 2010) の Part IV("Interpretation") にすぐれた例を見ることができる。

3　Bert Bender, *Evolution and "the Sex Problem": American Narratives during the Eclipse of Darwinism* (Kent, OH and London: Kent State University Press, 2004), 232. これ以前の彼の著作 *The Descent of Love: Darwin and the Theory of Sexual Selection in American Fiction, 1871-1926* (Philadelphia: University of Pennsylvania Press, 1996) も参照されたい。

4　John Tooby and Leda Cosmides,"Conceptual Foundations of Evolutionary Psychology,"in *The Handbook of Evolutionary Psychology, ed. David M. Buss* (Hoboken, NJ: John Wiley and Sons, 2005), 5.

5 Joseph Carroll, "Literature and Evolutionary Psychology," in *The Handbook of Evolutionary Psychology, ed. David M. Buss* (Hoboken, NJ: John Wiley and Sons, 2005), 936.

第一章
ベンジャミン・フランクリン自伝：社会的動物のサクセスストーリー

ベンジャミン・フランクリンの『自伝』は、成功した人生の模範的モデルとして書かれ、その後何世代にもわたる読者によってそのように受け取られてきたが、このテクストには適応という観点から見てきわめて重要な目的や戦略が示されている。これは特定の時代と場所において、人類が直面する普遍的な問題と格闘したひとりの個人のストーリーである。フランクリンは時代の人であったが、『自伝』に書かれたその生き様はあらゆる時代に共通する要素を含んでいる。フランクリンがたぐいまれなるキャリアを積み上げることができたのは、彼が十八世紀の英国の植民地時代のアメリカという環境をするどく洞察し、巧妙にその期待にこたえ、チャンスをものにする能力があったからにほかならない。富と地位こそが人間の苦闘の多くを動機づける目標であるという前提にはじまり、彼は読者に、いかにして自分が「富裕」（Affluence）と「評判」（Reputation）を得てきたかを順を追って提示している。[1] したがって、フランクリンは自分の個人的な関心事に焦点を当てているにもかかわらず、人間のコミュニティという枠組みの中で個人的な目標がどのように達成されうるかを示しているのである。だからフランクリンの用いた楽天的なほど向社会的な人間モデルにおいては、利己性と利他性の境界が揺らいでいく傾向がある。彼は自分自身をきわめて効率的な社会的動物であると表現しており、この点で彼に異論を差し挟む余地はない。フランクリンは互恵的利他主義の原則を直観的洞察力と実践的スキルをもって用いている。彼は複雑な支配の階層構造の中をうまく泳ぎ回り、成功の核心となる要素として協力を挙げ、自己の利益と集団の利益とは不可分に結びついていることを読者に利益を与える形で繰り返し提示する。

およそあらゆる自伝的作品と同様、フランクリンの著作も作者の経験という「多様な材料を取捨選択し、脚色して」書かれている。彼の伝記作家のひとりが述べたように、この『自伝』は「精巧なフィクションであり、個々のディテールにおいては正確であるが全体としては必ずしも事実と一致するものではない」。回想録というものは必然的に「記憶を一定の型にあてはめる」ものであり、その結果「描写の対象となる人生を歪曲」[2] するものだ。実際のところ、自伝が魅力的であるのは、単なる描写以上のものを提供してくれ、出来事の年代記に分析や評価が加わるからである。フランクリン研究の第一人者のひとりJ・A・レオ・リーメイはフランクリンの自伝を「一大文学作品であり、見事に構成された小説よりも複雑で、多くの点でより芸術的だ」[3] としている。他の文学者たち同様、フランクリンは「世界を理解し、使用可能なモデルを構築しようとした」[4]。フランクリンの実際の人生を生物社会学的に分析することも可能だが、それは自伝に書かれた彼の人生の分析から得られる結果とは少なくともいくつかの点で異なったものになるだろう。事実、『自伝』に対する二十世紀になされた研究の大半は、実人生と自伝の事実がいかに齟齬をきたしているかに焦点を当てている。たとえばフランシス・ジェニングスはフランクリンの生涯を詳細に、「きわめて修正主義的に」分析している。[5]本論の以下の分析は『自伝』を意図的なデザインと能動的な解釈の産物であるとして扱う。換言すれば『自伝』は、人間の本性と社会的共同体に関する作者の考えを伝える器なのである。「子孫」(Posterity)〔1〕〔松本・西川 8〕のためにフランクリンが意図的に織り上げた、彼による彼自身の人生においては、作者の主張と事実とが相違しているかもしれないが、それは（省略によるものであれ潤色によるものであれ）そこで取りあげられている進化論的な問題の洞察を損なうものではない。

フランクリンは自らの野心を自己批判したり偽装したり否定したりすることがない。自己正当化には全くエネルギーを費やしていないのである。たとえば彼は富や地位が欲しいわけではなかった、それらは知的、倫理的ないし霊的な探究の副産物に過ぎない、などと弁明することはない。フランクリンは地位や富を意図的に追い求めるべき、疑いもなく価値のある目的であるとして提示している。[6]金持ちの権力者になることには何のデメリットもないと認め、自分が富と地位を得たことにプライドを持っていることを隠そうともしない。物質的な豊かさと社会的地位に適応的な価値があることは社会学的、人類学的研究でくり返し示されてきた。[7]人間が子どもをうまく養育するためには資源が必要不可欠である。というのも人間の子どもは長い間親に依存し、物理的、社会的な世界で生き抜くためのしばしば複雑なスキルを教えてもらう必要があるからだ。結果的に、デーヴィッド・M・バスが指摘するように、「資源を提供してくれる雄を選ぶ雌の志向が進化したのはもっとも古い適応であったかもしれない。これが雌が雄を選ぶときの普遍的な基盤となっている」[8]ということになる。財やサービスを得る権利はかなりの程度において地位に依存しているし、支配権を求めるということになるとたいていの場合、富を蓄積する努力もしなければならない。配偶者を求める女性は相手の男性が現に有している資源だけでなく、コミュニティにおける彼の立場と、将来占めるであろう地位にも敏感に反応し、「集団の権力と影響力の階層ピラミッドを駆け上がっていく強い傾向」[9]を示す男性を求める。そのような男性は自らの所属集団で経済的に成功し、子孫と配偶者を長い間じゅうぶんに養育できる可能性が高い。

「富裕」(Affluence)と「評判」(Reputation)を得るという自らの野心を記述する際、フランクリンはその動機が配偶者獲得の可能性を高めることだとは書いていないし、またわれわれも彼がそうした表現をすることを期待する必要もない(1)。人間の進化の歴史を通して選択されてきたため、資源を獲得し高い地位に昇ろうとする傾向は、それが適応度の点でいかなるメリットがあるのか意識的に考えようとしなくても人間の行動に強い影響を与えるのである。フランクリンの野心は究極要因に対する至近要因を説明したものだ。富と権力は一般的に、遺伝子を次世代に引き継ぐ確率の向上につながるのである。これはフランクリンが自らの〔富と権力という〕目的がもたらす究極の進化論的機能を明示していようといまいと、否定することはできない。さらにフランクリンは、富と権力がいかなる場合でも望ましいと当然視することによって、人間の努力において富と権力が基本的な重要性を占めることを十分認識している。彼は自伝を息子への手紙という形で書くことで、遺伝子の連続がこのテクストの中心にあることを暗示している。自伝の冒頭部分では、家系がいかに重要であるかが記されている。人間ならば誰でも祖先について知りたいと思い、そして現在の世代について子孫に伝えたいと思うだろう、と強調しているのだ。そこで、自らの「子孫」が、いかにして彼が人生で成功したかを「知りたいものだと思うことだろう」〔松本・西川 8〕と確信するのである（1）。フランクリンは数ページを費やして自らの家族の歴史を語り、自分自身と子孫とを先行する世代との関連で位置づけようとする。彼はとりわけ、自らの伯父のひとりがきわめて「利発な」〔松本・西川 12〕人物で、「公証人の資格をとることができ、州でもなかなかの人物」（3）〔松本・西川 12〕となったことを誇りに思っていた。フランクリンが、自らのもっともすぐれた資質と考えるものが既に家系の中に存在していたことに興味を持ち、喜ばしく思っていることは明白である。彼は個人的な気質が「生れ変り」（Transmigration）〔松本・西川 12〕をするのかもしれない、と冗談めかして書いている（3）が、これは「実に珍しい」〔松本・西川 12〕〔伯父と自分との気質の〕類似を遺伝学の見地から表現したものと考えてよい。

　自伝の中に散見される、家系への他の言及もまた、血縁の重要性を間接的に裏付けている。たとえばフランクリンは幼い息子を天然痘でなくしたときの悲しみに触れ、その機会を利用して他の親たちに予防接種の必要性について忠告している。彼にとっては、あらゆる親が子どもの死を「ひどく」悲しみ、子どもたちに害が及ばないように行動することは当然であった（83）。またフランクリンは兄ジェイムズの死後、彼の息子を実業界でひとかどの人物になるよう教育したことについても記している。フランクリンはこの行動が兄への〔徒弟期間を全うしなかったことへの〕「償い」〔松本・西川 187〕であると書いているけれども、甥に対してこのように好意的に振る舞ったのは明らかに縁故主義（nepotism）の例である（83）。年少の血縁者が成功するのを助けることで、フランクリン自身も利益を得ている。包括適応度が最大化されるからだ。つまり、甥と自分が共有する遺伝子が次世代に受け継がれる可能性を高めているのである。彼はここでも、自らが人間の努力にいかなる生物学的な裏付けがあるかを暗黙のうちに認識していることを示している。

　フランクリンは自伝を書く際、自らの成功を記し、それを成し遂げる際に「取り用いた有益な手段」〔松本・西川 8〕を紹介するのに膨大なエネルギーを費やしている（1）。[10] 彼は繰り返し、富を得るのには「勤勉と節倹」〔松本・西川 53〕が重要だと強調する（74, 78, 79）。フランクリンが経済的な安定を得るために進んで働き、支出を最小限に抑えようとしたことを例証する挿話は枚挙にいとまがない。同時に彼は長期にわたって計画を立てる必要性にも触れている。勤勉と倹約の習慣のおかげで彼は豊かさを手に入れたが、それは人生の節目節目で明確な目標、つまり学習し、ライティングの能力を高め、起業する、という目標を立てていたからである。時とともにその目標はさまざまな方向に拡大していった。たとえば科学研究に多大な貢献をする、コミュニティの強力なリーダーとなる、「道徳的完成」〔松本・西川 156〕に到達する、などである（66）。目的を持ち、それを達成する、ということが『自伝』のライトモティーフになっている。さらに、「勤勉と節倹」だけでは十分でなく、適切な能力も備えていなければならない、とフランクリンは言う。高いレヴェルのスキル（報道人、文章家、管理職としての）が、自分の出版社を所有するという実績の鍵であると彼は実証している。出版社を設立した後も、フランクリンはその有能ぶりを発揮して利益になる仕事を受注し、需要を高めた。同様に、文章家として注意深くスキルを磨き上げたために彼の新聞や暦は人気となり、その結果彼は経済的繁栄を瞬く間に達成することができた。

要約すれば、フランクリンはたぐいまれなるスキル、勤勉な労働習慣、倹約的なライフスタイルを強い野心と健全な計画と併せて用いたのである。こうした高い価値ある資質の組み合わせを発達させ維持することによって、彼は「持続的な資源獲得」と世界的に関連付けられている傾向を示している。バスによればあらゆる社会において「若者はその前途が有望であるかどうかによって評価される」ものであり、将来成功するための「鍵となるサイン」は「教育」と「勤勉」、そして野心であるという。[11]バスは〔成功に〕有効であることが証明されている「戦術」を挙げているが、それらは驚くほどフランクリンのとったものに一致している。バスは「仕事に時間とエネルギーを費やし、時間を効率的に管理し、目標に優先順位をつける」ことが重要であるという。バスがさらに重視しているのは「必死に働いて他者によい印象をもたれること」である。『自伝』でイメージ構築が繰り返し語られるのは不思議ではない。[12]

事実、フランクリンがフィラデルフィアに着いた場面で何が強調されているかを見れば、共同体の評判と地位を彼がどれほど重要視していたかを理解する強力なヒントが得られるであろう。[13] 彼は〔フィラデルフィアに到着したばかりの〕みすぼらしい少年の姿と将来の成功した姿を対照すること、つまり「成功とはおよそ縁の遠そうな私の最初の姿と後にこの町で立身するようになった私」〔松本・西川 46〕を比較することに明らかな喜びを感じている（20）。彼は最初から共同体の中で有利な立場に立つため、他者によい印象を与えようと努力してきた。「私は実際によく働き倹約を守ったばかりでなく、かりにもその反対に見えるようなことは努めて避けた」〔松本・西川 125〕と彼は認める（54）。効率を最大化するためには、個人の美徳は「近所の人の眼にとま」〔松本・西川 115〕らなければならない（49）。フランクリンは戦略的に自分の評判を高めようとしたことを少しも隠そうとしておらず、共同体で尊敬される人間が資源と影響力を手にすることを指摘している。客やパートナーや投資家がフランクリンを選んだのは、彼が効率とスピードとコストパフォーマンスにすぐれているという評判があったからである。公のイメージをきわめてうまくコントロールすることで、フランクリンは高い社会的知性を有していることを証明している。社会的知性とは、文化的規範を把握し、そこから逸脱するとどのようなペナルティが科されるかを適切に評価する能力のことである。[14] 彼は「周囲の期待に絶えず添おうとし、状況の変化に素早く対応していた」。[15]

だいたいにおいてフランクリンは公のイメージと本来の自分の姿を一致させようとつとめている。つまり、実際に自分が持っている性質を他人にも知ってもらおうとしているのであるが、興味深い例外もある。たとえば彼はかなりの紙幅を割いて、謙虚であるという評判からかなりの利益を得たと書いている。しかし実際のところは、この美徳は彼が自白しているように、フランクリンが身につけようと思ったが結局身につかなかったものだ。彼がかなりの程度成功したのは「うわべだけ」〔松本・西川 173〕であった（75）。「真向から反対すること」〔松本・西川 112〕を避け、「きっと」「疑いもなく」〔松本・西川 33〕などといった傲慢に聞こえる単語を使わないようにすることで、フランクリンは自分の意見を実際よりも謙虚で一時的なものに見せかけるよう自らを鍛え上げたのである（75）。このような言葉遣い上の変化は彼自身率直に認めているように性格の変化を反映しているものではないけれども、結局フランクリンにとっては価値のあるものであった。というのも彼の意見は「容易に人に容《い》れられ」〔松本・西川 173〕、地域社会や政界において「同胞市民の間で早くから重要視された」〔松本・西川 174〕（75, 76）からである。「態度が大きい」「横柄だ」「生意気だ」といった評判を意図的に克服しようとして、彼は意図的に謙虚な「仮面」を作り上げ、「かように態度を変えた効果」〔松本・西川 173〕という収穫を刈り取ったのであった（75）。自己とイメージの間に齟齬があると自分で認めながらも、彼はこの不一致を何ら悪いものだとは考えていない。謙虚な自分を演出することは本当の謙虚さほど称賛に値しないかもしれないが、次善の策ではある。なぜか？　前向きで生産的な社会政治的交流をもたらすからである。

　協力的行為や姿勢の利点を絶えず強調することで、フランクリンは互恵的利他主義の原則を明らかに示唆している。互恵性は人間社会において長期にわたってお互いに利益をもたらす作用を持つ。[16]この人間の交流の「非常に複雑なシステム」において、サービスや資源が〔無償で〕与えられる場合、それは将来（必ずしも同種ではなくても同価値の）見返りを期待してのことである。[17]〔互恵的利他主義の〕システムが適切に機能する場合、双方の当事者は支払ったコストよりも多くの利益を得ることができるが、このような例は『自伝』に豊富に見られる。商売上の提携がもっとも「円満に」機能するのは「各当事者がなさなければならぬこと、ないしはしてほしいことを残らず明瞭に契約書中で取り決めておいた」（91）〔松本・西川 203〕ときである、とフランクリンは言う。さらに彼は読者に対して「つねにできるだけ明瞭に、また几帳面に会計報告を提出し、送金するよう」〔松本・西川 191〕勧めている。というのも契約に記された義務をきちんと果たすと相手方に伝えることが『新しい仕事についたり、事業を拡張するような場合に、もっとも有力な推薦状になる」（85）〔松本・西川 191〕からである。自伝に見られる様々な文脈においてフランクリンは互恵性こそが社会的協力の要であると強調している。不正行為をおこなって露見しなければ莫大な利益を得るから、ロバート・トリヴァースが指摘するように、そうした行為は互恵関係の必然的な障害となる。その結果、人類は互恵的な行動を記憶し、不誠実な相手を特定するための複雑な適応的メカニズムを進化させてきた。[18]フランクリンは共同体内で信頼に足る協力的な構成員であるという評判を得るために大変な努力をしている。彼は誠実さを重視しているけれども、それはこの文脈でもっともよく理解することができるだろう。フランクリンは何度も、誠実に振る舞うことが富の獲得をもたらすと繰り返している。約束を守り、支払期限に遅れず、公正な価格設定をし、競争相手に不正を働かないこと。そのような行動が長い目で見れば魅力的な企業を作り上げるのだと彼は言う。なぜならそうした振る舞いを見せることによって、その企業が互恵性の原則を忠実に守るという証拠を示すことになるからだ。フランクリンはこれらの原則に基づいて自らのスタイルを作っており、闘争心をむき出しにするのではなく温和な姿勢を見せ、傲慢ではなく謙虚に見えるように努力することはほとんどコストがかからない一方、普遍的な協力関係に対する評価という点から見ればその見返りは甚大であることを認識している。

フランクリンはこの自らの決めた基準から時として逸脱するけれども、そのような逸脱を記述する際は「埋め合わせ」の行動が重要であることを記している。たとえば徒弟期間を全うできなかったこと、兄の友人ヴァーノンへの借金を長い間返済しないままにしておいたこと、デボラ・リードへの事実上の婚約を軽々しく破棄したこと、などを「過ち」であると認めているけれども、可能な場合はいつでも、こうした「非対称的な取引」の天秤を、しばしばそれが起こってしまってからずっと後で、修正しようとしている。彼は受けた恩と返した恩を人間が記憶という帳簿に記載していることを認識している。[19] 他者が不平等な取引をすぐに感知し、怒りを覚えることを知っていたから、フランクリンは紙幅を割いて、自分が〔相手に対して〕果たすべき義務を忘れていないこと、「債務」を不履行のままにはしておかないことを〔読者と取引先に〕証明しているのだ。彼は模範的人物としてデナム氏を読者に紹介している。デナム氏は「立派な」〔松本・西川 92〕性格をしており、破産によって既に「示談にしてもらっ」〔松本・西川 93〕た負債を「利子まで添え」〔松本・西川 93〕て返済したのであった（39）。〔アメリカという〕植民地で成功し、既に「旧債権者」〔松本・西川 93〕のもとを遠く離れていたのだから、デナム氏は彼がアメリカで刻苦奮闘して稼いだ「巨額の財」〔松本・西川 93〕を独り占めすることもできたのだが、そうすることをせずに、昔の互恵的関係を修復することを選んだのである（39）。このような行動が個人の評判を高め、長い目で見れば社会的、経済的利益をもたらすのだ、とフランクリンは主張する。

フランクリンの助言の背景にあるものは、彼と読者が暮らしている社会的環境においては支配力のむき出しの顕示――暴力的言動、虚勢、いじめなど――は結局のところ長続きしないのだ、という認識である。[20] フランクリンは自らを天性のリーダーであるとし、「小さい時から私には公共的な企業精神があった」〔松本・西川 18〕と書いているが、彼は支配権を精妙に、しばしば舞台裏から発揮する方法を学んでいった（7）。意図的に謙遜な姿勢をとることで多くの「計画」が達成できたという彼の主張を裏付けるエピソードは多い（64）。嫉妬や怒りをかうことを避けるため、フランクリンは自分の存在が表に出ないようにし、計画を「数人の友人」〔松本・西川 150〕に任せるようにした（64）。「現権力や称賛を直接手に入れようとするのではなく、黒幕として支配することを選んだのである。在名誉心を満足させることを少し我慢す」〔松本・西川 151〕ることができる、抜け目ない人物は長い目で見れば善意という点で多くの報いを得るのだ、と彼は言う（64）。称賛を要求しない人物に対しては人々はより自発的に称賛を与えるものだからだ。穏やかな説得と間接的なリーダーシップがより効率的であることを説明しつつ、フランクリンは強引な戦略、「教条的な」スタイル、自画自賛したいという衝動を退けている（14）。彼が倫理的に云々するのではなく実用的視点から議論していることに注意したい。支配的に振る舞うのを避けなければならないのは、それが非効率的だからだ、と彼は言うのだ。

この件についてのフランクリンの見方は、クリストファー・ボームの「逆三角形の階層構造」の分析と一致している。ボームによれば「アルファ雄のようなタイプが出現すると、構成員は同盟して彼を引きずり下ろそうとする」[21]。ボームはこのような社会を「平等社会」であるというのだが、そこでは独裁的なリーダーが出現しそうになると「警戒して、それを押さえ込もうとする」動きが見られる。権力闘争や自己賛美を否定することで、フランクリンは自らがボームの定義する平等社会に暮らしているという認識を示している。重要な指導的地位（「市政のあらゆる部門」の「私にとって大した」〔松本・西川 223〕地位）についたことを報告する際、フランクリンは慎重に、そのような名誉は「私から求めたわけでは全然な」〔松本・西川 224〕いこと、「一度も選挙人に投票を頼んだこともなく、また直接にも間接にも選挙してほしいなどと述べたこともなかった」〔松本・西川 224〕ことを記している（100-101）。共同体の信任を得られたのは、権力を求めているように見えなかったからだとフランクリンは述べており、謙虚で抑制された姿勢を取ることの戦略的価値を裏付けている。

協力行為に対する関わり方で特筆すべきは、フランクリンが恨みを抱いたり、復讐したりしなかったという点だ。他人に傷つけられたり搾取されたりしても、彼は「怒りを見事なまでに、ほとんどあらわにしなかった」ことである[22]。キース知事の空手形によってロンドンまで無駄骨を折りに行かされたときにも、フランクリンは「何も知らぬ貧しい青年をこうまで手ひどくだま」〔松本・西川 79〕した人間にいくつか手厳しい言葉を浴びせているが、報復は考えなかった（33）。たとえば直接会って怒りをぶちまけたり、「浅ましい策」〔松本・西川 79〕によって自らを窮地に追い込んだ相手を恥じ入らせ、信用をなくさせるためにこの話を喧伝したりといったことはしていない（33）。そのかわりに彼はキースの性格と実績について客観的な総括を行っている。世間知らずな相手に偽りの「期待」を持たせるといったいたずらの「悪癖」があることを除けば、彼は「聡明で物分りのいい人物」〔松本・西川 79〕であり、「わがペンシルヴェニア植民地のもっとも優れた法律」〔松本・西川 79〕を立案した功績のある「よい知事」〔松本・西川 79〕である、というのだ（33）。ここでフランクリンはたいていの人であれば許しがたいと感じるような仕打ちに対して抑制された反応を示している。正当な怒りに燃えるのではなく――怒りに身を任せて地位の高い相手を攻撃したとしてもそれは不毛なことである――彼はキースによって引き起こされた問題に実践的に対処し、それ以上引きずることはないのである。悪意のある仕打ちに対して一歩引いて対応することにより、フランクリンは復讐のもたらす大きな社会的心理的コストを避けることができた。それによってエネルギーを長期的ゴールの達成に向けて、より前向きに使うことができるようになったのである。

彼は読者に、個人的な恨みを晴らそうとしてはならない、可能な限り敵を味方に引き入れよと助言している。「他人の敵意のある行動を恨《うら》んでこれに返報し、敵対行為をつづけるよりも、考え深くそれを取りのけるようにするほうがずっと得なのである」（85）〔松本・西川 191〕と彼は言う。評議会の新しいメンバーがフランクリンを評議会の会計に選出するのに反対したとき、彼は自己憐憫や怒りに陥ることはなかった。フランクリンはこの人物が「やがては」「大きな勢力を振う」〔松本・西川

190〕ことになることを予想していた。「財産もあり教養もある」〔松本・西川 190〕人物が起こしたこの敵対的行動に反射的に敵意を持って反応し、将来に禍根を残すのではなく、彼はこの人物に評価されるような計画を立案し、それを実行したのである（84）。明らかに彼は、高い地位に昇り、リーダーシップを発揮したいと思う者は、社会の支持という強い基盤を持っていなければならない、と考えている。だからフランクリンはたとえ喧嘩を売られても挑発に乗ることはなかったし、相手が自分よりも強力な地位にある者であればなおさらのことであった。彼はまた他者の争いに巻き込まれるのも避けている。たとえば自分が発行する新聞に「個人的な誹謗中傷」を載せるのを拒否し、たとえ手っ取り早く利益が上げられる場合であっても、地元のもめごとからは一線を画していた（80）。かんしゃくを起こしたり敵意に満ちた脅迫を行ったりして（一部の社会的環境では有効性が認められている男性的な戦略である）周囲の人々を支配するのではなく、彼は自らの利益を最大化するために長期的な計算をし、それに基づいて自己を抑制するという戦略を取ったのである。自己防衛のために攻撃的な手段に出ることをやんわりと拒絶する彼の姿勢の中には以下のようなメッセージが隠されている。正義の怒りを爆発させることは短期的には気分が良いかもしれない。しかしそのような行動は広い共同体の支持を得る努力に水を差してしまう。

フランクリンはふたつの記憶すべき機会で自身が怒りに身を任せたことを描写している。最初のエピソードでは、彼はボートをこぐ順番を守らなかった友人のコリンズをデラウェア川に放り込んでいる。この事件に見られるフランクリンの普段に似合わぬ敵対的な行動には、重荷になりつつあった友

たのである。彼は経済的に余裕ができるとすぐに印刷会社の経営から手を引くが、これは彼が「勤勉という福音」を広めていながらその方針に反していたからというわけではなく、勤勉さはそれ自体が目的というよりはむしろ豊かさという目標を達するための手段だからである。彼が「他者への奉仕」に邁進したからといって、それは「自らの利益と個人の地位向上」[42]への努力と決して矛盾するものではない。利他的な行動は評判をよくし地位を高めるのに役立つからである。ワードが強調しているようなフランクリンの動機ないし行動についての一見矛盾に見える点はダーウィニズムの論理をもってすれば一貫性を得ることができる。

さまざまな目標はフランクリンが暮らしている世界の中でお互いに齟齬を来すことなく絡み合っているから、彼はひとつの領域での努力が他の領域で実を結ぶことを確信することができる。『自伝』はリーメイが指摘するように、人類とその将来に関して意図的に楽天的な態度を取っている。「希望という哲学」[43]を標榜しているのだ。消防署の改善、通りの清掃の効率化、広範囲の図書館システムの構築といったプロジェクトに時間やエネルギーを注ぎ込むことは利他的であるとみなされるべきであるが、利他主義者自身も共同体の構成員なのであるから、自らが進めた改善策から利益を得られる立場にある。フランクリンは社会的動物が自己の利益と集団の利益とを同時にもたらしうるという事実を裏付けているのである。天文学への関心に見られる専門的な研究に熱中する傾向ですら、長期的に見れば、皆の利益になる発見をもたらしうる。

「道徳的完成に到達」〔松本・西川 156〕するという彼の有名なプロジェクトも同様に理想的な目標と

現世的な目標を融合したものとなっている〔66〕。彼は既存の「徳目」〔松本・西川156〕〔67〕を受け容れるのではなく、倫理的に「必要であり、また望まし」〔松本・西川157〕い属性の独自のリストを定義する。彼が設定した「徳目」は協力行為を促進するような社会的に有用なものばかりである〔67〕。これらはリーメイがいみじくも指摘したように、「フランクリンが目指したものではなく、目的を達成するために自らを律する手段に過ぎない」[44]。たとえば沈黙は「自他に益」〔松本・西川158〕する会話を支える〔67〕。倹約は「自他に益」〔松本・西川158〕する出費であれば例外的に認める。誠実さは「人を害する」〔松本・西川158〕偽りを退け「公正」〔松本・西川158〕な考え方を促進する。つまり、互恵的な姿勢や行動を裏付けるものとなる〔67〕。互恵的な義務という考え方に基づき、「正義」は「他人の利益を傷つけ、あるいは与うべきを与えずして人に損害を及ぼす」〔松本・西川158〕ことをよしとしない〔67〕。「勤勉」は「何か益あること」〔松本・西川158〕のために必死に努力するという重要性を示している。「中庸」〔松本・西川158〕は敵対的状況の中でも協力することの重要性を強調する。この美徳を描写する際、フランクリンは攻撃を正当化するために倫理的正義を用いないことが大事だという〔既に触れたように自らの経験に基づく豊富な実例を交えながら〕確信を述べている。「憤りに値すと思うとも、激怒を慎しむべし」〔松本・西川158〕[45]。読者は、これらの美徳の一部は他者への義務だけでなく自らに対する義務も含んでいることを理解するであろう。フランクリンのいう倫理的完成とは明らかに自分の利益を含んでいるのである。彼の人生のほかのあらゆる計画同様、この〔倫理的完成を目指すという〕計画は個人の利益こそが人間の動機の源泉であるという彼の洞察に基づいている。フランクリンは「完全に道徳を守ることは、同時に自分の利益でもある」〔松本・西川 156〕とし、倫理的な行動原理は世俗での成功を求める者にとって有用かつ必要なものだという彼の信念を繰り返している（66）。また事態を逆の視点から捉え、彼はある程度の物質的安定と快適さが倫理的行動をとるのに必要な基盤であるという一貫した理念を持っている。「人は貧乏な場合のほうがいつも真正直に暮すことは容易でない」〔松本・西川 180〕（79）。経済的成功と倫理的成長が相補的な目標であるという彼の確信が、だいたいにおいて楽天的な彼の人生に対するスタンスに寄与していることは疑いない。

経済的願望と倫理的願望の融合は彼の形而上学的な信念にも及んでいる。「神のもっとも嘉《よみ》し給う奉仕は人に善をなすことである」〔松本・西川 153〕（65）。アメリカの植民地で人気を博していた多くの宗派を評価する際、フランクリンは「私どもを分裂させ、互に不和にさせるような」〔松本・西川 154〕教義のみを有害なものと見なしている（65）。「私たちを善良な市民にするよりは、むしろ長老教会派に仕込むことを目的としているらしし」〔松本・西川 155〕い説教を「無味乾燥」〔松本・西川 155〕であると彼は斬って捨てる（66）。実際のところ、彼は社会的協力こそ全能の神の御心であると主張しているのだ。だから『自伝』はわれわれにとって朗報となる。職業上の成功を確約し、好ましい評判をもたらし、社会的地位を高める互恵性の原則が人間倫理の基盤、人類の宗教的信仰の核心としても寄与しうるのだ。精神的な目標と物質的な目標の間に齟齬はないのである。人間の様々な目的は一見多様で相容れないもののように見えるが、実は相互に深く絡み合っているのだというフランクリンの確信に読者は喝采するであろう。他の野心を達成するためにひとつの野心を必ずしも犠牲にしなくてもよいという確信を持っていた彼は、人間の抱くさまざまな願望は集まって大きな総体を形成するという見方を示している。この見方は、誠実な互恵的行動が最終的には欺きを打倒するという彼の確信とともに、『自伝』の魅力を説明してくれる。

フランクリンが執筆している歴史的文脈が、少なくとも部分的には、彼の楽天主義の源泉になっている。景気がよい場合、能力があり、勤勉であればすべての人が豊かになれるというのは正しい。人口が急増し、耕作地が安く豊富に存在する状況では、財やサービスに対する需要は増える一方であるから、競争相手に不正な手段を用いる必要はない。フランクリンが別の箇所で書いているように、「人口の急増は敵対関係への恐れを消してくれる」「全員が暮らせるだけのスペースがある」[46]のだ。誰もが豊かになれるから、協力を戦略として選ぶことには何らデメリットがないことになる。明らかに『自伝』は植民地時代のアメリカが十八世紀のヨーロッパ人に与えた主な利点、それらを生んだ環境がもはや存在しなくなってもアメリカ人の国民的アイデンティティの重要な要素として根付いている利点を称賛している。『自伝』には、環境、とりわけその「開放性」と「流動性」を鋭く分析し、既存の機会と制約に反応して行動し、最大限の成功を収める人物の姿が描かれている。[47]このテクストは、フランクリンがこの点を明確にし、読者に直接的に助言していたら、もっと次世代にとって有用になったことであろう。「環境を分析し、既存の条件にあわせて戦略を変えなさい」というわけだ。

しかし彼は、自分が置かれた環境が不変であり、自分が用いた「〔成功に〕寄与した手段」が普遍的に適用可能であるかのように書いている。オーモンド・シーヴェイはこの点について以下のように鋭い分析を行っている。

自伝を書いたほかの人々は、時代の状況について明確に認識していた。ギボン、ワーズワス、ヘンリー・アダムズなどが例としてあげられる。フランクリンにとっては、時代的背景はほとんど全く考察されていない。彼は『自伝』の中で一八世紀をひとつの時代として扱うことをしておらず、それが『自伝』に制約を与え、好みが分かれるものにしている。彼は後代の人々が自分の作品を読むことを強く意識していた。同時代人だけでなく、予想もできない未来に生きる人々によっても読まれることになる、となれば、時代によって状況が全く異なることに言及するわけにはいかなかった。そのようなことをすれば、特定の時代に自らを閉じ込めてしまうことになるだろう。[48]

フランクリンは『自伝』を通じて、「自らの業績をひとりの特定の人間の産物としてではなく、環境に対する人間の自然な反応として提示している」。つまり、「人間の自然な反応」なるものが存在するという信念を持っているわけだ。[49] 現在の進化生物学者の考え方と合致する、普遍的な人間の本性という考え方を書き手が持っているからこそ、『自伝』と進化論批評的アプローチとの相性はとてもよいのである。あらゆる個人は可能な限り富と地位を手に入れたがっているという前提から出発して、フランクリンは読者に、これらの目的を追究する際には協力的な戦略をとるように勧めている。長期的な計画立案、目標に基づく行動、実力の養成、たゆまぬ勤勉——そして自分を知り世間を知ること——が、最終的な成功の基盤となるのだ。社会的な戦略を採り続けることが鍵である。快活で、他人とよい関係を築き、地域の慣習や規範に従うことが重要なのだ。公のイメージも大切である。頭を働かせて、共同体での評判をよくしなければならない。敵対的で、不寛容で、怒りっぽい行動はほとんどいつも非生産的なものになるし、権力や名声を不当な手段で得ようとする試みもまた同様である。互恵的な責務を果たすことは必要不可欠である。集団の利益に貢献し、謙遜なイメージを注意深く保ち、社会のネットワークの中に個人を組み込むこと。同盟や連帯関係はうまく相手を選べば個人の影響力を高め、強力な社会的、職業的支援を得るための効率的なメカニズムになりうるからである。

見方によれば、『自伝』は人間の本性についての多くの非常に重要な十八世紀の概念に基づく「啓蒙時代の人間の自画像」[50]である。この本は特定の時代と場所の状況を反映しており、作者は自らの経験をその当時の価値観や前提のもとで解釈している。「このテクストは、自分が置かれた状況に反応し、期待されている役割を果たし、出会う相手に対する適切な姿勢を準備するフランクリンのたぐいまれな能力を示している」[51]。しかし同時に、フランクリンの過去の中には、更新世以来人類の生活を彩ってきたさまざまな適応的な問題に直面する個人の姿が見えてくる。あらゆる個人同様、彼もまた選択や（意識しているといないとにかかわらず）コストと利益の計算を行う上で多くの要因に影響されている。すなわち遺伝した（身体的、精神的、感情的な）表現型、物理的環境（資源と脅威）、社会的共同体（慣習、規範、権力構造）、共同体内の（経済的、社会的）地位、などといった要因である。これらの要素同士の作用はきわめて複雑であるから、同じ時代、同じ場所に生きている人であっても、考えや行動は全く同じものにはならない。所与の共同体の構成員は役割や信念を選ぶ際、自分が手にすることのできる選択肢の中から、あるものを採用しあるものは退け、結果として保守的、ないし反動的に行動するのである。実際、『自伝』は、フランクリンの同時代人たちの皆が皆、フランクリンと同じように時代の状況に反応したわけではないという豊富な実例を示している。シーヴェイが言うように「フランクリンから見た啓蒙時代は、ヴォルテール、ヒューム、あるいはジェファソンが見たものと同じ啓蒙時代ではない」[52]。

フランクリンが持っていた自分についてのイメージを、彼の生きた時代との関連で検討することが有用であり興味深いものであるならば――事実、そうだが――それを人間の普遍の本性との関連で検討することも同様に有用であり興味深いものとなる。『自伝』の中心人物は「自然な、多くの人々にとって理解可能な願望を見、それを実現している」[53]のである。ほかのあらゆる人々同様、フランクリンは自分が特定の文化的環境の中に置かれており、進化生物学的に見て重要な目的を果たすためにはその環境の中をうまく泳いでいかなければならないことを理解していた。『自伝』はその努力を、彼が見られ、理解されたいと考える方法で読者に提示している。書き手による人間解釈を伝える文学的装置として、『自伝』は彼の解釈を、読者自身の自己、社会観に照らして理解・実践可能な形で表現しようとしているのだ。

注

1　Benjamin Franklin, "The Autobiography," in *Benjamin Franklin's Autobiography: An Authoritative Text, Backgrounds, Criticism*, ed. J. A. Leo Lemay and P. M. Zall (New York and London: Norton, 1986), 1. すべての引用はこの版による。

2　Ormond Seavey, *Becoming Benjamin Franklin: The Autobiography and the Life* (University Park and London: Pennsylvania State University Press, 1988), 7, 8.

3　J.A. Leo Lemay, "Franklin's Autobiography and the American Dream," in *Benjamin Franklin's Autobiography: An Authoritative Text, Backgrounds, Criticism*, ed. J. A. Leo Lemay and P.M. Zall (New York and London: Norton, 1986), 349.

4　Joseph Carroll, "Wilson's Consilience and Literary Study," in *Literary Darwinism: Evolution, Human Nature, and Literature* (New York and London: Routledge, 2004), 81.

5　Francis Jennings, *Benjamin Franklin: Politician* (New York and London: Norton, 1996), 204.

6　Seaveyによれば、フランクリンが富を築くことをためらいもなく高く評価しているのは当時一般的であった姿勢の反映であるという。「強欲はよくないとか、商売は下賤なものだとかいった伝統的な批判は一八世紀にはかつてないほどなりを潜めていた。貿易、取引などは単に不可避というだけでなく称賛すべきものと考えられた」Becoming, 36.

7　David M. Buss, *The Evolution of Desire: Strategies of Human Mating*, rev. ed. (New York: Basic Books, 2003), 22-25.

8　*Ibid.*, 22.

9　*Ibid.*, 30.

10　Lemayはフランクリンが自らの目的を紹介している有名な文を分析し、ここでフランクリンはその統語関係を「慎重に再構成」し、「貢献する手段」(conducing Means)というフレーズを際立たせているという。「この本の主題」をなしているのはフランクリンの成功の性質ではなく、それをなしとげた手段なのである。Lemay, "American Dream," 354, 355.

11 Buss, *Evolution of Desire*, 30.

12 *Ibid.*

13 Seavey, *Becoming,* 29-30; David Levin, "The Autobiography of Benjamin Franklin: The Puritan Experimenter in Life and Art;' *Yale Review* 53, no. 2 (1964): 258-59; Lemay, "American Dream;' 355; Robert F. Sayre, *The Examined Self: Benjamin Franklin, Henry Adams, Henry James* (Madison: University of Wisconsin Press, 1988), 19; Robert F. Sayre, "The Worldly Franklin and the Provincial Critics;" *Texas Studies in Literature and Language* 4 (1963): 516-17. 参照。

14 Steven Pinker, *The Blank Slate: The Modern Denial of Human Nature* (New York: Penguin, 2002), 64-65 参照。

15 John Wllliam Ward, "Who Was Benjamin Franklin?", *American Scholar* 32 (1963): 553. 社会的知性とその認知的機能、適応度への貢献、考えられる起源については Pascal Boyer and H. Clark Barrett, "Domain Specificity and Intuitive Ontology," in *The Handbook of Evolutionary Psychology*, ed. David M. Buss (Hoboken, NJ: John Wiley and Sons, 2005) を参照。

16 Richard Dawkins, *The Selfish Gene,* (Oxford and New York: Oxford University Press, 1989), 183-84.

17 Robert Trivers, *Natural Selection and Social Theory: Selected Papers of Robert Trivers* (Oxford: Oxford University Press, 2002), 25.

18 Trivers, *Natural Selection,* 38-46.

19 Ibid., 38; Dawkins, *Selfish Gene*, 227.

20 個人が周囲の環境に適した行動を選択する際に発揮する「発達的可塑性」については Trivers 参照。「関連する条件は（中略）生態学的、社会的状況によって異なる」Natural Selection, 46. ピンカーの著作も「個人と環境の間の関係」が「歴史的時間の経過と共に常に変化している」ことを詳述している。The Blank Slate, 127.

21 Christopher Boehm, *Hierarchy in the Forest: The Evolution of Egalitarian Behavior* (Cambridge, MA and London: Harvard

Unviersity Press, 1999), 3, 169.
22 Levin, "Puritan Experimenter," 267.
23 *Ibid.*, 265.
24 Seavey, *Becoming*, 57.
25 Sayre, "The Worldly Franklin," 518.
26 Buss, *Evolution of Desire*, 30.
27 John Griffith, "Franklin's Sanity and the Man Behind the Masks," in *The Oldest Revolutionary*, ed.J. A. Leo Lemay (Philadelphia: University of Pennsylvania Press, 1976), 126.
28 Herbert Leibowitz, "That Insinuating Man: The Autobiography of Benjamin Franklin," in *Fabricating Lives: Explanations in American Autobiography*, ed. Herbert Leibowitz (New York: Alfred A. Knopf, 1989), 32.
29 Ward, "Who Was," 541-53; Griffith, "Franklin's Sanity,"124-36.
30 Sayre, "Worldy Franklin"; Ward, "Who Was"; Leibowitz, "Insinuating Man"; Griffith, "Franklin's Sanity"
31 Griffith, "Franklin's Sanity,"126.
32 Sayre,"Worldly Franklin,"518.
33 Ward, "Who Was,"549, 553, 549.
34 *Ibid.*, 553.
35 Griffith, "Franklin's Sanity,"128, 136.
36 進化論の視点からの自己欺瞞メカニズムの分析、起源、機能については Trivers, *Natural Selection*, 255-93 参照。
37 Buss, *Evolution of Desire*, 8-9, 11-12, 284-85.
38 W. Somerset Maugham, *Books and You* (New York: Doubleday, Doran, and Company, 1940), 82.
39 Seavey はフランクリンが自伝の中で用いている二つのアイデンティティを詳細に論じている。つまり、老いたフランクリンと対置される若きフランクリン、書き手としてのフランクリンと描かれる客体としてのフランクリンである。*Becoming*, 38-47. Sayreもまた、フランクリンの自伝に見られる二重の視点に注目している（"Worldly Franklin" 516-23参照）。「ある意味で、フランクリンは自分について書いているのと同じくらい、自分に宛てて書き、過去と現在の間に照応関係を作り出している」。Sayreは言う。「年老いたフランクリンは若きフランクリンの姿を公にし、同時に、この自伝を書いている引退した紳士と、自分のような大人たちの関心を既に引いていた少年、若者の間に連続性があることを示している（*Examined Self*, 17-19）。Levinもまた「本の書き手と、彼が描写する主要キャラクター」の相違をそつなく扱っている。"Puritan Experimenter" 259。オリジナル原稿に由来する証拠を精査して、Zallはさまざまなテクスト改変（とりわけ削除や挿入）がフランクリンの側の意識的な意図を暴露していることを明らかにしている。彼は特定の目的を達するために「プロット、キャラクター、テーマを作った」。P. M. Zall, "A Portrait of the Artist as an Old Artificer," in *The Oldest Revolutionary*, ed. J.A. Leo Lemay, 53-65 (Philadelphia: University of Pennsylvania Press, 1976), 54.

40 Buss, *Evolution of Desire*, 30.

41 Ward, "Who Was," 541.

42 *Ibid.*, 541.

43 Lemay, "American Dream," 357.

44 *Ibid.*, 355.

45 Trivers, *Natural Selection*, 47, 276. 参照。

46 Benjamin Franklin, "Information to Those Who Would Remove to America," in *The Norton Anthology of American Literature*, vol. A: *Beginnings to 1820, 7th* ed., ed. Nina Baym et al (New York and London: Norton, 2007), 467,464.

47 Ward, "Who Was;"551.

48 Seavey, *Becoming*, 38-39.

49 *Ibid.*, 10.

50 *Ibid.*, 38.

51　Ward, "Who Was," 548.
52　Seavey, *Becoming*, 10.
53　Griffith, "Franklin's Sanity,"135.

第二章

ホーソンの「僕の親戚、メイジャ・モリヌー」に見る縁故主義

タイトルが明確に示すように、ホーソンの一八三二年の短編「僕の親戚、メイジャ・モリヌー」〔邦題は坂下〕は家族の血縁関係を扱っている。〔主人公とモリヌー少佐が〕血縁関係にあるという事実がプロット、舞台設定、キャラクター、そしてテーマの進展の原動力となっている。縁故主義が一貫して作者の関心の対象となっている。ホーソンは親戚が自分を厚遇してくれるかもしれないという期待と、そのような縁故主義が現れる社会的文脈の両方を俎上に載せている。事実、家族が自分に与えてくれるであろう特権と自分に対して果たすであろう義務が主人公の経験においては中心的な重要性を持っているのである。進化生物学の知見はこの高く評価されているテクストに新たな光を当て、過去五十年の間に積み重ねられてきた豊かな先行研究を有益な形で補完してくれるであろう。この作品の中核的なテーマは包括適応度と血縁選択の原則に明確に立脚しているのである。

ウィリアム・ハミルトンは、個人は遺伝子を直接的な形だけでなく間接的な形でも――つまり、自分自身の個人的な繁殖の努力によってだけでなく、自らの親類の繁殖の成功を通じても――次世代に引き継ぐと認識した最初期の学者であった。[1] たとえば子孫を養育しているきょうだいやいとこは次の世代において発現する個人の遺伝子の総数、つまりその個人の包括適応度に寄与する。したがって子どものない個人（この直接的な適応度はゼロである）であっても、自らの親族の繁殖に向けた努力を通じて次世代に遺伝子という遺産を残す可能性がある。同様に、子孫のある個人の場合も、自分と血縁関係のある人間の子孫を通して自らの適応度を上げることができる。[2] 血縁者の繁殖の成功という形で現れる適応度の上昇は縁故主義すなわち親族に対して好意的にはたらく利他主義の存在を説明する一助となる。[3] この潜在的な遺伝的利益のために、個人は赤の他人に対するよりも、たとえばきょうだい、子どもたち、甥や姪に対して大きな援助を与える傾向にある。傍系親族が人生で成功した場合ですら、その親族に利他的な支援を行った人間の包括適応度を上げることができる。[4] 関係が近ければ近いほど、血縁者に対する援助は行われやすい。たとえば実子は両親の遺伝子の半分を共有しているからきょうだいの子どもよりも（支援対象として）好まれる傾向にある。きょうだいの子どもはおじやおばの遺伝子の四分の一しか共有していない。[5] 援助を受ける側と与える側の年齢、健康状態、社会経済的な環境もまた援助が行われるかどうかを左右する。[6] たとえば、病弱、高齢（子どもができる年齢を過ぎている）、身体的に魅力のない、社会的信用のない血縁者に対して投資しても包括適応度は上がりそうにない。同様に、資源は家族のうちで豊かな構成員からそうでない構成員に投資される傾向がある。与える側のコストより受ける側の利益が上回る可能性が高いからだ。「僕の親戚、メイジャ・モリヌー」に見られる行動は、金持ちで高い地位にある個人が、彼に比べればずっとわずかな資源しか有していない親類に対して利益を与えてくれることについての「婉曲な示唆」〔坂下31〕で始まっている(224)。包括適応度の理論は少佐の動機を説明してくれる。この「子供がない」〔坂下31〕男性は投資する対象としての直系子孫を欠いており、「高齢」であるから、将来子どもをもうける可能性はきわめて低い(224, 228)。「大きな財産を相続し」〔坂下31〕「高い位に就〔坂下31〕いたこの人物は、おそらく彼のもっとも近い血縁者に対して援助を申し出ることで自らの包括適応度を上げようとしているのである(224)。主人公の父と少佐とは「兄弟の子供」〔坂下31〕すなわちいとこである(224)。[7] 少佐の富と地位は急に得られたものであるとは考えにくく、したがって彼はいとこをしのぐ物質的繁栄をかなりの間独り占めしていたことになるけれども、援助を申し出たのはごく最近になって、つまり、自分自身の子どもができる可能性が極めて低くなってからである。このタイミングは非常に重要だ。というのも彼がいとこの子に対して与える援助は自分の子に対する将来の投資をなんら損なうものではないからである。[8] 自分の子どもであれば遺伝子の半分を共有しているが、いとことは八分の一しか共有しておらず、そのいとこの子どもということであれば十六分の一しか共有していない。しかし遺伝子を全く残さないよりは少しでも残した方がよいわけであるから、少佐がいとこよりさらに一親等離れた親族の「将来」を「どうにかしたい」〔坂下31〕とすることは、適応度の点から見れば、彼の人生のこの段階では最良の選択となる(224)。

また、おそらくは、彼がいとこの家族のひとりを支援することは、いとこのほかの家族の利益にもなる。少佐のいとこには四人の子どもがいることは明らかである。主人公のロビンは離れた故郷を思い出しながら「兄」ひとりと妹ふたりがいると述べている（223）。次男の身の振り方を考えてやる必要がなくなった今、ロビンの父親はほかの三人の子どもたちの援助をよりよく行うことができる。ロビン自身、「町」のより広い地域で経済的社会的地位を確立した暁には、きょうだいたちにさまざまな支援ができるであろう――きょうだいのひとりひとりに対し、彼は半分の遺伝子を共有しているわけであるから。これは少佐と共有しているよりもずっと大きな割合である。ロビンは家族の農園に残っている兄に金銭的な支援をするかもしれないし、妹たちに結婚相手を紹介するかもしれない。きょうだいに対して寛大に振る舞うことによってきょうだいの適応度は上がるが、それは結局のところきょうだいの子孫の適応度を上げることと同義である。縁故主義によって人生が改善した個人は、得られた利益の一部を自らの近親者に与えるようになるので、高い地位や豊かな資源は家族の輪を通じてますます多くの人々に分配されていく。端的に言えば、独身の血縁者に向けられた利他的な行いは正確に計算することができないほどの程度においてモリヌー少佐の適応度を上げる潜在的可能性があるのだ。

少佐が援助する相手にロビンを選ぶ動機は、ロビンの家族がそれに賛成する動機同様、包括適応度の理論から十分に説明がつく。女性ではなく男性を選ぶのはこのストーリーの舞台となっている歴史的時代を明らかに反映している。十八世紀のアメリカで女性がつける職業はきわめて限られていたことを考えれば、ロビンや彼の兄に比べ、彼の妹たちは職業を通して成功する可能性は非常に低かった。少佐が姪たちに対してできることはせいぜい、資産家との縁組を整えてやること程度だっただろう。しかし独身の少佐には田舎で育った若い女性の庇護者となって彼女に社交界にふさわしい教育を施し、高い地位の人々で構成されるサークルにデビューさせるよう磨きをかけることはできそうになかった。また、仮に結婚によって豊かさと社会的地位を手に入れたとしても、男性に比べて女性の場合、富を増やし、家族の支配権を拡大することは難しい。もちろん特定の女性が特定の男性に比べてそうしたことを行う可能性は絶無というわけではない。あくまで平均的に見て、ホーソンが描き出す社会的設定の中では、そうなる可能性は低いというだけである。

したがって、いとこの家にすぐれた男性の子どもがいることを考えれば、モリヌー少佐が援助を与える相手として娘を選ばなかったであろうことは疑いない。利他的行為の受益者として女性を選ぶのは、適切な男性の近親者がいない場合だけである。ふたりの息子のうち、下の子の方がさまざまな理由で〔援助する相手として〕好ましい。両親が彼のために何ら職業的な目標を有していないし、父親が彼の教育や職業訓練のために金を出せるような経済力を持っていないために、ロビンは明らかに、家族の外からの投資の対象としてふさわしい存在となっている。彼は次男であり、これは長子に相続権がある当時にあっては経済的に不安定な立場を意味していたから、自分の運命を少佐に委ねることで失うものは何もない。一方兄の方はといえば、彼は家族の期待を背負っている。父親が所有する「農場を引き継ぐ宿命にある」〔坂下 31〕(224) からだ。この畑は大きさも収益性もそれほど大きくはないのだが、農業中心の経済においては兄の方は土地の相続を通じてはっきりした未来が待っていると言うべきである。

以上のような理由から必然的に、少佐は将来の見通しのないロビンを援助の相手として選ぶ。しかし一方で、語り手は彼を体が丈夫で容貌も魅力的な若者として描き出し、少佐がロビンを「寛大な意向」〔坂下 31〕を与える相手として有望であるとみなしていることを読者は読み取ることができる。「頑健な肩」〔坂下 9〕「見た目にも格好《かっこう》のいい両足」〔坂下 8〕「すぐれた目鼻だち」〔坂下 9〕を持つロビンは、世界中の人間が好むことが証明されている身体的な強さと左右対称の顔を備えている。[9] 彼は「運動で鍛えた」〔坂下 22〕「美青年」〔坂下 20〕である (209, 217, 218)。その「輝く陽気な瞳」〔坂下 9〕は性格の良さだけでなくエネルギーと知性の証拠でもある (205)。端的に言えば、ロビンの外見は文化を問わず、支配力と高い配偶者としての価値に結びつけられる形質を示している。[10] 若さと活力、すぐれた外見と快活な気性を持つロビンは、おじの投資の「リターン」を最大化させる力を持っている。つまり、社会的、物質的に成功し、よい結婚相手を得て、スポンサーの適応度を高めることができるのだ。ロビンがこのようなすぐれた形質を持っていなかったら、「有望である」として〔援助の対象に〕選ばれなかっただろう、と考えるのは決して不合理ではない。実際問題として、モリヌー少佐は彼らの家を訪問したとき二人の息子たちの両方に「大いに興味を示し」〔坂下 31〕た (224) と書かれている。このように冷静に観察された際、次男の方が適切な形質を有していることが明らかにならなかった場合は、少佐はおそらく別の親族に援助の手を差し伸べたであろう。また、ロビンが少佐に似ていたこともこの選択に影響したことを裏付ける記述がある。表現型が類似していることはあらゆる種において血縁者を認識する重要な要素であって、血縁者に対する利他的行為が行われることを予想する強い手がかりとなる。[11] ロビンを「あなたって、あの優しいおじさまに生き写しなんだから」〔坂下 21〕と形容する「美女」〔坂下 21〕は単におべっかを使っているだけであろうが、ロビンは宿屋の主人の「とってつけの礼儀」〔坂下 15〕が「家系の人相見」〔坂下 15〕によって生じていることをめざとく察知する (217, 213)。ロビンがこの時点でどのような考えを持っていたかを見れば、既に他者は（少佐の訪問の間に）彼らの容貌の類似に気づき、それを口に出していることがわかる。

少佐の縁故主義に基づく動機や意図に関しては、ホーソンの作品にはほとんど語られていない。もちろん、プロットの最後に見られる大きなアイロニーは、予想される好意的な反応が決して実現しないことである。モリヌー少佐をたずねあて、この近親者が約束した援助のもとで「世に出る」ことをもくろむロビンがやきもきしながらニューイングランドの町を探し回る様子を描きながら、ホーソンは〔読者の〕関心を縁故主義の持つ社会影響力に向けている (225)。血縁関係に対する共同体の反応を前景化するのである。疲れ果て、腹を空かせた若い旅人がこれまで見たこともない未知の大都会をさまよい歩く間、彼はさまざまな社会的取引をしようとするのだが、それらはどれも皆失敗に終わってしまう。血縁者の家への道順を聞いても何度もはぐらかされ、答えることを拒絶する人々は彼に敵意や軽蔑のまなざしを注ぐ。〔おじの家への生き方という〕一見すれば単純で無害な情報を求めているだけなのに無礼な対応をされてとまどい、ロビンは次第にいらいらし、敵意をむき出しにさえするようになる。後に彼自身気づくように、コミュニケーションの努力が実を結ばないのは、ロビンが、自分が入ろうとしている共同体について十分な知識がなく、モリヌー少佐がその共同体の階層構造において占めている地位について誤った前提を持っているからである。

ロビンの行動は一貫して、自らの近親者〔であるモリヌー少佐〕が政治的にも経済的にも有力な人間であるという確信に基づいている。彼は少佐の住まいが町のもっとも高級な一角にある「豪邸」であるだけでなく、会う人皆がモリヌーの名前を知り、敬意を払うだろうと考えている。さらに、そのような高位の人物と血縁関係にあると話せば、扱いもよくなるだろうと期待するのである。ぼろぼろの手製の服を着て樫の杖をついている彼は明らかに野暮ったい印象を与えるであろうが、たとえ風采は上がらないにしても、それで「僕の親戚メイジャ・モリヌーの名前の重みなんか消し飛んでしまう」〔坂下 17〕わけがない(215)と考えている。共同体の構成員の行動は血縁選択という原則に基づいた人間の本性の適応的側面によって左右されるだろう、と彼は自信を持っているのである。彼は無意識のうちに、人間というものは遺伝子を共有する人物の利益を守ろうとするものであり、結果的に、血縁者に対する侮辱や傷害などには腹を立てる傾向があることを理解している。ロビンは、人間は高い支配力を持つ人物の近親者に敵対することはしない、なぜならそのような大物は復讐のための手段を豊富に持っているからだ、という推論に基づいて行動し、また他者の行動を分析している。社会的文脈において縁故主義が作用しうるという点を暗黙のうちに、そして人間の本性に深く根ざした形で認識しているからこそロビンは、自分が無一文の青二才であるにもかかわらず、高い地位の人物の縁者であれば他人も敬意を持って接するだろうと考えるのである。

声をかけた最初の「上流の人」〔坂下 11〕が「激しい憤怒と癇癪《かんしゃく》を表わし」〔坂下 11〕て彼を無視したときも、ロビンは動じない（211）。おじのような有力者の近親者に敢えて敵対する人間がいるだろうか。この人物の心情を分析してロビンは、そのような破滅的な行動を説明しうるものは無知だけであると結論づける。少佐の高い地位を知らないらしい（「おまえが口走っとるような名前をわしは知らん」〔坂下 11〕と彼は言っている）から、ロビンはこの男が町の新参者で、この地域の名士や階層構造について全く知識を持っていない「どこか地方の代表かなんか」〔坂下 12〕であると考える（211）。身なりのよい（シルクのストッキングすら身につけている）この人物を「育ちも悪く」〔坂下 12〕（211）がさつな人間だと評価することには明らかにアイロニーがある。田舎から出てきたばかりの新参者で、地域の政治的状況を深く誤解して行動しているのはロビン自身なのである。〔求める情報が全く得られずに〕さらに落胆し当惑しながらも、ロビンは少佐とのつながりを頼りにし続ける。くり返し強調する〔少佐との〕縁戚関係のために利益が得られると考え続けているのである。彼は全く同じ方法で相手とのやりとりを始めている。六回、彼は道を尋ねるが、六回とも「僕の親戚、メイジャ・モリヌー」〔坂下 11ほか〕の家はどちらですか、と言うのである。

〔モリヌー少佐との〕血縁を明らかにすれば手厚くもてなされるだろうというロビンの確信は非常に強いものなので、何度も〔裏切られて〕落胆すると腹が立ってくる。〔老人の鼻を「へし折って」〔坂下

12〕やる、あるいは旅館の主人の頭をなぐりつけてやるために〕杖に手を伸ばしそうになるという衝動は、彼に対応した町の人々が罰を受けるべきであるというロビンの考えを示している(211)。ロビンの目から見れば、彼らの行動は既存の規範を侵犯している。縁故主義の持つ社会的意味合いや縁故主義によって生じる義務を否定しているからである。重要人物の縁者を丁重に扱わないということは、血縁関係の重要性を認めないことになる。何度鼻であしらわれてもロビンの期待は揺るがないのだが、このことは縁故主義的な行動が地域社会の慣習を超えて持つ重要性を示している。それは文化を越えて存在する、進化生物学的な適応行動なのだ。高い地位にある人物の親戚を手荒く扱うことで社会的経済的な報復を受けるリスクを冒すことはロビンには「奇妙」に見える。コストと利益を天秤にかけた場合に明らかに割に合わないし、自分の利益を損なう行動だからだ(215)。有力者の血縁であるにもかかわらず無礼な仕打ちをする人々に何度も会うことで、ロビンは現実が超現実的な力によって「一時停止」してしまったのではないかと「絶望的」〔坂下23〕考えを持つに至る。「魔法の力が自分をも呪縛しているのではないかと信じそうになった」〔坂下23〕(219)。この「曖昧模糊として気《け》だるいこの夜」〔坂下28〕の出来事で、人間の本性に関する彼の中心的な価値観が覆されてしまうのだ(222)。

物理的な環境もロビンの心理的混乱を反映している。「マサチューセッツ州の小さな都会《メトロ》」〔坂下9〕に夜の九時に到着したロビンは文字通り漆黒の闇の中にいる(210)。すぐに彼は迷宮のように「行けども行けども続くくねくねと曲がった細道の網の目に巻き込まれ、方向を見失って」〔坂下12〕しまう(211)。ロビンは当惑するような複雑な場所にとらわれてしまうのだが、それは彼が決して到達しない目的地を思わせるに十分である。地元の人々は道案内を拒み、説明のつかない敵意をむき出しにする。求める情報を手に入れることができず、彼はこの「小さな都会《メトロ》」〔坂下9〕を際限なく、混乱したままさまよい歩かなければならない(210)。ホーソンは巧みにロビンの旅の外的な側面を用いてこの若い主人公の無力感と葛藤、社会的孤立感をえぐり出している。ロビンは極めて重度の方向感覚――地理的、感情的、知的な――喪失状態にある。彼は自分がどこにいるのか、何が起こっているのかを理解することができない。自分が入り込んだ環境で経験したことは彼にとっては異常なものにうつる。[12] 縁故主義の原則が崩れ落ちていくように見えるため、彼は現実感覚を失っていく。

ストーリーのクライマックス部分で、人間の本性は変わっていないことが明らかになる。劇的に変化したのはむしろモリヌー少佐の地位の方だったのだ。ロビンはまさに王位を追われようとしている君主、突然権力と影響力を剥奪されようとしている男との血縁関係をずっと主張し続けていたのである。ストーリーの導入部分のパラグラフで語り手は地元の住民が宗主国の統治者(これは必然的に英国王が任命することになる)に抵抗してきた歴史を紹介しており、したがって読者は「人民の一斉蜂起」〔坂下9〕がいつ起こってもおかしくないという心の準備ができていることになる(208)。ロビンが町にやってきたのが、まさに反乱が計画されていたその夜――つまり、彼の親類が高い地位を追われることになる夜――であるというプロットの展開は読者にとって受け容れやすいものとなる。適切な伏線が張られており、歴史的な証拠によって裏付けられているからだ。少佐を放逐しようという極秘の計画は、ロビンが一晩中、少佐の親類であると発言するたびに引き起こしてきた否定的な反応を一瞬のうちに説明してくれる。町の住人から手ひどい仕打ちを受けたことも、少佐が虐げられ、あざけられ、放逐されるのをロビンが目にしたときに完全に理解できるものとなる。

豊かで支配的な人物との血縁関係から利益が得られるのと同じように、社会不適合者や社会からの追放者との血縁関係は通常コストを伴う。よい相手と結婚したり、エリート集団に入ったりする確率は、たとえば身体的精神的な病気の兆候をあらわしていたり、財政的破綻を経験したり、重要な文化的規範を侵犯していたりする家族がいれば下がってしまう。ホーソンはロジャー・チリングワースが「世間の〔ヘスターに〕まつわる悪い噂話」にかかわらないようにする場面で、家族のつながりの持つ潜在的に悪い影響について述べている。チリングワースが「恥というさらし台に彼女と並んで上げられ、さらしものになる」ことを避ける行動について、小説の語り手は「彼女の血縁者にとって（中略）彼女の不名誉の汚名以外何も残っていなかった。それは過去の関係の親密さや神聖さに厳密に比例して大きくなるに違いない」[13]と述べている。若いロビン・モリヌーは同様に、新たに不名誉な立場に置かれた少佐と血縁関係にあることが呈するデメリットをよく認識している。彼はすべての地位を失った男、今や彼をいかなる方法でも支援できなくなった男の血縁者なのだ。結果的に、敬意を払われるどころか、ロビンは無視され、軽蔑される可能性があり、そして実際そうなる。モリヌー少佐が血縁者にどれだけ尽くしたいと思っていたとしても、彼はこの時点においては彼らの富を増すことも、彼らに対する侮辱に報いることもできないのだ。

「タールを塗られ、鳥の羽根を一面にくっつけられた不様」〔坂下37〕な状態にある親類の暗澹たる光景に対するロビンの第一の反応は、彼の運命と一線を画すことである(228)。少佐に対して恐怖と同情のないまぜになった感情(「憐憫と恐怖が混じり合った思い」〔坂下38〕)を持っていながらも、彼はひどくおびえており(「ロビンは膝をがたがた震わせ」〔坂下38〕)迫害する「群衆」(229, 230)の「狂気の沙汰のお祭り」〔坂下40〕に加わる。群衆と一緒になっておじを嘲笑することで、ロビンは苦境にある近親者を援助しないことをはっきり決めるのである。彼は前の場面で、自らが受けた無礼に対して身体的暴力をもって仕返ししようという、ほとんど制御されていない感情を持っていたけれども、これが暴徒と化した「大群衆」〔坂下38〕と戦う気力を引き起こすこともないし、少佐を言葉で弁護しようともしない(228)。つまり――読者は気づく――彼はつい先ほどまで物質的援助を期待していたまさにその人物に助けの手を差し伸べることを拒むのである。多くの批評家は、血縁者が迫害されるのをロビンが黙って見ていることに不快感を覚えている。[14] 語り手が「嘲笑の悪鬼《あっき》」〔坂下40〕の手に苦しむ「偉大な」犠牲者の様子を詳細に記述しているのは、確かに少佐に対する共感と迫害者に対する軽蔑を呼び起こすためであるように見える(230)。しかし、怒り狂った群衆からロビンひとりで少佐を救い出せる望みはないし、進化生物学的な視点からすれば、自己防衛行動は理にかなったことである。縁故主義の戦略家であるこの若者はすぐに(無意識のうちに)コストと利益を天秤にかけ、現時点で利他的な行動をしても適応度の点で得るものは何もないと判断するのである。明らかすぎるほど明らかなことだが、この時点で近親者のために事態に介入するコストは極めて高い。しかし同時に、そしてこれが重要なことだが、モリヌー少佐自身も、彼の若い近親者の一見利己的な計算から得るものがあるのである。

年を取っても子どものいない男が前途有望な若い血縁者に資源を投資しようとする計画が血縁選択説によって予測可能であるのとちょうど同じように、子どもを作る未来が期待できる若者が、社会から放逐され、実質的にもはや子どもを作れなくなった親族を見捨てるのも同様に予測可能である。近親者に対して忠誠心を示すという自殺行為によって激しやすい群衆の怒りを買うのではなく、ロビンは自分自身の生命を保ち、少佐の敵――明らかに直近の社会的環境の大多数を占めている敵――に受け容れられるように最善を尽くすことによって、自分と自分のおじの遺伝的利益に貢献している。ロビンが生きながらえて子どもをもうければ――おじの助けなくしてもそうできる可能性は高い――少佐の包括的適応度は上昇する。これは少佐自身が生き延びてそれに気づいたりそれに感謝したりするかどうかに関わらず、事実なのである。対照的に、ロビンがおじを救出しようと不毛な努力をして死んでしまえば、彼の死は次世代に存在するモリヌー少佐の遺伝子の総数を減らすことにつながる。おじが嘲笑されているのをロビンが黙認することに対する批判は進化生物学的な厳然たる事実の光のもとで考察されればその正当性を失う。縁故主義的な忠誠心を倫理的原則から切り離して、ホーソンのストーリーは、血縁者に向けて利他的行動が行われるのは状況によることを強く打ち出している。また、個人の生存戦略の目的は遺伝子のコピーを増やすことであり、必ずしも、一時的にその遺伝子の容器になっている肉体を保護することではないことも示している。今回の例で近親者が見捨てられるのは、助けようとするとコストがかなり高くなり、自身の適応度を低下させてしまうからである。さらに、ロビンの一見裏切りとも思える行動によって、彼のすべての近親者が適応度を上げることにつながるのだ。彼らもまた、個人的な犠牲は望まないだろう。

不名誉な立場に陥った未来の支援者に対するロビンの行動の意味をさぐることに加え、このストーリーのクライマックスは、縁故主義にまつわる適応的な意義がいかに社会的慣習や心理的な健康に影響しているかを示唆している。既に述べたように、一晩中彼が味わわされた無礼な仕打ちはロビンの家族観を揺るがしている。自らに向けられた敵意を理解しがたいことが、彼の不快感と混乱を引き起こしているのだ。しかし、不可解に見えた行動には立派な理由があることを彼が見いだすやいなや、彼は心の平穏を取り戻す。とばっちりで敵意を受けることは不快なことであるが、人間の本性そのものが何らかの不可解な変化をきたしたのではないかという疑いを持つことのほうがずっと心穏やかではなくなる。近親者が権力の座から転がり落ちたことでロビンは血縁選択の社会心理的意義は損なわれていないという確信を持つ。彼は群衆の中で、先刻自分をあざけったり罵倒したりした町の人々を見つけ、彼らが自分の「狼狽」〔坂下 39〕（229）する姿を見て笑っているのに気づく。彼らは近親者の社会的地位に関する認識が一八〇度転換したことに彼がどう反応するか見たくて興味津々なのだ。彼らが見つめる中、ロビンはその晩の「冒険のかずかず」〔坂下 38〕を思い返し、解釈し直す。最初から最後まで、自分がひどい冗談の種になっていたことに気づくのだ。多くの人に尋ねても誰も助けてくれないという経験で彼が感じた嘲笑と悪意は明らかに、会話の相手が持っていた秘密の知識に基づいている。彼らは、ロビンの行動や期待を馬鹿馬鹿しいほど無意味なものにしてしまう事実を知っているのである。「プロットを知らない唯一のキャラクター」として彼は自らの無知によって孤立していたのである。[15] おじの地位から利益を得るという自らの期待が空手形に基づいていたことを知ると、ロビンは自らの無駄な努力に対する人々の笑いの渦に加わる。彼の笑いは「一番大きかった」〔坂下40〕のだが、それは「解毒作用」を持っているからである。人類の動機についての彼の認識が正常性を取り戻したときの大きな安堵を示しているのだ(230)。夜の出来事は悪意に満ち残酷なものではあったが、それ以前に町で経験したこととは異なり、適応メカニズムについてのロビンの理解を損なうものではない。

親族が急に地位を低下させたことによって、ロビンは縁故主義の持つ負の側面に直面せざるを得ない。[16] 彼は近親者から得られる利益を楽天的に信じて旅を始めたのであるが、状況の変化によって、遺伝子の結びつきが持つ社会的に否定的な結果に向き合うことになる。ロビンは自分に有利だったはずの関係がいかに素早く負債に変わるか、忠誠心——自らのものも含め——がいかに唐突に消え去るかを知る。[17] わずか数時間のうちに、彼の近親関係やその共同体における文脈についての認識は劇的に拡大し修正される。ロビンは家族の一員を裏切ったことについて何ら後悔を口にしていないけれども、クライマックスの場面の（火、鬼、騒擾に満ちた）地獄のような雰囲気は彼の内面の苦しみを示唆しており、彼のおじと、潜在的にはロビン自身に向けられた共同体の圧倒的な力を示している。[18] 苦心惨憺して得た彼の認識はロビンの当初の無邪気さを強調している。[19] 彼は地域共同体に苦もなく溶け込むことができると考えていたが、それは誤りだったのだ。彼は売春婦の誘いを察知し、それを退けるだけの知恵は有しているけれども、少佐の名前を出すたびに否定的な反応をされることを手がかりに、少佐の地位に何らかの変化が生じたことを推測することはできない。政治的な駆け引きにうといので、彼はしばしば破壊的な変化にさらされる階層構造の中でおじの地位がいかに不安定であるかという事実を忘れてしまっているようだ。

ロビンはまず、縁故主義に基づく利他的行動は、多くの点で変化――漸進的変化だけでなく劇的な変化も含む――する社会的環境の中で機能することを認識していない。家族環境も共同体の環境も、長期間にわたって安定しているわけではない。親類に援助しようとする意志もそのための能力も変化しうる。そうした例は、その結果として生ずる経済的感情的悪影響とともに、文学作品のプロット上でも実生活の中でも豊富に見られる。人間はパートナーを選んでは捨て、富や地位を得ては失うものだ。同盟関係も権力構造も変わるのだ。そうしたことが起こるたび、個人が特定の血縁者から受けられそうな助力の種類も変化する。ロビンを驚かす「ダブルの顔の男」〔坂下37〕と同じように、縁故主義は「ダブルの顔」（つまりコストと利益）を示し、「数人の声」〔坂下34〕（競合する利益）で語るのだ(228, 226)。縁故主義の論理と環境との複雑で時には厄介な相互作用についてロビンが新しく認識することは、彼の成長の重要な瞬間となっている。[20]

ストーリーの最後で、若い主人公は夜の最後の出来事の間に彼と一緒に行動しようともちかける親切な町の市民の助けを得て、さらなる洞察に至る。この無名の「紳士」〔坂下40〕は、ロビンがすぐに町を去って帰郷するつもりであることを知って口を挟む（230）。町を出ようとする彼の計画が示すように、ロビンは金持ちで影響力のある親戚からの助けがないことで、この見知らぬ土地で成功するチャンスがなくなってしまったものと考えている。そのときこの連れの男は、近親者の助力なしでも「適当に世間を渡ってゆける」〔坂下 41〕、と言うのだ。ロビンにとってこの考え方は新しいものだったらしい（231）。ロビンに、親戚の寛大さではなく自らの努力を頼りにすべきだと促すことで、この男は目下の環境では血縁関係は比較的重要でないと示唆している。一部の論者が注目してきたように、このストーリーの結論はアメリカの植民地に存在する社会的経済学的な状況を美化しているようでもある。[21] 十八世紀中盤においては、アメリカは無数の移民——到着したばかりの移民と若干前に住み着いた移民——の国であり、彼らは自らの親族の多くをヨーロッパに残してきていた。旅行やコミュニケーションの効率的な方法がなかったので、彼らは自らの資源に頼るほかはなかった。多くの場合、家族や親族からの物質的ないし感情的支援なしに生き延びてきたのである。同様に、彼らは大西洋の向こう側にいる親類縁者たちの悪行や不運によって負の影響を受けることもなかった。

人口の多くが近親者ネットワーク——通常であれば人生で重要な役割を果たすであろうネットワーク——から切り離されている場合、縁故主義の影響がある程度まで無効化されるような社会的環境が生じる。これは彼の新しい仲間が指摘するように、若いロビンにとっては福音であった。助けてくれる親戚がいない若者、あるいは悪い評判を持ち社会から追放された親戚を持つ若者であっても、そのような場所では成功することができる。ロビンが家族間の利他的行為の複雑性について最後に学んだこの知識は、彼がかみしめた苦い教訓に比べると一服の清涼剤となりうる。血のつながりが薄い共同体の中では、ロビンはほかの場所——たとえば一八世紀中盤のヨーロッパ——よりも親類の富や地位に依存することはできない。だからホーソンのストーリーの最後の「ひねり」は、戦略的決断を下す上で環境の果たす役割を強調していることになる。つまり、血縁選択という適応的な原則は消え去ったわけではないが、この原則がどのように現れるかという点については文化によって違うのだ。

この、評価が高く、しばしばアンソロジーにも入れられる短編小説に対する批評家たちの論考は、概して、作者がその中核に据えている血縁関係と縁故主義という問題を無視してきた。ストーリーのもとになった文学作品や歴史的事件をさぐったり、神話、祖型、フロイト、政治的観点から読み解いたりといったアプローチが試みられ、大人への成人儀礼、無垢の喪失、オイディプス的、ないし政治的権威への反抗、政治的、歴史的、社会的、倫理的アレゴリーとして読まれてきた。[22] 歴史的文脈は確かに、このストーリーの舞台やプロットの中で重要な役割を果たしているし、前景化されたテーマの背後から政治的な意味合いを読み取ることもできよう。さまざまな先行作品や出来事へのアリュージョンは作品のメッセージやその効果を豊かに彩ってくれる。作品の多くの側面において確かに象徴的、示唆的であるし、作者の〔作品を書いた〕目的を明らかにしてくれることもあろう。しかし根底にあるのはまさにこのタイトルが明示すること——近縁関係を主張することについてのストーリーなのである。この作品は縁故主義の戦略を精査し、その背後にある包括適応度の原則や、コストと利益についての計算を描き出している。作品の若い主人公は血縁をもとにした利他主義に影響する複雑な要因——たとえば不安定な階層構造や集団的暴力の恐怖——に直面する。最終的にこの心騒がせるストーリーは縁故主義的な行動で重要な位置を占めているものが何かを特定する。それは「人間」ではなく、共有されている「遺伝子」なのだ。この厳しい現実を理解することは若いロビン・モリヌーにとってはまるで悪い夢でも見ているような、トラウマを引き起こすものである。一九世紀のアンチ・ヒーローに対して語り手が明示的にも暗示的にも何らの評価も与えていないことは、衝撃的だが疑問の余地のない真実を明らかにしている。場合によっては、利他的行動よりも利己的な戦略の方が「近親者」にとって——とりわけ、彼の血統の存続にとって——適応的な利益を与えるのだ。

注

1　Dawkins, *Selfish Gene*, 90; Eugene Burnstein, "Altruism and Genetic Relatedness," in *The Handbook of Evolutionary Psychology*, ed. David M. Buss (Hoboken, NJ: John Wiley and Sons, 2005), 528-29.
2　Dawkins, *Selfish Gene*, 91-95.
3　Martin Daly and Margot Wilson, *Sex, Evolution, and Behavior* (Belmont, CA: Wadsworth, 1983), 45.
4　Daly and Wilson, *Sex, Evolution*, 48.
5　Dawkins, *Selfish Gene*, 93-94.
6　Trivers, Natural Selection, 35; Dawkins, *Selfish Gene*, 95; Burnstein, "Altruism," 541-42.
7　すべて引用は Nathaniel Hawthorne, "My Kinsman, Major Molineux," in *The Snow-Image and Uncollected Tales, The*

Centenary Edition of the Works of Nathaniel Hawthorne, vol. 11, ed. William Charvat et al. (Columbus: Ohio State University Press, 1974), 208-31. による。

8　Dawkins, *Selfish Gene*, 89-90.

9　David M. Buss, *Evolutionary Psychology: The New Science of the Mind* (Boston: Pearson, 2007), 144.

10　Buss, *Evolution of Desire*, 38-41.

11　Daly and Wilson, *Sex, Evolution*, 51-55.

12　John N. Miller はロビンの「経験の概念的整理」が、自分が出会う人々の行動が理解できなくなることで次第におびやかされていくと指摘している。彼の「合理化する精神」が目の前にある解釈上のジレンマにもはや対処できなくなったとき、彼の環境知覚は「夢幻的」「非現実的」様相を帯び始める。"The Pageantry of Revolt in My Kinsman, Major Molineux," *Studies in American Fiction* 17, no. 1 (1989): 53.

13　Nathaniel Hawthorne, *The Scarlet Letter, Centenary Edition*, vol. 1, ed. William Charvat et al. (Columbus: Ohio State University Press, 1962), 118.

14　ホーソンの批評家の大部分はロビンがここでおじを助けようとしないことを倫理的な欠陥であるとしてロビンを批判している。Alexander W. Allison, "The Literary Contexts of My Kinsman, Major Molineux," *Nineteenth-Century Fiction* 3 (1968); Arthur T. Broes, "Journey into Moral Darkness: 'My Kinsman, Major Molineux' As Allegory," *Nineteenth-Century Fiction* 19, no. 2 (1964); Michael J. Colacurcio, "The Matter of America: 'My Kinsman, Major Molineux,'" in *Nathaniel Hawthorne: Modern Critical Views*, ed. Harold Bloom (New York: Chelsea House, 1986); Carl Dennis, "How to Live in Hell: The Bleak Vision of Hawthorne's 'My Kinsman, Major Molineux,'" *University Review* 37 (1971); Barbara Fass, "Rejection of Paternalism: Hawthorne's 'My Kinsman, Major Molineux' and Ellison's Invisible Man," *College Language Association Journal* 14 (1971); Rita K. Gollin, *Nathaniel Hawthorne and the Truth of Dreams* (Baton Rouge and London: Louisiana State University Press, 1979); Seymour L. Gross, "Hawthorne's 'My Kinsman, Major Molineux': History as Moral Adventure," *Nineteenth Century Fiction* 12, no. 2 (1957); Marsha Smith Marzec, "'My Kinsman, Major Molineux' as Theo-

Political Allegory,"*American Transcendental Quarterly 1,* no. 4 (1987); Roy Harvey Pearce, "Hawthorne and the Sense of the Past or, the Immortality of Major Molineux," *English Literary History* 21, no. 4 (1954); Fred A. Rcdewald and Neal B. Houston, "'My Kinsman, Major Molineux': A Re-Evaluation," *Real: A Journal of the Liberal Arts* 21, no. 1 (1996); Dwayne Thorpe, "'My Kinsman, Major Molineux': The Identity of the Kinsman;' *Topic* 18 (1969); Hyatt H. Waggoner, *The Presence of Hawthorne* (Baton Rouge and London: Louisiana State University Press, 1979) などの議論を参照。

15　Colacurcio, "Matter of America," 209.

16　Buss は、「家族の否定的な側面」に関して、血縁集団の中の「資源」や他のさまざまな利益をめぐる「普遍的な争い」について触れている。*Evolutionary Psychology,* 246.

17　Burnstein, "Altruism," 529-30 参照。

18　読者はこのストーリーのクライマックスと地獄ないしハデスのイメージが似ていることに気づかれるであろう。詳細についての分析は以下を参照。Dennis, "How to Live in Hell"; Alexander W. Allison, "Literary Contexts"; Max L. Autrey, '"My Kinsman, Major Moline1U:': Hawthorne's Allegory of the Urban Movement,"*College Literature* 12, no. 3 (1985); Marzec, "Theo-Political Allegory:"

19　Roger P. Wallins は「ロビンの自己イメージを（中略）否定的に描く」ことにおいて語り手が果たす役割について見事に分析している。"Robin and the Narrator in 'My Kinsman, Major Molineux,'" *Studies in Short Fiction* 12 (1975): 175.

20　上記の注 72 で触れた、ロビンの経験を堕落した、ないし罪深い状態への通過儀礼であると解釈する論者たちに加えて、彼の「成人儀礼」をより肯定的にとらえる評者もある。特に Charles Dodd White, "Hawthorne's 'My Kinsman, Major Molineux,"*Explicator* 65, no. 4 (2007); Miller,"Pagentry of Revolt"; Terence Martin, *Nathaniel Hawthorne, United States Authors Series, ed. Lewis Leary, rev.* ed. (Boston: Twayne, 1983). 参照。

21　Charles Dodd White と Robert C. Grayson による評論はこの点に特に深く関係している。"Hawthorne's 'My Kinsman, Major Molineu.x'"; and "The New England Sources of 'My Kinsman, Major Molineu.x,'"*American Literature: A Journal of*

Literary History, Criticism, and Bibliography 54, no. 4 (1982). を参照。

22　Roy Harvey Pearce, Peter Shaw, そして Robert C. Grayson は作品のモデルになったかも知れない歴史的事件を調査している。“Hawthorne and the Sense”; “Fathers, Sons, and the Ambiguities of Revolution in ‘My Kinsman, Major Molineu.x;” *New England Quarterly* 49, no.4 (1976); “The New England Sources of ‘My Kinsman,Major Molineu.x,’” *American Literature: A Journal of Literary History, Criticism, and Bibliography* 54, no. 4 (1982) 参照。ほかの多くの批評家たちはロビンの経験に見える歴史的文脈と政治的意義について評論している。Broes, “Journey into Moral Darkness”; Joseph D. Adams, “The Societal Initiation and Hawthorne’s ‘My Kinsman, Major Molineux,’” *English Studies* 1, no. 1 (1976); Miller, “Pageantry of Revolt”; Joseph Alkana, “Disorderly History in ‘My Kinsman, Major Molineux.’” *ESQ A Journal of the American Renaissance* 53 (2007); Gollin, *Nathaniel Hawthorne and the Truth*; Paul Downes, “Democratic Terror in ‘My Kinsman, Major Molineux’ and ‘The Man of the Crowd,’” *Poe Studies* 37 (2004); Peter J.Bellis, “Representing Dissent: Hawthorne and the Drama of Revolt,” *ESQ A Journal of the American Renaissance* 41, no. 2 (1995); Marzec, “Theo-Political Allegory”; John Russell, “Allegory and ‘My Kinsman, Major Molineux,’” *New England Quarterly* 40, no. 3 (1967); Terence Martin, Nathaniel Hawthorne; Emily Miller Budick, “American Literature’s Declaration of Independence: Stanley Cavell, Nathaniel Hawthorne, and the Covenant of Consent,” in *Summoning: Ideas of the Covenant and Interpretive Theory*, ed. Ellen Spolsky (Albany: State University of New York Press, 1993), 211-27; and Colacurcio, “Matter of America” など。Autrey and Sydney H. Bremer はロビンの旅を田舎と都会の価値観という点から分析している。“Hawthorne’s Allegory”; “Exploding the Myth of Rural America and Urban Europe: ‘My Kinsman, Major Molineux’ and ‘The Paradise of Bachelors and the Tartarus of Maids.’” *Studies in Short Fiction* 18, no. 1 (1981). モデルになったかもしれない文学作品や、この作品が暗に言及している作品は特定され議論されてきた。Alexander W. Allison, “Literary Contexts”; Mario L. D’Avanzo, “The Literary Sources of ‘My Kinsman, Major Molineux,’” *Studies in Short Fiction* 10 (1973); John C. Shields, “Hawthorne’s ‘Kinsman’ and Vergil’s Aeneid,” *Classical and Modern Literature: A Quarterly* 19, no. 1 (1998); and Peter Shaw, “Fathers, Sons.” 参照。父親像の探究、ないし父親への反逆としてロビンの経験をフロイト的に分析する例は Waggoner, *Presence of Hawthorne*; Simon

76 O. Lesser, "The Image of the Father: A Reading of 'My Kinsman, Major Molineux' and 'I Want to Know Why,'" *Partisan Review* 22 (1955); Frederick C. Crews, *The Sins of the Fathers: Psychological Themes in Hawthorne* (New York: Oxford University Press, 1966); Colacurcio, "Matter of America"; and Fass, "Rejection of Paternalism:

第三章
ソロー『ウォールデン』のバイオフィリア

ソローの自然界への強い愛情は彼の作品の中核的要素を占めており、それに関しては多くの論考がある。自然に対する想像力豊かで同時に科学的精神を持った探究心はさまざまな角度から解釈されている。その最新のものはエコ・クリティシズムであるが、進化生物学のレンズを通した分析は未だ本格的になされていない。[1] 特に、エドワード・O・ウィルソンが唱えたバイオフィリアという概念は、ソローが「生きている大地」〔飯田下248〕で見せている、強い感謝に満ちた観察眼に光を当ててくれるだろう。[2]「生命に注目し」、さまざまな生物とかかわりを持とうとする人間の傾向を研究し、ウィルソンと他の学者たちは、この傾向が生得的なもので、ホモ・サピエンスの適応であることを裏づける大量の証拠を集めてきた。[3]『ウォールデン』でソローは自らの「森の生活」を語り、人間の活力、満足感、目的意識のかけがえのない源として位置づけているのだが、この作品は生物学から文化人類学、心理学、認知科学、芸術まで多方面で研究されている「バイオフィリア仮説」を雄弁に支持してくれる。ソローの自然への多角的なかかわりを人間の普遍的本性の発露として認識することで、読者は彼が人間の〔生きる〕目的をラディカルに問い直したことがどのような適応的意義を持っているのかを理解することができるだろう。ソローが社会的規範を拒絶したことは、彼が世界中の人間は皆兄弟だと考えていたこととあわせ、適応度に準拠した一連の一貫した選択の反映である。

祖先が暮らしていた環境で支配的だった状況が、バイオフィリアが進化する文脈として機能した。死肉をあさるノマドとして、古代の人類は自然界に完全に溶け込んでいたからである。物理的な環境（植物相、動物相、地誌的知識、天候の変化のパターーン）に精通していることが生存に不可欠な条件であった。多くの認知メカニズム、配偶者選択時の嗜好、そして心理的な反応が環境を生き抜く必要性というるつぼの中で形成されてきた。現代人はこうした適応的形質を受け継いでいるけれども、それらを発揮する環境は劇的に変わってしまった。ソローは遺伝の法則や行動の進化についての科学的知見が得られるはるか以前の時代に生きていたけれども、はっきりと「人間と自然との関係は永遠である」という前提に立っている。彼は「人間としてのわれわれの共通の（中略）状況」、自らが普遍的であると見た状況について語っているのだ。[4] ナチュラリスト、小規模農家、エコロジストの先駆者、環境保護論者としての彼の考え方は現在多くの学問領域（生物学、文化人類学、哲学、美学など）での研究で話題になっているバイオフィリア仮説、とりわけ、自然と「広範囲で共鳴する価値観」が「個人として、種として適応し生存しようとしてきた人類の進化論的闘争において明確なメリットをもたらした」という考え方に通底するものがある。[5]

環境の選択

「あらゆる生物にとって、生存への最初の一歩は生息地の選択である」と、ウィルソンらは述べている。[6]ソローが『ウォールデン』で、「自分が住んでいるところ」〔飯田上143〕と、なぜその場所を選んだのかを詳細に語っているのは偶然ではない。彼は他の人々の選択についても興味を示していた。古今東西の文化についてのソローの好奇心は、彼が「人間と環境との関係に大きな関心を持っていた」こと、「さまざまな自然環境での」人間の姿を研究したいという彼の姿勢を反映している。[7]人間以外の動物が「自らの解剖学的生理学的構造に最適な」環境で生きるために「生得的な行動原理」に従うのと同様、人類もまた「生まれつきの嗜好」によって生きる場所を選ぶ際、「人類に最適な環境についての深く遺伝子に刻み込まれた記憶に反応している」。考古学的な証拠によれば、「二千万年近くの間」アフリカのサバンナが原初の人類のおかれた環境であった。[8]理想的な特徴としては、開けた空間や豊富な植生、木々、水に恵まれ、丘や崖など、遠くを見渡せる地点がそばにあることだ。人類の先祖たちにとってそのような場所が水、燃料、ねぐらとともに狩猟採集の成功を約束してくれるものであった。遠くにいる獲物や敵を見張ることができたからである。[9]

ソローは自らの「実験生活」〔飯田上76〕のために選んだ場所を詳細に記述しているが、そうした特徴から考えると、この場所は人類の祖先にとって理想的な環境であるためのいくつかの重要な要素を有していることがわかる(51)。彼は家を「小さな湖のほとり」〔飯田上153〕(86)に建てる。この池は「広大な森のどまんなか」〔飯田上153〕にあるが、ソローはここが人工的に植林された土地であることを明確に記している。開けた土地に背の低い再生林の木々が茂っているという状況であった。「最近森が伐り倒されたばかりの、すぐ近くの丘のてっぺんに登ると、湖を越えて南のほうには、対岸をなしている丘の広いへこみを通して気持ちのいい景色がひらけていた」〔飯田上154〕(86)。方角によって、「まわりをとり囲む森」〔飯田上154〕のために見通しが悪い場合があったが、他の方角に目を向ければ「そのあたりの緑なす丘のはざまや頂のむこうには、(中略)北西のほうにはさらに青くさらに遠い山々の峰(中略)まで、ちらりと目にはいった」〔飯田上154〕(87)。家そのものは「丘の中腹」〔飯田上206〕に位置しており、そこは「より広大な森の端」〔飯田上206〕にあって「丘をくだる一本の細い道」〔飯田上206〕が池まで続いていた(113)。また「湖のまわりを歩きまわっていたとき」〔飯田下18〕に「狭い段々のついた小道」〔飯田下18〕もあった(180, 179)。毎日の散歩について記すとき、彼は無数の道やルートが家と自分が興味を持っていた他の場所を結んでいたことを示している。要するに、彼は人類の先祖の好みにきわめて忠実に住む場所を選んでいるのだ。動植物が豊富に棲息しており、水や燃料といった重要資源もある。他の地域への移動を可能にする通路もあるし、より遠い領域を見渡せる地点もある。ソローの選んだ生息環境の開放的な性質は、主としてその中心にある水の存在によってもたらされている。池の向川に広がる景色が重要な視覚空間を形成しているのだ。[10] 彼は冬になると池の水面が凍るために「多くの地点へ通じる新しい近道ができ」〔飯田下181〕

ること、そして、同じくらい重要なことには「見慣れた風景を眺めわたす」〔飯田下181〕機会が得られる（271）ことを楽しげに書き記している。冬には彼の住まいはこれまでにないほどサバンナに似た様相を呈することになる。「若いマツの木々が点々と生えている大地に深く積もった雪」〔飯田下203〕が「私の家が建っている丘の斜面」〔飯田下203〕を覆う（282）のだ。

ソローは『ウォールデン』の二章「住んだ場所と住んだ目的」〔飯田上143〕で、住む場所を選び、評価することがいかに重要であるかを詳細に論じている。ホロウェルの農場を買おうとしたことについて短く触れた後、彼は人間というものはどこが住むのに適しているのかをひんぱんに判断するものだという。人間には「すべての場所が家を建てることのできる敷地のように思われる」〔飯田上143〕（81）のだ。このソローの洞察は進化適応環境（EEA）において人類に有利に働いた適応を示している。定住する場所のない人類の祖先は何度も住む場所を選ばなければならなかったのだ。[11] ソローは自らが最終的に選んだ場所を高く評価する傾向があるが、そのために彼の場所探しのプロセスの記述はバイオフィリア的なエネルギーが感じられるものとなっている。ソローが自分の家がある場所を絶賛するのは生きるためのニーズに応えてくれるからだ――家があることで食べて、寝て、体を洗って、暖まることができる。しかし同時に彼は眼に見えない利点をも挙げている。ソローは家のある場所のさまざまな美的な長所について書き、自分が享受している自然の資源は有益であるだけでなく美しいと記している。たとえば池は水源、冷蔵手段、食用にする魚の生息地であるだけでなく、「水晶のように済みきって」〔飯田下15〕おり、「おどろくほど透明」〔飯田下16〕で独特の青緑色をした水、その中に住む「黄金色とエメラルド色とがまじりあった」〔飯田下207〕カワカマスの美しさを称賛しているのである（177, 178, 176, 285, 286）。

水は人間の居住地において非常に重要な要素であるために、ロジャー・S・アルリッチが指摘するように、「現代人は大人も子どもも水のある風景を強く好む傾向があり、風景の中の水が持つ特定の属性、とりわけ光沢を敏感に察知することが証明されている」[12]。継続的に関心――美的、精神的、そして科学的関心――を向ける対象として池を選び、その透明度や美しさをとりわけ重視することで、ソローはまさにこのような感受性を示している。彼はさらに、天国のような場所や時代、つまり、黄金時代、カスタリア泉、エデンの園などと自らの住処を関連付けることでそれを美化する（179）。そうした比較を通してソローはその場所がいかに望ましいものであるかを劇的に裏付け、人類という生物にとって生息地が根本的な重要性を持つことを確証している[13]。

自然研究

ウィルソンは、われわれは――その生態、生活環、行動についてできるだけ多くを知るために――周囲の生物を観察し研究しようとする願望、そうした知識を習得しているかどうかが生きるか死ぬかを左右していた祖先たちから受け継いでいると主張している。アマチュアの自然主義者としてソローはこのバイオフィリア的傾向を率直に示している。動植物の生態、季節のサイクルや自然の変化を精査する彼の姿に、われわれは「科学的手法で明らかになった自然界」[14]を理解しようとする人類の志向を見ることができる。忍耐強く好奇心旺盛な観察者であるソローは「たえず油断なく見張っていること」〔飯田上 201〕や「見るべきものをつねによく見る」〔飯田上 201〕ことを強調している（111）。彼は（とりわけ）ネズミ、リス、アリ、ヨタカ、カケス、マスクラット、アヒル、アビなどの外見や行動について記し、気泡が氷の中に飲み込まれていく様子を明らかにするために時間をかけて実験を繰り返し、初氷や雪解け、近くの川の最高温度や最低温度を記録している。ソローは一貫して「一連の、実証可能なパターン」[15]に関心を抱いているのだ。さらに彼は大変な手間をかけて、ウォールデン湖が「底なしだ」〔飯田下 208〕であるという神話を否定している。湖の底の構造をさぐるために様々な場所から（「百回以上にわたる」〔飯田下 213〕独立した「測深」〔飯田下 213〕を通じて）その深さを測っている（289）。

ソローは自らが獲得した知識が直接的に何の実用的な役に立つのか、それほど頻繁に明らかにしているわけではない。彼は自然界、あるいは少なくとも彼が住んでいる周囲の自然界の一部についての情報を蓄積することが、それ自体興味深く価値のあるものだと考えている。そうした情報が近い将来有用になるかもしれないのだ。ちょうど釣り人が昆虫についての知識を得て、そのために冬、よい餌を手に入れることができるように。しかし実用的利益がないように見えるときですらソローは、自然環境を研究することは根本的で重要で魅力的であり、「〔他の生き物を〕知ることは生命という概念そのものを高めてくれる」[16]という確信をわたしたちに伝えている。彼は、そのような研究は時間と知的努力という大きな「投資」を必要としていることを示しているが、まごうかたなき満腔の熱意をもってソローがなしているものこそ、そうした「投資」なのだ。

ソローの熱狂的な、しかし精緻な調査活動の結果が、彼の著作の大部分を占めている。彼の研究は次第に「主流の科学的研究」[17]で高く評価されるようになってきた。たとえばソローは「ひとつの森が消滅して別の森がその後に現れるモデルを、識別可能な規則を持ち、それゆえに予測可能な進行中のプロセスとして提示」し、「現代のエコロジー研究に通底する、生物コミュニティの他の特質」[18]を記録している。ソローは一貫して「自然現象を時系列を追って観察し、秩序づけ、記述」しようとする。そうすることで「自然現象を説明する仮説、法則を見いだそうとする」[19]のだ。「われわれのすぐ隣で、世にも偉大な法則がたえず遂行されているのである」〔飯田上242〕。自然界の成長と自然現象のプロセスを支配する原則を発見することに興味を持っていたために、ソローは自然をずっとあいまいに、茫漠とした形で称賛していた多くの同時代人とは一線を画している。[20]ダーウィン以前の進化論[21]を知っていたソローはダーウィンの『種の起源』を「受け入れ」、一八六〇年に読んだ後、その「抜粋」[22]をつくっている。デーヴィッド・M・ロビンソンが主張するように、「自然界の生物の形態がどのように進化してきたかについてダーウィンが行った記述は、自然界には変化、死、そして再生という容赦のないプロセスがあるのだ、というソローの感覚と合致したものであった」[23]。

ソローは人間の活動によっておおむね「飼い慣らされ」、EEAとは多くの点で大きく異なっている物理的世界を探究している。彼の自然に対する圧倒的におそれ知らずの姿勢は現代的に矯正された自然界に対してはじめて現実的なものとなる。しかし他方、ソローは恐るべき自然の力を冷静に評価してもいる。熊や狼の脅威から解放された、安全なコンコードの田舎においてすら、彼は異種間の、あるいは同種の間の競争によって生じる血まみれの戦いを記録している。「たがいに貪《むさぼ》りあ」〔飯田下266〕う「無数の」〔飯田下266〕生物たち、「泰然として果肉のようにつぶされて死んでゆ」〔飯田下266〕く「弱い生命」〔飯田下266〕についてソローは思いをはせる(318)。地球の気温が少し下がるだけで人類はいともたやすく絶滅するだろう、と彼は言う。「ほんの少し寒い金曜日とひどい大雪がやってくるだけで、地球上の人類の生存には終止符が打たれることになるのだ」〔飯田下148〕(254)。ソローは自然の破壊力を認め、その「それほどのどかとはいえない」〔飯田下106〕側面と、「偉大さ」「豊かさ」とをはかりにかけている(228, 166)。「包括的視点」から腐敗と死という自然のプロセスを分析して、彼は「自然界の永続的なエネルギーとダイナミズム」を強調するのである[24]。

美意識と認知

進化心理学の多くの研究は、人類の祖先が暮らしていた環境が美意識の発達を含む人類の認知的能力の進化に重要な影響力を及ぼしていたという仮説を出発点としている。この認識はソローの理解や前提とする考え方とほぼ一致している。ウォールデンでの活動の多くの基盤となった物理的環境の探究は、「人間の精神は、自分が暮らしている世界に遭遇し、それと折り合いをつけることで考え、発達するのだ」という確信、人間の知覚は進化の結果得られた「認知的枠組み」[25]に基づいて行われるというソローの確信を反映している。ソローはそのような考え方を、自然界の美しさを鑑賞する際にもっとも直接的に吐露する。しばしば彼は自然現象によってもたらされる美的な喜びは、その実用性と同じくらい価値のあるものであると主張する。ソローは「食べ物としてよりも、むしろ美しさや香りのよさが貴重な」〔飯田下121〕ものとして野ブドウを摘み、バーベリーの赤い「美しい実」〔飯田下121〕を愛でるときも「目を楽しませるだけで満足した」〔飯田下121〕のである（238）。彼は現代主流となっている認知的理論、とりわけ「精神は生得的に」自然現象の「対称性と力を認識可能である」という理論を先取りしている。[26] 地元に生えている植物、カヤツリグサ（wool-grass）の「弓なりに反った」〔飯田下250〕美しさを賛美してソローは、動植物は「すでに人間精神の内にあるさまざまな型」〔飯田下250〕のために「芸術家が模写したがる形態」〔飯田下250〕を持っている、という（310）。芸術が人の心を動かす力を持っているのは、「われわれの生物学的構造、そして、他の生物とわれわれとの関係」のためであると考えているのだ。[27]

人間の美的反応を生得的な性質と結びつけて、ソローははっきりと「美的趣味なるものは（中略）戸外で、もっともよく培《つちか》われるものなのだ」〔飯田上72〕（38）という。床掃除をするたびに「家具類」〔飯田上206〕を屋外に移動させ、彼はこうした「見慣れたもの」〔飯田上206〕が、戸外の環境で「ずっとおもしろみが出てくる」〔飯田上205〕と書いている（113）。このために彼は「こうしたもののかたち」〔飯田上205-6〕（つる、葉、松ぼっくりなど）が「テーブル、椅子、寝台架などに」〔飯田上206〕好ましい装飾として「刻まれるようになった」〔飯田上206〕のは、かつてそれらが「森のなかに立っていたから」〔飯田上206〕（113）だ、と考えるに至るのだ。ソローは、毎日の必要を満たすために自然に依存しなければならなかった人類の長い歴史のために、われわれは自然界に存在する様々な形を装飾として選ぶようになったのだと主張する。人類の美的嗜好は人類の種としての自然とのかかわりによって形成されたのだ、というわけだ。このような意見は、祖先が自然環境の中で暮らしていたことが人類の心理的反応の進化に重要な影響を与えたという説と符節を合している。

普遍的な近縁関係

ソローの自然哲学の根幹にあるのは、自身が生物学的に、あらゆる生命と結びついているという確信である。彼はダーウィンによって後に体系化される概念、人類は種としては中核的でも特別でもなく、巨大で地球規模の近縁関係が織りなすネットワークの一部に過ぎないという概念を、当時の言葉で表現している。遺伝や変異、時間をかけて生じる自然選択による進化の正確なメカニズムは知らなかったけれども、ソローは自身が地球上のあらゆるものと有機的な関係を持っていると主張した。彼の後の世代の遺伝子学者たちは彼の主張がいかに正しいものであるかを証明することになる。地球上のあらゆる生命は単細胞生物を祖先として進化したものであり、したがって、一見まったく異なった種の間にも実証可能な遺伝的関係があるのだ。[28] ソローはこの深く広範囲にわたるつながりに対する喜びを修辞疑問の形で表現している。「からだの一部は葉っぱであり、植物の腐葉土なのではあるまいか」〔飯田上 249〕(138)。このように、植物界との血縁関係があると宣言することは単なる誇張、汎神論的な文彩ではない。『ウォールデン』を通して、彼は暗黙のうちに、自らが描写する〔生物〕

相互の結びつきの生物生理学的基盤を指し示しているのである。ロレンス・ステープルトンはソローをエマソンやほかの十九世紀の超絶主義者とこの点で異なっているとし、ソローの同時代人たちは「プラトン的な一致、対応の観念」に基づいて彼らの哲学を構築していたのに対し、ソローは「具体的事物の間の微細な、これまで見逃されてきたり気づかれなかったりした相違や類似」に対して自然主義者として注目し続けてきたと述べている。[29] ソローは一貫して、自らが表現する「宇宙的共感」の「確固たるベース」、物理学的世界にある基盤を確立しているのである（330）。[30]

人間の農業に対するソローの一風変わった視点は、種を超えた近縁関係という文脈でもっともよく理解しうるだろう。農業に向かない気候を歎くかわりに、彼は生態系全体を見通すような視点をとり、洪水のように降る雨によって「土のなかの種が腐り、低地のジャガイモがだめになったとしても」〔飯田上 236〕、絶望する理由はないのだという（131）。じゃがいもにとっては壊滅的であるが、そのような雨は「高地の草にはいいわけだし、草にとっていいことなら、私にだっていいだろう」〔飯田上 236-37〕（138, 強調筆者）。明らかにソローは芝草の生存が自身にとっても重要性を有していることを確信している。彼の健康状態は芝草の健康状態と結びついているのだ。また、当初はウッドチャックを「敵」と見なし、雑草を除去しようとする努力は「長期戦」〔飯田上 288〕であると書いているが、次第にこうした人間中心的な見方から脱却していく（155, 161）。自身が種を蒔き鍬入れをしたマメは「ウッドチャックのために育つのではあるまいか?」〔飯田上 296〕と彼は結論づける。庭師としての彼の努力は「私には刈り取ることのできない実をみのらせている」〔飯田上 296〕のである（166）。[31]

同様に彼は品種改良された植物の方が野生の植物よりも優れているという評価を否定する。ソローの農業革命への考え方は多くの理由から――とりわけ、それが人間の〔主としての〕優越という誤った前提に基づいているから――両義的である。農家の人々によって丹精込めて育てられた果物や野菜が、それらがとってかわった野生の植物――「人間が収穫しないだけの話で、じつはさまざまな作物が豊かに育っている」〔飯田上282〕――よりも本質的に高い価値を持っている、というわけではないのだ（158）。ソローは、あらゆる生物は太陽、雨、栄養分豊かな土壌といった植物の生長に必要不可欠な自然界の資源に対して同等の権利を持っていると断言して憚らない。太陽は「自分たちの耕地を平原や森を分けへだてなく見おろしている」〔飯田上295〕と彼は指摘する。「太陽から見れば、地球全体が菜園とおなじようにひとしく耕されているのだ」〔飯田上295〕（166）。野生動物が彼の作物を食べた場合、あるいは彼の作物が枯れて雑草がその代わりに茂っている場合、「雑草の種は小鳥たちの穀物庫になる」〔飯田上296〕。ソローの損失はほかの、人間以外の動物の得た利益で埋め合わせられ、それらの生存はソローの生存にとっても重要なのである（166）。

ソローの動機は明らかに、現在包括適応度と定義されている原則にある。W・D・ハミルトンが最初に示したように、個体の適応度は単にその個体が直接繁殖に成功した度合い（すなわち子孫の数）だけによってはかられるものではなく、その個体と遺伝子を共有する全個体の繁殖成功度を含んでいる[32]。きょうだい、いとこ、その他血縁者の繁殖に向けた努力は個体が次の世代に引き継ぐ遺伝子の総数を増やすことができる。縁故主義的な行動はそうした事実に基づいている。動物界を通じて、個体は血縁関係のある個体を助ける傾向があり、さまざまな利他的行動が見られる。近縁関係にある個体を助けることは共有された遺伝子の生存確率を上げるからである。ソローが人間ではない種の生物を近親者として位置づけるとき、彼はこの〔包括適応度の〕原則を進化論的に拡張している。それら〔人間ではない種の生物〕の適応度も、自らの適応度に貢献する、というわけである。他の生物にとって「よいこと」は自分にとってもよいことなのだ、という彼の確信は、ウィルソンが「生物の系統発生的連続性」と呼ぶものについての高度に発展した感覚を示しているし、バイオフィリアの中心的原則、とりわけ「われわれは文字通り、他の生物と近縁関係にある」[33]という原則と通底している。「分子レベルから見れば、あらゆる動物はお互い親戚のようなものだし、植物ともつながりがある」[34]。「人間と自然との関係は互恵的である」から、共同体や仲間のもたらす縁故主義的な利益を享受するためには自分自身の種にのみ依存する必要はない。[35]自然主義者として、ソローは「種どうしの相互依存関係」「自然界を動かしている相互依存関係」を調査した。[36]作家として彼はさまざまな修辞学的装置を用いて、後のエコロジストたちに規定される考え方、とりわけ、「あらゆる環境は社会的環境である」「人間と自然の間には常に互恵的関係がある」といった考え方を生き生きと表現した。[37]ソローが森に引っ越したのは、そこの方が「もっと自分の顔がきく」〔飯田上 41〕(19) からだ、と彼は言う。彼は庭から駆除した雑草と「親しい奇妙な交友関係」〔飯田上 287〕を育み、「リス族」〔飯田上 118〕と居を共にする (161, 65)。ソローは「ブナの木やキハダカンバやむかしなじみのマツの木と会う約束を果たす」〔飯田上 171〕ために何マイルも歩き、松の葉が「友情の手をさし伸べ」〔飯田上

238〕る（265, 132）。『ウォールデン』にはこのような擬人化の例が豊富に見られ、ソローが毎日人間ではない動植物とかかわりを持ち「自然の隣人であるという感覚」を持っていることが伝わってくる。[38] トマス・パフが指摘しているように、そのような「擬人的な文彩は（中略）」人間以外の自然と「不可避的に結びつき、相互に依存する関係にあることを示し、具現化しさえしている」。[39]

ブナの木やブタクサのような、通常は感覚を持たないと見なされている生命と関係を持つことで、ソローは地球的規模の家族的つながりを称賛するためにユーモラスな誇張をおこない、「単に知的であるだけでなく全人的な経験を伝えるために」、また、「科学的関心と環境に対する配慮、美的鑑賞眼」を融合するためにメタファを用いている。[40] 彼は動植物だけでなく自然現象にも人間の性質を付与し、「四季を友と」〔飯田上 236〕したり、孤独を銀河系のほかの惑星によってまぎらわしたりする（131, 133）。時にはその戦略を逆転させ、人間の本性やその生業を動物の行動、植物の生長、季節の移り変わりなどの観点から描写することもある。たとえばソローは家の地下室を、それができる前にそこに住んでいたマーモットの巣穴になぞらえ、異なる種によって作られた「ねぐら」の共通の特徴を強調している。「家屋とは、いまでも巣穴の入口にある玄関のようなものだ」〔飯田上 85〕（45）。彼はちょうど種が芽を出すように、時間をかけて「思想がゆっくりと根を張り、花ひらく」〔飯田上 238〕（132）のを楽しんでいる。人間的な現象とそうでないものの事象を比喩的に結びつけることで、ソローは読者たちに、人間は生態系の中で独特でも孤立してもいないと印象づけるのである。一見「荒々しくわびしげなもの」〔飯田上 238〕に見える環境の中にあっても、彼は「自分との近縁関係」

〔飯田上 238〕に支えられているのだ（13）。

ウォールデン湖そのものも、ソローの比喩的な言葉遣いで特に頻繁に表現されている。彼は一貫してこの池に人間の特徴を与え続けているのである。池は彼の「隣人」〔飯田上 153〕であり「ベッドをともにする親友」〔飯田下 184〕（86, 272）だ。彼はその「顔」「唇」〔飯田下 203〕「髭」〔飯田下 22〕「肌」「睫毛《まつげ》」〔飯田下 29〕「眉毛」〔飯田下 29〕に言及する（86, 311, 181, 294, 186）。池の水が毎年凍ったり溶けたりするのは睡眠ないし冬眠にたとえられる。冬には池は「まぶたを閉じて（中略）冬眠にはいい」〔飯田下 204〕り、春には「目覚めたばかりの人間のように、伸びをしたりあくびをしたり」〔飯田下 234〕する（282, 301）。ソローによれば、池は感情（「喜び」「幸福感」）や精神的な活動を表す力があるという。「あのときと同じ思想が水面に湧きあがっている」〔飯田下 40〕（311, 193）。ソローは最終的に池に形而上的な「意識」を与え、毎年の雪解けを霊的な再生になぞらえている。「ウォールデンは死んでふたたび甦ったのである」〔飯田下 253〕（311）。『ウォールデン』の中核部分で、読者は「ウォールデンを生き物として、ほとんどアニミズム的に召喚する」ソローの姿を見るであろう。[41] 中心的な象徴を描写する際、ソローは一貫してメタファの力を用いて遠い親戚の存在を読者に認識させ、人間という動物と、他の生命とを結びつける類似性や同等性を伝えようとしているのである。

生命体としての生態系

包括適応度理論は、協力的・縁故主義的傾向は血の濃さに比例することを予想する。遺伝子を共有する割合が大きければ大きいほど、結びつきはより強くなるというものだ。これまでの議論で明らかなように、ソローはこのような機械的計算によるのではなく、近縁関係を寛大な形で、より平等に考えて行動している。さらに、研究者たちが指摘しているように、新石器時代の集団においては、死亡率が高かったために個人は「直接血のつながっている者たちではなく、むしろ遺伝子的に遠い関係の人々」とともに暮らしていた。このような事実のために「血の薄い関係であっても助け合いや強い互恵性」が発達し、「近縁関係のメタファ」[42]を用いることに適応的な意義が生じたのであろう。事実、人類は同盟相手、部族、ないし国家を「親子」ないし「きょうだい」として考え始めるとき、近縁関係のネットワークの知覚を拡大させている。これと関係する現象として、文化人類学者たちが世界中で遭遇してきた、虚構の、想定上の近縁関係が挙げられる。人類からは遠く見える種を近縁者と認識するためには、このような認識を一歩ずつ、ゆっくりと、広げていきさえすればよいのだ。[43]われわれの出発点は「利己的な遺伝子」かもしれないが、この遺伝子の持つ「利己性」を用いて連帯の範囲を狭めるのではなく広げていくことができる。縁故主義の持つ忠誠心を「一歩ずつ外へ外へと広げていき、最終的には地球全体にまで及ぼす」[44]ことが可能なのだ。さらに、進化論的な長い時間の観点から見れば、包括適応度という狭い考え方はほとんど意味をなさない。「個体が生きるのはわずかな間でしかない。個体が生きている環境としての生態系が、長い長い時間をかけた発展の基本的な単位なのである」[45]。リチャード・ドーキンスは「複数の世代にわたって流れるＤＮＡの川は特定の肉体にはほんのわずかの間とどまるに過ぎない」という。[46]長期的な視点を取れば「遺伝子がわたしの中にあろうがいとこの中にあろうがチンパンジーの中にあろうが、ほとんど違いはない。もっといえば、わたしの中にあろうが牡蠣の中にあろうが蟻の中にあろうが問題ではないのだ」[47]。これは、喜んで作物をマーモットや鳥、虫に与えるときにソローが考えていたことと同じである。「生態系中心主義が利己主義にとってかわる」[48]。彼は「個人は自分が暮らしている地域とその運命を共にしている」[49]という観念を持つようになる。クラッチが主張するように、「人間が自然の一部なのであって、自然が人間の一部なのではない〔中略〕だから人間は自然の中に飲み込まれてしまう」[50]ということはソローにとっては明白なことであった。

無生物の現象――水、氷、土、雨、太陽、風――に感情や意志を与えるというソローの顕著な特徴を見れば、彼の思考がいかに包括的なものであるかを理解することができる。ひとつの種は「別の種に融合され、ひとつの集団は〔別の集団と溶け合って〕生態学的な集団となり、最終的にはわれわれが生命として認識しているものが、われわれが無生物と考えているもの、つまりフジツボ、岩、〔中略〕雨、大気と一体となる」[51]。自然主義者としての観察によってソローは三つの一見異なる〔動物界、植物界、鉱物界という〕界を超えた類似点について考察することができたのである。土手の雪が解けて「砂や粘土」が流れ出したときに生じるさまざまな形について語りつつ次第に雄弁になり、ソローは動物、植物、鉱物の間に本質的な共通性を見ている（304）。彼はとりわけ、単一の「原則」ないし基本構造が何千もの生物、無生物の形態の基本にあるという考え方を持っている。「葉の形を自然界の成長の本質的な『型』として引用しながら」ソローは葉という「理念」〔飯田下243〕が鳥の翼、珊瑚、豹の爪、鳥の足、氷の結晶、人間の手、耳、肺などの中にさまざまに形を変えて存在していることを見いだして歓喜する（306）。[52]「溶岩のような」こうした形態が砂や粘土の絶えず変化するパターンの中に「爆発的に生じる」。あらゆる生物の形態の中に見られる基本的なデザインが土壌そのものの中に生き生きとその姿を現しているのだ（305）。彼は現在エコロジストからの関心を集めているガイア仮説にも似た考え方を示している。「あらゆる生命の総体（biota）は物理学と言うよりもむしろ生理学の原則に近い属性を持った、ひとつの統合された体系としてふるまう」。[53]

砂丘に対する絶賛されている賛辞の全体を通して言葉遊びと優美で装飾的な表現を用いつつ、ソローは自分の考えだけでなくその比喩をも、自らが目にした外見上の類似と関連付けている。[54]「自然選択といった当時ようやく使われるようになった単語や、生命中心主義という現代の術語を使っているわけではないが、ソローは明らかにこれらの視点を概念化し、その意義を考察し始めているのである」。[55] 統一性から生じる多様性を賛美して、ソローは「大地」〔飯田下243〕を擬人化するに至る。それは自らの「内部」〔飯田下243〕に、葉という「理念」〔飯田下243〕を懐胎している、というのだ（306）。宇宙から地球を見下ろしているかのようなパノラマ的な視点を取れば、「さらに大きな葉」〔飯田下244〕――河川が「動脈」〔飯田下244〕を形成しているような葉が見えるだろう、と彼は結論する（307）。惑星全体が、地上に見られるさまざまな現象に遍在する形の巨視的な現れのように見えてくるのである。「ガイアは宇宙から見た共生系であり」「場所というよりはむしろ身体として見た地球という生命環境、惑星表面である」とセイガンとマーグリスは〔ソローと〕同様の主張をしている。[56]

ソローも惑星そのものを生命体とみる。「大地はあまねく生きており、小さな乳頭状の突起物におおわれている」〔飯田下235〕（302）。彼は生態系――「あらゆる遺伝的な自己と同様現実的で、究極的な存在」[57]――という現代的な視点を持っていたのである。

存在に対する人間中心的なアプローチに断固として反対しつつ、ソローは読者に「宇宙はわれわれの視野など及ばないほど広い」〔飯田下269〕（320）ことを思い起こさせる。われわれが暮らしている惑星でさえ、「地球とよく似た太陽系のさまざまな天体」〔飯田上23〕（10）のひとつに過ぎない。最初から最後まで、ソローはわれわれに、自分自身がいかにちっぽけな存在であるかを受け入れ、「自分がその一部となっている、より大きなドラマの中で」人間が演じる「些末な役割」[58]を認識せよと迫る。宇宙的な広さという「光」の中で豆畑の草取りをするようにすすめ（10）ながら、彼は「当時支配的であった宗教や哲学にはほぼ見ることができない哲学的謙虚さ」を示している。[59]「彼は、あらゆる生命はひとつであると感じていたし、彼が所属したいと願ったのは小さな『人間』という集団ではなく、『全体』であった」[60]。あらゆるものがあらゆるものと結びついているという認識は解放的なものであった。というのもこの認識は直接的な適応度の重要性を減じてくれるからである。ひとつの個体の中のDNAのかなりの量が――現在絶滅してしまった種も含め――何らかの近縁関係のある種によって間接的に次世代に受け継がれているために、実質的には地球上の過去、現在、そして未来のあらゆる住人は単一の巨大な遺伝子プールに属しているのである。[61]多面的だが一貫性のある総体と見なされた場合の自然は「無類に豊かな天分の持ち主」〔飯田上249〕となり、それゆえに「その子孫のだれよりも長生きする」〔飯田上249〕のだ、とソローは断言する（137, 138）。彼は無数の近縁種が繁殖に成功することに喜び、地球上のあらゆる生物同様彼自身も享受している高度の包括的適応度にひそかな満足感を覚えていたのである。

このような、血統についての「より広い（中略）視点」をとることでソローは個人的な適応度や、重要なことには、社会という戦場における競争に対して無頓着な態度でいることができるようになった（320）。資源を蓄積し高い地位を獲得するための闘争はさまざまな種類の至近要因によって動機づけられるかもしれないが、そうした闘争が寄与する究極的な目的は直接的に適応度を上げること、すなわち配偶者を見つけて子孫を残すことである。富を築き評判を高めることに成功した人は性交渉の機会が増え、子孫を成功裏に養育する手段を持つことになる。[62] ソローが個人の適応度に対して無頓着なのは、あらゆる生命体をつなぐ広範囲な血縁ネットワークがあるという認識を反映しているが、その結果彼は「みんなが褒めたりもてはやしたりする人生」〔飯田上41〕（19）を拒否することができるようになった。エリートとして雇用され、地位の高い人々と仲良くする必要もなく、豪華な家具や外国の食物、おしゃれな服装なども無縁でいられたのである。ウィルソンが指摘するように、「生態系の変化、そして進化論的時間で生じる変化」という視点からすれば、「伝記的な、ないし政治的な出来事」の〔進化論的時間からすれば〕利那的な関心事は「比例的にその重要性を減じてしまう」。[63]

十九世紀中盤のアメリカにおける物質主義、テクノロジー偏愛、職業主義に対するソローの嫌悪感は多くの側面を持っていたが、人間のおかれた環境に対して生命中心主義的な分析をすることによって社会的毀誉褒貶に対して恬淡たる態度をとり続けることができたのである。[64]

共同体の価値と一線を画すことは必然的に、典型的な人生観の諸条件からの脱落を意味する。ソローは『ウォールデン』で結婚や育児にはほとんど関心を払っていない。こうした事柄は通常、人間の努力の中核的位置を占めているのだが。ジョン・フィールドの腹を空かせた大家族に出会ったときには、彼は自分の生活哲学が子孫の育成と矛盾しないことをほのめかすが、この問題に正面から取り組むことはしない。[65] 伝記作家たちはソローがこの点について沈黙していることを説明しようとして、失恋、同性愛的傾向、性的潔癖症などを挙げている。[66] そうした説明は事実かどうかにかかわらず、ソローの結婚や子どもに対する姿勢を、彼が一貫して高く評価していた「自然の中の〔中略〕近縁関係」というより大きな文脈の中に位置づけられていない。ジョゼフ・ウッド・クラッチがいみじくも指摘したように、「自然への情熱は、挫折した他の情熱の補償としてしか説明がつかない、といった考えを聞いたら、ソロー自身が驚いただろう」。[67] 彼は人間が子孫を残そうとする努力に反対する論陣を張っているわけではない。それが比較的些末なものに見えるような視点を取っているのである。どの個体も他の種、他の個体と普遍的に関係を持っているという、自然界に広く見られる事実を考慮に入れれば、遺伝子は否応なく〔次世代に〕存続していく。重要なのは誰か特定の個人や種の存続ではなく、地球の生命全体なのだ、とソローは言う。生態系そのものが地球上でその規模を拡大していくという課題は〔種の間で〕あまりにもひろく共有されているものなので、ひとつの個体がなしうる貢献などごくわずかなものなのだ。地球の「中心にある偉大な生命」〔飯田下248〕に与する彼は、家族、ひいては適応度を、きわめて広い意味でとらえているのである（309）。

そのような、近縁性が普遍的に存在しており、個人的な適応度には興味がないという主張を考える際には、支配的な環境条件を考慮に入れなければならない。十九世紀に人口は前例のない速さで膨張し、その結果人類という種は――生息地をテクノロジーの力で改変しようとする行動も相まって――地球環境を脅かし始めた。ソローは、科学的知識と想像力を持つ人間なら、人類が自然界に与える脅威と、それに伴う、人類の種としての利己性を認識することができる時代に生き、創作を行っていた。[68]彼の死後数十年のうちに、人類の活動は様々な種の絶滅をもたらし、地下水、湖、海洋を汚染し、オゾン層に穴を開けた。その間にも人口増加は加速し続けた。現代の環境学者たちはその結果個人的適応度よりも地球の適応度を優先する立場を支持するようになり、これはソローが彼が生きていた当時手にすることができた証拠に基づいてとっていた視点と同じである。[69]たとえばロルストンは、人類という種は「バイオフィリアと環境保全」のためには「人間の子孫を最大化するための〈自然〉選択以外の何物でもない倫理から解放される必要がある」という。[70]二十一世紀の読者から見れば、自己中心性という重力から解放された〈広範囲の〉縁故主義は「奇想天外」[71]ではなく、適応的に見えるであろう。「意識的に生きる」ことを決意したソローは実質的に、血縁選択という進化の結果生じたメカニズムを意識的に再構築しているのだ（90）。

競争と〔環境〕保全

世界的規模の近縁関係が存在するという感覚は個人同士、種同士の競争の激しさを軽減し、同時に、環境保全の精神を涵養する。[72] ソローは明らかに生物の多様性に目を向けていた。これは二一世紀の環境保護にとって中心となる要素である。そして彼はその結果として、あらゆる生物に対して敬意を払い、保護する姿勢を見せていた。あらゆる昆虫、灌木、齧歯類、そして小石に至るまで、内在的な目に見えない価値があるのだという彼の認識は、天然資源の「金に換えられない価値」を認識しようとする、近年台頭してきた見方と一致する。[73]「風景」を「市場へ運んでい」〔飯田上 46〕くことを否定して、ソローは土地が生み出す商業的ではない価値を評価している（196）。ウィルソンは、ソローが「グローバルな土地的倫理の嚆矢」であるとしている。[74] さらにソローは、「自然はどこかほかにあるのではなくあらゆるところに存在しているのではなく、一握りの『最高の』場所だけでなく、あらゆる土地が神聖なのだ」と主張するのである。[75]

ソローの競争主義に反対する哲学はさらに、自然界の資源は無限であり、地球上の様々な生物の必要を満たしてあまりあるものだという、しばしば言及される確信に裏付けられている。彼は読者に、ニューイングランドの気候においてさえ、「動物とおなじ程度の簡単な食事」〔飯田上 112〕をすれば「必要な食料を手に入れるには信じがたいほどわずかな労力で足りる」〔飯田上 112〕（61）という。自分ひとりが生きていくだけを考えれば、作物を育て、貯蔵する際に生じる他の生物の犠牲は最小限にとどめることができる。「ものがなくてもやっていける」〔飯田上 47〕人間が実は「金持ち」〔飯田上

47〕なのであり、より多くを要求する人間よりも、危険な自然界で生きていく力を持っているのである（23）。バイオフィリアの哲学は、有り余る中でさらなる資源（より多くのあたたかさ、「もっと大量のしつこい食べ物や大きくて立派な家」〔飯田上15〕）を求める行動は自然に反し満足とはほど遠いというソローの確信を説明してくれる。古今東西の文化についてさまざまな書物を読むことで情報を得たために、彼は「人間の物質的な生活に必要なものは何世紀もの間変化しておらず、それを手に入れるための手段すら、思ったほど変わっていない」と確信するに至る。[76] 鉄道員や、強制移住させられた先住民の生活を議論する際、ソローは人間が物質的贅沢を求めるようになったために、社会的、経済的分断と関係する多くの不幸が生じたのだという証拠を提示している。「ある階級の贅沢は、他の階級の貧困によってつりあいを保っている」〔飯田上66〕（34）。

地球資源を他の種と共有すべきだと主張はしても、ソローは自分がゾウムシやマーモットにすべて奪われてしまうことはないだろうと確信を持っている。自分が食べるだけの分は常に残されている、というわけだ。ロコボア〔locovore, 地産地消運動にかかわる人〕という言葉がない時代であったが、ソローは確かにロコボアであり、「遠くの変動つねならぬ市場」〔飯田上115〕ではなく、その地方で採れたものを食することで生命維持に必要な努力を最小化することを勧めている（63）。すでにその地域の環境に適応している作物を植え付けるのがもっとも安上がりで効率的だと主張するのだ。したがって、ライ麦やとうもろこしといった穀物が必然的にソローの食膳に上ることになり、また、隣人たちがかなりの費用と手間をかけて輸入している多くの食物を自分で手に入れることができると実験によって証明している。たとえば自家製の「カボチャやサトウダイコン」〔飯田上116〕から甘味料を作ったり、野生のメイプルの木からシロップをとったりすることができる（64）し、塩を手に入れるのにも遠出する必要はない。このようにソローは繰り返し、それまで誰も利用していなかった地元の資源を見いだしている。

彼はまた野生の食物も利用して、ウォールデンの家の近くでとれたナッツ、ベリー、野生のリンゴを口にしている。移住した最初の年には近くの川で採れた魚も食べている。ソローは食べられるものを見分け採集するだけの知識があり、地元の環境を熟知していたので効果的にその資源を利用することができた。たとえばリスを単に〔資源をめぐる〕競争相手とのみ見なすのではなく、食べ物を探す際の仲間として敬意を払い、その本能的知識から利益を得ている。ソローはリスの集めた「食べかけのまま残していったクリの実」〔飯田下122〕を集める。というのも「彼らが選んだイガには、かならずよい実がはいっていたからだ」〔飯田下122〕（238）。彼は近くにピーナツとどんぐりを見つけ、ネイティブアメリカンの流儀にしたがって、ためしに料理してみる。それらを常食とすることはなかったけれども、そのような食資源――現在ほとんど利用されていない――がすぐに手に入ることを喜ぶのである。ソローの目標は自然界にある未使用の、あるいはそれほど用いられていない食資源を明らかにし、「『自然』がみずからの子孫をここで育て、質素に養おうとしていることのかすかな徴候」〔飯田下123〕（239）を認識することなのだ。

彼はさらに、栽培された作物は野生種よりも天災にずっと弱いことをわたしたちに思い出させてくれる。もし「自然」がふたたび「支配」するならば、「ひ弱で贅沢なイギリス伝来の穀物などは無数の敵の前に姿を消してしまうであろうし（中略）いまではほとんど絶滅に瀕しているアメリカホドイモはよみがえり（中略）狩猟部族の食料としての重要性と威厳とを取り戻すことになるであろう」〔飯田下123-24〕（239）とソローは警鐘を鳴らす。この警告はE・O・ウィルソンが一九八〇年代に行ったもののように、不気味な響きを持っている。「われわれは存在するために、現生種のわずか一％に満たないものに依存するようになってきている。残りの種は〔食べられるかどうか〕試されてもいないし、利用されてもいないのだ」[77]。ソローはそのような手つかずの調査に着手し、自然界のもたらしてくれる恩恵を精査したのである。生物学者たちが今までに収集してきた統計的データを目にしても、彼は驚くことはないだろう。生物学者によれば「少なくとも七五〇〇〇種」の利用されていないが食用可能な植物があり、「それらの多くは現在利用されている食用作物よりも優れている」[78]という。「切り刻まれ、なぎ倒され、踏みにじられ、食い尽くされた」自然界に生きている読者にとって、地元の資源に感謝しそれを精査することに力点を置いた、ソローの素朴さを求める試みは、環境破壊に対するずっと先見の明に富んだ、適応的な反応に見えるであろう[79]。

自然界の神秘

狩猟採集時代以来、人類は特徴的に、自然界に対するたえまない探究心を有してきたけれども、人間が自然界を完全に知り、馴致することができる、という考えを前にすると当惑してしまう。これはバイオフィリア仮説の魅力的な側面であり、ウィルソンは紙幅を割いてこの点を議論している。自然界についての「知識が増せば増すほど、神秘もまた深まるのである」とウィルソンは言う。これはいかんともしがたい――「自然はある程度まで制御できるが（おそらくは）完全に制御することはできないだろう」[80]。ソローはこの点に関してウィルソンと同意見である。「われわれは、あらゆるものを熱心に探検し、学んでいるが、同時に、あらゆるものが神秘なまま、探検されないままであってほしいと望んでいる。陸地も海もかぎりなく野性的であることを、それらが測りがたいものであるがゆえに、測量も測深もされないままでいてくれることを望んでいるのである」〔飯田下265-66〕（317-18）。「われわれと世界との関係の無限のひろがり」〔飯田上304〕との接触が必要なのだ、と彼は言う（171）。都会での生活は自然界が存在するために可能となる。「われわれの村の生活は、それをとり囲むまだ探検されていない森や牧草地がなくなれば、淀《よど》んだものになってしまうであろう」〔飯田下264〕とソローは言う。「われわれは野性という強壮剤を必要とする」〔飯田下264〕（317）。

暴力的な種間闘争の光景ですら、自然界の「無尽蔵の活力」〔飯田下266〕（318）の存在を教えてくれるものになる。幸運なことに、定住している共同体からそれほど離れなくても、隠された「未知」なる自然を見いだすことは可能なのだ、とソローは言う。「森のなかではたくさんの動物たちが、ひと目をはばかりながらも野性のまま自由に暮らしており（猟師だけは嗅ぎつけているらしいが）、町のすぐ近くで、彼らがいまもこうしていのちを長らえているのは驚嘆に値する」〔飯田下104〕（227）。自然界の豊かな多様性を探究しそれを楽しむことを妨げるのはわれわれ自身の無気力だけなのだ。

「世界にはたえずなにか目新しいものが流れこんでいるというのに、われわれは信じがたいほどの退屈さを我慢している」〔飯田下291〕(332)。ソローは、「われわれは無限の彼方にある神秘的な世界を常に欲して」おり、「内在的な感情によって新しい生息地を求め、未踏の領域に足を踏み入れる」というウィルソンの主張を先取りしている。[81]

回復装置としての自然

バイオフィリア理論は人間が精神的感情的健康を十全に享受するために自然との関係を必要とするにつれて高まってきている。「『自然』のまっただなかで暮らし、自分の五感をしっかりと失わないでいる人間は、ひどく暗い憂鬱症にとりつかれることなどあり得ない」〔飯田上236〕(131)とソローは言う。大部分、自然界から切り離されて日常生活を送っているわたしたちに、ウィルソンは「脳が現在の形になるのには二百万年かかった（中略）その間、人類は自然環境と密接な関係を持つ狩猟採集民の形で存在していた」[82]ことを思い出させてくれる。このような祖先からわれわれは自然界とかかわりをもち、自然界について学び、自然界の危険、美、神秘と対峙する性質を受け継いでいる。「機能的・進化論的視点」から、自然環境と濃密な接触をする価値を分析して、アルリッチは、そのような接触が「エネルギーを再充填」し、「生存可能性を上げる」のだ、と結論づけている。[83]研究によれば、「湖畔の生活の静けさ」を楽しむだけでも「生理学的にリラックス」し「問題解決能力が向上」[84]する。バイオフィリア仮説を支持するもっとも有力な研究は、人間が自然から次第に切り離されつつあることから被る心理的生理的打撃と、意図的に関係を取り戻そうとすることから得られる多様な利益についてのものだ。[85]

活気ある、時には癒しのエネルギーをその中に見るために、人間は自然を重要なものだと考える。「他の生命体と切り離して、いかなる意味も見いださせないだろう」[86]。ソローの主な目的のひとつは、まさにこの確信を伝えることなのである。彼は一貫して、自然現象を天界の現象になぞらえており、メタファとアナロジーの力を用いて自然に超越的な重要性を与えている。「オリュンポスの山は俗界のすぐそとのいたるところにある」〔飯田上152〕と主張することでソローは、わたしたちが暮らしている自然界が実は超自然的な驚異に満ちていると指摘している（85）。ウォールデン湖は「下界の天となる」〔飯田上154〕（86）。その水は「ガンジス川に匹敵するほど神聖」〔飯田下38〕だ、と述べて、その水の神聖で治癒的な力を暗示している（298）。小さなニューイングランドの池に再生の力があるかのような描写をすることで、ソローはきわめてありふれた対象に対しても自然界への畏怖と敬意を要求するのである。彼の戦略は、なんでもないように見えるものが実はたぐいまれなものなのだ、と主張することである。家の近くの池は「地上の大きな水晶であり、『光の湖』」〔飯田下53〕であって「コイヌールのダイヤモンド」〔飯田下53〕よりも価値のあるものだ（199）。近所のありふれた木々は、松であろうと樺であろうとハナミズキであろうと、「神殿」「寺院」であり「崇拝」の対象なのである（201, 202）。自然の再生のサイクルと一体となることで、人間であるソローも活力が湧いてくる。雪解けの池と同様、自分も「ふたたび甦《よみがえ》った」〔飯田下253〕気分になるのである。「春の到来」〔飯田下256〕を「『混沌《カオス》』からの『宇宙』の創造であり、『黄金時代』の到来」〔飯田下256〕になぞらえる彼は毎年生じる自然界の再創造をより深い文脈に置いている（313）。[87] 自然界のエネルギーに驚嘆するソローは、ダーウィンが熱帯雨林の大自然に接して受けた「大聖堂にいるような感覚」を表現している。「驚嘆、驚き、崇高な感覚が精神を満たし、高揚させる」。[88]『ウォールデン』の読者は、マサチューセッツ州コンコードの自然環境についてのソローの描写に、同様の畏怖と敬意を見いだすであろう。一九世紀に合わせてアレンジされた汎神論的な考え方をすることで、ソローは自らが周囲に見いだした生物間のつながりに再生的な力を認め、それを称揚することができたのである。[89]

バイオフィリアと『ウォールデン』

どの点をとってみても、ソローがこの本で打ち出している考え方や価値観は、エドワード・O・ウィルソンが百年以上後に「バイオフィリア」の概念としてまとめたものと一致している。彼はあらゆる人間は豊かな人生を送るために野性的で多様な自然と密接な関係を持つ必要があるという根本的にバイオフィリア的な確信を表明しており、さらに、この必要性が人間の本性の内在的な一部なのだと暗示している。さらに、農業、工業、テクノロジーがもたらした「改善された手段」〔飯田上96〕が人間と自然界との原初的な関係を損なってしまったのだと詳細に述べている（52）。それを復元するために、ソローは自然界に実験的にどっぷりと浸かってみる。そしてその経験がいかに精神的な健康に寄与し、注意力を高め、美的喜びや魂の再生をもたらすのかを身をもって示しているのである。身近な環境を精査することで彼は、あらゆる生物と自然現象が〔人間の〕近縁関係にあるという証拠を提示し、生態系全体から見れば取るに足らない存在であることを知り、そうした自分の立場を感謝とともに受け入れるのである。ソローはこの認識のもと、縁故主義の考え方を異なる種にも広げて、あらゆる生命は地球上の資源にひとしく権利を有すると結論づける。こうして彼は人間中心の考え方を退けるのだ。彼は環境保全の原則、とりわけ生物多様性の原則を強調する。地元の資源に依存し、シンプルな、無駄のない生き方を実践する。同時にソローは異なる種が協力し〔資源を〕共有するという考えを推し進めていく。

適応度についての「広い」「視野」〔飯田下269〕をとることで、彼は祖先や子孫についての地球規模のネットワークを視野に入れることができるようになった。この、より大きな文脈においては、個人が子孫を残すかどうかはさして問題ではなくなる。個人は単に「自然のなかで暮らし」〔飯田上70〕している（37）に過ぎない。包括適応度をソローは進化論的に見てかなり幅広く理解しているけれども、そうした見方は生態系にとって有益であるだけでなく、そのおかげで彼は社会的環境の中で地位や富をめぐって争わなくてすむようになった。人間の行動の多くを動機づける、子孫を残すという目標を無視し、あるいは拒絶することで、ソローは多くの社会的制約や要求から解放されたのである。[90] バイオフィリアは彼の社会経済学的哲学の理論的基盤を提供してくれ、他の視点から見れば不適応のレッテルを貼られてしまうような行動を適応度の面から説明することができるようになる。事実、ソローがバイオスフィア全体の健全性と連続性と自らを完全に同一視していたことを考慮に入れれば、彼のもっとも議論を呼んだ社会批判や個人的禁欲の大半を理解することができるのだ。

注

1　Lawrence Buell は「自然にアプローチする際の、ソローのさまざまな動機と分析の手段を」詳細にわたって、「しかし網羅的ではなく」検討している。彼はソローの作品にエコクリティシズムとエコフェミニズムの萌芽を見ているが、E.O. ウィルソン、バイオフィリア、「進化論の仮説」についてはごく短く触れているだけである。*The Environmental Imagination: Thoreau, Nature Writing, and the Formation of American Culture* ,(Cambridge, MA and London: Harvard University Press, 1995), 9, 134, 188, 215-18, 368.

2　Henry David Thoreau, *The Writings of Henry D. Thoreau: Walden*, ed. J.Lyndon Shanley (Princeton, NJ: Princeton University Press, 1971), 309. すべての引用はこの版による。

3　Edward O. Wilson, *Biophilia* (Cambridge, MA and London: Harvard University Press, 1984), 1, 85.

4　William Drake, "Walden," in *Thoreau: A Collection of Critical Essays*, ed. Sherman Paul (Englewood Cliffs, NJ: Prentice-Hall, 1962), 73; Francois Specq and Laura Dassow Walls, "Introduction: The Manifold Modernity of Henry D. Thoreau;"in *Thoreauvian Modernities: Transatlantic Conversations on an American Icon*, ed. Francois Specq, Laura Dassow Walls and Michel Granger (Athens and London: University of Georgia Press, 2013), 2.

5　Stephen R. Kellert, "The Biological Basis for Human Values of Nature;" in *The Biophilia Hypothesis*, ed. Stephen R. Kellert and Edward O. Wilson (Washington, DC: Island Press, 1993), 42.

6 Wilson, Biophilia, 106; Michael E. Soule, "Biophilia: Unanswered Questions," in *The Biophilia Hypothesis*, ed. Stephen R. Kellert and Edward O. Wilson (Washington, DC: Island Press, 1993), 443-44.

7 John Aldrich Christie, *Thoreau as World Traveler* (New York and London: Columbia University Press, 1965), 211.

8 Wilson,*Biophilia*, 107,109, 111-13.

9 Judith H. Heerwagen and Gordon H. Orians, "Humans, Habitats, and Aesthetics," in *The Biophilia Hypothesis*, ed. Stephen R. Kellert and Edward O. Wilson (Washington, DC: Island Press, 1993), 145-46; Roger S. Ulrich, "Biophilia, Biophobia, and Natural Landscapes," in *The Biophilia Hypothesis*, ed. Stephen R. Kellert and Edward O. Wilson (Washington, DC: Island Press, 1993), 81-82, 89-90.

10 Ulrich, "Biophilia, Biophobia," 82.

11 Heerwagen and Orians, "Humans, Habitats;"140.

12 Ulrich, "Biophilia, Biophobia," 90.

13 Sherman Paul はソローが天国へのアリュージョンを用いてウォールデン湖に神々しい性質を付加していることを詳細に論じている。"A Fable of the Renewal of Life," in T*horeau: A Collection of Critical Essays*, ed. Sherman Paul (Englewood Cliffs, NJ: Prentice-Hall, 1962), 109-10, 113-1 S.

14 Wilson, *Biophilia*, 81.

15 Joan Burbick, *Thoreau's Alternative History: Changing Perspectives on Nature, Culture, and Language* (Philadelphia: University of Pennsylvania Press, 1987), 71.

16 Wilson, Biophilia, 22. Buell は、ソローが『ウォールデン』の原稿をどのように改訂したのかを見れば「発見、修正、そして物理的世界への尊敬に至る不規則な動き」が明らかになるという。この世界の「現実的な本質は、自分のために利用したいという願望とは別個に、ありのままで尊重されなければならない」のだ。Thoreau and the Natural Environment, in *The Cambridge Companion to Henry David Thoreau*, ed. Joel Myerson. (Cambridge and New York: Cambridge University Press, 1995), 178. 伝記的側面から Krutch は同様に、ソローは「自然の意味は直観によって得られるという超絶主義的な前提から（中略）科学的な考え方へと変わっていった」と結論づけている。*Henry David Thoreau* (New York: William Sloan Associates, 1948), 175. Walls はこの評価を追認し支持している。*Seeing New Worlds: Henry David Thoreau and Nineteenth-Century Natural Science,* (Madison: University ofWisconsin Press, 1995), 115.

17　Buell, *Environmental Imagination*, 363.

18　Ronald Wesley Hoag, “Thoreau’s Later Natural History Writings,” in *The Cambridge Companion to Henry David Thoreau*, ed. Joel Myerson (Cambridge and New York: Cambridge University Press, 1995), 165; Edward O. Wilson, “Prologue: A Letter to Thoreau” in *The Future of Life* (New York: Vintage Books, 2002), xix.

19　Burbick, *Thoreau’s Alternative History*, 71.

20　自然発生説を否定する点で、ソローは Horace Greeley, Louis Agassiz, そして Ralph Waldo Emerson らとは異なっている。Robert Kuhn McGregor, *A Wider View of the Universe: Henry Thoreau’s Study of Nature* (Urbana and Chicago: University of Illinois Press, 1997), 190.

21　Robert Sattelmeyer, *Thoreau’s Reading: A Study in Intellectual History* (Princeton, NJ: Princeton University Press, 1988), 78-92

22　Buell, Environmental Imagination, 363; Sattelmeyer, *Thoreau’s Reading*, 89.

23　David M. Robinson, “Thoreau, Modernity, and Nature’s Seasons;”in *Thoreauvian Modernities: Transatlantic Conversations on an American Icon*, ed. Frarncois Specq, Laura Dassow Walls and Michel Granger (Athens and London: University of Georgia Press, 2013), 78.

24　Robinson, “Thoreau, Modernity,” 74, 78.

25　Drake, “Walden;’ 90; H. Daniel Peck, *Thoreau’s Morning Work: Meaning and Perception in “A Week on the Concord and Merrimack Rivers,” the journal, and “Walden”* (New Haven and London: Yale University Press, 1990), 82.

26　Wilson, *Biophilia*,61.

27 *Ibid.*, 63.

28 Richard Dawkins, *River Out of Eden: A Darwinian View of Life* (New York: Harper Collins, 1995), 11-12.

29 Lawrence Stapleton, "Introduction," in *Thoreau: A Collection of Critical Essays*, ed. Sherman Paul (Englewood Cliffs, NJ: Prentice-Hall, 1962), 167.

30 Christie, *Thoreau as World Traveler*, 201.

31 ウッドチャックと近縁関係があるという認識を持っていた一方、ソローは後にそれを「捕まえて生で食べてみようか」とも述べている (210)。彼はこの衝動を主として象徴的なものだという。この動物が具現化していた「野生性」を同化する願望にとらわれていた、というのだ (210)。『ウォールデン』に見られるウッドチャックへの二〇回あまりの言及を精査して、John Bird はこの動物への「敬意」が支配的だという。"Gauging the Value of Nature: Thoreau and His Woodchucks," *The Concord Saunterer*, n.s., 2, no. 1 (1994), 141.

32 Daly and Wilson, *Sex, Evolution*, 28-32.

33 Wilson, *Biophilia*, 130.

34 Dawkins, *River*, 12.

35 Stapleton, "Introduction," 171.

36 McGregor, *A Wider View*, 4.

37 Aaron Katcher and Gregory Wilkins, "Dialogue with Animals: Its Nature and Culture," in *The Biophilia Hypothesis*, ed. Stephen R. Kellert and Edward O. Wilson (Washington, DC: Island Press, 1993), 187; Kellert, "The Biological Basis," 54.

38 Buell, *Environmental Imagination*, 211.

39 Thomas Pughe, "Brute Neighbors: The modernity of a Metaphor," in *Thoreauvian Modernities: Transatlantic Conversations on an American Icon*, ed. Francois Specq, Laura Dassow Walls and Michel Granger (Athens and London: University of Georgia Press, 2013), 256. Scott McVay はバイオフィリアの議論としばしば結びつく——そしてソローが好んで用いる多くの修辞的技巧に一貫して見られる——擬人法を、「及第点に達している科学」の正当な要素であるとして擁護し

ている。

40 Drake, "Walden," 78; Pughe, "Brute Neighbors," 254

41 Buell, *Environmental Imagination*, 208.

42 Jeffrey A. Kurland and Steven]. C. Gaulin, "Cooperation and Conflict Among Kin;" in *The Handbook of Evolutionary Psychology*, ed. David M. Buss (Hoboken, NJ: John Wiley and Sons, 2005), 457.

43 地球規模の近縁関係については、Gordon M. Burghardt and Harold A. Herzog, Jr., "Beyond Conspecifics: Is Brer Rabbit Our Brother?" *BioScience* 30 (1980). 参照。

44 Holmes Rolston III, "Biophilia, Selfish Genes, Shared Values," in *The Biophilia Hypothesis*, ed. Stephen R. Kellert and Edward O. Wilson (Washington, DC: Island Press, 1993), 381.

45 Rolston, "Biophilia, Selfish Genes," 394;「進化が生じるおおよその基本単位である千年の間に、個人は生物学的な単位としての重要性をほとんど失ってしまう」とウィルソンは指摘している。*Biophilia* 43-44,

46 Dawkins, *River*, 28.

47 Rolston, "Biophilia, Selfish Genes," 407.

48 Buell, *Environmental Imagination*, 155.

49 Rolston, "Biophilia, Selfish Genes," 407.

50 Krutch, *Henry David Thoreau*, 186.

51 Kellert, "The Biological Basis," 55.

52 Hoag, "Thoreau's Later Natural History," 157.

53 Dorion Sagan and Lynn Margulis, "God, Gaia, and Biophilia," in *The Biophilia Hypothesis*, ed. Stephen R. Kellert and Edward O. Wilson (Washington, DC: Island Press, 1993), 352. ガイアという考え方は最初に *James Lovelock in Gaia: A New Look at Life on Earth* (1979). Rpt. with new Preface, (New York: Oxford University Press, 1987) で提唱された。Leonard M. Scigaj and Nancy Craig Simmons は、「あらゆる生命の持つ生命中心的な価値」というソローの考え方は「エコ

フェミニズムの中心的な考えも驚くほど似ている」という。“Ecofeminist Cosmology in Thoreau’s Walden:” *Interdisciplinary Studies in Literature and Environment* 1, no. l (1993): 121, 124.

54 この豊かな文章はさまざまな視点——心理学的、歴史的、文学的、言語学的、科学的、宗教的視点——から論評されている。Gordon V. Boudreau はそれらの多くを *The Roots of “Walden“ and the Tree of Life* (Nashville, TN: Vanderbilt University Press, 1990) で見事に要約している。125-31 ページ参照。Andrew McMurry はこの文章をある程度まとまった長さで論評し、「ソローにとって重要なのは地球全体の生命力なのだ」と強調している。*Environmental Renaissance: Emerson, Thoreau, and the Systems of Nature* (Athens and London: University of Georgia Press, 2003), 135-40. Max Oelschlager によれば、この文章はソローが「基本的な進化論の原則」、とりわけ、「複雑な形態が単純な形態から進化する」ことを直感的に把握していたことの例証である。*The Idea of Wilderness* (New Haven: Yale University Press, 198), 164. Leo Marx はソローがここで「絶え間なく新しい形態を生成していること」を、機械時代を牧歌的に否定するという文脈で論じている。*The Machine in the Garden: Technology and the Pastoral Ideal in America* (London and Oxford: Oxford University Press, 1964), 262. もっとも興味深いのは Boudreau の指摘である。この文章は『種の起源』の最終パラグラフ——ダーウィンが成長しすぎた土手に見られる生命の横溢を精査し、そこにさまざまな、しかしお互いに依存した生命を発見するパラグラフ——を先取りしている、というのだ。Roots of “Walden,” 127-28.

55 Robinson, “Thoreau, Modernity;” 74.

56 Sagan and Margulis,“God, Gaia,” 352.

57 Rolston “Biophilia, Selfish Genes” 396.

58 Robinson, “Thoreau, Modemity,” 80. 台頭しつつあった進化論に対するソローの反応を分析して、Nina Baym は異なる結論に達し、ソローはダーウィンの研究の否定的な意味合いを感知しそれを退けようとした、彼は「宇宙の中での人間の存在の軽さ」を受け入れようとしなかった、という。“Thoreau’s View of Science,” *Journal of the History of Ideas* 26, no. 2 (1965), 234.

59　Robinson "Thoreau, Modernity" 80.

60　Krutch, *Henry David Thoreau*, 188.

61　Dawkins, *River*, 27-29; Wilson, *Biophilia* 43-44.

62　Buss, *Evolution of Desire*: 22-27, 46-48, 59, 285-86.

63　Wilson, *Biophilia*, 144.

64　ソローの経済哲学についての Leo Stoller and Michael T. Gilmore の議論参照。Leo Stoller, *After "Walden": Thoreau's Changing Views on Economic Man* (Stanford, CA: Stanford University Press, 1957); Michael T. Gilmore, "Walden and the 'Curse of Trade,'" in *Critical Essays on Henry David Thoreau's Walden*, ed.Joel Myerson (Boston: G.K. Hall, 1988).

65　Krutch は「ソローが（中略）普遍的独身主義を鼓吹していたという証拠はない」という。ソローは係累のいる人間は「自分ひとりが生きていくよりも多くのものを必要とするが（中略）思っていたほど多くを必要としないものである」という。*Henry David Thoreau*, 88.

66　Llewelyn Powys は、Ellen Sewell がソローの求婚をはねつけたのが「既に枯れかけていた彼の生気を吸い取った」という。"Thoreau: A Disparagement," in *Critical Essays on Henry David Thoreau's "Walden,"* ed. Joel Myerson (Boston: G.K. Hall, 1988), 55. Richard Bridgman もソローの奥手な性的傾向に関して「常に彼を悩ませていた強い感情と折り合いをつけることができなかった」と述べている。*Dark Thoreau* (Lincoln and London: University of Nebraska Press, 1982), 119. Walter Harding は、ソローが「女性や結婚をからかって喜んでいた」として、「異性愛を自然崇拝に昇華させることができたのかもしれない」としている。*The Days of Henry Thoreau*, rev. ed. (Princeton, NJ: Princeton University Press, 1982), 110, 104.

67　Krutch, *Henry David Thoreau*, 33.

68　See Walls, *Seeing New Worlds*, 187-88.

69　Edward O. Wilson, "Biophilia and the Conservationist Ethic," in *The Biophilia Hypothesis*, ed. Stephen R. Kellert and Edward O. Wilson (Washington, DC: Island Press, 1993), 39-40; Kellert, "The Biological Basis," 65.

70 Rolston, “Biophilia, Selfish Genes,” 412.

71 Buell, *Environmental Imagination,* 128.

72 Wilson, *Biophilia*, 131-32; Rolston, “Biophilia, Selfish Genes,” 410-13.

73 Ulrich, “Biophilia, Biophobia,”11 S.

74 Wilson, “Prologue: A Letter;” xxiv, xx.iii.

75 Laura Dassow Walls, “Believing in Nature: Wilderness and Wildness in Thoreauvian Science,” in *Thoreau’s Sense of Place: Essays in American Environmental Writing*, ed. Richard]. Schneider (Iowa City: University oflowa Press, 2000), 24.

76 Christie, *Thoreau as World Traveler,* 215.

77 Wilson, *Biophilia*, 132.

78 *Ibid.*, 132.

79 Wilson, “Prologue: A Letter,” xxii.

80 Wilson, *Biophilia*, 10.

81 *Ibid.*, 76.

82 *Ibid.*, 101.

83 Ulrich, “Biophilia, Biophobia,” 98, 99.

84 Katcher and Wilkins, “Dialogue with Animals,”177.

85 こうした研究の一部は *The Biophilia Hypothesis* で紹介されている。Katcher and Wilkins, Ulrich, Orr, Kellert らの論文を参照。

86 Wilson, *Biophilia*, 81.

87 『ウォールデン』の中心に再生のテーマがあることは多くの読者が言及しており、彼らはソローがこの文脈で用いているアナロジーやメタファを分析している。Paul, ‘A Fable of the Renewal of Life” Lauriat Lane Jr., ”On the Organic Structure of Waldeni in Critical Essays on Henry Dauid Thoreau’s “Walden,” ed. Joel Myerson (Boston: G. K. Hall,

1988), 74-76; Stanley Edgar Hyman, "Henry Thoreau in Our Time," in *Thoreau: A Collection of Critical Essays*, ed. Sherman Paul (Englewood Cliffs, NewJersey: Prentice- Hall, 19 62), 28 -29 ; Drake,' Walder 172 -74. らの議論を参照。

88　Quoted in Wilson, *Biophilia* 27.

89　ロマン主義、とりわけその自然を理想化する傾向と、産業とテクノロジーの急速な成長によってヨーロッパとアメリカで生じた変化の間に因果関係を認めることは容易であろう。自然環境が劇的に毀損されていく時代に台頭したロマン主義は、ゆがめられたバイオフィリアに対する集団的な反応であり、ソローの視点が形成された生物文化論的枠組みの核心的な部分を形成している。Robert Sattelmeyer はいみじくも、「筋金入りの超絶主義的自然主義者であれば、特別な〔神による〕想像ではなく生命の進化を、自然が〔存在の鎖のように〕階層をなしているのではなくダイナミックな存在であるという考えを受け入れる方がたやすいとかんじるであろう」と指摘している。Thoreau's Reading, 88. さらに、William Rossi が強調するように、「全体論 (holism) 的な考え方が（中略）ロマン主義に浸透している」。"Thoreau's Transcendental Ecocentrism," in *Thoreau's Sense of Place: Essays in American Environmental Writing*, ed. Richard J. Schneider (Iowa City: University of Iowa Press, 2000), 32.

90　長い間、ソローの考え方は「社会と自然との距離」を説明するため、二項対立のもとで論評される傾向があった。Sharon Cameron, *Writing Nature: Henry Thoreau's "Journal"* (New York and Offord: Oford University Press, 1985), 24. 彼は「二種類の別個の評判」を得ている。一方では社会批評家として、そして他方では自然作家として、評価されてきたのである。Krutch, *Henry David Thoreau*, 287. 彼の考え方に「自然／文化の対立」を想定して読む読者は、その作品が「文化側からの自然へのアピールなのか、自然側からの文化に対する叱責なのか」迷うだろう。McMwry, *Environmental Renaissance*, 121, 131. バイオフィリアのレンズを通して見れば、『ウォールデン』のこうしたテーマ的な緊張関係がずっと明確になる。ソローは自然界とのすべてを包括するような連帯関係に「人間存在のすべてを帰属」させようとしているのだ。Cameron, *Writing Nature*, 154.

第四章
「ぼく自身の歌」に見えるベイトマンの原理：ホイットマンと熱い男

適応的に見れば、ウォルト・ホイットマンの「ぼく自身の歌」に見えるもっとも顕著なテーマのひとつは男性の中心的な性戦略を称揚していることである。通常、ホイットマンの最高傑作と見なされる[1]この「至高の叙情詩」からは、熱に浮かされたように活動し、またそれに強い自信を持っている語り手の姿が浮かんでくる。[2]詩を通して語り手となる「わたし」はその回数と多様性を強調するエロティックな主題を描写し、耽溺し、正当化する。相手をとっかえひっかえの乱痴気騒ぎに霊的な重要性と政治的目的を与えることで、彼は人間の男性が持つ性的な真理を可能な限り理想化しているのである。彼は男性にとって進化論的に有利な生殖戦略の表現を高く評価する理想的な環境を自ら作り上げ、そこで生きている。男性のセクシュアリティをあからさまに表現することを制限する、〔性戦略を〕阻むような他の戦略や社会的規範は、「歌」という想像上の領域からは放逐されてしまっており、歌い手は——実社会のいかなる男性も経験したことがないほど——自由に、〔性戦略という〕至近要因を満足させたことを奔放にうたいあげることができるのだ。

セクシュアリティはこの作品の中で、汎神論的な主人公の霊的探究を描写するメタファの一部としてもっとも頻繁に登場する。眼に見えるか否かを問わず、物質的世界のあらゆる現象に内在する神的なエネルギーと触れあおうとして、「歌」の語り手は霊的な結びつきを生き生きと、親密に描き出すために性的結びつきを表す語彙を使用する。先行する多くの作家たち、とりわけ〔アビラの〕聖テレサとジョン・ダンのように、ホイットマンは何度も肉体的情熱の言語を用いて超越的経験の非肉体的なエクスタシーを表現するのである。[3] 彼は一貫して、自分が求める「すべて」(all) との「没入」(merge)〔岩城 177〕を官能的な言葉で描き、自分自身を「激しい愛」(passionate love)〔岩城 182〕の代弁者として前面に打ち出している。[4] ホイットマンはさらにメタファを政治的に拡大し、身体の、性的な接触を用いて民主主義の力を描き出す。彼はアメリカをひとつの実験として称揚する。この実験では、何千もの多様な人間が結び合わされ、巨大な経済的、社会的、イデオロギー的な相互関係のネットワークに織り込まれていくのである。山岳、砂漠、海岸部の住民、異なる人種、宗教、民族、職業の人間たちを結びつける目に見えない糸を描写するために、ホイットマンは「抱擁」(embrace) したり「ぼくのもの」にしたり (possess) する〔岩城 221〕(1019 行)。もっとも卑俗なイメージを使うことすら厭わない彼は万人が平等にアメリカという国に帰属するという概念とエロティックな欲望とを溶け合わせている。ホイットマンは「民主的な性的政治学」の代弁者となるのである。[5]

結果として、詩全体を通して、セクシュアリティがホイットマンの生き生きとした文彩の源となっているのである。さらに、彼がメタファによる比較で焦点を当てるエロティックなパターンは、進化生物学的分析が明確に示すように、きわめて男性的なものだ。詩の中で描写されている男性的な性衝動は人間の生殖に関する基本的な事実にまでその起源をたどることができる。男性と女性の性行動の戦略的な相違はおのおのの生殖細胞の大きさの相違に起因する。卵子は精子よりも大きく、高価である〔数が少ない〕から、女性は最初から男性よりも生殖に大きな投資をしなければならない。[6]大きな卵子に加え、人間の女性は少なくとも九ヶ月の妊娠とそれに加えて授乳の期間がある。「女性の生殖能力は子どもの養育に必要なエネルギーと時間によって制約される」一方「男性にはそれに比較しうるような上限はない」。[7]男性の間では生殖に成功する度合いにかなりの格差が見られる。どこまで〔子孫の数を〕増やせるかは、ハレムの主が挑戦してきた。その中には何百人もの子どもをもうけた者もいる。[8]〔男性にとっての〕生殖の成功は精子の量だけでなく、自分が関係を持ちうる女性の数によって制限される。それぞれの女性は限られた数の子どもしか産めないから、より多くの子どもをもうけるにはより多くの女性と関係を持たなければならない。ドナルド・シモンズが指摘するように、「性的パートナーの数が増えれば増えるほど、〔生殖上の〕利益も大きくなるのである」。[9]生殖可能年齢にある多くの女性に性的にアクセスできる男性が、性交渉を持つ機会の少ないライバルたちよりも多くの子孫を残すことができるのだ。

多くのパートナーと性的交渉を持つ機会を求める男性が子孫を残す点で報われることは明らかであ

るから、妻や子への献身的行為を減らして、行きずりの、他の女との性交渉を求める人間が「適応度上の利益」を得ることになる。[10] ドーキンスは以下のように要約する。「精子と卵子の数と大きさの基本的な違いにより、男性は一般的に不特定多数の女性を関係を持ちたがり、子どもの面倒はあまり見ない傾向にある」。「毎日何百万もの精子」をつくることができる男性は「行きずりの関係を持てば持つだけ、得るものがあるのだ」。[11] つまり、ベイトマンの原理の進化論的基盤は盤石である。男性は手当たり次第に相手を求め、女性が相手を慎重に選ぶのは、生物学的に立派な理由がある。女性は産むことができる子どもの数がきわめて制約されているから、相手を間違えると失うものが大きい。いきおい、将来のパートナーを慎重に選び、自らの生殖資源に手をつけるのは遅くなる。男性の置かれた状況はこれとは全く異なる。精力的に見境なくパートナーを求めた方が利益が得られるのだ。〔生物学的に〕劣ったパートナーは彼が子孫を残す上で否定的な結果を与えるが、それは多くの女性と関係を持つことで相殺されてあまりある。女性は相手を選ぶ——相手に求める水準が高く、時間をかけて自分に求婚し、その後もずっと愛して欲しいと考える。一方男性は選り好みせず精力的に行動する。すぐに興奮し、前戯や性交渉にかける時間は短くなり、頻繁に、様々な相手と関係したがる傾向がある。[12] ホイットマンが「ぼく自身の歌」で狂想曲的に描いているのはまさにこの男性の戦略なのだ。

性的なエネルギーが男性の精力的性戦略の中核であり、「歌」の「欲望に飢え」〔岩城 178〕(hankering) た語り手は自らの際限のない色欲に喜びを感じている(389行)。彼は自分の精液が広大であることは大洋のようだとうたう。「愛のしずくをかけてくれ」〔岩城 183〕(dash me with amorous wet)

と彼は海水に戯れる。「ぼくは、あなたに、答えることができる」〔岩城 183〕（I can repay you）（453 行）。事実、彼の射精の力は「成長した全ての根に、水をやる」〔岩城 184〕（moisten the roots of all that has grown）のに十分なほどだ（467 行目）。「肉づきが良く」（fleshy）「官能的で」（sensual）「産む」〔岩城 186〕（breeding）力があることを堂々と認め、彼は自らの肉体的感受性の強さを誇る（498 行）。「ぼくの身体を、他の誰かの身体に触れさせることは、ぼくが、およそ耐えることのできない程の喜びである」〔岩城 194〕（to touch my person to some one else's is about as much as I can stand）（618 行）。二八節全体は、語り手のたぐいまれで確実な感受性という話題を扱っている。ホイットマンは「みだらな扇動者」〔岩城 195〕（prurient provokers）が「あらゆる方向」〔岩城 195〕（on all sides）にある環境を描く。これは触覚刺激の源泉である（623 行目）。くり返し、彼の「肉と血液」〔岩城 195〕（flesh and blood）は「感触」〔岩城 194〕（a touch）に対して「稲妻」〔岩城 195〕のような反応をする（622, 619 行目）。男根、勃起、そして絶頂への非常に露骨な言及は、彼が素早く、完全に、性的に興奮しうることを示している。

ホイットマンは性的に精力的な男性を描写する際、「官能的である」（luscious）〔岩城 189〕肉体を詳細に描き出している（544 行目）。詩の冒頭部分から、彼は自らの肉体をためらいもなくさらけだし、「仮面をかなぐり捨てて裸になる」〔岩城 151〕（undisguised and naked）（19 行目）。二節と二四節で自分の身体的特徴を列挙し、褐色で、汗かきで、男らしい存在として自らを提示する。これらは男性性を示す特徴である。[13] 十九世紀の読者の期待を完膚なきまでに粉砕し、彼はさらに、自分の男根（「愛の球根」〔岩城 151〕love-root）陰毛（「絹のような繊毛」〔岩城 151〕silk-thread あるいは「男らしい小麦の繊維」

〔岩城 188-89〕fibre of manly wheat）、精巣（「守られている一対の卵の巣」〔岩城 188〕nest of guarded duplicate eggs）そして精液（したたり落ちるかえでの樹液〔岩城 188〕tricking sap of maple）（22, 538, 535 行目）を愛でる。自らの秘部を動植物の成長（根、卵、小麦、樹液）になぞらえることで、彼は間接的に、人間の性的な活動は自然界の目的にかなっているのだと主張している。自然界の繁殖というより大きな枠組みに埋め込むことで、自らの性衝動を正当化しているのである。自らの生殖器を赤裸々に描くことは、官能的で精力絶倫な男性であるという、彼が与えたい印象を生み出すのに明確に寄与している。彼は読者の前で男性的な誇示を行っている――すなわち、性的能力があり、〔性的パートナーとして〕利用可能であることを強調しているのだ。「ぼくは、十分で余分な貯えがある」〔岩城 220〕（I have stores plenty and to spare）（999 行目）。

詩全体を通して、性的な積極性はあらゆるパートナーの側から歓迎されることと結びついている。ホイットマンが描き出す、すぐに性的に興奮する語り手は、自分自身を「人々の友人であり、仲間」〔岩城 160〕（mate and companion of all people）「生命の愛撫者」〔岩城 167〕（the caresser of life）（137, 232 行目）であると宣言する。「多くの兵士は、ぼくを探し求め、ぼくも、彼等の期待を裏切らない」〔岩城 239〕（Many seek me, and I do not fail them）（1262 行目）と自慢するのである。彼はあらゆるタイプの人間を自らの相手にし、ジェンダー、年齢、状況を問わない。「少年であり、女を愛することのできるもの」〔岩城 160〕（those that have been boys and that love women）も、「誇り高」〔岩城 160〕い男（the man that is proud）も、「恋人も、年とった処女も」〔岩城 160〕（the sweetheart and the old maid）「母も、母の母も」

(mothers and the mothers of mothers)「子供や子供の父親達」〔岩城 160〕(children and the begetters of children)も、自分のものであるという (140-44 行目)。自らの愛人を並べ上げるとき、彼は通常、各人にごく短く、一行程度しか割かない。「若い機械工は(中略)ぼくを、良く知っている」〔岩城 239〕(the young mechanic . . . knows me well)「兵士は(中略)ぼくのものである」〔岩城 239〕(the soldier . . . is mine)「ぼくの顔」を「猟師」の顔に「すり寄せる」〔岩城 239〕(my face rubs to the hunter's face)(1257, 1261, 1264 行目)。彼は短い出会いを喜び(「ぼくは、ほんのしばらくの間、船の錨を下ろす」〔岩城 206〕I anchor my ship for a little while only) いつも新しい機会を探している。(「ぼくの使者は、常に、出かけ、その収益を、ぼくの所に、持ち帰る」〔岩城 207〕My messengers continually cruise away or bring their returns to me.) (804, 805 行目))。

彼は求愛の幅を人間以外にも広げ、堂々かつ平然と、さまざまな自然現象にも接する。「胸もあらわな夜を、しっかり、抱きしめなさい」〔岩城 182〕(Press close bare-bosom'd night) と彼は言う。「涼しい息づかいをする大地に、ほほ笑みなさい」〔岩城 182〕(smile O voluptuous cool-breath'd earth!) (435, 438 行目)。自己と自然の間の汎神論的結びつきを例証しているという側面はあるものの、このような表現のためにホイットマンの詩の語り手が持つ甚大な性欲に関心を払わずにはいられない。この「宇宙の性化」によって、「物理的世界全体が欲望の対象として彼に関係を持つようになった」とウィリアム・H・シューは言う。[14] 自分の欲望があらゆるものを包摂するものであることを自慢し、彼は「ぼくを、第1番に受け入れてくれる人」〔岩城 169〕(the first that will take) に自分を与えるという。「もっとも平凡で、安価で、身近かで、気楽なものが、『ぼく』である」〔岩城 169〕(What is commonest, cheapest, nearest, easiest, is Me）（261, 259 行目）。彼は地位の低い者、病弱な者、身体的に欠陥をかかえている者、倫理的に問題のある者――「腐りかかって」〔岩城 160〕（stale）いる者や「見捨てられて」〔岩城 160〕（discarded）いる者にも関心を払い、自分は選り好みしないと堂々と宣言する（145）。「ぼくは、あなたが、誰であるか尋ねない、それは、ぼくにとって、重要でない、／あなたは、何もできないし、ぼくが、あなたを包み込むもの以外にはなれない」〔岩城 220〕（I do not ask you who you are, that is not important to me, / You can do nothing and be nothing but what I will infold you）（1001-1002 行目）。この、相手を選ばぬ精力的な色欲が、ベイトマンの原則が働いていることを明確に例証してくれる。「努力とリスクが十分小さなものであるならば、身体的な魅力や、ほかの個人的属性にかかわらず、性欲を覚えるのは男性にとって適応的である」[15] とシモンズはいう。

ホイットマンの語り手の驚くべき精力はのぞき見という行動にも表れる。一種の超越的のぞき屋として自らを誇張気味に提示することで、彼は周囲にいる衣服を着た人すべての裸体を認識することができると主張する。「ぼくは、あなたが、上質の黒ラシャーや平織り綿布を着ようが、着なかろうが、それらを見通して」〔岩城 160〕（I see through the broadcloth and gingham whether or no）（146 行目）いる。会う人皆の服を脱がせる想像をすることで、彼は男性が視覚刺激に性的に反応するさまを例証している。[16] 同時に、彼は超絶主義者が好んで使う、物質的現象を透過してものを見ることで霊的な本質を認識するというメタファをも利用しているのである。エマソンはしばしばこの種の鋭敏な視覚を称揚し、とりわけ詩人は「非常に強い視力」を持ち、それを用いて「世界をガラスに変える」[17] という。トマス・カーライルは『衣装哲学』でディオゲネス・トイフェルスドレックの「衣服の哲学」の形をとり、そのような視覚的メタファと衣服とを結びつけている。「目に見えているものは（中略）衣服でなくてなんだろうか。より高次の、天界の、目に見えない存在が着る衣服にすぎない」。したがって「知恵のはじめは、衣服を、透明になるまで凝視することだ」。[18]物事の世俗的な表面の背後を見通す人間が霊的な発見をするというテーマを変奏して、ホイットマンの主人公は、衣服の向こう側には裸体があるのだ、という明々白々な事実を指摘する。[19]彼はその裸体に重要性と価値があると主張する。社会的な慣習の背後にある目に見えない真実と同じくらい大事なことだというのである。アメリカ大陸のあちこちに視線を走らせながら、彼は超絶主義者の考えやイメージを「解釈のレトリック」[20]の基盤として用いる。このようにして、彼は裸の人間の姿に対して男性が〔性的に〕感受性を持つことに加え、男性の〔性的な〕エネルギーが見事な形で遍在していることを示しているのである。

性交渉の選択肢を可能な限り広く求めることで、ホイットマンの「生命の愛撫者」〔岩城 167〕（caresser of life）はいかなる形であっても特定の相手とだけの結合を避けている。自分は自由自在に「登場し、退場」〔岩城 206〕（Appearing and disappearing）する「自由な仲間」（free companion）であると宣言するのだ。「ぼくは、全ての人と招待の約束をする」〔岩城 177〕（I make appointments with all）のである（796, 817, 373 行目）。「他人を無視」〔岩城 174〕（regardless of others）すると同時に「他人の事を気にかける」〔岩城 174〕（ever regardful）ことで、彼はあらゆるパートナーにやさしく語りかけるが、特定の相手とだけ長続きすることはない（331 行目）。現実世界の人間関係においては、男性の性的放縦は女性の目的や戦略のために制約される。すでに述べた進化の結果としての生物学的な理由により、女性は配偶者を選ぶ際に極めて選択的である。つまり、子孫を残すという一大事業を完遂するに足る資源を持ちそのために貢献を惜しまない男性を求めるのである。[21] 女性が相手を選ぶ際の志向は、男性の、多様な相手と頻繁に、後腐れのない性交渉を持ちたいという傾向と衝突する。長期的な貢献を拒む男性は、より相手に尽くすタイプのライバルに負けて性交渉の機会を失うリスクがある。環境によっては、そのような男性はさらに大きな適応的コストを支払うことになる。献身的な男親なしで育った子孫は生存する見込みが薄いからだ。こうした現実に直面して、男性はしばしば折衷的な性戦略をとる。つまり、ひとりの女性と彼女の間に生まれた子どもに主なエネルギーを注ぎ、ほかの女性とは時々、コストのかからない浮気をするのである。[22] しかしホイットマンの詩においてはそのような妥協を行う必要がない。男性の欲望とパートナーの欲望の間に衝突は起こらないからである。資源も必要なく、自分だけを愛するように要求されることもなく、自分を捨てたといってなじられることもない。都合の良いことに、子どももいない。主人公である語り手はきわめて短期的な戦略をとり、貪欲に相手を求め、ごくわずかな間であってもひとりだけをパートナーに選ぶことはない。

「始め」〔岩城 152〕（inception）や「増えて」〔岩城 153〕いく（increase）といった概念を崇拝しているけれども、「歌」で描かれている数多くの性交渉の結果として子どもが登場することはなく、子育てについての言及もない（40, 46 行目）。「世界中を駆けめぐる生殖の衝動」〔岩城 153〕（the procreant urge of the world）や、終わりなき「生命の繁殖」〔岩城 153〕（breed of life）を称揚し、語り手は懐胎させる力の方を、その結果よりも強調し、性的衝動を自然界が持つ生命を与える力として表現している（44, 46行目）。ゲイ・ウィルソン・アレンが指摘するように、ホイットマンは「歌」を通して、「宇宙に通底し浸透している生産的な力と豊穣」に焦点を当て、同時に「性的な感触に極めて敏感な」語り手を作り出している。[23] 詩人が宇宙の創造的な力（「超自然的」〔岩城 224〕supernatural と定義されることもある）と、（「命の塊」〔岩城 224〕life-lumps があるために）地上の「創造者」〔岩城 224〕（creator）になりうる精力的な男性の能力との間に並行関係を見いだしていることは父性ではなく精力の絶倫（virility）を前景化している（1050, 1052行目）。ホイットマンの「自由な仲間」〔岩城 207〕（free companion）が父性にもっとも近づくのは、彼が遺伝的な素質を主張するときである。「ぼくは、妊娠可能な女性達に、より大きく、俊敏な子種を、注ぎ込む」〔岩城 221〕（on women fit for conception I start bigger and nimbler babes）（1006行目）。この自信たっぷりな予測は父親として貢献しますという宣言ではなく、また相手を慎重に選ぶという姿勢の表れでもない。彼は単純に、たぐいまれな子孫を残すためにたぐいまれなパートナーは必要ない、と自慢しているに過ぎない。身体的にも、精神的にもすぐれた子ども（「より大きく」bigger「俊敏な」nimbler）を、あらゆる妊娠可能な女性（最低条件は「妊娠可能な」fit for conceptionだけだ）との間にもうけることができる、と主張しているのである。[24] 力点は、彼が相手を妊娠させる能力に置かれており、子育てに対する義務を果たすことは、ここでも、ほかの部分でも、ほのめかされていない。自称「人々の（中略）仲間」〔岩城 160〕（mate . . . of all people）によって「始められる」（start[ed]）可能性がある多くの子どもについては全く顧みられていないのである（137行目）。いかなる長期的投資の要求も行われていないし、その結果性的放縦を妨げるものは何もなくなっている。この作品は至近要因（すなわち性的快楽を得ること）を、究極要因（子孫を通じて遺伝子を残すこと）よりも重視しているのだ。[25]

「歌」という無可有の郷の外側では、ホイットマンが描く精力絶倫の語り手のような人物は数えきれないほどの育児を放棄された子どもたち（生存可能性の少ない子どもたち）と、彼を非難し告発する母親たちを生み出すであろう。母親たちの中には、武器を持ち怒り狂った男性の親族を連れてくる者もいよう。現実世界の人間の共同体の中では、確かに、いかなる男性も彼に身を任せる大量の女性を得られることはない。献身に必要な資源や、女性が要求するほかの性質が欠けている状態では、どのような男性も――どんなに精力的で魅力的であったとしても――このように多くの相手と、かくも短い逢瀬を楽しむことはできない。「ぼく自身の歌」の中でホイットマンは、男性が配偶者を求める行動に理想的に合致した世界、長く退屈な障害も、生殖にともなう重荷もない世界を作り上げた。ここで重要なのは、彼を拒絶するパートナーがいないことである。彼は実際以上に性欲が衰えず、「しっかり着いて」〔岩城 160〕（tenacious）「疲れも知らずに」〔岩城 160〕（tireless）いる主人公を造形し、彼を拒むことができない、短期的な性交渉の相手で充溢した環境に彼を放り込む（147 行目）[26]。彼は「振り放され」〔岩城 160〕る（cannot be shaken away）ことも「拒否」〔岩城 160〕される（not to be denied）こともない（147, 999 行目）。事実、彼は数多くの熱心な求愛者に囲まれている。「ぼくの愛人達が、ぼくを、窒息させる」〔岩城 232〕（my lovers suffocate me）と彼は嘆きを装って叫ぶ（1172 行目）。彼女たちは

「集まり」〔岩城 232〕（crowding）「押し分けて進み」〔岩城 232〕（jostling）「裸で」〔岩城 232〕（coming naked）「夜に」〔岩城 232〕（at night）「花壇、つる、もつれた下ばえの中から、ぼくの名前を呼ぶ」〔岩城 232〕（calling [his] name from flower-beds, vines, tangled underbrush）。彼女たちは彼の全身にキスして、「心の中身」（handfuls out of their hearts）を彼に与える（1173-79 行目）。自然界の無生物さえ彼を欲する。押し寄せる潮の「ぼくを招く、あなたの折り曲げた指」〔岩城 182〕（crooked inviting fingers）は、彼に「触れずに、もどっていくことを拒否する」〔岩城 182-83〕（449, 450 行目）。

読者はホイットマンが「歌」で表現している、もうひとつの非現実的な特徴に注目しなければならない。つまり、性交渉の機会をめぐる競争がまったく存在しないことである。通常、実世界においては、熱烈な男性は彼と同じくらい熱烈な別のライバルと競争しなければならない。[27] たとえ一時的にであっても、女性のパートナーとして選ばれるためには、男性は――たとえば性格、物質的資源、社会的利益などの点で――ライバルよりも多くのものを提供しなければならない。しばしば、自らの性的資源にアクセスする権利を守ろうとする他の男性からの抵抗を克服する必要がある。しかし驚くべきことに、ホイットマンの恋多き主人公にはライバルもいなければ既にパートナーとなっている別の男性もいないのだ。若い夫をその婚姻の喜びから引き離そうと決意するとき、つまり、「花婿を、ベッドから追い出し、ぼく自身が花嫁と寝る、／ぼくは、彼女に、一晩中、ぼくの腿と唇を押しつける」〔岩城 207〕（turn the bridegroom out of bed and stay with the bride . . . / . . . tighten her all night to [his] thighs and lips）ことを決意するときでさえ、彼は何らの抵抗にも遭うことはない（818-19 行目）。ここでは彼は初夜を迎えようとする新郎を描いている。彼は求婚し、相手を守り、献身的に尽くしてきたことの報いを刈り取ろうとしている。この新郎は自らが父となるために努力し、今、そのために必要不可欠なプロセスに入ろうとしているのだ。花婿の直接的な適応度は性的な闖入者によって脅かされる。このような状況では男たちはしばしば「致命的な暴力」(lethal violence)に訴えるものであるが、花婿は語り手に異議を唱えることもなく抵抗することもない。[28] この場面においては、生物学的な適応は不条理なまでに「一時停止」されている。長い時間をかけた求愛行為の結果として得られた独占的な〈相手の性交渉のパートナーとなる〉特権も同様に、機能することはない。ホイットマンの色男の主人公は際限なく見える束の間の逢瀬のパートナーの全員に不可解なほど容易に受け入れられる。彼はエロティックな欲望を何らの制限なく実現できるというユートピア的な環境にいる。彼が求愛する相手は、彼と他の求婚者をはかりにかけることもしないし、彼の関心があまりにも短いことに怒りもせず、彼は他の求婚者たちの挑戦を退ける必要もない。語り手はこの詩の世界で唯一、性的能力を積極的に行使する人物なのだ。

ファンタジーにもとづく「歌」の環境は、語り手の祖型的に精力的な行動と同様、ホイットマンの霊的、政治的テーマを伝えるのに実に適していることは疑いがない。汎神論的、国家的な結びつきの探求は、すべてを包含するようなアプローチを要する。個人の魂は宇宙の中にあるできるだけ多くの現象と物質的非物質的に合一を遂げたいと欲するのは自然である。また当然、市民としての個人は同国人の大きな、多様な集団と結びつきたいと思う。同様に明らかなことだが、魂ないし市民が一体となりたいと願う相手は抵抗することはない。普遍的な結びつきは万人にとって究極の目的であるし、またそうあるべきだからだ。ホイットマンが提示する霊的、政治的領域においては競争も選り好みも意味をなさない。というのも各個人がより大きなネットワークの中で目指す絶対的な価値は疑いのないものであるし、実現可能性のある結びつき――すべて同様に望ましいものだ――の数は無限だからである。これらの文脈のいずれにおいても、男性の性戦略の理想型が詩を通して現れている。霊的にも政治的にも、一体化を求める際限のない、相手を選ばない探究にはコストがかからないのだ。

しかし、このような大量の性的活動と強い男性的な姿勢を見せられてしまうと、読者はこの男性の精力的な行動がホイットマンの〈霊的な合一と政治的な合一という〉二つの顔を持つ中核的なメタファの入れ物として機能していることを忘れてしまう。官能的でエロティックなイメージは詩の中で非常に大きなスペースを占めているから、それらが建前上表現している、より抽象的な概念を追い出してしまう傾向がある。結果として、読者は「一連の、相互に作用し合い相互に変換しうる構築物」[29]を目の前にすることになる。リバーシブルのジャケットのように、たとえられているものとたとえているものは表裏一体で、いつでも「裏返す」ことができる。ベツィ・アキラが述べているように、「ホイットマンがセクシュアリティを霊的恍惚の言語を用いて描写しているのか、神秘的な経験を性的エクスタシーの言語で描写しているのか明瞭でない。というのも彼は同時に両方行っているからである」[30]。性的イメージは汎神論的、民主的理想に活気のある切迫性を与え、同時に、エロティックな活動はその背後に高貴な目的を潜ませているのである。目もくらむような厚かましさで、ホイットマンは男性の性的放縦を形而上的で愛国的な使命へと変えていくのである。かなりの程度において、彼の世代の、そしてその次の世代の読者はこの作戦に協力的であった。彼らは詩に表現されている性的活動を「超越の儀式」「神秘的経験の劇的表現」「神秘的なヴィジョン」と解釈するのにやぶさかではなかった。[31] ホイットマンの抽象的なテーマ――他者と融合することで宇宙的ないし国家的な結びつきのネットワークに参加すること――が、その性的なテーマを裏打ちしているという点についてはそれほど明確に認識しなかったようである。そして、このテーマは疑いもなく男性的なものなのだ。

「文学の伝統の中でおそらくもっとも〔中略〕遠慮なく男根的な作家」によって創作された「歌」は男性の肉体、男性の衝動、そして男性の満足に圧倒的にその軸足を置いている。[32] 女性の肉体や欲望もおとしめられているわけではないが、概ね無視されてしまっている。この作品のどこを見ても女性が唯一の、どころか特別な男性の欲望の対象であるように描かれているところはないし、その身体的特徴がエロティックな関心をもって描写されているわけでもないのである。女性の肉体に対するエロティックな関心が存在しないことは実際のところ、詩人＝語り手の、霊的ないし政治的な積極性を〔性的イメージの〕背後に読み取ることを容易にしている。ホイットマンの詩が女性を男性の情欲に結びつけているわけではないのとちょうど同じように、女性自身のエロティックな感情もほとんどまったく考慮していないのである。女性の母としての機能は時折言及されるが、女性の生殖に優位に働くような配偶者選択の戦略は「歌」で言及されることはほぼない。第一一節でのみ、「女の人生」〔岩城164〕(womanly life) がトピックとして登場する (201行目)。「29番目の水浴者」〔岩城165〕(twenty-ninth bather）がハンサムな裸の若者たちの集団を見て、浜辺で彼らと戯れ、「震えながら」（tremblingly）〔岩城165〕手を彼らの裸体に伸ばす想像をする。女性の性的憧れのこのような描写の中では、女性は短期的な性交渉の戦略をとっている。視覚刺激に反応するという典型的な男性の感受性、そして多くのパートナーに関心を持つという典型的な男性の関心を強調しているのだ。したがってこの場面は、男性の適応〔的性質〕と緊密に重なる女性のセクシュアリティの側面に焦点を当てていることになる。これが「歌」で唯一の女性の欲望の表現であるから、読者は女性のエロティックな経験についてごく限定されたイメージしか与えられていないことになる。ホイットマンがここで女性の視点を使っているのは自らに都合の良い装置としてであり、視野を広げるふりをして、その関心は依然男性的な経験にあるのだ、と指摘されている。[33] 同時に、ホイットマンは女性のセクシュアリティに対してはリベラルなスタンスをとっており、それをさまざまな方法で表現している。女性の積極性、そして女性に短期的な性的戦略が存在するのだということ自体を認めてもらおうとして、一一九番目の入浴者は「ヴィクトリア朝の女性の抑圧されたセクシュアリティ」を際立たせているのだ。[34]

詩人の公然たる目的が十九世紀の上品ぶった性的倫理への攻撃を含む限り、セクシュアリティそのものが前景化されたテーマを支えるものとなる。『草の葉』は「セクシュアリティへのラディカルな修正主義的アプローチ」の発露なのだ。[35] 体のどの部分であっても、恥ずかしくもなければ口にできないようなこともないと宣言することで、ホイットマンは汎神論をその論理的結論に導く。物質的な宇宙に浸透している神的なエネルギーが人体――生殖器も含めて――に表出しているのだ。このような超絶主義の解釈において官能的、エロティックな経験は新しい形で正当化される。霊的な健康と肉体的な健康がわかちがたく絡み合っているからだ。魂のように、肉体は「清く美し」い〔岩城 153〕（clear and sweet）（52 行目）。その肉体の「あらゆる器官や属性」〔岩城 153〕（Every organ and attribute）は「歓迎すべき」ものである。というのも「1インチや1インチの一部分でも卑しくはな」い〔岩城 154〕（not an inch nor a particle of an inch is vile）（57, 58 行目）からだ。裸体を称揚したりタブーとなっている体の部位を言挙げしたりする描写は一九世紀半ばの社会的規範を根本的に変革せよという詩人の主張を支えている。彼はあらゆる身体の機能と官能的な快楽を十全に受け止めようとしているのだ。[36]
また明らかに、彼はその革命的な人間のセクシュアリティの再評価において女性も包含しようとしている。語り手は自分が「男と同様に、女を歌う詩人である」（I am the poet of the woman the same as the man,）〔岩城 181〕と宣言し、ジェンダーの平等を強く肯定している。「そして、ぼくは、男であると同様に、女であることも、偉大であると言う」（And I say it is as great to be a woman as to be a man,）〔岩城 181〕（425-26 行目）。（「男よ、女よ」〔岩城 220〕man or woman「ぼくの兄弟よ、姉妹よ」〔岩城 230〕my brother, my sister「男と女」〔岩城 160〕male and female「父性的であると共に、母性的」〔岩城 174〕maternal as well as paternal「全ての男や女」〔岩城 230〕all men and women「あらゆる男女」〔岩城 223〕（each man and woman）などにみられる、〔男性と女性を〕並べて書く彼の言葉遣いは繰り返されると一見形式的で、機械的なものにすら見えるけれども、少なくとも理論的には性の解放の包括的プログラムに参加しているのである（989, 1144, 139, 333, 1136, 1,37 行目）。

セクシュアリティは、それ自体がトピックとして機能し、また、別のトピックを表現するためのメタファとしても機能しているから、「歌」において二重の機能を果たしていることになる。このためにセクシュアリティはテクストを支配している。どの節を読んでも読者はきわめて性的欲求旺盛な男性の姿を見る。彼は裸体をさらけ出し、自らそれを賞賛し、パートナーを探し求め、性愛による融合の行為にふける。したがってテクストは読者に、ほかの文脈ではエロティックな解釈ができないような言葉の中にも性的な色彩を探すよう誘いかけている。たとえば取り入れたり、飲んだり、同化したりするイメージ、また食欲、飢えといったイメージなど、繰り返し登場するこれらのイメージはほかの文脈で登場する場合に比べて、「歌」で出た場合は性的に解釈できるのではないかと考えてしまう。読者はエロスのレンズを通して詩が描き出す動作を眺め、たとえば「ぼく自身の思慮深い没入であり、再びの脱出である」〔岩城 177〕(the thoughtful merge of myself, and the outlet again)（381 行目）のようなフレーズを目にすると霊的な活動よりも性的な活動を想像せざるを得ない。語り手である詩人は、自身を「必要とする」〔岩城 245〕（want）読者を「どこかで（中略）待って」〔岩城 246〕（somewhere waiting）いるだろう、と告げて詩を終わる。この宣言もまた同様に、誘惑的な含意を有している（1346, 1340行目）。哲学的、政治的、そして文学的な合一に加えて、語り手は「歌」における性的な楽園が死後も続くことを夢想し、将来の読者をも自分のパートナーとして数え上げているかのようである。ホイットマンの語り手が性的なイメージやトピックを喚起していない場合すら、詩の言葉遣いは微妙な、時にはあからさまな、性的含意を帯びている。「彼の場合、セクシュアリティを示す言葉が超越を示す言葉の中に内包されている」[37]。しかし、ホイットマンに精通した批評家であっても、詩のこの側面を見逃したり、過小評価する傾向があるのだ。「当惑したり〔真価を〕理解しなかったりするために、彼らはすぐに」テクストの「象徴的解釈へと移っていく」[38]。

疑いもなく、ホイットマンは「ぼく自身の歌」で男性の性的楽園を創造した。容易に興奮し驚異的な強さを持つこの主人公は、手に入るパートナーが無数に存在する環境でその無尽蔵の精力を発揮している。彼が行くところどこであっても〔パートナーに〕受け入れられるのは、彼が望ましい存在であることを裏付けており、そのおかげで彼は次から次へと新しい性交渉の機会へと移行することができるのだ。拒絶されたり欲求不満に陥ったりすることとは無縁の彼は無数の短期的なパートナーと関係を結び、高次の多様性を享受する。同時に、この無何有の郷にはあらゆる同性、異性の競争相手が存在しない。性交渉の機会を減らしたり、性交渉を求める彼の行動を邪魔したりするライバルの男性も存在しないし、彼の短期的な、手当たり次第の戦略と干渉するような、パートナーからの〔求愛、献身、あるいは投資の〕要求もない。いかなる社会的規範も彼の活動を制限しない。要するに、彼は理想的な男性の性的戦略を、男性が日常生活で遭遇せざるを得ないさまざまな障害にさまたげられることなく実践しているのである。作品の非現実的な環境は、そのジェンダーに特有のバイアスとあいまって、世界中の男性の幻想を正確に反映している。「男性の夢の世界では数と新しさが鍵となる構成要素である」とバスはいう。男性は「見知らぬ、複数の相手、あるいは匿名の相手」との性交渉を夢想する。[39] それと同じくらい重要なことに、彼らは「負担になる関係、精妙な愛情表現、複雑な恋愛の展開、〔性交渉なしに〕いちゃついたり求愛したり、長い間前戯をおこなったりすること」[40]のない性行為を想像することを楽しむ。ピーター・コヴィエロは「ホイットマンのユートピア的な考え方のほぼあらゆる側面は、お互いを認識し、求め、親密になる能力に対する揺るぎない信頼」を反映しているという。[41]ホイットマンの詩では、男性の幻想を駆り立てる利己的な欲求は全編に横溢しているだけではなく、より高次の意味を付与されている。そういうわけで詩人は匿名の性交渉に対して「明白な弁護」をすることができるのだ。[42]言葉遣いのさまざまなレヴェルで価値あるものとして称揚される、自己と、可能な限り広範な他者との結合は「歌」のもっとも重要な原動力となっている。

ホイットマンが男性のセクシュアリティを肯定的に強調したのは、アスピスがその一九世紀のセクシュアリティに関する理論の有用なまとめの中で指摘しているように、当時の文化に根付いていたバイアスの反映である。[43]「性的魅力のある男性」と「精液の神聖性」は、ひとびとの想像の中だけでなく、骨相学や医学の領域でも強調されていた。「脳と生殖器との間には重要な結びつきがある」という考えのために、芸術家や哲学者は精液を知的業績や想像力あふれる創造性の活力源と見なしていた。[44]このような文化的文脈を考えれば、ホイットマンが「超男性的な語り手」を通して並外れた男性性と多産を前面に打ち出そうとした理由が理解できるであろう。[45]さらに、男性の精力を正当化し、自由自在に表現しようとして、彼は「精液を倹約」することで「エネルギーを保つ」ことをすすめる、当時人気のあった医学理論を拒絶している。かわりに「ホイットマンは精液の放出を通してエネルギーのラディカルな再分配を行うことを提唱している」。[46]アスピスらは、ホイットマンは詩の中で言葉を発することとオーガズムの際に〔精液を〕放出することを意識的に関連づけていると主張している。結果として彼の「精液的な発話」(spermatic utterances)においては「オーガズムは(中略)詩であり(中略)詩はオーガズムである」[47]。この結びつきは『草の葉』のほかの作品よりは「ぼく自身の歌」においてはそれほど前面に出てもいないし、十分に展開されているわけではないけれども、やはり、その存在を見て取ることはできる。読者は「歌」の語り手が冒頭(33行目)で確約する「あらゆる詩の起源」〔岩城 152〕(the origin of all poems)を知ることができるであろう。すぐその後で彼は「世界中を駆けめぐる生殖の衝動」〔岩城 153〕(the procreant urge of the world)を強調し、男性の肉体の「あらゆる器官や属性」〔岩城 154〕(every organ and attribute)を熱狂的に「歓迎」〔岩城 154〕(welcome)している(45, 57行目)。このようにして彼はセックスと芸術とを暗黙のうちに結びつけ、それは詩全体を通じて広がってゆく。疑いもなく「生殖的」(procreant)で創造的であるから、性的な活動と芸術的な活動は同じ起源を持ち、生殖エネルギーによって動かされているのだ(45, 13行目)。政治学と形而上学の領域で性的なメタファを用いるのと同じように、このように美学とエロティシズムを結びつけることでホイットマンの男性的な生理と衝動に対する関心がより高貴なものとなる。「発話することはセクシュアリティ――男同士のものも含む――、民主主義、霊的ヴィジョン、そして詩的発話と結びついている」[48]。詩に強さと喜びを与える時ですら、彼は男性の性的戦略と美的な意味やデザインとを関連付けているのである。

この作品はあらゆる男性にとって魅力的である。進化の結果獲得された、男性の性的行動パターンに合致し、またそのパターンに都合の良いように世界を作り替えているからだ。〔性交渉の〕パートナーが豊富に存在する、男性中心の「歌」の世界が、その機能において異性愛的であるというよりもむしろ同性愛的であるように見えるとすれば、それは男性の志向を完膚なきまでに充足しているからである。社会学者や社会理論家が述べているように、同性愛の男性は、女性が協力的であるときに異性愛の男性が用いるような戦略をとる。同性間の恋愛関係を求める場合、「男性が、典型的には女性によってなされる、求愛や献身などの要求に束縛されない場合、彼らは多様なパートナーとの行きずりのセックスをすることで奔放に欲求を満足させる」[49]。したがって、同性愛者の行動は「相手の性の性戦略の要求に妨げられない場合、男性の性欲がどのようなものなのかを知る手段となる」[50]。同性愛は近年ひろく一般に受け入れられるようになってきているため、文学研究者たちはホイットマンの人生と作品におけるこの側面を次第に頻繁に、そして真摯に議論するようになってきている。新しい伝記的な研究と、詩自体に含まれる手がかりの詳細にわたる新しい分析によって、ホイットマンの同性愛的な性的志向を示す説得力のある証拠が得られている。とりわけ「苔むした樫の木」（"Live Oak, with Moss"）連作がこの理解の裏付けとなる。[51] この復元されたテクスト内での証拠に——少なくとも部分的には——触発されて、ホイットマンの研究者たちはこの詩人の作品を通して直接的間接的に同性愛が表現されている内容に次第に関心を払うようになった。アキラは、そのような感情が彼の人生においても芸術においても非常に重要であるという「口には出さないが広く共有された認識」を前にしても「ホイットマンの男性に対する性的な感情を否定し、霊的なもの、異性愛的なものと解釈し、あるいは周縁に位置するものとして退ける批評の伝統」を非難する研究者のひとりである。[52] さらに、既に述べたように、ホイットマンのヴィジョンが持つ同性愛的な含意――これまで十分認識されていなかったとはいえ、ほぼ確実に意図的に与えられたもの――は、そのヴィジョンの裏付けとなる前提が持つ議論の余地のない男性性を補強するように作用している。「歌」の語り手が示す、相手を選ばない精力は、世界中であらゆる文化の男性が好む性戦略を適応の視点から理解したものと完全に一致する。この作品は性的志向にかかわらず、あらゆる男性が適応の結果として有する気質に訴えるのである。

「歌」の人工的に構築された世界の外部では、多くの社会的生物学的な力のために、男性は進化の結果として得られた本性に完全に基づいて束縛なく行動することができない。男性の精力は手放しで発揮することができないのだ。男性はしばしばたとえば長期間求愛したり、子育てをしたりして、〔性交渉という〕至近的な願望を表に出すことを控えなければならない。しかし男性がこうしたことをする動機となる力は「ぼく自身の歌」には描写されていないし、高く評価されてもいない。〔長期的なパートナーとの性的感情的かかわりによって満足感を得たいと欲する詩人の姿を見るには「苔むした樫の木」を読む必要がある〕。「歌」ではホイットマンは男性の性的積極性が何らの障害にもあわずに自由に発揮しうる牧歌的な〔理想的な〕環境をつくっている。自然そのもの――海の「ぼくを招く（中略）指」〔岩城 182〕（inviting fingers）から日の出の射精を思わせる「明るい液汁」〔岩城 190〕（bright juice）まで――が、男性の積極性を反響し、それを促進し、それに反応するのである（449, 556 行目）。「勃起への衝動」と「性的興奮のイメージは〔中略〕いたるところにある」[53]。このような「異世界」は非常に明確に、普遍的に存在する男性の利己性を実現している。そこでは「人間が住む環境とは遠い世界であっても」「多様性を求める欲望」[54]にかなうのだ。「豊穣かつ精妙な男性中心の」この作品は、あらゆる男性の性的葛藤に、それらの源泉を絶つことで対応している。[55]性的不能、〔相手からの〕拒絶、〔ライバルとの〕競争といった〔性的願望の達成を〕阻害するものは存在しない。求愛、献身、子育ての確約やそのための投資といった問題は生じない。関連する個人間の問題――どれも腹立たしいほど複雑だ――は一瞬にして消滅する。「歌」の語り手は至福に満ちた単純化された世界に暮らしている。そこでは男性の性衝動が「拘束されずに」〔岩城 150〕（without check）「本来の活力で」〔岩城 150〕（with original energy）（13 行目）発現するのである。精力的な行動をする機会（これはサイモンが指摘するように、実生活においては「ごくまれに」しか生じない）が喜びをもって最大化され、見事なまでに正当化されているのである。[56]

あらゆるファンタジー、多くの芸術作品と同様、「歌」の想像世界は誇張に基づいている。書き手が提示するヴィジョンは個人的な心理、社会的ダイナミクスの両面から劇的に単純化されている。華麗で、しばしば機知に富んだ誇張は、詩人であり語り手でもある人物のトレードマークでもあるが、それが――人間の本性、人間の共同体について――表象しているものがきわめて一方的であるように見えるのは実は意図的なものだと示している。ホイットマンは意識的に男性の欲望を充足し、実現可能な範疇を超えた〔男性にとって〕理想的な空間を作り出したのである。彼は〔読者を〕眩惑し、衝撃を与え、動揺させ、自らの作品を極端な例と奇想天外なイメージで満たしている。「ぼく自身の歌」は男性の精力に対する壮大な賛歌なのだ。この作品で描かれたユートピアの魅力の根底にあるダーウィン〔進化論〕の前提は単純なものだ。個人は至近要因となる欲望を満たす場合、それを快楽をもたらすものとしてだけでなく、本質的に価値と意味があるものとして受け止める、ということである。進化の結果生じた人間心理の重要な特徴に訴えつつ、「ホイットマンの〔描いた〕自信に満ち精力絶倫の語り手は、宇宙に目的がないわけではないことを示している」。[57]「ぼく自身の歌」はあらゆる性的志向の持ち主に、彼らの欲望は健全で、称賛に値するものでさえあることを確約する。彼らのエロティックないとなみは自然界のプロセスや宇宙の構造と調和しているのだ。ホイットマンの詩という枠組みの中で、男性の積極性は政治的、美的、そして超越的に正当化されるのである。

注

1 Edwin Haviland Miller, *Walt Whitman's "Song of Myself": A Mosaic of Interpretations* (Iowa City: University of Iowa Press, 1989), xiii-xiv.

2 Gay Wilson Allen, *A Reader's Guide to Walt Whitman* (New York: Farrar, Straus and Giroux, 1970), :26.

3 James E. Miller, Jr. はホイットマンの「結合」のメタファが持つ超越的含意を論じ、彼を神秘主義の伝統に位置づけている。*A Critical Guide to "Leaves of Grass"* (Chicago and London: University of Chicago Press, 1957), 30.

4　Walt Whitman, “*Song of Myself,*” *in Leaves of Grass*, ed. Sculley Bradley and Harold W. Blodgett (New York and London: Norton, 1973), lines 381,373, 447. 引用はこの版による。1891-1892 版の復刻版である。ホイットマンが 1855 年の初版と 1891-1892 版の間で行った詩のテクスト、タイトル、構造に対する変更に関しては Miller Jr の Critical Guide, 6. 参照。

5　M. Jimmie Killingworth, “Whitman and the Gay American Ethos,” in *A Historical Guide to Walt Whitman*, ed. David S. Reynolds (Oxford and New York: Oxford University Press, 2000), 125.

6　Dawkins, *Selfish Gene*, 145-46;

7　Daly and Wilson, *Sex, Evolution*, 78-79.

8　Buss, *Evolution of Desire*, 63.

9　Donald Symons, *The Evolution of Sexuality* (Oxford: Oxford University Press, 1979), 208.

10　Buss, *Evolution of Desire*, 76.

11　Dawkins, *Selfish Gene*, 161, 164.

12　Buss, *Evolution of Desire*, 47-48; Daly and Wilson, *Sex, Evolution*, 280-81.

13　Buss, *Evolution of Desire*, 48.

14　William H. Shurr, “Whitman’s Omnisexual Sensibility,” *Soundings: An Interdisciplinary Journal* 74, no.1-2(1991): 113.

15　Symons, *Evolution of Sexuality*, 212.

16　Buss, *Evolution of Desire*, 82.

17　Ralph Waldo Emerson, “The Poet,” in *The Collected Works of Ralph Waldo Emerson, vol. 3, Essays: Second Series*, ed.Joseph Slater, Alfred R. Ferguson and Jean Ferguson Carr (Cambridge, MA and London: Harvard University Press, 1983), 12.

18　Thomas Carlyle, *Sartor Resartus, in “Sartor Resartus” and “On Heroes and Hero Worship”* (New York: E. P. Dutton, 1959), 49, 50.

19　Robert K. Martin はこの文脈でホイットマンの言葉遣いをよりラディカルに読む試みを行っている。詩人は男性の生殖器、たとえば「包皮の下のペニス」を剥き出しにすることを暗示しているというのだ。*The Homosexual Tradition in American Poetry* (Austin and London: University of Texas Press, 1979), 18.

20 M. Jimmie Killingsworth, "Whitman's Physical Eloquence," in *Walt Whitman: The Centennial Essays*, ed. Ed Folsom (Iowa City: University ofIowa Press, 1994), 68.

21 Buss, *Evolution of Desire*, 20-21; Daly and Wilson, Sex, Evolution, 301.

22 Gay Wilson Allen, "Mutations in Whitman's Art," in *Walt Whitman: A Collection of Criticism*, ed.Arthur Golden (New York: McGraw-Hill, 1974), 40

23 Gay Wilson Allen, "Mutations in Whitman's Art," in *Walt Whitman: A Collection of Criticism*, ed.Arthur Golden (New York: McGraw-Hill, 1974), 40.

24 Harold Aspiz は、当時の「新しい優生学」のために、ホイットマンは自分を「賞をもらうような立派な雌の家畜」に匹敵するようなアメリカのブリーダーのチャンピオンであると見なすようになったという。"Sexuality and the Language of Transcendence," *Walt Whitman Review* 5, no. 2 (1987): 2.

25 Martin は『草の葉』を通して見られる「生殖を目的としない性的行動」を社会政治学的文脈のもとに置き、詩人のホモエロティックなヴィジョンが資本主義の生産性、競争にともなう攻撃性、権力欲に駆られた「進歩」などに重要な挑戦をおこなっているのだ、と主張している。*Homosexual Tradition*, 21-22, 69-70.

26 James E. Miller, Jr. はホイットマンの主人公の「巨大な」特徴を議論して、「わたしのひじは海に置かれ / 手のひらは大陸を覆う」(my elbows rest in sea-gaps, / I skirt sierras, my palms cover continents)(715-16) といった文字通りの巨大さを強調する描写に目を向けている。Miller はこのような「超人的なプロポーション」のために「祖型的な『新世界』の人間像」を確立することが容易になったのだという。*Critical Guide*, 199. しかし、「歌」で男性器、男性の性的興奮、男性の手当たり次第の性交渉が称揚されていることを考えれば、彼の読みを補完することが重要であるように思われる。ほかにも暗示された意義はあるかもしれないが、「歌」の「超人的なプロポーション」は、ホイットマンによる、等身大以上の男性性への讃歌である。

27 Buss, *Evolution of Desire*, 47.

28 *Ibid*., 129.

29 Aspiz, "Sexuality and the Language," 1.

30 Betsy Erkkila, "Whitman and the Homosexual Republic," in *Walt Whitman: The Centennial Essays*, ed. Ed Folsom (Iowa City: University of Iowa Press, 1994), 158.

31 Aspiz, "Sexuality and the Language," 3; Miller, Jr. *Critical Guide*, 6; Geoffrey Dutton, Whitman (New York: Grove, 1961), 66.

32 Gary Schmidgall, *Walt Whitman: A Gay Life* (New York: Dutton, 1997), 77.

33 第一一節でホイットマンが女性的な視点をとっていることについて、多くの研究者たちが議論している。この二九番目の入浴者は実はのぞき見をしている男性の語り手ではないか、というのだ。たとえば Frederik Schyberg, *Walt Whitman*, trans. Evie Alison Allen (New York: Columbia University Press, 1951), 119-20; Edwin Haviland Miller, *Walt Whitman's Poetry: A Psychological Journey*(Boston: Houghton Mifflin, 1968), 94; Roy Harvey Pearce, *The Continuity of American Poetry* (Princeton, NJ: Princeton University Press, 1961), 78; Shurr, "Whitman's Omnisexual," 106; Martin, *Homosexual Tradition*, 20. などを参照。ホイットマンがフェミニズムにどの程度、あるいはどの程度本気で、かかわっていたか、彼の女性それ自体への姿勢がどうであったかについてはホイットマンの伝記作家たちの間でも意見が一致していない。Schmidgall は「小さいが顕著な（中略）ジェンダーバイアスの存在」が彼の人生と作品にあると指摘している。「『草の葉』の男性的な内容」を強調することで、彼はホイットマンを「見事なまでに女性嫌いの詩人」であるとしている。*Walt Whitman: A Gay Life*, 159, 169. David S. Reynolds はホイットマンの女性、そして女性の権利への姿勢を、より肯定的に捉えており、「女性の社会的経済的苦境に対して」ホイットマンが「共感」を持っていたことを初期の新聞記事にたどっている。*Walt Whitman's America: A Cultural Biography* (New York: Alfred A. Knopf, 1995), 213-22.

34 Martin, *Homosexual Tradition*, 20.

35 Harold Aspiz, "Walt Whitman: The Spermatic Imagination," *American Literature* 54, no. 2 (1987): 379.

36 Aspiz は官能と性の解放をめざしたホイットマンの姿勢を「アメリカの改革者や科学者たち」によって一九世紀半ばに提唱された「新しい優生学（「骨相学のイデオロギー的支柱」に辿っている。詩人は当時流行していた「性的改革のイデオロギーと言葉遣い」を用いて、抒情詩的に「『改革者』の、性的エクスタシーは優生学的に望ましいもので、究極的には霊的なものであるという観念」を表現したのだ、という。"Sexuality and the Language," 2. 多くの学者たちが、骨相学の理論が友情、愛情、エロスなどについてのホイットマンの考え方に明らかに重要な貢献をしたと指摘している。たとえば Edward Hungerford, "Walt Whitman and his Chart of Bumps," *American Literature* 2, no. 4 (1931); Reynolds, *Walt Whitman's America*; Peter Coviello, "Intimate Nationality: Anonymity and Attachment in Whitman," *American Literature* 73, no. 1 (2001). などを参照。

37 Aspiz, "Sexuality and the Language," 2.

38 Martin, *Homosexual Tradition*, 21.

39 Buss, *Evolution of Desire*, 82.

40 Bruce J.Ellis and Donald Symons, "Sex Differences in Sexual Fantasy: An Evolutionary Psychological Approach," *Journal of Sex Research* 27 (1990): 544.

41 Coviello, "Intimate Nationality," 85.

42 Martin, *Homosexual Tradition*, 19.

43 Aspiz, "Walt Whitman: The Spermatic Imagination," 380-82.

44 *Ibid.*, 381.

45 Reynolds, "Walt Whitman: The Spermatic Imagination," 380-82.

46 Martin, *Homosexual Tradition*, 21.

47 Aspiz, "Walt Whitman: The Spermatic Imagination," 379, 395.

48 Erkkila, "Whitman and the Homosexual," 154.

49 Buss, *Evolution of Desire*, 84.

50 *Ibid.*, 84. Symons はこの点を *Evolution of Sexuality*, 292-305. で詳しく議論していて有用である。

51 Hershel Parker, "The Real 'Live Oak, with Moss': Straight Talk about Whitman's "Gay Manifesto;" *Nineteenth-Century Literature* 51, no. 2 (1996) and Alan Helms, "Whitman's 'Live Oak, with Moss,'" in *The Continuing Presence of Walt Whitman: The Life after the Life*, ed. Robert K. Martin (Iowa City: University ofIowa Press, 1992). 参照。

52 Erkkila, "Whitman and the Homosexual," 153, 154. この話題については Killingworth, "Walt Whitman and the Gay American Ethos"; Louis Simpson, "Strategies of Sex in Whitman's Poetry," in *Walt Whitman of Mickle Street: A Centennial Collection of Essays*, ed. Geoffrey M. Sill (Knoxville: University of Tennessee Press, 1994); Martin, *Homosexual Tradition*; Schmidgall, Whitman: A Gay Life 参照。

53 Schmidgall, *Whitman: A Gay Life*, 77.

54 Symons, *Evolution of Sexuality*, 250.

55 Schmidgall, Whitman: *A Gay Life*, 156.

56 Symons, *Evolution of Sexuality*, 208.

57 Aspiz, "Sexuality and the Language," 6.

第五章
非適応的行動と作者の企図：ハックルベリー・フィンの父親

読者から非常に否定的な評価をされるキャラクターでいっぱいの小説の中で、ハックルベリー・フィンの父親はほかの誰よりもひときわ強い敵意と非難の対象になっている。彼はトウェインの『ハックルベリー・フィンの冒険』（一八八四）の主要キャラクターの中で、もっとも共感されることなく、憎まれることの多い人物である。トウェインはこの、十四歳の主人公の父親にいかなるよい気質も与えていない。堕落した習慣とアルコール依存癖、子どもに対する虐待、自己憐憫に満ちた偽善、良心のかけらもない強欲、自己中心的な社会観など、ハックの父親は意図的に軽侮の念を引き起こすように創作されている。これまで、批評家たちは彼の親としての欠陥――これはとりわけひどいものだ――に大きな関心を払ってきた。彼は単に息子の養育を放棄するだけではなく、利己的で、高圧的で、移り気で、残酷なのである。そのような行動は進化論の視点から考えると全く「利己的」ではない。生物学的には非適応的なのだ。父親としての彼の行動は説明しがたく自然に反しているように感じられる。そのように感じることで読者はそうした行動をいっそう厳しく評価するのである。トウェインは自らの中心的なテーマを補強するために意図的にこの反応を惹起している。この悪い、自然に反した父親は必然的に、悪い、自然に反した価値観に結びつけられる。ハックの父親がよい、正しいと判断することは何でも、読者は拒絶し軽蔑するようになるのだ。彼が小説の中でもっともあからさまで過激なレイシストであるのは偶然ではない。トウェインは人種差別を適応度に反する行為、とりわけ強い感情的拒否反応を引き起こすように計算された行為と結びつけることで、それに反対する自身の立場を強めている。

進化生物学の観点から見れば、親が子の世話をするのは究極的には利己的な目的のためである。子の世話をすることで両親の遺伝子のコピーが生き残り、より多くのコピーをつくることができ、遺伝子プールに親のDNAがより多く現れるようになるからだ。[1] 子どもは両親の遺伝子のきっちり半分を共有しているから、母親も父親も、自分が産みだした「遺伝子マシーン」を世話することで利益を得る。[2] 子どもが乳幼児期を生き抜き、その後——身体的、社会的、そして子孫を残せるという点で——成功するように手助けすることで、両親は自らの適応度を上げようとしているのだ。人間はしばしば、子ども以外の親族も援助するが、それはそうした縁故主義が潜在的には受益者が遺伝子を共有する人すべての間接的な適応度を上げるからである。[3] しかし、「血が濃ければ濃いほど」利他的な投資を行う「対象として選ばれやすくなる」。[4] 理由は明らかだが、子どもの世話は人類における縁故主義的援助のもっとも重要な例である。[5] 人類においては子どもが親に依存する期間は非常に長く、社会構造も複雑であるから、そうした世話が必要不可欠となる。子どもは最低限、食事を与え、世話をしてやらなければならない。子どもが大きくなってくると、職業上の、あるいは社会的なトレーニングを施すことで生存上有利になり、子孫を残す確率を上げることができるようになる。さらに、親と子が共有する遺伝子の割合は双子の場合を除けばほかのいかなる血縁者よりも大きいから、世話をしたことに対する見返りは最大である。親子の年齢差も援助の方向に影響する。成人した子どもが年老いた、子をもうける年齢を過ぎた親の面倒を見たとしても、それは（両者の間に遺伝子の共有が見られるにもかかわらず）直接的な適応度にはなんら寄与しない。利益が生じるのは、親が子の世話をしたときであって、逆ではない。これは親が子の世話をする立場になることがより頻繁であるからというだけではなく、子が子孫を残す確率がほとんど常に親が子孫を残す確率よりも高いからである。[6]

子どもの世話の必要性とその価値は人間の共同体において意識的に認識されている。親が子のために犠牲になることは芸術でも宗教でも称賛され、一般向けのフィクションではお涙頂戴の浪花節の展開でよく見られる。親の投資を絶賛することで、人間は子どもを生殖可能な年齢まで育てるという──物質的資源、労働力、長期間の献身──莫大なコストを認識していることになる。並外れた親の犠牲と、子のそれに対する感謝を描いたストーリーは、子育ての必要性に苦しむ親たちに文化的な激励を与え、それほど意識されることのない生物学的な利益を高めている。他の個人的事業を犠牲にした、エネルギーを吸い取られる長期間の子育てを動機づけるものは典型的には親の「愛」であると位置づけられ、この感情は文学、絵画、フォークソング、タブロイドの記事などで称賛されている。自動車の下敷きになった我が子を救い出すために超人的な力を発揮する母親、飢え死にしそうな子どもたちに最後のパンのひときれを与える父親、といったストーリーは、父母の愛の力を誇張して伝えるものである。親の愛は感情であって、感情は適応的な、つまり進化論的に見て有益な行動をもたらす至近メカニズムとして機能する、自然発生的な気持ちの高揚である。親が子に投資することは親のDNAから見て適応的であるが、当の親は、その目的に必要な、何年もかかる利他的な世話をするのに、「この子どもを養育することが、わたしの遺伝子を次世代に引き継ぐ最良の希望である」と考える必要はない。親は単に「私はこの子を愛している」と「感じ」て、それにしたがって行動しさえすればよいのだ。

親が子を愛することなく、結果として親の投資が行われない場合は、通常、生物学的に見ると損失がもたらされる。育児放棄や栄養失調のために子どもが死んでしまえば、両親の遺伝子は全く次世代に残らない。嫌いな相手との結婚を強いられた子どもたちは、より望ましい相手と結婚した場合に比べて子孫を残す確率が下がり、より少ない遺伝子しか残せない。世話が足らなかったために人格に欠陥があったり社会的なハンディキャップを抱えたりしている場合は、配偶者を見つけ、その関係を維持することが難しくなる（同じことは仕事や友人についても言える）。子どもが家庭を持ったとしても、子どもの面倒を見ないことが多く、その結果その次の世代に遺伝子が引き継がれる可能性は低くなる。このようなわけで、子どもを適切に育てない人々は仮にゼロではないにしてもかなり低い確率でしか遺伝子を残せない。不十分な親の投資がもたらす生物学的なコストを考えれば、きわめてひどい親が比較的まれにしか見られない理由がわかる。親の愛情という感情を持たず、あるいは持ったとしてもそれに従って行動しない人間の遺伝子は次の世代には引き継がれないのだ。非適応的行動が遺伝するものである限り、そのような行動を発現させる遺伝子は人類の遺伝子プールの中で減少する傾向にある。

行動（子育て）と至近的な動機（親の愛）は人類特有のものであって、自然で、かつ必要なものであると普遍的に見なされている。親の犠牲についての驚くべき例は関心を引き称賛を集めるために強調される一方、出来の悪い親は共同体でつまはじきにされてしまう。人生においてと同様芸術においても、親が愛情を持たなかったり世話をしなかったりする場合は強い非難を浴びることになる。さらに、文学においては、劣った親は他の側面でも欠陥を持っている傾向があることが多い。有名な例のうちごくわずかなものを挙げるだけでも、サッカレーのベッキー・シャープ、バトラーのテオボルド・ポンティフェクス、ウォートンのウンディーネ・スプラグ、ディケンズのジェリビー夫人、ジェイムズのギルバート・オズモンドなどといったキャラクターは、悪い親であって、しかも、母親、父親としての欠陥とは直接つながりのない社会的倫理的規範をも侵犯している。この悪名高いキャラクターたちの中ですら、ハックの父親はひときわ目立った存在であり、「文学に登場するもっとも記憶に残る悪い父親のひとり」[7]となっている。

親が子どもに対する投資を控えることで適応度を上げることができる場合もあるが、それは通常の状況では生じない。たとえば環境の条件が好ましくない場合、限りある資源は子ども（生きているもの、まだ産まれていないものを含む）のうち、生存し、子孫を残す長期的展望がもっとも大きなものに分配されることがある。[8] 不本意ながらも、子どもたち全員が生き残れないと考える理由がある場合には、彼らはその一部が生存するための戦略的決断を行う。自分たちの直接的適応度を最大化するために親の「愛」を上書きするのだ。しかしこのような『ソフィーの選択』のような親のジレンマで、ハックの父親が育児放棄していることの説明にはならない。ハック以外に子どもがいる様子もないし、将来子どもをもうけるためのパートナーを探している――あるいはその気を引こうとしている――という証拠もない。たとえば彼の髪の毛はぼさぼさでとかそうともしていないが、これは求愛など毛頭考えていないことを示している。どうやらアルコールへの依存のために性的欲求が抑えられたか、完全に消失してしまったようである。「五十がらみ」で明らかに健康状態が悪い（たとえば、顔色は「魚の腹みてえな白さ」〔西田上47〕である）から、ハックの父親はもはや次の子どもをもうけることができそうには思えない（23）。だから、彼にとってはなんらかの直接的な適応度を高めるための唯一の希望であるハックの世話をしないことは、コストと利益を天秤にかけた親の投資という観点からは説明できないのである。

　トウェインは語り手でもある主人公の生い立ちについて詳しいことを語っていないから、読者はハックの幼児期や少年期についてほとんど何も知らない。小説の冒頭ではおおよそ十四歳である彼はつい最近まで「砂糖だる」〔西田上18〕の中に寝泊まりし「ぼろ服」〔西田上18〕を着て、小遣い稼ぎの雑用をしたり、ゴミをあさったり、「借り」〔西田上127〕たりして生活している（2, 80）。[9] 彼の人生において母親がどのような役割を果たしたのかは何の情報もない。彼女はいつ死んだのだろう。幼児期や少年期、彼の面倒を見たのだろうか。もし、見ていないのなら、誰が育てたのだろう。テクストは答えることはない。唯一生き残っている親であり、そして他に親戚（おじ、おば、祖父母）がいるような証拠もない状況では、ハックの父親は通常、子どもの生存を確実にするのに十分な世話をする十分な動機を持っている。母の死は、人類は父親よりも母親の方が子どもの世話をするという傾向を考えると打撃である。生き残っている〔父〕親が適切な世話をしなければ、子どもは死ぬか、〔死なないにしても〕豊かな生活を送れなくなり、結果として適応度が下がってしまう。[10] 明らかに、ハックの父親の行動は親の投資という適応の結果生じた行動に関する予想とは合致しない。

　ハックは最近誰に育てられているのだろう。読者にわかるのは、ダグラス未亡人が彼を「息子として」連れて行き、彼に家庭を提供し、「教育」〔西田上18〕しようとするとき、ハックの父親が「もう一年以上もこの近所には姿を見せてねえ」〔西田上29〕（1, 10）ということだけである。これはつまり、ハックの父親は息子を十二歳か十三歳のときに捨ててしまい、顧みなかったことを意味する。おそらくハックは「よく酔っぱらって、皮工場でブタといっしょに寝ていた」〔西田上29〕（10）と表現されているような、父親のふらふらしたアルコール漬けの生活を考えれば、そのころまでには自分だけを頼りに生きていかなければならなかっただろう。もっとも、この当時、子どもたち、特に男の子はかなり自立していたことを考慮に入れておかなければならない。トウェインの前書きによれば、ときはおよそ一八三五から一八四五年である。児童労働法も児童福祉政策もない時代、ローティーンたちは仕事について給料をもらい、特別な保護を受けられる集団のメンバーというよりはむしろ、小さな大人として行動することができた。ハックが育児放棄された結果自力で生きていかなければならなかったとしても、二十世紀中盤以降にそのような状況の子どもに対して与えられたような関心を引くことはなかったかもしれない。

しかし、ハックの環境においてさえ、家のない子が周囲の大人たちを心穏やかではいられなくさせるような存在であったことを示す証拠がある。川下りの旅の間、不信感を拭い危険を避けるために創作されるハックの身の上話では、彼はつねに、自分には家族と、大人の保護者がいたという設定を注意深くこしらえている。こうした保護者たちはハックの哀れむべき創作身の上話ではたいていは病気や不運の犠牲になり、死ぬという展開になることが多い。しかしハックは自分のことを、ごく最近、信頼できる血縁ネットワークを失った孤児であるとして表現する。もちろんジムや自分自身が厄介事に巻き込まれないようにするためもあるが、彼が予想している「トラブル」というのは庇護者になりたい人々からの善意の介入であるのかもしれない。ハックが少なくとも二回、家庭に引き取りたいという申し出を――グレンジャーフォード家とフェルプス家から――受けるという事実は、親を失い孤児となった子どもが同情に満ちた反応を引き起こすことの証拠である。人々はハックくらいの年齢の子どもは大人の援助、世話、支援を必要としていると考えているのだ。

「父親に虐待され、捨てられた孤児」であるハックは、自分で人生を切り拓いていく覚悟が完全にできているように見える。[11] 彼はダグラス未亡人に引き取られる前の人生を語る際に、怒りや自己憐憫めいたことを口にしない。ハックは砂糖だるが与えてくれた自由を享受し、未亡人の「えらくきちんとまじめ」〔西田上 18〕なライフスタイルを経験するとすぐに家出してしまう（もっとも、その家出は長続きしなかったが）。きちんとした衣服、規則正しい生活、中産階級のエチケット、学校の授業、聖書の勉強よりも誰にも束縛されない暮らしを好むのだ（1）。『トム・ソーヤーの冒険』になじんだ読者たちは、『ハックルベリー・フィンの冒険』の前編にあたるこの作品の中で、トムのような、家族があり、結果的に規律、授業、スケジュールに縛られている子どもたちは、ハックの人生に欠けているもの――すなわち責任ある大人の指導監督――のために彼をうらやんでいたことを記憶しているであろう。「札付《ふだつ》きの大酒飲み」〔土屋 82〕の息子であるハックは「ぶらぶらしていて、法を守らず、粗野《そや》で不良」〔土屋 82〕[12] であると思われている。大人の保護者がいないハックは中流階級のルールや期待、大人の共同体に所属するための教育から解放されている。結果的に「毎日うるさく小言を言われ自由を束縛されて生きているセントピーターズバーグの堅気の少年たち」〔土屋 85〕は彼の自由に驚き「この浮浪児のようになりたい」〔土屋 82〕と思う（74, 73）。同い年の子どもたちの大半と同様、トムやその友達は彼らが我慢できず抑圧的であると考える社会的訓練からいかなる利益を得ることができるのか予測することができない。

『ハックルベリー・フィンの冒険』では、トム・ソーヤーに焦点を当てた、より心躍るような物語とは対照的に、ハックの早い独立はロマン化されていない。彼はもはや「華麗なるアウトロー」、羨望と模倣の対象ではなく、いささか評判の悪い社会のアウトサイダーである（74）。彼の「幸福なずる休み」はその実質、すなわち「生存のための闘争」として認識される。[13] この、より現実的な描写は、作者の目的がいっそう深刻になったことを反映している。彼の置かれた状況、社会から見捨てられた子どもという状況の持つデメリットがより大きな関心の対象となっているのだ。たとえばハックが子どもたちの仲間に入れてもらえるのはダグラス未亡人のもとに帰って「おとなしくする」〔西田上 18〕(2) ことが条件である。この要求に従うことで、ハックは自分の「社会的な欲求の方が」ブルジョワの慣習に対する不快感よりも「強い」ことを示している。[14] しかしそうまでしても彼はなかなか仲間に入れてもらえない——「家族なんぞねえ」〔西田上 28〕（10）からである。「秘密をもらした団員の家族」〔西田上 28〕を殺す、という提案は、セントピーターズバーグの社会階層におけるハックの立場について否定的な関心を呼び起こす（10）。ただひとりの親が悪名高い酔っ払いで、長い間行方不明になっているような場合、家族の結びつきによってその共同体内の立場が確立している他の男の子たちとつきあうには不適なのだ。父親が家に寄りつかないことで、ハックは同い年の集団からつまはじきにされる危険にさらされている。父親が「絶対に見つからない」という事実、つまり、ハックが育児放棄の犠牲者であるという事実は、ハックの父親が「酔っぱらって、〔中略〕ブタといっしょに」〔西田上 29〕寝るという習慣よりも社会的に軽蔑の対象になっているようだ（10）。

ハックに「家族なんぞねえ」〔西田上 28〕という問題を、ワトソンさんを媒介として立てることで（「あのばあさんなら殺してもいいぜ」〔西田上 29〕）回避しようとするとき、読者はこの縁故主義の論理の侵犯に笑ってしまう（10）。ワトソンさんはハックにとって価値ある家族の一員としての資格はほとんど有していないのだが、彼らはそれでもこの申し出を受ける。「うん、よし、よし。それがいいや」〔西田上29〕（10）。明らかに、家族の構成員を殺すという脅しの要点は、家族に対する感情を喚起することで忠誠心を強要することなのである。悪ガキ仲間の構成員でも親類に対しては愛情を持つ――あるいは、彼らを危険から守ろうとする――から、家族を危険にさらすよりは仲間の掟に従うだろう、というわけだ。ハックにとって毎日の悩みの種であるワトソンさんは彼の中に何らの個人的感情も呼び起こさない。さらに重要なことには、彼女はハックと何の血縁関係もないのだ。ワトソンさんを〔ハックの〕縁故的感情の対象として受け入れることは馬鹿げているが、これは彼女が現在のハックの保護者ですらないという事実によって増幅される。ハックを家に「息子」として連れ帰ったのはダグラス未亡人であってワトソンさんではないのだが、彼もその仲間も、ダグラス未亡人の方が〔ワトソンさんよりも〕「家族」と見なしうるのではないか、というようなことはいわない。ワトソンさんを〔家族の〕代わりとして差し出すことはトウェインのコミカルな目的によく合致している。というのも、少年たちが、自分たちが採用しているつもりの原理、模倣しているつもりの掟を全く理解していないことに対する笑いを誘うからだ。さらに、後から振り返って考えてみると、心胆を寒からしめるような事実に読者は気づくことになる。ハックがいかにたったひとりの父親を恐れ、軽蔑しているかを知るからだ。アラン・トラフテンベルグが指摘するように、「ワトソンさんはうっとうしいだけだが、父親は脅威なのだ」。[15] 父親が彼の人生にふたたびその姿を現すと考えるだけで彼は恐れおののく（このすぐ後の場面で、父親の足跡を見つけて恐怖することになる）が、これを考えれば、父親の死よりもワトソンさんの死の方が悲しみの対象になりうると結論づけることができるだろう。〔ワトソンさんよりも〕親切な〔ダグラス〕未亡人が悪ガキ仲間の報復対象として差し出されたとしたら、この認識がもたらすアイロニカルな衝撃は減じられていただろう。

ハックの父親が第五章、六章、七章で中心的な役割を果たすとき、読者は彼の親としての欠陥を完全な形で目撃することになる。（既に述べられていた）親としての義務の放棄は、彼が息子に対して一対一でふるう暴力的な「養育」に比べればかわいいものだ。父親は養育者としてではなく窃盗者として、ハックの物質的資源を搾取することを唯一の目的として、息子の人生に再び登場する。後に彼はハック本人をとらえるが、父親は「彼を、とつぜん価値のあるものとなった財産」[16]として見ている。父親はハックとトムが見つけた盗賊たちの隠し財宝のうわさをききつけ、六千ドルをまるごと持ち逃げしようというのである。「だから、こうしてやってきたんだ」〔西田上50〕(25)。彼は得た金に関してほんの一部でもハックと共有しようとしないし、そもそもハックにその権利があることを全く認めない。ハックの父親は子どもを「ええ手間と、ええ苦労と、ええ金をかけて育てた」〔西田上51〕ことについて独りよがりに怒鳴り散らし、大きくなった子どもは養育に対して補償する義務があると主張する(33)。いっさい彼のために「手間」も「金」も負担していない人間、親の責任に関する最低限度の基準にも達することなく息子を捨てた人間の口から出ると、父親の自己正当化するような主張は軽蔑と失笑を呼ぶものとなっている。急に親としての権利や責任に言及し出すのは明らかに

「ハックの財産を強奪する」[17]ためである。サッチャー判事とダグラス未亡人がハックを父親の「保護」下から引き離そうとすると彼は怒るが、それはこの手続きのためにハックの財産に手出しができなくなるからに他ならない。

父親が六千ドルを手に入れることに成功していたとしても、彼が息子に住処を提供し、食糧を与え、教育するなどとは到底考えられない。おそらく金を持って蒸発し、親としての責任は一切果たさないに相違ない。息子の金に手をつけようとする彼の努力は通常の親子関係の絵に描いたような逆転となっている。子どもに物質的援助をするかわりに、子どもが自力で獲得した資源を父親が横取りしようというのだ。もちろん、資源を蓄積する子どもたちは両親やほかの縁者たちの搾取の犠牲になりやすい。彼らは経験がなく無力であるから、大人の親類の側の経済的悪意や誤った管理に対して無力である（子役や子どものアスリートが時として安い給料しかもらっていないことが頭に浮かぶ）。ハックの父親の息子に対する搾取はとりわけひどいものだ。彼はハックのために行動しているそぶりすらみせない。何らの愛情も示さないのである。息子を惨めな状態に放置しようとし、ハックがその結果として被るかもしれない苦労などは一切かまわないのである。

子どもが生き延びられるかどうかに何ら関心がないことに加え、ハックの父親は息子がダグラス未亡人によって提供される社会的経済的利益を享受することを妨害することによって親の利益を自ら放棄している。息子が誰か別の人の出費で衣服を着、食べ物を食べ、教育を受けることを喜ぶのではなく、父親は怒ってこれらの利益を拒絶するのだ。フィン一族になんら血縁関係のない代理親であるダグラス未亡人はハックの息子の世話をすることで利他的にハックの父親の適応度を上げているのだが、彼は彼女が提供する無償の利益を受け取ろうとしない。父親はハックの「パリッとした服」〔西田上48〕を鼻で笑って、学校や教会での教育を「くだらない愚かさ」(23, 24)として一蹴する。その怒りは、ハックが父親よりも「自分のほうがえれえ」〔西田上49〕(24)と思うかもしれない、という不安に起因している。彼はハックに、「身内のだれだって」〔西田上49〕読み書きできないといって、自分自身やハックの母親の名前を挙げ、生みの親をしのぐとは何事だ、と叱るのである。父親によれば、ハックは「すかしたまね」をして「父親に対して生意気風を吹かせ」〔西田上49〕るから、悪い息子だ、というわけである(24)。ここでも、親の適応度戦略の逆転が見られる。子どもが子孫を残す確率は職業的ないし社会的訓練によって向上し、その結果将来の収入や地位も上がることになるから、両親は通常は子どものためにまさにそうした機会を与えられるように努力するものである。彼らは「子どもたちに自分が享受してきたのと似た」あるいは、可能な場合には、より多くのアドバンテージを与えようとする。[18] そうしたアドバンテージは両親の遺伝子の遺産を増やす可能性がある。子どもたちが社会的、職業的に成功すればするほど、彼らがよりよい配偶者を得て、健康で、豊かな生活を送ることができる、社会的に支配的な力を持った子孫を残す確率が上がるのだ。

したがって、ハックが物質的社会的なアドバンテージを得る機会を父親が拒絶するのは進化論の視点から考えると誤っているのである。息子の地位を低いままに、地域社会のヒエラルキーの最底辺にとどめておくことによって、父親が次世代に引き継ぐ遺伝子の数は、ハックの財産を確保し地位を向上させるような教育活動――もっとも明白な例を挙げれば学校や教会――への参画を促した場合よりも、明らかに少ないものとなる。セントピーターズバーグの地域社会で有力者となっているダグラス未亡人の後見を得て、盗賊たちの埋蔵金を利用して「どうしていいかわかりゃしねえ」〔西田上18〕ほどの金を得ることができれば、ハックは悲惨な出発点にもかかわらず大人になってかなりの成功を収めることができるだろう（1）。スーザン・K・ハリスは、ハックが「父親を打倒するために」学校に行く決意をする場面からは、彼が「教育を受けることで父親と違う人間になれる」こと、つまり、社会の「屑」としての分類されることから逃れるチャンスを高く評価していることがうかがえる、という。[19] ハックが自分と同様貧しく、無知で、非文明的な状態にとどまることを主張することで、ハックの父親は自分自身の適応度を自虐的に引き下げているのである。

ハックが未亡人の影響下で将来の機会を改善することを阻止し、ハックの財産へのアクセスを確保しようとするために、ハックの父親は息子を未亡人の監督下から引き剥がし、強制的に彼を森の中の小さな小屋に監禁する。この「誘拐」はハックとその現在の監督者に「ハック・フィンのボスはいったいだれなのか、はっきりさせてやる」〔西田上56〕（29）ことを目的とした報復的な対抗手段であって、断じて養育を意図したものではない。父親がハックを閉じ込めておくのは息子が非血縁者が提供するアドバンテージから利益を得させないようにするためだけではなく、所有権を所有するためでもある。ハックは個人所有物なのであり、父親がハックを好きなように扱えることを示そうというのだ。通常、親権は子どもに害が及ばないようにするために主張されるものである。父親はここで再び、社会的規範ともなっており生物学的にも適応的な行動を逆転させ、否定的目的のために親の特権を利用している。つまり、子どもが生存の確率と適応度を上げるような利益にアクセスすることを禁じているのだ。

ハックはこの誘拐を歓迎する。礼節、衛生、学校から解放され、毎日を「らくでいい気持」〔西田上56〕で過ごせると考えているからだ。彼はさらに、未亡人のところに「もう二度と戻りたくなかった」〔西田上57〕(30)とまでいう。「立派な」大人や同学年の子どもたちからの社会的プレッシャーから解放され、彼は「すっかりボロボロ」〔西田上56〕の服を着て「のんびり」〔西田上56〕生きている(24)。明らかに彼の父親のライフスタイルは彼が砂糖樽の中で作り出したものとそれほど異なってはいない(24)[20]。読者はハックの父親が息子を扱う原始的で牢獄のような環境を目にして心穏やかではいられない。ハックは父親が一緒にいることで全く楽しそうではない。親子二人ののんきな「タバコを吸ったり魚をつったり」〔西田上56〕することに対する満足感には親子愛を思わせるものはない(30)。父親の身体的な暴力と、ハックの安全性に関する気まぐれな無関心のために、彼は父親の虐待から逃れる計画を立てる――そして、二度と父親の元へ戻るまいと考えるのだ。

ハックはこの脱出の理由を父親が次第に頻繁に暴力をふるうようになり(「からだじゅうがミミズばれになった」〔西田上57〕)、もし父親が街に行ったきり帰ってこなかったら、(「とじこめられ」〔西田上57〕て)ゆるやかな死を迎えることになると考えたからだと書いている(30, 31)。身体的な暴力はハックの父親との関係におけるライトモティーフとなっている。「とうちゃんは、むかしから、酒を飲んでねえときは、おらをとっつかまえちゃ、すぐぶんなぐった」〔西田上35〕「とうちゃんにはさんざんぶたれたんで、いつもこわくてしようがなかった」〔西田上47〕「からだが紫色にはれあがるまでぶったたいてやると言った」〔西田上52〕「とうちゃんの、むちの使い方がだんだんはげしくなったんで、おらはがまんできなくなった」〔西田上57〕(14, 23, 26, 30)。親としての責任の欠如――住処、食糧、衣服、教育を与えていないこと――に加え、ハックの父親は息子に対して身体的な虐待をくり返し、このためには棒やベルトや鞭を用いる。さらに、「学校をやめないといって」〔西田上55〕ハックを打擲することがアイロニカルに示しているように、殴打は不品行を親として責任を持って罰するために行われるのではない(29)。酔っていてもしらふでも気性の荒いことで有名なハックの父親は明らかに自らの子どもをフラストレーションの便利なはけ口として用いており、また、そうする権利があると感じている。子どもたちに対する体罰が許容されていた一九世紀という事情を考慮したとしても、父親としての彼の暴力は過剰であるように見え、これは親の投資が欠けていることのいまひとつの証拠となっている。ハックの父親は自分の所有物であり、抵抗力を持たない、この弱く小さな生き物を「とっつかまえ」〔西田上35〕ることができるから、という、単にそれだけの理由で息子を気性にしたがい気まぐれに殴って喜んでいる(14)。

およそ考えられるすべての点で、父親は子の養育という適応的な原則を転倒している。投資を搾取に、世話を虐待に、愛情をいじめに換え、社会的アドバンテージを与えるどころかそれを禁じている。彼の親としての欠陥は読者によるキャラクター認識と、小説についての印象に大きく影響する。したがって、ひどい親としての彼の所業がいかなる――構造的、テーマ的な――目的に寄与しているのかを検討するのは重要なことである。プロットに与える影響はすぐにわかる。父親に割かれた文章の量は比較的少ないけれども、煽動者としての彼の役割は非常に重要である。[21]彼の行動は八章以降には直接描写されず、本の残りの部分ではごく短く、散発的に言及されるだけである。しかし彼はハックのミシシッピ川くだりの原動力となっているのだ。「危険で、殺人的でさえある父親」から解放されるという必要性のためにハックの脱出計画が実行に移されるのである。[22]

行動を促進する存在としての父親の役割は、ダグラス未亡人からも逃げるのだ、というハックの発言によっていささかぼやけたものとなる。これは「ずっと理解に苦しむ」、ずっと切迫性の低い行動である。[23]読者はおそらく、「文明化される」ことへの若者特有の抵抗と、生き抜くための必要性の両方がハックの逃亡の理由であると考えるかもしれない。ダグラス未亡人とサッチャー判事は父親の暴力的な親権の行使に対して無力であり、この強欲な親からハックを親権委譲の「訴訟」という法的手段で取り戻すことができない。また同様に、この少年を実のある介入によって援助することもできないのである。誘拐の後、未亡人によって派遣された救援者を父親は「銃で」追い払う（31, 30）。[24]キャサリン・H・ザッカートが指摘するように、法は「人格と財産の（中略）保護の源」となるべきなのだが、ここでは「あまりにも弱いために（中略）人々を暴力から守れていない」。[25]父親が暴力を用いることでサッチャー判事とダグラス未亡人は萎縮してしまい、救援の努力を諦めてしまう。完全に独力で脱出した後、ハックはもはやこうした善意だが力のない保護者たちの世話になるべき理由は何もないのだ。未亡人のところに帰ろうとすれば、父親に再び捕まり、脅されていた通り、「閉じこめてお」〔西田上59〕かれるだけだ。それも、ずっと人里離れた場所に（32）。ハックが逃れているのは父親という危険からであることは明白である。さらに、この危険はあまりにも差し迫っているために彼は他の大人たちからも逃れなければならない。父親の想定される親権への彼らの抵抗は不十分であるために、彼は父親のなすがままになってしまうからだ。

　父親が息子の面倒を見ないことはハックのセントピーターズバーグからの逃亡の原動力となる以外に、この作品の二部構成におおいに貢献している。彼が死ぬことでハックを脅かすものは何もなくなり、ハックは「故郷《くに》」〔西田下252〕と呼ぶ場所に戻ることができるようになる（361）上、六千ドルを使う権利を手に入れる。父親は結局、ハックの金を「サッチャー判事さんから取り上げて飲んじま」〔西田下253-54〕う（361）ことはできなかったのだ。さらに重要なことに、ハックは父親が再び現れて自分を殴ったり「ボス」〔西田上55〕になったりすることにおびえず「安心」〔西田上34〕できる（14, 29）。ハックが作品序盤近くで口にする願い――「会いてえと思わなかった」〔西田上34〕――が実現したのだ。父親は「もう帰ってこねえ」〔西田下254〕のである（14, 316）。ハックの父親はあまりにもひどい親なので、その死だけが息子にハッピーエンディングをもたらすことができるのだ。これは極めて異常な、虚構上の設定である。ハックは「無限に善良で親切な」[26]存在であるけれども、殺された父親に対しては悲しみや憐れみの言葉を一言も発しない。父親と「同類の連中」〔西田上227〕であるとされ、軽蔑されている、キングやデュークといった人物ですら、リンチに遭ったときはハックからもっと同情に満ちた反応をされている。ハックは「やつらのことを憎む気持を、それ以上は感じられない」〔西田下 142〕(165, 290) といった具合である。キングとデュークはハックを威圧的に、搾取的に扱っているけれども、彼らはハックの親ではない。このことがハックの彼らに対する評価を甘くする重要な要因なのである。親子であるというまさにその理由のために、父親の死はハックの安全と自由を可能ならしめる必要条件となっている。これはちょうど、ワトソンさんの死と彼女の遺言による奴隷からの解放がジムの安全と自由を可能ならしめる必要条件となっているのと同じである。[27] いずれの場合も、生物学的理由——近縁関係、ないし人種の相違——が所有、支配、搾取、拘禁、虐待する権利を主張する根拠となっている。彼らの置かれた状況は明らかに同じくらい危険というわけでも同じくらい自己に対する省察を促すというわけでもないけれども、トウェインは父親を劇的に否定的に描写することで、ハックとジムとの並行関係を可能な限り強めているのである。[28]

父親が死んでしまうと、ハックの安全と豊かな生活が確実なものとなる。テクスト内のいかなるものも、彼が被ったゆがんだ親の世話による長期的な心理的社会的な悪影響について示唆してはいない。語り手はハックがトムと一緒に男の子たちが考え出した遊びに新しく参加することを告げて終わる。「一週間か二週間くらい」の「はでな冒険」〔西田下 253〕(361) である。代理親の家や養育を求めるのではなく、大人が自らの保護下にある年少者に押し付ける規則や規律を逃れようとする、他の標準的な前思春期の少年と同じくらい熱心に、仲間より「先に」「飛び出」〔西田下 255〕すのである(362)。したがって、サリーおばさんの養子になることで得られる利益より、それがどんなに親切なものであったとしても、彼女の権威に従属することで生じると彼が見積もるコストの方が上回ってしまうのだ。父親のもとで受けた、身体に危害を及ぼすような拘禁と打擲とは対照的に、彼を「文明化」させようという断固とした信念を持った善意の大人による教育は読者に何らの警戒心も抱かせない。サリーおばさんが彼を養子にしようという計画が成功してもしなくても、読者はもはやハックについての心配の種を持たないのである（361）。ハックは読者の記憶の中では永遠の少年、思春期前の無邪気さを失わず、大人の世界の礼儀正しさや見栄に抵抗しようとする永遠の少年として生き続ける。

主人公が成長する前に幕を閉じるので、『ハックルベリー・フィンの冒険』はビルドゥングスロマンや成人（coming-of-age）のストーリーと見なすことはできない。小説で語られる出来事はほんの数ヶ月の間のものである。プロットが締めくくられる時、ハックは冒頭と同じ十四歳の少年であって、精神的、感情的に成熟したというわけでもない。[29] 重要なことに、彼はジムと一緒にミシシッピ川を下る前と同様、自分が暮らしている共同体で支配的な人種についての考え方に倫理的、哲学的挑戦を行うことができない。確かにジムが人間であるということはより十全に理解するようになっているけれども、ジムの逃亡計画に対する共感という点から見れば未だに彼の心は揺れており、曖昧なままである。さらに、個人的な忠誠心と共感が強まったといっても、それがより大きな社会的政治的な目覚めの契機となっているという動かしがたい証拠は存在しない。ジムの幸福についての（周囲の人々によって表明されるものよりも一貫して強い）関心にもかかわらず、彼は奴隷制度を倫理的に正しい、神によって定められたものであるとして受け入れている。もっともはなはだしいのは、彼は逃亡奴隷を助けることで地獄に落ちるという確信を持っていることだ。読者は、ハックが個人的な救済よりもジムへの友情を選ぶ場面（有名な「よし、こうなったら地獄へ落ちてやれ」〔西田下 112〕の場面）で彼の決断を称賛すると同時に、アフリカ系アメリカ人の制度的搾取と非人間化が間違っているかもしれないという可能性に決して彼が思い至らないことにも気づかざるを得ない（271）。ヘンリー・ナッシュ・スミスが指摘するように、「親切にしてやろうという思い」と「奴隷制の上に立脚した社会の誤った倫理的コード」の板挟みに遭って、「束縛されない自己」の欲求は「社会への従順」の前に膝を屈しているのである。[30] ウォルター・ブレアは、この点についてトウェインのメモから証拠を提示している。トウェインの視点では「社会によってつくられた（中略）倫理的基準」は「良心」を構成しているため、行動を監視するような効果を持つ。[31] R・J・ファーテルらの言葉を借りれば、読者はこの作品のラストでハックがトム・ソーヤーのリーダーシップのもとに入るという「恐怖」に不快感を覚える。これが「逃亡のシークエンスにおいて、ジムの矮小化にハックが暗黙のうちに参加すること」[32]を示すからだ。物語の最後でハックは人種の不平等政策を当然視するに至る。トム・ソーヤーが負傷した際のジムの自己犠牲的な行動は、ジムが「内面は白人である」（341）ことの証明だ、という衝撃的な結論に彼は至るのである。ハックが文明化に関して表明し続けてきた反逆は、一八三五から一八四五年のアフリカ系アメリカ人が直面していた、文化的に構築された自由への障壁に対しては発揮されなかった。

このような大規模な社会悪――小説の書き手が軽蔑している社会悪――をハックが受け入れ続けて

いることは、彼の語り手としての役割に一貫性をもたらすために必要なことである。ハックが人種的な不正義を忘れていることは、この少年が認識できていないこと、反応できていないことを読者に思い起こさせるために戦略的につくられた設定である。（彼の人種観がトウェインのものと異なっているという点で）ハックが語り手として信頼しがたいのは、ハックの良心の危機に「読者を参加させる」装置なのだ。[33]いってみれば、ハックの自省に欠けた体制順応的価値観に積極的に反論しつつ、読者はページの余白から叫ぶのである。「違う、違う！ジムの逃亡を助けても地獄行きになんかならない！これは善行であって、悪行ではないのだ！」と。語り手としての少年が他者を説得する戦略の一部として社会の現状を無邪気に受け入れているように描くことで、トウェインはハックが大人になって、自らが置かれた社会的環境を成熟した知恵をもって評価することを許さないのである。成長したハックはレオ・マルクスが「社会的倫理の持つ（中略）人間を不自由にする力」[34]と呼んだものの影響を受け続けており、作者の目的を弱めてしまっているかもしれない。あるいは、人種差別撤廃運動に積極的に関与し、トウェインがアイロニーと風刺という精妙な力で伝えようとした考え方に直接的な声を与えているかもしれない。ハックの「語り手であると同時にキャラクターとしての逆説的な状況」は、トラフテンベルグが主張したように、「多くの場面に暗示されている自意識と自己発見のプロセス」にもかかわらず、彼が「成長するチャンス」を放棄しなければならないことを意味する。[35]このような十分な理由によって、ハックのキャラクターは読者が成長小説（coming-of-age story）に期待するような成長を全く示していない。ハックが大人になった際の自己イメージ、共同体の評判、子孫を残す確率などにひどい父親が与える長期的な悪影響はそれほど問題になっていない。というのも物語はそこまでの未来を描いていないからである。父親の親としての欠陥によって引き起こされる強い怒り、その子どもの破壊された未来を嘆き悲しむことに費やされたかもしれない強い怒りは他の目的のために蓄えられ、父親の白人至上主義的イデオロギーを非難する原動力となっている。

テーマの面から見れば、トウェインがハックの父親を邪悪で自然に反した父親であるように描写していることによって、トウェインが小説全体を通じて提示している人種的偏見に反対する主張に裏付けが得られている。ストーリーを南北戦争の十五から二十五年前あたりのアメリカ南部に設定することで、トウェインは虚構のキャラクターにリアリティをもたせている。つまり、彼らは奴隷制度の一部となり、白人至上主義に確信を持っている。小説のキャラクターはすべて、善玉であると悪玉であるとにかかわらず、この当時、この土地に典型的なバイアスを共有している。「やくざな奴隷廃止論者」〔西田上 89〕はただひとりとして行動に参加することはない（52）。ハックとサリー・フェルプスおばさんの間でなされる、しばしば引用される会話は、より好ましい部類のキャラクターの間にさえも人種差別的な考え方が深く根づいていることの完璧な例証となっている。サリーおばさんは蒸気船の事故で「だれか」けがをしたか、知りたがっている。「いいえ」とハックは彼女に答える。そして「黒んぼが一人死んだだけです」〔西田下 124〕と付け加えるのだ。サリーおばさんは安心して、その結果は「運がよかった」〔西田下 124〕なぜなら「人がけがをすることがあるから」（279）というのだ。次の数章で、読者はサリーおばさんはハックと同様、基本的には気質のよい人間であることを知るのだが、彼らの言葉の端々からは、「黒んぼ」は「人間」ではない、という確信を見て取ることができる。フェルプス夫人の「悪名高いユーモア」は「人種差別に対するトウェインの糾弾がすべてのキャラクターを包含するもの」であることを示している。[36] 倫理的な精神を持つキャラクターは概して他のキャラクターよりも奴隷の扱いがよい――たとえば「ニューオーリンズに」売るようなことはせず、家族と離れればなれになることを避ける――けれども、彼らのうち誰も、奴隷制を撤廃しようとか、黒人に白人と同じ権利を与えようとかといった提案をすることはない（53）。歴史的に見てリアリティのあるキャラクターに自分自身の考えを語らせたり鼓吹させたりすることができなかったため、トウェインはそのもっとも重要な社会的倫理的考えを間接的に伝えなければならなかったのである。

主人公の、自然の掟に反する悪い父親の造形は、読者に人種差別に反対するような感情をもたらす上で鍵となる要素である。父親の「人種差別、アルコール依存症、息子に対する虐待の毒々しいまでの混淆は、小説全体の序曲として機能している」とアレックス・ピトフスキーは言う。[37] 父親を軽蔑することで、読者は必然的に父親の意見を軽蔑するようになる。結果的に父親はすぐに「小説内の人種差別主義者たちの祖型的存在」[38] となるのだ。彼は白人の権利や白人の優越といった考え方を口にする唯一のキャラクターである。他のキャラクターの行動もそのような考え方を持っていることを示してはいるが、ハックの父親のみがそれを公言する――粗野に、忘れがたい形で、そうするのである。

彼は、ミリセント・ベルが指摘するように、「表面上は反逆的であるが、実は社会の規範に準拠している」「慣習の邪悪な権化」[39] なのである。南北戦争以前の南部に暮らしている人々は「彼の人種的不寛容を共有し（コード化し）てきた」。[40] デーヴィッド・L・スミスも同様に、「父親の視点は当時の大半の南部の白人たちの視点に（表現では似ていないにしても実質的には）非常に緊密に対応している」。父親は「貧しい白人だけではなく、社会的な階級を問わず『まっとうな考え方をする』南部人たちが有している」意見に声を与えているのである。[41]

ハックを閉じ込めている小屋で酔っ払ってわめきながら、父親は親としての権利から人種としての権利へと話題を変えていく。息子の金を所有しようとする彼の努力をゆがめる「政府」は、「自由な黒んぼ」〔西田上62〕に資源、教育、地位、選挙権を与える支援をする「政府」と同じなのである（33, 34）。父親は「ムラッター」（a mulatter）が豊かさの象徴（「しゃれた服」「金ぐさりつきの金時計」〔西田上62〕を身につけ、職業的な地位（「大学の教授」〔西田上62〕など）につくことに怒り狂っている。「あらゆる国のことばがしゃべれて、何でも知らねえことはねえ」〔西田上62〕この人物の業績に腹を立て、父親は「彼には自然法に反する犯罪に見えた」ものに激怒する。[42] 父親の見方では、アフリカ系アメリカ人という種――彼の社会環境では劣等と定義される種――がこともあろうに彼よりも多くのものを持つなどということは間違っているのである。この「自由な黒んぼ」〔西田上62〕の「つんとすました」〔西田上63〕厚かましさが何よりも彼を怒らせる。「途中でぶつかったって、こっちで突きとばさなけりゃ、道をゆずりもしめえぜ」〔西田上63〕（34）。ぼろぼろの衣服、脂ぎった髪、粗野な振る舞い、「教授」を意図的に無礼千万な態度で押しのけるといった行動は、読者の想像力に毒々しい印象を残す。

父親はその長広舌を、この「オハイオ州から来た」〔西田上62〕男が政府によって支援された権利を享受し、その結果彼と法的に同等の存在になっていることへの怒りを表明して終わる（33）。金を持っていて教育も受けている黒人の「市民」が登場することで彼は怒り、慄然とする。その存在が古き南部という社会的、政治的、経済的宇宙の中の黒人の相対的な地位についての彼の基本的な考え方に背くものだからだ。イリノイに一時的に滞在しているにもかかわらず、この訪問者を「競売《せり》にかけて売っとば」〔西田上63〕すわけにはいかない。この事実は、人種的に劣っているために、この「自由な黒んぼ」〔西田上62〕は財産であるという父親の確信と矛盾する（33）。この黒人が「故郷」〔西田上62〕では投票もできるのだと父親が知ると、彼は、もはや「政府」には与しない、と宣言するのである。「もう二度と投票しねえぞ」〔西田上62-63〕（34）。父親が、彼の投票がなければ国家が今より悪い場所になってしまうかのように話す（「俺がいなければ国が腐ってしまう」）のを聞くのはもちろん滑稽なことであるが、この場面のコメディ的なタッチは痛切なもので、父親の欠点を浮かび上がらせている。[43] それらは自らの人間的値打ちはあらゆる黒人の値打ちよりも上であるという彼の揺るぎがたい信念を強調している。その邪悪な欲望、酔っ払った乱行、偽善的なポーズ、親としての失敗を目撃してきた読者の目からは、父親の人間的価値は限りなくゼロに近くなる。人種に基づいて黒人全体よりも自分の本質的価値が上だと主張する時、白人至上主義の考え方自体が全く擁護できないものに見えるのである。

　奴隷制と人種的偏見に対して反対する自らの立場への読者の支持を最大化するために、トウェインは「南部の人種差別主義のもっとも邪悪な典型」であるハックの父親を創造し、怒りと軽蔑を喚起するように計算された他の形質を与えた。[44] もちろん、読者は父親が子どもの虐待と人種的偏見の両面で「有罪」であることに気づいてきた。[45] ひとりのキャラクターの中で結びついていることで、この〔子どもの虐待と人種的偏見という〕組み合わせは黒人への不正に対する糾弾を非常に強めるものとなっている。父親としての欠陥を怪物的にまで強調することで、トウェインはハックの父親の考え方すべてを軽蔑するように仕向けている。親としての大きな欠陥を目にすることは大変な衝撃であるが、親の投資を適応度をベースにして分析すれば、そうした衝撃がどのように、なぜ生じるのかがわかるだろう。彼の父親としての行動は自然に反しており、それが重要な要因となる。彼の行動は人間の本性、そしてそうした本性と表裏一体をなす文化的な理想像を否定しそれに挑戦しようとするものなのだ。ロバート・シャルマンが言うように、「ハックの父親の人生という沼の中では」「人間を結束させる基本的な力」である、あらゆる「家族」と近親者の肯定的な絆が失われてしまっている。[46] 結果として、ハックの父親は原初的な恐怖と嫌悪感に彩られた〔否定的な〕反応を呼び起こす。彼を社会的だけでなく進化論的視点から見ても悪い父親であるように描くことによって、トウェインはハックの父親が標榜する人種差別的な考えが、彼の子育てと同様自然に反するものであることを効果的に示しているのだ。

注

1 Dawkins, *Selfish Gene*, 88. 第六章 Genesmanship (88-108) がここではとりわけ関連性を持っている。

2 *Ibid*., 46-47.

3 ドーキンスがいうように、「遺伝子は他の肉体に存在している自身の『レプリカ』を支援することができる。（中略）これは利他的行動のように見えるかもしれないが、実は遺伝子の持つ利己性によって引き起こされている」*Ibid*., 88.

4 *Ibid*., 94.

5 Trivers は親の投資を「親が他の子孫に投資する能力を犠牲にして、特定の子孫の生存（と、繁殖）の可能性を高めるような投資を行うこと」と定義している。"Parental Investment and Reproductive Success," in *Natural Selection and Social Theory: Selected Papers of Robert Trivers* (Oxford: Oxford University Press, 2002), 67.

6 Dawkins, *Selfish Gene*, 95-96.

7 *Jeanne Campbell Reesman, "Bad Fathering in Adventures of Huckleberry Finn; 'The Turn Around Religion in America: Literature, culture, and the Work of Saven Bercovitch*, ed. Nan Goodman and Michael P. Kramer (Surrey, England: Ashgate Publishing, 2011), 157.

8 Trivers, "Parental Investment and Reproductive Success," 67-68 参照。

9 Mark Twain, *Adventures of Huckleberry Finn, in The Works of Mark Twain*, vol. 8, ed. Walter Blair and Victor Fischer (Barkeley: University of California Presds, 1988), 1, 80. すべて引用はこの版による。

10 Dawkins, *Selfish Gene*, 154-56; Trivers, "Parental Investment and Reproductive Success," 68-76, 100-01.

11 Robert Sattelmeyer, "'Interesting, but Tough': Huckleberry Finn and the Problem of Tradition,' in One Hundred Years of "Huckleberry Finn", *The Boy, His Book, and American Culture*, ed. Robert Sattelmeyer and J.Donald Crowley (Columbia: University of Missouri Press, 1985), 354.

12 Mark Twain, *The Adventures of Tom Sawyer,* in *The Works of Mark Twain, vol. 4, ed. John C. Gerber, Paul Baender, and Terry Firkin,* 31-237 *(Berkeley: University of California Press, 1980), 73.* すべて引用はこの版による。

13 Bruce Michelson, “Huck and the Garnes of the World;”in *Huck Finn among the Critics: A Centennial Selection*, ed. M. Thomas Inge (Frederick, MD: University Publications of America, 1985), 214.

14 Catherine H. Zuckert, “Law and Nature in the Adventures of Huckleberry Finn,” in *Huck Finn among the Critics: A Centennial Selection*, ed. M. Thomas Inge (Frederick, MD: University Publications of America, 1985), 233.

15 Alan Trachtenberg, “The Form of Freedom in *Huckleberry Finn,”* in *Huck Finn: Major Literary Characters*, ed. Harold Bloom (New York: Chelsea House 1990), 56.

16 James M.Cox, “Remarks on the Sad Initiation of Huckleberry Finn,” in *Huck Finn among the Critics: A Centennial Selection*, ed. M. Thomas Inge (Frederick, MD: University Publications of America, 1985), 146.

17 William E. Lenz, “Confidence and Convention in *Huckleberry Finn,”* in *One Hundred Years of “Huckleberry Finn”: The Boy, His Book, and American Culture*, ed. Robert Sattelmeyer and J.Donald Crowley (Columbia: University of Missouri Press, 1985), 189.

18 Dawkins, *Selfish Gene*, 6.

19 Susan K. Harris, “Huck Finn,” in *Huck Finn: Major Literary Characters,* ed. Harold Bloom (New York: Chelsea House, 1990), 74.

20 ハックと父親が――たとえば趣味、考え方、迷信などの点で――共通点を有していることはこれまでも、時には不快感をもって、指摘されてきた。ハロルド・ビーヴァーは、父親のライフスタイルは息子が一番よく知っているものだと指摘する。これが理由でハックは父親のなげやりな家庭の管理、きたない言葉、「借りる」癖などを模倣するというのである。父子の類似と影響関係についての代表的な議論については下記参照。Harold Beaver, “Huck and Pap;”in *Huck Finn: Major Literary Characters,* ed. Harold Bloom (New York: Chelsea House, 1990); Stanley Brodwin, “Mark Twain in the Pulpit: The Theological Comedy of Huckleberry Finn;” in *One Hundred Years of*

“Huckleberry Finn”: The Boy, His Book, and American Culture, ed. Robert Sattehneyer and J.Donald Crowley (Columbia: University of Missouri Press, 1985); Michelson, “Huck and the Games:”

21　「〔父親が〕いかに少ない紙幅で描かれているかは驚くべきことである。その結果現在に至る詳細な分析が生まれた」とバーナード・デヴォートは言う。“The Artist as American,” in *Twentieth Century Interpretations of “Adventures of Huckleberry Finn,”* ed. Claude M. Simpson (Englewood Cliffs, NJ: Prentice-Hall, 1968), 10.

22　Harold Bloom, *Introduction to Huck Finn: Major Literary Characters*, ed. Harold Bloom (New York: Chelsea House, 1990), 2. ブルームは、ハックが求める自由は「先ず第一に、殺人的な父親からの自由を意味するものである」という(1)。ナンシー・ウォーカーは、ワトソンさんの「ジムを川向こうに売る」という決断は同様にジムの逃亡の動機となっているという。“Reformers and Young Maidens: Women and Virtue,” in *Mark Twain's “Huckleberry Finn”: Modern Critical Interpretations*, ed. Harold Bloom (New York: Chelsea House, 1986), 70.

23　Kenneth S. Lynn, “Critical Extracts,” in *Huck Finn: Major Literary Characters*, ed. Harold Bloom (New York: Chelsea House, 1990), 25-26.

24　Beaver は父親が字が読めないことによって「法的、経済的、市民的権利を防衛する」ことができなくなっていると主張する。「彼が怒り狂い吠え猛る理由は彼の完全な無力さである」。“Huck and Pap,” 177. しかしそのような主張はテクストと大きく矛盾する。父親は無力どころか、親権を剥奪しようとする計画を阻止することに成功しているし、ハックが死んだと思われた後には「やすやすとハックの金を手に入れる」(70) ことができると思われている。父親は乱暴であるが故に、セントピーターズバーグの共同体の「上品な」敵に抵抗し、服従させることができるのだ。

25　Zuckert, “Law and Nature,” 233.

26　Richard P. Adams, “The Uniry and Coherence of Huckleberry Finn,’ in *Twentieth Century Interpretations of “Adventures of Huckleberry Finn”*, ed. Claude M. Simpson (Englewood Cliffs, NJ: Prentice-Hall, 1968), 49

27　Michael Egan はハックの置かれた状況とジムの置かれた状況をある程度詳細に分析している。たとえば彼は両者ともハックは父親に、ジムはフェルプス一家に「彼らが金銭上の利益をもたらすために投獄されている」ことを指摘している。*Mark Twain's Huckleberry Finn: Race, Class and Society* (London: Sussex University Press, 1977), 37.

28 Henry Nash Smith は「ジムの自由は〔ハックの自由と同様〕説明のつかない力で引き起こされている」とし、これはトウェインの「プロットを進行させる必要」によるものだと書いている。“A Sound Heart and a Deformed Conscience,” in *Twentieth Century Interpretations of “Adventures of Huckleberry Finn”*, ed. Claude M. Simpson (Englewood Cliffs, NJ: Prentice-Hall, 1968), 73.

29 Richard Poirier は、ハックが「ジムの解放においてトムのリーダーシップを受け入れた」のは、ハックが「ニガーに」謙遜な姿勢を取った時に読者が目撃する「感情的成長」の萌芽である「自己犠牲」を必然的に含んでいるという。“Huck Finn and the Metaphors of Society,” in *Twentieth Century Interpretations of “Adventures of Huckleberry Finn”*, ed. Claude M. Simpson (Englewood Cliffs, NJ: Prentice-Hall, 1968), 100.

30 Smith, “A Sound Heart,” 80.

31 Walter Blair, “So Noble . . . and So Beautiful a Book,” in *Twentieth Century Interpretations of “Adventures of Huckleberry Finn”*, ed. Claude M. Simpson (Englewood Cliffs, NJ: Prentice-Hall, 1968), 66, 70.

32 R. J. Fertel, “Spontaneity and the Quest for Maturity in *Huckleberry Finn*,” in *Huck Finn: Major Literary Characters*, ed. Harold Bloom (New York: Chelsea House, 1990), 91.

33 Harris, “Huck Finn,” 76.

34 Leo Marx, “Mr. Eliot, Mr. Trilling, and Huckleberry Finn, in *Twentieth Century Interpretations of “Adventures of Huckleberry Finn”* ed. Claude M. Simpson (Englewood Cliffs, NJ: Prentice-Hall, 1968), 36.

35 Trachtenberg, “Form of Freedom,” 58, 60. Trachtenberg はハックの不完全な——あるいは失敗した——倫理観の発達をかなりの紙幅を割いて論じている。

36 Alex Pitofsky, “Pap Finn's Overture: Fatherhood, Identity, and Southwestern Culture in Adventures of Huckleberry Finn,” *Mark Twain Annual* 4, no. 1 (2006): 62.

37　*Ibid.*, 55. リーズマンは、父親のアルコール依存症が彼の親としての欠陥の鍵となっていると主張している。"Bad Fathering," 177, 171. 彼女はまた父親のテーマをトウェインの正統派キリスト教に対する厳しい批判的視点という観点から探究し、ハックの父親をトウェインによる「神のイメージ」の否定的な描写であるという。"Bad Fathering," 170.

38　Egan, *Mark Twain's Huckleberry Finn*, 74.

39　Millicent Bell, "Huckleberry Finn and the Sleights of the Imagination," in *Huck Finn: Major Literary Characters*, ed. Harold Bloom (New York: Chelsea House, 1990), 115.

40　Pitofsky, "Pap Finn's Overture," 61.

41　David L. Smith, "Huck, Jim, and American Racial Discourse," in *Huck Finn among the Critics: A Centennial Selection*, ed. M. Thomas Inge (Frederick, MD: University Publications of American, 1985), 251.

42　*Ibid.*, 250.

43　James M. Cox は、ハックの父親は意図的にユーモラスな姿で描かれているというのだが、読者はハックの父親と「一緒に」笑うというよりはむしろ父親「を」笑うことのほうが多いだろう。たとえば、彼は自分の投票権に何らかの価値があると信じているようだ。彼の市民としての参加なしで国がやっていくように、という自らの脅迫に、彼はなんらのアイロニーも感じていない。こうして彼は読者の笑いの種になる。"A Hard Book to Take," in *Mark Twain's "Adventures of Huckleberry Finn,"* ed. Harold Bloom (New York: Chelsea House, 1986), 90.

44　Egan, *Mark Twain's Huckleberry Finn*, 74.

45　たとえば Cox は「これらのふたつの行動」がハックの父親を「極悪人」として特徴付けていると指摘しているが、両者の間の関係をそれ以上探究はしていない。"A Hard Book," 90.

46　Robert Shulman, "Fathers, Brothers, and 'the Diseased': The Family, Individualism, and American Society in Huck Finn," in *One Hundred Years of "Huckleberry Finn": The Boy, His Book, and American Culture*, ed. Robert Sattelmeyer and J.Donald Crowley (Columbia: University of Missouri Press, 1985), 329.

第六章
女の恨み：「柘榴の種」と『イーサン・フローム』における配偶者維持戦略

イーディス・ウォートンのフィクションにくり返し現れるトラブルは、女性の長期的な配偶者が別の女によって脅かされるというものである。女性同士の競争に一貫して関心を寄せ続けるウォートンは、自らの配偶者を横取りしようとするライバルに〔配偶者の座を〕追い落とされないように行動する既婚の、ないし婚約中の女性に強く焦点を当てている。たとえば『歓楽の家』のバーサ・ドーセット、『エイジ・オブ・イノセンス』のメイ・ウェランド、「ローマ熱」のアライダ・スレイドが行った〔ライバルからの配偶者の〕防衛の成功は記憶に残るものである。こうしたキャラクターたちはライバルを妨げるために精巧で秘密の計略を用いる。彼女らが配偶者を維持するためにとる戦略は情け容赦のないものであるが、これはそうした競争が進化論的にきわめて重要な意味を持つことを照らし出している。「柘榴の種」（1936）と『イーサン・フローム』（1911）でウォートンは女性の所有欲をとりわけシニカルな光の下で描写しており、それを超自然的な力と結びつけている。所有欲を重要な力の本質であるとして定義することで、彼女は女性が持っている、自分の利益を守るための力に巧妙な賛辞を送っているのである。さらに、女性が配偶者を〔ライバルから〕守ろうとする行動に悪魔的な光を当てることで、ウォートンは読者の共感を理想化された夫への献身という規範から断固として引き離し、不実な夫と、彼の新しい配偶者になるかもしれない女性にそれを振り向けている。結果としてこれらのストーリーでは、ウォートンは夫婦間の貞節を予想もしなかった倫理的感情的観点から見るように読者を促しているのである。

配偶者の防衛：その背景

配偶者の〔ライバルからの〕防衛は重要な適応的戦略である。男性も女性も、ライバルが自らの配偶者と親しくなることを防ぐことで自らの子孫を残す機会を守ろうとする。歴史的に見れば、男性のとる配偶者防衛戦略の方が女性のそれよりも多くの関心を集めてきた。隔離から纏足まで、男性たちは女性の貞節を確保するために悪名高く極端な方法に訴えてきた。このように、時々強制的で乱暴な手段がとられたという事実は、配偶者が不貞を働いた際に男性が被ることをおそれている損失の重大さを反映している。つまり、彼らは他の男の子に甚大な親の投資を行うリスクがあるのだ。潜在的な適応度のコストは高い——したがって人間の男性は長期的な配偶者に〔性的に〕アクセスする排他的な権利を確保するために熱心に努力するのである。[1] しかし、ウォートンは男性による配偶者防衛の努力にはあまり関心を示していない。キャリアを通じて、彼女は主としてこの行動戦略の女性版に焦点を当てている。

女性は他人の子に親の投資を行うリスクを冒すことはないけれども、配偶者との関係を他の女から守ることができなければ子孫を残すために重要な資源を失う危険性がある。男性が物質的感情的資源を別の女やその子どもたちに振り向けた場合、彼の正妻とその子どもたちはより少ない資源でしのいでいかなければならない。環境によっては、そのような男性側の投資が減ずることによって、正妻の子の〔身体的、経済的〕健康状態が損なわれ、場合によっては命まで失うことがある。[2] 主要な資源の供給者が去ってしまえば、母親と子どもの社会的地位と社会的機会は下降線をたどることになる。浮気相手に男をとられた妻の配偶者としての価値は通常下がるものである。寝取られ男が嘲笑の的となり評判を損なうのとちょうど同じように、夫を取られた妻もまた社会的な損失を被るのである。[3] したがって男性にとってばかりではなく女性にとっても、ライバルを駆逐する手段を予防的に、ないし事後に、断固として行使することは利益のあることなのだ。身体的にも法的にも、女性が男性と同じように徹底的に、あるいは同じくらい残酷に、配偶者を守ることができるケースはごくまれであった。女がハレムのように男をかこったり、〔裏切った〕男の体を切断したりといった事例は文化人類学の記録には見当たらない。身体的な介入のかわりに、女性は通常間接的な戦術を用いる。常に目を光らせていることが彼女らの「第一防衛線」であることが多く、そこに戦略的な監視、尋問、家族による介入、社会的規範への訴求、そしてさまざまな関連した罪責感を喚起するような戦術が加わる。[4] さまざまな「感情的操作」に加えて、女性は正当な怒りの表明に「心理的恐怖」を加えることがある。[5]ウォートンは読者に、女性も望ましい配偶者に対する支配力を維持するために極端な戦略を取りうることがあるし、また実際そうするのだと思い起こさせている。彼女のフィクションでは、多くの女性キャラクターたちがライバルを駆逐するためにきわめて創造的で「激しい」行動をとるのだ。[6]

「柘榴の種」

自らの描写のインパクトを最大化するため、ウォートンはホラー・ストーリー――「あらゆる人類の最初期のフォークロア」に根ざしたジャンル――の持つ「原初的な」イメージの喚起力を利用することがある。[7]ゴーストストーリーのコレクションに寄せた序文の中でウォートンは、幽霊という現象は畏怖をもたらし、ストーリーへの感情的没入度を高めると書いている。読者は展開される出来事の背後に「何か奇怪なもの」、現実という身近な領域の外側にある「何か」を感知するのだという。[8]ウォートンは、われわれはH・P・ラヴクラフトが「混沌の攻撃に対するわれわれの唯一の安全装置である自然の確固たる法則が不吉にも一時停止したり、あるいは崩壊してしまうこと」と表現するものによって深く心を乱されると指摘している。[9]「柘榴の種」においてウォートンは、女性の配偶者防衛にドラマティックで感情的な強度を与えるために超自然的な存在の心乱すような奇怪さを利用している。悪霊となった妻の尋常ならざる行動がこのストーリーの中核にあり、これがまず争いを引き起こし、そして背筋も凍るクライマックスへと無慈悲に突き進んでいく原動力となる。死亡した妻が夫に対してあまりにも抗しがたい影響を及ぼすので、彼女は墓の向こうから夫と新しい妻を引き離し、夫を死者の領域に引きずり込むことができるようになる。プロットを展開するための中核となる装置――死んだ妻から送られたとおぼしき一連の手紙――と、ストーリーの結末の部分で語られる夫の奇怪な消失は、尋常の現実の限界を踏み越えている。

ケネス・アシュビーのもとに送られてくる一連の「不思議な手紙」は、超自然的な雰囲気を次第に強めていく。[10] 差出人が誰だかわからない灰色の封筒、インクを使った形跡のない文字などは、ホメロスの『オデュッセイア』に登場する地下の国に似た霊魂の世界から送られたものであるかもしれない。文字そのものが「肉太の、それなのに薄い色の文字」〔薗田・山田 166〕という対照的な要素を示しており、そこから受ける印象は逆説的にも「文字の線は男性的なのに、筆遣いは女性的」〔薗田・山田 166〕(55) というものである。手紙が郵送されてくるのではなく、目に見える配送手段で届けられるのでもない（「暗くなってから」「テーブルの上にある」）〔薗田・山田 166〕ことで、いっそう不気味な様相を呈してくる (56)。もっとも心騒がせるのは手紙が受取人に与える効果である。ケネス・アシュビーがこの奇怪な灰色の手紙を受け取るといつも、彼は頭痛を訴え、「何歳も老け込」〔薗田・山田 168〕んだように見え、妻のもとを離れる (57)。戻ってきても、常にも似合わぬ「あら捜し」〔薗田・山田 168〕をして、家事や育児に難癖をつけるだけだ (59)。しかし興味深いことに、こうした批判は「夫の意思に反して出てくる」〔薗田・山田 169〕ように見え、ケネスは「日常のできごとからは、あまり遠く離れてしまった」〔薗田・山田 169〕かのような様子である (59)。

ストーリーのタイトルから与えられる大きなヒントに続いて、手紙がケネスの死んだ妻の霊によって書かれ、地下の国〔冥界〕から送られてくることを示す証拠が積み上げられていく。多くの批評家たちはウォートンのタイトルに込められた謎めいたアリュージョンについて言及している。[11]ウォートンのキャラクターと神話のキャラクターの間にははっきりとした一対一の対応が確認されているわけではない。アリュージョンの主たる効果は、冒頭から、このミステリアスな手紙が死者の国ハデスから送られたものだと暗示することにある。タイトルとして、〔ペルセポネの〕神話を想起させるほかのフレーズや名前ではなく柘榴の種を選ぶことで、ウォートンは配偶者の義務を強要する食物の力に〔読者の〕関心を引きつけている。神話では、ペルセポネ〔誘拐された花嫁〕はプルートーの食物を食べてしまったので、一粒につき一ヶ月の割合で、彼のところにとどまらなければならなくなる。つまり、ペルセポネはプルートーから受けた栄養分のために、そしてそれに比例して、彼に妻としての務めを果たさなければならないのだ。ウォートンの話では、「実」は同様に、ケネスが亡き妻から受け取った子孫という利益を指している。彼女の生殖能力、ないし「実」へのアクセスを享受した後、彼は夫としての務めを維持するように期待され、幽霊によって命令される。キャシー・ジャスティス・ジェンタイルが指摘するように、彼は「既に柘榴の種〔最初の結婚と、エルシーへの献身〕を食べてしまったのだから、シャーロットが彼を自分のものにしようとしても、最初から無理なのである」[12]。超自然的な行為主体が彼の献身を強要し、彼の献身を永続させるための亡き妻の努力を支持するのである。たとえそれが彼にとって文字どおり地獄に行くことを意味していたとしても。

手紙を受け取った直後のケネスの行動を見れば、その内容を推測するのは容易である。彼女は彼が再婚したのを咎め、新しい妻の家事や育児の能力をこき下ろし、自分のもとに戻るようにいう。[13]これはまさに捨てられた妻が言いそうなことであり、また太古の昔からずっと言い続けてきたことだ。そのような手紙や感情は通常の、実生活の中で捨てられたり離婚されたりした女性によって書かれたのだとすれば、ありふれていて何の恐怖もひきおこさなかったであろう。恐怖をもたらすのはこの手紙に暗示されている超自然的な由来なのである。連続して書かれた手紙のうち九番目と最後のものはケネスがいつもの時間に帰宅しなかった後シャーロットとケネスの母によって開封されるが、文字が非常に薄くて、わずか二語、「わたしのもの」〔薗田・山田 209〕（mine）と「いらっしゃい」〔薗田・山田 209〕（come）しか読めない（105）。事実、ほかの言葉は必要ないのだ。というのもこれらの二語がはっきりと書き手のメッセージを示しているからである。彼女は夫が自分のもので、自分が死んだ後も自分に尽くしてほしいと主張しているのである。

ウォートンが捨てられた最初の妻に対する共感を喚起する方が易しく自然であったかもしれない、と読者は思うだろう。エルシーが比較的若くして死に、夫が誰か別の女を愛し、幸せになるというのはなんと悲しいことか。しかしウォートンはそうではなく、読者に二番目の妻に感情移入させようとする。物語を通して採用されている三人称の視点は彼女のものだ。シャーロットの視点からすべてを経験することで、読者は自らの結婚の幸福を脅かす手紙への彼女の恐怖に満ちた反応を共有する。最初の妻エルシーは二十二年の結婚生活を通して夫を心理的な従属状態に置いてきた意志の強い女性として表現されている。「完全にご亭主を尻に敷いていた」〔薗田・山田 209〕(58)。彼女の「大胆で自信のある書き方」〔薗田・山田 166〕は明確に、彼女の他人に屈しない性格を反映している(55)。ケネスはより従属的でより不安定なパートナーであり、いつも妻のご機嫌を伺ってびくびくしていなければならない。彼らの知人が言うように、「結婚生活を通じてずっと(中略)ゆったりと満足した夫というより、相手の心をまだ摑みきっていない不幸な恋人みたいだった」〔薗田・山田 170〕(60)。エルシーの――生前と死後の――支配力は夫の感情的な従属の中に自ずから現れている。ケネスが妻に憧れ「熱い想い」を持っていたことはほとんどこびへつらいに近い献身に見ることができる。[14] 彼は妻が死んだときに「絶望」〔薗田・山田 170〕を感じる(61)。友人は彼が永遠に他の女性とエルシーを「比べ」〔薗田・山田 170〕て、常に妻よりも劣っていると評価するだろうと予測する(60)。彼は妻が送ってきた手紙の一通に唇を押し当て、シャーロットに「エルシーを決して忘れたことなんかない」〔薗田・山田 183〕という(76)。

しかしエルシーが生きているときでさえ、ケネスが最初の妻のきわめて支配的な性格のもとで苦しんでいたのも事実である。生き生きとし血色もよくなっていることから、シャーロットとの新しい関係、彼に「気分転換にささやかな自由」〔薗田・山田 168〕を与えてくれた関係の中でケネスが豊かな生活を送っていることがわかる。二度目の結婚は目に見えて彼に活力を与えている。しかし同時に彼はシャーロットに、何らかの正体不明で脅かすような影響力から自分を守ってほしいと求める。時々彼は「尽きるとも見えない夫の熱愛ぶり、絶えず示される、押しつけがましさすれすれと思えるほどの心遣い」〔薗田・山田 186〕を見せる（78）。この、何かをおそれるような姿勢の原因はすぐに明らかになり、彼は灰色の手紙が次々と届くと精神的にも身体的にもたいへんなストレスを感じ始める。シャーロットはこの一連の手紙を「それを前にしてひるんでいるが、逃げることもできない」「何かしら悪意に満ちたもの、つまりひそかに責め立ててくるもの」〔薗田・山田 186〕（79）であると解釈して憚らない。二番目の妻の目から見たエルシーは無慈悲なまでに嫉妬深い妻であり、自分抜きで夫が幸せになることを妬む。エルシーの側のストーリーを直接見せないことで、ウォートンは彼女が生前も死後も「悪意に満ち」「ひそかに」執拗な形で夫を支配しようとする姿勢を読者が軽蔑するように仕向けている（79）。

ダーウィン的な視点から見れば、エルシーの死後の行動は合理的である――ある程度までは。以前の夫が新しい妻をめとり、新しく子どもを育てるのを防ぐことは適応的である。したがってエルシーは夫が〔妻の死を〕悲しんでいた最初の二年の間は彼を放置しておき、再婚した途端に手紙を送って彼を悩ませ始めるのだ。ケネスが誰によっても慰めの得られない男やもめであり続ける限り、エルシーの子どもたちが義理のきょうだいたちと彼の資源と関心を共有したり、義理の母親が自分の子どもの利益を優先したりする危険性はない。そのような危険性は二十世紀の研究の多くが明らかにしてきたとおり、現実に存在する。義理の両親や片親だけが共通しているきょうだいが存在している場合は関心と教育、そして金と財産の配分が不平等なものとなり、新しくできた家族がより大きな取り分を与えられることがしばしばである。統計的に見ても、義理の子どもたちは身体的精神的虐待を受けるリスクが高い。[15] エルシー・アシュビーの目的が自分に先立たれた子どもたち――そして彼女の主な遺伝子の遺産を体現すると考えてしかるべき子どもたち――をそうした潜在的な危険から保護することである限り、ケネスを新しい配偶者から「取り戻そうとし」〔薗田・山田 181〕「仲を裂こうとしている」〔薗田・山田 184〕作戦は明らかに適応的である。彼女が幽霊となってつきまとうことで、彼女自身の子どもたちの適応度を上げ、それによって自分自身の適応度も上げるよう計算されている(77, 72)。前妻の感情と行動を超自然的領域に移すことで、ウォートンはそれらが読者に与える印象を強めている。そうした感情や行動を完全に現実的なものとして分析することが不可能になっているからだ。

手紙が届くタイミングも、エルシーの主要な目的が新しい妻との間に子どもが生まれることを阻止するためであるという仮説を支持する。最初の手紙は夫妻がのんびりしたハネムーンからかえってきたときに届けられる。その後、四角く灰色の封筒は、「休暇の後」〔薗田・山田 172〕すぐに、つまり、シャーロットとケネスが一緒に余暇を過ごしたすぐ後に決まって届くようになる(63)。夫妻を家事や仕事上の心配から解放する「休暇」は感情的、性的な親密さが増す特別な機会であり、それゆえ、妻が懐妊する確率も上昇することになる。夫妻が子どもを残すのを邪魔しようとして、エルシーはケネスが新しい妻と二人きりで特別な時間を過ごしたことを罰するために手紙を利用する。それを通じて将来彼らがリラックスした親密な環境をもたらす旅行に行く気がなくなるように仕向けるのである。彼女の懲罰的な叱責のメッセージはバスが述べている「破壊的な」配偶者保持戦術のひとつを構成している。[16] ケネスに対する妻の霊が与える影響が増すにつれて、エルシーは夫妻の旅行を事前に阻止することができるようになる。七番目の手紙はこれ以上旅行しないようにという明確な警告を含んでいる。ケネスの具合が悪く、働き過ぎに見えるためにふたりで「長い休暇」〔薗田・山田 189〕を取りましょうよと提案すると、ケネスは「不安な面持ちで」〔薗田・山田 190〕「行けないよ、僕がどんなにそうしたくても」〔薗田・山田 191〕という（82、83、84）。この時点――おそらく再婚して一年ほどが経過している――エルシーは目的を達したように見える。ケネスは彼女の悪意ある手紙によって脅された結果、シャーロットともうそれ以上親しく旅行することができなくなってしまったのである。エルシーは生前、配偶者保持の努力が実を結び、ケネスは他の女といちゃつくことがなくなった〔「ケネスはエルシー・コーダーに会ってからは他の女に見向きもしなかった」〔薗田・山田 170〕が、死んでからもなお、配偶者を〔ライバルから〕守る彼女の行動は〔生前と〕同様効果的なものとなる（60）。

幽霊になってケネスを支配しようとする試みの一部として、エルシーは既に存在している自分の子どもたちに親の投資を行いたいというケネスの本能的志向を利用している。彼女は新しい妻の母親としての役割に関する「不信感」を抱かせることでケネスにシャーロットに対する不満をかきたてようとする（61）。シャーロットが「子どもたちをうまく扱えるかという時折の疑い」〔薗田・山田 170〕を抱かせることで、エルシーはケネスが新しい妻と子どもを作ろうとする気持ちを一時的にそぐことに成功する（61）。しかし、二番目の妻の、一緒に親密な旅行に行きたいという願いをケネスが聞き入れように見えるとき――ケネスはシャーロットに、「明日」船出しようというメッセージを残す――エルシーは断固たる行動に出る(90)。エルシーはケネスに、全く異なった種類の旅に出るように、つまり、彼女の霊が現在暮らしている黄泉の世界に旅立つようにと彼を誘う、あるいは、無理やり彼を連れて行くのだ――読者はこのような推測を行うようにテクストは書かれている。現実的な視点から見れば、この最終的な段階はエルシーの子どもたちの利益に反するように見える。子どもたちは血のつながった両親をすべて亡くしてしまうことになるからだ。事実、孤児たちは高いコストを支払わなければならないことを示す研究は山のようにある。[17] エルシーの配偶者保持の努力は、疑いもなく、彼女が死んでいなければ進化論的に見てずっと健全であっただろう。捨てられた妻は、たとえば罪の意識をかきたて、子どもへの関心を喚起することによって夫に以前の献身を思い出させることができ、その結果夫が再び自分のもとへと帰って来れば、多くのものを得ることができる。夫の資源を再び自分と自分の子どもたちに振り向けることができるのだ。和解と結婚の継続はより多くの子どもたちを産み出すかもしれず、その結果夫も妻も適応度を上げることができる。しかし死んだ妻はもう子どもを産むことはできないから、ケネスを冥界に引き入れることではエルシーの適応度はいささかも向上しないのである。彼女の行動によって先立たれた子どもたちは祖母の世話を受けることになるが、祖母は彼らを育て終わるまで長生きできない。その場合は、そもそも彼らの生活から放逐しようとしていた義理の母〔であるシャーロット〕に彼らの運命がゆだねられてしまう。ケネスが不可解な失踪を遂げた後、シャーロットが再婚すれば、その再婚で産まれた子どもたちはエルシーとは血がつながっていないわけであるから、シャーロットがケネスと結婚していた場合に動機付けとなったはずの夫の子に対する縁故主義による献身はもはや望めないことになる。

エルシーの子どもたちがケネスの再婚からよりも彼の死から多くの損失を被るという結論を導き出さないことは難しい。前の妻の子（つまり血のつながった母親の保護が受けられない）という彼らの状況は確かに不安定なものだが、孤児（両親の保護を全く受けられない）としての彼らの見通しはずっと悪いものとなる。ウォートンの目的は明らかに、嫉妬深い妻が病的に極端な形で嫉妬するとどうなるかを表現することにある。女性の嫉妬は適応的な目的に資するために進化した至近メカニズムなのだが、この場合は暴走しており、非適応的な結果をもたらしている。エルシーのライバル意識は絶望的なまでに激しく、このために彼女はリスクの高い手段に出て、自分の子どもたちと自分自身の適応度を危険にさらしてしまう。しかし、エルシーが夫を冥界に連れてくるのはあくまで最後の手段であるように見える。手紙の当初の目的はケネスをシャーロットから引き離すことであり、もしこの目的が達成されていたら、エルシーはおそらくケネスを生かしておいただろう。しかし最後の行動――夫の霊的な殺害――はあまりにも倒錯的に、感情的、生物学的に破壊的であるために、彼女に対する読者の否定的な評価は劇的に高まっていくのである。

エルシーの行動が明らかに示しているように、配偶者を〔ライバルから〕守る行動は同性間の競争であると同時に異性間の競争でもある。長期的なパートナーとしての自らの地位を守るために、エルシーは問題になっている男性の遺伝子、資源、献身を求める同性のライバルの邪魔をする。そして同時に、二番目の妻への性的なアクセスを獲得することで適応度を上げようとする男性の計画も阻止しようとするのである。子どもをもうけることはシャーロットの利益になることは明らかだ。直接的な適応度が上昇するからである。シャーロットの利益はケネスの利益と重なっている。ケネスもまた、シャーロットとの間に子どもが生まれるたびに直接的な適応度が上がるからである。エルシーの子どもに自分の遺伝子が入っているのと同様、シャーロットの子どもの中にもケネスの遺伝子は入っている。ケネスとシャーロットの仲を裂こうとする手紙を送ることで、エルシーはシャーロットとケネスの適応度を犠牲にして自分自身の適応度を守ろうとする。この状況に超自然的な要素があることを除けば、エルシーの動機や行動にはなんらの異常な点も見られないし、彼女だけが異常に利己的だというわけではない。

エルシーと同様、三角関係を構成する残りの二人もまた、自分の個人的な適応度を上げようとする。再婚することでケネス・アシュビーは再婚相手との間に子どもをもうけ、直接的な適応度を上げようとしていることを示している。夫を前の妻の影響から解放する、つまり、愛情と家庭に対する献身を独占しようとすることで、シャーロットもまた自分の適応度を守ろうとしているのである。シャーロットが「ケネスの過去さえ自分は支配していると感じたい」〔薗田・山田 171〕こと、ケネスが最初の妻よりも自分とともにいた方が別種の、そしてよりよい幸福観を得るのだと信じたがったことは、ケネスが自分だけに尽くしてくれることを確信したいという彼女の願望の現れである（62）。長く親密な休暇に連れ出すことでケネスを救いたいという彼女の衝動は自分自身の遺伝子的な利益をもたらしてくれる。彼女の目的はケネスをエルシーの影響から解き放ち、自分だけを愛するようにすることだ。このような試みは、彼女自身は自分の子どもについて何も直接的に語ってはいないけれども、自分が妊娠する確率を上げるように見事に計算されている。エルシーの利益はケネスの利益やシャーロットの利益に反するので、争いが生じることになる。エルシーがとる防衛戦術は戦略的介入の形態をとっている。[18]

三人のキャラクターはそれぞれ、個人的なナラティブを形成しており、その中では自分自身の利益が最大のものとなっている。ケネスのナラティブは次のようなものであると推測しうる。「わたしは最初の妻に忠実だったし、誠実に喪に服してきた。彼女が死んで二年たったので、そろそろ人生から『新しい贈り物』〔薗田・山田 171〕を要求しても許されるだろう」(61)。ケネスがこのように意識的に考えたかどうかはともかく、彼が期待する「新しい贈り物」は、新しいロマンスや結婚のもたらす感情的な満足感よりも多くのものを潜在的に包含しうる。二番目の妻に子どもが生まれ、次世代に引き継がれる遺伝子の数が増加することを論理的に示しているからである。エルシーのナラティブも同様に平易な言葉で表現しうる。「夫がわたしだけに――つまり、わたしの子どもたちだけに――尽くすようにすることで、子どもたちの利益を守らなければならない。血が半分しかつながっていないきょうだいや母親はわたしの子どもたちにとって脅威となるから、夫が新しい長期的な配偶者との間に子どもをもうけることを全力で阻止しよう」。シャーロットのナラティブはストーリーの中でもっとも直接的に、もっとも中心的に表現されている。読者が感情的にも倫理的にも正当だと感じるように書かれているのはこのナラティブである。「わたしは死んだ妻の代わりをし、夫の全面的な献身を享受し、夫の家庭的、感情的、性的関心を独占する権利がある。さらに、間接的な証拠から、わたしは最初の妻よりも彼を幸せにしていると結論することができる。わたしの愛情はより寛大で支配的ではなく、彼の自律性を制限していないからだ」。冷静に検討してみれば、エルシーの動機は彼女が争っているふたりの個人より本質的に利己的であると言うわけではない。彼女が死んだという事実のみが、エルシーが舞台を降り、生きている人々に目的を遂げさせてやるべきだという理由になっている。しかし、もし死んだ妻たちが生きている人々の行動に介入できるのだとすれば、エルシーの幽霊の原動力となったような、自らの遺伝子を守ろうとする衝動がその行動の動機となるであろう。既に説明したような理由で、死んだ妻は通常、自分が現世に残してきた夫が再婚し、より多くの子どもを残すことで、得るものより失うもののほうが多いのである。

ウォートンは読者に、キャラクターの客観的な評価を行うようにテクストを構成しているわけではない。ストーリーのねらい、その存在理由は、最初の妻に対する読者の反感を喚起することになる。語りの視点からプロットに至るまで、ストーリーのあらゆる側面は、現在生じている同性間、異性間の競争に対するシャーロットの視点を支持するように計算されている。〔ストーリーの〕中心にある三角関係の当事者たちの目下の関心事となっている競争の外側にいる第四のキャラクターの存在も、読者の共感をそちらの〔シャーロットに同情する〕方向に導く一助となる。どちらの妻にとっても義理の母親となるケネスの母は明らかにシャーロット側についているのだ。エルシーの肖像画を子供部屋に移すことに熱烈に同意することで、彼女は息子の再婚に同意し、前の妻を除いた特別な絆を新しい妻と結ぶことを支持しているのである。彼女は最初の義理の娘が手に負えないほど意志強固で支配的な女性であったという誰もがとるであろう見方を自分が共有していることをほのめかし、シャーロットの、自分がケネスにとってはより望ましいパートナーであるという見方を受け容れるようにと読者を促すのである。ケネスの母親が息子の再婚相手を援助しようとするのは進化論的に見て合理的である。新しい妻をめとることで、息子は彼女に新しい孫をもたらし、その結果彼女が次世代に遺せる遺伝子の数は増加するからだ。彼女の利益は息子の利益と軌を一にしており、さらにいえば、シャーロットの利益とも一致していることになる。次の世代に引き継がれる遺伝子の数からすれば、この三人は新しい結婚で子どもが生まれれば同様に利益を得る。男性側の親族は妻ないし婚約者の望ましくない形質を示すもの（中でも不妊や不貞の兆候、それに関連する身体的社会的特徴）に常に敏感であるから、彼女が義理の娘シャーロットに示す好意は読者にとりわけ強い印象を与える。[19]

読者に、シャーロットの利益をエルシーの利益より優先させるよう仕向けるのに加えて、ケネスの母親はストーリーのプロットの結末においてとりわけ重要な役割を果たしている。ケネスが失踪した後、義理の娘に共感し、助言を与え、その支えになり、最後の手紙をシャーロットとともに開封して、一連の手紙が超自然的な存在に由来すると同意するのである。このように分別があり、地に足がついたキャラクターが、奇怪な手紙はエルシーの幽霊が書いたものであると解釈しているために、読者はシャーロットの反応を嫉妬深い妻の精神異常であるとして片付けることができなくなる。息子の最初の結婚を間近で見ることができたケネスの母親が、亡くなったエルシーが夫に取り憑き、不可解極まる手段で自分の意志を押し付ける能力があると考えているのである。読者は彼女の意見を真剣に考慮しないわけにはいかない。ケネスの母親の証言によって、読者はストーリーで語られている非現実的で「幽霊のような」要素を動かしがたいものとして受け容れざるを得ないのである。プロットの持つ背筋も凍るような中核的なテーマはシャーロットの神経過敏がもたらした妄想として否定することができなくなるのだ。

プロットとキャラクターの造形において、ウォートンはシャーロットが他のふたりの主要キャラクターを見る際の見方を正当化するために現実的なものと超現実的なものを融合している。エルシーの支配的な性格の描写は、彼女の配偶者保持行動に不気味な力を与える幽霊のような効果によって補強されている。極端な、そして不気味な執拗性をもった所有欲の犠牲になっている男に共感しないでいるのは難しいことである。エルシーは生前、夫を支配し、その「自由」〔薗田・山田 168〕(58)を制限していた。死後、彼女は彼の意志をねじ曲げ従属させようとし続ける。オカルト的な手段を用いて婚姻関係を強要する妻の姿を目にした読者はシャーロットと同様、軽蔑と畏怖の入り交じった反応をする。この状況において不気味な要素が持つインパクトはジョージ・エリオットの『ミドルマーチ』で描かれる有名な出来事と比較してみるときわめて明瞭になろう。『ミドルマーチ』では亡くなったエドワード・カサボンが遺された妻の配偶者選択と、将来彼女が残す子孫をコントロールしようとするのだが、その手段は遺言による遺産相続である。彼の行動は傲慢で抑圧的かつ軽蔑すべきものだが、恐ろしいものではない。悪意に満ちた法的文書は死者からの手紙よりは怖くない。覚えておられる読者もおられようが、カサボンの努力は実を結ばなかった。未亡人は新しい夫を選ぶ際、亡き夫の意志に従わない。ウォートンのキャラクターが用いる超自然的手段は対照的に、遺された配偶者が新しい子孫を設ける試みを妨害することに成功するのである。

ここ数十年の「柘榴の種」についての論考は性的な嫉妬や女性間の競争といったテーマを軽視したり無視したりする傾向がある。たとえばジュディ・ヘイル・ヤング、キャロル・J・シングレイ、スーザン・エリザベス・スウィーニーらはこの作品を「書き、読むことについてのストーリー」であるとし、「女性の芸術についてのウォートンの両義的な姿勢」[20]を強調している。手紙を書き、読むという行為をストーリーの前面に打ち出すことで読者は多くの社会文化的、職業的問題について考えることができる。たとえば伝統的には男性の領域とされてきたところに入っていく女性作家としてのウォートンの苦しみ、ないし、女性の読者に対する彼女の曖昧な姿勢などである。そのようなトピックを探究することは歴史的伝記的に示唆的なものではあるが、このストーリーの主要な関心事を置き去りにしてしまう。プロットを動かす行動の原動力となる悪意に満ちた嫉妬を見過ごしてしまうことで、そのような批評はこのストーリーを退屈なものにしてしまい、その情熱、恐怖、畏怖といった要素を捨象してしまう。適応という視点からストーリーに焦点を当てることで、物語のテーマ的感情的中心、すなわち嫉妬深い妻の悪魔的なまでに所有欲に満ちた行動に対して再び関心を振り向けることができるのだ。ウォートンは夫を犠牲にして自分自身の適応度を守ろうとする前妻の姿を描いているのである。

『イーサン・フローム』

『イーサン・フローム』はその地域色と地域的リアリズムのためにしばしば絶賛される[21]作品であるが、この中でウォートンは「柘榴の種」よりも目立たない方法で、しかし類似した目的のために——配偶者を防衛する妻の行動を不吉な光の下で提示するために——超自然的な特徴を織り込んでいる。この小説を支配している三角関係において、ウォートンはふたたび読者の共感を妻から遠ざけるために視点を主として用い、状況を夫の視点から描写している。物語の大半に浸透している選択的な全知の語り手はイーサンの思考や感情のみに焦点を当てている。会話を除けば、彼の妻ズィーナ、あるいは新しい配偶者候補であるマティの内面の直接的な描写は見られない。ズィーナをイーサンの目から描写することで、読者はきわめて否定的な印象を受ける。彼女は年の割に老けており、皺が寄って、「角張って」〔高村 435〕おり、女性的な曲線がない[22]。彼女の関心は自分自身の病気（と彼女が見ているもの）とその結果として生じる治療への必要性、家事の手伝い、夫の共感といったものにしぼられている。「彼女は口を開けば、いつも不平ばかり」〔高村 443〕だ（78）。

彼女が本当に慢性の病気に苦しんでいるのか、あるいは彼女が苦しんでいるものが慢性の心気症なのかは明確に示されないけれども、いずれの場合であってもズィーナが病気であるということは配偶者としての価値を大きく下げている[23]。彼女は実際の、あるいは偽りの病気を用いて夫を支配し、彼から資源を搾り取ろうとする。ズィーナは医者や特許薬などに金を使うが、それは〔病気より〕軽薄な目的のためには要求できないような金額である。そして彼女の主たる要求、すなわち家事を行う召使いを雇ってほしいという要求は、きわめて重篤な病状のみが正当化しうるものだ。病気を口実に資源や関心を獲得しようとするその姿勢は、お涙頂戴の自己陶酔と同様不快に映る。自分が夫よりも社会的に優位であると考える彼女は、夫が与えてくれる以上の生活を送る権利があるという自分の考えを公言してはばからない。ズィーナは夫の貧しさと地位の低い職業が苦悩の継続的な原因であると見ている。こうしたことに加え、ズィーナは悪意に満ち、残酷である。周囲の人々を苦しめることに喜びを覚える人間なのだ。「彼女に残されたたった一つの愉しみは、彼に苦痛をあたえることだけなのだ」〔高村 472〕(142)。たとえば彼女は、最低限の敬意や礼節すら示す必要のないマティという召使いを得たことを喜んでいる。つまり、「叱っても出て行くことがないだろう」〔高村 438〕という(65)のだ。彼女の虐待や不親切な気質はズィーナの長期的な配偶者としての価値をさらに下げる。バスが指摘するように、「世界的に、献身的な配偶者の中でもっとも高く評価される特質は親切さである。親切さは協力的な同盟に関与する意志を示すからだ」。不愉快な、うっとうしい、あるいは虐待を行うパートナーに苦しむ人は「心理的社会的身体的に甚大なコストを負う」[24]。イーサンは明らかに、このような不利な環境を逃れる動機を持っているのである。

フローム夫妻の七年間の結婚が不毛であったのも驚くには当たらない。身体的にはズィーナはすでに更年期を過ぎているような印象であり、明らかに彼女とイーサンとの関係は感情的な強度やエロティックなエネルギーを欠いている。バスは、不妊、すなわち「長期間の配偶者関係が存在する進化論的な意義を提供する生殖資源を提供する」ことができないことは「世界中でもっともよく見られる離婚の原因」をなしているという。[25] 結婚して七年を空費し、このままでは子どもができないまま終わってしまうという状況の中では、イーサンがマティ・シルヴァーの魅力を抗しがたく思うのは自然である。彼女は若くはつらつとしており、病弱なズィーナとは顕著な対照をなしている。「姿も動作も女らしく」〔高村 448〕気質は明るく従順であるマティは、ズィーナに欠けているものをすべて持っている（88）。一緒にいてずっと楽しいだけでなく、きわめて重要なことに、彼女は子どもが産めそうである。

マティの外見はかなりの量のテクスト分析の対象となっているが、これは男性が長期的な配偶者を探す際にもっとも高く評価する形質を反映している。若さ（残存生殖価が高い）顔の美しさと左右対称性（すぐれた遺伝子を有している）ウエストとヒップのすぐれた比率（子どもが産めることを示す）そして、知性、親切さ、ユーモアなどといった普遍的に高く評価される性格などである。[26] 配偶者としての彼女の価値に唯一影を落とすのは、父親の経済的な失態（その結果親戚、友人、近所の人々から金を巻き上げたり裏切ったりした）のために社会的地位がいささか低いことである。マティが従順で無力そうに見えるのは必然的にイーサンにとっては魅力的に映る。ズィーナの支配的な性格と好対照をなしているからだ。マティが唯々諾々としてイーサンに依存しようとするのは彼女が彼を高く評価していることを示し、それがさらに彼の目に映る彼女の魅力を増すことになる。イーサンは彼女と一緒にいるとずっと男らしくなったような気がする。たとえばピクルスの皿を割ってしまって歎いている彼女を慰めているとき、マティがその激励をすぐに受け容れようとする姿勢はイーサンの中に擬似的に性的な反応を引き起こす。「彼は、山から製材所へ大きな材木を運び下す時のほかは、こんなにぞくぞくする優越感を味わったことがなかった」〔高村 451〕（94）。

イーサンがマティとの関係において将来の子どもたちのことを意識的に考えていることを示すもっとも強い証拠は、彼が農園と水車小屋をズィーナに任せてマティと一緒に駆け落ちしようかと思いを巡らすときに生じる。短い間、彼は三角関係を構成する三人ともが「その後もずっと幸せに暮らしました」という結末で終わる幻想に耽る。この理想化された幻想を引き起こしたのは自分とよく似た「場合」〔高村 472〕を思い出したからだ（142）。「山の向こうの」〔高村 472〕若者が愛する女の子と結婚することで「みじめな生活からのがれて」、「棄てられた奥さん」は起業できるほどの財力を持っていたので「軽食堂を開き、かなり手広くやるようになっていた」〔高村 472〕（142-43）。すべてのキャラクターの状況が改善される（したがって、妻を捨てていく夫はなんら罪悪感を覚える必要はない）このストーリーの最後を飾るのは若い二人であり、彼らは「金のロケットをして、王女のような服をきて」いる「美しい前髪をした娘」〔高村 472〕を連れて帰って来る（143）。このイメージは逃げた夫にとって二重に成功した結果を意味している。新しい結婚で子どもができたばかりか、十分豊かになって子どもに贅沢をさせてやることができたのである。

イーサンがマティを生殖機会と関連づけていることの間接的だが見逃しがたいさらなる暗示は、彼が彼女のことを考えるときに用いられる比喩表現の中にはっきりと出ている。彼は一貫して彼女を春や夏といった成長する季節のあたたかさと結びつけている。「雪どけの春」〔高村 431〕や「夏の微風に小麦畑が変化するような」〔高村 452-53〕といった具合である（49,98）。寒さや雪に支配された風景の中で、彼女は彼の想像力を生物の成熟や成長といったイメージで満たす。彼は自らの震える手の下で彼女の髪の感触を「冬の種」〔高村 489〕のように大事に取っておきたいと思う（180）。関係を持ったり子どもを作ったりするという考えはとりわけ、彼らが二人きりで過ごす夜を描写する際の比喩に顕著である。マティの手は裁縫している布の上を「ひとつがいの小鳥がつくっている巣の上を垂直に短く飛んでいる」〔高村 454〕ように（101）動く。彼女が体現する、子どものいる未来という希望のもろさは、お互いの幸せのはかない瞬間を描いた記述にいみじくもとらえられている。彼らは「冬の森で蝶に不意に出あう」〔高村 483〕ような気がした（167）、というのだ。不毛な結婚という終わりのない冬にとらわれて、イーサンはマティの中に愛らしいが実現不可能な春の希望、すなわち彼女の妊娠と新しい生命の誕生を見るのである。

「柘榴の種」同様、この小説の主要キャラクターたちは皆自分の適応的な利益を追求している。イーサンは当初ズィーナを有能で効率的で「利口な」〔高村 443〕妻（そして「健康そのもの」〔高村 443〕）と評価していたが、これは七年の結婚生活の間に劇的に低下してきている（76, 77）。パートナーの一方の配偶者としての価値がそのように劇的に変化することは、バスが説明するように、争いや不貞の原因となり、しばしば結婚生活の破綻に至る。[27] 突如として自らの手の届くところに出現した、この性行為の対象と比較すると、ズィーナの彼にとっての値打ちは無に等しいものとなる。イーサンはこの年増で病弱で気難しく子どものできない妻と、自分に愛情と、おそらくは性的な満足を与えてくれる、魅力的で若々しい女性とを取り替えたいと切に願うようになる。明らかにこの時点では、配偶者を交換することがイーサンがある程度の直接的適応度を得るための最良の手段となっている。彼はそのような行動を正当化する個人的なナラティブを構築し始める。長期的な献身をやめ、病気の被扶養者を捨て、妻への誠実という共同体の規範を破ることに対する罪責感を軽減するのに全力を尽くすのだ。イーサンは、自分がズィーナに「してやれるだけのことはした」〔高村 473〕が無駄だった、自分は「若く、強く、生気にみちていたので、そう簡単には、希望がくずれるままにしておけ」ない〔高村 472〕、と自分自身に言い聞かせる（144, 142）。彼は自分が捨てたいと思っている妻が最低限生きていくのに必要な経済的資源を持ち合わせていないし、さらに、マティと自分の逃避行の資金もない。経済的、倫理的側面から考えれば考えるほど、圧倒的な袋小路に陥ってしまう。イーサンがマティに、自分は「手も足も縛られている」〔高村 485〕のだ、とぼやくのもむべなるかなである（172）。彼のジレンマは、競合する適応度上の利益が、物質的資源のない環境においてはより多くの問題と不幸を生み出すのだというウォートンの認識を示している。[28]

　マティはほとんど選択の余地が残されていない社会的環境の中で、自分自身のためにすぐれた配偶者を確保したいという願望に動かされている。たとえば金持ちで女たらしのデニス・イーディではなく、イーサン——いとこで女主人である女性の夫——を恋愛対象として選ぶことで、彼女は「目が高い」と評しうる嗜好を持つことを示しているのだが、同時に、その選択は社会的な危険をはらんでいる。彼女がイーサンに親近感を抱くのは彼らが似たもの同士であるから、という側面は確かにあるのだが、彼の思いやりと愛情に満ちた行動は友人のいない世界に不意に投げ込まれた、かつての箱入り娘に対しては抗しがたいものとなる。彼女と一緒にいるときに喜びを示すだけでなく、イーサンはズィーナのきつい家事を手伝い、ズィーナの批判の矢面に立つ彼女を励ましたりする。そのような親切さと献身のしるしは常に、配偶者候補にあっては魅力的なものであるが、とりわけマティにはきわめて価値の高いものである。彼女の受動的な性格は、実人生を自らの手で切り拓くことが期待されていない、一人っ子としての彼女の生育歴を反映している。巧妙にイーサンの気を引くことで、彼女はリスクの高い配偶者略奪行動を行っている。意識していようといまいと、彼女は今回の自らの行動の適応度という点での報いは高いものであると判断している。これは代替となる選択肢が存在しないことを考えればなおさらだ。マティの個人的なナラティブは――おそらく彼女自身の心中でもはっきり形を取って現れてはいないだろうが――次のようなものとなろう。「イーサンの妻は彼を正当に評価していないが、わたしは正当に評価している。彼もわたしを高く評価している。わたしたちは相性がよい。わたしたちの絆は、彼とズィーナとの結婚とは違って、一緒にいると心地よく、満足を与えてくれ、実りの多いものである。さらに、わたしには夫がどうしても必要である。自分ひとりでは生きていけないし、彼と同じくらい魅力的な配偶者候補がいないからだ」。

ズィーナがこの闖入者を熱心に追い払おうとする行動も、同様に、自己の利益を追求しようとするものである。イーサンは配偶者を取り替えることで甚大な利益を得るけれども、ズィーナはそうではない。彼女の結婚は子孫を残すという点では確かに不毛なものであったが、彼女自身の健康状態を考えれば、相手を取り替えたところで妊娠する確率が上がるわけではない。若くも魅力的でも美しくも金持ちでもないズィーナは、イーサンに逃げられてしまえば、同等以上の夫どころかおよそ夫と名のつくものは手に入りそうにない。親の投資が減ることで被害を受ける子どもはいないから、彼女の直接的な適応度はイーサンに捨てられても下がることはない。この点で明らかに、ズィーナの状況はエルシー・アシュビーのものとは本質的に異なる。イーサンが彼女を捨ててマティに走った場合、損なわれるのは彼女の評判である。小さな、保守的な共同体においては、夫がほかの女と逃げていったということになれば、ズィーナのプライドと社会的地位は丸つぶれである。「山の向こうの」男の場合は、夫に逃げられたり離婚したりといったことが一八八〇年代のバークシャーの農村部で全く知られていないわけではなかったことの証明となる。しかし、こうした例は稀であり、社会的な烙印（stigma）になり得た。ズィーナは自分が人間として優れており社会的にも他者よりも優位に立っているという感覚を持っているから、そのような社会的罰に対してとりわけ敏感である。読者もまた、ズィーナが近隣の村に傍系親族がいること、ズィーナの地位が下がればその親族が社会的に成功したり、配偶者を見つけたりする機会が減ってしまうことを知っている。ズィーナの間接的適応度（つまり、彼女の遺伝子を共有している親戚が子孫を残す確率）は、彼女の夫が別の女に心を移した場合は、たとえわずかではあっても減じられることになる。なかんずく、小説の中で一貫して背景として機能している貧困は、夫に捨てられればズィーナは経済的に破綻するであろうと暗示している。このような不安が、ズィーナがイーサンとの婚姻関係を維持する努力の大きな要因となっていることは十分考えられる。

イーサンとマティが形成するものと同様、ズィーナの個人的なナラティブも解読するのは容易である。自らが配偶者として高い価値を有していることを信じ続けるために、彼女は自分がいささか大きな村の出身であるために、その家族や社会的つながりは自らが病気でありそのために体がどんどん弱くなっていくという不利な要素を補ってあまりあるものである、と自分を説得しなければならない。「わたしはイーサンより社会的優位に立っており、彼は幸運にもわたしを妻にすることができた。わたしは彼が提供できるよりも贅沢な暮らしをする価値がある。実際、このような貧しい暮らしをさせておくことで、イーサンはわたしの健康状態を悪化させてしまった。わたしが病気なのは彼のせいであり、彼はわたしに関心を持ち配慮する義務がある」。ズィーナは自分自身が配偶者として高い価値を持っており、それゆえに最大限の資源とケアを享受する権利があるという信念をなんとか保っている。

ズィーナにとってかわろうとする女性は彼女にとってライバルというだけでなく親戚でもあるので、新しい夫婦にできる子どもを通じて自らの包括適応度を上昇させることを期待して彼女に降参することが適応的であるように見えるかもしれない。しかしズィーナがコストと利益を天秤にかけた結果、彼女の（経済的困難を通じた）生存への脅威、そして（評判が損なわれることによる）間接的適応度への脅威が、マティの将来の子どもたちと彼女が共有する遺伝子から得られる潜在的な利益を上回ると判断されたのだ。さらに、経済的、社会的コストは避けられないが、マティが将来子どもを産むかどうかは定かではない。マティは若く魅力的であるから、ズィーナとしてはマティが〔夫とは別の〕結婚相手を見つける確率がきわめて高いと考える合理的な理由がある。いとこの夫を略奪せずとも、長期的な配偶者を見つけることができるはずなのだ。

「柘榴の種」同様、読者は配偶者を保持する妻の行動が夫や妻のライバルの行動と同様、排他的に利己的な動機によるものではないことを認めなければならない。マティの利益はイーサンの利益とだいたいにおいて一致している。両者とも、イーサンがズィーナを捨て、その代わりにマティと結婚した場合に子孫を残す確率を高めることができる。この若い二人のキャラクターにとってとても魅力的な配偶者の取り替えが現在の妻にとっては経済的にも社会的にも損失となることから、ズィーナはそれを阻止しようと断固として行動する。彼女がマティを家から追い出そうとする方法が唐突で残酷であるのは確かだが、結婚を脅かすこの存在を放逐しようとする彼女の決意は読者に同情を喚起するようなやり方で描写されることもできた。しかし彼女は何らのよい点もない、毒々しい悪人として登場する。その気質は外見と同じくらい醜く不快感を催させるようなものである。ズィーナの造形には基本的にへそ曲がりなところがある。彼女は単に病気であるだけでなく、それを利用し、楽しんでいるのだ。単に自己を防衛し、長期的な配偶者に対する権利を主張するだけではない。むしろ彼女は恋人たちの恋路を邪魔し、駆け落ちの夢に対して彼らが受けなければならない過酷な罰を見るのを楽しんでいる。またしても、「柘榴の種」同様、読者はウォートンが虚構の題材を用いて、正当な所有権を守ろうとして成功する妻よりも、迷える夫とその新しいパートナーに対する共感をかきたてるように構成しているのである。

ズィーナの夫に対する姿勢は恩着せがましく不平に満ちたものであり、読者ははじめから彼女に反感を持つことになる。彼女は明らかな結婚の象徴である赤いガラスの皿を守るのと同じやり方で結婚を守っている。それは「何よりも大切」〔高村 470〕なものであるが、決して使われることはない(138)。この同じ倒錯した論理を用いて、彼女はイーサンを守ろうとするのだが、彼と結婚していることからなんらの楽しみを引き出そうとしていない。ウォートンの自伝的エッセイ「少女のニューヨーク」の中に、ズィーナのピクルス皿に対する姿勢が決定的に否定的な反応を引き起こすために書かれていることを裏付ける証拠がある。母親の世代の貴婦人たちが「綺麗なレース」を「紺色の紙」にピンで留めていつまでも飾りにしていたことを描写しながら、彼女は「使われるために作られたものは使われるべきだという確信」を表明している。ウォートンはさらに、「使い古すためにあるものを使い古した」ことを全く後悔していない、と宣言することで、この主張を強めている。[29] 対照的にズィーナは、彼女の結婚を守るが、「使う」ことをしない。イーサンと一緒にいても喜ぶことはない。通常長期的な投資を示す「親切心」や関心を示すかわりに、彼女は夫をこき下ろす。[30] 夫に献身を迫る一方で、一切の感情的性的な献身を示そうとはしないのである。彼女はいかなる形でもふたりの絆を深めようとしないし、その利益を得ようとはしない。夫を遠ざけ、軽蔑していながら、それでも所有して手放さないのである。彼女はイーサンを金づるであり社会的に見て格下の存在であると見下しているけれども、それと同じくらい結婚がもたらす外的な利益、社会的経済的な利益には価値を見いだしており、それを保持しようとする。ズィーナの結婚はピクルス皿のように彼女が「所有する」ものなのである。それは地位の重要な象徴であり、しっかりと守らなければならないものだ。しかしどちらの場合も、持っているものを使おうとはしない――結婚も皿も本来の目的で使用していない――ことで、彼女の性格をきわめて不快なものにしている否定的な発想を見て取ることができる。

『イーサン・フローム』：超自然的要素

ズィーナが人生の贈り物をすべて拒絶することは不快ではあるが、読者が彼女に覚える強い嫌悪感を説明するには不十分である。自らが高く評価していない結婚と夫に逆説的にしがみつくこの妻の否定的な描写を完成させるために、ウォートンはズィーナ・フロームに魔女のような性質を与えている。直接的な比較はなされないものの、読者からすれば、ズィーナが典型的な魔女の身体的特徴を持っていることは一目瞭然である。やせていて、しわがよっていて、歯がなく、恐ろしく醜い、といったようなことだ。[31] 彼女のまがまがしい性質は同程度においてステレオタイプ的なものである。これはイーサンに対して格上の存在としてふるまうその姿勢とあわせて検討するととりわけ明瞭なものとなろう。夫が妻に対して法的社会的権威を有していると考えられていた時代にあって、ズィーナは結婚生活で尋常ならざる権力をふるっている。女性性と関連付けられる、やさしく、従順で、慈しみ深い行動から劇的にかけ離れているために、ズィーナがエルシー・アシュビー同様、伝統的な、あるいは社会的に理想化された夫婦関係を転倒させたのだという印象を与えることになる。これもまた悪魔的な特質だ。[32] イーサンにとって、ズィーナの独占的で横暴な存在は「苦しい現実」〔高村 428〕(43) そのものとなっている。袋小路に陥っているという感覚は、スタークフィールドの過酷な気候や逃れがたい貧困ともあいまって、彼女の独占的性質によって拍車をかけられる。彼女はまた秘密裏に行動するために、他人を操りたがる性質がさらに際立ち、その結果、ズィーナは神秘的ではかりがたい存在になっていくのである。「ズィーナと話のできる人なんかいない」〔高村 454〕「誰もズィーナの思うことは、わからない」〔高村 494〕(102, 193)。彼女は「気づかないふりをして、物事をなるがままにしておき、それから、何週間もたって、なにげない口調で、はじめから気がついていました、推察していましたと言い出す」〔高村 428〕(43) ことができる。彼女は口うるさく要求する時よりも黙っている方が恐ろしい。「想像もつかぬ疑惑と怨恨から引きだされたふしぎな結論を、巧みに隠そうとしている」〔高村 444〕(78) かのように見えるからだ。

ズィーナはまた猫を飼っており、このペットは魔女の使い魔に非常によく似た機能を果たしている。ズィーナが一晩農場をあけるとき、イーサンはマティとふたりきりで平穏でおそらくはロマンティックな夜を過ごすことを夢想するのだが、そのときズィーナのペットはこの恋人予備軍のふたりに不在の女主人のことを思い出させる。明らかに彼女の代わりに監視役をつとめているのである。「猫は言われもしないのに、二人の間のズィーナの空いた椅子にとびあがった」〔高村 449〕(90)。その夜遅く、エロティックな緊張感の「逆流」がイーサンとマティの間に大きくなり始めると、猫が再び突然にズィーナの椅子からとびあがって彼らをさえぎる。「その急な動作のために、空の椅子が空虚な振動をはじめていた」〔高村 455〕（103）。不在の妻の「幽霊」が部屋に入り、禁断の恋を妨げているようである。「明日のいまごろは、ズィーナはこの椅子を揺り動かしているだろう」〔高村 455〕とイーサンは思い出す（103）。猫はくり返しズィーナの存在を呼び起こす能力を発揮し、若い二人の情熱に効果的に水を差している。動物が介入してくるのはとりわけ重要だ。というのもこの「鬼の居ぬ間の」一夜はイーサンとマティが愛を誓い、成就するかつてない機会を提供しているからである。そのような成就、そしてそれが引き起こしうる長期的な結果、もっとも顕著な形では〔マティの〕懐妊とそれに続くイーサンの親の投資を阻止することがズィーナの利益にかなうことなのだ。二日後に、イーサンがマティを駅まで車で送っていくのを必死になって止めようとするのも同様に、このようなプライベートな環境でふたりが親密になるのではないかという懸念を示している。ふたりがお互いに好意を抱いているのを知っていながら、この夜に関しては彼らをふたりだけにしておいたのは、ペットの猫が彼女の代わりに〔ふたりの〕邪魔をしてくれるというこの世ならざる能力によって説明がつく。猫の助けを借りて、彼女は効果的に夫につきまとい、その抑圧的な存在を彼らが共有している家庭内に投影するのである。[33]

　ズィーナの介入が持つ幽霊のような特質は、彼女の幽霊のような外見が喚起する社会的な窮状よりもイーサンとマティの神経を参らせ、性的な雰囲気に満ちた夕べからエネルギーと活力をくり返し奪っていくのである。語り手は、イーサンもマティも、このふたりきりの夕べのためにまるで恋人のような準備をし、唯一無二の機会に胸を高鳴らせている様子を強調している。イーサンは自分とマティが前夜「お互いに心で求めあって」〔高村 446〕いたと認めている（84）。今や「はじめて家の中で二人っきりになるのだ。結婚したての夫婦のように」〔高村 442〕。彼は「想像の愉しさ」〔高村 456〕に心躍らせる。それは家庭内で一緒にいて心地よいということだけでなく、情欲的な要素を持っている（73）。彼はデニス・イーディがその日の午後にマティを訪問するかもしれないと考えると「嫉妬の嵐」〔高村 446〕を覚え、そんな自分に驚き、「つまらないように」〔高村 446〕思う（83）。マティの方はといえば、いつも以上に外見に気を使い、優雅な黒髪に「深紅のリボン」〔高村 448〕をつけて気を引こうとする（88）。そのような装飾は典型的な求愛の表現である。彼女はイーサンに、自分が好ましい存在だと思ってほしいのだ。彼は彼女が「すっかり変え」〔高村 448〕られたことを、この機会への「贈り物」すなわち、自分の欲望にこたえてくれるサインだと解釈する（88）。

彼女がイーサンにロマンティックな関心を抱いていることは、マティがイーサンを喜ばせ、快適な気分になるようかいがいしく世話をしたいと思っている様子があることで裏付けられる。テーブルは「ちゃんと整えられ」〔高村 448〕ドーナッツは「作ったばかり」〔高村 448〕で、「好物の」〔高村 448〕料理が目立つように並べられている（88）。「夕飯のテーブルをきれいにしようと」〔高村 470〕して無断で持ち出してきた「はなやかな赤いガラスの皿」〔高村 448〕は、この機会が特別であるだけでなく禁じられたものであることを彼女が暗黙のうちに認めていることを強調している（88,138）。ピクルス皿を使わないでほしいというズィーナの明瞭な要請を拒絶することで、マティは自分がイーサンの妻の利益を犠牲にして自らの利益を追求するつもりがあることを示している。テーブルからピクルス皿をはたき落とすのは重要なことに〔またしても〕猫である。今回はイーサンとマティの手が「把手の上で」〔高村 449〕触れあう瞬間でふたりを邪魔している(91)。皿が「音を立て」〔高村 449〕床に落ちるのは、ふたりの偶然だが長続きしうる手の接触を素早く終わらせるだけではなく、夕食の席を満たしていた幸福な調和の雰囲気をかき乱す。皿が割れるように仕向けることで、猫はズィーナと、この念入りに守られ、象徴的な意味を持たされた所有物を敢えて使っている簒奪者との間の非難に満ちた対決の基盤を作っている。他の読者が指摘してきたように、ガラスの赤い色は情熱的な意味合いを持っており、次第にガラスは情熱と結びつけられるようになっていく――ズィーナだけでなくマティの心の中でも。[34] 皿を私物化しようとするいとこの心を、夫を私物化しようとする欲望のあらわれだとしたズィーナは間違っていなかったのである。

このような、ほとんど隠されることのない性的な興奮を背景として、ふたりの若者がふたりきりで一晩過ごすということで、読者は感情的身体的に非常に親密な場面を期待する。〔しかし〕場面が全く異なった様相で展開されることは、イーサンとマティが明白な姦淫で〔時代的地域的な〕慣習を侵犯したくないという気持ちを持っていたことと関連付けられるかもしれない。両者とも自制心の強い人間であり、いつもは社会的規範に従っているのだ。必然的に彼らは魅力的だがリスクの高い情事に至った場合に生じうる否定的な結果は認識している。しかし彼らの寡黙な行動を内面化された価値観と社会的制裁への懸念に完全に帰属させるのではなく、ウォートンの語り手はここでもうひとつの、外的な抑止力を描き出す。猫と、その遍在するように見える飼い主だ。ズィーナはつねに目を光らせている、嫉妬深い、夫の貞節を監視する並外れた能力を持つ妻として表れている。

猫に付与された不気味な役割の他にも、ズィーナが超自然的な力を持っている証拠がある。イーサンと二人だけで夜を過ごす間、マティはイーサンに請われてズィーナの椅子に座る。彼女が縫い物をしたり話したりするときにマティの顔がよく見えるようにである。すぐにイーサンは妻の「やつれた」〔高村 452〕顔がマティの「若々しい小麦色の顔」〔高村 452〕に二重写しになっている幻覚に陥る。「ほかの顔が、地位をうばわれた女の顔が、闖入者の顔を消してしまったかのように思われたのだった」〔高村 452〕(96)。イーサンに衝撃を与えたのと「同じような圧迫感におそわれ」〔高村 452〕て、マティはすぐにズィーナの椅子を離れる (96)。墓の中から手紙を送って配偶者を簒奪したことに対する罪責感をかきたて二人の仲を裂こうとするエルシー・アシュビー同様、ズィーナ・フロームは自らの体がほかの場所にあるときですらイーサンとマティの意識の中に入り込もうとするのである。クラーゼンが指摘するように「超自然的なものは通常、オカルト的な行為主体か、体を離れた霊魂という形を取る」[35]。この不在ではあるが断固としてその場にいつづける妻の抑圧的な影響力はストーリーのクライマックスでもっとも恐るべきものとなる。イーサンとマティがこの惨めな運命を逃れるために、意図的に「大きな楡の木」〔高村 488〕にそりで衝突しようとする場面だ (176)。この「衝突」で彼らが命を落とすのではなく、体に障害が残る結果に終わるのは、なによりも、そりの進行方向が最後の瞬間に逸れ、衝突の衝撃を緩和したからである (4)。これはたぶんに、エクトプラズムのように、イーサンと木の間にズィーナの顔の幻覚が現れたからであった。「急に妻の顔が、歪んだ、おそろしい表情で彼の目的物との間にわりこんできたので、彼は、それを払いのけようと反応的に身動きした」〔高村 490〕（184）。キャンディス・ウェイドが指摘するように、「幽霊が自殺を阻止した」のだ。[36]自分を捨てて新しい妻に走ろうとする夫を妨げる妻は、同様に、自分から逃れるために彼が死ぬことも許さないのである。ここでもまた、彼女の介入はオカルト的な形態をとっている。

事故の後の、この「永遠の、地獄のような三角関係」のメンバーの生活についてはウォートンがごくわずかな情報しか記していないけれども、読者はあまりにも恐ろしいために口に出すのがはばかられるような詳細な結末を予測することができる。[37]語られていない恐怖のうち主となるものは、今や麻痺状態に陥ったマティの世話をすべて、ズィーナが行っているという事実である。彼女はかつて自分の結婚生活を脅かした少女を、食事を与え、風呂に入れ、排泄の世話をし、服を着せたり脱がせたりするのだ。読者はズィーナが他者の苦しみに邪な喜びを見いだすことを十分認識しているから、ライバルがかくも無力な状態で自分の懐に入ってきたことを密かにほくそ笑む彼女の姿を容易に想像することができる。彼女の性格には顕著に倒錯的な特徴があるから、この結果は自らにとってなんら適応度を上げるものではないにしても、それでもズィーナはきわめてご満悦であることが示唆されている。事実、この僥倖のおかげでズィーナは「病的な力」[38]を手に入れることになる。自分の子孫を残す確率を上げることはできなかったが、少なくともライバルが子孫を残すことを阻止することはできた。[39]また、ヘイル夫人のせりふから考えれば、マティの世話を引き受け、イーサンの身体障害によって引き起こされた経済的な困窮に耐えるという一件利他的な行動によってズィーナの評判は上がったようである。そのようなよい評判を得ることでズィーナの配偶者としての価値は高まり、共同体内での立場もよくなっていくだろう。

　ズィーナのライバルに対する勝利は心理的にも物理的にも完結した。ズィーナがマティのかつては愛らしく健康だった体が次第に衰え醜くなっていき、その快活な気質もそれに応じて堕落していく様子をどのように見守っていったかについては読者の想像に任されている。そりの事故で幽霊として現れることにより、ズィーナはマティを、不満だらけで子どもを産むことができない自分自身の分身に変えてしまったのである。イーサンは支配的な妻から逃れることができないばかりか、貧しくいとわしい女性の係累をもうひとり抱えてしまった格好になっている。マティが愛らしい乙女からがみがみわめきちらす病人に変貌するのはこの作品のプロットにおいてもっとも恐ろしい特徴だろうが、これは作品の結末部分に注意深く配置され、読者に与えるショックは最大のものとなる。イーサンが一目見て「ヒステリーじゃあないな」〔高村 425〕と確信した女性がめそめそと彼の足を引っ張る人間になるのは恐ろしい皮肉である（36）。彼女はまずズィーナと対照的な存在として注意深く提示され、最終的にグロテスクなまでに類似していることが強調されるのである。ズィーナは超自然的に「クローン」を作成し、イーサンが自分とマティに子孫を残そうとする希望を悪意を持って転倒させるのだ。[40]しかし、麻痺したマティは「魔女のような目」をしているにもかかわらず、ズィーナのような力は持っていない（188）。

作者の目的、評価、共感

勝ち誇る妻と、彼女に完全に従属したかつてのライバルとが日に日に身体的な依存を深めていく様子を何年も続けて間近で見ざるを得なくなり、イーサンはまるで「死んで、地獄にいる」〔高村412〕男のような相を呈することになる（6）。したがってこの小品の結末は「柘榴の種」の結末とは対照的なものとなっている。エルシー・アシュビーと同様ズィーナ・フロームは夫が自らの支配下から逃れることを許そうとしない。エルシーは夫を死に至らしめ、ズィーナは生かしておく。幽霊のような手段を弄して、ズィーナは夫を死ぬより恐ろしいこの世の地獄に追い込む。評者の中には、ストーリーの登場人物に降りかかる苦しみが何か一貫したテーマ上の目的にかなっているのかと疑問に思った者もいた。たとえばアーヴィング・ホウはウォートンのフィクションに登場するキャラクターたちの苦しみは「いわれのない」（gratuitous）ものだと述べており、ライオネル・トリリングはキャラクターたちの苦しみが「何らかの意味、何らかの合理性の発露」を欠いていると酷評したことで知られている。トリリングによれば、主要なキャラクターたちが至る最終的な恐るべき運命は「偶然の産物」なのである。[41] しかし、イーサンとマティの恐るべき運命を偶然の産物ないし不条理であると見なすことは、一連の事件の結果をもたらしたズィーナの役割を最小化してしまうことにつながる。ズィーナは夫をいかなるコストを払っても繋ぎ止めておこうとする嫉妬深い妻であり、彼女こそ、読者が目撃せざるを得ない苦しみの主要な「作者」なのである。痛々しいほど鮮明に、ウォートンは女性による配偶者維持戦略がいかに発動するかを描ききっている。妻を裏切ろうとする男、妻から夫を奪おうとする女が、過剰なまでの警戒、嫉妬、怒りにさらされる際に感じる苦悩が強調されているのだ。そこで読者の関心は適応度を高めるために重要な資源を求めての異性間、同性間の競争の激しさに向けられることになる。嫉妬深い妻たちの戦略的干渉によって子孫を残す試みを阻害された人々は、自分たちの欲望〔が遂げられないことで生じる〕フラストレーションを耐えがたいほど抑圧的なものとして感じる。このフラストレーションが強ければ強いほど（つまり、配偶者側の干渉が効果的であればあるほど）その犠牲になる側は自らの欲望を阻害する女に超自然的な力と意図を付与する傾向にある。

読者はこうした妻たちを強く軽蔑しようとする感情を持つが、それは彼女たちの目的が後ろ向きなものだからである。妻たちは自分たちが使うことができない生殖資源を使わせまいとする。エルシー・アシュビーは死に、ズィーナ・フローム（不妊で、病気で、実年齢よりも老けて見える）はもはや子どもを作ることができない。倒錯したエネルギーを用いて、ふたりとも、自らが享受することができなかった利益を他者が得ることを阻止しようとするのである。彼女たちは「わたしにないのに、どうしてあなたにあるの」という原則に従って行動している。視点をぐっと引いて見れば、彼女たちの破壊的な動機は人類の競争についての不愉快な真実を例証していることがわかる。人生における成功は——子孫繁栄であれ、経済的なものであれ、評判に関するものであれ——必然的に相対的なものであるから、前向きな手段だけでなく後ろ向きな手段によって獲得することができる。ある人物が失敗すれば、競争相手のランクは相対的に上昇するからだ。この結果、ライバルの失敗（同僚が昇進できなかったり、隣人の子どもがコンクールで賞を取れなかったり、きょうだいが両親の期待を裏切ったりすること）を見ると密かに安堵し、あるいは喜びさえ覚えるという人類に普遍的な傾向が生まれた。[42] しのびよるライバルや自分を裏切ろうとする配偶者の適応度を下げようと干渉すること、すなわち、競争相手の損失を単に喜ぶのではなく積極的に損失をもたらそうとすることで、エルシーとズィーナはあらゆる人類が有している競争的なシャーデンフロイデを誇張して表現しているのである。前向きな努力で適応度を上げることができないため、これらふたりのキャラクターはライバルの成功の邪魔をすることでしか人生における成功を手に入れることができない。夫が新しい配偶者との間に子孫を残すのを邪魔することで、彼女たちは夫が自分たちよりも多くの遺伝子を次世代に残させないようにするのである。もちろん、同時に、彼女たちは夫と女性のライバルの、長期的な配偶者との関係にまつわる様々な（社会的、心理学的、感情的、静的）利益を奪おうとする。読者はエルシーとズィーナの動機の背後にある悪意に満ちた野心に嫌悪感を抱く。あらゆる社会的動物が直面している脅威を痛切に思い出させるからである。一人の損失が別の人物の利益になるために、人間社会にはお互いの不幸をひそかに願う人物が数多く存在し、積極的に不幸をもたらそうとすることも珍しくない。[43]

ごく最近の評論の中には『イーサン・フローム』に別の意味を見いだそうとするものがある。ウォートンのテーマ選択には伝記的な背景があるのではないかと指摘されており、とりわけズィーナ・フロームとウォートンの夫のテディ、あるいはズィーナとウォートンの（両）親との類似に焦点が当てられている。[44] そうした枠組みに沿った解釈は個人的な経験と文学的表現の関係について興味深い示唆を与えてくれる。〔また舞台になった地域の〕環境に基づく批評は当然のことながら、物理的な状況と進化論的な関心との興味深い結びつきを示している。イーサンの個人的な、子孫を残せなかったという事実、「袋小路の運命」(dead-end fate)は、不毛な環境という、より大きな文脈の中に位置づけることができる。厳しい気候的、経済的環境が、この小説が与える苦悩と絶望に満ちた窒息させるような感覚を与えることに一役買っている。[45] キャロル・ウェルショヴェンが述べているように、「停滞と死のイメージがこの小説に充満しており」スタークフィールドを「荒涼とした、生きながら死んでいる場所にしている」。[46] 生命を奪われ、また生命を奪う世界という、このより大きな世界観は、生物学的な連続性の基本的重要性を見事に強調している。ズィーナの戦略的干渉の直接的な結果として、イーサンやマティの至近的な衝動は阻止されてしまう。これらの衝動は既に述べたとおり、子孫を残すという動機によって生じたものだ。人生の中心となる活動である直接的適応度の探求において、彼らは焦燥、絶望、苦悩を経験する。マティとイーサンの最終的な運命は死ぬよりも恐ろしいものだが、これによって彼ら個人の遺伝子は絶えてしまう。ふたりのDNAは人間の遺伝子プールから見事に消し去られてしまうのだ。ウォートンが描き出すスタークフィールドの荒涼とした風景がほかにどんなものを表現していようとも、それは人間の人生における、子孫を残すという努力の持つ核心的な重要性を効果的に表現していることは間違いない。主人公の不毛な運命と苦闘とを彼が暮らしている環境自体に投影しつつ、ウォートンは舞台設定を用いて読者の共感と怒りをかきたてているのである。

エルシー・アシュビーとズィーナ・フロームは強引で支配的な女性であり、その強さは称賛よりもむしろ当惑と拒絶を引き起こす。彼女たちは作中の登場人物によっても作者の地の文によっても忠実な妻として評価されておらず、作品世界において利己的な「支配権」を振り回す「怪物的な存在」として酷評されている。文学作品や民話の怪物と同様、彼らは「恐ろしく、不快で、自然の法則に反している」[47]ように描かれる。彼女たちが夫に与える影響力は制御不能で、この世ならぬものへのおそれをかきたてる。ダーウィニズムから見れば、これらのきわめて否定的な性質は至近要因である天井知らずの女性の嫉妬心に帰属させることができる。これらの、他の点ではリアルに描かれているふたつの作品では、妻という形で名状しがたい存在が現れている。彼女たちの配偶者維持戦略は読者の中に、ウォートンが超自然的なフィクションにおいては必要不可欠であると見なしていた「背筋も凍るような戦慄」を与えているのだ。[48]長期的な配偶者との関係と関連した資源をめぐる争いに首を突っ込んだエルシーやズィーナの犠牲者は「おそるべき脅威に出くわし、それと対決する」[49]。女性が持っている、配偶者を自分のものにしておこうとする傾向が必要以上に膨張しうることを示唆しつつ、ウォートンはこの競争戦略に恐ろしい力を与えている。幽霊、ないし魔女は「死を否定する存在」であるとジェフリー・アンドリュー・ワインバーグは指摘する。結果として、幽霊のような現象は「恐怖や畏怖をかきたて、出来事に介入する能力」を持つことになる。[50]エルシー・アシュビーとズィーナ・フロームを駆り立てる所有欲は、人間の感情に誰しも備わっているものの極端な表出であって、それがウォートンの語りの中で常ならぬ力をもって描写されているのである。

「情感豊かなイメージ」を用いて、ウォートンは嫉妬深い妻への異常なまでの反感と、通常は社会に拒絶されるような行動、すなわち不貞、裏切り、他者の配偶者を横取りする行為などに対する共感を引き起こしている。[51] 主要なキャラクターはすべて自らの適応度を上げようとしていることが明白であり、その目的を合理的なものに見せるために自己正当化するようなナラティブを作り上げている。しかし配偶者を独占しようとする妻の行動だけが悪魔的なものとして描写されるのだ。読者は妻たちが長期的な配偶者を独占するために容赦のない手段を継続して取り、それが邪悪な形で成功すること、そして男であろうと女であろうと、自らの利益を追求する存在に怒りに満ちた復讐を行うことに愕然とするのだが、それがウォートンのねらいなのである。ウォートンは女性による配偶者維持戦略がもたらす閉所恐怖的、麻痺的、時には致命的ですらある結果――この戦略によって夫や妻の感情的、身体的、精神的健康が損なわれ、子孫を残す試みが阻害されてしまう――に焦点を当てている。そういうわけで、配偶者維持戦略によって適応度が守られる側ではなく、適応度が下がる側に共感が向かうように書かれているのである。「柘榴の種」と『イーサン・フローム』においては、ケネス＝シャーロットとイーサン＝マティの二者間での利益の戦略的相克はイーサンが「邪悪なエネルギー」と呼ぶものがかかわっており、読者はそれを否定的に評価するようにと仕向けられている（128）。読者は妻たちの配偶者維持行動を倫理的悪としてのみならず自然界の秩序の侵犯として解釈したくなるのだ。このような、物語における非現実的で幽霊のような要素は、作者が意図する方向に読者の共感を振り向け、作者が意図するような判断を行わせるうえで非常に重要なのである。

注

1　Buss, *Evolution of Desire*: 66-67.

2　David M. Buss, *The Dangerous Passion: Why Jealousy Is as Necessary as Love and Sex* (New York: Free Press/ Simon and Schuster, 2000), 53. アン・キャンベルによる、女性が配偶者防衛行動をとる理由の分析――潜在的な男性のバイアスを除外することを意識して行われた分析――はバスのそれを支持している。*A Mind of Her Own: The Evolutionary Psychology of Women* (Oxford: Oxford University Press, 2002), 255-58.

3　Buss, *Dangerous Passion*, 40.

4　*Ibid.*, 42.

5　Buss, *Evolution of Desire*, 140.

6　Edith Wharton, "Roman Fever," in *Collected Stories, 1911-1937*, ed. Maureen Howard (New York: Library of America, 2001), 761.

7　H.P. Lovecraft, *Supernatural Horror in Literature* (New York: Dover, 1973), 17. ホラー・ストーリーの適応的価値を含む、「超自然的行為主体が存在するという考え」の起源についての議論は、"Mathias Clasen, "Can't Sleep, Clowns Will Eat Me': Telling Scary Stories," in *Telling Stories I Geschichten Erzählen: Literature and Evolution*, ed. Carsten Gansel and Dirk Vanderbeke (Berlin: De Gruyter, 2012). 参照。

8　Edith Wharton, "Preface," *The Ghost Stories of Edith Wharton* (New York: Scribner/ Macmillan, Hudson River Ed., 1986), 4.

9　H. P. Lovecraft, *Supernatural Horror*, 15.

10　Edith Wharton, "Pomegranate Seed," in *The World Over* (New York and London: AppletonCentury, 1936), 59. すべて引用

はこの版による。

11　たとえばR. W. B. ルイスは、ウォートンの「ペルセポネと彼女の地下の滞在」に対する「一生続いた強迫的関心」について書いている。*Edith Wharton: A Biography* (New York: Harper Row, 1975), 495.Judith Fryer とJosephine Donovan はウォートンの多くの小説、長編小説、短編小説、詩における神話の使用を論じている。*Felicitous Space: The Imaginative Structures of Edith Wharton and Willa Cather* (Chapel Hill: University of North Carolina Press, 1986), *After the Fall: The Demeter-Persephone Myth in Wharton, Cather, and Glasgow* (University Park: Pennsylvania State University Press, 1989), 43-83. Carol J. Singley and Susan Elizabeth Sweeney, "Forbidden Reading and Ghostly Power in Wharton's 'Pomegranate Seed,'" *Women's Studies* 20 (1991). も参照。

12　Kathy Justice Gentile, "Supernatural Transmissions: Turn-of-the-Century Ghosts in American Women's Fiction: Jewett, Freeman, Wharton, and Gilman," in *Approaches to Teaching Gothic Fiction*, ed. Diane Long Hoeveler and Tamar Heller (New York: Modern Language Association, 2003), 213.

13　クラーゼンは、このような叱責に満ちたメッセージは幽霊に特有であるという。幽霊は「復讐」し、自分に対して行われた「不正をただす」ことがよくある。また幽霊は本質的に「魂を飲み込もうとする」。"Can't Sleep" 331.

14　Buss は「女性は男性よりも従属的であるというありふれたステレオタイプ」にもかかわらず、配偶者を自分のものにしておく戦術の研究はずっと異なる様相を明らかにしているという。興味深いことだが、「男性は女性よりも、配偶者を維持するためにおよそ二五パーセントの割合で自らを卑下し相手に従属的な姿勢をとる」。*Evolution of Desire*, 34.

15　Martin Daly and Margo Wilson, "Evolutionary Psychology and Marital Conflict: The Relevance of Stepchildren," in *Sex, Power, Conflict: Evolutionary and Feminist Perspectives*, ed. David M. Buss and Neil M. Malarnuth (New York and Oxford: Oxford University Press, 1996), 16-17.

16　Buss, *Evolution of Desire*, 137.

17 Buss, *Evolutionary Psychology*, 202.

18 一方の性がとる戦術が他方の性のとる戦術と干渉する場合、いわゆる「戦略的干渉」が生じる。Buss, *Evolution of Desire*, 13.

19 Bussは誰が父親なのか確定できないという事実が夫側の親族に警戒感を抱かせ、親の投資を思いとどまらせるメカニズムを説明している。*Evolutionary Psychology*, 236, 249. この文脈では、SingleyとSweeneyがいみじくも指摘したように、義理の母親からの支援によってシャーロットは「力を得る」ことができる。そのような支援は自動的に得られるものでも通常得られるものでもないからである。"Forbidden Reading," 193.

20 Judy Hale Young, "The Repudiation of Sisterhood in Edith Wharton's 'Pomegranate Seed,'" *Studies in Short Fiction* 33 (1996): 2; Singley and Sweeney, "Forbidden Reading," 196.

21 たとえばBlake Neviusはこの小説を「ニューイングランドの生活のスケッチ」であるとしている。"On Ethan Frome," in *Edith Wharton: A Collection of Critical Essays*, ed. Irving Howe (Englewood Cliffs, NJ: Prentice-Hall, 1962), 130.

22 Edith Wharton, *Ethan Frome* (New York: Charles Scribner's Sons, 1911), 58. すべての引用はこの版による。

23 Buss, *Evolution of Desire*, 53, 97.

24 *Ibid.*, 179-180.

25 *Ibid.*, 176.

26 *Ibid.*, 34, 35, 51-57.

27 *Ibid.*, 170, 188-99.

28 Jennifer Traversは、この小説の苦悩の究極の源泉は「小規模農家の窮状」であり、そこには「アメリカの農業と工業の緊張関係」も含まれる、という。"Pain and Recompense: The Trouble with Ehan Frome," *Arizona Quarterly* 54, no. 3 (1997), 53. Elizabeth Ammondsはこの見方を支持し、「産業化が（中略）この地域の経済を弱体化させるにつれて多くのニューイングランドの住民たちが経験していた恐怖と無力感」を強調している。"The Myth of Imperiled Whiteness in Ethan Frome," *New England Quarterly* 81, no. 1 (2008), 6.

29 Edith Wharton, "A Little Girl's New York;" in *Edith Wharton: The Uncollected Critical Writings*, ed. Frederick Wegener (Princeton, NJ: Princeton University Press, 1996), 277, 278.

30 Buss, *Evolution of Desire*, 103, 102.

31 Ammonsは、ズィーナが「おとぎ話に出てくる絵に描いたような魔女」である、と指摘した最初の評者のひとりである。彼女は「人知れず活動する、破壊的な」ペットの猫を飼っている。*Edith Wharton's Argument with America* (Athens: University of Georgia Press1 1980)1 64. Benjamin K. Fisherも同様に、ズィーナの「身体的、精神的特徴」は魔女か吸血鬼のそれを思い起こさせると指摘している。"Transitions from Victorian to Modern: The Supernatural Stories of Mary Wilkins Freeman and Edith Wharton," in *American Supernatural Fiction: From Edith Wharton to the "Weird Tales" Writers* ed. Douglas Robillard (New York: Garland, 1996) 28.

32 SingleyとSweeneyの、エルシーの「奇妙にも男性的な特質」についての議論参照。"Forbidden Reading," 183. Youngもエルシーの「中性性」や「両性具有」的な特質について"Repudiation of Sisterhood" 7で同様の指摘をしている。Stuart Clarkは「学問としての悪魔学」と「ロマンス小説」のどちらも、魔女が「何でも逆さまに」行動することを強調しているという。そのような「慣習的な優先順位の転倒」はしばしば「性的役割の転倒」を含む。"Inversion, Misrule and the Meaning ofWitchcraft;" in *The Witchcraft Reader* 2nd ed.1 ed. Darren Oldridge (London and New York: Routledge, 2008), 121. この点をさらに敷衍して、Louise Jacksonは「広く受け入れられている女らしい行動の規範に従わない」ことによって魔女の疑いをかけられた女性の歴史的な例を挙げている。魔女は「よき妻のステレオタイプの逆であり、経済的な見返りを得たり復讐を遂げたりするために自らの力をふるう」。"Witches1 Wives and Mothers" in *The Witchcraft Reader* 2nd ed. ed. Darren Oldridge (London and New York: Routledge 1 2008) 311-314.

33 Ammondsが指摘するように、ズィーナは「他者の運命をコントロールする能力があり、猫と、あるいは猫を通して、意思を疎通できるという点でほとんど魔女であるといえる」という。"Myth of Imperiled Whiteness,"24.

34 Jennifer Travisは割れた皿をイーサンとマティの「秘密の欲望」と結びつけている。"Pain and Recompense: The

Trouble with Ethan Frome,” *Arizona Qtarterly* 53, no. 3(1997): 50. Ammonsも同様に、「効果で、セクシーで、決して使われたことがなく、赤いガラスのピクルス皿」から食べることは「エロティックな親密性」を示しているという。“Myth of Imperiled Whiteness,” 27. Joseph X. Brennan は、この皿はマティと関連付けられている一連の赤いもの（例えばチェリー色のスカーフ、緋色のヘアリボンなど）の中でもっとも重要なもので、それらのすべては彼女がイーサンに示す「快楽と情熱」を強調する一助になっているという。“Ethan Frome: Structure and Metaphor,” *Modern Fiction Studies* 7, no. 4 (1961): 352.

35 Clasen, “Can't Sleep,” 331.

36 Candace Waid, *Edith Wharton's Letters from the Underworld: Fictions of Women and Writing* (Chapel Hill: University of North Carolina Press, 1991), 72.

37 Cynthia Griffen Wolff, *A Feast of Words: The Triumph of Edith Wharton* (New York: Oxford University Press, 1977), 162.

38 Brennan, “Ethan Frome,” 354.

39 Buss は、子孫を残すことに成功するかどうかは常に相対的であるとしている。つまり、所与の集団における他者との比較において成功度が決定されるのだ。自分自身の適応度を上げるために行動するだけでなく、個人は時として、競争相手が子孫を残そうとする努力を阻止することで優位に立つ場合もある。*Dangerous Passion*, 123.

40 マティの恐るべき変貌には多くの批評が寄せられている。Ammons は、テクストを詳細に分析してマティが「複製されたイメージ」として登場する伏線を探っている。*Edith Wharton's Argument*, 67. Mary V. Marchand は、分身のようなアイデンティティを社会的なメッセージ、ウォートンが「田舎の母系制社会が女性たちの脅威的なコミュニティであるとして描写している」ことの反映であるとして読んでいる。“Cross Talk: Edith Wharton and the New England Women Regionalists,” *Women's Studies* 30 (2001): 379. Fisher は、吸血鬼伝説との興味深い比較を行っており、両者とも「犠牲者が抑圧者に類似することがしばしばである」という。“Traansitions from Victorian,” 30.

41 Irving Howe, “Introduction: The Achievement of Edith Wharton,” in *Edith Wharton: A Collection of Critical Essays, ed.*

Irving Howe (*Englewood Cliffs, NJ: Prentice-Hall,* 1962), *5;* Lionel Trilling, "*The Morality of Inertia," in Edith Wharton: A Collection of Critical Essays, ed.* Irving Howe (*Englewood Cliffs, NJ: Prentice-Hall*, 1962), 141, 145.

42　Symons, *Evolution of Sexuality*, 125.

43　進化的適応としての殺人に言及しつつ「無慈悲な競争」を分析するBussは、「犠牲者のコストはライバルの利益である」と説明している。*The Murderer Next Door: Why the Mind Is Designed to Kill* (New York: Penguin, 2005), 28.

44　See R.W.B. Lewis, *Edith Wharton, 309;* Susan Goodman, *Edith Wharton's Women: Friends and Rivals* (Hanover, NH: University Press of New England, 1997), 74; Carol]. Singley,"Calvinist Tortures in Edith Wharton's Ethan Frame,"in *The Calvinist Roots of the ModernEra,* ed. Aliki Barnstone, Michael Tomasek Manson, and Carol J.Singley (Hanover , NH: University Press of New England, 1997), 168, 173, *Wolff, Feast of Words*, 183; Ferda Asya, "Edith Wharton's Dream of Incest: Ethan Frome," *Studies in Short Fiction* 35, no. 1: (1998):28. を参照。

45　Ammons, "Myth of Imperiled Whiteness,"32.

46　Carol Wershoven, *The Female Intruder in the Novels of Edith Wharton* (Rutherford, NJ and London: Associated University Presses, 1982), 20.　Fisherはウォートンが『イーサン・フローム』以外に少なくともふたつのストーリー（「レディ・メイド・ベル」と「ミスター・ジョーンズ」）で「雪景色」(snowscape)を用いていると指摘している。このような凍てついた環境では「感情的な孤立は自然環境によって増幅される」。"Transitions from Victorian," 21; 27, 31も参照。

47　Clasen, "Can't Sleep," 331.

48　Wharton, "Preface," 4.

49　Clasen, "Can't Sleep.", 326.

50　Jeffrey Andrew Weinstock, *Scare Tactics: Supernatural Fiction by American Women* (New York: Fordham University Press, 2008), 17.

51　Carroll は、文学はある特定の心理を表現するために情感豊かなイメージを用いるとし、その目的は〔読者の〕評価、感情、究極的には行動に影響を与えることだとしている。*An Evolutionary Paradigm for Literary Study*, 49.

第七章
シャーウッド・アンダーソンの「つかなかった嘘」における男性の生殖戦略

シャーウッド・アンダーソンの短編集『ワインズバーグ・オハイオ』の最高傑作のひとつとしばしば目される「つかなかった嘘」（一九一九）は、しかし、おどろくほどわずかな批評しかなされていない。[1]『ワインズバーグ』サイクルのほかのすべてのストーリーと同様、この作品も内的葛藤における啓示的な瞬間を描いている。外面的に現れる行動はほとんどなく、葛藤とサスペンスは主に主人公の心理的内面において生じており、その結果父としての、あるいは夫としての彼の両義性に焦点が当てられている。読者はアンダーソンの描くキャラクターがさまざまな、時として相互に相反する「生物学がその意志を働かせるときに個人に可能となる選択」[2]をめぐって苦闘する際に生じる抑圧された怒りという人知れぬ衝動や「隠された真実」[3]を垣間見ることになる。複数の生殖戦略の相対的利点について検討する男性の精神を描いたこの作品は、明確に進化論的な示唆に富んだテーマを持っている。

至近要因（たとえば男性の性的積極性）がいかに究極的な目標（生殖と適応度の上昇）――意識的に知覚されたり意図的に選択されたりすることは決してない――に寄与しているかを例証しているのだ。作品の主人公が、自らの性的欲望の激しさが自らを「罠にはめて」父親にしてしまった[4]と認識する時、行動の持つ至近的原因と究極的原因の間の心理学的乖離が舞台の前面に躍り出る。

アンダーソンは人生の異なる時期にあるふたりの男性の間の相互作用に焦点を当てている。ひとりは中年、「見たところ五十年配」〔小島・浜本 257〕の人物、そしてもうひとりは若く「まだ二十二」〔小島・浜本 259〕（202, 204）である。年上のレイ・ピアソンはストーリーが始まるはるか前に、もっとも重要な生殖に関する決断をしている。彼はもう結婚して何年にもなり、「六人の」〔小島・浜本 257〕子どもたちがいる（203）。レイは農地の手伝いをしており、厳しい肉体労働で家族を養うための細々とした生計を稼ぎ出している。いくつかの描写を見れば、彼が貧しいことはよくわかる。その家は「崩れかけ」〔小島・浜本 257〕ていて、子どもたちは「かぼそい足」〔小島・浜本 257〕をしており、上着は経年劣化で「破れ、襟はてらてらに光って」〔小島・浜本 264〕いる（202, 206）。レイの妻は細身で声も「きつ」〔小島・浜本 257〕く、一家が生き延びていくという根本的な問題に頭を悩ませて、ほとんどいつも心配して、口やかましく罵っている。レイの直接的適応度（生殖の成功によってはかられる）は大きいけれども、多くの子どもたちを成人させなければならないため、彼は最大限の努力をし、四六時中全精力を傾けなければならなかったし、またこれからもそうせざるを得ない。彼はかろうじて家族を食べさせていける状態であり（食べ物はその日その日に購入されている）その生活にはほとんどゆとりがない。

レイと好対照をなす存在としてアンダーソンはハル・ウィンターズを登場させる。彼は単にレイよりも若いだけでなく、体格の面でも気質の面でも社会的階層の点でも異なっている。ハルは大柄で背が高く「肩幅のひろい大男」〔小島・浜本259〕だ。対照的にレイの方は「長時間はげしい労働をするためにすっかり背中が丸くなってしまって」〔小島・浜本257〕、がっしりしたハルよりも「一フィート近くも背が低かった」〔小島・浜本261〕(203, 202, 205)。男らしさを誇示する典型的な行動をしがちなハルは「安っぽい派手な服」〔小島・浜本259〕を着て「夜遊び」〔小島・浜本263〕するのを目撃される（206, 203）。ハルは父親に殴りあいの喧嘩を挑み、その結果逮捕され投獄されてしまう。その短気で無鉄砲な行動は「口数のすくない、どちらかといえば神経質な男」〔小島・浜本257〕で「根っからまじめな」〔小島・浜本257〕ハルとは非常に異なっている（203）。共同体の内部ではハルは「悪《わる》」〔小島・浜本259〕（203）という評判がある。喧嘩早く酒飲みで女たらしの彼は「いつも何かよからぬことをたくらんでいた」〔小島・浜本259〕（203）。さほど意外なことでもないが、ハルの家族環境は「非常な名家」〔小島・浜本257〕（203）というわけではない。ハルもレイも、小規模事業主を父親に持っている。ウィンターズ一家は製材所を経営し、ピアソン一家はパン工場を持っている。（レイがなぜパン工場の経営に参画したり父親のあとを継いだりしないのか――そうすればレイはよりよい収入を得ることができるし、労働もそれほどきつくなくなるのに――は決して説明されない。）社会的立場におけるこうした相違は、ふたりの出身家庭の過去から引き出されているように見える。

ハルの攻撃的傾向は少なくとも部分的には遺伝的なもののようである。彼は悪名高き「不良」〔小島・浜本 259〕で、三兄弟のうち「いちばんの悪《わる》」〔小島・浜本 259〕である。彼らの父は「手のつけられない無頼漢」〔小島・浜本 258〕(203, 202) なのだ。彼の父、老ウィンドピーター・ウィンターズは、その死に際の無意味な暴力でもっともよく記憶されている。酔っ払った彼は自分が乗っている馬車を鉄道の線路に沿って暴走させ、ばく進してくる列車に正面衝突させたのだ。その際、この自殺行為をやめさせようとした近所の人を鞭で叩き、負傷させている。その死は無意味な虚勢のあらわれとして描写されている。特に理由なく行動したエイハブ船長のように、彼もまた巨大な敵に立ち向かい、決して屈することはなかった。「ウィンドピーター老人は馬車の御者席に立ちあがって、突進してくる機関車に向ってわめいたり、ののしったりしていた。そして、彼がひっきりなしに振りおろす鞭に狂った馬たちが、確実な死に向ってまっしぐらに走っていったとき、老人のあげた叫びは歓喜の声そのものだったそうである」〔小島・浜本 258〕(203)。この人間と機械との狂気に満ちた争いに意味があるとすれば、それはウィンドピーター老の男性的な競争への衝動の発露としてのみであり、そのおかげで彼は地元でかなりの有名人になっている。「この町の連中は口でこそ、あんな老いぼれはどうせ地獄行きだの、あいつが死んでくれて町も一安心だのといってはいたが、内心では、老人はわかった上であんなことを仕出かしたに違いないと思っており、その愚かな勇気を賞讃したい気持でいた」〔小島・浜本 259〕(203)。アンダーソンはとりわけ若い人たちが、ウィンドピーターを思わせる剥きだしの、危険極まる攻撃性を高く評価しがちであることを指摘している。「若い者であればたいていてい、食料品屋の店員などになって平々凡々の暮しをつづけるくらいなら、いっそ派手に死んで見せてやりたいと思う時期があるものだ」（小島・浜本 259）（203）。グロテスクで血にまみれ、何の意味もないにもかかわらず、蒸気を吐く怪物と一騎打ちをする男のイメージはコミュニティの歴史の中で魅力的な瞬間として生きているのである。

ウィンドピーターの最後の行動を引き起こした行動傾向は明らかに二十世紀アメリカの小さな街で過ごした彼の人生の大半においては利益をもたらすものではなかったけれども、支配を求める無軌道なまでに戦闘的な傾向はおそらくわれわれの祖先が生きていた環境では大きな利益を上げたものと思われる。彼が死後密かに称賛の的となったことは、かつては資源、地位、女性を獲得する一助となった性質に対して現代の人間に敬意が残っていることを示している。ウィンドピーター・ウィンターズの「異常でむごたらしい死」（小島・浜本 258）にまつわる英雄崇拝的傾向はさらに、なぜ彼の息子のハルが自分の父親のような評判を獲得する過程で女性の関心をうまく引きつけることができたかを説明してくれる（202）。ストーリーが始まるとき、情熱家で知られるハルは「すでに、ワインズバーグで『女でいり』という言い方がされるたぐいのことを、二、三回経験していた」（小島・浜本 260）（204）。してみると彼はまだ若いのに数人の子どもがいるようだが、子どもに対して投資はしない。その代わり、ハルは短い逢瀬を楽しみ、その結果生まれる子どもたちの世話は母親に丸投げしている。読者はハルに責任があるといわれる子どもたちの運命がどのようであったかを知ることがない。ハル自身、おそらく、「誘惑しては捨てる」という生殖戦略の結果についてはっきりとしたことはわからないだろう。しかし幸運も味方して、彼は二三歳にして既に、生殖においては妻に忠実な五十歳のレイの半分の成功を収めている。レイの現在の適応度（次世代に残すことができた遺伝子のコピーの数で表される）は3・0であり、ハルは――いささか不確かではあるけれども――1・0と1・5の間である。ドーキンスは『利己的な遺伝子』で指摘している。「自分が捨てた相手が子どもたちの一部を養育する可能性があるならば、女たらしの方が、誠実な夫や父であるライバルよりも多くの遺伝子を次世代に残す確率が高い」[5]。

コミュニティの眉をひそめさせるような行動に関しての否定的な噂が広まっているにもかかわらず、ハルは自分よりもずっと「立派な」社会的階級の貴婦人たちも含む多くの女性と関係を持っている。ストーリーの冒頭で、彼はレイ・ピアソンが雇われているのと同じ農場で仕事を始め、そこで学校の教師と近づきになり、「夢中に」〔小島・浜本 260〕なる（204）。地元の人たちは既にネル・ガンサーの運命を予見している。「誰しも、これはどうせロクなことにはなるまいと思った」〔小島・浜本 260〕（204）。捨てられる明白なリスクがあるにもかかわらずハルの好意を受け入れた他の若い女性たちと同様、ネルは明らかに父親の投資よりも遺伝子の質を優先している。[6] 彼女は配偶者の選択において、ドーキンスが「至福な家庭戦略」と呼ぶものよりも「男の中の男戦略」と呼ぶ戦略をとっている。[7] 多くの「競争での勝利を約束する資質」[8]を有しているハルは、まさにその「悪い」評判をもたらした性質のために、女性にとっては魅力的にうつるのである。大胆不遜、大柄で体力もある彼は、ルールには目もくれず、権威にも怖じ気づかない。彼の性格は、研究によって潜在的な配偶者に魅力を与えることが証明されているもの――「仲間よりも大きく筋肉質で運動神経がよく、支配的な性格」[9]――と一致している。ハルと関係を持つことは若い女性の幸福には寄与しないけれども、「高品質の」子ども――抗しがたい女たらしとして成功できる「セクシーな息子」を生み出す確率が非常に高いのだ。[10]

アンダーソンのストーリーは男性キャラクターの選択や決断に焦点を当て、彼らの意識的な思考プロセスにきわめて直接的に踏み込んでいる。ハルがレイに「ネル・ガンサーを孕ませちまった」〔小島・浜本 261〕と打ち明け、この年上の男にアドバイスを求めるところからプロットが動き出す（205）。若い男が年上の男に「結婚とかいうやつ」〔小島・浜本 261〕がその代償に見合うのかどうか尋ねるとき、二人の男の間にあったよそよそしさは消え失せる（206）。「誰もが言いそうなことを、その通りにやりさえすりゃええんだってことはわかってる」〔小島・浜本 262〕けれども、人生のエネルギーのかくも多くを家族に捧げることに二の足を踏んでいるのだ（206）。「男はどうしても結婚しなきゃなんねえのかね？どうしても馬みたいに馬具をつけられて、追いたてられなきゃならんのかね？」〔小島・浜本 261〕と彼は尋ねるのだが、レイがまだそれほどの年でもないのに腰が曲がっている姿は男親の投資がどれだけ大きいものであるかを物語っている（206）。ネルも世間の声も、まだ生まれない子どもの面倒を見るように自分を強制できないのだとハルは強がってみせるのだが、自分で選んだ道ならばその義務を負うと彼は言う。「なあ、教えてくれよ」〔小島・浜本 262〕と彼は尋ねる。「結婚してそうなるのが正しいのか、勝手にしろとネルを突っぱなすのがええのか」〔小島・浜本 262〕

（206）。

数時間のうちに、レイがまだいかなる答えも告げる前に、ハルはレイに、自分で決めた、と話す。「結婚してえんだ。そろそろ腰を落着けてガキでもつくろうと思ってな」〔小島・浜本 267〕（208）。この生殖戦略におけるドラマチックな変化の理由をハルは語らないけれども、ダーウィニズムの観点からすればこのような行動の変化は適応的である。「最適化された男性の生き方」は一部の子どもに集中的に投資し、この主要な親の投資に必要な時間と資源をそれほど多く損なわないものである限りにおいて、〔他の相手と〕短期間の性交渉を行うというものである。[11] 一生涯そうした「混合戦略」を取った場合、適応度は最大になる。[12] ハルはネルの子どもたちに高いＭＰＩ（male parental investment 男親の投資）をすることで一部の子孫の生存を確保し、その一方、既に他の女たちに産ませて捨てた子どもたちは彼の援助なしに、おそらくはほかの男たちの投資を受けて、生育することができる。さらに、将来においても、彼の戦略はこのように混合的なものであり続けるかもしれない。彼の過去の行状や、ネルと「落着く」ことにした、と告げたあとの彼の行動から考えれば、読者は将来も彼が妻以外の相手と関係を持つことを予期せざるを得ない。彼女のもとを訪れてこの嬉しい知らせを伝え、結婚式の段取りを相談する代わり、ハルはお洒落をして「町での夜遊びのために」〔小島・浜本 263〕出て行く——将来妻に誠実に尽くしそうな人間の行動とはとても思えない（206）。

一部の子孫に選択的に投資することで適応度を最大化しようとするのに加え、ハルは長期的な配偶者としてネルを選ぶという点ですぐれた進化論的選択をしている。以前にハルがつきあった女性たちについて詳細な情報はないけれども、ネルほど社会的経済的に立場のよい女性はいなかっただろうと推測するのはそれほど難しくない。教師であるネルは教養もあり、コミュニティで尊敬される立場にある。知性が備わっているのは明白である。そこで彼女はハルに高い地位とすぐれた遺伝子、給料という形でのすぐに手に入る資源を提供していることになる。ハルはこれ以上望ましい長期的な配偶者を得ることは難しかろう。だから突然に「落ち着き」たいという気持ちになったのは、ふたつの要因が相補的に働いた結果であると言える。子どもを作っては捨てることをくり返し、運を天に任せるのではなく、そろそろ親の投資を始めなければならないという（高ＭＰＩ戦略をとってきた人類の一員としての）無意識の衝動が、長期的なパートナーとして非常に望ましい人物と出会った途端にピークに達したのである。妊娠したことでネルはハルにとっていっそう望ましい存在となる。ネルは妊娠可能であることを証明し、夏の間のその場限りに見えた求愛が彼に父親としての自信を与えたのだ。

ネルがハルとつきあう前に（もちろん無意識のうちに）これらの要因のいくつかを検討したということも考えられる。これまで放蕩を尽くしてきたハルにとって自分が魅力的な投資の対象になりうると彼女が考えたとしても、その賭けはそれほど非現実的なものではないだろう。情事によって妊娠もせず求婚もされなかったとしても、彼女が失うのは時間だけ（コミュニティの倫理観によっては、評判を落とすかもしれないが）だ。妊娠し、ハルに捨てられた場合――最悪のケースだが――であっても、〔遺伝子を残すという点で〕質の高い子どもが生まれる可能性が高い。さらに、状況を処理する際、ネルは卓越した対人間、ないし社会的スキルを発揮している。ハルとの行動は確かにある点からすればあまり控え目なものではなかったかもしれないが、妊娠が明らかになったときでもハルの関与を要求せず、一歩引いたところを見せている。「ネルは馬鹿じゃねえよ」〔小島・浜本266〕とハルはレイに言う。「結婚してくれなんてこたあいわなかった」〔小島・浜本266〕(208)。心理学的に見れば、彼女は彼を支配下に置いている。〔夫として彼女の人生に〕関与するかどうかは彼女の命令ではなく彼に選択肢が与えられている。短期間の情事に積極的だったにもかかわらず、ネルは自分がハルを長期的な配偶者として受け入れるかどうかについて相手に疑問を抱かせ(したがって自らが決定権を持つことを確立し)ており、ハルは彼女の抑制の効いた行動に好意的に反応して「おれのほうが結婚してえんだ」〔小島・浜本267〕(208, 強調筆者)と結論づける。

ハルが妊娠したネルと結婚すると決意したことで彼のジレンマは解消され、外に見える行動という点からすればストーリーのプロットは終結するが、この作品の本当のドラマはレイ・ピアソンの内面にある。ハルが助言を求めたことでレイの内面の危機が生じ、彼は自分自身の過去の選択と現状について考えを巡らすことになる。ハルと同様、レイも偶然に妊娠させてしまった女性と結婚したのだ。ハルと違って「神経質」〔小島・浜本260〕なレイは彼女を捨てることは考えなかったけれども、特別な愛情は感じていなかったようである(205)。本質的には自分と同じハルの苦境を目にして、レイは親の投資が自分自身の人生を消尽させてしまったことに我知らず怒りを覚える。彼は「ぶらぶら歩いて」〔小島・浜本260〕森の中をあてどもなく何日もさまよい、「木の実を拾ったり、兎を追ったり」〔小島・浜本260〕していた若い日の自由を懐かしく思い出す(204)。漠然と「西部へ行こう」〔小島・

浜本265〕と思い、農家の手伝いをするよりもずっとわくわくする仕事につくことを夢見ていたあのころを。「船乗りになるか、それとも牧場に働き口をみつけて、馬に乗って、大声をあげ、笑い、荒々しい叫び声で家のなかにいる連中の眠りを破りながら、町々へ乗り込んでやろうと思っていた」〔小島・浜本265〕（207）のだ。生殖という見地からすれば、彼は行われなかった選択を歎き、短い間の情事を楽しむことと明らかに互換性のある刹那的なライフスタイルを思い描いている――明確にそうと口に出してはいないけれども。彼の空想の中での自画像――そこでは彼は馬に乗り、「荒々しい」快活な性格で皆を印象づけている――はウィンドピーター・ウィンターズの「派手」〔小島・浜本259〕で暴力的な最後の疾走の縮小版のように読める。レイは実際のところ、「悪《わる》」である若いハル・ウィンターズとそれほど変わらない自分、荒くれ者の自分を想像して楽しんでいるのである。人生の早い時期に、家庭内の責任に対して自らに「馬具」〔小島・浜本261〕をつけた彼は、そのような野性的な自己に自分の行動を支配させることができなかった。しかし今、突然に、彼は失われた機会を悔いているのである。彼の心の中では、自分の子どもたちが「自分のからだにしがみついて」〔小島・浜本265〕彼を奴隷にしているのだ（208）。

　妻や子を支えることに献身的になった結果、レイは年齢とは不相応に「くたびれはて」〔小島・浜本265〕てしまった。まさにそのような見通しのために、ハルは自分が妊娠させた女たちを捨ててきたのである（207）。ふたりの違いは子孫への長期的な投資に対する広く見られる男性の両義性の証拠を提示してくれる。レイとハルがお互いの目を見て、背の高い方の手が他方の肩にのせられるという、注意深く描写された瞬間は非常に感動的なものである。二人が「互いをじつに生々《なまなま》しいものとして感じていた」〔小島・浜本 262〕(205) からだ。彼らはほとんど正反対の存在である、と語り手は強調する。二人は「およそ似ても似つかなかった」〔小島・浜本 257〕。しかし、彼らは父親であることの重荷を考えるとき、共通の思いで結ばれる(203)。この作品は従って、人間は親の投資が自動的に行われる種のものではないことを確証している。ドーキンスが指摘するように、「男性は一般的に不特定多数と関係を持ち、子の世話を行わない傾向にある」[13]。そのような子どもの養育は大きなMPIを行う人間にとってさえ、遺伝子的な利益を最大化させるものとは必ずしも言えないし、常に個人的に満足を与えるものでもない。さまざまな表現型のある人類においては、アンダーソンの作品は、親の投資にまつわる決断が痛みに満ちた内的葛藤を引き起こすことを示している。

この内的葛藤が「十月末」〔小島・浜本 260〕すなわち収穫期に生じることはおそらく偶然ではあるまい(204)。エピファニオ・サン・ホアン・Jr.が指摘するように、「『ワインズバーグ』を通してアンダーソンは自然の風景を、その感情的負荷や含意がキャラクターの感情的、心理的状況に対する指標、ないし相関的な鍵として機能する客観的事実として用いている」[14]。「つかなかった嘘」においては読者は作物が生長する季節の終わりを特徴付ける作業、作物を集めて「玉蜀黍の皮をむ」〔小島・浜本 260〕く作業に従事している人々を見る(204)。語り手はとりわけ秋の雰囲気がレイ・ピアソンに与える影響を強調している。風景は「黄や赤」〔小島・浜本 260〕の「色に浸《ひた》され」「生きいきと美しかった」〔小島・浜本 264〕(207, 204)。中年のレイは「悲しいような、落着かない気持」〔小島・浜本260〕でいる自分に気づく。この夏の終わりの燃えるような美は必然的に悲しみを帯びたものであるからだ（204）。絢爛たる色や成熟した穀物は自然界が成熟の極致に達したこと、そして同時に、迫り来る冬枯れの兆候を示しているからである。毎年巡ってくるこの転換期、秋の訪れはあらゆる生命の尊さとはかなさを強力に示している。無意識のうちにアンダーソンのキャラクターは人間的な意味を季節に読み込んでそれと一体化する。あたかも、生殖にまつわる言葉で言えば、自分自身が「種を蒔き」「刈り取る」機会が終わりを告げようとしていることを予見しているように。彼らは自分自身の豊穣さ――「適応度」――をじっくり考え、手遅れになる前に子どもを作る機会を最大化させる必要性を認識するのである。

　レイは自分でも思ってみなかったことだが、ハルにネルと結婚するよう忠告したくない自分に気づく。彼は『ワインズバーグ』のほとんどすべての作品の中核をなしている「突然の認識」[15]のひとつを経験する。「既存の社会的倫理的秩序」に反する「内的現実」を一瞬にして理解するのだ[16]。年下の男に強く感情移入して、レイは「抗議せずにはおれない気分」〔小島・浜本261〕（204）でいっぱいになり、自分は、自身が経験してきた男親の投資という重いコストからハルを解放してやりたいのだ、という結論に至る。「齢をとってくたびれはてた男になるなんて、おれはハルにそんな真似はさせたくねえ」〔小島・浜本265〕（207）。レイが自身の性質を現実的に評価し、妻への誠実さを守るという妥当な選択を、自らの適応度を最大化する最良の戦略として選び取ったという事実をもっても、彼の後悔は変わらない。レイの体や精神では、手当たり次第に女性と短期間の関係を結ぶという戦略は成功したとは思えないし、したがって、〔ひとりの女性に尽くすよりも〕適応度が下がるだろう。しかし、彼は自らの選択が生んだ肯定的な結果ではなく、そうした選択の犠牲になった生き方に焦点を当てているのだ。ハルと同様、レイもまた自分がとったことのない生殖戦略に引きつけられているのだが、この年下の男とは異なり、彼にはもはや選択を修正することはできない。人生のこの時期においては確かに、浮気相手と関係するなどという資源もエネルギーも持ってはいないのだ。

レイ・ピアソンが親の投資に反対するためにすばやく組み立てる主張には紛れもない偏見と自己欺瞞がある。まず彼は自分を行為主体から切り離す。恋人の妊娠は「妙なことになってしまった」〔小島・浜本 260〕と表現され、自発的な行動の結果ではなく、子どもは単に「人生の偶然の出来事」〔小島・浜本 266〕でしかない、と彼は自分に言いきかせる（204, 208）。それからレイは、事前にいかなる約束もなされていないと主張する。「おれは、うちのミニィのやつに約束なんかしなかったぞ。ハルもネルに約束しちゃいねえ」〔小島・浜本 265〕（207）。アンダーソンの描く語り手はしかし、この主張を効果的に打ち消していく。レイはミニーに、自分と関係を持つよう「誘い出した」〔小島・浜本 260〕と記し、女性側の協力を得るために何らかの説得が必要だったことを示唆している（204）。レイは事後に厳格な「法解釈者」（constructionist）となり、結婚の契約がないのであれば、相手に与えた暗黙の保証などは無視しうるのだという。ミニーもネルも他の相手と交際していたとは書かれていないから、レイもハルも、何らかの献身的行為をほのめかしたと考えるのが妥当である――たとえ明確な形で「約束して」はいないにしても。ロバート・ライトは未婚の男性はあらゆる場合において未婚の女性よりも〔意識的に、ないし無意識的に〕「感情的な献身を誇張して、こうした偽りのもとで性交渉する」可能性が高いと書いている。〔性交渉の〕直後、「男の情熱の方が女の情熱よりもさめやすい」ことを考えれば、男性側は自らがほのめかした献身を行わない確率が非常に高い。[17]

レイの内的な対話のもっとも興味深い部分では、彼は互恵的関係の問題に言及している。ライトは人間の精神は「互恵の対称性」を必要不可欠なものと見なすようにできている、という。非対称的な取引では、結果として、優位に立っている側は多大な労力を払ってこの非対称性を弁護する「理由を考え出す」。[18] レイ・ピアソンは実際、自分とミニー（ハルとネル）の性的な関係を対称的なものと見なそうとしている。「あいつについて森へ入っていったのは、ネルだって行きたかったからだ。望んでたことは、男も女もおんなじじゃねえか」（208）。二人の行動は同じ近接的な要因（性的な欲望）に動機づけられており、両者ともその欲望は充足された、と彼は推論する。それならば、取引はそこで終わりだ。いかなる負債も存在しないのだ。「なんでおれが償いをしなきゃなんねえんだ？どういうわけでハルが償わなきゃいけねえんだ？」〔小島・浜本 265〕（208）。この不誠実な対称性についての主張はレイもハルもよく知っている生物学的な事実を偽って伝えている。受胎が生じると女性側が「支払う」ことになるからだ。好むと好まざるとにかかわらず、女性側が妊娠、陣痛、授乳、そしてそれ以上の、子どもが自立するまで養育するのに必要な時間と資源を負担することになるのである。既に進行中の生殖プロジェクト、そして一方の投資が不可逆な形で実行中のプロジェクトに投資する必要がないなどといってももう遅いのである。不公平な取引につきものの罪悪感を避けようとして、レイはバイアスのかかった思考に陥り、彼は一時、この自己中心的な論理に満足する。

最終的にはもちろん、レイはハル・ウィンターズに対して告げようとしていたこの社会的に逸脱した（そしておそらくは非適応的な）アドバイスを口に出すことはしない。さらに、男親の投資についての厳しい真実を話そうとして、自分がこの件についてずっと複雑な感情を持っていたことに気づく。気がついてみると彼は父親であることのもっと肯定的な側面を思い返している。「あばら家で、か細い足をした子供たちとすごした楽しい夕べ」〔小島・浜本 267〕（208-209）を。ストーリーは、彼がハルに与えていたかもしれない助言が、複雑な問題のただ一面の反映だっただろうとレイが気づくところで終わる。「あいつに何をいったところで、どうせ嘘になったにきまってる」〔小島・浜本 267〕（209）。アンダーソンは意図的に、このレイの言葉をストーリーのタイトルに使うことで彼の気づきをいっそう強調している。レイは人間の男性が取ることのできる生殖戦略のうち、理想的なものはないのだという事実を理解する。どの戦略にも利点と欠点がある。このために、特定の戦略に対して絶対的に賛成することも反対することもできないのだ。アンダーソンのフィクションに登場するキャラクターの内的な葛藤は、いかなる選択をしたとしても、人間の男性は自分の投資の決断を再検討し、失われた生殖の機会を後悔するようにできていることを示している。

レイ・ピアソンが読者の共感を呼ぶとすれば、それは彼の苦境が明らかに普遍的なものだからである。人類の不幸の種は「遺伝子の戦略」[19]にある。レイが、自分の子どもであると十分知っている子どもたちの責任を否定するとき（「おれのものでもなけりゃ、お前のものでもないんだ。子供なんぞ、もともとおれには関係なかったんだ」〔小島・浜本 266〕）、彼は生殖が自分の目的ではなかったという明白な事実を弁明のために自ら暴露している（208）。「性的欲望やそれに類する感情はわたしたちがあたかも多くの子孫を望んでいるかのように行動させるための自然選択によって産み出された方法である」から、レイは今や自らの至近的な欲望が生み出した予期せぬ副産物に悩まされていることになる。[20] 彼の苦悩に満ちた回想は遺伝子を引き継ぐために進化した適応的メカニズムに対する抗議の叫びである。ドーキンスが述べているとおり「DNAが受け継がれる限り、その過程で誰が、あるいは何が、傷つこうとも問題ではない（中略）遺伝子は苦しみなど気にしない。遺伝子は何も気にすることはない」[21] からである。レイは、自分が自分より大きな力に「欺された」〔小島・浜本 261〕とし、「人生にしてやられ、馬鹿な目を見た」〔小島・浜本 261〕といって非難する（204）。さらに彼は、こうした危険な力が内部から働いていたと感じている。啓示的な瞬間において、彼は自分が「遺伝子の機械」であると感じ、その意図から自らを引き離そうとする。[22]「自分の人生にたいして、あらゆる生活にたいして、人生を醜いものにするすべてのものにたいして、抗議の言葉を叫んだ」〔小島・浜本 264〕（207）。

称賛的になることも非難がましくなることもなく、アンダーソンは男性の心理における重要な要素について容赦ないまでに誠実な洞察を行っている。父親の投資に関する両義性にさいなまれる、異なる種類の、異なる人生の段階にあるふたりの男を描いているのだ。ミソジニーに対して直接的な非難をするのではなく、アンダーソンは進化の結果生じた傾向の中にその起源を求める。[23] たとえば、個人の適応度を最大化させるために性交渉の相手を搾取したり、バイアスのかかった倫理的「会計」を行ったりといった傾向である。だから、レイ・ピアソンの描写は共感とアイロニー、「辛辣と慈愛」[24]の間で見事な均衡を保っている。レイの苦境は、多くの二十世紀のアンチヒーローの苦境と同様、悲喜劇の題材になりうる。適応的なメカニズムの罠にはまり、自己正当化しようとして、この穏やかで一見すると標準的な人物は、自らの行動を駆り立てる力を認識し、それに挑戦しようとする力（わたしたちが知る限り、これは人類特有の力だ）を持っている。したがって、進化心理学の理解に貢献するだけでなく、「つかなかった嘘」は非常な明晰性を持って、文学芸術が持つ主要な有益性を例証していることになる。つまり、競合する戦略を試行し、複数の選択肢を検討し、さまざまな結果を想像する場を提供してくれるのだ。ブレット・クックが説明しているように、「人間に影響を与える多くの、しばしば相容れない力のために、われわれの芸術は、その行動と同様、時としてその登場人物を『綱引き』の対象にする」[25]。アンダーソンのような文学作品はとりわけわたしたちを魅了するのだが、それはストーリーが生み出す空間の中に、人間の存在に関する生物学的な条件に対する反抗の声が聞こえるからである。

注

1　この短編は Malcolm Cowley, “Introduction to Winesburg, Ohio,” in “*Winesburg, Ohio*”: *Text and Criticism*, ed. John H. Ferres (New York: Viking Press, 1966), 362; by Waldo Frank, “Winesburg, Ohio After Twenty Years,” in *The Achievement of*

Sherwood Anderson: Essays in Criticism, ed. Ray Lewis White (Chapel Hill: University of North Carolina Press, 1966), 119; and by Irving Howe, "The Book of the Grotesque," in "*Winesburg, Ohio": Text and Criticism*, ed. John H. Ferres (New York: Viking Press, 1966), 418. などで絶賛されている。Dieter Schultz は "Sherwood Anderson: The 'Untold Lie,'" in *Amerikanische Short Stories des* 20. Jahrhunderts, ed. Michael Hanke (Stuttgart: Reclam, 1998), 18. でこの作品についての批評の少なさに触れている。

2 Ray Lewis White, *"Winesburg, Ohio": An Exploration* (Boston: Twayne Publishers, 1990), 88.

3 Charles Child Walcutt, "Sherwood Anderson: Impressionism and the Buried Life," in *The Achievement of Sherwood Anderson: Essays in Criticism*, ed. Ray Lewis White (Chapel Hill: University of North Carolina Press, 1966), 161; Edwin Fussell, "Winesburg, Ohio: Art and Isolation," in *The Achievement of Sherwood Anderson: Essays in Criticism,* ed. Ray Lewis White (Chapel Hill: University of North Carolina Press, 1966), 104.

4 Sherwood Anderson, "The Untold Lie," *"Winesburg, Ohio": Text and Criticism,* ed. John H. Ferres (New York: Viking Press, 1966), 204. 引用はすべてこの版による。

5 Dawkins, *Selfish Gene*, 154.

6 David. M. Buss and David. P. Schmitt, "Sexual Strategies Theory: An Evolutionary Perspective on Human Mating,"Psychological Review 100 (1993): 214, 224.

7 Dawkins, *Selfish Gene*, 149.

8 Daly and Wilson, *Sex, Evolution*, 303.

9 Geoffrey Cowley, "The Biology of Beauty," *Newsweek*, June 3, 1996, 64.

10 Robert Wright, *The Moral Animal: Evolutionary Biology and Everyday Life* (New York: Vintage Books, 1994), 81.

11 Robert Trivers, "Parental Investment and Sexual Selection," in *Sexual Selection and the Descent of Man 1871-1971,* ed. B.G.Campbell (Chicago, IL: Aldine Books, 1972), quoted in Wright, Moral Animal, 61.

12 Wright, *Moral Animal,* 61.

13 Dawkins, *Selfish Gene*, 161.

14 Epifanio San Juan, Jr. "Vision and Reality: A Reconsideration of Sherwood Anderson's Winesburg, Ohio," in *"Winesburg, Ohio": Text and Criticism*, ed. John H. Ferres (New York: Viking Press, 1966), 476.

15 Alfred Kazin, "The New Realism: Sherwood Anderson," in *"Winesburg, Ohio": Text and Criticism*, ed. John H. Ferres (New York: Viking Press, 1966), 327.

16 Walcutt, "Impressionism and the Buried Life," 166.

17 Wright, *Moral Animal*, 147.

18 *Ibid.*, 273, 274.

19 *Ibid.*, 88.

20 *Ibid.*, 44.

21 Dawkins, *River*, 131.

22 Wright, *Moral Animal*, 36.

23 アンダーソンがストーリーの中でミソジニーのテーマをどのように扱っているかについては Schulz, "Sherwood Anderson," 21 を参照。

24 Fussell, "Winesburg, Ohio: Art and Isolation," 107.

25 Brett Cooke, "Biopoetics: The New Synthesis," in *Biopoetics: Evolutionary Exploration in the Arts*, ed. Brett Cooke and Frederick Turner (Lexington, KY: International Conference on the Unity of Science, 1999), 20.

第八章
『グレート・ギャツビー』：配偶者略奪の珍しい事例

F・スコット・フィッツジェラルドの一九二五年の小説『グレート・ギャツビー』は適応度に関して明らかな影響のある配偶者間の問題を扱っている。キャラクターたちは配偶者の選択、配偶者の維持、不貞、裏切りといった問題と格闘する。女性の性的な関心や貞節をめぐっての男たちの競争――そして男性の性的な関心や貞節をめぐっての女たちの競争――が、語りの多くの部分を占めている。出来事の展開において重要な役割を果たし、暴力を引き起こし、時には死に至らしめるのだ。〔作品中で〕最も重要な行動の動機は、タイトルにもなっているキャラクターによって企図された配偶者略奪の常ならざる巧妙な計画である。ジェイ・ギャツビーが、手が届かない女性――ストーリーが開幕した時点で既に人妻になって三年たつ――を手に入れようとする行為が、物語の屋台骨を支えている。第二に重要な行動の動機は、ずっとありふれた浮気であって、これがギャツビーによる、相手の妻に恒久的な配偶者の交換を迫るという「長い秘密の計画」に必要な背景となっている。[1] さらに、彼がひとりの女性に驚くほど固執していること、彼女をなんとしても手に入れようとするため大胆な計画を立てることには、既に失った女性を執拗に追い回すことは生物学的に非生産的であるように見えるかもしれないが、実は進化論的に見れば意義があることなのだ。ダーウィニズムの視点から考えると、彼の試みの否定的な側面を見過ごし、あるいは否定することを可能にした自己欺瞞のメカニズムは興味深い。彼の長期的な配偶者獲得計画は社会的、時間的現実の創造的な捏造の上に立っているのである。

トムとデイズィ

ギャツビーが失われた恋人を取り戻そうとする計画には、彼女の夫トム・ビュキャナンとの結婚を破壊することが必要となる。この結婚は予測可能なパターンに沿った配偶者選択の賜物である。ふたりは地位、財産、社会的環境の点で似通った背景を持っている。つまりふたりとも、社会的なヒエラルキーの最上位に位置する富裕な家庭の出身なのだ。彼らの「価値観と関心」の類似性は、「人種、民族、宗教」が同じであることと相まって、「似通った人々が配偶者となる傾向」[2] を反映している。トムの家はデイズィの家よりも金持ちで、彼は富裕層の中でも飛び抜けた存在である。結果として彼は「資源豊富な」男性を好むという進化の結果生じた女性の嗜好に大きく訴えかけている。[3] デイズィの美と社交性はトムの富と同じくらいすぐれており、彼女の社会的な成功を約束してくれる。デイズィは街の「若い娘たちの中でも、断然群を抜いた人気者」〔野崎122〕で、「興奮した（中略）若い士官たち」〔野崎122〕は彼女を好ましいと思い、その関心を引こうとする（59）。若く、美しい（生殖可能であることの指標）こと、〔経済的な〕資源、地位、人気、これらが相まって、デイズィは長期的な配偶者を求める男性たちには極めて魅力的な存在となっている。[4] トムは女性の視点から見て同様に魅力的な存在である。大金持ちであることに加え、彼は筋肉質で支配的な性格をしており、大学ではフットボールをしていて攻撃的な男性的魅力も備えている。[5] トムとデイズィの配偶者としての価値は、つまるところ、同様に高いのである。両者とも「ほぼ同等の好ましさ」を持った、皆の憧れとなるトップクラスの配偶者候補となっている。[6]

この夫婦の共通の関心は、消費してその偉大な富を見せびらかすことが中心になっているようである。馬と厩舎、荘園、高価な自動車、ヨーロッパ旅行などだ。トムは定職についておらず、またその必要もないことから、彼らの活動には何か特定の目的もなければ必要性もない。あちこちにでかけるのも、住居を変えるのも、特に明白な理由があるわけではない。たとえばシカゴを離れてイーストエッグに移り住むことには何らの理由も見いだせない。一度イーストエッグに行ってしまうと、またすぐに別の場所に移ってしまうのである。ニックはビュキャナン夫妻が「特別の理由もなしにフランスで一年を過したあげく、金持が集まってポロをやるような所を、あちこちと、おちつかなげに転々していた」〔野崎14〕（9）という。「転々する」（drift）や「おちつかなげ」（unrestful）といった言葉は、彼らの存在そのものが何らの目的もなく充足感もないことを示している。シカゴに住んでいたころ、ジョーダン・ベイカーによれば、彼らは「酒飲み連中」「若くて金持な放蕩児《ほうとうじ》」〔野崎 126〕（61）とパーティーをして時を過ごしていた。ビュキャナン夫妻は「集まってポロをやる」「金持」〔野崎 14〕すなわち自分たちと同様の無聊をかこつ人々と集まっている（9）。事実、金持ちであることが彼らの仕事なのだ。ニックがトムとデイズィに対して最終的にくだす評価は、彼らは「不注意」〔野崎 297〕であり、その富のために自分たち以外の存在に関心を持つことを忘れてしまった存在である。「品物でも人間でもを、めちゃめちゃにしておきながら、自分たちは、すっと、金だか、あきれるほどの不注意だか（中略）の中に退却してしま」う〔野崎 297〕（139）。したがって、彼はビュキャナンの極度の富と、グロテスクなまでに膨張した権利意識とを結びつけ、特権を持っているという前提を共有することが彼らを「結びつけている」〔野崎 297〕（139）と考えている。

読者には、ビュキャナン夫妻の結婚生活はギャツビーが登場するずっと以前から不貞によって問題を抱えていることがわかる。トムの一見無尽蔵な富は多くの社会的特権をもたらすのだが、そこには短期的に性的な関係を結ぶ相手を見つけやすいことも含まれる。読者はジョーダンから、トムがデイズィと結婚したわずか三ヶ月後にホテルの客室係と不倫していたことを知る。表面上は彼はこの情事をうまく妻から隠していたのだが、ある日、乱暴な運転によって「大型荷馬車に車をぶつけて」、「自分の車の前車輪を一つもぎとっ」〔野崎 126〕てしまうような事故を起こしてしまう。「そのときトムといっしょにいた女」〔野崎 126〕が怪我をしたことで、この事故は地元の新聞に書き立てられてしまうのだ（61）。ストーリーの後半で自動車が演じる暴力的な役割を暗示することに加えて、この事故は結婚生活の最初からトムが混合生殖戦略を取っていることを示している。つまり、彼は質のよい長期的な配偶者――そして、その関係から産まれた子どもたち――に対する長期的な投資と、日和見的な短期的な情事とを組み合わせているのである。これは実現可能である場合には最適な男性側の戦略である。こうすることで男性は手に入りうる最高の長期的な配偶者との子どもに親としての世話と資源を費やして彼らが生存し子孫を残す確率を最大化すると同時に、ほかの機会も用いて他の女性と関係を持ち、そのような副次的な相手には限られた資源を提供するのである。通常彼は妻以外の女性との秘密の関係から生じた子どもたちに対しては〔嫡出子よりも〕世話をすることが少ないか、一部の場合においては完全に放置している。そのような子孫は理想的とは言いがたい状況であっても生き延びるかもしれないから、このような不倫関係によって彼にはひとりの長期的な配偶者――たとえ彼女がどれほどすぐれた存在であっても――に献身的に尽くすよりも多くの遺伝子を次世代に遺すことができるのである。[7]

マートル・ウィルソンを決まった愛人として手に入れた後も、トムは積極的に他の女性と関係を結びたがる。新しく適応度を上げるような機会を求め続けるのだ。たとえばギャツビーのパーティーのひとつで、彼は妻の目と鼻の先で女の子に目をつける。デイズィは、彼女は「品はないけどきれい」〔野崎 173〕(83)という。トムが浮気相手として選んだ人々――ホテルの客室係、自動車工場の主人の妻、「品はない」女の子――は、男性が通常短期的な性行為の相手を選ぶ際に用いる「ゆるい基準」を例証している。[8]このようなつかの間の相手には一生かけて尽くすわけでもなくたいした投資をするわけでもないから、相手に貞節、遺伝子的なすぐれた性質、社会的地位などを求める必要はないのだ。バスが指摘するように、「性的交渉に対する男性の評価基準は、さまざまな相手に対する性的なアクセス権を得る為の戦略を暴露している」。[9] 妻――性的な抑制と貞節が要求される――とは対照的に、男性は性的に奔放であり性欲の強い相手を短期的な性交渉の相手に選ぶ。[10] マートル・ウィルソンはあらゆる点においてこの基準に合致している。既婚女性として、彼女は〔性的な〕経験がある。その性欲は顕著であり、自らが性行為の対象になりうることを明確に示す。「すぐそれと感じられる活力」〔野崎 43〕に満ち「なまめかしく」〔野崎 43〕て肉付きがよく、「体内の神経が絶えずくすぶっている」〔野崎 43〕(23)。彼女は列車で見知らぬもの同士として出会ったとき、トム・ビュキャナンに対して自分が肉体的に「すっかり興奮」〔野崎 61〕してしまったと告げる(31)。彼女はニックの前でトムの膝に座ることで礼儀作法のコードを侵犯し、ニックがたばこをすいに出ると、トムと寝室に入る――これは明らかに性的放縦のしるしである。

性的なことに関心があることをはっきり示すだけでなく、トムのような男にとっての妻にふさわしからぬ性質を持っているために、マートルは理想的な愛人なのである。ふたりのあいだの社会的な相違のために、トムは比較的小さな経済的投資で彼女を喜ばせることができる。トムと同じような地位や背景の愛人は手に入りにくいし、もし社会的に同等の女性と情事を持つことになったとしたら、相手の女性の金のかかる趣味や高く付く期待に直面することになるだろう。対照的にマートルの明らかに低い社会的経済的地位のために彼女はトムの地位と資源を称賛するようになる。彼女は彼が買ってくれる雑誌、香水、化粧品、洋服などを喜び、愛の巣として彼が借りてくれたアパートにご満悦である。トムが自分に選ばせてくれた悪趣味な家具を自慢に思い、彼女は自分たちの部屋に入るときに「王者」〔野崎48〕のように感じる（25）。トムの富を考えれば、彼はマートルのために費やすことにした資源を手に入れることなど朝飯前だ。またマートルは結婚しており、その結果として彼との関係を夫に隠さなければならないから、このことでトムにとってはもうひとつの有利な条件ができる。彼女が自分の配偶者から不倫の関係を隠したがっているために、マートルが自分たちとの関係を他人に話さないことが保証されるのだ。マートルは教育がなく社会経験も乏しいから、世間知らずで、トムの将来に関する二枚舌にだまされやすくなっている。トムはいつか彼女と結婚したいのだとほのめかすことでマートルを喜ばせ、同時に、妻の宗教は離婚を禁じている、と説明するのだ。トムと社会的に同等の人物、世故に長け事実を確認する能力がある女性であれば、これほど簡単にだまされることはないだろう。

マートル・ウィルソンがトムを浮気相手に選ぶのは、トムがマートルを選ぶのと同様、戦略的に見て健全である。他の手段では得られない物質的資源へのアクセス権は、女性が短期的な性的関係から得られる「中核的な適応的利益」[11]である。進化心理学の研究によれば、女性は「派手なライフスタイル」を持ち「多額の金を使ってくれ」て「資源に対して惜しむことがない」ような男性をつかの間の関係の相手として好む。[12] トム・ビュキャナンのような人間は、超富裕層というごく一握りの集団に属しているから、こうした女性の嗜好を利用するのはたやすいことである。彼は特権的な上流社会で自信を持って行動している。対照的にマートルの夫は自動車工場のオーナーで、人好きのするようなたちではなく、店は「みずぼらしくさむざむとして」〔野崎 42〕いる（22）。その妻として、マートルはガソリンを入れる手伝いをさせられている（22）。ニューヨークシティでトムと過ごす時間は埃まみれの貧困から悠々自適の金持ちの生活に一時的に彼女を「持ち上げて」くれる。トムと交際することでマートルは（ごく一部であるけれども）ビュキャナンの金を使うことができ、その金で、ほかの手段では手に入らなかったような品物やサービスを手に入れることができる。彼女は明らかにこの機会に舞い上がっている。マートルはぜいたくな消費（新しいドレス、サーフィン、マッサージ）の計画を立て、衝動買い（子犬）をし、気まぐれを楽しむ（ラベンダー色のタクシーに乗る）。

マートルにとっての副次的な利益は、「現在の配偶者よりも金持ちで」「成功している」男に関心を寄せられるときに女性が通常感じる自尊心の向上である。[13] トムの金で買った「豪奢な」ガウンを着て、マートルは「尊大な態度」〔野崎 51〕を取る（26）。彼女の心の中では、トムと付き合っていることで自分の社会的な地位が上昇したように感じ、貴婦人のように振る舞うことを楽しみ、洗練されているとはこういうことだと自分が思っているような「気どった」〔野崎 52〕話し方をする。また、今となっては自分よりも「下層階級」〔野崎 53〕に属していると考えるサービス係を侮蔑的に評するのである（26, 27）。トムに選ばれ、かつて知らなかったようなずっと豪勢な生活を楽しむことで、彼女の自己評価は高まったのである。結果としてマートルは、自分の夫は社会的に自分よりも下である（「あたしの靴《くつ》をなめる」〔野崎 58〕値打ちがない）、また、本当は「紳士」ではない、と思うようになる

（30）。紳士の称号に夫よりもずっとふさわしい男性が彼女に関心を寄せ贈り物をするのだから、彼女は今自分が上流階級にいる重要人物であるかのように感じている。

　マートルはトムから「浮気のもっとも重要な利益のひとつ」すなわち性的な充足を得ている。[14]明確に官能的な女性である彼女はトムを身体的に魅力的であると思い、明らかに彼との性生活を楽しんでいる。ジョージ・ウィルソンを「いかにも元気のない」〔野崎 42〕あるいは「貧血症」〔野崎 42〕などという言葉で形容しているのは、彼の活力のなさが寝室にまで及んでいることの暗示である。ウィルソン夫妻は長い間（およそ十一年）結婚しているのに子どもができないことはそうした推測を裏付けるものだ（22）。そこでマートルは意識的にそれを欲していようといまいと、トムから直接的な生殖上の利益を得ることになる。彼女は「三十代も中ごろ」〔野崎 43〕で、その生殖能力は衰えはじめている（23）。夫が「長期的な配偶関係の存在意義となる生殖的な資源を与えてくれない」のだから、彼女には〔浮気によって〕失うものはなく――適応度の点で――得るものは大きい。自らの妊娠可能性を別の男でためすことができるからである。[15]もし妊娠したら、彼女は二人の男から親としての支援を得る選択肢がある。ひとつの可能性はジョージ・ウィルソンが子どもを自分のものとして受け入れることだ。いまひとつは、妊娠によって浮気が明るみに出てしまい、ウィルソン一家の結婚生活が破綻することである。この場合、トム・ビュキャナンはマートルと子どもに私的な経済的援助を与えてくれるかもしれない。マートルはまた、子どもができたことがわかればトムが今の妻と別れて彼女と結婚する気になるかもしれないと想像しているかもしれない。

妊娠の可能性とは全く別に、マートルは（強く期待しているわけではないにしても）トムとの交際が結婚に発展するかもしれないという希望を持っている。より質の高い夫と「交換」することで彼女の社会的経済的な環境や適応度は劇的に向上する。そのような利益を実現できるかもしれないという希望が多くの女性の浮気の動機となるのである。[16] 男性とは異なり――男性は短期的な関係の相手を選ぶときに選択基準を甘くする――女性は将来の夫を選ぶ際に用いるのと同じ基準を使って浮気相手を品定めする。[17] 現在の長期的な配偶者よりも高い配偶者としての価値を持つ男性と関係を持っている多くの女性と同様、マートルも自分の愛人を夫にしたいと考えている。トムが今の妻と別れられない理由として挙げる不誠実な説明は、彼が「長期的な〔関係を持つ〕意図を装う」ことでマートルをだましていることを意味する。これは男性が短期的な性的関係の相手を求めるときにしばしば用いる戦術である。[18] 彼の献身の本当の性質は、ニューヨークのアパートメントでのパーティーを終わらせる暴力的な争いで明らかになる。これはマートルがトムの妻に対して嫉妬に満ちた怒りを爆発させたことによって生じたものだ。トムがマートルに妻の名を口にしないように言い、その命令に彼女が従わなかったときにマートルを乱暴に殴打したとき、彼女はトムが自分よりもデイズィに高い価値を見いだしていることを確信する。トムはマートルに、自分が彼女を結婚相手として見ていないことを否応なしに示したのである。事実、彼女は彼の目には、デイズィよりも明らかに劣っているために、マートルがデイズィの名前を口に出すことすら汚らわしいと感じられるのである。こうした屈辱的な現実に直面しても、マートルは出ていこうとしない。トムが与えてくれる他の利益（つまり、長期的な献身以外の利益）が十分価値あるものなので、彼女は彼との愛人関係の中にとどまるのである。自分に暴力をふるう男とは一緒にいられない、と抗議する代わりに、彼女はトムの金で買った大事な装飾品が自分の鼻から流れ出る血で汚れてしまうのを防ぐために「必死の」努力をする（32）。明らかに彼女はトムが意図するいかなる形であってもこの情事を続け、瀟洒な家具や衣服を見せびらかし、小さなアパートメントで大荘園の貴婦人を演じ続けようとするのである。

この二重の不倫関係にあるふたりは際限なく（密会を続けるために半永久的な打ち合わせを行うほど長く）愛人関係を続けようとするのだが、これはこの関係がもたらす利益に二人とも満足していることの明白な表れである。彼らはとりわけマートルの不貞を夫から隠すことによって潜在的なコストを最小化しようとする。富を使って短期間の交際相手を引きつけようとしたトムはまたしてもその富を効果的に用いて彼女の夫をだます。ウィルソンに――おそらくは転売して儲けさせるために――素晴らしい車を売ってやると持ちかけることで、彼はマートルと密会の打ち合わせをするために工場に立ち寄る口実を作っている。その行動は明らかに卑劣なものだ。というのもトムは決して約束した車を渡さないからである。彼はウィルソンを期待と失望の間で行ったり来たりさせ、ウィルソンの弱々しい抗議を社会的な勝者としてのハラスメントで一蹴する。彼は夫の疑惑をしずめるために一台分の（あるいは二三台分の）車に投資するだけの金は十分持っているにもかかわらず、ウィルソンの貧困を自らのために利用しているのである。トムはウィルソンを経済的に、そして性的にだますという二重の勝利にほくそ笑んでいるようだ。かくもうまくだしぬいたライバルを愚弄して（「あいつは自分が生きていることにも気がつかない間抜けなんだ」〔野崎 45〕）トムは寝取られ亭主に普遍的に向けられてきた軽蔑を表明しているのである（22）。[19]

トムはマートルとの関係を妻から隠しておくことにはそれほど苦労していないが、これはおそらく、配偶者の浮気に対する女性側の反応が男性のそれよりもあまり劇的ではないからだろう。進化論的に見て理解しうる理由によって、女性は〔相手の男性の〕浮気にそれほど暴力的な反応をせず、不実な亭主と別れる確率も少ない。自分や子どもに対する夫の援助を失いたくないという気持ちのために女性は夫の不貞を甘受するのかもしれない。資源がそれほど目減りせず、長期的な献身が損なわれない場合はなおさらである。[20] さらに、女性は男性が妻に裏切られたときに感じる、果たして自分が本当に父親なのだろうかという危惧に相当するものをもたない。しかしこれらの事実にもかかわらず、可能な場合には夫の裏切りを阻止するのが女性の最大の利益であることは間違いない。親としての世話や資源、社会的評判や自尊心の損失を可能な限り避けるのが適応的である。[21] 妻の視点から見てもっとも深刻な浮気の産物は一時的なものだったはずの浮気相手との関係が感情的に重要なものとなり、夫が結婚関係を解消することである。[22] したがって妻は監視したり非難したりその他罪悪感を引き起こさせるような戦術を使ったりして不実な夫の気持ちをくじき、罰しようとするのである。こうした不愉快な結果を避けるため、浮気をしている男たちは一般的に露見を避けようとする傾向にある。

トム・ビュキャナンが妻を欺こうとする試みはどちらかといえば中途半端なもので、部分的にしか成功していない。彼は妻にマートルとの関係をもちろん告げないし、愛の巣として借りたアパートメントのことも口にしない。マートルが家に電話してきてデイジィに疑われ「激しく」問い詰められたときには彼は妻をなだめようとして果たせない（15）。彼の「愛人」の存在を妻から隠しておこうとする努力が不適当なものになるのは、その無分別な公の場での行動に主として起因する。彼はマートルを「評判のレストラン」〔野崎 41〕に連れて行き、自分を知っている人たちに遭遇することで情事を公にする（21）。さらに、知人に見られて辟易し、身を隠そうとする代わりに、彼は「しゃべりちらす」〔野崎 41〕（21）。マートルを紹介することはしないものの、彼は明らかに彼女を見せびらかしている――あるいはより正確に言えば、自分に愛人がいることを見せびらかしているのだ。「トムにはニューヨークに女がいる」〔野崎 28〕という事実は公然の秘密となり、その秘密はトムが悪趣味にも浮気を公にしたことが「気にくわぬ」〔野崎 41〕と語る知人によって妻に伝えられる（15, 21）。〔妻の叱責という形での〕それに伴うコストにもかかわらず、彼は「自分より地位の低い男の妻に〔性的に〕アクセスできる」だけの力と資源を持っていることを自慢する誘惑に抗しきれない。[23] 文化人類学的な記録が示すように、世界中の男性は女性の生殖可能性を独占しようとして競争するものであり、トムは自分がこの太古からの競争の勝者であることをひけらかすことに喜びを感じている。[24] 彼は幾分かの自己正当化とともに、ふたりの女性を同時に引きつけつなぎとめておくことは自らの物質的資源、社会的支配力、男性的魅力の証拠を提供するものだと確信しているのである。自らの性的な成功を喧伝して、トムは他の男たちの羨望と嫉妬をかき立てる。彼の行動は、トムがその公然たる浮気がもたらすコストを低く見積もっていることを示している。

トムが被りうるもっとも深刻なコストはすぐれた配偶者を失うことであるが、明らかに彼はこれを恐れていないようである。結婚生活を通じて次から次へと短期間の浮気を繰り返してきたという事実は、デイズィがしぶしぶながらも彼の性的放縦を大目に見るつもりがあるというトムの考えを補強するものだ。ハネムーンが終わる前にトムがホテルの客室係と浮気していることに気づいたデイズィはその後何年もかけて夫の女癖の悪さと折り合いをつけなければならなかった。ギャツビーのパーティーの最中、トムが夕食の際彼女から離れて別のテーブルにいる女のところに行こうとするときのデイズィの行動は、彼女が夫の女癖に対して強気に出ていることを示している。「愛想よく」〔野崎173〕彼女は夫に言う「どうぞ」。そして皮肉めいた口調で、将来の浮気相手の「アドレスを書きとめたかったら、ここにあたしの金のペンシルがあるわ」〔野崎173〕と付け加えるのだ(82-83)。このやりとりにおいて、両者とも自己主張と妥協の入り交じったものを示している。トムの方は社交的なイベントに妻と出席していながら別の女性に手を出そうとする。しかし同時に、短期間の浮気のための誘惑を行うために行くのではなく「おもしろい話」〔野崎173〕を聞きたいのだ、というふりをして弁解と隠蔽を行うことで妻へのささやかな敬意を示している(82)。デイズィは直接的に脅すようなことはしないがちくちくと皮肉を言うことで遠回しに不快感を示している。表面上は明るく歓迎しているような口調で「金のペンシル」を貸してあげましょうかという諸刃の剣のような申し出をすることは、彼女がトムの浮気に気づいていていて、自分はただの馬鹿者ではないことを彼に知らせようとしているかのようである。しかし彼女の皮肉には「また始まったわ」というようなトーンがあり、聞くものは、彼女がトムの浮気に対して何ら積極的な手段に出るつもりがないと考えることになる。

デイズィはこの結婚生活をめぐる決闘においてはあっぱれな敵であり続ける。彼女は印象的な言葉の武器を持っているからである。その夏のはじめ、マートルの電話によって引き起こされた気まずい雰囲気の中で、デイズィは客の前で「ロマンチック」〔野崎 29〕な夜を皮肉めいた調子で褒めそやし、彼女とトムがジョーダンに与えうる「いい影響」〔野崎 35〕についてあざけるようなあたたかみをもって称揚することによってトムを苦しめる（16, 18）。彼女が遠回しな非難を彩る「ことさらはしゃいだような口調」〔野崎 29〕のためにそれらはとりわけ効果的なものとなっている（16）。それらはまた、答えようのないものだ。トムはデイズィの攻撃的な非難に対し「無惨にも」コーナーに追い込まれる（16）。涙ながらの懇願ではなくとげとげしい機知で罰することによって、デイズィは自らの価値に対する自信、夫の不実がしばしば損壊する自信を表明している。[25] 自らが阻止し得ない行動に対抗するため、彼女は夫を公衆の面前で非難しおとしめる。トムの方はデイズィに対して、あるいはデイズィがいるところで、決して浮気を認めないのだから、この非難に対してなんら弁解も反論もすることができない。このようにして彼女は夫にコストを負担させる。不貞から彼が得た優位性に対して心理的な不快感と社会的な嘲笑という代償を負わせるのだ。この夫婦は膠着状態に陥っている。トムの方は性的な自由を謳歌しており、妻はそれを怒りながらも受け入れている。妻は懲罰的な言葉によって報復する。可能な限りにおいて夫が浮気で得たプライドと喜びを損なおうとするのである。

ギャツビーとデイズィ：第一段階

夫の側の混合生殖戦略の実践を含む、配偶者選択と相互の妥協についての古典的なパターンを考えれば、ビュキャナン夫妻の結婚は多くのダーウィン主義の原則を適切に例証している。事実、トムとデイズィの関係が進化論的に見て予測可能な特徴を持っていることは、なぜ読者が彼らの関係について関心をほとんど持たないのかを説明してくれる。ブライアン・ボイドが指摘するように、「凡庸で予測通りのストーリーを楽しむものはいない」。読者は「並外れたもの」すなわち「異常なキャラクターや出来事」(115)に引きつけられるのだ。[26]読者の関心はキャラクターや彼らの置かれた苦境に感情移入することで喚起されることもあるが、フィッツジェラルドがビュキャナン夫妻という「恐ろしく単純な」ふたりを描写するやり方にはいっこうに共感を呼ぶものがない。[27]彼らの共通の関心や価値観は下劣なもので、トムの不貞やデイズィの「洗練された」受忍はいずれの人物に対しても好意的な印象を呼び起こさない。「第三の女」として登場するマートル・ウィルソンはあまりにも粗野で欲深いから共感を覚えない(17)。この三角関係の誰も、魅力的な卓越性をおびていないのである。この状況は不幸だが憐れみをかき立てるほどではなく、みじめだがスリルに満ちているわけでもない。この同性間、異性間の葛藤を興味深いものにするためには第三者の侵入が必要なのである。その第三者、謎に満ちたジェイ・ギャツビーは、その動機、目的、方法の点で十分に常軌を逸しており、読者の好奇心を引きつける。デイズィ・ビュキャナンを追い求める際、ギャツビーは通常の適応的戦略を魅惑的な探求に変えるのである。

ギャツビーとデイズィ・フェイとの一九一七年夏のロマンスは明らかに、この女性が彼にかくも強力な影響を与えた理由とその様態を明確に示している。下層中流階級の出身であり「語るべき過去もない無一文の青年」〔野崎 245〕である二五歳のギャツビーは一八歳のデイズィの美しさ、社交性、高い地位、そして物質的な富に魅了される（116）。彼女がもたらす、高嶺の花の上流階級についての印象について描写するために彼が見いだせる唯一の適切な言葉は「良家の」（nice）だけである。「彼女は、彼がはじめて知った『良家の』娘であった」〔野崎 244〕（116）。触知不能だが厳然として存在する階級の壁——「眼《め》に見えぬ有刺鉄線」〔野崎 244〕——は平常時であれば彼らが知り合うことを阻止したであろうが、戦時中の兵役によって彼は「隠《かく》れ蓑《みの》の軍服」〔野崎 245〕（116）を着ることができた。制服がもたらす匿名性を利用して、彼は配偶者としての価値が自分より天文学的に上回る女性に求婚するのである。彼女が彼にとって「わくわくするほど好まし」〔野崎 244〕い存在になり、彼の執着を生み出すのは、この相対的な配偶者としての価値の乖離である（116）。ギャツビーのさえない育ちを考えれば、デイズィの豊かな生活はほとんど魔法の世界のように見える。彼女の「美しい家」〔野崎 244〕は「豊かな神秘感」〔野崎 245〕がただよい「はなやかな情事《いろごと》」〔野崎 245〕を約束してくれる（116）。「これまでにデイズィに想《おも》いを寄せた男がいっぱいいる」〔野崎 245〕という事実はさらに彼女の値打ちを裏付けてくれる。[28]「デイズィはギャツビーにとっては完全性の権化であり、社会的な成功と自己実現のほとんど手が届かない理想である」とピーター・L・ヘイズは言う。[29]彼女をかちえることは、ギャツビーがプリンセスに選ばれる農民の役を演じるおとぎ話の世界なのである。バート・

ベンダーが指摘するように、彼らのロマンスは「女性が自分よりも優れた男性を選ぶ力を持っており、男性は選ばれるために苦しむという事実」の例証である。[30] デイズィと結婚することは若いギャッツビーにとってあらゆる点で適応度を向上させる。子どもを作りよい遺伝子を遺せるというだけでなく、彼女は彼に高い地位と富をもたらしてくれるだろう。子どもたちは上流階級の特権を得てエリートの社交的ネットワークをフルに利用できるに違いない。ギャッツビーはこうした適応的な利益に意識的に集中しているわけではなく、そうする必要もない。「ダーウィニズムに基づく配偶者の評価は意識的にダーウィニズムに基づく必要はない」。[31] 近接メカニズムの作用が彼の欲望をかき立てその献身を確固たるものにするのである。

最初は、ギャッツビーの目的は短期的なもので「できるだけのものを奪って退散する」〔野崎 246〕ことであった。しかし一時的な性的関係のもたらす利益は長期的な関係から得られるものよりも限られている（116）。デイズィは――デイズィとの結婚は――「聖杯」〔野崎 246〕となり、一貫した、宗教的なまでの熱意で求める目標となった（117）。デイズィの持つ生殖能力を、神秘的な回復力を持つ古の伝説の黄金の杯にたとえることは、ギャッツビーにとっての彼女の「輝くような」重要性を物語っている。デイズィの配偶者としての価値は彼よりもはるかに上回っているので、彼女を妻として迎えることはほとんど不可能な夢物語である。ニックが説明するように、ギャッツビーが全精力を傾けてデイズィを追いかけるのは彼が女性に不慣れなためでも〔ほかの〕女性を引きつけることができないからでもない。「彼は若くして女を知っていたが、女は彼を毒するというので、軽蔑《けいべつ》するようになった」

〔野崎160〕（77）。デイズィを抗しがたく魅力的にしているものは他の女性と違って彼女が「黄金の」〔野崎196〕価値を持っているからである（94）。このたぐいまれな、好ましい女性を自分が「愛して」おり、意識せずに彼女に「献身的になっている」ことに気づいてギャツビーは驚くが、このことで彼は「進化の執行者」としての感情の重要性を例証している（117, 116）。[32]

最初の「愛のひと月」〔野崎248〕の間、ギャツビーのデイズィに対する求愛は成功裏に進んでいるように見える。デイズィは彼に性的にも感情的にも屈し、彼を「愛している」という（117）。しかし彼女の関心を得るために彼は欺瞞を用いている。「うわべをいつわって」「自分が彼女と同じような社会層の出だと彼女に信じさせ――十分彼女の世話をみてやれる男だと信じこませた」〔野崎246〕（116）のである。戦争という邪魔が入らなければ、デイズィの家族がギャツビーの素性をしらべ、どうやって妻を養っていくつもりなのかとたずねるから、ギャツビーの希望は砕かれたであろう、と読者は推測することになる。ギャツビーは進化論的に見て妥当な推論を用いて、自分の生まれや育ちが露見すればデイズィは自分への愛着を失うだろうと考える。海外に派兵されることになり、こうした事態は避けられる。しかし彼はこの機会を正当に評価しているようには見えず、デイズィとの文通でさらなる嘘を重ね、結婚してほしいと懇願するのである。ルイヴィルに早く戻り、彼女が他の男と結婚するのを阻止できたとしても、その意図を実行するのは難しかっただろう。彼は軍隊で昇進したが、経済的な状況を改善する機会は得られなかった。だからおおっぴらに求婚するような立場にはないことになる。彼には駆け落ちの計画はなく、堂々と披露宴を挙げ、妻の家庭からの援助を受けたいと思っている。このようなことは起こりうるはずがない。〔妻の実家からの〕調査があり、彼の正体が露見するのは避けられないからだ。ギャツビーはこうした気をそがれるような事実に直面しているようには見えず、デイズィをだますのとほぼ同程度において自分をもだましているのである。

ギャツビーがヨーロッパから帰ってくる前にデイズィが彼を捨てて別の男と結婚したため、ギャツビーの欺瞞に満ちた自己紹介は疑問を呈されることがなく、彼も恥をかかずにすんだ。デイズィが明らかに私的な〔結婚の〕約束をした恋人を待たなかったことについては進化論的な説明がつく。ジョーダンが提示した、どこか曖昧な時系列によれば、デイズィはギャツビーが出発してからおよそ一年後、活発に社交活動を再開した。花の一八歳の一年間を棒に振ったわけである[33]。彼女がギャツビーとの関係においてかなりの未練を残していたという証拠はまだある。たとえばフランスに行く彼を見送りに東部に行こうとして果たせなかったことなどだ。トムと結婚することについて気が変わったという土壇場での酒の上での主張（「みんなにね、デイズィは気が変りましたって、そう言ってちょうだい」〔野崎 124〕）は〔ギャツビーへの〕執着を示すさらなる証拠である。もっとも彼女は教会で、トムを捨てることを翻意させられるのだが（61）。彼女のギャツビーへの執心は〔次第に弱まっていくとはいえ〕本物である。それを長期間維持できなかったのはそうする力が欠けていたからと言うよりもむしろ、恋人への思いを損なうような多くの要因があったことによる。

最初の要因は秘密性である。明らかにこの二人は自分たちの〔結婚の〕意図を誰にも漏らしていない。この秘密性は明らかにギャツビーの偽りの副産物である。現在の「文無しの」状態でデイズィの家族に調べられたくなかったのだ。デイズィの両親は彼の出発した後の年に彼女の社交界へのデビューの資金を出している。これは既に彼女に婚約者がいたら無益なことであるから、両親は彼女がまだ婚約前だと思っているわけだ。つまり彼女は「外界の圧力」（すなわち、ジェイ・ギャツビーとの知られざる関係を知らない世界の圧力）を受け、一般的なデビュッタント（社交界デビューを果たしたばかりの人物）のように振る舞うことを求められている。求婚を待つ若い女性として、彼女は恋愛市場で活動することが期待されている（118）。彼女はデビューの時およそ一九歳であり、生殖という点で考えれば配偶者の価値の頂点に達している。友人も親戚も彼女が現在の機会――時間が経っても増えることはない――をフルに利用することを期待している。デイズィは生物学的、社会的圧力によって動機づけられているように見える。「しじゅう彼女の中のあるものが、決断を求めて泣いていた。彼女は、いま即刻に、自分の生活を固めてほしかった」〔野崎 249〕（118）。進化心理学の視点から見れば、デイズィの不安は少なくとも生殖に関する不安として説明が付く。彼女は青春の、子どもが産める時間を、その場におらず、最高の交配の機会を失わせてしまうかもしれない男を待つために浪費しているのではないかと考えているのである。恐ろしく金持ちで社交的に支配的なトム・ビュキャナンがその場に現れると、彼女は「彼の容姿も彼の地位も、堂々として押し出しが」〔野崎 250〕あるので、この機会を見送らないことにする（118）。減っていく交配の選択肢、衰えていく配偶者としての価値について心配することをやめ、トムを受け入れる決断をすることは、不在の恋人に対する思慕の念との「いくらかの苦悶《くもん》」〔野崎 250〕を引き起こすとは言え「いくらかの安堵《あんど》」〔野崎 250〕をもたらすものである〔118〕。

そこでトムの夫としての明らかな望ましさが、デイズィがギャッツビーをこれ以上待たない決断をする上での最終的な要因となっている。自らの高い価値に対する至極もっともな自信にもかかわらず、人並み外れて優れた求婚者に関心を持たれたことで「デイズィの虚栄心はくすぐられた」〔野崎250〕〔118〕。彼女は美しく人に愛され、金もあるけれども、トムの一家は彼女の家よりずっと金持ちであり、その社会的立場もそれに応じてずっと強力なのだ。彼の求愛は彼女を満足させる。これは彼女が彼の配偶者としての価値が少なくとも彼女と同じくらい高いと判断したことの明らかな証左である。この同等性は既に述べたように、彼女がトムを選ぶことの理由を説明するだけでなく、〔ギャッツビーとの〕関係から身を引く十分な動機にもなっている。ギャッツビーは彼女に、自分の社会的背景が彼女のものと「同じような」〔野崎246〕ものだと説得し、偽りの「安心感」〔野崎246〕を与えていたとはいえ、彼女よりもずっとより資源ないし地位を持っているという証拠は示さなかった〔116〕。未来の夫がエリートの社会的経済的階層出身であることを当然視するデイズィにとっては、夫が「十分彼女の世話をみてやれる」〔野崎246〕だけではそれほど喜ばない。これは最小限の期待だからである〔116〕。ギャッツビー――その長期間の献身は自分よりも配偶者の価値がずっと上の女性を手に入れることが動機になっている――とは異なり、デイズィはギャッツビーの配偶者としての価値は自分と同じ程度であると考えている。デイズィが知る限り、彼の社会的経済的環境はほかの多くの求婚者たちとそれほど変わらない。結果として、ギャッツビーと過ごす未来についての彼女の考えは、ギャッツビーを魅了したような魔法の約束といった要素はないのである。

デイズィはギャツビーがデイズィに魅力を感じたのと同じようにトムの好ましい性質に目がくらんだわけではないが、彼女はトムが与えてくれるものにはよい印象を持っている。その印象があまりにもよかったために、自らが受けている圧力に鑑み、彼を配偶者に選ぶ決断を即時に行ったのである。彼女は手中の鳥を逃がさないことにしたのだ。ギャツビーが〔結婚を阻止するために〕帰ってくることができた場合は「彼女の側に彼がいる」ことによってデイズィはライバルを拒絶したかもしれない。しかしギャツビーが偽った自らの背景の問題が結婚の障害になったに相違ない（118）。デイズィはもちろん知らないが、あらゆる角度から見て、彼女がギャツビーとの約束を破る決断をしたのは自己防衛のためであった。見るものにとってはあまりほめられたものではないが、戦略的には理解しうるものである。ギャツビーを待つのではなくトムを受け入れることで、デイズィは極めて現実的な利益を手に入れる。自分自身とこれから生まれてくるであろう子孫のために経済的社会的によりよい資源を確保するだけでなく、長期的な配偶者と生殖の機会を待ち続けることで生じる機会損失も避けているからである。

エラー管理理論は彼女の行動の動機となる進化論的な論理を示すのに役立つ。きわめて無意識的な計算に基づき、デイズィは「よりコストのかからないエラー」[34]を特定した。トムと結婚するよりもギャツビーを待つ方が失うものが多いのだ。トムと結婚することに伴うコストはより忠実でより相性のよいパートナーを失うことである――これはデイズィの直接的な適応度というよりもむしろその個人的な幸福に影響する損失である。（自然選択は、進化論の研究が繰り返し示しているように、幸福ではなく「遺伝子の増大」に寄与する）[35]。対照的にトムを拒絶してギャツビーの帰りを待つことはさまざまな理由からよりコストのかかるエラーとなる。ギャツビーの不在は非常に長く続くかもしれないし、そもそも帰ってこないかもしれない。彼を待っている間、デイズィは取り返せない交配の機会を失うかもしれない。つまり、トム・ビュキャナンほど婚姻上の優位性を多く提供してくれる男性から求婚されることはまたとないかもしれないのだ。待っていた結果、子どもを持つ時期は遅くなり、生涯にわたって子どもが持てなかったり、子どもの数が減ってしまったりすることもありうる。ギャツビーが帰ってきたとしても、長期的な配偶者としては彼女が想像するほど望ましい人物ではないかもしれない。読者が知っているように、この最後の懸念はリスクではなくて事実なのである。ギャツビーがルイヴィルに予定通り戻ってきて求婚を続けたとすれば、デイズィは必然的に彼の社会的経済的状況を知ることになったであろう。この調査プロセス、そしてその結果として生じる関係の破綻は感情的に苦痛を与えるものであると同様社会的にも不利益をもたらすものとなるだろう。これがギャツビーとの関係を続けることによって彼女が払ったかもしれないコストなのである。

ギャツビーとデイズィ：第二段階

進化の結果生じた適応によって善くも悪くも影響された決断によってデイズィがトムと結婚すると、ギャツビーの彼女への求婚は終わることになる。しかし、新しいロマンスの相手を探す代わりに、彼は自分を捨てた女を追いかけることで読者の期待を裏切る。失った女を取り戻すためのギャツビーの長い秘密の作戦がこの作品の中核にあり、読者をその大胆さと創造性で魅了するのである。その計画が奇妙であり、その成功が並外れていることも、こうした魅力の秘密である。この三年越しの求婚に関する最初の尋常ならざる特徴は、デイズィの生活から姿を消すという決断だ。実生活でも文学作品（たとえばゲーテのウェルテル）でも、同様の状況に置かれた他の多くの男たちとは一線を画して、ギャツビーは彼女に面会や文通を望まない。これは賢明な戦術である。ギャツビーはこびへつらった負け犬のような風をしたりして現れることはない――こうしたタイプを女性が配偶者として選ぶことはない。[36] 彼は忘れられるリスクを冒して（もっとも、一九一七年の交際の激しさを考えればこれは取るに足らないリスクだろう）はいるが、彼女の視界から完全に消え去ることで奇襲の準備をする。その念入りな準備が終わると、彼は輝かしく、デイズィの生活に再登場する。こうして二重の魅力が生じる――新しいものの持つ魅力と、なじみあるものの安らぎである。彼は栄光に満ちた奇襲で彼女の生活に侵入するが、これは彼女が既に恋愛の相手にふさわしいと判断した男の理想的な再創造である。彼は魔術師のように、「魔法の世界」を作り出そうとする。その中では、少なくとも一時的には、「外見が社会的現実になる」[37]のだ。

ギャツビーの変貌におけるもっとも重要な要素は物質的資源の獲得である。デイズィの上流階級の期待にこたえ、その非常に金持ちの夫と効果的に張り合うためには、異常なまでの莫大な富を蓄積する必要があると彼は正しい判断をする。デイズィから遠ざかっていた退役後の三年間、そのエネルギーはこの目的に向けられている。さらに彼は、この新しく獲得された資源は目に見える形で示されなければならないと考える。デイズィが彼を捨てて、その富が、ニックの言葉を借りれば「息をのむような」豪奢なライフスタイルを可能にさせている男と結婚したのであるから、ギャツビーは彼女の関心を再度引くためには自らの財産を見せびらかす必要があると考える。デイズィと世間に、ギャツビーはおよそあらゆるライバルよりも上であると証明しなければならない、というわけだ（8）。ヨーロッパ様式の大豪邸、特別製の自動車、「有名人」〔野崎 148〕を招いた素晴らしいパーティーなどを用いて、彼は女性が普遍的に持つ資源への関心を標的にし、典型的に男性的な「展示と説明」戦術を用いている（71）。男性は「配偶者を引きつけるために非常な努力をして資源を見せびらかす」とバスは言う。[38] ギャツビーはその非常に長い配偶者獲得のための努力の間に蓄えた富を雄弁に物語らせることにするのである。ギャツビーの求婚のこの側面について論じているフィリップ・マクゴウアンは、ギャツビーは彼の経済的な変貌を、物事を変化させる金の力を利用し、「スペクタクルとエンターテインメント」「イリュージョンのライフスタイル」を作り出すことで裏付けていると主張している。「サーカスの主人」、「現実というカーニバルの演出者」である彼は新しく手に入れた富に魔術的な力を吹き込み、いっそう魅力的なものにしているのだ。[39]

ギャツビーはデイズィとの再会を注意深く計画し、最初の出会いの際に彼女が自分の「巨大な」〔野崎 144〕家を見て、その富の規模を理解できるように仕組んでいる（69）。「マリー・アントワネット好みのサロンやレストレーション風の客間」〔野崎 148〕、「寝室」「バスルーム」〔野崎 149〕を案内しながら、彼は詳細にわたってその所有物を誇示していく（71）。屋敷の公的な部分から私的な部分へと意図的に移動し、最終的にはその案内を寝室で終えて、デイズィが彼の富を性的な要素や交配の機会と結びつけるように仕向けるのである。ギャツビーは彼女に「純金色のトイレタリー」〔野崎150〕を見せ、彼女がすぐに、彼のヘアブラシを使って髪をとかし始めるのを見て喜ぶ。これはデイズィがこの絢爛たる資源の誇示に肯定的に反応していることを示すものだ（72）。この場面は彼が彼女の目の前で高価なイギリス製のシャツを「入り乱れた色とりどりの色彩を展開」〔野崎151〕させながら放り投げ、積み重ねていくというよく知られた光景でクライマックスに達する（72）。この豪奢な衣服の顕示の背後には（意識していないとにかかわらず）妥当な計算がある。進化人類学者たちは、女性はあらゆる文化において「高価な」衣服に魅力を感じることを指摘している。彼らは「衣服の金額や高い地位」に敏感である。[40] 私的かつ豪華な、ギャツビーの「きれいなワイシャツ」〔野崎151〕の「柔らかい豪奢《ごうしゃ》な山」〔野崎151〕はデイズィを感動させ、彼女は滂沱として涙を流す（72）。「象徴的な性行為」において彼は自らの身体を包んでいた豪華な衣装を広げて彼女に称賛させ、ロマンティックな性行為に至る強い感情的強度を持つ反応を引き起こすのである。[41]

金で買った素晴らしいものを見せびらかしながら、ギャツビーはデイズィを自らが手に入れた資源で圧倒する。彼がそれらを手に入れたのは、実際のところ、まさにこの反応を引き起こすためだったのである。彼はまたデイズィを自らの献身で印象づけようとする。長期的な配偶者を求める女性は資源とほとんど同じくらい男性側の献身を評価する。男性は自分が選んだ配偶者とふたりの子どもに対して金、時間、エネルギーを安定して投資する意志を示さなければならない。たとえば感情的に相手に寄り添い支援するなど、寛大さと親切さの表明は通常献身の証拠として解釈される。[42] 中でも「継続して求婚すること」が、求婚者が「行きずりのセックスよりも多くのことに関心を持って」おり、長期的に同じ未来を共有することを望んでいるのだと納得させる傾向がある。[43] したがって時間をかけてデイズィに自邸を案内していくというこの念願の「ツアー」の間、ギャッツビーは驚くほどの富と同様、彼の長期的な誠実さの証拠も提示する。ギャッツビーはデイズィの名前や写真が載っている新聞記事のコレクションを見せる。「切り抜きがいっぱいあるんです――あなたの切り抜きが」〔野崎153〕(73)。ギャッツビーの驚くような再登場と繰り返される求婚は最初の内は成功しているように見えた。デイズィは彼の秘密の、揺るがぬ愛情を発見して好意的に反応する。ギャッツビーは彼女をある程度の強度を持つ浮気の情事に誘い込むのに十分な忠実さと富を提示するからである。彼女はギャッツビーをその夏が終わるまで「非常に頻繁に――午後に」訪問するのだ(88)。

ギャッツビーとデイズィ：第三段階

デイズィの性的な関心は得ることができたものの、ギャッツビーは長期的な目的、すなわち彼らの関係を結婚に昇華させるという目的には失敗してしまう。この失敗にはふたつの重要な理由がある。ビュキャナン夫妻の絆が強かったことがひとつ、ギャッツビーが富と地位を混同していたことがひとつである。既に述べたように、デイズィのトムとの結婚は重要な共通点に基づいていた。社会的経済的背景、上流階級として持っている関心の対象が似通ったものであったため、トムの浮気によって摩擦はあったが、ふたりの関係は安定していたのである。子どもに対しては共通して投資していたから、さらに安定する要因となった。デイズィが早い時期にニックに、トムと結婚して「ずいぶんつらい思いをした」「何もかも素直に信じられなくなっちゃった」〔野崎 31〕と打ち明けたとき、ニックはその不満が「根本的にまやかしものだ」〔野崎 32〕と強く感じる（17）。状況を変えるために行動を起こすのではなく、彼女は結婚と「すべて」に対して「すれちゃった」〔野崎 32〕という幻滅を語ることで自己満足にも似た喜びを抱いているように見えたのである（17）。ニックが指摘するように、逆説的にデイズィの不満は彼女のトムとの絆を強めることになった。彼らの倦怠感に満ちた、すべて経験済みであるといった斜に構えた優越感のせいで、彼らは「著名な秘密結社」〔野崎 33〕、金持ちで「すれちゃった」〔野崎 32〕仲間たちで構成される小規模サークルの会員権を得たのであった（17）。小説のずっと後になって、ニックはビュキャナン夫妻の絆の強さを再び証言する。台所でのふたりの行動を描写する場面だ〔ギャツビーとトムとの間の劇的な対決と、マートルの命を奪った事故の後の場面である〕。静かな場面である――トムは「しきりと話し」〔野崎 241〕、半分愛情深く、半分独占するような様子で、デイズィの手を覆うように握っている（113）。トムとデイズィの二人は「自然の親しみ」〔野崎 241〕を示しているだけではなく「二人で何か陰謀をたくらんでいる」〔野崎 241〕ように（113）見える。デイズィとトムが共謀者であるというイメージは、彼らの結婚が共通の利益にかないエリートの特権を守るために作られた永続的な同盟であるというニックの理解を支持するものである。

この結婚に関する背景を考えれば、デイズィが愛人と夫との間の決闘の最中、たちまち崩れ落ちてしまうのは驚くほどのことではない。デイズィは新しい男に人生を賭けるのを拒否する。ギャツビーの華々しい再登場で毎日の退屈は紛らわせたけれども、デイズィは明らかに、彼の提示する、ずっと一緒にいるという申し出を真剣な計画としてではなく心地よい幻想として受け入れている。より乱暴な形で言えば、彼女は彼を夫の候補としてではなく不倫相手としてみているだけである。彼女はこのロマンスがもたらしてくれる短期的な利益に満足している。性的な喜びに加えて、デイズィは自尊心を十分異常に満足させることができる。ギャツビーが五年間も彼女を思い続けてきたことはひじょうに彼女を舞い上がらせるもので、デイズィの価値を裏付けている。彼女はギャツビーの熱に浮かされたような献身をトムの多くの浮気に対する正当な仕返しであると考えているかもしれないが、結婚生活の安定性を捨てる気は全くないのだ。夫と愛人の対決の最中のデイズィの行動をニックは「自分のやってることにようやく気づいたというように――こんなことをするつもりは最初はなかったというように」見えた、〔野崎 217〕と描写している（103）。

ギャツビーという脅威に対するトムの反応は、ギャツビーが提案する配偶者の交換が何を意味するのか、デイズィに十分わからせるように計算されている。トムはデイズィに、「どこの馬の骨かわからぬ野郎」〔野崎 213〕との生活がどれだけ危険なものになるかを話す（101）。彼は配偶者維持の努力のすべてをライバルをおとしめることに使う。これは競争相手に対して男性も女性もよく用いる戦術である[44]。トムはギャツビーに社会的地位と上流階級のつながりが欠けていることを暴露し、デイズィに、愛人が「自分と同じ人種」ではないことを気づかせる。ギャツビーの怪しげな商売、褒められたものではない人々との交際、おそらくは非合法的な事業についての情報を提供する。デイズィの求婚者は「酒の密売でもやってる男」〔野崎 221〕で「ちゃちな詐欺師《さぎし》」〔野崎 220〕なのだ、とトムは軽蔑したように言う。ギャツビーは「台所口に食料品」〔野崎 216〕を届ける階級の人間なのだと(104, 102)。ニックが見るところ、トムがこうした軽蔑混じりの非難をする間、デイズィは「怖《こわ》そうに眼を見はりながら」〔野崎 222〕見ている(105)。彼女のギャツビー像が回復不可能なまでに毀損されてしまっただけではなく、デイズィは彼との結婚を、自分がいつも暮らしてきた特権的な社会的経済的環境から放逐してしまうという危険性に気づくようになる。高い地位、社会的影響力、上流階級とのつながりによって得られてきたセーフティネットは、トムを捨ててこの「どこの馬の骨かわからぬ野郎」〔野崎 213〕と結婚すれば失われてしまうのだ。

トムの怒りに満ちた非難を次第に「激昂《げっこう》」〔野崎 219〕しつつ聞いていたギャツビーは、なぜ自分がデイズィを失いつつあるのか完全に理解していない(104)。最初から、デイズィと自分自身との階級の大きな違いについては気づいていた〔実際この違いが、デイズィの彼にとっての魅力の重要な要素であった〕けれども「今や愚かにも、彼は自分が稼いできた金がそうした社会的ギャップの多くを消してしまったのだと信じ込んでいた」[45]。彼は絢爛たる富を誇示することで彼女を取り返すつもりだったのだが、はじめから、その計画には致命的な欠陥があることを知らなかった。富だけではエリート階級には入れないのだ。物質的資源が社会的特権とほぼいつも結びつくのは確かだが、社会の最上級層においては新入りの金持ちが上流階級の地位を手に入れるのは通常二世代以上かかるのである。ギャツビーが豪邸を買ったウェストエッグの「生《なま》の」〔野崎 176〕美とビュキャナン夫妻が屋敷を持っている、より落ち着いた「地味な」〔野崎 12〕イーストエッグとの違いについてのニックの描写はギャツビーがデイズィ・ビュキャナンを追い求める際に直面しなければならない階級の障壁を示している(8)。[46] 社交的な教育と、その結果獲得された趣味の顕著な相違は、行動、動機、交際相手、考え方のより根本的な相違を示している。イースト・エッグの基準では、ギャツビーの富の見せ方は派手すぎる。ヨーロッパのホテルを模した彼の邸宅は見栄っ張りであり、ピンクのスーツは悪趣味に映る。そのパーティーは「幾多の色と音が渦巻《うずま》く乱舞」〔野崎 170〕(81) に過ぎない。古くからいる富裕層の代表たるトム・ビュキャナンは高価だが目立たない車（青のクーペ）に乗っているが、金持ちになったばかりのギャツビーは押し出しの強い、「帽子の函、弁当の箱、道具の箱」「迷路のように入り組んだ幾枚かの風防ガラス」〔野崎 103-4〕で膨れ上がっている (51) きらびやかな車を自慢げに乗り回している。そのロココ調の装飾と「巨大な」〔野崎 103〕大きさは、それが上流階級の控え目な趣味を持っていない人間の持ち物であることを如実に示している。トムは軽蔑的に、それを「巡回サーカスの車」〔野崎 197〕(51, 94) だという。ギャツビーは富と地位との距離を決して認識しないから、その社会的な出自が夢の実現に対して越えがたい障壁になっていることを理解しない。トムの暴露はデイズィがギャツビーのウェスト・エッグ式の「生《なま》の力」〔野崎 176〕に対して次第に否定的な見方をするようになっていったことを強める結果となる。ギャツビー家で開かれたパーティに出席した際、上流階級の感性を持つ彼女は「気を害《そこ》ねて」〔野崎 175〕しまい「おぞましいものを感じた」〔野崎 175〕（84）のである。

トムが対決の場面で用いる戦術は非難だけではない。彼は自分自身と彼らの結婚を非常に公的に描くことで妻を取り戻そうとする。デイズィが感情的性的に他の男にかかわりをもっているという証拠は明白であるにもかかわらず、トムの嫉妬はデイズィに対する攻撃という形を取らない。彼はデイズィを不貞のために罰するのではなく、むしろ間男を追い払うことに注力する。明らかに彼の目的はデイズィを妻として維持することであって、これはトムがデイズィの高い配偶者としての価値を認めていることを示している。トムはデイズィと同程度の長期的な配偶者を手に入れることはできないだろう――できたとしても、容易ではあるまい。読者はデイズィが夏の終わりか秋の初めに妊娠していたとしたら、トムはどのような行動を取ったかについて推測することしかできない。ニックは十月の終わりにトムに偶然出くわすが、そのときには妊娠の話は全く出てこないので、トムのデイズィに対する思いが、デイズィがどちらの子かわからない子を妊娠したときにも変わらないかどうかは定かではない。彼がデイズィに対して行う唯一の脅迫めいた発言は一種の警告であり、それは表面上、愛情という形を取っている。つまり将来、彼女の活動はより厳重に監視され、おそらくは制限されるだろう、というものだ。彼は「おれはこれからもっとよくおまえの面倒をみてやるんだ」〔野崎 219〕と言う。これは彼の側がより多くの関心を払い扶養を行う事を示唆しているのだが、それは同時に、配偶者の保護がより厳格になることを意味している（104）。

男性的な自信を堂々と見せつけながら、トムはそこにいるすべての人々に、ふたりは愛し合っているのだという。[47] 彼は彼女を愛し続けることを再び宣言し（「心の中ではいつだってデイズィを愛してる」〔野崎 216〕）、デイズィに、つかの間の不倫の後はいつも「もどって」〔野崎 216〕きた（103）ことを思い出させる。トムは彼らの共通の過去における愛情に満ちた瞬間を思いださせることであたたかみを呼び起こそうとしているのだ。結局のところ彼は、資源だけでなく関心と保護を与えてくれる男性を好むという女性の適応的な嗜好を利用しようとしているわけである。バスは相手を裏切ろうとするパートナーはしばしば「愛情の発露」に好意的に反応すると指摘している。[48] トムはまた巧妙にも、彼女のギャツビーとの情事を犯罪的な不貞として非難するのではなく一時的な判断の誤りとして許すつもりであるという。「彼女、ときどき、変な了見を起して、自分で自分のやってることがわからなくなることがあるんだ」〔野崎 216〕（102）。最終的に彼はギャツビーがデイズィに五年間も執心していたことを「身のほど知らずな求愛遊戯」〔野崎 223〕（105）であるとして一蹴する。トムはギャツビーの献身を過小評価すると同時に、自分自身の結婚生活における献身を再び強調するのである。攻守両面の戦術を抜け目なく駆使して、彼は深刻な配偶者簒奪の試みを撃退するのだ。

性的な競争と葛藤によって呼び起こされた感情に満ちているとはいえ、ホテルの部屋での場面は比較的平穏なものである。すべての「攻撃」は言葉でなされる。嫉妬が暴力へとエスカレートしていくのは、第二の行動を支配する三角関係の中である。すなわちジョージ、マートル、トムの関係だ。偶然にもジョージ・ウィルソンは、トム・ビュキャナンがデイズィとギャツビーとの仲を疑いはじめるのとほぼ同時期に妻の不貞を「疑い」はじめる（96）。トムと異なり、ジョージは妻の浮気相手がわからない。ジョージはトムと同様配偶者を維持しようとしているから、妻が「行きたかろうがなかろうが」〔野崎 202〕遠くの州に引っ越すことによってこの未知の男の側から「離そうと」する（96）。この引っ越しの段取りが終わるまで、ジョージはマートルを閉じ込めておく。これはトムがデイズィを脅迫したような「保護、観察」よりもずっと物理的強制力のある配偶者の保護法である。ウィルソンは妻を強引に監禁してしまうのだ。[49] さらに彼は懲罰的に妻に恥をかかせる。「神様は、おまえのしてることをご存じ」〔野崎 264〕で、不貞には天罰が下るだろうというのだ（124）。マートルが派手な黄色い車にはねられて死亡すると、ウィルソンは運転手が故意に彼女を轢いたのだと考え、その運転手とはマートルの愛人で、意図的に彼女を殺したのだと結論づける。ウィルソンの見方では、この男は彼から二度妻を奪ったことになる。一度目は彼女を性的な不貞に誘い込み、「それからやつがあれを殺したんだ」〔野崎 262〕（123）。悲しみと怒りのためにほとんど「狂気のように」なって、ウィルソンは彼の適応度に対するこのような攻撃を行った男、ウィルソンがその利益を独占しているはずの生殖資源を無断で使用し、そして破壊した性的な闖入者を見つけ出して殺すことしか考えられなくなる。

ウィルソンの復讐心は、しばしば「同性のライバルに対して向けられる」殺人に至る、殺人を含む「嫉妬による暴力」の例証である。[50] 彼はこのケースではトム・ビュキャナンの協力を得てはじめて、その殺人的な衝動を実現することができる。トムと黄色い車との関係をさぐっていて、ウィルソンはギャツビーの名前を知り、自然のこととして彼を殺すのである。自分の妻を簒奪しようとした男を殺す道具としてウィルソンを使うことで、トムは自分が行使しようとしていたものよりも暴力的でリスクを伴う復讐を実現する。自分の目的だけでなくトムの目的も果たしていると気づかないまま、ウィルソンはデイズィの愛情を求めるトムのライバルを永遠に除去するのである。だからトムは殺人に暗黙に加担することで利益を得ていることになる。ギャツビーが殺されなければ、彼はビュキャナンの結婚生活に侵入を繰り返し、トムにとってはたとえ深刻でなくともいくばくかの悩みの種になるだろう。（ギャツビーがビュキャナンの家で夜通し待っていたこと、デイズィからしい着信があったなどというニックへの発言などを考え合わせると、彼はまだデイズィを取り返す希望を捨ててしまったわけではないようである）。トムにはウィルソンを助けるいまひとつの理由がある。彼はマートルをひき殺した車の運転手がギャツビーだと信じているから、愛人の死に関してギャツビーを非難している。「殺人者」ギャツビーを憎む理由はウィルソンよりも強いのである。トムの妻を奪おうとして、ギャツビーは彼の浮気相手を奪ってしまった（と、トムは誤って思い込んでいる）。トムはギャツビーを性的逸脱者であると同時に良心のない殺人者であると見ている（「犬ころでも引っかけるみたいにマートルを轢《ひ》いておきながら、車を停めもしなかった」（野崎 296））。そのような人物は当然、死ぬべきだ、というわけだ（239）。

　夫と同様デイズィも重要な性的ライバルを追い払うのに重要な役割を果たしている。デイズィは自分がひき逃げした相手が誰だかわからないが、にっくき「ニューヨークの女」の排除に成功している。

運転手としては当然彼女は刑法上の責任がある。歩行者をはねるのを避けようとしなかったこと——これは臆病だったためであるが——に加え、デイズィは停車して救護し、責任を認めるのを怠った点で罪をさらに重くしている。[51] 彼女の行動は計算された殺人ではなく、基本的には「不注意」であるけれども、結果的に適応度を向上させるような結果に至っている。夫の時間、関心、富を求める競争相手を処分することができたのだ。意識せず、意図せず、デイズィはあたかも性的な嫉妬によって動機づけられているかのように行動し、その長期的な生殖上の利益を守るような暴力行為を行っているのである。

資源の損失と裏切りが長期的なパートナー関係において女性に対して生じうるもっとも重要な進化論的脅威であるために、女性の嫉妬は性的な不貞のサインよりも夫が他の女性に感情的に首ったけになっているサインによって容易に引き起こされる。[52] マートルがトムの他の浮気相手よりも自らの結婚に対して脅威であると考えたデイズィは正しい。結局のところトムは〔マートルとの〕関係を無期限に続けようとしていたのだし、アパートまで借りている。彼はマートルがビュキャナン家に——電話で——侵入してくることを許容している。これは禁じようと思えば容易にそうすることができたものだ。トムのニックとの最後の会話では、重要なことに、マートルを失って「赤ん坊みたいに泣いた」〔野崎 297〕ことを認めている（119）。進化論的に合理的な理由によって、すべての妻は、夫が深く愛情を傾ける女に対しては嫉妬を覚えるのである。既に議論したように、マートルはビュキャナン夫妻の結婚生活に対してほとんど長期的な脅威とはなっていないけれども、彼女がトムの生活の中に存在していることはデイズィにとっては悩みの種なのである。そこでデイズィはトムがギャツビーの死から得るのと同様に——同程度ではなくても——利益を得ていることになる。意識的に意図していたかどうかはともかく、彼女の轢殺事件はデイズィの結婚にとって倒錯的にも適切な対称性をなしている。彼女とトムは鏡像関係にある。トムはデイズィの愛人を殺し、デイズィはトムの愛人を殺している。どちらも間接的なものであり、否定しうるものだ。トムは銃を取り上げてギャツビーを射殺したわけではないし、デイズィもマートルを意図的にひき殺したわけではない。さらに、両者とも自分の配偶者がしたことを知らないために、事後の疑いや叱責に悩まされることなくその関係は続いていくのである。

小説の最後で爆発する嫉妬に満ちた暴力は主要な舞台のきらびやかな表面に救っている適応度に立脚した感情に呵責のない光を当てている。同性間、異性間の競争はとりわけ明確な形で生じている。キャラクターたちは自分たちの配偶者を保護しつなぎとめておくために思い切った手段をとるだけではなく、それを破壊しようとするライバルたちにはしばしば致命的な復讐を行うのだ。配偶者をめぐる争いの激しさを描くだけでなく、ギャツビーとマートルの殺人事件によって読者はビュキャナン夫妻をより辛辣に評価するようになる。トムとデイズィは自分たちが引き起こした死には全く影響されておらず、ニックが彼らの「あきれるほどの不注意」〔野崎 297〕と呼ぶものを恥じもせず、自分たちの行動は避けられなかったと感じ、「すこしもやましく思っていない」〔野崎 297〕（139）。彼らは性的なライバルを除去することで夫婦の絆の安定性を強化し、自分たちの本質的な類似性を強化する冷淡さをもってそうするのである。マートルとギャツビーの死後、彼らが急いで出ていくことは暗黙の共謀を思わせる。同じレヴェルにおいて彼らはお互いに犯罪を隠蔽しようとしていることを暗示している。彼らの「凡庸で使い古した親近感」は、ブライアン・ウェイの言葉を借りれば、「彼らの浅薄な人格に合致した無価値ではあっても現実的な、実用的合意」[53]としての結婚の基盤をなしている。自分たちが引き起こした殺人事件の結果として夫妻のどちらかが変わることをほのめかす記述はないし、彼らの夫婦関係を彩る異性間の争いがやむとも思えない。トムは女たらしをやめないだろうし、デイズィも非難をやめないだろう。

ギャツビー：誤解と幻想

ギャツビーが富と地位を混同していることは彼のキャリアを形成する唯一の誤った考えというわけではない。彼が抱いているいまひとつの誤解は、野心は生殖についての関心事と切り離すことができるというものだ。物質的資源と社会的評判は女性の配偶者選択においてきわめて重要な役割を果たすので、それらを獲得するために男性が大変な努力をするのは適応的である。なかんずく、女性を魅了するという期待——女性は結局のところ、男性の生殖可能性を限定する要因である——が、男性の努力の原動力となるのだ。男性は名誉や富の探究の背後に生殖的な目的があることを意識する必要はない。たとえばギャツビーはニックに、デイズィと恋に落ちたおかげで彼は「大きなこと」ができなくなり、計画が暗礁に乗り上げたと言っている。「わたしは野心から遠ざかってしまった」（117）。彼女に会う前には、彼は茫漠とはしているが「いうにいわれず絢爛たる」「未来の栄光」〔野崎 161〕についての幻想を抱いていた（77）。利益を上げうる冒険のために十七歳で故郷を出た彼は、「甲斐性《かいしょう》のない敗残の百姓」〔野崎 159〕から脱することが配偶者を得る機会を改善させる第一歩であることを意識的に考えているわけではない（76）。「野心に燃えている」〔野崎 162〕彼は「美と魅力」〔野崎 162〕それ自体を求めている――あるいは、そのように考えている（78）。若者に特有の自信とともに、彼は自らが「ひとりで登るならば」「並木の上の人知れぬ所」〔野崎 181-82〕に至ることができるだろうが「はかない」女性と「いうにいわれぬ自分の夢」〔野崎 182〕を結びつけることで地上に引き戻されてしまうだろうと確信している（86）。

本質的に言えば、ギャツビーのこの時点での考え方は多くの花婿たちが〔結婚前の〕最後の瞬間に考えることに似ている。結婚にともなう献身のために男性は束縛され、さまざまな義務を負い、将来の選択肢が制限されてしまう。妻は「死すべき定めの」生き物であって、「言葉にできないヴィジョン」ではなく物質的な資源で支えてやる必要がある。今となっては「もはやおのれの心がふたたび神の心のごとく天翔けることができない」〔野崎 182〕と考えるギャツビーは自らが、少なくとも感情的には、選択したばかりの生殖戦略のデメリットを前もって検討していることになる（86）。長期的な責任が、係累のない男性の「神」のような無限の可能性の感覚に取って代わることになるだろう。人類は生殖行動を含めさまざまな行動戦略をとりうる知的で複雑な生物であるから、さまざまな選択肢を考慮し、高度に意識的な選択をすることができる。ここでは若く〔配偶者に対して〕何の義務もないギャツビーはノスタルジーを先取りし、自分が捨てることにしたばかりの戦略の選択肢の喪失を歎いているのである。もちろん適応度という点から言えば、生殖の成功が単なる生殖の潜在的可能性よりも上である。野心を捨てて将来の配偶者を選ぶことによって、ギャツビーは適応的に行動しているのだが、その事実を彼は決して認識することはない。

ギャツビーの無理解は異常なことではない。男性はしばしば妻子について、あたかも自分たちの成功の証明ではなく障害であるかのように語る。富や名声はそれら自体が究極の目標であるかのように称賛されることがよくある。特定の行動パターンがいったん適応的になると、それはそれ自体の力を持ちうる（たとえば暴走する性選択のように）。人々は金や名声を進化論的な理由のために評価しているのだが、現代の環境では、それらは生殖に関する必要性が命じるよりもずっと多くの富や名声を獲得することができる。人類が定住できるきっかけとなった農業革命もまた、放浪する狩猟採集生活が可能にするよりもずっと多くの富を蓄積することを可能にした。増大した富は、その不平等な分配と相まって、必然的に社会的経済的階層の拡大を引き起こす。有利な階級を求めての闘争はいっそう激しさを増していくのである。富の余剰や極端な富といったことを考えた場合、適応的だったはずの形質や傾向は意識や意図という点では本来それが資するはずの生殖的な目的からは切り離されてしまう。現代という環境における富の非適応的な蓄積はもちろん、『グレート・ギャツビー』の主要なテーマである。多くの二次資料が結果的に、フィッツジェラルドによる下剋上的な「アメリカンドリーム」の描写や批判を含む、富の堕落させるような影響力に集中している。[54]

作品の語り手は、自身がギャッツビーの持っている、物質的資源の目的についての誤った考えを共有していないことを示している。ギャッツビーの華麗な富の顕示が求婚の戦術であり、五年かけて熱烈に追い求めてきた女性の関心を引くためのものであることを知ったとき初めて、ニックは彼を興味深く感じる。「彼は突然わたしにとって生きた存在となった。その無目的なきらびやかさという子宮から唐突に生み出されたのだ」(62)。生殖的な語彙のメタフォリカルな使用(「生み出された」「子宮」)は、ニックの洞察を強調する一助となっている。物質的資源を絢爛豪華に見せびらかしたとしても、それが適応度を向上させるものでないかぎり、無意味なことなのだ。女性を獲得する努力としてのギャッツビーの「成り上がり者《トリマルキオ》としての彼の生活」〔野崎 183〕は生殖的な目的に捧げられており、そのため進化論的に見て意味をなすものとなっている(88)。ギャッツビーはニックが当初考えたような軽率な自慢屋ではなく、この作品のエピグラフとして機能している詩で書かれている「高跳び」する恋人なのである。彼は主として夢の女性が「なびく」ように「金色《きんいろ》帽子」をかぶるのだ〔野崎 3〕(エピグラフ3, 1行目)[55]。

女性を追い求めることが男性の人生の本当の重要事(「大業」〔野崎 248〕)に干渉する、というギャツビーの確信はデイズィと古典的神話におけるセイレーンとを結びつけるイメージによってさらに深められている。この超自然的女性キャラクターの誘惑する力は――フィッツジェラルドやその読者にはホメロスの『オデュッセイア』の有名な挿話でもっともよく親しまれているだろう――その歌声の抗しがたい魅力に集中している。超自然的な力を欺き魅了することに用いることで、彼らは美しい声で男性を引きつけ破滅させる。デイズィ・ビュキャナンの声、その「不滅の歌」〔野崎 157〕というイメージによって、彼女は巧みにホメロスのセイレーンに比せられており、同様に致命的なまでにエロティックな力を与えられているのである（94）。少なくとも八回の別々の機会において、ニックはデイズィの声のたぐいまれな性質とその効果に注意している。ベンダーが指摘するように、「彼女がギャツビーに魔法をかける際の主要な道具」であるデイズィの声は「興奮」させ「歌という強制力」を持っていて、「男なら」「忘れ得ぬ興奮」〔野崎 19〕を覚えざるを得ない（11）。[56]「さわやかに響きわたる彼女の声」は「聞く者の心を湧き立たす力」〔野崎 139〕、誘惑し同時に陶酔させる効果を持っている（67）。ニックは、ギャツビーがまるで魔法にかけられたようにデイズィに魅了される原因は主として「小刻みに震えながら波のごとくゆれる温かなあの声」〔野崎 157〕であるとしており、「あれにまさる声を夢見ることは不可能であろうから――あの声は不滅の歌なのだ」〔野崎 157〕（75）という。デイズィをセイレーンのような人物として描くことで、彼女のギャツビーへのほとんど神秘的なまでの影響力が強調されているのである。

セイレーンへのアリュージョンは、デイズィに求婚することで重要な男性的野心の達成が阻害されるという進化論的に不健全なギャツビーの考えに別の光を当ててくれる。ホメロスの船乗りたちと同様、ギャツビーは比類なき甘美さを持つ声が彼に呼びかけ、その運命を決定づけたとき、自分自身のビジネスに取りかかっていた。女性の男性に対する魅力をこのように否定的に描写することはもちろん、バーバラ・スマッツが指摘するように、セイレーンやそれに関連する伝説の重要な目的である。

多くの社会においては、さまざまな歴史、文化において、女性は「危険で汚らわしいものとして描写されており、その原因はセクシュアリティである」。[57]誘惑し命を奪う女性たちのストーリーで、男性は男性の行動、とりわけ男性の性的行動の責任を女性に負わせてきたのである。男性の性欲や男性同士の競争ではなく、ヘレンの美やキルケの魔法がトロイ戦争を引き起こしたり人間を豚に変えたりしたのだと考えることは男性にとって慰めをもたらすものである。デイズィのギャツビーに対するセイレーンのような効果は同様に男性の犠牲者とその強迫的な献身への共感を引き起こすと同時に、その破壊的な魅力に対して女性側が無関心でいることを非難しているのである。デイズィはギャツビーよりもトム・ビュキャナンを選ぶことでギャツビーの人生を二度狂わせる。ギャツビーが彼女を所有しようとする飽くなき憧憬のために彼は破滅するのである。デイズィと神話上の怪物を比較することは、作者のキャラクターに対する評価を裏付けている。

逆説的に、致命的な危険を示すと同時に、セイレーンは女性の貴重さの具現化でもある。遠くから呼びかけることで、セイレーンたちは自らの美を伝え、男性の欲望を刺激するために歌に依存している。もちろん身体的な美――セイレーンの場合は顔や体の特徴ではなく声の特質で表現されている――は女性の生殖能力をはかる最も重要な指標であり、それが男性の情欲を引き起こす理由である。[58]男性は美しい（すなわち子どもを産める）女性へのアクセス権を巡って必死に競争する。彼らは比喩的に言えば、彼らの適応度への鍵を握る、若く健康で左右対称の顔をしウェストが細くヒップが大きい女性たちを求めて岩に身を投げるのである。子どもを産める女性が危険なのは、彼女たちの価値が極めて高いからに他ならない。そうした女性を所有したいと願うことは男性たちを否応なしに突き動かし、エネルギーを消費するハイリスクの行動に駆り立てるのである。

ホメロスのセイレーンたちの歌声同様、異常なまでに欲望の対象となるデイズィの「不滅の歌」〔野崎 157〕はDNAの不滅を求める求婚者たちを引きつける（75）。ギャツビーは彼女の偉大な価値をメタフォリカルに——小説の舞台設定とプロットに富が中核的な役割を果たしていることを考えれば適切に——描写する。彼はニックに「あの声はお金にあふれているんです」〔野崎 196〕というのである。デイズィの声の「魔術」に対する多くの言及はこの発言で頂点に達し、ニックはこれを啓示に満ちた洞察であるとする。「まさにそのとおり」〔野崎 196〕（84, 94）。デイズィが話すときに男たちが聞くコインの「りんりんとした」響き、「純白の宮殿」の「シンバルの歌声」そして「王女」〔野崎 196〕は富と地位を意味する（94）。これらはメタファを通じて彼女の声によって伝播される性的な利益を同時に補強しまた裏付けている（94, 61）。デイズィは、ギャツビーが最初から認識しているように、欲望の二重の対象なのだ。その生物学的に魅力的な性質（若さ、健康、美）は社会的に魅力的な性質（物質的な富、高い地位、エリートのネットワーク、共同体での高い評価）が伴っている。彼女は生まれつきの価値と付帯的な価値の両方において理想的な存在なのである。ギャツビーのデイズィへの執心は、彼がほかのもっと手に入りやすく自分を受け入れてくれそうな女性たちに十分求婚できるようになった後でも続くのであるが、これはデイズィを「黄金の娘」〔野崎 196〕、適応度にとっては最優秀賞として見た、彼の圧倒的な第一印象に起因している（94）。生殖の見地から説明が付く理由によって、デイズィは彼にとってセイレーンのような魅力を発揮した。その声はまさに彼女の高い価値の裏付けだったのである。

ギャツビーによるデイズィ・ビュキャナンの探究に関してもっとも尋常ならざる特徴はその原動力となる自己欺瞞である。他人の妻を誘惑するという三年越しの計画を立てた彼は決して間男をしているつもりはない。そのような他人の妻を寝取る行為はバスが指摘するように「ありふれた生殖戦略」である。「きらびやかで興味深く魅力的で社交的な人物」は、すぐに特定され、求婚され、「結婚市場」から消えてしまうために、供給が少ない。[59] 最初の挑戦で高い価値を持つ配偶者をつかまえられなかった人々は結果として既婚者を誘惑して新しい選択をすることになる。ギャツビーは自らの目標がこのようにありふれたもの、すなわち、とりわけ望ましい女性を説得して結婚を諦めさせ、自分との絆を形成するように仕向けることであることを認めない。その代わりに彼は自らの目的を自分白身、デイズィ、そして第三者に対して、タイムトラベルという見地から説明する。時計の針を逆に戻して、彼とデイズィは一九一七年の「出発点」に戻り、夫婦としてやっていくことができるというのだ（86）。彼らは「五年前と同じように」「もとの姓にもどって結婚する」〔野崎 180〕、というわけである（86）。ギャツビーは「何もかも、前とまったく同じようにしてみせます」〔野崎 181〕という（86）。その目標は過去の特定の要素を抹消して歴史そのものを修正することにほかならない。彼が、このようなことが可能であり、時間の進行を元に戻すことができると確信していることは、人間精神の自己欺瞞の力がいかなるものかを驚くべき明晰さをもって例証している。さらにデイズィとの関係を除いては、ギャツビーの時間の把握は合理的で歪みがないのである。たとえば彼は、自分とデイズィが新たなスタートを切っても、苦労して手に入れた富が消えてしまうとは考えない。彼の偽りの観念化は精神異常の結果というよりもむしろ選択的な自己欺瞞によって生じている。進化心理学がこのような欺瞞に満ちた思考法の起源と機能を説明する一助となろう。

　ロバート・トリヴァースはいみじくも、自己欺瞞を「意識的な精神に対する現実の能動的な誤表象」[60]であると要約している。ギャツビーが誤表象しようとする主要な「現実」はデイズィ・フェイのトム・ビュキャナンとの結婚である。空想上の「上書き保存」によって、いったん時計の針が逆転すれば、この結婚の絆はデイズィの過去から消えてしまう。ビュキャナンの結婚を抹消することはギャツビーにとって非常に重要である。というのも彼はデイズィが法的な意味を除いて、所有権の先行する主張によって、自分に所属していると考えているからだ。感情の上では彼は、ふたりがお互いに愛し合い将来を約束し合った段階で「彼女と結婚した」と感じている。彼は「結婚して」いたのだし、彼女も同じように彼と結婚していたと考えている（117, 116）。この確信が、彼がその後構築する「意図に関する虚構のナラティブ」[61]の基盤なのである。デイズィとギャツビーがお互いに結ばれているのであれば、間男しているのはトム・ビュキャナンだ、ということになる。もちろんそのような推論は事実に反している。ギャツビーはデイズィの夫ではないし、夫だったこともない。彼はむしろ「自分に都合がよい世界をつくる」ために「否定と投影」を行っているのである。[62]自分が実質的にデイズィと「結婚している」という幻想によってギャツビーは自分自身をもっとも好意的な光の中で見、また他者に示すことができる。自分自身が他人の妻を寝取る誘惑者ではなく献身的な長期的パートナーだと見なす限りにおいて、彼は肯定的な自己イメージを維持することができるのである。

しかし彼にとってずっと重要なことはデイズィを好意的な光のもとで見ることであり、ここにおいて彼の現実構築はうまくいかなくなる。ギャッツビーの過去解釈によれば彼とデイズィは相互に長期的な献身を行うことに決めたのである。してみると、トムと結婚したことで彼女は不貞と裏切りの罪を犯したことになる。彼女は配偶者を捨てたのだ。これがギャッツビーの望む彼女のイメージではないことは非常に明白である。進化論的な理由から、男性は長期的なパートナーに独占的に性的なアクセスをすることを望む。彼らが性的な忠実さを要求するのは、妻の愛人の子に父親としての投資を浪費したくないという理由からだ。不貞な妻は夫以外の相手に生殖資源を用いているだけではなく、いわゆる「托卵」の可能性から、夫の適応度を脅かしているのである。[63] 女性の不貞は男性の性的な嫉妬の核心的な標的であり、その社会で支配的な規範に基づいて、社会的なペナルティをも招来しうる。ギャッツビーはデイズィを、その配偶者としての価値が目もくらむほど自分よりも上である、聖杯のような女性だとしてあがめ奉っているわけだが、そうしたイメージはもし彼女を性的に不実だと見なすことになれば深刻に毀損されてしまう。彼女の「銀のように輝いている」〔野崎 247〕イメージはくすみ、その配偶者としての価値は減じてしまうだろう（117）。

ギャッツビーは現実を誤表象したことにより、一見すると克服不可能な困難に陥ってしまった。一方では、ギャッツビーとデイズィが結婚と同等のかたい絆で結ばれているという幻想によって、トムのデイズィに対する権利が非合法的なものとなるから、この誤表象は有益である。しかし他方、全く同じ幻想によってデイズィは不貞の罪を犯していることになり、これは配偶者としての彼女の価値を低くし、ギャツビーの非常な献身にふさわしからぬ人物にしてしまう。トム・ビュキャナンとは異なりギャツビーは理想や絶対という見地でものを考える。彼は決して、デイズィが他の男と関係することについてのトムの洗練されたあしらい方や、面の皮の厚い受忍を真似することはできない（105）。ギャツビーはずっと以前、デイズィを「台座」の上に載せた。彼女は聖母のような、どこまでもいつまでも忠実なパートナーなのであり、彼女を取り戻そうとする彼の精妙な計画は、彼女がその目もくらむような尊敬に値しなくなったときに重要性を失ってしまう。この問題はなぜ彼が、自分とデイズィが過去を「くりかえ」〔野崎 181〕すことができると考えなければならなかったかを説明してくれる（86）。トムとデイズィとの結婚を「消し去って」〔野崎 180〕しまえば、彼女がギャツビーに不貞を働いたという問題は消滅する（85）。彼の側には性的な嫉妬を抱く理由がなくなり、彼女の配偶者としての価値も減じることはない。彼がこれらの進化論的に見て有益な結果をもたらすためにしなければならないことはふたりが出会ったときの「状態」に戻すことである（86）。[64]

したがってギャツビーによる現実の二重にゆがめられたヴィジョンは進化論的に見て合理的な目標を指示している。すなわち高い価値を持つ配偶者の獲得、ライバルの非暴力的な除去、配偶者の不貞や裏切りの予防である。しかしながらこれらの目標は達成不能なものであり続ける。というのも彼がこれらを成就するために依存している方法や前提が幻影だからである。現実が常に彼の計画の邪魔をし続ける。たとえばギャツビーは都合よく、デイズィとトムの間に子どもがいる事実を忘れてしまう。この子どもは、その原因となった結婚がその母親の過去から消し去られたとしても消滅することはない。ニックはギャツビーがこの子どもを見た時に彼が「意外そうに」〔野崎 190〕じっと見たこと、「そのときまでその子の存在を信じていなかった」〔野崎 190〕（91）様子だったことを記している。彼がその子どものことを考えなかったのは、そうすることが時計の針を戻すという幻想に干渉するからであった。子どもはデイズィが彼に性的に忠実ではなかったことの生きた証拠である。それどころかデイズィは彼のライバルと子をもうけていたのだ。デイズィとトムの遺伝子はパミーという共通の乗り物にのって未来に向かって旅している。子どもはまさにこの理由のために結婚という絆を強める傾向がある。両親は両者にとっての生物学的存続の望みを具現化する、共同で作り出した存在に等しく遺伝的な関心を有しているのだから。[65] こうした事実はギャツビーの行動を形成する否定のパターンを脅かすものだ。彼がもくろむ、牧歌的な「出発点」への回帰に、デイズィの裏切りを示す消しがたい証拠であるトムとの子どもが占める場所はないのだ。

トム・ビュキャナンは彼がデイズィと三年間、親しく過ごしたことを自慢し、この歓迎すべからざる事実をもってギャツビーの「偽りのナラティブ」に挑戦する。「デイズィとおれのあいだにはだな、おまえには絶対にわからんことがあるんだぞ」と彼はいみじくも主張する。「デイズィもおれも、いつまでも忘れられないことがな」〔野崎 219〕（103）。彼女はトムのもとを去ったとしても、デイズィの記憶からそうした思い出が消え去ることはないのである。彼女がトムと過ごした三年間は子どもだけでなく社会的感情的な痕跡を残し、それが彼女の現在のアイデンティティの拭いがたい一部となっている。彼女はもはやギャツビーを崇拝させたときの一八歳の少女とは違うのだ。ギャツビーの夢想はしかしながら、彼女が変わらないでいることを要求する。デイズィは一九一七年のあの夏のまま、ギャツビーだけを愛する状態で彼のもとに帰らなければならないのだ。ビュキャナン夫妻の結婚もデイズィの記憶も消すことができないと主張することによって、トムはギャツビーの幻想と相容れない事実をつきつける。ギャツビーのこの日の午後の当惑するような経験は、トリヴァースが自己欺瞞のもっとも深刻なコストとしているもの、すなわち「現実把握の失敗」とりわけ「社会的」現実把握の失敗を例証している。[66]

デイズィもまたギャツビーに耐えがたい心理学的真実をつきつける。過去を否定する彼の計画を理解し、それに従おうとしないのだ。ギャツビーは自分の都合のよいように解釈した条件、事実と反する前提に対応する条件でデイズィへの独占権を主張しようとしている。彼はライバルに大事な女性をとられたとは考えられないので、そうした事実そのものを否定する。そのような否定をするためには、ビュキャナン夫妻の結婚をなかったことにしなければならない。ロバート・オーンスタインがいみじくも述べるように「ただこのようにして、ギャツビーの『結婚』の秘蹟——これが彼の主訴である——が正当化されるのだ」[67]。デイズィの性的な過去からトムの関係を抹消するという自分勝手な目的を達するために、ギャツビーは魔術的な思考に依存している。彼はもしデイズィがトムへの「愛」を撤回し、「あなたを愛していなかった」〔野崎 180〕と言えば、彼女の結婚は無効になると自分を納得させる（85）。ギャツビーはデイズィに言わせようとする言葉に現実を変革させるような力を持たせている。魔術的な呪文のように「あなたを愛したことは一度もない」という言葉は現実を変えるだろう、というのである（85）。「ビビデ・バビデ・ブー」という呪文のように、その言葉を口にした途端結婚は消滅し、デイズィの貞節が回復されるというわけだ。ここではギャツビーの自己欺瞞の力がおとぎ話のような次元に拡大されている。自然なことだが、デイズィは彼が要求する否定の言葉の重要性を理解していない。「あたしはいま、あなたを愛してる――それで十分じゃない？」〔野崎 218〕と彼女は尋ねる。「過ぎたことはどうしようもないわ」〔野崎 218〕（103）。これが事態の核心である。過去を十分に認識して前に進むのではギャツビーの性的な嫉妬と所有権の問題が解決されないのだ。彼がデイズィとの未来を実現する唯一の方法は彼らの個人的な過去を修正することである。過去の五年間から特定の出来事を抹消し、それを生き直すことなのだ。配偶者を捨てる際の典型的なせりふ「もうあなたを愛していないの」は彼の目的には不適切である。これはデイズィとトムのあいだに存在した関係――法的、社会的、そして性的な――関係を認めることになるからだ。

この作品についての批評はしばしば、ギャツビーの性格やその目的を神話的な言葉で表現する。[68] 彼は実際以上に英雄的に見えるが、それは想像のうえで作り出された、実現不可能な目標に向かって邁進しているからである。進化論的な見地からすれば、ギャツビーがデイズィを強迫的に追い求めるのはそれほど英雄的というわけでもない。そうすることによって適応的な利益を確保できていないからである。彼は読者が知る限り、子どもを遺さずに死んでいる。その人生は、適応が生殖の成功を保証するアルゴリズムではないという事実を裏付けている。ロバート・ライトが指摘するように、「自然選択にできる最良のことはわたしたちに適応を与えることであり（中略）適応とは賭けである」[69]。ギャツビーは質のよい配偶者に目標を定め（これは適応的である）自分が選んだ長期的なパートナーに性的な貞節さを要求する（これも適応的）。しかし、明らかに適応度を上げる原則（最高の配偶者を手に入れてその貞節を強要する）に固執することによって、今回の場合は、もっと柔軟な戦略であれば手に入れることができたであろう利益を失ってしまっている。彼のような立場に置かれた人間にとっての明らかな選択肢は、デイズィが手に入らない存在となった後に別の――魅力は劣るにしても――配偶者を選ぶことである。それに次ぐ、より時間がかかり、リスクも大きな選択肢は、その意味を十分に理解した上で他人の配偶者を横取りすることだ。つまり、デイズィにトムとの結婚を放棄するように説得する際、彼女の過去の性生活を認め、その自分に対する貞節は鉄壁ではないと認めることだ（彼女は既にギャツビーを捨てて他の男の元に走ったのであり、さらに、今度はトムを捨てることによって、自らが他の男と浮気をするような存在であることを実証していることになる）。こうした戦略を取ればギャツビーが遺伝子を残す可能性は上がったであろうが、明らかにどちらも彼には受け入れがたいものであった。そうすることは彼が抱いているデイズィのイメージを修正して、究極的に貴重で完全な女性以外の存在として彼女を見ることにつながり、したがってその目的も変更せざるを得なくなるからである。

自分が選んだ配偶者への期待を低くしたり、他の女性を選んだりすることを拒否することによって、ギャツビーは幻想、ファンタジー、ごっこ遊び、夢、神話の世界へと入っていく。こうした用語はギャツビーの思考や目的を語る際、批評家や時には語り手によってしばしば用いられるものであるが、彼の現実から離れた観念化を称揚するものである。たとえばウィリアム・トロイの見方では、ギャツビーは「神話的な存在」であり、「完全に意識した状態で、より大きなスケールで、架空の世界において自分の願望を実現する」。[70] ギャツビーはデイズィの女神のようなイメージを維持し、自分の彼女に対する崇敬の念を守るためにデイズィの過去を修正する。彼が作り出す神話的な理想は無限に美しく無限に貞節な女性である。[71] 美（子どもが産めること）と貞節（独占的に性的にアクセスできること）という祖型的な特徴は極めて明白に、男性の生殖的利益に寄与している。[72] ジュディス・フェタリーはこの小説のフェミニズム的分析でこの点に触れ、描写されている理想は男性的なものだとしている。「この作品がかくも見事に表現している想像力豊かな構造はあらゆる男性に共通のものである」。[73] ギャツビーによるデイズィの理想化されたイメージは明らかに男性中心の願望成就である。

デイズィがギャツビーのイメージ通りに動かないことは人間の精神が持つ自己欺瞞的な神話創造能力にわたしたちの関心を向けてくれる。デイズィについてのギャツビーの誤信念は彼女の顕著な「不適切さ」と併置されている。彼女の実際の姿が、彼の想像と一致しないのである。[74] ウェイはいみじくも、等身大のデイズィと夢想の中のデイズィの乖離が読者の関心と共感を引き起こすのだと指摘している。「フィッツジェラルドは、ギャツビーが幻想を作り出す能力が、その願望が凡庸であり、その夢の対象が無価値であるにもかかわらず、痛切であり英雄的であるとわたしたちを納得させるという非常に難しい課題をなしとげた」という。[75] ギャツビーの誤ったナラティブを「痛切で英雄的」であると称賛することは、しかし、明らかにその価値が疑わしい精神的な活動を評価することになる。自分本位の否定と架空の物語の創出をする能力に関しては何らそれ自体高貴なものはないけれども、読者はギャツビーの創造性あふれる現実の操作に――眉をひそめながらも――驚嘆するのである。フィッツジェラルドの主人公は自分で作り上げた「真実」に従属するという人間の傾向の極端な例を提供しているのだ。

記憶、予想、想像といった力を用いることで、人類は日常的に過去を再生し修正している。現実の現在や過去を、仮定の現在や過去と調和するような形で転倒しているのである。ジョゼフ・キャロル、ブライアン・ボイド、ブレイキー・ヴァーミュエルらの進化論批評の視点を取る批評家たちは人類の芸術――とりわけナラティブという形態を取る文学芸術――はこうした人類に特有の行動傾向を利用し、実践し、改善しているのだと指摘している。[76] 現実世界の状況が想像と合致しない場合、わたしたちは自らの失望を重視し、神話、象徴、物語を作って実現不可能なヴィジョンへの関与を維持し、それを称揚するのである。他の動物のように現在の瞬間を十全に生きることができないことを歎くのではなく、わたしたちは「幻のような」夢想を、現実世界の「炎と生々しさ」よりも高く評価するのだ（75）。ギャツビーの人生は、精神的なイメージは、それがいかに自己欺瞞に満ちたものであっても、手に入れうる、現実世界の満足よりもずっと魅力的であることを実証している。「デイズィはキーツのギリシア壺にある『永遠に犯されない花嫁』なのだ」。[77] 自分が発明したものとは意識的に認めていない現実に固執して、ギャッツビーは「夢と幻の力を具現化している」。[78] ロジャー・ルイスはいみじくも、「彼の経験の核は過去の中に安全に保存されている」と指摘している。「彼の愛情は」彼らが別れていた五年間で「最も強くなった」ために、「それは主として彼の想像の産物なのである」。[79] 読者はギャッツビーがありふれたものを「魔法にかけられたもの」に変える「信念の力」に強く印象づけられる。[80] フィッツジェラルドはさらに、現実を否定的に描くことによって主人公への肯定的な反応を呼び起こしている。現実はギャッツビーの「夢」をけがす「汚ない塵芥《ごみ》」〔野崎8〕なのだ(6)。ビュキャナン夫妻やウィルソン夫妻の不愉快な様子は、彼らのありふれた配偶者選択、ライバル関係、嫉妬、中程度の貞節と安っぽい浮気も相まって、ギャッツビーの幻想に満ちた探究を対照的に輝かせてくれるのだ。

社会的、時間的な事実を偽ることがギャッツビーの理想的な配偶者獲得、維持のための努力に寄与していることは偶然ではない。この小説の最後の一節は非常に評価されさまざまに議論されているが、生殖にまつわる衝動と自分本位の幻想の結びつきを劇的に拡大している。ギャッツビーをヨーロッパの開拓者に、デイズィの魅力を「アメリカ大陸というセイレーンの歌」にたとえることで、ニックは直接的、間接的に生殖につながる価値を持つ資源に喚起された獲得欲に注意を向けている。[81] ギャッツビーは理想的な女性、若く、性的に貞節であり、最大級の生殖可能性がある女性を独占することによって個人の適応度を高めようとした。ヨーロッパの開拓者や植民者も同様に、新天地の豊かな自然の資源を独占することによって富と繁栄を手に入れ、子孫の存続を目指したのである。新天地は通常

「処女」地として描写された。その誰の手もつけられていない可能性は、処女のそれと同様、大きな価値を約束してくれるものと映ったのである。フィッツジェラルドは比喩的な言語を用いてその比較に力を与えている。新天地の「ういういしい緑の胸」〔野崎 299〕の発見によって高まった集団の期待と、比類なく美しい、妊娠可能な若い女性によって引き起こされた個人の期待を結びつけているのである（140）[82]。処女の女性と処女の土地は両方とも「多産」を意味する。驚嘆すべき可能性とはかりがたい利益をもたらし、どちらも独占権への願望をかきたてる。

いずれの場合も、理想化されたイメージは打ち砕かれ、ユートピア的な希望は消えてしまう。デイズィ・ビュキャナンも新世界も、それを所有したいと願うものたちの「幻想のような考え」を裏切る。いつまでも素晴らしいままであり続ける「黄金の少女」も、黄金の街、若さの泉といった伝説上の都市同様、自分本位の創作物にすぎない（77）。資源は有限であり、所有権は常に脅かされ続ける。独占をめぐる努力は生物学的な目的から切り離され、しばしば壊滅的な結果をもたらすことになる。輝きに満ちた想像の妥当性が現実によって挑戦されると、女性も場所も別種の神話的アイデンティティ、「失われた楽園」のアイデンティティを帯びるに至る。決して存在することなく、夢を追いかけた者たちに決して所有されることもなかったためにいっそう郷愁を誘うユートピア的なヴィジョンである[83]。失われた理想の女性と同様、失われた理想の土地は、時間を巻き戻したいという人間の欲望を強化する。エデンの昔に戻りたい、罰を受けることなくやり直したいという願望である。メタフォリカルな意味の広がりと歴史的な含意を持つ『グレート・ギャツビー』の結末は適応度の向上を求める目標があらゆる人類の内的生活を支配する様を強調している。無意識のうちに至近メカニズムを通じて機能することで、生殖を目指すエネルギーは個人の野心、先入観、合理化、後悔などを強力に形成しているのだ。このようなエネルギーが、われわれ人類に特有の象徴を生成する傾向を作り出し、自己、ないし民族に関する幻想的にも偽りに満ちたナラティブを生み出すのである。

注

1 F. Scott Fitzgerald, *The Great Gatsby* (New York: Charles Scribner's Sons, 1925), ed. and rpt. Matthew J. Bruccoli (Cambridge and New York: Cambridge University Press, 1991), 115-16. すべて引用は一九九一年版による。

2 Buss, *Evolution of Desire*, 36.

3 *Ibid.*, 27.

4 *Ibid.*, 51-60.

5 *Ibid.*, 25, 39-40.

6 *Ibid.*, 125.

7 *Ibid.*, 80-81; Dawkins, *Selfish Gene* 154.

8 Buss, *Evolution of Desire*, 78.

9 *Ibid.*, 79.

10　*Ibid.*, 79.
11　*Ibid.*, 87.
12　*Ibid.*, 86.
13　Buss, *Dangerous Passion*, 168.
14　*Ibid.*, 170.
15　Buss, *Evolution of Desire*, 176.
16　Buss, *Dangerous Passion*, 166-69.
17　Buss, *Evolution of Desire*, 88.
18　「男性は相手方への関与を偽装することが短期的な性交渉を得る為の効果的な戦術であることに気づいており、この手段を用いて女性をだます」Ibid., 105.
19　「寝取られ亭主は普遍的に愚弄される」。夫は妻の性的不実によって体面を失う。評判を落とし、「男らしくない」、弱い、性的に不能であるとみなされる。Buss, *Dangerous Passion*, 52.
20　Buss, *Evolution of Desire*, 266-67.
21　Buss, *Dangerous Passion*, 40.
22　Buss, *Evolution of Desire*, 266.
23　Barbara Smuts, "Male Aggression Against Women: An Evolutionary Perspective," in *Sex, Power, Conflict: Evolutionary and Feminist Perspectives*, ed. David M. Buss and Neil M. Malamuth (New York and Oxford: Oxford University Press, 1996), 248.
24　Felicia Pratto, "Sexual Politics: The Gender Gap in Bedroom, the Cupboard, and the Cabinet," in *Sex, Power, Conflict: Evolutionary and Feminist Perspectives*, ed. David M. Buss and Neil M. Malamuth (New York and Oxford: Oxford University Press, 1996), 206-207.
25　Buss, *Dangerous Passion*, 40.
26　Boyd, *On the Origin of Stories*, 115.

27 Robert Ian Scott, "Entropy vs. Ecology in The Great Gatsby," in *Gatsby: Major Literary Characters*, ed. Harold Bloom (New York: Chelsea House: 1991), 90.

28 評価の高い形質を有している個人は配偶者として「需要が非常に強い」とBussは指摘している。必然的に彼らは無数の求婚者を引きつけ、その関心を巡っての活発な競争が生じる。*Evolution of Desire*, 8.

29 Peter L. Hays, "Oxymoron in The Great Gatsby," *Papers on Language and Literature* 47, no. 3 (2011). 320.

30 Bender, *Evolution and "the Sex Problem,"* 232.

31 Wright, *Moral Animal*, 95.

32 *Ibid.*, 88.

33 ギャツビーは一九一七年十月にルイヴィルを出て「翌年の秋」（一九一八年）までにデイズィは「これまでとかわらず快活になった」。一九一九年六月、ギャツビーとのロマンスのおよそ一年半後、彼女はトム・ビュキャナンと結婚している。Fitzgerald, *The Great Gatsby*, 60.

34 Buss, *Dangerous Passion*, 76.

35 Wright, *Moral Animal*, 211.

36 Bussは支配や自信を示す形質を女性が配偶者候補に望むという。*Evolution of Desire*, 107-109.

37 Jeffrey Hart, "Anything Can Happen: Magical Transformation in *The Great Gatsby*," *South Carolina Review* 25, no. 2 (1993): 39, 40.

38 Buss, *Evolution of Desire*, 99.

39 Philip McGowan, "The American Carnival of *The Great Gatsby*," *Connotations* 13, no. 1-2 (2003/2004): 147.

40 Buss, *Evolution of Desire*, 101.

41 Ross Posnock, "A New World, Material Without Being Real": Fitzgerald's Critique of Capitalism in The Great Gatsby", in *Critical Essays on F. Scott Fitzgerald's "The Great Gatsby,"* ed. Scott Dnaldson (Boston: G. K. Hall, 1984), 208. Posnockはギャツビーのシャツに対するデイズィの涙ながらの反応は本質的に「オルガスムを思わせる」ものだと正確に

指摘している。208.

42 Buss, *Evolution of Desire*, 102-104.

43 *Ibid.*, 102.

44 *Ibid.*, 97-98.

45 Hays, "Oxymoron in *The Great Gatsby*," 319.

46 W. T. Lhamon, Jr. はフィッツジェラルドが金と階級との関係をどう描いているかに注目して、『ギャツビー』は「アメリカにおける根本的に異なる集団と、その広義の権力とのかかわりを明確に確立した」小説だという。The Essential Houses of *The Great Gatsby*," in *Critical Essays on F. Scott Fitzgerald's "The Great Gatsby*," ed. Scott Donaldson (Boston: G.K. Hall, 1984), 175.

47 Buss は男性はしばしば虚勢を張り自信を見せつけるが、それは配偶者を引きつけるためであるという。とりわけそうした誇示は「地位と資源」を意味しており、高い地位にあるトム・ビュキャナンと駆け出しのライバルとの対決においては重要な意味を持つ指標である。*Evolution of Desire*, 107-108.

48 *Ibid.*, 191, 192.

49 Buss は時代や文化を超えて「ドラマティックな」配偶者保護戦略が見られたと主張している。女性は「性的パートナーとの接触を避ける」ため、多くの社会で人目に触れず閉じ込められた状態にあった。Ibid., 136.

50 Buss, *Dangerous Passion*, 111, 119.

51 Barry Edward Gross は、この事故が起こった時点までに、自動車と運転スタイルに関する言及が多くなされており、そのために「無謀運転が何らかの内面的な（中略）不誠実さの指標となっている」といみじくも指摘している。*Critical Extracts, in Gatsby: Major Literary Characters*, ed. Harold Bloom (New York: Chelsea House, 1991), 25.

52 Buss, *Dangerous Passion*, 52-62.

53 Brian Way, "*The Great Gatsby*," in *F. Scott Fitzgerald's "The Great Gatsby*," ed. Harold Bloom (New York: Chelsea House, 1986), 99.

54　この作品においてフィッツジェラルドがアメリカン・ドリームをどう描写したかについての代表的な分析は Marius Bewley, "Scott Fitzgerald's Criticism of America," in *Twentieth Century Interpretations of "The Great Gatsby,"* ed. Ernest Lockridge (Englewood Cliffs, NJ: Prentice-Hall, 1968); Edwin S. Fussell, "Fitzgerald's Brave New World," English Literary History 19, no. 4 (1952); David Stouck, "The Great Gatsby as Pastoral," in *Gatsby: Major Literary Characters*, ed. Harold Bloom (New York: Chelsea House, 1991); James E. Miller, Jr., "Fitzgerald's Gatsby: The World as Ash Heap;' in *Critical Essays on F. Scott Fitzgerald's "The Great Gatsby,"* ed. Scott Donaldson (Boston: G. K. Hall, 1984); Neila Seshachari, "*The Great Gatsby*: Apogee of Fitzgerald's Mythopoeia," in *Gatsby: Major Literary Characters*, ed. Harold Bloom (New York: Chelsea House, 1991); Posnock, "'A New World, Material Without Being Real': Fitzgerald's Critique of Capitalism"; Hugh Kenner, *"The Promised Land," in Gatsby: Major Literary Characters*, ed. Harold Bloom (New York: Chelsea House, 1991). 参照。

55　フィッツジェラルドの1920年の小説 *This Side of Paradise* のキャラクター「トマス・パーク・ダンヴィリエ」のものとされるこの作品は Matthew J. Bruccoli が指摘するようにフィッツジェラルド自身の作である。"Explanatory Notes," in *The Great Gatsby*, ed. and rpt. by Matthew J. Bruccoli (Cambridge and New York: Cambridge University Press, 1991), 180.

56　Bender, *Evolution and "the Sex Problem,"* 238.

57　Smuts, "Male Aggression," 252.　Sarah Blaffer Hrdy も同様に、古代ギリシアにおいて女性のセクシュアリティは雌ライオンや雌の熊が持つ際限なく飽くなき情欲と結びつけられたと指摘している。顕著な例を挙げるとマイナスの伝説はそうした女性のエロティシズムが男性に対して及ぼす（とされた）危険を例証している。*Mother Nature: A History of Mothers, Infants, and Natural Selection* (New York: Pantheon Books, 1999), 262.

58　Buss, *Evolution of Desire*, 52-58.

59　*Ibid.*, 265, 264.

60　Robert Trivers, "Self-Deception in Service of Deceit," in *Natural Selection and Social Theory: Selected Papers of Robert Trivers* (Oxford: Oxford University Press, 2002), 277.

61 Trivers, "Self-Deception," 276.

62 *Ibid.*, 271.

63 Smuts, "Male Aggression," 246; Buss, *Evolution of Desire*, 66-72.

64 David Stouck は、ギャツビーによるデイズィの最初の所有が「不完全だったために、彼が抱くデイズィの想像上のヴィジョンが『きわめて生き生きと』したものになっている」という。彼は「デイズィが彼の花嫁に『なるだろう』時点に固執している」。"*The Great Gatsby* as Pastoral," 69.

65 Wright, *Moral Animal*, 125.

66 Trivers, "Self-Deception," 276.

67 Robert Ornstein, "Scott Fitzgerald's Fable of East and West," in *Twentieth Century Interpretations of "The Great Gatsby*," ed. Ernest Lockridge (Englewood Cliffs, NJ: Prentice-Hall, 1968), 59. Neila Seshachari はギャツビーによるデイズィと自らの相思相愛関係の崇拝に満ちた宗教的とも言ってよい理解を同様に表現している。つまり、ギャツビーはふたりが「神秘的な儀式で（中略）永遠に結ばれた」と考えている、というのだ。"The Great Gatsby: Apogee," 100.

68 ギャツビーの探究や性格の神話的要素についての議論に関しては、Kennth Eble, "The Great Gatsby," *College Literature* 1, no. 1 (1974); Miller, Jr., "Fitzgerald's Gatsby"; Scott, "Entropy vs. Ecology"; Seshachari, "The Great Gatsby: Apogee"; Arnold Weinstein, "Fiction as Greatness: The Case of Gatsby;" in *Gatsby: Major Literary Characters*, ed. Harold Bloom (New York: Chelsea House, 1991); Marius Bewley, "Scott Fitzgerald's Criticism of America"; Giles F. Gunn, "F. Scott Fitzgerald's Gatsbyand the Imagination of Wonder;" in *Critical Essays on F. Scott Fitzgerald's "The Great Gatsby*," ed. Scott Donaldson (Boston: G. K. Hall, 1984). を参照。

69 Wright, *Moral Animal*, 106.

70 William Troy, "Scott Fitzgerald-the Authority of Failure," in *F. Scott Fitzgerald: A Collection of Critical Essays*, ed. Arthur Mizener (Englewood Cliffs, NJ: Prentice-Hall, 1963), 21.

71 Seshachari はギャツビーの「個人的な探求」の目的は「女性」そのもの、「神話的な理想」としての女性そのものであり、デイズィではないとしている。"*The Great Gatsby*: Apogee," 94.

72　Seshachari は探求を続ける主人公と「その神話的概念に包まれた女性」との架空の絆は「人生の目的の達成」のためであるとしているが、これは彼らが置かれた状況を進化論的な視点で見ているといってよい。Ibid., 94, 95.

73　Judith Fetterley, "*The Great Gatsby*: Fitzgerald's droit de seigneur," in *The Resisting Reader: A Feminist Approach to American Fiction* (Bloomington and London: University ofIndiana Press, 1978), 98.

74　W. J. Harvey は、デイズィは「実際の存在としては、彼の崇拝に満ちた想像力の飢え」を満たすものではない、と指摘している。"Theme and Texture in *The Great Gatsby,*" *in Critical Essays on F. Scott Fitzgerald's "The Great Gatsby;*"ed. Scott Donaldson (Boston: G. K. Hall, 1984), 83.

75　Way, "*The Great Gatsby*," 99.

76　Carroll, "An Evolutionary Paradigm for Literary Study," see especially 23-25; Carroll, "Wilson's Consilienceand Literary Study," 81-82; Boyd, *On the Origin of Stories*, とりわけ "Fiction as Adaptation," 188-208. Vermeule, Why Do We Care; 特に "The Fictional Among Us," 1-20.

77　Stouck, "*The Great Gatsby* as Pastoral," 69.

78　R. W. Stallman, "Gatsby and the Hole in Time;"in *Gatsby: Major Literary Characters,* ed. Harold Bloom (New York: Chelsea House, 1991), 62.

79　Roger Lewis, "Money, Love, and Aspiration in *The Great Gatsby*," in *New Essays on "The Great Gatsby,"* ed. Matthew J. Bruccoli (Cambridge: Cambridge University Press, 1985), 49.

80　Weinstein, "Fiction as Greatness," 139-140.

81　Joyce A. Rowe, "Delusions of American Idealism," in *Readings on "The Great Gatsby,"* ed. Katie De Koster (San Diego, CA: Greenhaven Press, 1998), 93.

82　Christiane Johnson はギャツビー（と、そのデイズィの「夢想」）をヨーロッパの開拓者（と、新世界の「夢想」）を比較する際に用いられる言葉遣い、文法、メタファを入念に分析している。"*The Great Gatsby*: The Final Vision," in *Critical Essays on F. Scott Fitzgerald's "The Great Gatsby,"* ed. Scott Donaldson (Boston: G. K. Hall1984).

83　*Ibid.*, 117.

第九章
エドナ・セント・ヴィンセント・ミレイの詩における女性の性戦略

女性の情熱について手放しで描写したことで知られる、エドナ・セント・ヴィンセント・ミレイの作品は、読者に、人間のセクシュアリティについての文化的に醸成された前提を再検討するよう促す。彼女の最もよく知られている作品の多くは熱烈な情欲の存在を認める女性の語り手を登場させている。彼女たちは歓びについて肯定的に捉え、積極的にパートナーを求め、短期的な関係を楽しみ、エロティックな経験を制約しようとする試みに抵抗する。女性は性的に受動的であり、性的なことに関心も持たないのだというイメージに挑戦する、ミレイの非慣習的な描写は、そうしたことに好意的な社会的政治的な風土の中で名声を——見方によっては悪名を——得た。一九二〇年代と一九三〇年代にその多くが書かれた彼女の作品はウーマン・リブ運動の黎明期に登場した。この運動は一九二〇年までに女性普通参政権獲得の目標を達成していた。ジェンダーの不平等に関する他の関心もそれに付随して喚起され、教育、職業、経済的な機会に関する女性の要求は社会全体の変革を求める機運とともにエスカレートしていった。ミレイの詩は夫との、あるいは夫以外との男女関係を含む、ジェンダーの役割や期待の再定義を支持しているように思われたのである。[1] 当時の社会的政治的問題とも共鳴するミレイの詩は女性の人間本性についての重要だがしばしば見過ごされている生物学的事実にわたしたちの目を向けてくれる。地域と文化とを問わず、男性による戦略的干渉によって女性の生殖行動は強制的に制限され、その全貌は隠されてしまっている。ミレイはその詩の中で、世界的に法的、社会的制度の中に組み込まれている男性の干渉がなければ、女性がどのような嗜好に基づいて行動するかに光を当てているのである。

ミレイは特定の名前を持つペルソナ（たとえば歴史上、神話上のキャラクター）の声で書くこともあるけれども、匿名の語り手を用いることが圧倒的に多く、その私的で赤裸々なトーンや描写から読者はそれらが自伝的な重要性を持っていると考えがちである。[2] 最初から、彼女の名声のために読者はその作品を実体験の記録として解釈してきた。ミレイはわくわくするような享楽主義的な戦後世界において性的な自由を謳歌する、他に類を見ないほど魅力的で才能ある女性として登場したのである。彼女の息をのむほどの美しさ——それにはたぐいまれな声の力と演劇の才能も含まれる——はその芸術にさらなる輝きを添えた。スキャンダルの対象になったりもてはやされたりするミレイの読者たちはその悪名高いライフスタイルを公刊された彼女の作品と混同し、カリスマ的な有名人についての彼らの印象を完成させるために詩のテクストを精査し、あるいは逆に、詩人の生活についての（正確であるか否かにかかわらず）情報を用いてその芸術を解釈しようとしたのである。伝記作家たちや批評家たちもある程度こうした傾向を持っており、手紙や日記から得た証拠を用いて個々の詩を――憶測に基づいて――ミレイの人生を彩ったロマンティックなパートナーや出来事と結びつけてきたのである。確かに、彼女の詩の多くは実在の人物や出来事に対する反応として書かれた――想像力を用いて書かれる文学作品であれば多くの、あるいはたいていの場合そうであるが――ことは事実であろうが、自伝的な事実をそのまま詩にすることはミレイの目指したことではなかった。ミレイは詩の中で恋愛の相手を名指ししなかった（たとえば「ラルフのために」（“For Ralph”）や「わが夫に」（“To My Husband”）といったタイトルやエピグラフはあるにはあるが、ごくわずかである）し、読者に――研究によって明らかにされていない場合――作品が書かれた場所や時間を特定するような文脈的な手がかりを与えることもない。[3] 他の作家と同様、ミレイは芸術的な自由を用いて、実生活というなまの素材を芸術に変貌させたのだと考えるのが合理的だろう。つまり、解釈し、合成し、強調し、要約し――彼女自身の言葉を借りれば「混沌」から「エッセンス」を引き出して、経験という「形のない形」に「秩序」を与えたのである（“I will put Chaos,” lines, 1, 7, 6）。[4] その作品の進化生物学的な意味を考える上では、芸術を伝記と混同しないことがとりわけ重要である。ミレイの詩の語り手はその叙情詩のデザインにおける注意深く構成された要素なのである。彼女は実在の、生きている女性の動機や行動を客観的に伝えようとしているのではない。評釈を加え解釈をするために、女性の経験を想像力という光の中に照らし出すのである。

書き手と語り手が異なるという例証は、しばしばアンソロジーに採られる作品「わたしの唇がどんな唇にキスしたか」（"What lips my lips have kissed"）に見ることができる。このソネットでミレイは人生の最終期、語り手がメタフォリカルに「冬」（winter）（line 9）と表現する時期にある年取った女性の声で語る。それは冷たく「孤独な」時期である。というのも若い時期、彼女の人生の「夏」の愛情に満ちた冒険がもはや過去のものとなってしまったからだ。「夏は（中略）／わたしの中でもはや歌うことはない」（summer . . . / in me sings no more）（lines 13-14）。ミレイがこの作品を書いたのは一九一九年、まだ比較的若い、二七歳のころであり、その奔放な性生活はとても終わったといえるようなものではなかった。[5] セックスを楽しむ年齢を過ぎた、老化しつつある女性を創造することで、ミレイは個人的な過去を語るのではなく、意図的に、想像力溢れる創作を行っているのである。キャリアの初期に書かれた「わたしの唇がどんな唇にキスしたか」は、ミレイが意識的に文学的なペルソナを形成し、「複数のアイデンティティ」を用いてムード、トーン、テーマを構成したことを明白に示している。[6] 彼女は自分自身の過去と作品内の語り手を混同することはなかったが、読者がそのように解釈しがちな傾向から利益を得ていたのである。[7]

女性のリビドー

同性の語り手とキャラクターを作り出すことで、ミレイは女性には激しい情欲が存在するのだと主張している。「情熱」（passion）「熱」（fever）「燃えるような」（burning）「欲望」（desire）といった単語が彼女の作品を通して女性の表現を特徴付けている。ミレイの作品の女性の語り手は、たとえば「欲望に満ちた肉体の熱と汗」（the desirous body's heat and sweat）、「静脈の中の熱」（the fever in the vein）、「一日中脈動し続ける情熱」（passion pounding all day long in me）、そして「燃え上がる都市」（a burning city）に似た「愛情」（love）について語る（"Yet in an hour to come," line 10; "Peril upon the paths," line 12; "Since I cannot persuade you," line 14; "Women have loved before," line 8）。また、性的な交わりを思わせる抱擁のイメージも潤沢である。ひとつの作品の語り手は「彼のすばらしい抱擁にうっとりと横たわる」（Enraptured in his great embrace I lie）といい、別の語り手は「朝までわたしの頭の下にあった／腕」（arms [that] have lain / Under my head till morning）や「真夜中、叫び声を上げてわたしに挑みかかった若者たち」（lads . . . / [who] turn to me at midnight with a cry）を思い出している（"Olympian gods" line 6; "What lips my lips have kissed," lines 2-3, 7-8）。「全能なるセックスは」（"Almighty Sex"）——大文字のSでセックスが強調されている——別の詩の語り手を「猫のように叫びながら夜のとばりに」（forth at a nightfall crying like a cat）追いやる。この語り手は自ら進んで動物的な衝動に身を任せようとしているのだ（"I too beneath your moon," lines 1, 3）。この自分自身を発情した猫になぞらえつつ——息をのむほどに規範を侵犯するアナロジーである——この語り手は女性は慎み深くあらねばならないという慣習的な考え方とは劇的に一線を画しており、切迫した性衝動をためらいもなくさらけ出している。彼女はさらに、自分の知的、霊的な性質は、いかに「高貴」で「複雑」であろうとも、その肉体的でエロティックな性質、すなわち「情欲」（lust）（lines 8, 14）と分かちがたく結びつけられていると主張するのである。要するにミレイはセクシュアリティが女性のアイデンティティの根幹をなす要素であって、それがあらゆる行動で重要な役割を果たしているると訴えかけているのだ。

ミレイは単に女性がエロティックな欲望を経験すると主張するだけでなく、男性と女性のリビドーには何ら重要な区分は存しないと述べている。「お酒なしで」（"Not with libations"）で彼女は性的な意味合いをふんだんに持たされたカップル（「女と男」a woman and a man）を「わたしたち」（we）として提示する（lines 1, 14）。ふたりはどちらも愛の「果実」（fruits）を賞味したいと「身を焦がして」（impatient）おり、愛の「炎」（flame）にひとしくとらえられ、肉体的な情欲が愛情の「祭壇」（the altars）を圧倒させるままにした科をひとしく負っている。彼らはふたりで「愛の神聖な森」（Love's sacred grove）を「牧神パンの長い髭のヤギたちに食べさせる牧草地」（a pasture to the shaggy goats of Pan）（lines 3, 10, 2, 13）に変えてしまったのだ。ふたりともその切迫した情欲に負け、熟するのを待たずに「青い果実」（green fruits）を口にした（line 3, 強調筆者）。彼らは「自制した」（frugal）歓びではなく「饗宴」（banquet）を楽しんだのである。ミレイは女性を慣習に基づいて、より理想化されたプラトニックな愛情を抱く恋人、ないし、慎み深いために情欲を赤裸々に表さないような人物として表現することをしない。詩人は女性の語り手とその男性のパートナーを一切区別していない。女性の側も、肉体的に親密な関係を拙速に結んだことに関して男性と同様責任があるように描かれている。この肉体関係は詩全体を通して見られるイメージやアリュージョンによって、早熟であり、また賢明でないこととして表現されている。この作品は性的な対称性を純然たる事実として提示する。これが異常なことであるとか、戦って勝ち取られなければならない主張だといった暗示は全くなされていない。

そのような、性欲の強い女性の描写はヴィクトリア朝の慎み深さの伝統を受け継いだ、アメリカ文化に通底する理想の女性像ときわめて明確に矛盾している。ホリー・ペップが指摘するように、「彼女自身の性的に抑圧された社会」を批判して、ミレイは「男性による性的活動の独占は不公平であるだけでなく自然に反している」[8]と主張しているのである。さらに、同時に、その女性描写は進化生物学の分野で生じたステレオタイプの妥当性に挑戦しているように見える。ベイトマンの定理によれば、性的な慎み深さは、ちょうど性的な放縦が男性にとって子孫を残すのに有益であるように、女性にとって有益である。[9]男性と女性が生涯に残せる子孫の数が、こうした性行動の相違を説明するために用いられる。女性は子どもを産むために大変な努力をしなければならないけれども、男性の投資は人によってかなりの差がある。したがって女性は性的に慎重で相手をよく選ぶ必要があり、よい環境条件を待ち、可能な限り最高のパートナーを選ばなければならない。男性が子孫を残せるか否かは子どもが産める女性にアクセスできるかどうかにその大部分がかかっているため、男性は可能な限り多くの生殖機会を求める傾向にある。性的に貪欲であれば、男性が残せる子孫の数は最大となる。パートナーが多ければ多いほど、子どもの数も増えるのだ。これは女性には当てはまらない。ある一定の数を超えると、パートナーはいくら増えても、ひとりの女性が一生に残せる子どもの最大数は増えることはない。結果として様々な相手と数多くの関係を求めることは男性ほど女性には利益をもたらさないのである。[10]

単純化を避けるために、ベイトマンによるジェンダー観の差異に関する分析は多様な行動や表現型を議論するために用いられていることに留意しなければならない。いずれの性の場合でも、とりうる性戦略が多様であることは、人間を「性的に貪欲な男性」と「慎み深い女性」に二分するステレオタイプはあくまで一般的な傾向をとらえるための目安であって、男性と女性の間に厳格な境界を設けるものではないことを意味している。「女性にとって絶対唯一の生殖戦略があり、男性にとって唯一絶対の生殖戦略があるわけではない」とデーヴィッド・C・ギアリーは指摘する。「女性、男性がとる戦略は文脈によって、あるいは歴史的な時期によって変わることがしばしばだ」[11]。「手当たり次第に相手を求める男性と慎み深い女性という進化論的な説明は事態を単純化しすぎている」とバスは警告する。[12]最近の研究に触れつつ、デーヴィッド・A・フレデリックらは「女性は受け身であり慎み深いというよく知られた見方は」現代の進化論研究において「傍流になりつつある」[13]という。男性と同様女性も短期的な性戦略を取りうるのであり、また実際に取っているのだ。相手を選ばず性的関係を求めるという傾向は男性の方が女性よりも顕著であるかもしれないが、研究者が指摘してきたように、短期的なパートナーとなりうる女性が十分な数いなければ、そもそもつかの間の恋も浮気も成立しないのである。[14]さらに、女性の慎み深さという概念を検討する際には、性的に慎重であることは必ずしも情欲の欠如や、性的な喜びを感じる能力がないことを意味しているものではない。デーヴィッド・J・ブラーらが指摘しているように、性的な活動に一切関心を持たなければ、いかなる哺乳類であろうとも進化論的な利益はもたらさないであろう。男性にとってそうであるのと同じように女性にとっても「性的衝動は」生殖の成功を促進するための「適応」なのである。[15] 人類と、その他の霊長類における性的な積極性を調査して、サラ・ハーディは人間の女性も霊長類の雌も、しばしば考えられているよりもずっと「慎み深く」ないという説得力のある証拠を見いだした。[16] ほぼ確実に「女性にも性欲を進化させる淘汰圧が存在する」のである。それは進化論的な利益と関係している。[17]

ハーディはさらに、女性の生殖能力を独占し自分が父親であることを確証しようとする願望によって動機づけられた男性の干渉が、女性は性的なことに興味がないという神話を形成するのに大きな役割を果たしてきたと主張する。身体的暴力と強要が、社会的規範によって補強されて、女性の欲望の表現を効果的に抑制してきたのである。[18] 男性が女性のセクシュアリティを抑制するために大変な努力をしてきたという事実そのものが非常に明確に、抑制されるべきものが存在すること――すなわち、女性は夫やハーレムの主が望むほど欲望がないわけではないことを示している。女性を閉じ込めたり、ヴェールをかぶせたり、纏足という手段を使ったり、クリトリスを切除したりといった手段は、女性のセクシュアリティを抑圧するためのほかのより穏健な手段と同様、もし女性に性欲がなく、浮気をめったにしない存在であれば、そもそも必要がないはずである。[19]「女性の、性的活動を行いたいという願望は非常に大きいので」とハーディは指摘している。「世界の文化の大部分――男系によって相続順位が決定される文化のほとんど――は、それをコントロールするためにかなりの努力をしている」。[20]「女性が不特定多数の男性と関係するのではないかという『予想』」――社会的に広まっている、女性は慎み深いものであるという見方を裏切るような予想――が、様々な歴史、文化において、社会制度を形成してきたのである。[21]

デーヴィッド・M・バスはこの状況を要約して、「男性が世界中で資源と権力を手中にする傾向がある」ことを踏まえつつ、男性は経済的、政治的優位性を用いて女性を支配しようとし、その力点は特に女性の性的行動に置かれていると主張している。[22] 男性が女性を支配しようとする際、攻撃性が目立つのはバーバラ・スマッツがいうように、「男性が本質的に攻撃的であり女性が本質的に従属的であるから」ではなく、男女間の差異を考えれば、男性が「自らの生殖機会を拡大するため」の努力において、身体的な力がとりわけ信頼性のある戦術だったからである。[23] 男性は女性へのアクセス権をめぐって他の男性と競争する。女性は人間の生殖活動において鍵を握る有限な資源だからである。子どもを産むことができる女性への独占権を獲得しそれを防衛する男性が最大の遺伝的遺産を残すのだ。バスが述べているように、「わたしたちは配偶者を獲得し、その不貞を予防し、自分から逃げないようにするために十分な利益を与え（あるいは十分な抑止コストを払ってきた）父親たちの連綿と続く家系に属している」。[24] 配偶者との関係においては、男性支配はしばしば身体的な強制力に加え、法的規範や社会的罰の形で実行される。女性を本質的に貞淑で忠実で欲望のない存在――身体的な愛情表現よりも感情的な愛情表現を好む存在――であると規定することで現代西洋社会において形成されてきた内在的な抑制は、女性の性的活動を制限するためにとりわけ巧妙に作用してきたのである。

このような、長い年月にわたって行われてきた否定と抑圧の文脈においては、ミレイの描く性的に積極的な女性像は生物学的にも政治的にも興味深い存在となっている。女性は性的に奥手であるという概念に意図的に、挑発的に、挑戦することによって、詩人は文化的ステレオタイプだけでなく還元的な理論化の動きに対しても重要な修正を行っているのである。ミレイの作品は現在、進化文化人類学、動物学、心理学などの領域で生じている、「女性は一般的な想定とは逆に、配偶者争奪ゲームの非常に積極的なプレイヤーであるという考え」を支持する「数多くの証拠」[25]に芸術の方面から少なからざる貢献をしている。ジョゼフ・キャロルは「人々が経験の質を決定し、それを理解し、その重要性や価値を見いだすのは想像力の作用である」と指摘している。[26]ミレイは自らが選んだテーマ――彼女が人間の経験に関して見いだした「意味」――を強調するために誇張を用い、そこにしばしばアイロニーとウィットを織り交ぜる。キャラクター造形においても情景設定においても、ミレイは誇張の力を利用して読者の関心を得ようとしているのである。その無慈悲なまでに情熱的な女性のペルソナは、彼女が生きていた社会環境で広く知られていた控え目な女性らしさの理想像とは大胆なまでの対照をなしている。

有名なソネットの出だし「わたしは女に生まれて」(I, being born a woman) は、主題に対するミレイの誇張的なアプローチを具現化している。語り手はドン・ジュアンのような典型的な男性の誘惑者に関連付けられる感情や意図を有している。彼女は「熱烈に」(zest) 性的に親しくなり、一時的に情熱によって支配された状態になって――情熱は「心を曇らせ」(cloud the mind)「我を忘れる」(leave [her] undone) (lines 4, 7, 8)。しかし、性的なエクスタシー、「強い血の、よろめく脳への反抗」(treason / Of my stout blood against my staggering brain) を経験するときでさえ、彼女はパートナーに、ふたりが感じた快楽には感情的な実が伴っていないことを告げる(lines 9-10)。「こんなことがあったからといって」(for this)と語り手は警告する「わたしがあなたを愛情とともに思い出すとは思わないで」(Think not . . . I shall remember you with love)(lines 9, 11)。語り手は一時的にふたりを結びつけた「狂乱」(frenzy)の後、いかなる余韻も遺さないのである。性的な結びつきは社会的な関係——そこには楽しい「おしゃべり」(conversation)すら含まれる——を継続するためには「不十分な理由」(insufficient reason)しかもたらさない(lines 13, 14)。このソネットが女性についての伝統的な考え方の息をのむような転倒を表現しているために有名になっているのはもっともなことである。その語り手は肉体的な情熱にふけるだけでなく、セックスを愛情と冷酷に切り離し、そのパートナーをあからさまな軽蔑をもってあしらうのである。相手は語り手の性的満足の道具であって、それ以上のものではない。さらに彼女は相手をただ軽蔑するだけではなく、彼が自分にとってほとんど何の意味も持たないと告げることに喜びを感じているのだ。

こうした感情が男性の語り手によって表現されていたなら、それが異常に見えるのはあまりにも本心を正直にさらけ出しすぎているからだろう。男性が女性を性的に搾取するとき、通常彼らは、その関係を続けるつもりがなくても、愛情や感謝を口にするものである。「また電話」するよ、と約束しておいてその後音信不通になる男性はよくあるステレオタイプだ。ミレイの語り手はこうした空手形という定番にのっとってはおらず、正面からパートナーを愚弄する。したがって彼女は誇張を通して、男性が女性を性的に搾取する際に用いる見え見えの利己心を強調しているのである。このソネットの宛先となっている男性に向けられた皮肉は文学やオペラ、民話でおなじみとなっている、女性とは性的に親しくなったすべての男性に対して「愛情」を抱き、必死でしがみつこうとするものだという常套的な表現を痛烈に転倒させている（line 11）。ここでは自分が無慈悲にも捨てた男性に対して（「憐れみ」があったにしても、それはそれほど顕著ではない）「軽蔑」（scorn）を感じているのは女性の方なのである（line 12）。セックスそれ自体も、全く神聖性を帯びていない。「狂乱」（frenzy）という言葉はいかなる重要性も高揚感も持たない常軌を逸した色情を思わせる。読者はセックスをおそるべきけがれともロマンティックなファンタジーともとらえていない女性に出会うのである。さらに彼女は堂々と、自分の性欲が旺盛なのは女性「だから」であり、女性「にもかかわらず」ではないと主張する。「女に生まれたために」（Being born a woman）彼女は抗しがたいほど男性と物理的に「近づき」（propinquity）たいと思っており、その体の重みを「胸の上に」（body's weight upon [her] breast）感じたいと願っている（lines 1, 3, 5）。女性という「生き物」（kind）の「必要性」（needs）を感じざるをえないのだ（line 2）。

作品のテーマとなっているメッセージはミレイが恋愛ソネットという、男性の語り手が美しく慎み深い女性に求愛する際に用いられたジャンルをパロディとして用いている事実によって強調される。[27] 女性への礼儀正しさという伝統的な表現は、ミレイの語り手が〔伝統的ソネットでは〕男性の語り手が通常は語らない本当の動機を口に出して言う際に転覆されている。つまり語り手は性的に飢えを感じており、感情的に、あるいは将来にわたって長期間かかわりを持ちたいのではなく、肉体的欲求を満足させたいだけなのだ。そして彼女は自らのジェンダーをその正当化に用いているのである。セックスは彼女を束縛するものではない。語り手はいかなる形であってもパートナーや彼の将来の善意を当てにしているわけではないのである。語り手の相手に対する軽蔑の背後に、読者は作者がほくそ笑んでいるのを感じ取ることができるだろう。ミレイは通常は男性のものとされてきた性的欲望や特権を女性のものとして描くことに喜びを感じているように見える。この語り手の性的な奔放さより重要なものは、彼女が果たしている支配的な役割である。この作品には、その強力な効果を説明してくれるような勝利の高笑いの瞬間がある。語り手は女性の性的な本質についての一般的な考えを冷たく突き放しているのだ。

女性も男性と同様性的に能動的であり自律的であり得るというメッセージを提示することで、このような作品は強い反応を引き起こす。読者は恐怖や怒り、スリルを感じるかもしれないが、その反応はいずれにせよ、穏健なものではあり得ない。女性のセクシュアリティに関する社会的に認められた見方に疑念を呈するだけでなく、ミレイは男女間の争いの根本的原因、すなわち自律性（autonomy）そのものに関心を引きつけているのである。進化生物学の視点からは、男性が女性を支配するのは「通常の生殖戦略から引き出された心理的装置の一部」のように見えるけれども、この戦略は「自立した個人でありたいという基本的な人間の願望」と真っ向から対立する。[28] ミレイは事態が逆転した世界を創造し、そこでは男性を支配するのは女性なのである。女性が性的な欲望を持ち、短期的な関係を意図することが、詩がこの逆転を引き起こすために提示する唯一の（直接的、間接的を問わず）説明となっている。暗示のレヴェルでは、この作品は女性は性的なことに関心がないという神話は不正確で、広く普及した政治的社会的抑圧の道具なのだと訴えているのである。

短期的戦略

自然なことだが、ミレイは多数の男性と関係を持つ女性の行為主体を表現する場合もある。短期的な交配戦略をとる女性の視点からも多くの作品を書いているのである。「不可能ではない彼に」（"To the Not Impossible Him"）はウィットに富んだ形で、とはいえ断固として、女性が性的に相手に忠実であるという評判のよい傾向は生得的なものではなく、経験不足の副産物であると示唆している。旅行したことのない人間は比較することができない、と語り手は言う。「カイロやキャセイに行かない限り」（How shall I know, unless I go / To Cairo and Cathey）「今の環境が本当に『素晴らしい』のかどうすればわかるだろう」（opportunities in my immediate environment are indeed "blessed"?）（lines 1-2, 3）。様々な土地に行ってみて初めて、その土地に対する好き嫌いの感情が生じるのであって、そうした嗜好は他と比較しなければほとんど意味をなさない。「カルタゴのバラ」の香りをかいでみるまでは、「鼻先」（beneath [her] nose）にあるものが確かにその「花」なのか、どうして確信が持てるだろう（lines 8, 5, 6）。第三クォートレンと第四クォートレンでは、語り手はメタファを拡大して「忠実な愛」（faithful love）の範疇に至る。「いかなる権力もわたしがここにいるかぎり／かすませることも崩すこともない」（no power shall dim or ravel / Whilst I stay here）（lines 9, 10-11）。しかし、もし「旅をすることがあれば」（should ever travel）、将来にわたって貞節であり得るかどうかについて語り手は挑発的にも答えを保留するのである。

　地理や旅行はこの作品において、女性の経験を制限する多くの慣習や規範を示すメタファとして機能している。女性の身体的、知的、社会的、性的活動はジェンダーに特化された規範や規制によって制限を受けている。そのような文化的に課された制限のために女性は様々な男性を比較して、配偶者獲得の際、相手を選ぶことができない状態となっている。女性たちが満足し、したがって〔夫に〕貞節であるのは、より魅力的な配偶者や交配戦略へのアクセスを奪われてしまっているからなのである。キャセイのようなエキゾチックな行き先が言及されていることによって、男性が物理的にも社会的にも自由に世界を移動できることが強調されている。もし女性がそれと同様に冒険することができるなら、男性と同じくらい不特定多数と性的な関係を持つだろう、とミレイの詩は暗示しているのである。誰にも干渉されない自立した存在でありうる権利は、女性が「花」（flower）から花へと飛び回り、さまざまなパートナーを楽しむことを意味するかもしれない。社会的環境において力を得ることによって女性の貞節さは減じられるかもしれない、というのである。性的に「旅」をすることが許された女性たちは、探検すべき山のような選択肢を見いだすことになるだろう。

　女性は一途である、というステレオタイプを問い直す別のミレイの語り手は新しいものの魅力を強調する。彼女は自らのエロティシズムを「わたしを引き裂くけだもの」（beast that rends me）という荒々しくも力強い言葉で表現するのだが、その欲望の力（「わたしを引き裂くこのけだもの」This beast that rends me）は持続性がない（line 1）。過去の経験によって明らかであるように、この情熱はすぐに「満足して飽き飽きし、消えてしまう」(will glut, will sicken, will be gone)「熱は去ってしまう」(the fever will abate)(lines 4, 5) のである。彼女は「今日」(today) とても大事だ、自分の「いのち」(east and west) だ、と思った恋人を「忘れて」(forget) しまう (lines 7, 8)。別のキャラクターは同様に自らの飽くなき性的欲求を認識しているが、自分が「忠実」(faithful) なのは誰か特定のパートナーに対してではなく欲望の充足に対してであるという (「わたしが忠実だと思わないで」Oh, think not I am faithful) (line 1)。彼女が現在の恋人と一緒にいるのは、彼が性的に言えば「今のところ」(still)「飢えを満たす珍奇な食物」(hunger's rarest food) であって、「激しい渇き」(wildest thirst) を潤してくれるからだ、と彼女は言う (lines 5, 6)。彼が自分のエロティックな欲望を満たさなくなれば、「わたしはあなたを捨て / あなたを見つけたように、別の人を見つける」(I would desert you . . . / And seek another as I sought you first) (lines 7-8)。彼女は自分が性欲の充足をもっとも重視する人間であると公言しているのである。現在のパートナーが自分と同様に「浮気性で軽薄で嘘ばかり」(wanton, light and false) であるから、語り手はさらに、情熱が冷めた後の別れは自分だけでなく彼にとっても有益だろうと言う。人間の情欲のうつろいやすい傾向に忠実な彼女は逆説的に「一番誠実な時に一番節操がない」(most faithless when . . . most . . . true) (line 14) のだ。

既に言及した「わたしの唇がどんな唇にキスしたか」("What lips my lips have kissed") では、ミレイは長期的な愛着を持たずに能動的に性生活を送ってきた短期的な戦略家を表現している。彼女は自分が性的な歓びを共有してきた「名もなき男たち」(unremembered lads) の個人的な詳細を「忘れて」

（forgotten）しまっている（lines 2, 7）。あまりにも数が多く、感情的に何の重要性もないために、「どこで、なぜ」（where, and why）彼らと関係を持ったのか覚えていないのだ（line 1）。詩の一行目でこうした短期的なパートナーは体の一部（「唇」〔lips〕）に矮小化され、身体的な満足を与えるという彼らの役割が強調されている。ここでミレイは女性のアイデンティティのエロティックな構成要素を強調するため誇張を用いている。ミレイが描く女性の語り手の強力なリビドーは、短い逢瀬で性的な満足を求める傾向と同様、コンヴェンショナルな前提に対する挑戦である。通常は男性的なものとみなされるような性生活を送る女性を描くことで、ミレイは間接的に性的な対称性を肯定しているのである。

ソネットの後半六行は年老いていく女性と「ひとりぼっちの」（lonely）木を比較している部分であるが、これは語り手の経験を自然界のプロセスという文脈に置いているためにとりわけ重要である。木が冬に「ひとりぼっち」（lonely）になるのは、その枝で夏中うたった鳥たちが「消えてしまった」（vanished）（lines 9, 10）からである。（人間である語り手と同様、この木も個々の鳥たちを覚えていない。「どんな鳥が」nor knows what birds とまり、去って行ったのか「知らない」〔line 10〕）。鳥が冬になれば別の土地へ去って行くのは自然なことである。人類にとっても、年を取れば性的な活動が減ずるのは同様に自然なことだ。これらは季節の進行――人間の人生における様々な位相を特徴付けるために通常喚起される比喩的な季節の進行を含む――の当然の結果である。語り手が晩年孤独であるのは不特定多数と性的関係を持ったことへの罰ではない、とミレイのアナロジーは暗示する。時間が経過したことの自然な結果なのであると。スザンヌ・クラークが指摘したように、ミレイは通常「情事の形」を「はじまりがあり、必然的に終わりがある、繰り返されるサイクル」[29]と表現する。この作品の結末部分のトーンは穏やかで悲しみに満ちているけれども、その悲しみは若さと情欲の楽しみが失われたことに焦点が当てられている。若いころの行動や戦略的な選択を後悔している様子はない。

多くの作品が同様に、性的な情熱を生物学的に見て自然な事象——生長とそれに続く腐敗——になぞらえることで短期的な戦略を擁護している。生物の一生は漸進的に移行するものであり、それぞれの段階はごくわずかの間しか続かない。人間の情熱も同様に一時的に燃え上がり、そして消えていくのである。そのような考察をしていくと、長期的な期待を哲学的に否定する姿勢に落ち着く。常に変化していく中で意味を持つものは特定の瞬間の喜びを最大化することだ、というわけである。「はかない蝶を見よ / 蝶がどのように花にとまるか」（Mark the transient butterfly, / How he hangs upon the flower）と「マリポーサ」（Mariposa）の語り手は友達に助言する（7-8行目）。昆虫は寿命が短いが、だからといってその食欲を現在満たしているという喜びの強さが減じられるわけではない。人間の恋人たちも身体的な衝動に基づいて行動することでこの例にならうべきだと語り手はいう。「あなたの手をとらせてほしい」（suffer me to take your hand）（3行目）。「死は今日、明日にも訪れるのであるから」（death comes in a day or two）と誇張をこめて繰り返すことで、彼女は欲望の即時的な充足を求める。「あなたを味わわせてほしい / 暁が空にあるまで」（Suffer me to cherish you / Till the dawn is in the sky）（4, 10-11行目）。その主張は奥手の女性たちをおどかして控えめな態度を捨てさせようとする男性詩人たちのそれを思わせる。マーヴェルの「はにかむ恋人に」（To His Coy Mistress）は墓やウジ虫を引き合いに出して相手をおどかしているが、こうした例がすぐに頭に浮かぶであろう。「マリポーサ」（ミレイが性的な非対称性をうたっているいまひとつの例）においては、「わたしたちが知っているすべてのものは」（all the things we ever knew）まもなく「灰になる」（Will be ashes）と強調し、つかのまの逢瀬を楽しむ理由として迫り来る死を挙げるのは女性なのである（5-6 行目）。人生の短さを思えば、貞節や忠実さなどといった問題は重要ではない。「貞節であろうとなかろうと／死は数日のうちにくる」（Whether I be false or true, / Death comes in a day or two）（12-13 行目）からである。

ミレイが変化を理解し、それを受け容れようとする姿勢は宇宙的な広がりをもっている。たとえば「おお地球、不幸な星よ」（O Earth, unhappy planet）では、ミレイは長い進化のプロセスを強調し、あらゆる種の絶滅は避けられないものであるという。こうした広い視野をとった場合、人類は惑星が存在する時間のほんの一部においてのみ――〔二四時間のうち〕「一時間」（an hour）（6 行目）――存在するに過ぎない。その事績がいかに「輝かしい」（bright）ものであろうと、その運命がいかに「高邁な」（high）ものであろうと、ホモ・サピエンスは沈む夕日のように、誰からも忘れ去られて「海に沈む」（down into the sea）だろう（6, 4, 7 行目）。地球そのものもついには崩壊してしまう。それは「できたときから滅びる運命だった」（born to die）（1 行目）からである。感情的、技術的、倫理的、美的能力（「そのまれに見る笑い、見事な涙／才能、良心、わざ」his singular laughter, his droll tears, / His engines and his conscience and his art）があるために人間を特別な存在と見なしたくなるけれども、結局の所人類は多くの「動物」（animal）の一種にすぎない（11-12, 14 行目）。かつて、今は化石となった生物の多くを

「生み出した」(cradled)「普遍的なスライム」(the catholic slime) から進化した人類はまもなく、「最近這い出した」(but lately crawled) ばかりの「泥濘」(ooze) の中に消えていくだろう (「白亜紀の鳥」Cretaceous bird, 5, 13, 14行目)。ミレイは個々の生物や種の生存に自然が無関心であること、自然選択の冷徹な働きを意識していることを示している。彼女は人間のセクシュアリティについての自らの考えをこうしたより視野の広い進化論的理解に基礎づけており、短期的な性戦略は死と絶滅に対して哲学的、感情的、実際的意味を有しているのだと暗に主張しているのである。

あらゆる現世の事物は一過性を持つ存在であるという点に注目することで、ミレイは二重の意味で有用な哲学的枠組みを手に入れることができている。つまり、多数の相手と関係を持ち、特定の相手に忠実でないことを正当化すると同時に、そうした行動が引き起こすかもしれない苦しみに対する慰めをも得ているのである。ミレイの読者は恋愛詩と通常関連付けられる、あたたかく希望に満ちた感情にめったにお目にかかることはない。同時進行の、多数の相手との関係が詩に浸透しているために、はかない欲望が引き起こす不確実性がいっそう強まっている。

わたしたちは出会い、別れる
わたしたちのおしゃべりは「今、ここ」についてのものばかり
行動も同じ　どの行動にも

未来も過去もない
ずるく言葉にならない契約のもとで
わたしはあなたがこの前誰と一緒だったか知っている
でもわたしは何も言わない　そしてあなたは
六時十五分にわたしが誰のもとに行くのか知っている

（「テーマと諸変奏」IV, 3-10 行目）

We meet and part;
Our talk is all of heres and nows,
Our conduct likewise; in no act
Is any future, any past;
Under our sly, unspoken pact,
I know with whom I saw you last,
But I say nothing; and you know
At six-fifteen to whom I go.

（〝Theme and Variations〟IV, lines 3-10）

「教えて愛はそんなふうに進むものなの」(Tell me, can love go on like that?) と語り手はパートナーに尋ねる(19行目)。行きずりの相手と多く関係を持った結果は「退屈した、傷ついた心」(bored, insulted heart)(20行目)なのだと彼女は主張する。ジェンダーの平等を求めてはいるが、語り手は自らが男性と同様に不実を犯しても、その喜びは次第に減衰していくのだと歎いている。別の語り手は、「灰になった愛」(a love turned ashes) の経験はひどい落胆であり、それは季節の終わり(「粉砕された四月」April . . . shattered や「破壊された八月」August . . . levelled) よりずっと悪いものだと認めている。「夢が消えることがある」(a dream can die) と認識することはそれよりもずっと難しいことなのだ。(「ここに傷口がある」Here is a wound, 3, 9, 10, 13 行目)。

詩の主要なキャラクターはほとんど例外なく女性であるために、その一部が認める落胆の経験はときとして、男性の積極性が女性のそれよりも一時的であるかもしれないと示唆する結果となる。「わたしを哀れまないでください」(Pity me not) で始まる、しばしばアンソロジーに採られるソネットは、そうした示唆を裏付けている。俗世のものが一過性のものであることを読者に納得させるようにリズミカルに表現しつつ、このソネットはまず原子レヴェルの現象に焦点を当てる。大洋の満ち引きのような天体に影響する重力の影響は、絶え間ない変化を例証している。月は「欠けていき」(waning)「年は過ぎ去り」(the year goes by) すべては「うつろう」(shifting)(5, 4, 11 行目)。オクターヴは人間の感情への予期せぬ言及で終わり、それははかなさのいまひとつの現れとしてリストに組み込まれる。最初、詩は変化というテーマについての客観的な思索のように見えるが、突然焦点はより主観的なものになる。ソネットの被献呈者、その「欲望がすぐに消えてしまった」（desire is hushed so soon）人物が現れ、語り手は自らが彼の愛情のかつての受容者であったことを明らかにする。「あなたはもはやわたしを愛情を込めて見ない」（you no longer look with love on me）（7, 8行目）。ここでミレイは女性の欲望ではなく「男の欲望」（a man's desire）をとりあげて人間の情熱が長続きしないことを例証している。男性の心のうつろいやすさは、しかしながら、より大きな支配原則のひとつの例にすぎないのだ、と語り手は結論づける。彼女は自分自身の願望を自然の様態に沿って形成し、「花」（blossom）から「破壊」（wreckage）（10, 12行目）への許しがたい進行を受け容れるのは難しいと感じている。性的な願望を含むあらゆるものは無常であるという逆らいがたい現実を認識するのはたやすいが、歓迎するのは難しい。知的に理解したからと言って感情的に得心できるとは限らない。「心は頭が見ることを／学ぶのに時間がかかる」（the heart is slow to learn / What the swift mind beholds at every turn）からである（13-14行目）。

そのような例が示すように、より長く、永続的な「愛情」（love）を求める気持ちが、彼女の詩作品を一貫して流れる「今を生きよ」（carpe diem）の哲学にもかかわらず、時折顔を出す。そうした憧憬は女性が進化の結果獲得した、長期的な交配戦略を行う能力を完全に抑えることができないことを示しているようである。〔捨て去ろうと思っても〕その残滓は存在しており、ときとして詩の中で提示されている短期的な戦略に、自然でより機能しうる別の選択肢として影を落とすのである。大部分において、ミレイの女性のキャラクターは自分たちが不可能であると考えるものを期待することをよしとしない。エリザベス・P・パールミュターは、（「どこかの心ない若者」への「無頓着な」屈服の後の）「失恋のまさにその瞬間」に、ミレイの語り手は「恐るべき強さ」を発揮する、と述べている。[30] 感情的な均衡が脅かされたとき、あらゆる生物や自然現象の持つ無常という性質が彼らに慰めと勇気を与えるのである。

あなたの目に一瞬宿った愛
あなたの舌に一瞬やどった言葉
それは一瞬で死んだすべてのものと同じ
少々言葉が足りないか　歌われすぎただけ

The love that stood a moment in your eyes,
The words that lay a moment on your tongue,
Are one with all that in a moment dies,
A little under-said and over-sung.

（「わたしはもう一度帰ってくる」9-12 行目）

唐突な愛情の消滅に打ちのめされた語り手は刺すような機知で自分自身を痛みから守り、長続きしない運命にある経験を最大限に称賛することで自分の落胆の傷を癒やそうとする。しぶしぶのうちに、あるいはからかい半分に、ミレイの女性たちはほとんどいつも、欲望の癒やしがたいほどに長続きしない限界を主張する。つまり彼女たちは「はかないものをフェミニズム的に受け入れる」ことに内在する「力」を解放し、そこから利益を得ているのである。[31] 彼女たちの目的は持続性や排他性を求めぬ生のままの情熱の喜び（「銀の箱ならで」Not in a silver casket, 9行目）「開かれた手にある愛情」（love in the open hand）を経験することなのである。

「わたしは今、あなたを忘れましょう、いとしい人よ」（I shall forget you presently, my dear）と、ある語り手は恋人に厚かましくも話す（「わたしは今あなたを忘れましょう」I shall forget you presently, 1行目）。彼女が彼に「この、あなたのささやかな一日を最大限に利用しなさい」（make the most of this, your little day）（2行目）と助言するとき、その声には明らかに軽蔑の色がある。ふたりはお互いに思いを打ち明けるが、ふたりとも、それら「あなたの甘美な嘘」（your loveliest lie）と「わたしの大好きな誓い」（7, 8行目）が無意味であると知っている。彼女は「愛が長続きして／誓いがこれほど脆くなければいいのに」（love were longer-lived / And oaths not so brittle）と願うのだが、「自然が」別の様態で「意図した」（nature has contrived）ので、彼女は避けられないものを「ありのままに」（so it is）（9-10, 11）受け入れる。語り手はソネットの結論部分で、「生物学的に言えば」（Biologically speaking）、彼らの幸せは「無益な」（idle）、重要性のないものであると言う（14行目）。ここでミレイはダーウィンの思想を二十一世紀の言葉でほとんど明確に表現している。自然の意図（たとえば適応）は進化論的な目的（すなわち適応度）を上昇させることであって、個人の満足は二の次なのだ。彼女は実際のところ、性的な活動は生殖の鍵となる至近的な衝動への反応、すなわち子孫を作ろうとする意識的な意図のない状態でも存在しうる欲望の高まりであることを喝破している。恋人たちが「現時点で」（presently）共有している喜びは生物学的な力の結果であって、その力を彼らは制御することはできない。性的な行為を抗しがたいほど魅力的にすることによって「自然」は「絶え間なく前進し続ける」（to struggle on without a break）ことができるようになった（11, 12行目）。ミレイは、長期的な関与を求める願望が結局は適応的に作用するのではないかという問いを発するところまではいかないけれども、その代わり性的な欲望そのもの、持続性においても強度の点でも有限で、対象を求めて絶えず変動している性的な欲望そのものに焦点を当てている。性行為には生物学的な目的があるのだという最終行の認識はそれ自体、ミレイの作品には珍しいものである。彼女が描く女性たちには子どもがいないし、また子どもを望んでいる様子もない。自分たちがふける性的な「狂騒」（frenzy）の副産物として妊娠が言及されることもないのだ。

コストと利益

読者はミレイの詩作品の世界の中では女性が短期的な性戦略を取る際に生じるコストやリスクに何ら言及されていないことに気づかざるを得ない。[32] きわめて明確なことだが、ミレイの描く女性は誰ひとりとして妊娠しないし、その可能性を懸念することもない。これは後腐れのない性的関係にともなって女性に生じうるもっとも深刻なコスト、すなわち父親側の支援なしに子どもを産み育てるという可能性を一蹴していることになる。行きずりの関係を持てば持つほど高まる性病のリスクも同様に一顧だにされていない。ミレイの女性は拒絶された、あるいは捨てられたパートナー、あるいは嫉妬深い妻、ガールフレンド、あるいは以前の配偶者や恋人たちからの仕返しもおそれない。長期的なパートナーを――彼が提供する資源とともに――失うかもしれないという危険性のために、女性はしばしば夫以外の相手との性的関係を控えるものであるが、ミレイのキャラクターは短く、お互いに干渉しない関係から予想されるようなライフスタイルを体現している。したがって彼女たちはパートナーを頻繁に変えることを自然で避けられないものと見ているのである。金持ちで地位の高い男性が与えてくれる物質的資源や社会的優位性を求めようとしないのだ。

ミレイはもちろん、信頼性の高い避妊方法が利用可能になる以前に生き、創作活動を行っていた。しかし彼女は自分が生物学的な事実に関して無知であるとは決して認めなかった。女性が生殖においていかなる役割も果たさないのであれば、男性は性的にもほかの方法でも女性たちをコントロールしたり強制したりする必要を持たないことになる。女性が経験しているジェンダーに関する問題の大半は消えてしまうのだ。女性はもはや搾取されたり囲い込まれたりするための資源ではなくなるわけである。女性の性的自由が男性の遺伝的遺産になんらの影響も及ぼさないようになれば、男性はそれ（女性の性的自由）を制限することで得るものはないことになる。ミレイのキャラクターたちが享受している自由は少なくとも部分的にはこのような仮想の前提に基づくものであって、こうした前提条件については詩の中で説明されたり話題にのぼったりすることはない。同様に、詩人が称賛している性的な自由と、マーガレット・サンガーのような出生管理活動家の目標との関係についても言及されることはないのである。[33]

性的な活動が——現実と同じように——生殖と密接に関係している場合、男性が女性に対してとる支配的な行動の多くは、親の投資を誤った相手に行うことを避けようとして生じる。[34] 長期的なパートナーがいる女性はしばしば巧妙な配偶者保護戦術、たとえば嫉妬深いパートナーに虐待されたり捨てられたりといった戦術の犠牲になる。スマッツが指摘するように、「ほぼすべての文化において、配偶者の権利は（中略）男性の妻に対する他の男の性的アクセスを排除する権利を含んでいる」。[35] ミレイの詩に登場する女性はほとんど誰も、そのような窒息するような状況に置かれていない。ミレイによる既婚女性のもっとも見事な描写は『致命的なインタビュー』（Fatal Interview）を構成するソネット連作に見られる。ここでは女性の語り手は不倫の恋を語り、その焦点は主に〈夫ではなく〉愛人にある。直接的間接的に、彼女は自らの不貞が結婚に与えた脅威は自分にとっては無視できるものであるという。不倫の情事によって夫との関係は悪くなることは予想している（「この出会いは剣のように／わたしと悩めるわが君の間に横たわるだろう」this encounter like a sword / Will lie between me and my troubled lord）けれども、夫が自分を捨てたり、暴力をふるったり（「わたしを引き裂くこの獣」This beast that rends me）することの心配はしていない（13-14行目）。ミレイは男性の嫉妬や所有欲に妨げられない長期的な結びつきを描写しており、これは大半の妻が享受しているものよりも大きな性的自由を彼女に与えている。[36]

ミレイの語り手は連作のソネット一二六番以降で、自分はヘレンやギュイネヴェーヴのような伝説的な地位の高い女性と同じように暮らし、愛しているのだと宣言する。自らが「改めることのない情熱」(unregenerate passions) と称するものにしたがって行動する彼女は自らを、結果を顧みることなく「騎士たちをベッドにいざなった」(took their knights to bed)「裏切り者の女王たち」(treacherous queens) に比している(「女たちは以前愛した」Women have loved before, 12, 13 行目)。神話に出る権力を持った女性たちと同様、語り手は夫以外の男性との逢瀬を楽しむことにおいて「無頓着で気まぐれ」(heedless and wilful) である。「完全な、いにしえのやり方で」「愛」に全身全霊を捧げているのだ (14, 8, 10 行目)。この声を通してミレイは性的な願望の御しがたい性質を強調している。それは宗教的倫理や個人の人格的調和をも圧倒するものだ――「悔い改めることのない」(unregenerate) や「裏切り者の」(treacherous) といった単語が示唆しているとおりである。性的な切迫性は自分自身に妥協することなく焦点を当てる姿勢、自らの「胸」(breast) の「炎」(burning) を何より優先する決意を生んでいる。このソネットの語り手は自らが言及する〔ヘレンのような〕女性たちが不貞の代償を払ったこと、あるいは彼女らの「無頓着な」(heedless) 行動が〔トロイ戦争のような〕集団的暴力や文化的破壊を生み出したことをを認めていない。彼女は明らかに、自らの不貞がもたらすいかなる厳しい結果も予期していないのである。自分自身に、あるいは浮気相手に身体的な危害が加えられることもおそれていないし、夫が配偶者保護のための努力を強めることで将来、自らの個人的な自由が制限されてしまうことも心配していない。その苦しみは――ソネット連作全体を通じて散在的に見られるのであるが――

情事、常につかの間のものとして定義される情事がより長く——「もうひと夏」（a summer more）——続いてほしい、という切なる願いによってのみ生じる（「わたしはあなたを失ってしまった」Well, I have lost you, 10行目）。

男性の女性より強い体力の中に内在し、男性に特権を与えたがる社会的政治的権力に支えられている性的暴力の可能性もまた、ミレイの作品内では女性の悩みの種とはなっていない。「ダフネ」（Daphne）でミレイが古典神話に施した修正がそれを例証してくれるだろう。原作では、ダフネはアポロ神——強制的に性的関係を結ぼうとする高位の男性——から逃れる若い女性である。少女が木に変身するのは、最後の土壇場で彼女の父親が行う救出劇なのであるが、彼女の苦境に対する予期せぬ解決法として提示されている。ミレイの新しいヴァージョンでは、ダフネは自らの脱出を予測している。「いつでも」（any moment）「ただの月桂樹」（nothing but a laurel-tree）（2, 3行目）になって、あなたを欲求不満に陥らせることができる、とダフネはアポロを挑発する。これは古典神話に見られる絶望的に恐怖にとらわれた少女の姿ではない。ミレイのダフネは最初から、性的に屈服することはないと確信している。この確信のために、アポロによる追跡はいかなる恐怖も生まない。ダフネはそれを、最終的には自分が勝利するゲームとして扱うのである。ダフネのアポロへの最後の言葉は、愚かにも欲情にとらわれた男、絶対に彼女を自分のものにすることができないと悟ることができない男を「山や谷を越えて」（over hill and hollow）引っ張り回すことに彼女が喜びを感じていたことを示唆している（7行目）。彼の執拗な「追いかける意志」（will to follow）に対して、ダフネはまるでアポロが犬であるかのように呼びかける。「それじゃ、行くわ――ついてらっしゃい、アポロ！」（I am off; — to heel, Apollo!）（8, 9行目）。

ここでミレイは明らかに、理想的な要素を身近な題材に織り込み、性的な攻撃者から逃れるために他者に依存しなくてもよい女性を描いている。この新しいダフネ像は父親の保護を求めるのではなく自らの力（「わたしはできる」「わたしはできる」〔I can,〕〔I can〕）を強調している（2, 5行目）[37]。比較的感情をもたない生命体である木への変身は、男性への関係において支配権を維持するための戦略としてミレイの描く女性たちの多くが用いる感情的な〔男性からの〕乖離をメタフォリカルに示していると も解釈できる。それ以外は、この作品は身体的にも社会的にも強力な男性からの性的な攻撃に対して女性を無力にするいかなる現実世界のメカニズムにも諸条件にも言及していない。この作品はそのような非現実的な状況が実現したとしたら女性はどれほど多くの物を得ることができるかを見事に表現しているのである。男性が女性の性的選択や自律性を脅かさない世界においては女性は意のままに動き、男性に必要に応じて「ついてくる」（to heel）ように呼びかけることができるのだ。

ミレイの詩には長期的な献身を伴わないセックスに対して、妊娠、病気、暴行といった身体的なコストがないのと同様、社会的なコストもまた存在しない。ミレイの描く女性たちは評判が損なわれたり、家族や友人からの援助が減ってしまったりすることを心配していない。コミュニティの中で嫌われたり地位が下がったりといったことは何も口にしないのである。既に述べたように、そのようなペナルティは歴史を通じてさまざまな文化において女性の性的行動を支配するために用いられてきた。

いかなる種類であっても婚前に、あるいは夫以外の男性と性交渉を行う女性はよい結婚生活を送る確率を減らしてしまう。既婚の、あるいは恋人がいる女性の場合、嫉妬による暴力的な報復を受けたり、現在のパートナーを失ってしまったりする。通常そうした女性は資源へのアクセス権を失い、そのため自らや子孫の生存が脅かされることになる。また公的なさらし者になり、家族内でもつまはじきにされやすい[38]。ミレイの描く理想の世界を一歩離れれば、読者は必然的に気づくことであろうが、短期的な情事に繰り返し際限なくふける女性は養育できない子どもをかかえ、貧しく、世間に嫌われ、暴力をふるわれたり性病に感染したりするだろう。このような悪い結末はミレイの作品の女性たちは経験することも、頭に思い描くことすらないのである。生物学的にも社会的にも、ミレイの詩は行きずりのセックスに関係するリスクを黙殺しているのである。

ミレイの詩は女性が短期的な性戦略で得る利益に焦点を当てているけれども、その中でもとりわけ限られた要素に集中している。彼女たちは進化論の研究者や理論家によってしばしば言及されてきた利益のうちふたつ、つまり、資源の獲得と配偶者の交換[39]を無視している。既に述べたように、ミレイの描く女性たちは物質的な富について心配することはなく、行きずりの恋の相手を金や贈り物の供給者として見なしていない。情事の時以外は愛着や接触を持たないので、彼女たちは将来の長期的なかかわりに興味を持っていないようである。したがって、ミレイの描く女性たちは短期的なセックスを永続的な配偶者を引きつけたり、「スペアの」交際相手を確保したり、現在の長期的パートナーをより魅力的な相手と取り替えたりするために用いる[40]ことはないのである。その代わり、彼女たちは長期的なかかわりとは関係のない利益、つまり相手の質（と多様性）、性的欲求の充足、自己肯定感、自律性などといった利益に焦点を当てている。

ミレイの描く女性たちは自分が選んだ男性の身体的な魅力を強調する。子孫を残すことに明らかに関心を持っていないにもかかわらず、彼女たちはすぐれた遺伝的性質と関連した特徴を持つパートナーを情事の相手に選んでいる――子どもができた場合、適応度に貢献しそうな男性たちである。身体的によりすぐれた相手を好むことは、彼女たちが意識していない適応的な配慮によって動機づけられている。いわゆる「よき遺伝子仮説」（good genes hypothesis）によれば、女性はしばしば、長期的なパートナーとしては手の届かない、遺伝子的に見て優れた男性を短期的な情事のパートナーとして選ぶ。進化論の研究者たちによれば、このような短い逢瀬によって女性が負わなければならないコストは、そうした〔すぐれた〕遺伝子を持つ子どもを産む可能性によって相殺されるのだ。男性は一時的なパートナー――いかなる献身も行わず、たとえ子どもができたとしても最小限の投資しか行わない相手――を求める際に通常〔選ぶ〕基準を緩めるために、そのような逢瀬はお互いにとって、子孫を残すという目的にかなったものとなる。[41] 献身のともなわない性行為によって男性は少なくとも量の点で、親の投資を行わないで適応度を上げることができる。一方女性にとっては長期的な配偶者としては望めないような、遺伝子的により理想的な男性にアクセスすることができるのである。さらに、男性にとっても女性にとっても、複数の相手と関係を持つことは子孫の遺伝的多様性を確保することにつながり、「変化する環境の中で」「リスクヘッジ」[42] することにつながる。本当の父親ではない男性が父親だとされていたケースを調べた研究によると、女性は〔短期的な戦略と長期的な戦略の〕混合戦略を比較的頻繁にとっており、特定のひとりの男性に献身的に奉仕させる一方、よりよい――あるいは少なくとも、異なった――表現型を持つ短期的なパートナーと浮気をする傾向があるという。[43]

女性はさまざまな手がかりによって遺伝子の質を特定する。身体的な対称性――「適応度を示す遺伝的なマーカー」――はとりわけ重要である。対照的な身体を持つ男性はそうでない男性よりも「筋肉質で活気に満ち、がたいが大きく、心身ともに健康である傾向がある」。[44] 女性が、顔も体もよい男性と献身を伴わない性交渉をしようとするのは、その背後にある遺伝的な論理を意識することなく、そのような手がかりに反応していることを示している。ミレイがその作品で描いている女性たちはこのパターンに沿って、きわめて外見がよい男性たちを短期的なパートナーに選んでいるのである。たとえばある語り手は恋人の「たぐいまれなる体」(unimpeachable body)を、その顔の「美しさ」(loveliness)とともに讃えている(「死なんてなによ」What's this of death, 7, 12行目)。彼女やほかの女性の語り手が強調しているように、パートナーのたぐいまれなる身体的外見は喜びの源泉で、欲望を刺激する。明らかにそれは彼女らが一時的なパートナーを選ぶ際の重要な基準になっているのである。

類例はミレイの作品全体に見られる。「あなたもまた死なねばならない」("And you as well must die")はパートナーの「美」について熱狂的にうたっている。その手は「しみひとつなく」(flawless)、顔は「完璧」(perfect)である、という調子だ(2, 3行目)。彼は「炎と鋼の体」(a body of flame and steel)を持ち、筋肉質で調和が取れている(4行目)。「テーマと諸変奏」("Theme and Variations")では、恋人を捨てようとしている女性が、相手がきわめてよい外見をしているために別れられないのだという。「あの顔」(that face) に魅了されているために、「盲目」(blindness) に頼らなければ——すなわち意図的に外見的な魅力を忘れなければ——離れられないのだ (II, 17, 18 行目)。語り手は何よりも外見のために彼を相手に選んだのだと認めている。身体的な魅力こそが短期的な選択の重要な要素なのだ、というわけだ。「彼を導き入れたのはこの目」(These eyes . . . let him in) と彼女は歎く。「わたしの罪のない心、あなたではない」(not you, my guiltless heart) (II, 15, 16 行目)。満足のいかない関係から解放されようとして、語り手は彼の外見をいわば悪魔祓いでもするかのように意識から消し去らなければならない。「目よ、彼の像を消してしまえ」(these eyes, let them erase / His image) と彼女は命ずるのだ (II, 17-18 行目)。

このテーマをわずかに異なった視点からうたう別の語り手は自らの短期的なパートナーに、その身体的な魅力が自らの情熱的な反応にとって不可欠な要素なのだという。「あなたの外見が悪ければ今すぐ別れるわ」(Were you not lovely I would leave you now) と彼女は無造作に言ってのける。彼の性格には全く興味がないこと、そして長期的な相互に対する相互の献身は重要視していないことを自ら暴露しているのだ (「わたしが忠実だと思わないで」Oh, think not I am faithful, 3 行目)。外見こそがパートナー選びで中心となる要素なのだと彼女はいう。「美の足取りを追ってわたしの足は駆けていく」(after the feet of beauty fly my own) (4 行目)。ここでもまた、誇張が男性の傾向や戦略を風刺するために機能している。ミレイの語り手は男性のパートナーによい外見を求め、外見が色あせたらすぐに捨ててしまうと脅迫することによって、男性のよく知られた、しばしば批判される、女性の外見の美の重視を模倣しているのである。

自らが求愛する女性に関して、その顔が美しいことや、ウェストとヒップの比率が小さいことを重視する男性たちはもちろん、若さや妊娠の可能性といった重要な手がかりに反応している。彼らは子孫を残す可能性を高めるような相手を選んでいるのだ。[45]妊娠の話題は明らかに避けられているけれども、ミレイの作品に登場する女性たちは〔男性と〕同様に、有益な生殖戦略をとっているのである。「父親になりそうな男と、悪い男を同時に相手にする配偶者戦略」（dad and cad mating strategies）を分析すると、「ワル」（すなわち親としての投資を行わず、信頼できない男たち）と関係を持つことは一般的に、遺伝的な適応性を向上させることがわかる。[46]特別な地位や資源を自由に使える男性たちと同様、人並み外れて魅力的な外見を持つ男たちは月並みなライバルたちよりもずっと容易に女性に性的にアクセスできる。ハンサムな男性は女性に対して魅力的に映るから、短期的な性的関係の機会は頻繁に訪れる――そして研究によれば、彼らはそうした機会を存分に利用するのである。[47]それで女性が妊娠した場合、彼女たちはそうした「価値のある男」との一時的な関係から質の高い子孫という形で利益を得ることができる。そうした子孫の中にはいわゆる「セクシーな息子たち」（sexy sons）が含まれる――これは平均以上の身体的魅力を備えた男性で、短期的な性戦略を効率的に用い、母親の遺伝的遺産を拡大するのである。[48]「ワル」と関係する女性たちはもちろん大きなコストを負うリスクを冒している。というのも彼女たちが愛した男たちは彼女たちに長い間献身的に尽くすことも、〔子孫に〕投資することもないからである。そのような長期的な献身を自分から拒絶する女性たち――ミレイの描く多くの女性が明確にそうしているように――は、そのようなコストを無視することができる。彼女たちは男性の「みめのよさ」(loveliness)を求めるとしばしば明言しており、パートナーとしての価値が高く、献身を要求する動機がそれに反比例して低いような男性を選んでいることになる。個人的な性向、ないし哲学的な確信のために――あるいはその両方のために――彼女たちは人並み外れてハンサムなパートナーに性的な欲望を燃え上がらせ、自由に遊んでいるのである。

「彼女は歌っているのを聞かれた」("She Is Overheard Singing")の語り手はステレオタイプの「ワル」が持つ魅力を率直にうたっている。彼女は自分のパートナーをほかの女性のパートナーと比較し、友達が選んだ男たちの退屈さを強調している。アガサの男は「ひきこもり」(a hug the hearth)、ミグの男は「チーズみたい」(good as cheese)、ジョーンの男は「だらけ者」(a putterer)だ(3, 5, 37 行目)。プルーの男は「辛抱強く」(patient)、「いつ、なぜ、と聞かない」(asks not when or why)。スーの男は「ジェルのようで――/一色しかない」(like good jell – / All one colour)。ミグの男は「未来を/考えようとしない」(think at all / What's to come)(33-34, 17-18, 19-20 行目)。こうした男たちを描写するために用いられている家庭的なアナロジーは彼らの美徳が退屈なものであることを強調している。確かに彼らは献身的に妻に尽くしているが、身体的なエネルギーや精神的な覇気がない。「正直」(honest)で「やさしい」(gentle)けれども――これらの性質は妻や恋人たちが評価し称賛するものだが――こうした男たちにはパートナーの女性をわくわくさせる能力が欠けている(6, 21)。語り手は自らが選んだ、家庭的でもなければ信頼もできない男性を喜びをもって描き出す。「わたしが心から愛する人はさまよい人だ」（My true love's a rover!）彼女は絶賛する。「わたしのいとしい人は嘘つきだ！」（my dear lad's a liar!）「わたしの真実の愛は偽りだ」（my true love is false!）（4, 8, 40 行目）。愛情と、一見否定的に見える形容を組み合わせることで、彼女はバスが「セクシーな誘惑者」（studly charmers）と呼んでいる、おそろしくハンサムで、移り気なことで悪名高い男たちの逆説的な魅力に焦点を当てている。[49]

　作品中には語り手のパートナーの身体的な描写は一切ないけれども、その明らかに高い遺伝的な性質が異性に対するきわめて強い魅力の源泉であることが暗示されている。語り手は自分が知っているあらゆる女性は、自分の配偶者たちのまじめな献身を評価していると口では言っているけれども、「わたしがキスする男に見てもらうだけで／命さえ投げ出すだろう」（would give the life they live / For a look from the man I kiss）（23-24 行目）というのである。キスに言及していることは、男性の「ワル」としての性質が――おそらくは多くの女性が持っている分別や意識している〔長期的な関係にふさわしい男性を選びたいという〕願望に反して――情熱的な反応を引き起こし、性的な充足をもたらすことを示している。さらに、彼に選ばれることで語り手自身の女性としての価値が裏付けされていることになる。多くの女性に望まれている彼は「冷徹な」（cold）計算をもって「視線を巡らせ」（his eyes about）、「ごくかぎられた人間」（few）を自らの関心にかなうものとして選ぶのである（25, 26 行目）。彼女は彼の移り気を、その高い質のさらなる証拠として受け入れ、「彼はわたしを尼にも女王にも／乞食にもできる」（he'd slip me clean for a nun, or a queen, / Or a beggar）（27-28 行目）と、なんら叱責することなく認めるのである。この男性は献身的に家にいる必要はない。そうした男性の性的な関心を、たとえわずかな間であっても受ける対象になることは議論の余地もなく値打ちのあることなのだとミレイの語り手は結論づける。彼女は家庭的な平穏よりも性的な興奮を選ぶのである。この作品はダーウィニズムの研究者たちが人間の交配戦略として見いだしてきた「よき父親と色男」(dad-cad) という二項対立を明確に例証している。きわめて明らかなことだが、女性は、自分たちが性的に興奮すると感じる男性の遺伝的な優越性について意識的に考える必要はない。ミレイの詩に登場する女性たちはハンサムな色男が残す質の高い子孫といった究極的な目的は意識していない。彼女たちはむしろ彼の「キス」の喜び、すなわち至近的な願望を満たす能力に集中しているのである。

これまで述べた例が示しているように、高い遺伝的な質を有している短期的なパートナーを好むことは、ミレイの詩に描かれる女性たちが高く評価するいまひとつの利益と表裏一体になっている。すなわち性的な欲望の充足それ自体である。文化的な規範が女性のセクシュアリティ――ここにはさまざまな相手と関係したいという欲望も含まれる――を抑圧し否定するように機能してきたので、ミレイが描く情熱的な女性たちにはどこか禁断の香りがする。最近の研究はしかし、ミレイの描写は意図的に誇張されたものであるにしても、本質的には正確なものだという結論を支持している。バスが述べているように「女性が情事の利益として考えているものを調査すると、性的な充足がその筆頭となった」[50]。ミレイの詩に登場する女性たちは同様に「情熱」(passion) をつかのまの逢瀬の主要な動機として挙げている(「わたしたちは税金について話す」We talk of taxes, 9行目)。「欲望する体の熱」(the desirous body's heat）のために、性的な充足を約束する関係を求めるのだと（「今後一時間のうちに」Yet in an hour to come, 10 行目）。

短期的な性的関係にかかわるいまひとつの利益は自己評価の向上である。ダーウィン的な視点からすれば、社会的環境における肯定的な自己評価の有用性は明確だ。「自己評価が上がることで、評価の高い霊長類にふさわしい行動ができる」ために、自信が出てきて他者に尊敬されることになる（とりわけ、この自己評価の向上につながる情事が明るみに出ない場合には）。[51] 情事のために女性は自らのさまざまな特徴についての自己評価を上方修正することができる、とバスは報告している。情事の相手が自らに新しく強い関心を払ってくれるので、女性は自らが「美しく」「重要で」「知的で」「セクシーだ」と確信するに至るのである。[52] バスは〔男性との〕関係に飽き飽きしたり、決まり切った行動が「古びて」いると感じられたりすることが、この自己評価の「急上昇」を説明してくれるのではないかと推測し、これを〔自己評価減衰の〕「特効薬」に比している。[53]「テーマと変奏」（"Theme and Variations"）の第五部で、語り手は自らを「大広間」（hall）になぞらえている。そこはもはやいかなる恋人も内包していないためにがらんどうになってしまっている（5 行目）。彼女は自らが「とても愛した」（loved badly）男たち、あるいは「あまりにも早く」（too soon）愛しすぎてしまった男たちの高い質を強調している。「この部屋の垂木が / ゲストたちによって栄誉を受けている」（the very rafters of this room / Are honored by the guests it had）（3, 4, 11-12）というわけだ。情事は短く、不完全であったにもかかわらず、それらは彼女の値打ちを高めたのである。語り手は「紳士たち」（gentry）とお近づきになったからだ（15行目）。彼女の自己評価を高めたこうした過去の関係のために彼女は現在の愛人を捨てることができる。彼はかくも多くの過去の男たちのうち「唯一の」（only）「値打ちのない」（unworthy）存在だからだ（13）。彼は比喩的には、エリートの「客人」（guests）と比べると単なる使用人にすぎない。彼女が過去の男たちの関心から得た自己評価はずっと彼女に利益を与え続けているのである（12行目）。他の作品も高い自己評価と貴族的な地位の間に同様のアナロジーを表現している。しばしば自分を女王や女神にたとえることで、ミレイの女性の語り手は短期的な性的関係と自尊心との密接なつながりを裏付けているのである。情事は社会的、政治的名声に伴うものに匹敵するほどの自己肯定感を生み出すのだ。

短期的な性的関係を結ぶ相手の質が高ければ高いほど、情事が与える自己肯定感の向上は大きなものになる。女性の短期的性戦略家が手にすることができる利益は相互に強め合っているようだ。ミレイの描く女性が示している、きわめて外見のよい男性への嗜好は、単に優秀な子孫を残す可能性を高めることで遺伝的な見返りを約束してくれる（利益その一）だけでなく、性的な充足感も与えてくれる（利益その二）。というのもこうした抗しがたいほどハンサムで、どんな女性にも望まれるような男性は性的な興奮を生み出すからだ。さらに、そのような男性の関心は自信と高い自己評価を生み出す（利益その三）。心理学的な高揚感であり、社会的にも有用な効果だ。ミレイの描く女性たちは心ときめく魅力的な男性と交際したいという嗜好のために見事に織り合わされた利益を享受しているのである。

こうした相互に関係している利点の中にかたく織り込まれているのは女性が短期的な性戦略から獲得しうる最後の、中核的な利益、すなわち自律性である。相手に対する、あるいは相手からの献身を避けることで、ミレイの詩に登場する女性たちは通常男性が長期的な女性のパートナーに対して行使する専制的な支配を免れている。関係を一時的な物にとどめておくことで行動を主導し、パートナーを自由に選び、性的な充足感を得ることができるのだ。歴史も文学も、短期的な関係のみを求める誘惑者たちにだまされ搾取された女性の例には事欠かないが、ミレイの描く女性たちは通常主導権を握り、自らが性的な関係を持つ男性たちを支配している。情事が予想より早く、自らの希望に反して終わる場合ですら、彼女たちは無力な、あるいは搾取されるような立場に置かれていない。同様にミレイの作品で描かれる例外的に数少ない既婚女性たちもまた独占的な夫に従属することはなく、浮気を自由にすることで自律性を確保しているのである。

ミレイの作品を通して、女性が行動の主体となることは一貫して重要なテーマであり続けている。[54] ミレイは、自律性は短期的な情事によって手に入ると示唆している。短期的な関係によって感情的な未練がなくなり、女性は容易に関係から身を引くことができ、別れのタイミングをコントロールし、従属的にならずにすむ。「わたしが水曜日にあなたを愛したとして／それがあなたにとって何なの？」(And if I loved you Wednesday, / Well, what is that to you? ”) とある語り手は尋ねる。木曜日にはその愛情は消えているかも知れないのだ（「木曜日」“Thursday”, 1-2 行目)。彼女は以前のパートナーが自分の突然の心変わりについて「不満をこぼす」(complaining) ことをとがめ、彼の反応はもはや自分にとって何の関心もないのだとはっきり伝える（5行目）。彼女は感情的にもう先に進んでしまっているので、昨日の「愛情」（love）などはもはや何の意味も持たないのだ。「それが／わたしにとって何なの」（what / Is that to me?）（7-8行目）。ここでは読者は、男性が伝統的に女性をもてあそんできたように、女性が男性の愛情をもてあそんでいる様子を見ている。ここでは彼女は感情的に男性から離れることで関係を主導している。感情を素早く「オン、オフ」させる能力のために女性はパートナーを支配できるし、また彼女はそうした自らの役割を喜び、恋人の未練がましさをあざけっているのである。[55]「女に生まれて、わたしは」（I, being born a woman）の語り手のように、彼女はパートナーを極端なまでの冷酷さをもって扱い、女性の支配を高らかに言祝いでいるのである。

　多くの詩が例証するように、恋愛関係の有限性に集中することで、女性は主導権を手にすることができるようになる。恋愛の始まりの「真珠とバラ色の」（pearled and roseate）日々においても、その終わりを予期することで、長期的な関係に発展する期待を打ちひしぐことができる（「これはなんだろう」What thing is this, 7行目）。このようにして将来の不安から解き放たれた女性はロマンティックな「至福」（bliss）に浸りながらも自らの運命は自分で決めることができるのだ（12行目）。彼女たちは「つかの間の」（fleeting）ロマンスに内在するエクスタシーを手放しで楽しむことができるようになる――たとえそうしたエクスタシーがいかに「人目を避け」（clandestine）「短い」（brief）ものであったとしても、最大限にそれを称賛することができるのだ。「わたしは叫ぶ。聖なるかな、聖なるかな」（I do cry holy, holy）（「わたしが拒んだとき」When did I ever deny, 8, 10, 9行目）。必要とあれば、彼女たちはいかなる情事も、そのあらかじめ定められた限界を超えて引き伸ばされた場合は、「しおれたパチョリ」（stale patchouli）と同じくらい不快になりうるのだと自分たちに言い聞かせる（「わたしは偽りの顔を知っている」I know the face of Falsehood, 14行目）。彼女たちはパートナーの冷めていく愛情という「歓迎せざる」（unwelcome）残滓──「愛の苦々しい残りかす」（Love's bitter crust）を拒絶する（「あの最大の愛」That Love at length, 7行目）。「愛の引き潮」（ebb of love）と情事の終わりに直面すると、女性はそれを自ら終わらせる分別を持ち、最初に別れを切り出すことで色あせていく関係性においても力を保っているのである（「テーマと変奏」"Theme and Variations" VII, 6行目）。

『致命的なインタビュー』（*Fatal Interview*）の主人公である語り手は冒頭部分から既に、浮気相手に捨てられるのではないかと予想しているけれども、彼が自分を離れていくのは彼自身の選択ではなく自分の「選択」（choice）であるという。「わたしの運命はあなたの気まぐれに依存していない」（not from your temper does my doom depend）（「わたしは自分の心を知っている」I know my mind, 1, 2行目）。彼女は次第に落ち着きを失っていくパートナーに、とどまってくれるように懇願するのではなく、彼をうながしてドアの外においやる。これは女性側に主導権を与える戦術である。自分の「キス」（kisses）がもはや彼を喜ばせないと「推測」（surmise）し始めると、「もうわたしを愛さないで」（Love me no more）と彼女は彼に命じる（「もうわたしを愛さないで」Love me no more, 1, 6, 7行目）。語り手は抜け目なく、パートナーに、すでに彼が意図しているであろうことをするように命ずる。そうすることで彼の意志を自分の意志に置き換えるのだ。ミレイが描く多くの短期的な戦略家と同様、このキャラクターは恋愛関係がもたらす性的な充足と少なくとも同程度、関係性において自分が力を持つことを重視している。その目標は行動の主体となることであって、行動の対象となることではない。自らの決断として別れを切り出すことで、惨めな役柄を演じることを防いでいるのである。

ミレイが自律性に焦点を当てていることのダーウィニズム的な重要性は明らかである。あらゆる動物は、各々のさまざまな知的レヴェルに許される限りにおいて、生存と繁殖の探求を主導しようとしている――たとえば何を食べ、いつ性行為をし、いつ戦い、逃げ、どこに逃げるかを自分で決定したがる。そのような決断のひとつひとつが、それを行う生物の究極的な遺伝的遺産に影響するのだ。高度に発達した脳、多面的な行動の選択肢、複雑な文化的環境を考えれば、人類は他のいかなる動物よりも多くの意識的な決断力を有しているといえよう。物理的、社会的環境の制限のもとで自らの将来を切り拓こうとするすべての種の個体は、選択と行動の自由を維持しようと必死に努力する。進化心理学の視点から見れば、「支配への欲望が人類の行動的、心理的発達に通底する基本的な動機付けである」[56]ことは明らかなのだ。男性による女性の体系的な支配は、この基本的な人間の欲求と矛盾するのである。家父長的な強制や慣習は女性が自らの運命、とりわけ性的な運命を形成する能力を劇的に制限している。[57]そのような制限への抵抗は避けられない。[58]

ミレイは性的に積極的で、意志の強い女性を意図的に挑発的な形で表現しているが、それはそのような抵抗の文学的な表現といえる。[59]読者を喜ばせ、また呆然とさせながら、彼女は自らの作品の中に、自分が適切だと思った性生活を送る女性たちを多く登場させ、その本質的な積極性を高らかに宣言している。こうした女性たちは短期的な戦略を好んで用いている。というのもそれは性的な充足を最大化する一方、個人の自由への脅威を最小化するからである。行動に対する至近的な影響（性的な活動の喜び）を強調しながら、それを究極的な機能（遺伝子を子どもを通じて後世に残すこと）から切り離すことで、ミレイは長期的で排他的な〔男性への〕関与を拒絶する女性にもたらされる利益に大胆に関心を向けているのである。性的に活力があり支配的な女性を臆することなく、しばしば誇張された形で描写することで、彼女は女性の従属と性的な抑制という慣習的なイメージをあざけっている。その作品は重要なかたちで女性の人間の本性についての一般的な概念を拡大、修正し、ジェンダーに基づく社会的政治的差別の根本となる見方に挑戦しているのである。

同時に、控え目ではあるが間違えようのないほど明瞭に、ミレイの作品は女性の性的自由と個人の自律性を生物学的に阻害する存在に対して抗議の声を上げている。これらのうち主要なものは性的な二形性（男性が女性より身体的に強いこと。このために男性は女性を暴力的に支配しうる）、異性間の葛藤（とりわけ男性の戦略的干渉に力点を置いたもの）、そして生殖行為それ自体（妊娠と子の養育）である。ミレイが女性の自律性を肯定的に表現することは、それらの十全な発現を阻害するこうした要因やそれらに関係するさまざまな障害を除去することを前提としている。このような障害は現実には除去し得ないものであるから、ミレイがもっとも重視した目標の達成は不完全なものにならざるを得ない。芸術という想像力が生み出した範疇でのみ、至近的な満足感は究極的な機能から、そして行動の選択は進化の結果生まれた適応から切り離されることができるのである。ほかの多くの作家と同様、ミレイは想像力を用いて現実とは異なる別様の環境、重要な諸点において十分に現実と異なるような環境を構築している。そうすることで彼女は「遺伝子の専制に対する反逆」を行うという人類特有の能力を例証しているのである。[60] ミレイによる生物学的な現実の拒絶は正面からの抗議というよりむしろ静かな拒絶という形を取った秘めやかなものであるために、読者はその実態をつかみにくいかもしれないが、彼女の作品の実態は、社会の変革だけでは――それがいかに必要であり望ましいものであったとしても――自らがかくも情熱的に想像した、理想的な性的な自由と個人の自律性を女性が手に入れることは不可能であるという暗黙の認識なのである。

注

1　彼女は「新しい女の代表であり、反抗的な世代の声の代弁者であるような公人、時代の申し子」であった。Suzanne Clark, "Uncanny Millay," in *Millay at 100: A Critical Reappraisal*, ed. Diane P. Freedman (Carbondale and Edwardsville: Southern Illinois University Press, 1995), 9. とりわけ、Karen L. Kilcup が指摘するように、女性の「反抗的な」世代は「ジェンダーの役割からの解放」を求めたのである。*Robert Frost and Feminine Literary Tradition* (Ann Arbor: University of Michigan Press, 2001), 203.

2　Elissa Zellinger は、女性の詩人はとりわけ自らの芸術作品に私的な自己をさらけ出す傾向があるという、よく知られた前提について議論している。こうした前提のために「女性詩人はその詩と同一視される」。"Edna St. Vincent Millay and the Poetess Tradition," *Legacy* 29, no. 2 (2012): 240.

3　Ann K. Hoff, "'How Love May Be Acquired': Prescriptive Autobiography in Millay's Fatal Interview," *CEA Critic* 68, no. 3 (2006): 2.

4　Edna St. Vincent Millay, "I will put Chaos into fourteen lines," in *Collected Poems*, ed. Norma Millay (New York: Harper and Row, 1956). ミレイの詩のすべての引用はこの版による。一行目がタイトルになっている場合、短縮された形になっている。

5　Daniel Mark Epstein, *What Lips My Lips Have Kissed: The Loves and Love Poems of Edna St. Vincent Millay* (New York: Henry Holt, 2001), 139-40.

6　Clark, "Uncanny Millay," 12.「わたしの唇がどんな唇にキスしたか」のような作品について、Cheryl Walker は、ミレイは「読者に大変大きな衝撃を与え、また非常に喜ばせたので、彼女は自由恋愛文化のアイコンとなり、その立場をミレイは自分自身のために利用したのである」という。"The Female Body as Icon: Edna Millay Wears a Plaid Dress," in *Millay at 100: A Critical Reappraisal*, ed. Diane P. Freedman (Carbondale and Edwardsville: Southern Illinois University Press, 1995), 89.

7　Clark によれば、人前でポエトリー・リーディングをする際、ミレイは自分自身をその作品の「具現化」された姿として見るように呼びかけた。つまり「芸術家と〔詩の〕ペルソナ」の区別を無視するようにと訴えたのである。"Uncanny Millay," 5. Ann K Hoff も同様な主張をし、*Fatal Interview* に反映されている芸術と実人生との関係について魅力的な分析をしている。この本に書かれているロマンスは、Hoff の時系列表が示すように、「ソネット連作が（中略）出版されてずいぶん後になるまでは主に文字のうえのものであった」。ミレイは単に「作品が情事の『事実に基づく』表現であるかどうか、世界中の人々に問いかけさせ疑問に思わせただけではなく」、その情事に前もって「神話的次元」を与えておき、「全力で書かれているとおりに生きようとしたのである」。"How Love May Be Acquired," 4.

8　Holly Peppe, "Rewriting the Myth of the Woman in Love: Millay's Fatal Interview," in *Millay at 100: A Critical Reappraisal*, ed. Diane P. Freedman (Carbondale and Edwardsville: Southern Illinois University Press, 1995), 58.

9 Buss, *Evolution of Desire,* 76-78.

10 David A. Frederick, Tania A. Reynolds, and Maryanne L. Fisher, "The Importance of Female Choice: Evolutionary Perspectives on Female Mating Strategies," in *Evolution's Empress: Darwinian Perspectives on the Nature of Women,* ed. Maryanne L. Fisher, Justin R. Garcia, and Rosemarie Sokol Chang (Oxford: Oxford University Press, 2013), 307-08.

11 David. C. Geary, *Male, Female: The Evolution of Human Sex Differences* (Washington, D. C.: American Psychological Association, 1998), 151.

12 Buss, *Evolution of Desire*, 215.

13 Frederick, Reynolds, and Fisher, "The Importance of Female Choice;"310.

14 Bss, *Dangerous Passion,* 159.

15 David J. Buller, *Adapting Minds: Evolutionary Psychology and the Persistent Quest for Human Nature* (Cambridge, MA: The MIT Press, 2006), 294.

16 Hrdy, Mother Nature: 42, Sarah Blaffer Hrdy, *The Woman That Never Evolved* (Cambridge, MA and London: Harvard University Press, 1981), 172-80.

17 Hrdy, *Mother Nature*, 224.

18 *Ibid.*, 258-63; Hrdy, *Woman That Never Evolved,* 177-80.

19 *Mother Nature,* 262-63 as well as discussion by Smuts, "Male Aggression," 255. 参照。

20 Hrdy, *Woman That Never Evolved*, 177; Frederic, Reynolds, and Fisher, "The Importance of Female Choice," 321.

21 Hrdy, *Mother Nature*, 177.（強調は原著者）

22 David M. Buss, "Sexual Conflict: Evolutionary Insights into Feminism and the 'Battle of the Sexes;" in *Sex, Power Conflict: Evolutionary and Feminist Perspectives,* ed. David M. Buss and Neil M. Malamuth (New York and Oxford: Oxford University Press, 1996), 297,299.

23 Smuts, "Male Aggression;" 256.

24　Buss, "Sexual Conflict," 309.

25　Christopher J. Wilbur and Lorne Campbell, "Swept off Their Feet? Females' Strategic Mating Behavior as a Means of Supplying the Broom,"in *Evolution's Empress: Darwinian Perspectiveson the Nature of Women*, ed. Maryanne L. Fisher,Justin R. Garcia, and Rosemarie Sokol Chang (Oxford: Oxford University Press, 2013), 341.

26　David Sloan Wilson and Joseph L. Carroll, "Darwin's Bridge to the Humanities: An Interview with Joseph L. Carroll," *This View of Life* (The Evolution Institute: 2016). Web.

27　Stacy Carson Hubbard は〝ミレイが「模倣し利用している様々な役割は特定の言説（叙情詩、より特定的に言えば『今を楽しめ』(carpe diem) 型ソネットの伝統がもたらした修辞的産物である）と述べている。"Love's 'Little Day': Time and the Sexual Body in *Millay's Sonnets; in Millay at 100: A Critical Reappraisal*, ed. Diane P. Freedman (Carbondale and Edwardsville: Southern Illinois University Press, 1995), 101-102.　〝ミレイが「ペトラルカ的表現における女性の位置づけを転倒」する際の〝ミレイの目的についてのさらなる分析は *Natasha Distiller's commentary in Desire and Gender in the Sonnet Tradition* (Houndsmills, England and New York: Palgrave Macmillan, 2008), 154. 参照。

28　Nancy Easterlin, "From Reproductive Resource to Autonomous Individuality? Charlotte Brontë's Jane Eyre," in *Evolution's Empress: Darwinian Perspectives on the Nature of Women*, ed. Maryanne L. Fisher, Justin R. Garcia, and Rosemarie Sokol Chang (Oxford: Oxford University Press, 2013), 391.

29　Clark, "Uncanny Millay," 22.

30　Elizabeth P. Perlmutter, "A Doll's Heart: The Girl in the Poetry of Edna St. Vincent Millay and Louise Bogan," *Twentieth Century Literature* 23, no. 2 (May 1977): 160

31　Geffrey Davies "Edna St. Vincent Millay's A Few Figs from Thisles," *Textual Cultures* 9, no. 1 (2014): 88. Janet Gassman がいみじくも指摘したように、「彼女が捨てられる展開を持つ作品は（中略）彼女が独占的な称賛者のもとを逃れる作品、あるいは（中略）恋人に対して、情熱的な身体的愛着の普遍性や重要性を過大評価しないように警告する作品ほど多くはない」。"Edna St. Vincent Millay: 'Nobody's Own,'", *Colby Library Quarterly* 9, no. 6 (June 1971): 305.

32 このようなコストの概略については Buss, *Evolution of Desire*, 235 参照。

33 伝記作家の Daniel Mark Epstein は、四面楚歌状態にあった「出生管理の守護聖人」Sanger に、一九一七年の重要な法廷闘争の間にミレイが公私を問わずいかなる援助もしなかったと述べている。What Lips My Lips Have Kissed, 123.

34 Steven W. Gangestad, "Evidence for Adaptations for Female Extra-Pair Mating in Humans: Thoughts on Current Status and Future Directions," in *Female Infidelity and Paternal Uncertainty" Evolutionary Perspectives on Male Anti-Cuckoldry Tactics,"* ed. Steven M. Platek and Todd K. Shackelford (Cambridge and New York: Cambridge University Press, 2006), 42.

35 Smuts, "Male Aggression" 246' See also 239.

36 Pratto は伝統的な男性による配偶者保護戦術の一部を構成する身体的罰——その極致は殺人に至る——について議論している。"Sexual Politics: The Gender Gap," 203.

37 この作品におけるフェミニズム的テーマの分析については Geffrey Davies や Catherine Keyser を参照。"Edna St. Vincent Millay's A Few Figs from Thistles" 85-86; *Playing Smart: New York Women Writers and Modern Magazine Culture* (New Brunswick, NJ: Rutgers University Press, 2011), 40.

38 Buss, *Dangerous Passion,* 176-79.

39 Buss, *Evolution of Desire,* 235, 237

40 Buss, *Dangerous Passion,* 163-69.

41 Buss, *Evolution of Desire*, 90.

42 Gangestad, "Evidence for Adaptations for Female Extra-Pair Mating," 40.

43 Buss, *Evolution of Desire*, 235-35; *Dangerous Passion,* 171.

44 Buss, *Evolution of Desire,* 236. David C. Schmitt, "Fundamentals of Human Mating Strategies," in *The handbook of Evolutionary Psychology,* ed. David M. Buss (Hoboken, NJ: John Wiley and Sons, 2005), 273. も参照。

45 Buss, *Evolution of Desire*, 51-58.

46　Daniel J. Kruger, Maryanne Fisher, and Ian Jobling, "Proper Hero Dads and Dark Hero Cads: Alternate Mating Strategies Exemplified in British Romantic Literature," in *The Literary Animal: Evolution and the Nature of Narrative*, ed. Jonathan Gottschall and David Sloan Wilson (Evanston, IL: Northwestern University Press, 2005), 226, 228.
47　Kruger, Fisher, and Jobling, "Proper Hero Dads"; Schmitt, "Fundamentals of Human Mating," 273-74.
48　Buss, *Dangerous Passion*, 163-64; Kruger, Fisher, and Jobling, "Proper Hero Dads," 227.
49　Buss, *Dangerous Passion*, 164.
50　*Ibid*, 170.
51　Wright, *Moral Animal*, 244.
52　Buss, *Evolution and Desire*, 238-39.
53　*Ibid*., 239.
54　「エドナ・ミレイの倫理観――たとえば、女性も男性同様、愛情の対象を変える権利を持つ、など――の中でもっとも重要なものは、彼女の作品に暗示されているより視野の広い自由の概念である」Janet Gassman, "Edna St. Vincent Millay: Nobody's Own," 310.
55　Ernest J. Smith はいみじくも「ミレイが伝統的な恋愛詩を転倒させる際の戦略のひとつは、女性の語り手を恋愛関係の一部ではなく全体から浮かび上がらせている点である」と指摘している。"How the Speaking Pen Has Been Impeded": The Rhetoric of Love and Selfhood in *Millay and Rich*," in *Millay at 100: A Critical Reappraisal*, ed. Diane P. Freedman (Carbondale and Edwardsville: Southern Illinois University Press, 1995), 48.
56　Geary, *Male, Female*, 161.
57　Hrdy は女性の性的活動の抑圧に見える「進化論的な示唆」について論じている。研究によれば、女性が自分で配偶者を選択できないようにすることは種にとって危険なほど不利であり、それゆえ「子孫を残す相手を決める際に女性が自律的であることは重要なのだ」という。*Mother Nature*, 41, 42.
58　Hrdy, *Mother Nature*,87; Frederick, Reynolds, and Fisher, "The Importance of Female Choice," 318-24; Buss, Evolution of

Desire, 13.

59 Clark は、ミレイが「自らの作品の政治的影響に関してきわめて意識的であったように見える」と指摘している。"Uncanny Millay," 25. Colin Falck もまた、「女性の従属を求める慣習や制度」を彼女が意識的に拒絶していたと論じている。"Introduction: The Modern Lyricism of Edna Millay," in *Edna St. Vincent Millay: Selected Poems*, ed. Colin Falck (New York: HarperCollins, 1991), xxiii.

60 Dawkins, *Selfish Gene*, 59-60.

第十章
哲学と適応度：ヘミングウェイの「清潔で、とても明るいところ」と『日はまた昇る』

一九三三年の短編「清潔で、とても明るいところ」と一九二六年の小説『日はまた昇る』で、アーネスト・ヘミングウェイは生殖という点で示唆的なジレンマを描いている。どちらのテクストにおいても、テーマ上の、あるいは象徴的な特徴は子孫を残す可能性の有無と哲学的な傾向の間の相互作用に依存している。進化論的な視点からすれば、人生の最大の問題――たとえば人間存在の目的、あるいは個人の人生と普遍的な〔人類の〕ありようとの関係など――についての考察が生物学的な連続性の見通しによって影響されうるのは必然である。〔遺伝子の〕複製の原則が地球上の有機体の生活の原動力となっている。遺伝子（複製の主体）にとっても、遺伝子が収められている「生存マシン」にとっても、存在の否定しがたい目的は繁殖である。[1] 人類を含むあらゆる動物を特徴付ける行動的適応の多くはその結果、繁殖という目標に向かって生じている。至近的な満足（たとえば性的な快楽）

は適応度（受胎）を促進する行動に対して報酬を与える、といった具合である。そのような報酬は「進化論的に重要な目標」（すなわち「生存と繁殖に必要な資源を（中略）獲得し保持すること」）に成功する者が、それらに失敗した者よりも肯定的な感情、健全な精神を有する動機となる。[2] ヘミングウェイはその作品でこうした心理学的効果を描いたが、それは単にそれらを描写するためでなく、哲学的なテーマに感情的強度を与える手段として、そうしたのである。ここで議論するふたつの作品は行動が生じる舞台である環境において子孫を残しうる可能性と共鳴する世界観を提示している。楽天的な哲学は子孫繁栄と、哲学的ペシミズムは不妊と関連している。適応度を求める行動が失敗に終わったとき、「繁殖の真空」に呼応するかのように、世界全体が目的を失うのである。遺伝子の死は宇宙的ニヒリズムの心理学的象徴的源泉となるのだ。[3]

「清潔で、とても明るいところ」

配偶者を見つけ子孫を残すことは、「清潔で、とても明るいところ」の主たる行動とテーマ的核心に大きく貢献している。セクシュアリティが動機づけとして機能することはストーリーのすべてのキャラクター——主要なキャラクターもそうでないものも——とのつながりで言及されている。饒舌を好まぬヘミングウェイにあっては、そのようなくり返しは注目に値する。セックスのテーマはふたりのウェイター——ストーリーの主要キャラクターである名前のない人物——が、ひとりの兵士がカフェの側を通り過ぎるのに気づく際、ほとんどすぐに生じてくる。兵士は「若い女」〔高見 24〕をともなっており、ふたりの足取りは「小走り」〔高見24〕であると描写される。兵士は「憲兵」〔高見24〕につかまってしまうから「外を歩かないほうがいい」〔高見24〕、という発言は、この兵士が軍隊による夜間外出禁止令を破っていることを示唆している(379)。ウェイターたちは明らかに、兵士を見て驚いている様子はないし、護衛兵が巡回していることについてもよく承知している。背景となる情報は提示されないから、読者はこの軍隊の存在が何を意味するのか思いを巡らすことになる。戦争が進行中なのだろうか。占領軍、あるいは防衛軍が町に駐屯しているのだろうか。そのようなディテールが重要ではないのは明白であるが、兵士の存在によって引き起こされる連想（敵、武器、危険、恐怖）はストーリーの感情的背景に緊張と不安をもたらしている。

ふたりのウェイターの会話は主として兵士の目下の（そして究極的には生殖に関する）目的に集中している。女――おそらくどこかで声をかけた地元の女の子か、あるいは売春婦――と時間を過ごしたいという彼の願望は、読者がすぐに知ることになるように、およそ午前二時という、かなり遅い時間であることを考えれば、性的な動機を持っているようだ。人目を忍んで、短い逢瀬を楽しむために罰を受ける危険を進んで冒そうとする彼の姿勢は男性の性衝動がいかに切迫したものであるかを表現している。これは明らかに、性的活動を促進するための適応である。進化論的な視点から見れば、規則に従うよりも遺伝子を次世代に残す方が重要なのだ。若いウェイターが指摘するように、「あいつはあいつでお楽しみなんだから」罰を受けたとしても「いいじゃないの」〔高見24〕(379)というわけだ。これは男が兵士であることを考えればとりわけ真実味を増してくる。兵士が子孫を残す可能性は非常に小さい。「予測不能の環境」と高い、死に至る「付随するリスク」を考えれば、「コストを払っても早く性的関係に入ることで、子孫を残す機会を重視した方が適応的である」[5]。兵士にはせりふがなく、ストーリーでこれ以上の役割を果たすことはない。読者は彼の精神的、感情的内面をのぞき見ることが許されていない。したがって彼の哲学的なスタンスは不明のままだ。しかし彼をとりまく出来事は生殖衝動の強さを裏付けるものである。それは制度的な抑止装置の力を上回るほどなのだ。

　生殖衝動はまた、ストーリーのプロットを動かす主要な行動――カフェを早めに閉めること――の動機ともなっている。わくわくさせるような出来事が起こらないこの作品では、これがストーリーの核心となる。読者は若い方のウェイターが早く帰りたくてうずうずしているのを見て取ることができる。それは彼ともうひとりのウェイターとの会話、カフェのたったひとりの客である、耳の聞こえない老人に対するぶっきらぼうな扱いから明らかである。同僚が反対したにもかかわらず、若い方のウェイターはこの客を追い出し、カフェをいつもより三十分以上早く閉めるのだ（381）。ビジネスの観点から見れば、このように店を早く閉めることはよろしくない。追い出されなかったら、この老人はまだ店にいて、ブランデーをもっと注文していたかもしれないのだ。対人コミュニケーションの視点をとれば、これは不親切である。「独りぼっち」〔高見26〕の老人がカフェの安らぎから早々と追い立てられてしまったのだから（380）。しかしビジネスや社会的な懸念を凌駕するのはウェイターが妻と性交渉を持ちたいという願望である。彼は「早く」〔高見27〕家に、妻のところに帰りたい。「ベッドには女房が待ってんだから」〔高見26〕（382, 380）。彼の同僚が、旦那が働いている間に奥さんが恋人を引っ張りこんでいたら困ったことになるぞ、と冗談を言うと、若者は腹を立てる（「俺を侮辱する気か？」」〔高見28〕）が、すぐに、その心配はないという。「おれには自信があるからね」〔高見28〕（382）。

若い方のウェイターに哲学的な立場を求めるとすれば、「自信」こそ彼の存在のライトモチーフになっている、と言うことができるだろう。彼は自分自身と未来に関する楽天的な見方を、「生存と繁殖に必要な資源」へのアクセスに立脚させている。[6]「若さもあり、自信もあり、仕事もある」〔高見28〕。それに妻がいる。そしてその妻の貞節を彼は信頼している（382）。結婚によって可能になった性交渉の機会をきわめて積極的に利用しようとしているために、彼はその夜、妨げになる客に対して性急で、無礼で、乱暴といっていいほどの振る舞いをする。たとえば老人が年とともに性的活動を行う力が減衰していることをあざけったりするのである。また、この老人が最近自殺未遂に及んだことについて、死んだ方がよかったと声に出して言う。そうすればカフェに来ることも、ウェイターの時間を浪費することもなかったのだから、というわけだ。そのような感情を耳にすると読者はこの若者が自分だけの世界に入っており共感を欠いていると思うだろう。しかし、より重要なことには、物語の時間にして三十分たつかたたないかの間に、生殖にかけるエネルギーが行動となって結実することの例証が二度も現れているのである。最初の例は、兵士が罰を受けるリスクを冒して一度きりの性交渉の機会を求めていた。それからすぐあと、ウェイターは同僚に逆らい、金を払っている客を追い出して、可能な限り早く「ベッド」にいる妻に会おうとする。彼は性的欲求の充足を遅らされることに非常な怒りを覚えているから、そうとは知らずに彼の邪魔をしている人間に対して冗談交じりに死んでしまった方がよいとまで言うのである。

年上の方のウェイターは若い方の、既婚者のウェイターとは対照的である。彼らは同じ「仕事」をしているが、彼の個人的な状況は子孫を残しているかどうかと言う点で大きく異なっている（382）。彼には妻がなく、「若くない」ためにもはや子どもができる可能性はない。短期的な生殖戦略を取ったことをほのめかすような記述はない――たとえば恋人がいたとか、誰かと関係を持ったとか、私生児がいるなどといったことはうかがえない。読者に決して説明されない理由のために、彼の人生は妻を持つことも子どもを持つことも、親としての投資をすることもなく進んできた。年下の同僚の人生に目下動機づけと目的を与えているような、適応度を拡大する要因とは無縁の人生であった。年下の男は妻と積極的に関係を持ちたいという彼の願望の結果として子どもができることに、可能性としても希望としても言及することはないけれども、妻と関係を持つことにおいて生じる至近的な満足感は明らかに生殖という目的にかなうものである。彼は性的な快楽や「自信」という形で、遺伝子を次世代に引き継ぐための行動をとった報酬を受けている。若いウェイターには「ないものはないってわけだ」〔高見 28〕と年上のウェイターは言い、「まったく別の種類の人間なのさ、おれたちは」〔高見 29〕（382）と付け加えるのだ。進化論的な視点から見れば、この相違は正確というほかない。年下の男は父祖となり、将来の世代に自らの遺伝子を遺しうる。年上の男は子をもうけず、今後もその見込みがないから、遺伝子的に見れば袋小路に陥っている。

若いウェイターが急いで店を出て行った後、より思慮深い同僚は沈思にふけり、内的独白となる。年下の同僚が「すべて」――長期的な配偶者、子どものできる望み――を持っていたとすれば、彼自身――子どもも配偶者もなく、年を取っている――は「無《ナダ》」〔高見 30〕に直面している（382, 383）。彼は自分自身の個人的な生殖の失敗を形而上的な領域にまで押し広げ、即興で、ローマカトリックのふたつの主要な祈り、「主の祈り」（Our Father）と「アヴェ・マリアの祈り」（Hail Mary）のシニカルなパロディを作り出す。宗教的な価値や慰めを拒絶しているという点で本質的に冒涜的なこの「反―祈り」はオリジナルの祈りにある、意味を有する動詞や名詞を「無《ナダ》」で置き換え、もとあった意味を消去している。神もなく（「われらの無《ナダ》」〔高見 30〕）天もなく（「無《ナダ》にまします」）物質的、霊的な存在もない（「われらが日常の無《ナダ》」）（383）。このような置換はスティーヴン・K・ホフマンが指摘する「一連の重要な不在」「われらが日常の無《ナダ》」を示している。[7] 二〇世紀の多くの知的、文化的潮流はもちろんここで表現されているような虚無的な哲学を生み出すのに貢献しているが、その中にはもちろんダーウィニズムも含まれる。このキャラクターの形而上的なシニシズムの持つ進化心理学的な重要性はどう見ても見過ごしようがない。彼が全宇宙を無意味な空虚と見る姿勢は、自らの遺伝的遺産の見通しに対応している。それは読者が判断する限り、ゼロなのだ。

　宇宙的な「無《ナダ》」と生物学的な「無《ナダ》」が照応していることはとりわけ「アヴェ・マリアの祈り」の改変において顕著である。この祈りは受胎と出産を言祝ぐものだ。ロザリオの祈りの一部としてこの祈りはくり返し、マリアの母性を称揚する。その「胎」の「実」は貴重な子どもであり、その出生によって全人類が死から救われるのだ（ルカ1:42）。個人的な適応度の観点から見れば――イエスほど高い価値は持っていないにせよ同様の理由から――あらゆる子どもの誕生には値打ちがある。子どもが生まれれば両親の遺伝子は消滅を免れるのだから。考えを逆方向に巡らせれば、ウェイターの痛々しいパロディは地球上での生命の連続性（有機的な生殖行為によって達成される）と正統派の宗教によって約束される霊的な不死性（神秘的な受胎によって達成される）の間の並行関係を表していることになる。母性の聖化であるマリアが「無《ナダ》」を身ごもっていると表現することで、ヘミングウェイの描くキャラクターは全宇宙から未来の希望を奪っていることになる。子宮は無《ナダ》であり、子どもは生まれず、生命は連続することはない、というわけだ（383）。ウェイターの非難に満ちた「無《ナダ》」の連鎖は、守られなかった約束への怒りを表現している。教会の教義は結局の所、「何か」――「実」、復活、新しい生命――があることを信者に保証してくれていたのだが、彼はその約束が幻だと知るのである。自身個人にとって真実であることを、彼は普遍的真実として語るのだ。この年上のウェイターには自らの死に対して進化生物学的な慰め（自分自身の遺伝子のコピーを有する子孫）を持たないし、宗教的な慰め（霊となって永遠の命を得ること）も持っていない。自分自身父親ではなく、同様に、「無《ナダ》に至る」無慈悲な流れを止めてくれる超自然的な「父」〔神〕もいないのだ（383）。彼は全人類の行動に、自身を打ちひしいでいる無力感（「俺に自信があったことなど一度もない」）〔高見29〕を投影し、個人の存在そのものが意味と価値を持っていないと主張する――「人間もまた、無《ナダ》、なんだ」〔高見30〕（382, 383）。

このキャラクターの内的独白と人生――そして、ストーリー全体――に暗示されている、生殖と形而上学との結びつきは狭義に解釈されるべきではないのは言うまでもないことだ。読者は、子どものない人は惨めな状態に追い込まれる運命にあるとか、子どものある人が十人が十人皆人生に満足しているなどといった単純な考えを抱いてこのストーリーを読み終わることを期待されているわけではない。生殖の失敗はここで、何よりも、実存的な無力感に対して客観的に相関関係にあり、抽象的な哲学を適応の結果として生じた人間の本性の中に確固として位置づけるものとして表現されているのである。生殖にまつわる状況と哲学的視点の間に暗示された因果関係は、年上のウェイターのキャラクターの場合同様、より広い象徴的重要性を生み出すのに一役買っている。宇宙的無力感を描き出そうとする作者は生物学的な不毛〔子どものいないこと〕ほど感情的に共鳴する並行関係を見いだすことはないだろう。生殖上の「無《ナダ》」が形而上学的な「無《ナダ》」に対する心理学的バラストとして機能しているのである。

年上のウェイターの苦々しい哲学的思索はこのストーリーの中核として機能しており、ストーリー全体が外的な行動ではなく精神の働きに主要な重要性を与えている。きわめて魅力的な場面において主要なキャラクターの感情的、精神的機能が働いている様子を明らかにし、それを詳細にわたって描き出すことで、ストーリーは宇宙的な「無《ナダ》」を際限なく空想することが心理学的に耐えられないことを示唆している。[8] 年上のウェイターは絶望的な無意味さからふたつの方法で距離を置いている。ひとつには、否定的な観念化に連続してつかることを拒絶している。ストーリーの結末部分で彼は

「無《ナダ》」との対決を「こいつはただの不眠症ってやつにすぎないのだ」〔高見31〕と片づけ、こうした考え方が「不安とか恐怖」〔高見29〕に至る可能性を最小化している（383, 382）。自分自身に、夜眠れないのは実存的なパニックのせいではなく、ありふれた睡眠障害であると言い聞かせることで（「こいつにかかっている者は、大勢いるにちがいない」〔高見31〕）、彼は自己欺瞞という防衛的な行動に出ている（383）。[9] ロバート・トリヴァースは、「肯定的な幻想」には「本質的な利益」がありうる、という。[10] 今回の例では、幻想によって感情的な平安が得られ、それが日々の生存を支えているのである。ヘミングウェイのキャラクターはカフェでの仕事を「天命」のように解釈することで、別の方法で「よく知っている、無《ナダ》、というやつ」〔高見30〕から自らを守っているのである（383）。この「清潔でとても明るい」〔高見31〕場所を遅くまで開けておくことで、彼はなんとか「自分自身とその環境を人間的なものに」しようとし、虚無について考えることから精神的ダメージを負っている人々、すなわち「いつまでもベッドに近寄りたくない連中」〔高見29〕、「夜には明りが必要な連中」〔高見29〕が「必要とする」〔高見29〕避難所を提供しているのだ（382）。[11] 小さな「電灯」の灯りは真実、善、救済といった象徴的な光の代用としてはごくささやかなものであるが、完全な絶望に落ち込むことを防いでいる（379）。

　ストーリーは、このカフェの常連である「老人」が前の週に自殺を図ったのはこのような絶望のためであると示唆している。ふたりのウェイターの見立てでは八十前後で、「金はたんまり持ってなさる」〔高見24〕彼は、「独りぼっち」〔高見26〕の男やもめなのである（379, 380）。彼には「奥さんがいた」〔高見26〕、という発言からは、彼の妻が少し前に死んだことがわかる（381）。彼の面倒を見ているのは「姪っ子」〔高見26〕であるから、彼には明らかに子どもがいないようだ。若い方のウェイターの「いまのあの爺さんのていたらくじゃ、かみさんがいたって変りないだろうが」〔高見26〕という軽蔑に満ちた発言は老人の性的不能に焦点を当てたものだが、それに対して、彼よりも親切な同僚は、老人に配偶者がいれば「もちっとマシ」〔高見26〕だろう、と主張している（381）。親密な仲間がいないので、彼は「絶望」〔高見23〕に屈し、首を吊ろうとしたことがある（379）。彼はカフェで毎晩遅くまで過ごし、みじめさをブランデーでまぎらわしている。「毎晩酔っぱらうんだよ、あの人は」〔高見25〕（380）。

年下の、結婚したウェイターは自殺未遂を起こしたときの老人の心の状況を理解するのに非常に重要な手がかりをはからずも提供してくれる。彼は「理由もなしに」〔高見24〕絶望（despair about nothing）しているのだ、と年下のウェイターはいう。老人が「金はたんまり持ってなさる」〔高見24〕からだ、と付け加える（379）[12]のだが、この、ストーリー冒頭のコメントは一見、年下のウェイターの無思慮を示す証拠であるように見える。つまり、人生経験が浅いので、経済的な資源は満足を保証しないことに気づいていないのだ。しかし、年上のウェイターの「無《ナダ》」に関する長い内的独白のあとで振り返って考えてみると、この発言は新しい、予期せぬ重みを持ってくる。老人は意味もなく絶望するという意味で"despair about . . . nothing"なのではない。彼が絶望しているのは明らかに、彼にとっては、年上のウェイターにとってそうであるのと同じように、宇宙そのものが「無《ナダ》」だからである（383）。この、きわめてアイロニカルな、二重の意味を持つ表現〔なんでもないことで絶望している／無について絶望している〕のインパクトは、作品の終わりの方で登場するからこそいっそう大きくなる。「無《ナダ》」という言葉は老人の自殺願望を、より広い示唆を持つ世界観の中に位置づける形而上的な意味を帯びているからである。彼は夜も眠れず、（社会的、精神的）孤独、（文字どおりの、象徴的な）闇、そして（自然的、超自然的な）虚無から逃れようとして「清潔で、とても明るいところ」にやってくる「連中」のひとりなのである。

『日はまた昇る』

『日はまた昇る』のプロット、テーマ、舞台設定、キャラクター設定はそれらのすべてが生殖の失敗と悲観的な世界観との結びつきを示している。子どもができないこと／いないことが、作品が展開していく環境の顕著な特徴なのである。三人の子ども（彼らはどこか遠く離れたところで、明らかに親の関心を受けずに育っている）の父であるロバート・コーンを除いて、小説の主要なキャラクターには誰にも子どもがいない。ストーリーで展開するさまざまな行動は性的な動機がある（たとえば求愛、競争、交際、嫉妬、配偶者保護）にもかかわらず、こうした至近的な行動の究極的な目的――すなわち遺伝子を次世代に遺すこと――は満たされていない。フランシスを除いて――フランシスはジェイクに（おそらくは不誠実に）結婚したらロバートと子どもを作るつもりだったと告げる――どのキャラクターも子どもを作るというトピックには触れない。当時（一九二〇年代初頭）の避妊は到底信頼できるものとはいえなかったけれども、プロットを動かしている性的な欲望の結果として妊娠が話題にのぼることはないのだ。男性の注目の的であるブレット・アシュレイは男性たちの欲望の対象となり、男性に追いかけられ、男性と関係を持ち、男性たちは彼女をめぐって争う。彼女は作品の展開のうえで三人の男たち――ロバート・コーン、マイク・キャンベル、ペドロ・ロメロ――と性的な関係を持ち、また彼女の過去の男性遍歴も広汎なものだ。戦争で死んだフィアンセ（彼女が「本当に愛した人」）、名前が出てこない最初の夫、現在法的に彼女の夫となっているロード・アシュレイ、そして大勢の短期的なパートナーたちである。[13]「ブレットはいろんな男と情事にふけったことがあるんだ」〔高見264〕（143）。しかし（「清潔で、とても明るいところ」の年上のウェイターが祈りのパロディとして用いている）マリア同様、ブレットは「実」を結びそうにない。

ブレットを見る男は誰でもすぐに彼女に対して欲望を抱く。ブレットは明らかに配偶者としての高い価値を持った女性とみなされているのである。その生得的な「気品」〔高見74〕と「血筋」が高く評価されていることは、遺伝的、社会的価値の高さを暗示している（38）。彼女は結婚によって地位を高めるような貴族的な称号を手に入れたのだが、それとは関係なく「気品」〔高見112〕をふりまいている。自信と社交的な気楽さが充満しているのだ（58）。さらに、その「美しさは水際《みずぎわ》立って」〔高見44〕おり、「レーシング・ヨットの船体のような曲線」〔高見44〕を持つ体を見せびらかすような装いをしている（22）。ファッションを意識した衣装と髪型は大胆なもので、これらのために彼女はより「並」の、あまりわくわくしない女性たちと一線を画している。ロバート・コーンやペドロ・ロメロといった、背景も年も気質も全く異なったさまざまな男たちが彼女を長期的な配偶者に望む。サン・フェルミンのフェスティバルで踊る地元のダンサーたちは彼女を他の見物人から引き離し、その周りを囲んで、「踊りの輪の中心のシンボル的存在」〔高見285〕として讃える(155)。ブレットを一種の女神のように扱うことで、こうしたダンサーたちは彼女が男性に対してほとんど超自然的な魅力を有していることを認めている。「男どもを豚に」〔高見266〕変える能力を強調して、彼女を「キルケー」〔高見266〕と呼ぶロバート・コーンは、ブレットが女性の権化であるという考えを補強している(144)。ブレットは男を夢中にさせる女性の能力の化身であり、男はあまり夢中になるので判断力も礼儀も忘れてしまうほどだ――その結果、男の嫉妬と配偶者囲い込みの本能にかりたてられてパンプローナでのいじめと口論に至るわけで、それはコーンがブレットの関心を引こうとする三人のライバルに対して鉄拳をふるうとき、暴力にまでエスカレートするのである(144)。[14]

このようなブレットの配偶者としての高い価値、即時的かつ普遍的に認識される価値の証拠はすべて、彼女に恋して求婚する男たちがとりわけその年齢(三四歳)と、彼女に子どもがいないという事実を見逃しているという事実と矛盾している。確かに男性は美しく地位が高く社会的に自信があり性的に興奮するようなパートナーにひかれるものだが、こうした魅力的な特徴は妊娠の可能性とセットになっている必要があるのだ。女性が妊娠できるかどうかは議論の余地もないほど年齢に依存したものである。それは「二〇歳以降(中略)着実に低下する。四〇歳までには女性の生殖能力は低くなり、五〇歳までにはゼロに近づく」[15]。このため、女性の生殖価にとっては「若さが核心的な鍵」であって、男性の配偶者に対する嗜好のうえでは絶対的な条件なのだ。[16] 意識的に子どもを望んでいようといまいと、男性はウェストとヒップの比率が低く、顔が左右対称であり、血色がよい女性を選ぶのであり、こうした身体的な活力は若さを――そして子どもを産む能力を――意味するのである。[17] ブレットの身体的社会的なたぐいまれなる魅力が彼女を若く見せているのかもしれないが、すでに彼女は妊娠可能な時期を半分以上終えているというのも事実なのである。三四歳にして子どもがいないというのが意図的な避妊の結果だとすると、そうした避妊法は異常なまでに効果的であったことになる。ブレットは多くのパートナーと妊娠の危険のある行為をしているが、読者が知る限り身ごもったことはない。性的に奔放なライフスタイルを考えれば、ブレットが妊娠できる体なのかどうか、必然的に疑わしくなってくる。年齢を考えれば、彼女の生殖可能性は――仮にそれがあったとして――急速に低下していくことになる。したがってこの小説は、生殖的な価値が疑わしい女性をめぐって男たちが争う様子を描いていることになる。子孫を残す可能性が少ない状態で性的なエネルギーが費やされているわけだ。小説に充溢する圧倒的に不毛な感覚（もうすべて終わってしまったのだという感覚）はその大部分が第一次大戦が引き起こした物理的心理学的損害に帰せられているのだが、それは小説のプロットにきわめて顕著に見られる、性的活動の進化生物学的な不毛さに反映しているのである。[18]

ブレット・アシュレイのきわめて高い性衝動は小説の行動の多くを引き起こす媒介として機能しているけれども、性性と不毛性の逆説的な結びつきをさらに強調してもいる。彼女はためらいもなく男性の性的欲求に与し、男性に対して肉体的に強く反応する。ジェイクに「さわられただけで、（中略）

体中がとろけてしまう」〔高見51〕し、(26)「ロメロってコのことで、いまは頭がいっぱい」になり「とめどがなくなっちゃう」〔高見338〕。欲望を抑えることができないのだ(183)。ジェイクが情事をとがめると、ブレットは「どうしようもないの」〔高見338〕という。「何かを我慢できたためしなんて、あたし、一度もないんだから」〔高見338〕(183)。[19] 彼女は短期的な交配戦略と長期的な交配戦略の両方を用い、数週間の間にロバート・コーンとペドロ・ロメロと関係を持ち、同時にアシュレイと結婚関係を維持し、マイク・キャンベルと新たに言い交わす。こうした乱れた交友関係について何ら恥じることなく、彼女はキャンベルに、他の男との火遊びの「詳細はみんな」〔高見264〕語るのである。実際、彼女はキャンベルと同棲しながらロメロとの関係も続けている(143)。ブレットという主人公の性的な渇望は、彼女を欲望の対照とする男たちと同じくらい強いのだ。男性との情事がブレットの時間と関心のほとんどを占めており、ほかの一切は目に入らないようになっている。この、彼女を男から男へとさまよわせる性的な動機が、物語全体を支配している不毛というテーマにおおいに貢献しているのだ。彼女は飽くなき性的情熱をもった女性であり、至近的な衝動のかたまりともいえるが、その交際は究極的な、生殖という目的には一切寄与しないのである。

この小説に関する批評は豊かで幅広いものであるが、ブレット・アシュレイの生殖可能性という話題、とりわけ、激しいけれども不毛なエロティシズムに内在する苦々しいアイロニーにはほとんど触れられていない。彼女は「新しい女」、伝統的女性と現代の女性の中間的な存在、フェミニスト、もしくはフェミニストのなり損ないの例として議論されてきた。[20] ジェンダー的な役割の転倒、個々の男性に対して、あるいはより広く、男性の社会的政治的支配に対して、それらを食いものにし、去勢するような脅威として、論じられてきたのである。[21]ブレットを女性の性的独立を主張する先駆者として称賛する批評家も、利己的な未熟さや破壊的な乱交であるとして非難する批評家もいる。彼女の性的な動機や行動はくり返し分析の対象になってきたが、生殖が生じていないという事実については論じられていない。しかし進化生物学的な視点からすれば、ブレットのこの特徴が重要なのだ。夫、フィアンセ、愛人をとっかえひっかえ十五年以上も性的に奔放な生活を続けているにもかかわらず、彼女の直接的な適応度はゼロである。今日まで彼女がなした生殖上の実績は、子どもをつくれないジェイク・バーンズとまったく同じなのだ。これは見過ごされているけれども、重要な事実である。ジェイクの負傷が仮になかったとしても、このふたりの間に子どもはできそうにない。

ジェイク・バーンズの苦境はこの性的に奔放だが生殖という面では機能を失った世界の否定的な雰囲気を劇的に高めている。戦争で受けた傷のためにジェイクは性的な関係を持つことも精子を作ることもできなくなっており、実現不可能な性的欲求に苦しめられることになる。批評家たちの意見はジェイクの負傷が持つ心理学的な影響に集中しており、その生殖上の結果についてはあまり論じられてこなかった。たとえば自己像や社会的支配という点で彼は「脱男性化」されている、とか、「男性的なアイデンティティの感覚が断片化」している、とか、「内面化された不能のステレオタイプ」を有している、といった指摘がなされている。[22]彼の傷は「同性愛、もしくはジェンダーの役割の転倒とのつながり」[23]を示唆しているかもしれない。その「性的不能」は男性の「力不足への恐怖」や、より大規模な視点で見れば、文化全体に広がる「男性の権力と権威（中略）そして社会的支配の喪失」を反映している可能性もある、といった具合である。[24] 文字どおりに解釈しても比喩的にとらえても、こうした分析は二次的な影響についてのものである。ジェイクの負傷がもつ一次的な影響は子孫を残せなくなったことだ。この不能がジェイクの置かれた状況をとりまく心理学的に否定的な効果の大半を生み出す源泉なのだが、それについては正当に認識されてきていない。彼の負傷は小説の中では重要な象徴的役割を果たしているが、それはこの負傷がキャラクターの感情的、文化的、霊的不毛性——第一次大戦のもたらした負の遺産——を、個人の生殖能力の喪失の中に結びつけているからである。戦後の世界は「ジェイクの傷の中にもっとも明確に示されている、中心にある一種の『無』『欠乏』」によって特徴付けられているのだ。[25]

第一次大戦によって引き起こされた損害の顕著な実例である、ひとりの男性の生殖能力の喪失は、より大きな規模での破壊を示唆している。すなわち戦争は生命の源泉そのものを壊滅させてしまったのだ。連続性、再生の希望がすべて失われたのである。個人的レヴェルでは、ジェイクは遺伝的遺産の喪失に苦しんでいる。彼のDNAはいかなる形でも複製されることはなく、子孫を残すことはできない。進化論的に見て、彼は未来を奪われている。このジェイクの状況が、小説のキャラクターの大半に——そしておそらく、戦後世代の大部分に蔓延している無力感と先が見えないという感覚（もはやこれまでで、これ以上の展開はないという感覚）に反響しているのである。ヘミングウェイのフィクションに登場する人々は、マイケル・S・レイノルズが指摘するように、「自分で作ったのではない世界」、「政治的なリーダーの空手形」に汚染され、あらゆる形の「信念のシステム」が奪われた世界に住んでいる。[26] 何らかの形で、ヘミングウェイが手紙で書いているように、「ここに登場する人間は燃え尽きているか、空っぽか、打ち砕かれているかである」。[27]

トリヴァースが指摘するように「人生は本質的に未来志向である」にもかかわらず、『日はまた昇る』の亡命漂泊者たちはこの事実に基づいて行動する能力を失ってしまっている。したがって彼らは「未来の楽観的な見方」を含む「結果に影響を与える知覚された能力」と関連する利益を有していない。[28] ジェイクのよく知られている表現――「不可避の事態が到来する予感」〔高見 271〕、直近の戦争に起因する感覚――に圧倒され、彼らは即時的な現在を超えて個人的なライフストーリーを形成しようとしない（146）。未来のない世界では、行動は目的を失ってしまうのだ。マイケル・S・レイノルズの言葉を借りれば「霊的な破産者」である彼らは場所から場所へ、酒から酒へとさまよい、真剣な義務感、決定的な計画、楽天的な期待などのない、アルコールでぼやけた存在になってしまっている。[29]「清潔で、とても明るいところ」の老人同様、彼らは「彼らの存在の核心にある懊悩と空虚さを一瞬でも忘れさせて」くれる麻酔薬としてアルコールを「利用して」いる（128）。[30] ジェイク・バーンズの生殖能力の喪失は、作品中に充溢している、戦争に起因する、あらゆる可能性の喪失感と鮮やかに関連するものとして機能している。

作品の中核となるふたり、ジェイクとブレットに直面する生殖面での「無」（ナダ）は、解決不能な問題である。この小説のプロットは決して解決できない苦境に光を当てることで古典的な筋の運びを拒絶している。この苦境の一貫性は、語りの持つ循環構造、すなわちふたりが行く当てもなくタクシーに乗り、お互いの不毛な欲望について語り合う場面で始まり、終わるという構造に反映されている。彼らの関係にはなんら生殖上の結果が伴っていないが、それは失われた未来を個人的に表現したものである。事実、その〔子どもができるという〕可能性は彼らが出会う前に粉砕されてしまっているのだ。ブレットがジェイクと出会ったのは戦時中に従軍看護婦として働いていたときだが、そのころすでにジェイクは負傷していたのである。成就しえない愛は、小説に登場するほかのどのカップルよりも明示的に、性的な感情の不毛な浪費を示している。彼らはこの苦境を脱する方法がないので、小説の中核をなす行動は本質的に静的で、「以前起きたことを、もう一度くり返しているような」〔高見124〕感覚（64）を生み出している。ジェイクは絶望、諦め、苦々しさといった感情を堂々巡りしており、ブレットは次から次へと男を取り替えている。彼らはお互いから距離をとることに合意するのだが、それにもかかわらず、定期的にキスをしたり、（ダンスのような）親密な身体的接触をもったり、親しく話したりして、自分自身を苦しめ続けている。

ジェイクとブレットが性行為以外で性的な満足感を得られないという事実は重要である。「ぼくらにできることが、何かないのかな？」〔高見51〕とジェイクは作品の冒頭近くで尋ねる。これはブレットが、ジェイクへの果たされない欲望は消えることがないと告げたときだ（26）。彼女の返答は、「あたしはただ、もう二度とあの地獄には引きずりこまれたくないだけ」〔高見52〕というもので、これは性的な欲望を充足するために別の手段を試してみたけれども、フラストレーションがたまるだけだったことを暗示している（26）。性行為だけが解放をもたらしうるのだというこの主張は、小説の中において生殖が心理学的象徴的に中心を占めていることを強調している。欠けているのは性的な情熱（至近メカニズム）ではなく生物学的な連続性（究極的な目標）なのである。慰められない、そして決して慰められることのない性的な欲望は作品全体に流れる不毛感を裏付けしており、主人公たちが新しい生命を生み出し得ないことは不可逆的な荒廃の描写に袋小路に陥ったような印象を加えている。[31]

ジェイクの負傷は戦争の破壊的な結果を劇的に表現しているのだが、読者は彼の感情的な反応や精神的な内面にアクセスすることができる。ブレットと一緒にはじめてタクシーに乗ったすぐ後、彼はベッドで横になって自分の「苦境」について考える。この言葉は彼が自分自身を不正の被害者だと考えていることを示唆している（31）。それほど危険ではないと考えられていた戦場、「イタリア戦線のようなお粗末なところ」〔高見60〕で予想外に、アイロニカルな形で、一種のだまし討ちに遭ったのだ（31）。彼は最初からおぞましいユーモアを用いて自らと苦境との間に一線を画そうとしている。「おれの体に起きたことは、本来、滑稽なことなんだから」〔高見53〕（26）。[32] 病院で「包帯でぐるぐる巻きにされて」〔高見61〕回復を待つ間、彼は「恐るべき運命」（mala foruna）に同情し、「命よりも大切なものを捧《ささ》げた」〔高見61〕と感謝する見舞いの将校を笑い飛ばす（31）。ジェイクが言うには、この訪問は一連の「滑稽な出来事の皮切り」〔高見61〕であった。「なんという名調子！」〔高見61〕（31）。ジェイクは同様に傷を負った人々のため、「滑稽な名前」〔高見61〕を持つ「親睦《しんぼく》会」を作ろうとする（31）。この荒涼たる、自分自身に向けられたユーモアの有用性は明らかである。悲しみと自己憐憫を制御するのに加えて、去勢、性的不能、脱男性化に対する冗談に対して、その前提に前もって同意しておくことでダメージを受けにくくするのである。「まあ、滑稽《こっけい》なことと見なすべきなのだろう」〔高見60〕（30）。

ジェイクはこのような、強がった、自己を嘲るような姿勢をいつも続けていられるわけではない。自分の目標が自らの置かれた状況から同情や関心をそらすことだと主張し（「ただ人の迷惑にならないように努めている」〔高見61〕）つつも、ジェイクは自分が失ったものを「思い知らされた」のはブレットへの圧倒的な欲望が原因なのだと認めている（31）。時としてジェイクは彼女や、決して満たされない相互の欲望について考えることを「やめられない」ことがある。ひとり闇の中で彼は涙し、ひそかに悲しみに暮れるのだ（31）。そうした強い感情の痛み（「みじめな気持」〔高見68〕）を避けるため、ジェイクは「無感動《ハード・ボイルド》」〔高見68〕であろうとする（34）。「清潔で、とても明るいところ」の年上のウェイターのように、ジェイクはここでは伝統的な宗教に対して斜に構えている。「理論的には」〔高見229〕ローマカトリックであり「おれはこれでも、信仰心は篤《あつ》いほうなんだぜ」と自分自身を評しながら、ジェイクは自らの信仰について顕著に両義的な姿勢をとっている（124, 209）。一方で彼はスペインへの旅行中、さまざまな大聖堂や教会、礼拝所を訪れ、ブレットに、時々祈ったものが「手に入る」のだと言う。カトリシズムは「偉大な宗教である」〔高見182〕（209, 97）というわけだ。他方、ジェイクは自らの信仰が本物だろうかと自問している。たとえばバイヨンヌの大聖堂で、彼は心から祈っているのではなく「祈っていると思っているだけだ」(97) と気づく。「こんなに情けないカトリック教徒」〔高見 182〕であることを後悔しつつも、「神を敬う気持ち」〔高見 182〕になれないという事実には「いかんともしがたい」のだ、と結論づけるのである (97)。

ジェイクは宗教に愛着が持てない本当の原因を、強い感情的瞬間の中で認識する。彼が受けた傷のような、極度の逆境に対処するためにカトリック教会が与えてくれた助言を思い出すときだ。「カトリック教会は、こういう問題を実にうまくあしらう術を心得ている。とにかく、いいアドヴァイスをしてもらった。そのことはもう忘れなさい、というアドヴァイスを。これはもう絶妙なアドヴァイスだった。いつか、このアドヴァイスにしたがってみよう。そのとおり、やってみよう」〔高見 62〕(31)。この皮肉に満ちた感情の爆発によって、ジェイクは自らが信じる宗教が偽善であり同時に無益なものであると糾弾している。カトリック教会は空虚な命令以外、破局的な喪失を経験している人々に与えるべき何ものも持っていないのである。苦しみに何らかの意味を与えることもなく、慰めをもたらすこともなく、痛みを避け、意志の力で考えないようにせよと勧めるだけなのだ。そのような「アドヴァイス」が無益であることが、ジェイクが、自らが「理論的には」信者となっている宗教を実践し続けようとする努力が何らの利益をもたらさない理由を説明してくれる。カトリック教会は形而上的な意味、宇宙的な裁き、霊的な滋養を与えるという約束を自ら反故にしたのだ。

人間的な経験を宗教的に解釈することをやめたジェイクは自らが涵養する自己防衛的なイメージと合致する個人的な哲学を編み出していく。彼は人間の人生を経済学の用語で分析し、透徹した「等価交換」の原則を受け入れる。何事も「価値と価値を交換」〔高見274〕することで手に入る。「何かを断念することで、何か別の物を手に入れる」〔高見274〕（148）。支払いは金銭のほか、「労働」や「経験」という形をとることもある（148）。よく生きるとは「すこしでも価値のあるもの」〔高見274〕に対する代償を払い、「払った金に相応《ふさわ》しい楽しみを確保」〔高見274〕することを意味する（148）。「等価交換」は普遍的な原則にまで昇華されて、等価性に対する、有限ではあるが慰めをもたらすような力を発揮する。「払った金に相応しい楽しみを得ることは可能なのだ。この世は金をソルに生かして食い込むには格好の場所だ」〔高見274〕（148）。しかし人間の感情や人間関係といった領域に適用されると、この、ジェイクが皮肉交じりに「素晴らしい哲学」〔高見274〕と呼ぶものは実にシニカルな意味を持ち始める。愛や友情をともなう状況においてすら、彼が明らかにするように、厳密な「交換」の原則が作用するのだ。たとえば共感、寛容、愛情といったものは何の役目も果たさない。誰も、「無償で、あるものを手に入れ」〔高見273〕ることはできないのだから。人間関係のもっとも親しい場面ですら、「請求書」〔高見273〕が来ることは避けられない（148）。ジェイクは自分が置かれた状況をこうした言葉で説明している。自分がブレットの必要としているものを性的に与えることができないから、「友情」に対して正当な報酬を得ることができないのだ（148）。「先延ばしにしていた」〔高見273〕支払いはブレットが自らの欲望をほかの男たちと果たす際ジェイクが感じる嫉妬の苦しみという形で徴収されている（99）。

ジェイクはこの無慈悲なまでに経済的な行動モデル――人間の交流から感情を捨象する――が心理

学的な現実に照らしてみるとうまく機能しないことには気づいている。「彼女がそれ〔自分との友情〕をどう受け止めているかは、考えたことがなかった」〔高見273〕といってブレットの放縦な男性関係を客観的には認めていても、彼はそれに対して怒りをあらわにする。それは非個人的な交換の原則とは相容れないものだ。部屋に戻ってひとりになったときに発する爆発的な怒り（「ブレット・アシュレイなどくそくらえだ」）は、人間の感情の複雑性が等価交換には還元し得ないことを示している。「素晴らしい」哲学の詳細を説明する際、彼は皮肉な調子で、その見事さをあざけるように話す。たとえば「回避しようのない結構な物事」〔高見273〕（148）といったものだ。ジェイクは小説の終盤になると、「価値の交換」理論により皮肉なエネルギーを向けるようになる。それはフランスでの「明快な経済的基盤」〔高見428〕をアイロニカルに称賛する際に明らかになる。彼が言うには、フランスでは「もしだれかに自分を好きになってほしかったら、お金をすこし使えばいいのだ」〔高見428〕（233）。たとえばチップを少し多くはずむことで、受け取った人は相手の「価値ある人間的資質」〔高見428〕を認めるから、「友達が多く」できるようになるのだ（233）。友情はフランスでは「単純」〔高見428〕である。誰も「曖昧《あいまい》な理由」〔高見428〕で友情を与えないからだ（233）。

心から相手を好きになることを、不快なまでに「複雑」で「曖昧」な現象であると定義することで、ジェイクはこれまで主張してきた等価交換の原則を褒め殺しという風刺的手段を用いて批判している。ジェイクには、おそらくははじめから、この等価交換の世界観は世渡りをし世界を理解するために彼が用いてきた一連の「哲学」のひとつに過ぎないとわかっていたのかもしれない。「五年もすれば、ぼくがこれまでに抱懐した他の哲学同様、さぞ愚劣なものに思えてくることだろう」〔高見274〕(148)。ひとつの哲学体系ではなく宗教を含むあらゆる哲学体系の妥当性を問いかけることで、ジェイクは宇宙全体、そしてそれを説明しようとする人間の試みに対して悲観的な見方をしているのである。[33] 彼は自分の行動の指標となったり、あるいは個人的なみじめな環境において自分を支えてくれたりするような包括的な理論や永続的な原則を見いだすことができていないのである。[34] 実存的に、そして哲学的に、彼には何も残されていない——もっともジェイクはそれをはっきりと言葉にすることはないけれども。彼は「無、ナダ、世界の無意味さにとりつかれた」ヘミングウェイの登場人物のひとりなのである。[35]

そういうわけでジェイクは小説の最後の場面でブレットと意見を異にするのだ。ブレットがふたりの愛の成就を妨げてきた運命のいたずらを歎くところである。「二人で暮らしていたら、すごく楽しい人生が送れたかもしれないのに」〔高見454〕(247)。ジェイクの皮肉な返答「面白いじゃないか、そう想像するだけで」〔高見455〕はブレットの彼に対する愛情を現実的に評価していることをまず示している。[36] ジェイクが以前に推測したように、ブレットの彼に対する愛情は、それが試され得ないがために存続しているのだ。「ブレットは要するに、自分の手の届かないものがほしかっただけなのだ」(31)。第二に、そしてより重要なことに、ジェイクのシニカルな言葉、小説の最後の瞬間に語られる言葉は、人間の心理、そして宇宙の構造に対する否定的な見方を示しているのである。彼の悲観主義は個人的な性生活や生殖の可能性の壊滅より多くを含んでいるのだ。より十全に表現すれば、ジェイクのメッセージは荒涼たるものである。物事はあなたの希望通り展開しなかったというだけでなく、あなたの希望通り展開するいかなる可能性もなかった。異なる環境下ではより幸福な結果が訪れたかもしれないという幻想を抱くものは自分をごまかしているだけだ。ジェイクの考えでは宇宙は人間の目標や幸福に恬として冷淡なのである。

「清潔で、とても明るいところ」の年上のウェイターのように、ジェイクは絶望を払いのける方法を見いだす。ジャーナリストとしての彼の仕事はいかに凡庸なものであったにしても日常生活に構造と目的を与えてくれる。ブレット・アシュレイやマイク・キャンベルといった定職のないキャラクターは漂泊して酒を飲むというより自己破壊なパターンに陥ってしまう。ジェイクの闘牛への「アフィシオン」〔高見 242〕はさらにより意味のある中核を与えてくれる。これはほとんど宗教と同義といえよう（132）。彼は「アフィシオナード」〔愛好家〕として受け入れられるが、それは「ある種の精神的な口頭試問」〔高見 244〕にパスしたからだ（131, 132）。アフィシオンは「心中奥深くしまわれている秘密」〔高見 242〕という神秘で特徴付けられている。それは殺される牛への敬意、この疑似信仰を共有する特別な闘牛士への敬意を含むものだ（131, 132）。ジェイクはこの物語、この儀式にどっぷりつかっている。闘牛雑誌を定期購読し、「よい闘牛士がみな泊まる」ホテル・モントーヤに投宿し、馬や子牛の血の生贄を受け入れる。彼はアフィシオナードのための儀式的な「手を置く」行為を経験する――「必ずと言っていいくらい、実際にこちらの体に触れた」〔高見 244〕（131, 132）。より重要なことに、マタドールと牛との戦いを見ることでジェイクは、彼が行う事ができない性的行為を芸術的できわめて象徴的に経験することができ、感情の高揚を経験することができるのだ。[37]
闘牛場での行動は性的な暗示があり、「性的な前戯や欲望の成就のイメージ」に満ちている。[38] マタドールは「ギリギリまで接近し、自分の体で誘いをかけ」〔高見401〕て牛を興奮させ、「さらに誘いをくり返す」〔高見401〕けれども、常に「突き刺せない」〔高見309〕ところにいる（218, 168）。ケープをうまくつかって牛を焦らすことでマタドールは「牛を支配」〔高見309〕する。マタドールは見事に相手を焦らし、その快楽を引き延ばす。「パセが頂点に達するたびに、見る者の胸には不意に痛みが走」〔高見404〕るから、「演技が果てしなくつづくことを、観客は望んだのだ」〔高見404〕（168, 220）。ついに彼が男根を思わせる剣を獣の中に打ち込むとき「ほんの一瞬、彼と牛は一体に」〔高見402〕なる（218）。観客は「複雑な思い」の後「高揚感」〔高見302〕を感じる。この緊張と解放は性的な興奮とクライマックスの暗示である（164）。ジェイクによる闘牛への個人的な傾倒、宗教的な色合いなどはすべて、彼の心理的均衡にとって闘牛がいかに重要なものかを示している。授精するかわりに命を奪う男根の一撃に暗示されているセックスと死の融合は、苦境にある男性の関心を必然的に引きつける。ジェイクはいかに限られた、あるいは一時的なものであったにせよ、闘牛場で行われる精巧に儀礼化された「貫通」から意味と満足を引き出すのである。
「清潔で、とても明るいところ」と同様、この小説においても作家の共感はきわめて悲観的な哲学を持ったキャラクターに向けられている。[39] ヘミングウェイはシニカルな世界観を持つキャラクターに、他のキャラクターよりも称賛すべき性格を与えることで、読者が彼らに好意を抱くようにしむけている。「清潔で、とても明るいところ」の年上のウェイターは、たとえば、「自信に満ちた」年下の同僚よりもより十全に発達した人間性を見せている。彼は座って飲み続けたいという耳の不自由な老人に共感し、同僚に、この不幸な顧客に配慮し敬意を払うようにと促す。同様にジェイク・バーンズもさまざまな友人や知人よりも共感に満ちた性格をしている。全体的に見れば、他人が彼を扱うやり方よりも彼が他人を扱うやり方の方が丁寧で、しばしば遭遇する不快で自己陶酔的な行動にも高い忍耐を見せる。たとえばマイク・キャンベルが酔っ払ってくだを巻いたり、ロバート・コーンが暴力に訴えたりしても騒がない。ブレットが忘れっぽかったり、いつも遅刻ばかりしていたりしても我慢しているし、他の男と関係を持っても怒らない。皮肉なことだが、ジェイクが周囲の人々の自己中心的な振る舞いに総じて肯定的な反応を見せているのは、彼が人類全般を低く評価しているからである。ブレットがロバート・コーンとマイク・キャンベルの「気が滅入るような」いさかいについて不満を漏らすとき、彼は「だれだって、どうかと思う振る舞いをすることはあるさ」〔高見334〕という（181）。「適切な機会」が与えられ、十分強い感情で動機づけされた場合、ほとんど誰もが、親切心や礼儀正しさといったものを犠牲にして個人的な目的を追究するものである（181）。ジェイクが仲間に対してほとんど期待していないのは、そのシニカルな人生観と合致している。説明不可能な宇宙の中で、なぜ人は合理的に、あるいは無私に、行動するというのだろうか。集団の構成員から利他的な行動を期待するのは、宇宙的な無関心に首尾一貫した説明を要求するのと同じくらい「愚かな」ことであろう。ジェイクや年上のウェイターのようなキャラクターを造形するにあたり、ヘミングウェイは間接的に、こうした否定的な世界観へと読者を誘っているのである。

さらに『日はまた昇る』においてはタイトルとエピグラフによって作者がジェイク・バーンズに近いところに位置づけられている。伝道の書から引用されているこのタイトルは人間が死すべき存在であることを強調している。天文学的な、あるいは無機的な世界の終わりのないサイクルとは対照的に、有機物の生命は有限である。すべての世代は「去る」（1:4）〔聖書の訳は口語訳による〕。風や水は「めぐりにめぐって、またそのめぐる所に帰る」けれども、これは生き物には当てはまらない（1:6, 7）。死はすべてに終止符をうち、あらゆる人間の努力を無意味なものにする。「いっさいは空である」（1:2）。[40] あらゆる世代の努力と苦しみは死によって無に帰するのであるから、そうした努力や苦しみを引き起こす感情を追うのはまるで「風を捕えるよう」なものに過ぎず、なんら永続的な目的にかなうものではないのである（1:14）。人間の自尊心を戒める、この『伝道の書』の冒頭の一節は人間の一生に関するきわめてストイックな見方をしている。ほとんどニヒリズムといってもよいような見方である。次々と続いていく世代というイメージ（「世は去り、世はきたる」）は後から考えると、アイロニカルな重要性を帯びている。小説を読み終えた後、読者は、世代の連続性こそ『日はまた昇る』の不毛な環境においてまさに欠けているものなのだと気づくからである（1:4）。すでに見たように、小説のプロットの中核においては生殖に動機を持つ行動が多く見られる——性欲に動機づけられて女性を追い回したり、性的に親しくなったり、同性間でライバルになったり、男性が嫉妬心を燃やしたり、配偶者を囲い込む戦術をとったり、といった行動である——けれども、そうした行動は本来それらが進化してきた目的である生殖に結びつくことはないのである。

「世代」という言葉を用いた、ガートルード・スタインのものとされているエピグラフは、生殖プロセスが致命的に阻害されてしまったという考えを裏付けている。彼女は戦後世代を「ロスト」ジェネレーションであるというのだが、このコメントにはさまざまな解釈が可能である。たとえば心理学的には、スタインは倫理観、経済的安定性、規範の共有、宗教的信仰、感情の平衡感覚などが失われたことを指しているのかもしれない。より文字どおりの、生物学的な意味では、この表現は当惑させるほど明白な事実を裏付けている。世代全体が「失われて」しまった場合――つまり生殖に失敗するという意味で――種は完全に絶滅する。ひとつの世代が失われればすべての世代が失われるのだ。スタインの言葉はヘミングウェイが表現する虚構の中での主要な問題点を的確に要約している。つまり生命の存続に対する極めて低い見通しである。

ふたつを併せれば、『日はまた昇る』のエピグラフは読者に非常に大きなスケールでの死を考えさせる結果となっている。つまり、個人の、世代の、そして種の死である。太陽は規則正しく昇ったり沈んだりするかもしれないが、人間のキャラクターは生殖面での袋小路に直面している。前進という感覚がいかなる意味でも消失してしまっているのだ。その代わり、彼らはジェイクが反復の「悪夢」〔高見 125〕と呼ぶものの中にさまよっている（64）。この未来のない煉獄は必然的に過去の喪失を含む。というのも連続性やつながりがもはや機能していないからである。ポール・ファセルは「第一次大戦はわれわれのものに比べれば静的な世界で生じた。そこでは価値観は安定していて、抽象的な意味合いは永続的で安定しているように見えた」[41]と説明している。戦争がこれらのものを揺るがしたのだが、その効果は社会的、倫理的、形而上学的であった。ヘミングウェイは伝統的な確実性の破綻を比喩的に生殖面での失敗の中に位置づけている。虚構のキャラクターが子孫に一切明示的な関心を示さないために、生殖という象徴的に中核となる役割に言及されることはない。キャラクターは彼らの問題や欲求不満を主として至近的な動機の観点から描写する。性的な欲望が先延ばしにされたり、邪魔が入ったり、横取りされたりといった具合である。この点では彼らは現実的に行動している――というのも人間行動の究極的な目的はしばしば意識的な自覚を欠くからである。[42]ジェイクとブレットはたとえば、子どもが作れないことではなく、性的な満足感を得られないことを歎いている。

ヘミングウェイの読者も通常、このような至近的な目的への関心を共有している。その結果キャラクターの性的な渇望、戦略、人間関係を精査することができるのだ。そのような精査は、セクシュアリティというものが、さまざまな適応的メカニズムや機能を含め、『日はまた昇る』においてはヘミングウェイのテーマの一部をなしているわけであるから、妥当なものだ。しかしそうしたテーマは社会政治学的にも心理学的にも魅力的なものではあるが、それだけでは小説の哲学的に荒涼としたテーマ的中核を支えるには不十分である。ストーリー全体を苦々しいアイロニーで満たしているのは、その言葉のあらゆる意味において、欲望の「結実」(fruitfulness)なのである。作品空間に充満している実存的な絶望は性的な歓びの喪失のみを反映しているのではない。生殖の不可逆的な喪失、そしてそれゆえに「価値の死」を反映しているのだ。[43]

『日はまた昇る』でヘミングウェイは悲観的な世界観を表現するためにキャラクターも彼らを取り巻く状況も劇的に誇張している。小説の中核となる苦境、すなわち飽くなき性的欲求を持つ女性と生殖機能が損なわれた男性の機能不全のつながりがおどろおどろしい極端な状況を現出させている。ブレットの多くの情事はエロティックな示唆に満ちた闘牛と相まって、生殖を目標とした活動を作品の前面に出していながら、生殖という結果は完全に喪われている。このコントラストはまた喜劇的でもある。極端なものに焦点が当たる理由は明白である。中心となるメタファに取り組む上で、ヘミングウェイは媒体（性的葛藤と生殖の失敗）と主意（形而上的な葛藤と宇宙的な虚無）との重なりを表現するような工夫をしている。生物学的な「無」が哲学的なニヒリズムを表象しうるのは、作品のキャラクターが経験する性的な、あるいは生殖上の問題が尋常ならざるときにのみである。その結果生まれたのは、どれだけセックスしても物足りない女性が性的に機能不全な男性と恋に落ちるというプロットであり、多情な女が目に入ったほとんどすべての男と関係を持つけれども決して妊娠しないというサブプロットなのだ。懐胎も出産も起こらず、その見込みもない場合、あらゆる人間の試みは――交際しようとする努力も異性を巡る競争も含め――その意味をなくしてしまう。そこで「清潔で、とても明るいところ」の年上のウェイターは自らのニヒリスティックな形而上的考えを聖母マリアの空っぽの子宮、「ナダの充足」というイメージに関連させた。生物学的な連続性が失われればあらゆる人間の目的は無に帰してしまう。それは文字どおり、断線（the end of the line）を意味するのだ。これらふたつの作品のプロットの中核に見える生殖的な「ナダ」は、ほかのいかなる象徴的比喩も及ばないほど、不毛という感覚を見事に表現している。進化論的な分析はヘミングウェイの絶望的な哲学的立場の理由を提供するものではない。それはむしろ、彼がその実存的なテーマにいかにして文学的な形と力を与えたかを明らかにするのである。文化的、あるいは宇宙的な不満を人間の関心の中でももっとも基本的なもの——生殖——に基礎づけることで、彼はそのインパクトを最大のものにしたのだ。

注

1　ドーキンスが説明しているように、「ＤＮＡの分子は複製を行う存在である。それらは集合して（中略）より大きな生存マシン、あるいは『乗り物』と化す。われわれがもっともよく知っている乗り物はわれわれ自身の体である。（中略）乗り物それ自体は複製しない。複製主体を増やすために働くのだ」*Selfish Gene*, 254.

2　Geary, *Male, Female*, 170.

3　Gunther Schmigalle は『日はまた昇る』を「あらゆる人間の行動が一過性であり重要ではないという点に力点を置く哲学的ペシミズムの伝統」の中に置いているが、生殖に向けられるエネルギーが阻害されてしまっていることには言及していない。"'How People Go to Hell': Pessimism, Tragedy, and Affinity to Schopenhauer in *The Sun Also Rises*," *The Hemingway Review* 25, no. 1 (2005): 19.

4　Ernest Hemingway, "A Clean, Well-Lighted Place," in *The Short Stories* (New York: Charles Scribner's Sons, 1966), 379. 引用はすべてこの版による。

5　Marco Del Giudice and Jay Belsky, "The Development of Life History Stfategies: Toward a Multistage Theory," in *The Evolution of Personality and Individual Difference*, ed. David M. Buss and Patricia H. Hawley (Oxford: Oxford University

Press, 2011), 155.

6　Geary, *Male, Female*, 170.

7　Steven K. Hoffmann, "Nada and the Clean, Well-Lighted Place: The Unity of Hemingway's Short Fiction," in *Modern Critical Views: Ernest Hemingway*, ed. Harold Bloom (New York: Chelsea House, 1985), 175.

8　Hoffmann はこのストーリーがナダという概念自体よりもずっと、ナダに対する「さまざまに生じうる人間の反応」に関係していると主張している。"Nada and the Clean, Well-Lighted Place," 174.

9　Hoffmann はこのキャラクターの不眠症を全く別様に解釈しており、無を受け入れる際の彼の「形而上的な勇気」の一部であると言う。「彼のヴィジョンはあまりにも明晰で、彼の自己意識はあまりにも盤石なので、彼は感覚のない眠りという安楽にふけることができないのだ」。このような主張はキャラクターの意識に必要以上に多くを与えている結果であると思われる。問題となっているテクストに必要な精読をすればこうした主張には至らないだろう。

10　Robert Trivers, "Self-Deception," 273.

11　Annette Benert, "Survival through Irony: Hemingway's 'A Clean, Well-Lighted Place,'" *Studies in Short Fiction* 11 (1974), 187.

12　このストーリーについては驚くほど多くの研究者たちが、発言の主が誰なのかについての混乱を論じている。David Kerner は校訂されていないテクスト——これが現在ここで論じられている議論のベースになっている——の方が正しいと説得力を持って主張している。"Hemingway's Attention to 'A Clean, Well-Lighted Place,'" *The Hemingway Review* 13, no. 1 (1993).

13　Ernest Hemingway, *The Sun Also Rises* (New York: Charles Scribner's Sons, 1926; New York: Macmillan, 1988), 39. すべて引用は 1988 年版による。

14　James A. Puckett は小説中の男性の競争をダーウィニズムの視点から分析しているが、彼は「装飾品、戦いでできた傷、身体的な美しさ、ユーモア、実際の戦いなど、いかなる方法を通してであれ、男たちはブレットに見られるために、ブレットに認められるために行動するのである」と言っている。"'Sex Explains It All': Male Performance, Evolution, and Sexual Selection in *Ernest Hemingway's The Sun Also Rises*," *Studies in American Naturalism* 8, no. 2 (2013): 138. Bender はまた「男性キャラクターの性的な嫉妬と戦闘性」をダーウィニズムの見地から議論しているが、そこには「自然界における性的な闘争」についてのヘミングウェイの見方も含まれている。*The Descent of Love*, 353, 357.

15 Buss, *Evolution of Desire*, 51.

16 *Ibid.*, 51.

17 *Ibid.*, 53-57.

18 Linda Wagner-Martin が述べているように、この小説の「プロットライン」はほぼそのすべてが「大量の性的関係」で構成されている。*Introduction to Ernest Hemingway's "The Sun Also Rises": A Casebook*, ed. Linda Wagner-Martin (Oxford: Oxford University Press, 2002), 3-4.

19 Bender はヘミングウェイが女性の積極性と女性の選択、「自らが望む性的パートナーを（身体的、経済的、社会的）強さと美を基準に選ぶ女性の力」を強調していると指摘している。*The Descent of Love*, 357.

20 ブレットとジェンダーについての代表的な議論としては Rena Sanderson, "Hemingway and Gender History," in *The Cambridge Companion to Ernest Hemingway*, ed. Scott Donaldson (Cambridge: Cambridge University Press, 1996); Wendy Martin, "Brett Ashley as New Woman in *The Sun Also Rises*," in *Ernest Hemingway's "The Sun Also Rises": A Casebook*, ed. Linda Wagner-Martin (Oxford: Oxford University Press, 2002) ブレット・アシュレイについての批評の有用な要約については特に 50-51 参照 ; James Nagel, "Brett and the Other Women in The Sun Also Rises," in *The Cambridge Companion to Ernest Hemingway*, ed. Scott Donaldson (Cambridge: Cambridge University Press, 1996); Mark Spilka, "The Death of Love in *The Sun Also Rises*," in *Ernest Hemingway's "The Sun Also Rises": A Casebook*, ed. Linda Wagner-Martin (Oxford: Oxford University Press, 2002) 参照。

21 John W. Aldridge はブレットの「非女性化された」ジェンダーについて "The Sun Also Rises Sixty Years Later" in

Readings on Ernest Hemingway, ed. Katie De Koster (San Diego, CA: Greenhaven Press, 1997), 144-45. で述べている。Sanderson は "Hemingway and Gender History", 178-80 でブレットの男性的な特質の意味するものを論じている。Debra A. Moddelmog はブレットを「ジェンダーの境界線を越えていく女性というカテゴリー」に入れている。"Contradictory Bodies in *The Sun Also Rises*," in *Ernest Hemingway's "The Sun Also Rises": A Casebook*, ed. Linda Wagner-Martin (Oxford: Oxford University Press, 2002), 157. Leslie Fiedler はブレットに見える「男根的な」性質、恋人たちを「脱男性化しその地位を低下」させる「売春婦＝女神」としての性質を明らかにしている。"Hemingway's Men and (the Absence of) Women" in *Readings on Ernest Hemingway*, ed. Katie De Koster (San Diego, CA: Greenhaven Press, 1997), 94, 95. Greg Forter はブレットを「男性の自律性と権力という理想の消滅」という文脈のもとで俎上に載せている。"Melancholy Modernism: Gender and the Politics of Mourning in The Sun Also Rises," in *Eight Decades of Hemingway Criticism*, ed. Linda Wagner-Martin (East Lansing: Michigan State University Press, 2009), 59.

22 John W. Aldridge, "*The Sun Also Rises*," 142; Ira Elliott, "Performance Art: Jake Barnes and 'Masculine' Signification" in *The Sun Also Rises*," in *Ernest Hemingway's "The Sun Also Rises": A Casebook*, ed. Linda Wagner-Martin (Oxford: Oxford University Press, 2002), 71; Dana Fore, "Life Unworthy of Life? Masculinity, Disability, and Guilt in *The Sun Also Rises*," *in Eight Decades of Hemingway Criticism*, ed. Linda Wagner-Martin (East Lansing: Michigan State University Press, 2009), 50.

23 Elliott, "Performance Art," 71.

24 Wendy Martin, "Brett Ashley as New Woman," 51.

25 George Cheatham, "'Sign the Wire with Love': The Morality of Surplus in *The Sun Also Rises*," in *Ernest Hemingway's "The Sun Also Rises": A Casebook*, ed. Linda Wagner-Martin (Oxford: Oxford University Press, 2002), 103.

26 George Cheatham, "Sign the Wire with Love: The Morality of Surplus "in *The Sun Also Rises*," *in Ernest Hemingway's "The Sun Also Rises": A Casebook*, ed. Linda Wagner-Martin (Oxford: Oxford University Press, 2002), 103.

27 Ernest Hemingway to Grace Hemingway, 5 February 1927, in Selected Letters 1917-1961, ed. Carlos Baker (New York: Charles Scribner's Sons, 1981), 243.

28 Trivers, "Self-Deception" 285.

29 Reynolds, "*The Sun Also Rises*" 6.

30 Schmigalle, "'How People Go to Hell,'" 10.

31 Fore はふたりの性的な困難を至近的な快楽の視点から分析しており、性的欲求の非伝統的な充足手段を用いることで「ブレットとジェイクはお互いを苦しめることをやめ、あらゆる意味で一緒にいることができる。かれらふたりの間にはセックスは不可能というわけではないのだ」と述べている。そのような問題解決をしたからといって、彼らの関係から子どもが生まれるわけではない。Fore, "Life Unworthy of Life?" 50.

32 Reynolds は「アイロニーとユーモアがジェイクの主たる防衛手段である」と言っている。"The Sun Also Rises," 28. 小説内の多くの「隠されたジョーク」という文脈内でのジェイクのユーモアが持つ「アイロニカルな側面」の議論については、James Hinkle の論文、"What's Funny in *The Sun Also Rises,*" *in Ernest Hemingway's "The Sun Also Rises": A Casebook* ed. Linda Wagner-Martin (Oxford: Oxford University Press, 2002), 122, 107. 参照。Paul Fussell は第一次大戦の生存者が「アイロニーに支えられた記憶喚起メカニズム」を用いて戦争中の記憶や戦後の状況に一貫性と重要性を与えようとしたと書いている。*The Great War and Modern Memory* (New York: Oxford University Press, 1975), 30.

33 Bender は「ジェイク・バーンズの孤独は彼の性的、霊的な孤独にひとしく起因している」というのだが、これは両者の因果関係を示唆するものではない。*The Descent of Love,* 358.

34 Scott Donaldson は等価交換の原則についてより共感に満ちた分析をしている。つまりヘミングウェイはジェイク・バーンズの幻滅を共有していない、というのである。「しかしヘミングウェイは償いという価値観を捨てているわけではない」。"Hemingway's Morality of Compensation," in *Ernest Hemingway's "The Sun Also Rises": A Casebook,* ed. Linda Wagner-Martin (Oxford: Oxford University Press, 2002), 96.

35 Robert Penn Warren, "Hemingway's World," in *Readings on Ernest Hemingway*, ed. Katie De Koster (San Diego, CA: Greenhaven Press, 1997), 38.

36　Spilka はジェイクのブレットに対するシニカルな答えを明確に言い換えている。彼女が一緒に楽しめたかもしれない「よい時間」というのは「今起こりえない」ことというだけでなく「決して起こりえなかった」ことである。“The Death of Love,” 43.

37　Reynolds は読者に、「牛は立派な男根を持っており、男性性のシンボルである」ことを思い起こさせる。したがって「男根を持たない男が男根的な儀式にかくも強く感情移入するというアイロニーは激烈である」。“*The Sun Also Rises*,” 35.

38　Moddelmog, “Contradictory Bodies,” 159.

39　Samuel Shaw は、「無、ナダ、人生における究極的な意味の喪失の認識は、『日はまた昇る』や『清潔な明るい場所』だけではなく、彼の作品全体を通して見られる」と指摘している。“Hemingway, Nihilism, and the American Dream,” in Readings on Ernest Hemingway, ed. Katie De Koster (San Diego, CA: Greenhaven Press, 1997), 74. ホフマンもまたこの問題を議論し、「ナダの影はヘミングウェイのフィクションの多くの背後に潜んでいる」という。“Nada and the Clean, Well-Lighted Place,” 175.

40　ヘミングウェイは当初この節をエピグラフに含めていた。マクスウェル・パーキンスへの手紙の中で彼はパーキンスに、自分が残すことにした部分の前後の節を「削る」ように要請している（すなわち4, 5, 6, 7節である）。Ernest Hemingway to Maxwell Perkins, 19 November 1926, in *Selected Letters 1917-1961*, ed. Carlos Baker (New York: Charles Scribner’s Sons, 1981), 229.

41　Fussell, *The Great War and Modern Memory*, 21.

42　Wright, *Moral Animal*, 388.

43　Sam S. Baskett, “‘An Image to Dance Around’: Brett and Her Lovers in *The Sun Also Rises*,” *Centennial Review*, 22 (1978), 69.

第十一章
ハーストンの「金メッキの75セント」における親の確信

ゾラ・ニール・ハーストンの一九三三年の短編小説「金メッキの75セント」は男性の交配行動に焦点を当てている。プロットは妻の不貞に対する夫の反応を扱ったもので、長期的な投資における親の確信の重要性を強調するものである。不実な妻が浮気相手との間にできた子どもを産むという可能性はその夫にとって進化論的に重大なリスクとなる。生物学的に縁もゆかりもない子どもの世話をし資源を用いるとすると、自分の遺伝子ではなく他人の遺伝子を広める手助けをしていることになるからだ。[1]ストーリーに対するこれまでの批評は、しかしながら、女性の不貞が持つ進化論的な意味には焦点を当ててこなかった。これまでの批評家はさまざまな対立の間の緊張関係を強調してきたのである。たとえば「現実」と「虚構」の価値観、[2]見かけと現実、[3]田舎と都会、[4]物質的富と非物質的富、[5]コーカソイドの価値観とアフリカ系アメリカ人の価値観、[6]などだ。

それらのテーマもハーストンが描きたかったことには違いないだろうが、彼女は明らかに父親であること（paternity）を物語の主たる関心事に位置付けている。進化生物学理論から得られる知見によって読者はその重要性と意味を十分に理解することができるであろう。

デーヴィッド・M・バスが指摘するように、人間の男性は「他の霊長類の雄とは異なる、独自の親権の問題をかかえている」。人間の女性は排卵期が外的に明確でないために、性行為と妊娠との因果関係がそれほど明らかではない。[7] 他の男ではなく自分の交配が妊娠をもたらしたのだという目に見える証拠がないために、男性は自分のパートナーが産んだ子が自分の子であると言う決定的な証拠を有していないのである。（子供は自分自身の体の中で大きくなるので、女性は明らかに、子どもと自分との間に遺伝的な関係があることを疑ったりはしない）。このような親権についての不確実性を減じ、親の投資の進化論的妥当性を最大化するために、人間の男性は女性が性的に忠実であることを要求する――女性の公認の伴侶が子どもの親であることを確証するにはそれが最善の方法だからである。[8] 結果として、女性が他の男性と性行為を行ったという証拠があがるとパートナーは彼女と性行為をするのをやめてしまうか、あるいはその頻度が少なくなる。[9] 裏切られた夫の心理を描き出すハーストンのストーリーは、女性の不貞によって生じる男性の適応度への脅威に対抗するための適応的メカニズムを垣間見せてくれる。

問題になっている夫婦は労働者階級に属している。ジョー・バンクスはG&G肥料会社から毎週給料を家に持ってくる。彼は夜勤で働いているのだ。描写はわずかであるが、しかしこの仕事が不潔な環境での厳しい肉体労働を含むことは十分明らかである――ジョーは疲れ切って家に帰ってきて、すぐに風呂に入らなければならず、しばしば背中の痛みを訴えている。明らかに資源は十分とは言えず、これがキャラクターとプロットの展開において重要な要素となっている。この、日の浅い結婚（ジョーとミシー・メイはほんの一年あまり前に結婚したばかりだ）の持つ力を表現するのにハーストンが用いているのはジョーが賃金のすべてを妻に手渡すという一種の儀式的動作である。まず、彼が戸口からドルの銀貨を放り投げる。「彼女が拾い集めて、夕食の皿の横に積みあげることができるように」〔松本・西垣内 128〕。[10] 彼女は擬似的な叱責でそれに応える――彼女が〔まだなにか隠していないかと思って〕夫の身体検査をし、ポケットから「探させようとあちこちのポケットに隠しておいたもの」〔松本・西垣内 129〕、妻へのささやかな贈り物を見つけるのだが、最終的にこの行為はエロティックなものへと変わっていく（88）。「男と女のすさまじいエネルギーのかたまり」〔松本・西垣内 129〕となった彼らは「とっくみあい」「あばらをくすぐりあ」〔松本・西垣内 129〕うといった「親密なケンカごっこ」〔松本・西垣内 129〕をするのだが、これは夫婦の活力に満ちた性的関係を示している（87, 88）。

ジョーとミシー・メイを読者に紹介するこの愛に満ちた描写は非常にはっきりと、長期的な配偶関係の進化心理学的側面を表している。男性はその資源を配偶者に与える。これは富を妻に委譲することによって自らの献身の度合いと強度を示すものだ。これは無味乾燥な「これが一週間分の金だ」といったやりとりではない。ジョーの行動は、ミシー・メイに投資したいという彼の気持ちに際限がないことを強調している。遊び心に満ちた気前の良さで、彼は実質的に妻に「これが全財産だ。俺はこれを君の足元に投げる。俺の手元には何もない。全部君のいいように使ってくれ」といっているようなものである。さらに、彼女の女性性に訴えかけるような贈り物（チューインガムや香料の入った石鹸といったささやかな贅沢品）を贈ることで、妻を歓ばせたいという気持ちを表現している。妻のためにジョーが買ってくる、もっとも重要な贅沢品は一袋の「キッスキャンディ」であり、これはメタフォリカルに、与えられた資源と、このふたりの関係がきわめて明確にもたらしてくれる性的な満足を結びつけている（88）。ジョーは物質的な気前の良さを言葉で補う。たとえば、「おめぇの亭主でいさえすりゃ、ほかのことは気にならねぇ」〔松本・西垣内 135〕と彼は彼女に請け合ったりするのである（91）。結婚関係を維持するための彼の戦略は「資源の提供」と「愛情、親切さ」の表現を組み合わせたもので、これはバスが長期的な配偶関係の鍵としているものである。[11]

ジョーがミシー・メイを喜ばせるために新しく出費を行おうとするときにプロットが動き出す。彼は「しゃれた」〔松本・西垣内 132〕新しいアイスクリーム・パーラーに行こうと彼女を誘うのだ（89）。その経営者、オーティス・D・スレモンズ氏はジョーやほかの地元の人々に、豪奢な衣服、金歯、そして豊かで都会的な雰囲気で強い印象を与えていた。大金持ちで女性にもてる彼はほかの男たちの羨望の的になっている。彼は装飾品として金貨（五ドル金貨や十ドル金貨）をネクタイピンや時計の鎖につけ、「女たちが〔自分に〕夢中に」〔松本・西垣内 133〕なっており、それが富の源泉なのだと公言してはばからない。「女たちが金さしだすんだ」〔松本・西垣内 133〕（90）。スレモンズの自己表現は男性の夢にきわめて明確に訴える――というのもこれが通常の男性の富と女性の意志という関係を明確に逆転させているからである。女性と性的に親しくなるために資源を投資する代わりに、スレモンズは女性たちが彼と性的に親しくなるために資源を提供しているのだという。彼の話はたとえ一次的にせよ聞き手に信じさせる――それが男性の夢だからである。読者はご記憶かもしれないが、『真夜中のカーボーイ』〔邦題は公開時のもの〕はこの幻想の別のヴァージョンを提供しており、この映画のプロットは主人公の期待が持つ非現実的な性質を中心として展開していく。スレモンズの話を聞く男性たちのように、集合的な幻想の力によってスレモンズの自慢を信じることはせず、ミシー・メイは夫が無批判に受け入れてしまっている話に懐疑的に反応する。「どうしてわかるのさ」〔松本・西垣内 133〕と彼女は尋ねる。スレモンズの話は「当てにはなんないよ。（中略）ほかの人とおんなじように嘘だってつけるさ」〔松本・西垣内 133〕（90）。

妊娠可能な若い女性が男性と性的に楽しむために物質的な投資を行う人間の文化を想定することは――不可能とはいわないまでも――難しい。（持参金制度は例外であろうが、もちろんここには当てはまらない。それにスレモンズはどちらにしても、女性の持参金によって規定されるような長期的な契約としての配偶者関係ではなく短期的な関係のことを言っているようである。Daly and Wilson 参照）。[12] 生殖における生物学的な役割――卵子と精子のサイズの違い、排卵期、生殖可能期間の相違を含む――のために、女性は「価値ある資源」となっている。[13] したがって異常な例を除けば女性は通常性的な機会そのものを除き、男性に何も与える必要はない。性的交渉の機会そのものが貴重だからである。[14] ジョーやその仲間たちはそれにもかかわらず、スレモンズのおよそありそうにもない主張にころりとだまされてしまう。その法螺話を批判する術を失わせるほどの圧倒的な富を前にして、彼らはこの印象的な余所者の話を額面通りに受け止めるのだ。彼らはさらに、スレモンズの提示する幻想、女性が特に魅力的な男性に自分自身とその資源を熱心に提供するという幻想の抗しがたい魅力に眩惑される。彼らは誰もがそのような男になって、そうした優位性を享受したいのだ――端的に言えば、ダーウィン的なゲームの通常のルールから解放され、すべてのカードを自分が握ってみたいのである。

ヒルデガルド・ホーラーは、スレモンズが性行為と引き換えに白人女性から金を受け取っているので、彼は実質的には奴隷制を嘲笑するような、あるいはパロディ化するような方法で自分自身を売り渡しているのだと主張している。[15] しかしスレモンズの主張が虚偽であることが、ふたつの異なる点で、ホーラーの解釈に対する重要な障害を構成している。まず、もし彼が金持ちの女性たちに自らの性的サービスを売ることに成功していたとすれば、スレモンズはミシー・メイに対してそれほど早急に戦術を変える必要はなかったはずである。彼女に対して彼は、自分に好意を寄せてくれれば「金」(ゴールド)をあげると約束している。第二に、もし多くの女性が彼に金を与えていたとすれば、「お金が寄ってくんだ」〔松本・西垣内 133〕という彼の自慢は正しいであろう(90)。その豊かさは見せかけではなく本物ということになる。しかしいったん彼の富が張りぼてであったことがわかると、スレモンズの、いかなる女性も――いかなる人種、あるいは民族の女性であろうと――彼に金を与えてきたのだという主張は虚偽であることが暴露されるのである。

ジョーはミシー・メイを新しいアイスクリームパーラーに連れて行くのだが、その動機はひとつではない。彼女を喜ばせたいという以上に、彼は妻を、この店の一見高い地位にあるように見える経営者に見せびらかしたいのである。魅力的な妻をスレモンズに見せることはジョーの側からすると競争的な男性の力の誇示、誰もがうらやむような女性を配偶者にできたという証明である。[16]「きれえな女の話聞かされたから、おれのも見せてやらんとな」〔松本・西垣内 134〕(90-91)。ジョーはこの目的を達成したかのように見える。というのもスレモンズはミシー・メイを称賛し、そして暗黙のうちに、彼女を長期的な配偶者としてかちえた男性も称賛しているからである。「おめぇのかみさんは、億と万だ。そうだ、億万級だ」〔松本・西垣内 134〕(91)。しかしジョーの大勝利にはアイロニーの影がある。彼は女たらしの関心を妻に向けてしまったからだ。スレモンズはミシー・メイを追いかけ回し始める。その方法は彼が町の男たちに自慢してきたようなものではなく、ずっとありふれたものだ。事実、スレモンズがミシー・メイを手に入れるために用いる戦術によって、序盤で見えた彼の大風呂敷が虚偽であることが裏づけられている。スレモンズがミシー・メイに、彼女の個人的な魅力以上のものを期待していないのは明らかである。むしろ彼は率直に、性的な好意のかわりに金を提示する。後に彼女が説明しているところによると「あいつ、金貨をくれるって言ったんだよ。しつこく追いまわされてた」〔松本・西垣内 138〕(94) のである。この短い出来事の中で、読者は進化の結果として生じた適応が機能しているのを見ることになる。現在の配偶者より多くの資源を提供してくれそうな男性に求愛されると、女性はその申し出を受け入れた方が利益になるのだ。バスが指摘するように、

「直接的な資源の確保は女性が浮気によって確保したいと思う重要な適応的利益である」[17]。

進化生物学理論に初めて触れる人たちは、女性が性的な好意と資源を引き換えにするという考えに不快感を持たれるかもしれない。事実、当初は、この考え方は時代遅れで反フェミニスト的なものに見えた。女性を不快な形で強欲な存在として表現しているように思われたのである。多くの批評家がミシー・メイの「売春」に見えるもの――それは結婚関係において(ジョーが毎週彼女に投げてよこす銀貨に見られるように)も、「金貨」のために同意する不倫においてもそうである(94)[18]――に不快感を示した。しかし祖先の環境で女性が置かれた状況を少しだけ考えてみれば、なぜ女性が性行為にいたる前に男性側の資源について考えなければならないのか理解できるだろう。一度の性行為で妊娠してしまうかもしれない。そうなれば女性側は夫の支援、世話、家庭諸々が得られないまま、ひとりで妊娠期を生き延び、授乳し、子どもを育てなければならない。そのような女性は結局子孫を残せないまま死んでしまうだろう。人間の歴史の大半において、手に入る資源と子孫が生存する確率には否定できないほど密接な関係があった。進化の結果獲得された性的な戦略の政治的経済的に有害な効果を産業化されて以降の環境で効果的に軽減するためには、それらをまず正しく認識しなければならない。バスが説明するように「性戦略に関する進化論的な視点は男性が資源を支配するようになった起源と展開、そして男性が女性のセクシュアリティを支配する試みについて価値ある洞察を提供してくれる」[18]。バスは別のところで「フェミニスト的な視点と進化論的な視点が融合する可能性」について述べ、アン・キャンベルはフェミニストの理論と進化論を項目ごとに比較分析している。[19] バーバラ・

スマッツはケンリッチ、トロスト、シーツ同様、ふたつの理論的体系の間の知的、政治的対立を分析している。[20]グリエ・ヴァンダーマッセンの進化生物学の文脈でのフェミニズムの詳細な研究もこの文脈では示唆的である。[21]

読者は求愛の過程を見ているわけではなく、ジョーと同様、スレモンズとミシー・メイが同衾している描写によって、突然、既成事実を突きつけられるので、彼女の動機を順を追って評価することはできない。ミシー・メイは最初から、この新参者が自称する、女性に対する影響力に疑問を抱いている（「夢中になってる人がたくさんいたのに、なんだって出てきちまったのさ」〔松本・西垣内 133〕）し、彼の富の一部を手に入れることをぼんやりとほのめかしたりする。「いつか道ばたで〔金貨を〕見つけるかもよ」〔松本・西垣内 135〕（90, 91）。そのような発言によって読者は、彼女の浮気はスレモンズの富を夫に委譲しようとする動機に出たものではないかという印象を受ける。彼女の行動をこのように説明することは、ジョーが姦淫の現場をつかまえたときの彼女の悲しみに打ちひしがれたような涙や、その後の痛悔に満ちた行動によって裏付けされている。ジョーを「すごく」〔松本・西垣内 138〕愛しているのだと言って、彼女はジョーの信頼や愛情を失ったことに心から打ちのめされているように見える（94）。要するに、ミシー・メイはスレモンズの見せかけの富や金に目がくらんだのではないこと、スレモンズには愛情を感じておらず、スレモンズと長期的な配偶者になるつもりはないことを裏付けする証拠があるわけだ。そうではなく、ミシー・メイは、「あの金貨」と性的な好意を意図的に交換し、それを夫に与えようと思っていたのかもしれない。ある時点で彼女は、金貨はジョーが身につければ「もっともっと似合うよ」〔松本・西垣内135〕と発言しているのだ（91）。だからミシー・メイは心の中では自分の浮気を、結婚関係を脅かすものではなくより豊かにするような行動、「ジョーへの愛から出た罪」[22]であるとして正当化しているのだろう。トリヴァースの自己欺瞞の分析がここでは関連性を持ってくる。読者はミシー・メイの意識的な、あるいは無意識的な意図のからまりあった複数の層を読み解かなければならないからだ。[23]

　結婚生活に新しい資源をもたらすためにひそかに他の男に性的なアクセスを許した場合、夫の生殖の成功率が下がってしまっているという事実は否定できない。スレモンズの子を妊娠した場合、ジョーがミシー・メイとの間にもうける子どもの数はひとり減ってしまう。その動機をいかに好意的に解釈したとしても、ミシー・メイの不貞は――適応度の点から見れば――妻にとってはそれほど損害はないかもしれないが、夫にとっては大損害を与える可能性がある。彼女の意図の論理は、意識的に意図されたものではないかもしれないが、ダーウィニズムの視点から分析された場合には明白である。スレモンズの子を妊娠した場合、彼女はジョーの子よりも質の低い子どもを産むリスクはあるけれども、やはりそれは自分の子である。したがって自己の利益ということを考えた場合、スレモンズによって妊娠するリスクより、彼の金を手に入れるメリットの方が上なのである。もし情事が露見しなかった場合、ジョーは自分が父親ではないなどとは夢にも思わず、生まれてきた子を自分の子であるとして育てるだろう。これは「彼の利益には反する」が、ミシー・メイの視点からすれば極めて「適応的」なのだ。[24]スレモンズの子もジョーの子ども同様、ミシー・メイがスレモンズとの短期間の情事でせしめた予期せぬ資源の恩恵を得るであろう。スレモンズの富が法螺話ではなく現実のものであった場合、この機会を捉えて子孫のためにより経済的に確固とした未来を手に入れたいという彼女の決断は自分自身とその子孫の適応度を上げることにつながるのである。

　情事が露見しない限り、そして彼女の短期的な交際相手から他の方法では手に入らないような資源を手に入れられる限り、ミシー・メイは適応度の点で利益を得ることができる。これは女性が貧しければ貧しいほど当てはまる。金持ちの浮気相手を通してより多くの食料、よりよい家屋、よりよい医療、よりよい職業機会が彼女の家庭に流れ込んでくるとすれば、彼女の子どもたちのうちより多くが生き残り、豊かな暮らしを送ることができるのだ。結局のところミシー・メイもジョーもワーキング・プア階層に属している。入浴した後、「穀物の袋」〔松本・西垣内 128〕で体を拭かなければならない女性は、裕福な求愛者の誘いに乗る理由が十分あるわけだ（87）。しかしこの情事が露見すると、結婚の安定が脅かされてしまう（そしてこれはミシー・メイがスレモンズの誘いに乗るさいにもっとも危惧していたことである）けれども、これはまさしく妻の不貞によって夫の適応度が減少するからだ。ミシー・メイが金持ちの（そのように見える）求愛者との情事がもたらすメリットとデメリットを天秤にかけて行うコストと利益の分析はジョーのものとはほとんど一致しない。妻が他の夫の子を妊娠するかもしれないというリスクはいくら少なくても夫の側から見れば受け入れられないものだ。[25] 彼はスレモンズからの資源獲得を、次世代に引き継ぐ彼の遺伝子の数の損失の補償としては見なさないのである。

プロットの展開という点からすれば、ミシー・メイが結婚関係を維持しようと強く望むのは重要である。浮気が発覚するとすぐに、彼女は悄然として反省の色を強く見せ、炊事洗濯に精を出し、夫が彼女の悔い改めを受け入れて再び信頼してくれることを期待する。ジョーがスレモンズを殴りつけ、金貨を時計の鎖から引きちぎるという浮気発覚の場面の後、全知の語り手は関心の焦点をミシー・メイに移す。結果として、読者は男性の嫉妬心、バスによって「親権の問題を解決するために祖先が進化させた」心理学的メカニズムと定義された男性の嫉妬心を、それが向けられる対象となった女性の目を通して見ることになるのである。[26] 別の男が妻と一緒にベッドにいることを発見した際のジョーの最初の反応は信じられないというような感情である〔「時間の歯車が止まり、長い長い空白が訪れた」〔松本・西垣内 137〕)。次いで、「怒り」〔松本・西垣内 137〕(93)が生じる。「男を殺すきっかけも時間もあったにもかかわらず、ジョーはあまりにもひどく打ちのめされて動けなかった」〔松本・西垣内 137〕(93)。ジョーは二、三発殴りつけて、男を追い返す。彼は「自分の感情をもて余したまま」「ジョーは感情に飲みこまれていた」〔松本・西垣内 138〕という感情的麻痺の状態にある(94)。ジョーがこの瞬間に経験する強い感情は激怒と攻撃性を含む男性の性的嫉妬の本質的要素を例証している。[27]

スレモンズとのこの対決の後の数週間、もしくは数ヶ月間、ジョーは自分の感情やこれからの行動について妻に何も話さない。一貫して「ていねいで、ときには親切でさえあったが、よそよそし」〔松本・西垣内 140〕い彼は妻に情事のことを問うこともなく、将来の意図を話すこともない(95)。

結婚の「うわべ」〔松本・西垣内142〕だけは維持し、毎日の生活は今まで通り送るけれども、ふたつの重大な例外がある（96）。性的関係を結ぶことをやめ、資源を手渡すこともしなくなる。「もはや土曜日に、はしゃぐことはなくなった。皿の横に積みあがっていく銀貨の音も、ジョーのポケットをくまなく探すことも、もうなかった」〔松本・西垣内142〕（95）。時間の経過とともに彼は性的な抑制を維持できなくなっていることに気づく。禁欲の「三ヶ月」〔松本・西垣内141〕のあとの激しい情事はさらなる親密さをもたらし、「若さが打ち勝っていた」〔松本・西垣内141〕（95）のである。ミシー・メイはこの性交渉によって和解がもたらされると期待するが、すぐにそれは誤りだとわかる。ジョーは依然として感情的な距離を起き続けるのだ。彼はライバルの時計の鎖からむしりとった金貨を、あたかもこの性行為の代償であるかのように、彼女の枕の下に残しておくことで、自分の立場を痛々しくも明確にしている。

この時点になってようやく、ミシー・メイはジョーがそれを手に入れてからずっと知っていた事実に気づく。それは本物の十ドル金貨ではなく、金メッキした五〇セント硬貨だったのである。一九三三年に書かれたというこのストーリーの背景を考慮して、この金メッキされた硬貨を大恐慌と金本位制についての議論の文脈で解釈しようとする論者もいる。[28]「貨幣の製造、貨幣への欲望が国家的な関心事となっていた」とチンとダンは主張する。「一九三〇年代を通して、人気のある歌、フィクション、映画は金持ちや有名人の生活を称揚していた」と彼らは指摘し、ハーストンが「金メッキされた硬貨とオーティス・T・スレモンズを用いて、物質的な富が幸福をもたらすという誤った信念を描き出している」[29]という。ホーラーは、ハーストンが「金本位制と、白人の価値観（そして白人の文明）の優位性、普遍性と金本位制の結びつき」を非難するために、ストーリーの中で金と銀を見事に対照させているのだという。[30]こうした論者は、ハーストンがストーリーの中で視野の広い社会政治学的、経済学的問題に取り組んでいるというよく練られた主張をしている。もちろんそうした関心が存在したといっても、金メッキされた硬貨の、男性の資源としての生物社会学的な意味合いが変わるわけではない。あらゆる政治的、経済的主張は、ストーリーの内容をかくも明確に支配し、そのプロットを形成している生物学的に基本的な問題に対しては二次的なものだ。

ミシー・メイのスレモンズとの情事が彼女も認めるように、彼が彼女に約束した資源（「彼はあの金貨をくれると言った」）に動機づけられているため、その資源が皆幻であったとわかるのは彼女にとっては屈辱的なことである。スレモンズとかかわりを持つことで得られるものは何もなかったのであり、彼女は結婚生活を全く無駄な形で危険にさらしたことになる。スレモンズが彼女に、自分の偉大な富と称するもので強い印象を与えたことは、「一方の性が行う欺瞞と他の性が行う欺瞞の検知との進化論的な軍拡競争」[31]の例である。この例においては、女性は欺瞞に満ちた男性の戦術に十分警戒していない。読者はジョーがこのアイロニカルな情報をミシー・メイに伝えたことでいささか溜飲を下げただろうと推測する。彼女はだまされていたのだと実証することで怒りも多少は和らいだだろう、と考えるのである。ミシー・メイに偽造硬貨を見せることで、彼は妻の不実に対する怒りを侮辱という形で表すことができる。性行為に代償を提供することで、彼は自分が妻を、その性的な好意を売り物にしている不貞の女であると見なしていることをほのめかしているからだ。「売春婦と見なして、あたしを買いに帰ってきたのか。一回五十セント。スレモンズと同じように払うぜと言わんばかりに」〔松本・西垣内142〕(96)。ジョーの包み隠さぬメッセージは、ミシー・メイがもはや聖女のようなカテゴリー、婚前に純潔を守り結婚後は貞節を守る女性、そのために男性が長期的に献身を尽くす女性というカテゴリーに属さなくなった、というものである。その不貞によって彼女は男性が短期的な関係のみを求める尻軽女に格下げされたのだ。[32]

ミシー・メイはそれが与えられたときと同様無言で偽造の硬貨を返す――ジョーの服の中にそれを置いておくのである。彼女のメッセージも彼のメッセージ同様明確なものだ。ミシー・メイは、自分が夫に性的な親しさを提供するのは金が目的ではなく妻としての愛情のためだと言いたいのである。硬貨は彼女の想像力の中で大きな存在感を持っている。すなわち恐怖と嫌悪を思わせる物体、「ポケットという名の洞窟にひそみ、彼女を滅ぼそうとしている怪物」〔松本・西垣内141〕(95)である。ジョーが妻を苦しめるためにそれを使ったことは「罰」なのだと解釈する(96)。明らかに、ジョーの懲罰的な行動の重要な効果は、自分が性的な逸脱を決して許さないことを妻に確信させたことにある。もし早急に、あるいは安易に、許しを与えたとすれば、彼は将来、また妻が同じことをする危険を冒していることになる。ドーキンスがしっぺ返し戦略の分析において指摘したように、いかなる協力的関係においても、「裏切りは罰せられる」必要がある。さもなければ不正が蔓延することになろう。[33]ジョーの行動の別の効果は、ミシー・メイが自分に対してどれだけ思いを寄せているかを試すことである。乱暴や暴力に頼ることなく、彼は妻を極度に心穏やかでない状態に追い込むことに成功している。妻としては夫の抑制的な行動や暗黙の叱責がいつ終わるのか、そもそも終わるのかどうか、わからないのである。冷淡な期間に耐え、硬貨によって表現されている侮辱を被ることで、彼女は自らの過ちを認め、後悔の情を伝え、夫への貞節を主張するのである。ジョーが彼女を長く試せば試すほど、結婚が自分にとって値打ちのあるものであり、夫の信頼を取り返すために進んで苦しみに耐えようとしていることを、彼女は説得力を持って証明することができる。妻も夫も我慢比べをしているようなものである。ジョーはミシー・メイが関係の継続についての適切な証明を与えるつもりがあるのかどうかを見ようとしているし、妻は妻で、自分の過ちについての夫の怒りが果たして、あるいはいつ、解けるのか、見極めようとしている。心理学的に見れば、この「待っている」期間が両者にとって大きな意味をもつ。ジョーの不信によって生じた溝はただ漸次的にのみ修復されうるからだ。ミシー・メイの長期間にわたる「貞節のしるし」が、彼女が排他的な性的関係を新たに続けようとしていることの証明になるからである。[34]

プロットはこの時点でもうひとつの展開を見せる。ハーストンが進化論的に見て重要な要素を加え、局面を複雑化させるからだ。ジョーは妻が妊娠の兆候を見せていることに気づく。スレモンズとのことがある前には、ジョーはまさにこの出来事を望んでいた。「子どもを作らなくては。男の子がいいだろう」〔松本・西垣内 136〕(92)。もちろん今となっては妻の妊娠は彼にとって大きな悩みの種となる。いったい誰の子どもなのか。ジョーも読者も確信が持てない。ミシー・メイとスレモンズとの情事は、ジョーが邪魔した一回だけではなく、複数回に及んでいたからである。もちろん、頻繁に会っていたとか、長期間にわたって関係を続けていたといった証拠はない。理論的にはジョーがふたりをベッドで見つけたその日に懐胎が生じたと考えることも可能である。だから妻の妊娠はジョーにとって適応度にかかわるジレンマとなる。もし赤ちゃんが自分のものであれば、子どももその母親も養育したいと思っている。スレモンズの子どもであれば、そのような気持ちは毛頭ない。ジョーは重労働を代わってやる（「まき割りなんかするんじゃねえ」〔松本・西垣内 142〕と彼は言う）。これは、子どもが自分のものだった場合の保険である（96）。しかし同時に、彼は妻に、自分が彼女の妊娠に投資することに慎重になっていることを知らせている。赤ちゃんが自分に似ているだろうという妻の発言を疑い（「ほんとか」〔松本・西垣内 143〕）、ポケットの金メッキの硬貨をもてあそぶ。これは彼女の不貞を意図的に思い出させ、自分の性的抑制とその原因を、間違えようがないほど明白にすることに役立っている。

読者の視点からすれば、ミシー・メイの妊娠を時系列的に見た場合、悩ましい不正確な要素があることになる。ジョーは妊娠三ヶ月半くらいのときに気づいている。妻は「六ヶ月余り」〔松本・西垣内 143〕で臨月になった、というのだ（96）。結婚生活の再開と彼女の体の変調に気づいた時点の間にどの程度の時間が経過したのかはっきりしないから、性行為と子どもの出産の間に九ヶ月以上経過しているかについてはいささか疑問である。「地平線を太陽がすべるようにして、何週間もたった」〔松本・西垣内 142〕とあるだけだ（95-96）。ジョーは子どもの親権について疑いを口に出しているけれども、このことはこの「何週間も」が比較的短い期間、すなわち一ヶ月以内であるよう読者が考えることを期待されている証明となる。ジョーは明らかに自分で計算することができている。そして彼の心配が収まっていないことは、計算だけではスレモンズが父親である可能性を排除できないことを示している。さらに、九ヶ月の計算とは全く別に、妻の不貞によって引き起こされた疑念がジョーの側に総じて不信感をもたらしている。一度不貞を犯した妻はまた同じことをするかもしれない。このような至極もっともな理由のためにジョーの親権についての不安は増大していくばかりである。

ジャーマンはこの「何週間も」がかなり長い間であると読み、ジョーはスレモンズが赤ちゃんの父親であるはずがないと確信しているのだという結論に至っている(10)[35]。そのような読みは、しかしながら、ジョーが子どもの父親についての懸念を口にしていることによって弱められてしまうし、さらなる時間的な問題を招来する。もし「何週間も」が四週間と十週間の間だとすれば、ジョーは明らかに父親ではあり得ない。三ヶ月の性的抑制の間に妊娠することはあり得ないからである。バランスの取れた見方をすれば、語り手が「何週間も」と書いたことで生じた混乱は偶発的なものであって、より特定的な時間(たとえば三ヶ月、六ヶ月)への言及に、読者が注意を払うように期待されていると考えられよう。

ハーストンはジョーの疑念を軽減するためにジョーの母親を登場させる。男性が自分の子ではない人物に投資した場合、男性の親類も失うものが大きいわけであるから、親権の不確実性という問題に対して彼らが警戒したり、疑ったりすることは適応的である。結局のところ、ジョーがオーティス・

T・スレモンズの子を養うために何年も費やしたとすれば、彼の親族もまた包括的適応度が低下してしまうことになるのだ。彼らはジョーと遺伝子を共有しているので、寝取られた結果子どもの数が減れば、彼らもまた損失を被るのである。ジョーの家系の祖父母、叔父叔母による子育て支援（このような拡大家族からの支援はもちろん人間社会にありふれて見られる）もまた、ジョーが他の男の子どもを受け入れた場合にはその目的を逸することになる。[36] 父方の親族が直面する適応的な問題へのよく見られる反応のひとつは、母方の親族が、子どもが父親（ないし父方の家系の誰か）に似ている、と主張することである。これは親の投資を阻害する恐怖を和らげようとする無意識的な試みであろう。[37]

しかしながら、父親が誰かという問題に何らの疑問もあり得ないと母方の親族が主張するのが彼らにとって適応的であるのと同様、父方の家族にとっては、他の男の子を誤って自分の子として育ててしまうことに警戒するのも適応的である。ジョーの母は当然疑ってしかるべき父方の親戚なのだから、新生児が「おまえに生き写しだよ」〔松本・西垣内 143〕と発言するのには重みがある（97）。ミシー・メイの母親が同じような発言をしたとしても、ジョーの母親のこの発言ほど説得力はない。ジョーの母親が、ありもしない顔の類似があると想像する必要はないのだ。実際、彼女にとっては赤ちゃんの外見を客観的に評価することに遺伝的な重要性がかかっているのである。ハーストンはまた、ミシー・メイの義理の母親が最初から息子の嫁選びに不信感を持っていたこと、彼女が尻軽であると判断していたこと――たとえば「ミシーのおっかさんは、あんまり身もちがよくなかったからね」〔松本・西垣内 144〕とか「ミシーが道、踏みはずしゃしないかとヒヤヒヤしてたんだから」〔松本・西垣内144〕といった評価を加えている——を示す証拠を提供している。きわめて明らかなことだが、子どもの外見に関する彼女の発言は義理の娘に対する個人的な愛情に出たものでなければ、女性全体を信頼していることが原因であるわけでもない。むしろ、彼女がミシー・メイの性格について抱いている疑念のために彼女は自分の孫と目されている存在の父親が誰であるか、疑うべき立場にある。義理の娘に対して彼女が以前から抱いていた考えのために、ジョーに対する〔そっくりだという〕発言はいっそう説得力を増すことになる。

ゲイル・ジョーンズは「このストーリーはこの時点でいささか安易に解決されてしまう。『赤ん坊』が一種の機械仕掛けの神となるのだ」と指摘しているが、これは的外れと言うべきだろう。[38] ジョーに似ている赤ちゃんが生まれることでプロットが解決されることには確固とした理由がある。ストーリーの葛藤を引き起こしている主因たる親の不確実性をほかの何にも増してうまく解決してくれるからである。ジョーはスレモンズと対立している。スレモンズは彼の妻の性的関心と生殖能力を結婚生活から引き離したからだ。ジョーはまたミシー・メイとも対立している。彼女が性的に不貞を働き、他の男との間の子どもを育てさせようとしているのかもしれないからだ。さらにジョーは自分自身とも対立している。絶望的なまでのジレンマに陥った彼は許そうとしても不信感を拭い去ることはできないのだ。子どもが生まれることには語りの上でそれほど不自然ということはなく、ジョーの疑いを解き、ミシー・メイとの長期的関係を続けることを可能にする必要不可欠な手段なのである。このストーリーの結末に何か巧むところがあるとすれば、それは赤ちゃんではなくむしろジョーの母親であろう。彼女こそ機械仕掛けの神である。ジョーが父親であることを彼女が請け合うために、彼は妻の子どもを自分の子どもとして受け入れ、結婚関係を再開することができるのだ。彼の母の自発的な証言――ジョーの痛々しい疑念を解消する絶妙のタイミングで発せられた――は、一部の読者にとっては、いささか都合がよすぎるようにうつるかもしれない。

親が自分であると言う確証は、したがって、このストーリーのプロットの解決として機能する。生物学的なむき出しの表現をすれば、ここで個人の幸福や結婚の神聖性よりも問題になっているのは遺伝子の継承である。ジョーの母親が、ジョーが赤ちゃんの父親であるという強い確信を自発的に表明しなかったら、ジョーとミシー・メイの関係に何が生じたかについては読者は推測することしかできない。この時点においても確信が持てなかった場合、彼の結婚生活への関与は弱まるだろう。ハーストンが描き出しているハッピーエンドが可能になるのは、自分の遺伝子を持つ子どもに投資しているのだと夫が確信を持つからである。ヒルデガルド・ホーラーは、ジョーが「表面的な外見以上に〔父親であるという〕本質的な証明」を持たないと主張して、ジョーの母親の証言を無視している。ホーラーはさらに、ジョーが赤ちゃんを「自分のもの」として引き受けたことを称賛し、「赤ちゃんを自分自身の通貨としたのだ」という。[39] 母親の発言がジョーが父親であることの絶対的な証拠とならないのは確かにその通りだが、ジョーは絶対的な証拠として受け取っている。プロットの展開はさらに、ジョーの母親の確信を強力に支持している――彼女が、赤ちゃんはジョーに「生き写しだ」というときにクライマックスに達するからである。そのときになって――自分の投資を受けようとする存在の真贋を確かめることで利益を得る近親者に励まされて――はじめて、彼は妻と和解する。ハーストンは自分が生物学的な父親であるというジョーの確信を裏付ける豊富な証拠を――せりふの上でも行動の上でも――提示している。この点での彼の確信は必然的に主観的なものだが、疑い得ないものである。ストーリーラインとプロットの展開は、ストーリーの結末部分でのジョーの親としてのプライドを適応度を増大させる行動ではなく利他主義として解釈する場合、その意味を失ってしまうだろう。

この問題の重要性は明白である。たとえば批評家諸氏は、子どもの父親が誰であろうと、ミシー・メイは不貞を犯したことに変わりはないことを認識する必要がある。スレモンズではなくジョーが子どもの父親だったとしても、その事実に変わりはないのだ。明らかにジョーが彼女を許すのは、その不貞が彼の遺伝子的遺産に否定的な影響を及ぼさなかったからである。同様に、もし赤ちゃんがオーティスに生き写しだった場合、ジョーの許しは得られないことを考慮する必要がある。先に述べたように、ミシー・メイが悔い改め、それを行動で示すことができるように、ジョーが時間を稼いでいたのだとすれば、妻が妊娠しているかどうかを見極めようとしていたとも考えられる。たとえばミシー・メイが流産したり死産だったりした場合は、父親が誰であるかは問題ない。そのような場合、もし妻の将来の貞節に自信が持てるのなら、スレモンズが自らの遺伝的遺産に割り込んでくることを心配せず、結婚生活を続けることができる。無事に生まれた場合は、その子どもの外見が父親の問題を解決してくれる希望はあるが、そうなる保証はない。遺伝子検査が受けられる前の時代であるから、血がつながっているかどうかのもっとも確信が持てる証拠は身体の相似であった。

父親が誰かという問題を解決するためにジョーの母親が登場するとすぐに、ジョーは妻に再び資源を投資し始める。「欠かせない食料品」〔松本・西垣内 144〕を持ち帰るのに加えて、再び戸口を通して給料である銀貨十五枚を投げ入れ始める（97）。彼はスレモンズの偽造硬貨を現金化し、五十セントでミシー・メイに与える「キッスキャンディ」〔松本・西垣内 144〕を買う（98）。この行動は完全な和解を望む彼の気持ちの表れである。ミシー・メイの不貞を示す証拠を処分することで、彼はもはやその硬貨を叱責の道具として使うつもりがないことを示しているのである。その硬貨で「性的な意味合いを持つ贈り物」を買うことで、彼は再び喜びに満ちた活力ある性的に親しい関係を再開しようとする気持ちを表している。[40] 店員が、五十セントもあれば山のようにたくさんキッスキャンディが買えるから、「チョコレート」も買ったらどうか、と提案するのだが、ジョーは拒否する。尋常ならざる行動がこのような場合は役に立つのである（98）。スレモンズの金のすべては「キッス」に投資されなければならない。これは女性の生殖的エネルギーと男性の資源の投資とのつながりを例証するものである。『オクラホマ』のアドゥ・アニーの求婚者のように、ジョーは自分が一かゼロかの人間であると示唆している。金を湯水のように使うこの行動は、彼女の側も自らのすべての生殖エネルギーを彼に向けてほしいと期待して、自分が手にしているすべての資源を妻の自由にしていることを示しているのだ。

キャンディやほかの商品を買う店員とジョーの会話からは、寝取られ亭主に関連する社会的な嘲笑をそらそうとする努力も垣間見える。彼はスレモンズを「流れ者の黒んぼ」〔松本・西垣内 144〕と形容し、その鼻持ちならない態度や見せかけの富のために怒りを覚えているという（97）。スレモンズは「家庭から人妻をおびき出そうと」していると付け加える――スレモンズの女たらしの行状が広まっているのではないかと心配しているのでなければ、こうした情報は伏せておいただろう（98）。店員は「あんたも被害者なのか」と尋ね、ジョーが偽物の金貨と同様スレモンズの人妻漁りの犠牲になったのかと問いかける（98）が、ジョーは断固として否定し、この余所者が「かっこつけて話かけてきやがった」〔松本・西垣内 145〕ため、腹が立って「奴を思いきりぶん殴って」〔松本・西垣内 145〕、偽物の金貨を取り上げたのだという。それに加えて、新しい赤ちゃんの父親は自分だと言う――「ぼうずが生まれてね」〔松本・西垣内 145〕（98）。

批評家たちは、配偶者の性的貞節を維持できなかった男性が被る評判の損失を避けるため、スレモンズとの一件をゆがめて伝えているとしている。[41] スレモンズのことは最初から信用できなかったと主張することで、ジョーはこの余所者とミシー・メイとを結びつけるあらゆるうわさ話の火消しができるのではないかと期待している。同時にジョーは自分自身を腕っ節が強く攻撃的な男性であり、他の男からの挑戦をはねのけることができる人物として表象しているのである。そのような男性的な「勇気の表明は（中略）地位や名声を高めようとして、他の男性に向けられる」。[42] この努力の一部として、ジョーはスレモンズの十八番の一部を応用し、店員に、自分が「あっちこっちうろついてた」〔松本・西垣内 144〕と言う。スレモンズの言葉遣いをまねて、自分があちこちに旅行し洗練されていると言外に匂わせることによって、ジョーは新しい知己に極めてよい印象を与えるためにこの新参者が用いた戦略を模倣している。スレモンズが地位や尊敬を虚偽の主張によって（一次的にでも）手に入れたと知っていても、ジョーはコミュニティで自分自身のイメージをよくするために同様の虚偽的な戦術を用いることを躊躇しない。[43]

キャラクターのおかれた状況に人種が与える影響は、ジョーが店を出てからの白人の店員のコメントにもっとも明瞭に現れている。「あんな黒んぼたちみたいになりてぇもんだな。いっつも笑って、心配事なんかありゃあせん」〔松本・西垣内 145〕（98）。ジョーがスレモンズを笑い飛ばしていることを悩みのない性格の表れだと解釈することで、店員はジョーを「典型的な人物」と見なしており、これは個人の心理は人種によって決定されるという彼の確信を示している。[44] ジョーが決して「心配しない」という発言は彼の人間性を、そしてアフリカ系アメリカ人の人間性を否定する言葉である。読者はジョーがこの前の数ヶ月間苦しみ続けていたことを知っているし、スレモンズを嘲るときの彼の自信に満ちた態度は同性間競争の機能であると理解することができる（ここではライバルに対して支配権を主張する試みである）。ハーストンは白人の人種的偏見に満ちた仮定がいかに誤っているのかを読者が認識し、自らの内面にある同様の偏見を考え直すように仕向けているのである。店員の返事が喚起するアイロニーは非常に明確に彼に向けられている。ストーリーをダーウィン主義の視点で解釈することでハーストンの主張は十分に理解することができる。登場人物の行動は「普遍的な心理メカニズム」と一致するように表現されているからである。[45]

リリー・P・ハワードが述べているように、ハーストンがくり返し発するメッセージは「人間は肌の色や各々が背負っている重荷が何であるかにかかわらず、同じ人生の問題に苦しむものである」というものだ。「不貞、嫉妬、憎しみ」などといった問題の多い、あるいは葛藤に満ちた状況に直面した際、彼女のキャラクターたちはその人間性を十分複雑な形で提示する。[46] ハーストンが、彼女のキャラクターの感情や行動が人類にとって普遍的であると見なしているさらなる証拠は、彼女が選んだ叙述戦略に見ることができる。全知の語り手はストーリー内のいくつかの重要な時点で読者にキャラクターの内面を見せない。たとえばスレモンズの求愛に屈したときのミシー・メイの動機は読者が直接垣間見ることができないし、妻の不貞の後の数ヶ月、ジョーが何を考えていたのかも明かされない。ゲイル・ジョーンズが指摘するように、「ハーストンは生き生きとしたドラマチックな場面ではなく要約的な語りにおいて感情的な転変と複雑性を扱っている」[47]。読者がふたりの主人公の動機、反応、計算を普遍的な人間の経験をもとに理解するであろうと想定し、ハーストンは自らのストーリーは普遍的で太古の昔から存在するテーマを扱っていることを示唆しているのである。このように、彼女の語りの手法は民話収集者、民族誌学者としての彼女の背景を反映しているように見える。方言、儀式、民俗的習慣を用いてキャラクターを特定可能な環境に置きながら、同時にあらゆる世界に共通する心理メカニズムを目指しているのである。[48]

確かに、親の投資の行く先が間違っていないかと男性が心配するのは、大衆文化や文学作品が証言しているように普遍的なテーマである。たとえばシェイクスピアの『恋の骨折り損』の最後の歌は春のかっこうの歌が「既婚男性を嘲っている」[49] としている。鳥の鳴き声が「寝取られ亭主」（cuckold）という単語を思わせ、既婚者たちに妻の不貞を警告するだけでなく、この〔かっこうという〕種が悪名高く知られている育児の際の寄生行為は極端な形での生殖の欺瞞と搾取を体現している。かっこうの犠牲者は他の鳥の雛を育てることになるが、それはかっこうの卵と自分の卵を区別できないからである。鳥類とは異なり——鳥類は雄親も雌親も欺瞞の犠牲者となりうる——人類の場合、だまされる見込みがあるのは男性だけである。

そこここの木でカッコウドリが
寝とられ亭主をばかにして歌う、
カッコー、
カッコー、カッコー、カッコー悪いと
言われちゃ亭主はつらかろう。〔小田島 177-78〕

The cuckoo then, on every tree
Mocks married men; for thus sings he –
Cuckoo,
Cuckoo, cuckoo! O, word of fear
Unpleasing to a married ear!

そのような言葉が『恋の骨折り損』（*Love's Labour's Lost*）というタイトルの劇を締めくくるのはきわめてふさわしいことである。シェイクスピアの言葉遣いは私たちに、「愛情」という感情が人間を、もっとも個人的な生活の中心的な「営み」（labor）を構成する生殖への努力に駆り立てる至近メカニズムであることを思い出させてくれる。遺伝子の簒奪者にエネルギーを注ぐことで、その営みからの遺伝子という形での報酬を失ってしまうのは実に不可逆的な損失なのである。

ハーストンのストーリー同様、シェイクスピアの歌は男性にとって女性の不貞がもたらす問題について誰もがなじみがあることを想定している。寝取られるという問題は特定の歴史的瞬間や社会的文脈に制限されない、広く理解されている人間の関心事として提示されているのだ。ハーストンは自伝で、作家としての自らの関心は表面上の差異の根底にある人間の本性に普遍的に見られる性質に向けられている、と述べている。

わたしの関心は、男性や女性が肌の色にかかわらず、さまざまな〈同じ〉行動をする理由にあります。わたしにとっては、わたしが会った人間は同じ刺激に対してきわめて同じような方法で反応するように見えました。考え方は違うかもしれませんし、環境やおかれた状況が影響するかもしれません。しかし内在的な相違というものはないのです。[51]

明らかに、彼女の視点は進化心理学者の視点に極めて類似している。店員の人種差別的な仮定は、ジョーとミシー・メイの儀式的なゲームや豊かな隠喩に富んだ言葉のやりとりと同様、主人公たちの進化論的遺産が現れる特定の文化的文脈の一部を構成している。[52]

ジョーとミシー・メイの間の資源の譲渡の再開と性的活力の回復とともに、ストーリーは元の鞘に戻る。結婚生活に生じた傷口は塞がり、彼らの未来の見通しは、両者とも遺伝子的利益を共有する子どもに対してふたりが親として関与し続けることで強化されるのである。ハーストンのプロットは極めて明確に、男性の交配戦略において父親が自分であるという自信が中核を占めていることを例証している。事実、この作品はこの適応的問題のケーススタディとして読める。このストーリーは男性の嫉妬を見事に描きだし、親の投資の行き先を誤ることへの恐怖を、この強力な感情の主たる源泉と特定しているのである。読者は、ジョーが不貞を許すのはこの行為の遺伝子的な結果と不可分に結びついていることがわかるであろう。何よりも、ダーウィニズム的な視点はストーリーから感傷的ないし教訓的な意味合いを引き出そうとする傾向に対抗する。この作品はしばしば成熟と許しの記録として読まれる。夫婦の不和は克服され、誤った価値観は駆逐され、和解が成立したのだと。[53]しかし、倫理的な原則もロマンティックな理想も、結婚関係にとどまるというジョーの決断を説明するものではない。彼の主たる関心は自らの適応度を守ることにあるのだから。妻がまた別の不貞を行ったとすれば、彼は少なくとも初回と同じだけの――おそらくはもっと多くの――冷淡さと怒りを示すであろう。彼は別に利他的になったわけでも、人間の弱さに対して許容的になったわけでもない。彼は嫉妬の適応的利益を得ているというだけである。

このストーリーの意味を愛情の力だとか和解の倫理といった曖昧な概念の中に求めることは、そのメッセージの力強さを否定してしまうことになる。「金メッキの75セント」は過ちと許しの無味乾燥な話ではなく、ダーウィン的現実の仮借なき発露についてのストーリーである。男性は社会的地位と女性を求めて欺瞞を行い、幸福な結婚生活を送る女性は十分に魅力的な資源を提示されれば不貞に心引かれるのだ。男性はそうした不貞を許すことができるが、それはただ、他人の遺伝子を彼に押しつけているのではないことが明確な場合のみである。このような現実を試し、例証するための虚構の状況を創作した作者は自らが描きだした結果に驚くこともなければ、そこに生じてくる人間心理の描写を軽蔑するように読者に仕向けているわけでもない。ゾラ・ニール・ハーストンの語りは、遺伝子的な利己性を人間の普遍的な本性の不可避的な構成要素、幸運とささやかなる善意があれば、愛情に満ち永続的な関係と必ずしも相容れないものではない必須条件として淡々と受け入れている。結局のところ、「お互いに尽くしあうふたりには膨大な利益が流れ込む」[54]のである。ミシー・メイとジョーが結婚生活を続ければ、お互いの生殖の成功を邪魔しない限り、多くのものを得ることができるのだ。

注

1 Buss, *Evolution of Desire*, 10, 67; Dawkins, *Selfish Gene*, 148; Trivers, "Parental Investment and Reproductive Success," 76.

2 Pearlie Mae Fisher Peters, "Missie May in 'The Gilded Six-Bits,'" in *The Assertive Woman in Zora Neale Hurston's Fiction, Folklore, and Drama*, (New York: Garland Publishing, 1998), 89-95.

3 Norman German, "Counterfeiting and a Two-Bit Error in Zora Neale Hurston's 'The Gilded Six-Bits,'" *Xavier Review* 19, no. 2 (1999).

4 Nancy Chinn and Elizabeth E. Dunn, "'The Ring of Singing Metal on Wood': Zora Neale Hurston's Artistry in 'The Gilded Six-Bits,'" *Mississippi Quarterly: The Journal of Southern Cultures* 49, no. 4 (1996). http://web.ebscohost.com.online.library.marist. edu.htm, accessed February 2, 2008; Evora W. Jones, "The Pastoral and Picaresque in Zora Neale Hurston's 'The Gilded Six-Bits,'" *College Language Association Journal* 35, no. 3 (1992).

5 Henry Louis Gates, Jr. and Sieglinde Lenke, "Zora Neale Hurston: Establishing the Canon," in *Zora Neale Hurston: The Complete Stories* (New York: Harper Perennial, 2008); Cheryl A. Wall, introduction to *"Sweat": Zora Neale Hurston*, ed. Cheryl A. Wall (New Brunswick, NJ: Rutgers University Press, 1997).

6 Hildegard Hoeller, "Racial Currency: Zora Neale Hurston's 'The Gilded Six-Bits' and the Gold-Standard Debate," *American Literature* 77, no. 4 (2005); Wall, introduction.

7 Buss, *Evolution of Desire*, 66.

8 Ibid., 67; Trivers, "Parental Investment and Reproductive Success,"170.

9 Buss, *Evolution of Desire*, 67; Daly and Wilson, "Evolutionary Psychology," 16.

10 Zora Neale Hurston, "The Gilded Six-Bits," in *Zora Neale Hurston: The Complete Stories, with an Introduction by Henry*

Louis Gates, Jr. and Sieglinde Lenke (New York: Harper Perennial, 2008), 87. 引用はすべてこの版による。

11 Buss, *Evolution of Desire,* 132.

12 Daly and Wilson, *Sex, Evolution,* 289-290, 322.

13 Buss, *Evolution of Desire*, 20.

14 *Ibid.*, 20, 86.

15 Hoeller, "Racial Currency," 772, 775.

16 *Ibid.*, 771.

17 Buss, *Evolution of Desire*, 87.

18 Buss, *Evolution of Desire*, 212.

19 Buss, "Sexual Conflict," 296; Campbell, *A Mind of Her Own,* 12-33.

20 Smuts, "Male Aggression"; Douglas T. Kenrick, Melanie R. Trost, and Virgil L. Sheets. "Power, Harassment, and Trophy Mates: The Feminist Advantages of an Evolutionary Perspective," in *Sex, Power, Conflict: Evolutionary and Feminist Perspectives,* ed. David M. Buss and Neil M. Malamuth, (New York and Oxford: Oxford University Press, 1996).

21 Griet Vandermassen, *Who's Afraid of Charles Darwin? Debating Feminism and Evolutionary Theory* (Lanham, MD: Rowan and Littlefield, 2005).

22 Peters, "Missie May," 93.

23 Trivers, "Self-Deception," 271-86.

24 Trivers, "Parental Investment and Reproductive Success," 76.

25 Buss, *Evolution of Desire,* 66-67.

26 *Ibid.*, 126.

27 Buss, *Evolutionary Psychology*, 294-95.

28 Chinn and Dunn, "The Ring of Singing Metal"; Hoeller, "Racial Currency."

29 Chinn and Dunn, “The Ring of Singing Metal,” 3.

30 Hoeller, “Racial Currency,” 780.

31 Buss, *Evolution of Desire*, 155.

32 Smuts, “Male Aggression,” 252; Trivers, “Parental Investment and Reproductive Success,” 74.

33 Dawkins, *Selfish Gene*, 227.

34 Buss, *Evolution of Desire,* 114.

35 German, “Counterfeiting,” 10.

36 Buss, *Evolutionary Psychology*, 236, 249; Dawkins, Selfish Gene, 186.

37 D. Kelly McLain et al., “Ascription of Resemblance of Newborns by Parents and Nonrelatives,” *Evolution and Human Behavior* 21 (2000): 21-22.

38 Gayl Jones, “Breaking out of the Conventions of Dialect: Dunbar and Hurston,” *Présence Africaine: Revue Culturelle du Monde Noir* 144 (1987): 41.

39 Hoeller, “Racial Currency,” 777.

40 I*bid.*, 774.

41 Buss, *Evolution of Desire,* 126.

42 *Ibid.*, 10.

43 Chinn and Dunn, “The Ring of Singing Metal,” 8; German, “Counterfeiting,” 11.

44 John Lowe, *Jump at the Sun: Zora Neale Hurston's Classic Comedy*, excerpted in “Sweat”: Zora Neale Hurston, ed. Cheryl A. Wall (New Brunswick, NJ: Rutgers University Press, 1997), 191.

45 Buss, *Evolution of Desire*, 185.

46 Lillie P. Howard, “Marriage: Zora Neale Hurston’s System of Values,” *College Language Association Journal* 21 (1977): 256, 257.

47 Jones, "Breaking out of the Conventions," 41.

48 Chinn and Dunn, "The Ring of Singing Metal," 4; Hoeller, "Racial Currency," 778.

49 William Shakespeare, *Love's Labor's Lost, in Shakespeare: The Complete Works,* ed. G.B. Harrison (New York: Hartcourt, Brace, World, 1948), 5.2.909.

50 *Ibid.*, 5.2. 908-12.

51 Zora Neale Hurston, *Dust Tracks on a Road* (Philadelphia: Lippincott, 1942), Reprint. (New York: Arno Press, 1969), 214.

52 Jones, "Breaking out of the Conventions," 44-45; Wall, "Introduction" , 14.

53 Rosalie Murphy Baum, "The Shape of Hurston's Fiction," in *Zora in Florida*, ed. Steve Glassman and Kathryn Lee Seidel (Orlando: University of Central Florida Press, 1991); Gates and Lenke, "Introduction"; Robert E. Hemenway, *Zora Neale Hurston: A Literary Biography* (Urbana: University of Illinois Press, 1980); Howard, "Marriage"; Jones, "Pastoral and Picaresque"; Jones, "Breaking out of the Conventions"; Lowe, *Jump at the Sun*; Peters, "Missie May."

54 Buss, *Evolution of Desire*, 123.

第十二章
男性の求愛誇示行動における芸術の役割：ビリー・コリンズの「セレナーデ」

進化心理学領域の研究は配偶者選択プロセスにおける男性の誇示行動の重要性を指摘している。男性は女性が好ましいと感じる形質を誇示する機会を探すものである。そこで彼らは自らの資源や地位、身体的、精神的な力を見てもらいたいと望む。また男性は芸術的な才能や創造性を含む専門化されたスキルや能力を喧伝する傾向にある。招来の伴侶によい影響を与えようとする男性たちは工具製作者や狩人としての生存に直結するスキルを誇示することだけでなく、ストーリーテリング、ドラムの演奏、あるいは彫刻といった、より「実用的でない」能力を誇示することからも利益を得ようとする。[1]美的な才能の成果を誇示するという行動は、したがって、現代の芸術の適応的価値の研究と関連性があることになる。最近の桂冠詩人ビリー・コリンズによる作品「セレナーデ」（"Serenade"）（2001）は、女性の男性に対する嗜好は芸術分野での業績も含んでいるのではないかという仮説の間接的な裏付けとなっている。この作品の語り手は自らの求愛行動――ライバルを打倒する行動も含む――の基盤を音楽的才能に置いているからである。

進化論の研究者たちは、性選択が人類における芸術の進化のもっとも可能性のある説明のひとつを提供しているのではないかという点で意見を一致させている。芸術は文化の相違を超えて普遍的に存在しており、高いコストを伴い、人に喜びを与える活動であるが、こうしたものは「生物学的な偶然とは思えない」[2]というのだ。芸術が持つ潜在的能力としての、地位を高めるという機能（これは配偶者としての価値を高めることも含まれるが、それに限定されたものではない）に加えて、さまざまな美的デザインを創造し、鑑賞する能力は他の面での適応度に貢献するであろうことはほぼ確実である。たとえば芸術の社会的価値は多くの関心を集めてきた。ダンス、歌、絵画、彫刻、物語は社会的結束を高め、コミュニティの規範を伝達する媒体となるだろう。[3]これと関連する利益は、とりわけ演劇や物語芸術において明白であるが、相手の心を読む技術を鍛え、行動の選択肢を前もって予行演習し、そして対人関係の問題解決スキルをとぎすます機会を与えてくれることである。[4]結果として、芸術は「適応的な柔軟性を生み出す」一助となっているのかもしれない。これは物理的、精神的、社会的環境のストレスに対処する力を高めるものである。[5]芸術の進化論的説明がより洗練され、認知科学、民族誌学、心理学といった関連領域からの研究が進むにつれて、そのような発見は多面的であることがわかってくるだろう。人類の芸術が持つ進化論的優位性は単一の適応的利益に還元されるものではないのだ。

要するに、配偶者としての価値の上昇は、人類の芸術活動に対する、ひとつの、明白に実証可能な適応的な動機――決して唯一の動機ではないが――を提供してくれるかもしれないということである。スティーヴン・ピンカーが主張したように、美的な喜びはそれ自体適応というわけではなく人間精神の魅力的な副産物であるかもしれないとしても、その副産物は求愛行動に定期的に関連付けられたために、いってみれば「裏口」から適応行動となったのである。[6] ジェフリー・ミラーが指摘したように、「一見無用な（中略）装飾」は自然界の至る所で、性選択において決定的な要素となっている。彼は人間の芸術活動をニワシドリの巣作りにたとえている。ニワシドリは草、小枝、葉、そして羽を用いて左右対称でカラフルな巣を作る。岩に刻まれたイメージやパターン化された音と同様、この空中の園芸は生存にもひな鳥を育てることにも特に直接的に貢献するわけではない。その中で雛が育つわけではないからである。その唯一の機能は雌を引きつけることであり、雌は建築の才能がもっとも大きな称賛を集めた雄とつがいになるのだ。[7] 人類の芸術の多くが同様に、交配に対する衝動にインスピレーションを受けたものであることを示すことは容易であろう。恋愛と求愛は芸術的な努力を誇示するための機会をずっと提供し続けてきたのである。[8] ニワシドリのように、人間はたぐいまれな才能、エネルギー、持続的な努力を必要とする美的な成果を高く評価する。高いコストがかかっている作品や演技は、まさにそれらが得がたいテクニック、媒体、そして形式を表現しているがために「美しい」とみなされるようになるのである。[9]

「セレナーデ」で提示されている状況がまさにこの問題を扱っている。コリンズの詩の語り手は「村のほかの男たち」が持っている凡庸な趣味や月並みな能力を批判することで詩を始めている。ライバルをおとしめるというおなじみの戦術だ。[10] こうしたライバルたちはその「憧憬」をきわめて一般的な楽器（「豆の形をしたギター」bean-shaped guitars）を用いて表現し、その愛情を伝えるのに「三つの単純なコード」（three simple chords）に依存している（6, 3, 8行目）。彼らの歌は洗練されておらず、ロマンティックでもない「ヨーデル」（yodeling）（8行目）だとして一蹴される。この男たちの欲望の対象になっている氏名不詳の女性に呼びかけるのに、語り手はより高度な芸術的卓越性をもって彼女をかちえようとするのである。彼はツィターやミニサイズのファゴットのような、珍しく演奏が困難な楽器を真剣に「勉強」（study）し、何年もかけて「レッスン」（lessons）と「練習」（practice）を行う（12, 11, 16）。多くの「人生の時間」（hours of life）が高い演奏レヴェルを獲得するために必要であることを認識している彼は音楽の練習に長い時間を費やしており、これは求愛の期間が長いことを意味する。彼は喜んで「時間をかけよう」（bide [his] time）としている（17, 10行目）。彼は他のライバルたちが演奏できない楽器をマスターすることで彼らを駆逐しようとしているので、「ダブルリード」（double-reed）と「御しがたい弦」（a row of wakeful strings）がもたらす特別な困難にも正面から立ち向かう。ハンディキャップ原則から利益を得ようとしているのであろう（9, 21行目）。[11] 音楽に打ち込む彼の熱心は、ひとつ以上の媒体において音のパターンを理解し再現する能力と相まって、将来の伴侶に適応度と関係している多くの素質を提示することになる。中でも特筆すべきは「健康、エネルギー、持続力、手と目の協働、手先の器用さ、知性、創造性、貴重な資源へのアクセス、難しい技術を学習する能力、そして膨大な余暇」[12]である。

音楽の領域で技術的卓越を達成するために必要な多元的な努力の投資はまた、対人領域での長期的献身に必要な能力があることをも示唆する。コリンズの語り手は音楽的目標にたゆまぬ努力をしているが、それはまた忠実で依存できるパートナーを好む女性の嗜好に訴えかける。[13]彼はまた、明らかに重要な適応度の指標である家族の地位や資源もほのめかしている。「祖先たちの怖い顔の肖像画」（the fierce portraits of my ancestors）がならぶ「廊下」（corridor）がある家の「音楽室」（music room）で練習する、とうたうときだ（14, 13, 15 行目）。[14]そのようなディテールは将来の伴侶に、芸術的な活動が社会経済的特権と強く結びついていることを想起させる。[15]読者が知る限り、彼の芸術的努力の唯一の目的は高嶺の花の女性によい印象を与えることなのだ。音楽は彼の遺伝的な質の高さや社会経済学的な資産を誇示する手段となるのである。彼の選択や行動のすべては、音楽的才能は、とりわけ珍しく、困難なものに焦点が当てられた場合は、配偶者としての高い価値を示す証拠となる、という暗黙の了解によって導かれている。

詩が進行していくにつれて読者は、最初の努力が女性の関心を得るのに不十分であることがわかった場合、語り手はよりいっそう壮大な音楽的才能の誇示をする準備ができていることがわかる。「もしこれが十分でなければ」（"If this is not enough,"）と彼は彼女に請け合う。「わたしはパイロフォン／ダブル・ラップ・ダルシマー／グラッサリーナ／小さなサム・ピアノに挑戦しよう」（I will apply myself to the pyrophone, / the double-lap dulcimer, / the glassarina, and the tiny thumb piano）（22, 25-27 行目）。自身の「セレナーデ」（serenade）の成功を確実にするために学ぼうとする、次第に複雑さを増していく楽器の羅列は、あらゆる犠牲を払って他の求婚者――月並みなギター奏者と一線を画そうとする決意を強調している。彼が挙げる楽器の中でもっともエキゾチックなものはパイロフォンとグラッサリーナであり、これは求愛と結びつけて考えると示唆的な特徴を持つ、一八世紀の発明物である。パイロフォンはとりわけ印象的な選択だ――というのもこれは音を鳴らすために火を使うからである。オルガンや蒸気オルガンに似たこの楽器は一連のパイプを用いる。熱せられた気体の燃焼力がこれらのパイプの中で振動を起こし、「歌う炎」（singing-flames）を生み出す。文字どおり火によって奏でられる「セレナーデ」（senenade）となるのだ。[16] 夜の屋外で演奏される場合、パイロフォンによる音楽は滝状に演出された炎のような視覚効果を伴うこともあった。[17] この楽器と関連する爆発的な熱は、語り手の求愛行動を駆り立てる性的な積極性を見事に伝えている。

グラッサリーナはおそらく水ハーモニカか水オルガンのことを指していると思われるが、これはパイロフォンとは対照的な要素をもたらしている。これは火ではなく水を用いて音を出す。ベンジャミン・フランクリンによって一七六〇年代に発明されたヴァージョンでは、「一連のガラスのボウルが主軸のまわりに同心円状に配置されている」。[18] スピンドルが回転すると、ボウルのふちが継続的に、それらの下に配置された水の中に浸されて濡れた状態になる。スピンドルを足で踏み板を踏んで回転させながら、演奏者は指で同時にガラスのふちに触れ、個々の音階や和音を奏でることができる。この楽器は歴史的に見て重要な位置を占めており、多くの重要な作曲家――もっとも特筆すべきはモーツァルト——がこの楽器のために特別に作品を書いた。[19] その冷たくはかない性質はパイロフォンの音楽の原動力となる炎の熱とは明確な対照をなしている。かくも異なるふたつの楽器を、自らの感情を伝えるために選ぶことで、語り手は自分の恋人が幅広い感情的反応——力強いものから繊細なもの、官能的なものから霊的なものまで——を惹起することを明らかにしている。この野心に満ちた、楽器のさまざまな選択に見られる対極的な性質は、彼が彼女を考えられるすべての方法で望み、求愛していることを示している。水ハーモニカについても同様のことが言える。これは「指でガラスの縁を摩擦すると（中略）ガラスの高い音色と相まって、多くの演奏者たちを狂わせた」。[20] コリンズの語り手は神経をすり減らすような興奮に耐え、正気を危険にさらそうとまでする。それもこれも、自分が夢見る女性を楽しませる音楽的効果を作り出すためなのだ。

彼は将来の華やかな業績を締めくくるものとして、自分で作り出した新しい楽器「多くの日夜をかけて発明した／無名の楽器」（a nameless instrument / it took so many days and nights to invent）で独特の新しい音楽「どの女も聞いたことのない音」（sounds no woman has ever heard）を創造すると約束する（36, 42-43行目）。彼は美的な斬新さを考えられる最高レヴェルにまで高め、「多くの日夜」（many days and nights）を既存の形式や楽器の習熟だけでなく新しい形式や楽器の創造にまで捧げようというのである。たぐいまれなる音楽——芸術を構成する何か「特別」（special）なもの——を創造することで、エレン・ディサナヤケが説得力を持って主張するように[21]——彼は自分が求婚者として、自らが創造する音楽と同じくらい特別な存在だと示したいのである。音楽的表現が次第に高次のものになっていくのには明らかな誇張がある。彼はよく知られていない楽器、長い間忘れられていた楽器、まだ発明されていない楽器で演奏するという。さらに、全く新しい音のパターンを創造するという。あらゆるこうした美的な卓越性と入り組んだ野心を彼は大いなる熱意をもって、彼の欲望の対象である女性に捧げようとする。「わたしは人と違う存在になる」(I will be the strange one)。「御しがたい傾奇者になる」(the irrestible misfit)(28, 34 行目)。

詩の被献呈者に対する彼の姿勢は一貫して称賛に満ちた敬意に溢れており、そのアプローチは真剣そのものであるが、彼は自分自身の大それた行動によって当惑し、それを楽しんでさえいる。「男が女をかちえるためにどれだけ突拍子もないことをするか見てみなさい」と彼は言っているようだ。読者に、自分がライバルとは違うということを示すために手を替え品を変え努力していることを笑ってほしいかのようである。彼のウィットに富んだ自画像はスティーヴン・ピンカーが性的ライバルを打倒する際の「芸術の、ほかのやり方では説明できない奇妙さ」と呼んだものに根づいている。名誉、財産、そしてとりわけ女性を手に入れるために、芸術家はあらゆる媒体で美的な新しさを求める。彼らは「陳腐な表現を避け」「凡庸な嗜好に挑戦する」[22]のである。新しい形式、テクニック、理論を導入することで彼らは優れた、高コストの創造的作品が引きつける関心(と、それがもたらす配偶者という利益)を享受することができるのだ。

コリンズの詩がもたらす最後のアイロニカルな「ひねり」は、語り手の音楽的業績が実現されないままであるという点である。彼は将来の意図を用いて恋人に求愛する。「わたしは〜するつもりだ」

（I will . . .）という表現の連続である（10, 13, 25, 28, 34 行目）。彼は自分が列挙する楽器のうち、ひとつもものにしていないのであるから、恋人をかちえるための「セレナーデ」（serenade）は歌われないままである。彼は詩の全体――四二行――を、未だ獲得していない名人芸を描写することで埋め尽くしている。読者にとっては、詩の現時点においては、彼が自信満々で吹聴している創造的才能を持っているかどうかの証拠はない。彼の求愛は実際の業績ではなく架空の業績に基づいているものであるから、彼の野心の壮大さはいっそう馬鹿馬鹿しいものになる。彼は見せびらかしをしているが、その実、何も見せびらかすものはないのである。ドラマティックな約束と実現できそうにないプランを提示することで、彼はおなじみの男性の誇示戦術、すなわち実質よりも自分をよく見せる自信に満ちた行動を例証している。[23]

芸術的な才能を見せることに成功しているのは、彼が作り出した虚構の人物ではなく、ビリー・コリンズという詩人である。未だ訓練が終わっていない音楽家の「セレナーデ」（serenade）は歌われないままだが、そのたぐいまれな野心を語る詩は完成している。それは書き手が文学的表現や形式に習熟していることを示しており、人を愉快にさせるような知性とウィットを表している。それがもたらす美的な満足や新奇さは完全に実現している。語り手が恋人をたぐいまれな音楽的効果で喜ばせようとしているように、この作品は読者に予想もしない内容を提示して喜ばせている。この詩自体が、語り手が大胆にも予告するように「抗しがたい」（irresistible）ものとなっているのだ（34 行目）。新しい研究が示すように、ユーモアは知性や創造性と関連しており、このような形質は性選択で重要な役割を果たしている。[24] 異なる媒体で創作し、間接的にうたという形での詩の起源に触れながら、詩人は語り手の際限なく遅延する、完全に仮説上の求愛誇示行動に力を与え、それを言語上の流暢さと創造的知性に変えているのである。その精神において人を楽しませる陽気なものであり、トーンは快活なものであるけれども、この作品は人間の関心、とりわけ芸術と欲望の交差する地点についての真剣な洞察となっている。自慢したがりな男性の性質を自虐的なウィットで描きながら、この詩は美的な努力の背後にある重要な進化論的動機をはっきりと例示しているのだ。

人間の達人ビリー・コリンズが詩から得ようとする適応的利益はテクスト内容の精査によって確証されるものではない。そうした利益は詩の語り手が望む以上に多様なものであり、遺伝子の次世代への譲渡に、より精妙な形で結びついている。詩は明らかに分析と行動の選択肢の予行演習、そして相手の心を読む練習の機会を与えてくれる。読者は同性間の競争、女性の選択、男性の求愛誇示行動、配偶者としての価値、そして虚偽の――あるいは誇張的な――自己表現といった魅力的な行動について考えるよう促されている。詩――その表現の遊び心に満ちた独創性によっていっそう強力なものになっている――の中に含まれている、くり返し現れる人間の望みと葛藤を認識することで、読者は適応的な考察や未来の予測に自らが参与することができる。彼らがそのような作品とのかかわりによって得ることができる喜びはすべて称賛を引き出し、書き手の評判や地位の向上につながる。名誉は配偶者としての価値を高めるものであるから、詩は間接的に、詩人の側の求愛誇示行動ともとれるのである。それは何か目的をしぼった誇示というよりもより一般的な誇示であって、詩の卓越した名人芸は語り手の実現されないままの野心とは一線を画している。詩の、虚構の語り手「わたし」(I)と同じ手段——すなわち、芸術におけるたぐいまれな業績——を用いていながら、詩人は社会的報酬、詩という想像上の宇宙では語り手が手に入れることのなかったロマンティックな成功を含みうる社会的報酬を手にすることができる。詩人と語り手のこの乖離が、読者が味わう最後の愉快なアイロニーを形成しているのだ。

注

1　Geoffrey Miller, *The Mating Mind: How Sexual Choice Shaped the Evolution of Human Nature* (New York: Random, 2001), 196.

2　Miller, *The Mating Mind*, 157.

3　この点に関する有益な議論は Miller, *The Mating Mind*, 159-61, Ellen Dissanayake, *Art and Intimacy: How the Arts Began* (Seattle: University of Washington Press, 2000), 72-85. に詳しい。

4　Sugiyama, "Reverse-Engineering Narrative," 186-87; Denis Dutton, *The Art Instinct: Beauty, Pleasure, and Human Evolution* (New York: Bloomsbury Press, 2009), 105-106; Steven Pinker, *How the Mind Works* (New York: W.W.Norton, 2009), 540-43.

5　Joseph Carroll, *Reading Human Nature: Literary Darwinism in Theory and Practice* (Albany: State University of New York Press, 2011) 5. John Tooby and Leda Cosmides, "Does Beauty Build Adapted Minds? Toward an Evolutionary Theory of

Aesthetics, Fiction, and the Arts," in *Evolution, Literature, and Film: A Reader*, ed. Brian Boyd, Joseph Carroll, and Jonathan Gottschall (New York: Columbia University Press, 2010), 181-82, and Wilson, *Consilience,* 224-25.

6 Pinker, *How the Mind Works,* 534-35.

7 Miller, *The Mating Mind,* 262-65, 267-70.

8 *Ibid.*, 272-74.

9 *Ibid.*, 281, 282.

10 Billy Collins, "Serenade," in *Sailing Alone Around the Room: New and Selected Poems* (New York: Random, 2001), 152-53, line 1. 引用はこの版による。ライバルの批判を求愛の戦術として用いることについては Buss, *Evolution of Desire,* 97-98 参照。

11 Pinker, *How the Mind Works, 500, and Miller, The Mating Mind,* 221-22 参照。

12 Miller, *The Mating Mind,* 281.

13 Buss, *Evolution of Desire*, 33, 41-43 の議論参照。

14 Buss は *Evolution of Desire*, 24-26 で、配偶者選択における地位と資源の重要性を分析している。

15 Pinker, *How the Mind Works,* 126.

16 M. Dunant, "The Pyrophone," *Popular Science Monthly,* vol. 7 (August 1875): 444-53, and G. E. Kastner, "Improvement in Pyrophones," *Patents: US 164458A* (June 15, 1875); IFI Claims Patent Services. https://www.google/patents/US/64458. 参照。

17 Allan Milnes, "Valley Fiesta in Brisbane, Australia," *Demotix: The Network for Freelance Photojournalists* (September 10, 2010).

18 Jeremy Montagu, *The World of Baroque and Classical Musical Instruments* (Woodstock, New York: Overlook Press 1979), 124.

19 *Ibid.*, 124-25.

20 *Ibid.*, 124-125.

21 Dissanayake, *Homo Aestheticus*, 49-63.

22 Pinker, *How the Mind Works*, 522, 523.

23 Buss, *The Evolution of Desire*, 107-109 参照。

24 Scott Barry Kaufman, Aaron Kozbelt, Melanie L. Bromley, and Geoffrey F. Miller, "The Role of Creativity and Humor in Human Mate Selection," in *Mating Intelligence: Sex, Relationships, and the Mind's Reproductive System*, ed. Glenn Geher and Geoffrey Miller (New York: Taylor and Francis, 2007).

結論

進化論批評が機能している例を十二挙げれば、この批評理論が幅広い関心を扱えることがわかるだろう。進化論的なアプローチに関するよくある誤解は、交配や生殖に関するごく限られた話題にのみ有効だ、というものである。これと関連して、実際に適用できる範囲はごく限られており、分析結果は常に還元的なものになる、という誤解もある。人間の身体的、精神的な構造は長い時間をかけた自然選択の結果なのであるから、人間の生理学的、心理学的経験は必然的に進化論的な説明を必要とする。進化論的な原則に基づいた文学研究は人間の動機と活動のすべての範囲を包含するものであり、これは進化論という科学がそうであるのと同様だ。「進化論的な行動の原因が厳格で柔軟性のない行動をもたらすという考えは真実とは対極にある」。これは心理学、民族誌学、認知科学が実証してきたことだ。[1] 人生においてそうであるのと同様文学においても、選択や決断をするための「豊かで偶発的に作用するシステム」が、「さまざまな組み合わせにおいて、目もくらむほど多様な行動的反応を引き出す」ように機能しているのを見ることができる。[2]

文学作品の中では人間は実に様々な形で行動するが、そこでは書き手と読者、そして虚構のキャラクターの心理学的結構が問題になってくる。いかなる物語的状況であっても、少なくとも三つの主体がそれらを絶え間なく観察し、評価し、解釈している。すなわち書き手、読者、そしてテクスト内でキャラクター、語り手ないし話し手として登場するひとりもしくはそれ以上の人物の主体である。実際、文学は出来事や状況に対してと同様、精神が状況を解釈する機能――これは常に自己に利益をもたらそうとするもので、時として自己をだまそうとすることもある――に焦点を当てている。さらに、普遍的な人間の欲望や問題は、特定の文化的機能の中に置かれている。文学作品は局地的な慣習や規範によって生じる圧力に反応する、適応的な戦略や至近メカニズムの姿を暴き出す。個人の目標と、集団に対して加えられる制約との緊張関係は、様々な形での協力的行為やヒエラルキーに基づく資源の共有にその生存を依存している社会的動物の生活においては常に見られるものである。ひとつの時代、ないし場所で適応的であった行動は別の時代や場所ではそうでないかもしれない。意識するとしないとに関わらず、人間は行動や公言する動機を調整して、そのときに優勢な社会的諸条件から最大限の利益を獲得しようとするものである。文学的な作品が、地位を巡る闘争、変化する同盟関係、共同体の倫理観などによって個人の適応度にもたらされる影響を含む、自己と集団との葛藤をかくもしばしば扱うのは偶然ではない。

〔現実の、あるいは想像上の〕文化的設定がいかにエキゾチックなものであろうと、あるいはキャラクターの性格がいかに常軌を逸したものであろうと、あらゆる文学作品において、こうしたものは進化論的分析の対象になりうる。動機や行動はその背後にある究極要因をたどることができる。すなわち、それらが寄与するように進化してきた適応度に関する目的を明らかにすることができる。また、適応的な行動に対する障害を精査し、個人間の戦略的衝突を特定することもできる。精神の活動それ自体が、外的、内的な圧力にどのように反応するかを分析することもできる――ここには長期にわたる内的な〔異なる思考の〕対話、自己欺瞞的な考え方や予測、個人の記憶や人生史の事実に反する改ざん、相手の心を読む際の成功した、あるいは失敗した試み、別種のリアリティの精妙な構築、ないし幻想への逃避などが含まれる。文学作品に描かれる設定、行動、危機、葛藤の進化論的基盤や適応的な重要性を考えることは――たとえそれらが生殖の問題からいかに遠く離れているように見えても――ほとんどいつも、作者の目的や作品の構造に対する有益な洞察をもたらしてくれる。人間の、あるいは美的な関心が特定のストーリー、演劇、詩の中で問題になっていることを明らかにしてくれるのだ。進化論的な分析はまた、なぜ読者が特定のキャラクターや彼らの苦難に特定のやり方で反応するのかも説明してくれる。なぜキャラクターの一見奇妙な行動が究極的な目的に寄与するのか、書き手はどのように読者の共感や判断を誘っているのかを理解することができるのである。さらに、文学は一種のフォーラムを構成しており、そこで人間の精神は意識的な理解や意図的な選択の俎上にのぼらない〔無意識的な〕衝動や嗜好と格闘することになる。こうした衝動や嗜好は、個人という「生存マシン」

の満足度よりも、遺伝子の複製、〔次世代への〕譲渡を目的として進化したものだ。[3]

要するに、文学的な芸術作品は必然的に、普遍的な欲望やジレンマを扱っており、同時に、幅広い行動的反応、「目もくらむような多様なやり方で」普遍的な人間の状況に対応する行動的反応を描いている。多くの作品は同一の、あるいは類似した苦境を扱っているかもしれないが、それらを異なった視点から表現し、多様な文化的文脈の中に位置付けている。読者はたとえば性的な不貞や嫉妬を扱った何百ものストーリーに出会っても、同じことが繰り返されているとは思わないだろう。これは、それらのテーマが人間の一生の中で中核をなす、重要なものであり、それゆえに読者の強い関心を引きつけるから、というだけでなく、それぞれのストーリーが、キャラクターの表現型、心理学的な構成要素、関連する文化的な規範、地位と配偶者としての価値の問題、評価や共感を引き起こす要素の配置など、基本的な要素の扱いにおいて相違があるからだ。たとえばゾラ・ニール・ハーストンの「金メッキの75セント」とイーディス・ウォートンの『イーサン・フローム』はどちらも不貞（とその可能性）を行動の最前面で扱っている。いずれの場合も、配偶者を闖入者に取られてしまうのではないかという見通しのために、裏切られた側の配偶者から嫉妬深い反応が引き起こされている。しかし、嫉妬がどのように作用するか、という段になると、ふたつのストーリーは全く異なっており、それゆえ読者の反応も全く異なるものになる。ジョー・バンクスの嫉妬は明らかに適応的目的にかなっている。それは不実なパートナーを罰し、彼女が結婚生活にどの程度本気で向き合うつもりなのかをためし、将来の不貞を戒めている。ジーナ・フロームの嫉妬はきわめて懲罰的に残酷なものであるから、ほとんど病的なものですらある。それはためしたり、信頼を取り戻したりするというよりもむしろ、相手を苦しめることを意図しているものだ。ジョーの妻に対する嫉妬深い行動は彼女の逸脱の度合いに応じたものであるが、ジーナの嫉妬深い復讐はイーサンとマティによる過ちにまったく合致していない。読者は、このふたつの物語において不貞そのもの（露見すると通常は社会的コストが生じる性戦略）を全く異なるやり方で評価するよう促されている。ハーストンのストーリーでは、ミシー・メイの情事を正当化するようなものはなにもない。彼女が浮気相手から引き出した資源で何をしようと計画していたにせよ、読者は彼女の不貞を、寛大で愛情深い夫に対する忠実さからの許しがたい逸脱として見る。イーサンが年を取り、高齢で、いじわるな妻を捨てて、愛らしい若い女性を選ぼうとするのは、対照的に、理解でき、許せる行動として読者にはうつる。こうした異なった反応は興味深いことに、倫理的な判断というよりも相対的な配偶者としての価値に結びつけられている。ジョー・バンクスの配偶者としての価値は高いが、ジーナ・フロームのものは低い。高い質を持つパートナーを裏切ることが、ほとんど価値のないパートナーを裏切ることよりも低く評価されているのである。ふたりのキャラクターの異なる気質、状況、動機、背景によって、これらふたつのストーリーの読者は性的な不実さ、そしてそれが引き起こす嫉妬を、異なる視点から眺めることになる。

ベンジャミン・フランクリンの自伝は、生殖に直接結びつくものというよりは行動的な問題に焦点を当てたものであるが、読者はそこにくり返し、社会的知性の重要性を見ることになる。語り手ともなっている主人公は、周囲の環境を政治的、経済的、社交的にきわめて正確に評価する若者として登場する。野心と行動を社会で優勢な規範に沿って形成することで、彼は資源を蓄積し、地位を向上させる機会を最大化することができている。自らがおかれた社会的環境を分析し、利用する彼の姿は、ナサニエル・ホーソンのロビン・モリヌー——植民時代のアメリカで出世を望む若者——が受ける嘲笑的な扱いと鋭い対照をなしている。ホーソンは読者の関心を、新しい、変化しつつある環境的諸条件についての不十分な情報に基づいて行動する危険に向けている。若さと、田舎育ちのナイーヴさというハンディを背負った彼は、自己防衛に必要な注意深さを欠いている。彼は未知の、明らかに自分の町よりも洗練された環境に入るとき、愚かにも自分がもともと抱いていた考えにかたくなに固執する。さらに、自分の社会的な分析が間違っているという証拠が次第に積み上がっていくにもかかわらず、出来事の解釈を改めようとしないのだ。彼は自らが抜け目なく行動しているという揺るぎない信念を持っており、それが彼の足を引っ張っている。これは全知の語り手によって巧みに繰り返される——自己の能力に対する過剰な評価が彼の思考を阻害しているのである。

社会的な指標を正しく解釈し、その環境で優勢な文化的諸条件に適合するよう行動を調整することはフランクリンの作品と同様ホーソンの作品でも中心的な役割を担っているが、このふたりの作家はこのテーマ——明らかに適応度に関連するテーマ——を別の角度から扱っている。ふたつの作品の持つ雰囲気とトーンは、その周縁にあるテーマ的題材と相まって、いっそうこれらの作品を異なったものにしている（たとえば、ホーソンはフランクリンよりも、社会的経済的な出世に影響を与えるものとして縁故主義を重く見ている）。フランクリンは社会的知性がうまく機能し、それが利益をもたらしてくれることを例証しているのだが、一方でホーソンはそれが失敗するとどのような結果をもたらすのかを、その原因とともに描いている。フィッツジェラルドはこの問題のいまひとつの変奏を行っている。彼は、ひとつの社会的事実——物質的資源と社会的階級の関係にまつわる事実——の理解を誤ったために主人公が支払わなければならない代償を扱っている。ギャツビーは富だけでは、それがいかに甚大なものであろうと、二〇世紀初頭のアメリカ社会の上流階級には入れないことを認識していなかった。この誤算が、性的なライバルとの重要な対決で彼が被る嘲笑において主要な役割を果たしている。壮大な配偶者獲得作戦、長年の忍耐と膨大な労力をかけた準備を必要としたこの作戦は、その計画の立案者が社会のヒエラルキーについて複雑さに欠けた考え方をしていたことが主な原因となって壊滅するのである。

社会に認められるということが、フランクリンの『自伝』において唯一の、適応度に関連する関心事というわけでは決してない。とりわけもうひとつの中心的な関心事、すなわち個人とコミュニティとの関係は、『ウォールデン』におけるヘンリー・デーヴィッド・ソローによるそのテーマの扱い方と比較対照してみると非常に興味深いものがある。両者とも、人生の目的を達成する上での成功をうたっており、両者とも満足感を表明している。明白に、あるいは暗示的に、両者とも自らの人生を読者が模範とすべきモデル、ないし出発点として提示している。いずれの作品においても、主要な主張は、個人の利益が集団の利益と重複するというものだ。個人を利するものはより大きな共同体も利するのである。フランクリンはしかし、その関心を人間のコミュニティにおいているのに対し、ソローは地球上の全生命を構成するずっと大きなコミュニティである生態系に注目している。これらふたつの作品を読む経験はこれ以上ないほど異なったものになりうる。ソローは自分が生まれたニューイングランドの動物相や植物相をきわめて正確に、愛情を持って描写しているが、フランクリンは雇い主と雇い人との関係、家族間の葛藤、ビジネスの取引、自己修錬プロジェクト、経済的な苦境や機会といったものに焦点を当てている。ソローは木々との「約束」を守り、スズメバチ、リス、アビ、野ウサギとの「交際」を楽しむ。フランクリンは一方、自分の商業的評判と成功を高めてくれるような人々、すなわち顧客、投資家、法律家と一緒に時間を過ごしている。

フランクリンが、自己によいものは総体にもよいのだ、と主張するとき、彼は利他的な行動（たとえば図書館や消防署設立に資金を出すなど）は他人だけでなく利他主義者にも利益を与えることを意味している。また、こうした社会的な行動は、互恵的関係や他の協力的関係を含め、長い目で見れば、欺瞞や攻撃に軸足を置いた戦略よりも有利であると主張する。一方、自己とコミュニティの関心が融合しているとソローが主張するとき、彼はあらゆる生命を結び合わせている遺伝子的な関連性に目を向けており、したがって間接的にいえば、包括的な近縁関係を含意している。遺伝子を共有することで、近縁関係にある生物はお互いの幸福に対し利害関係を持っている。ひとつの生殖の成功は全体の遺伝子的遺産に貢献するわけだ。「葉や野菜」、鳥、虫、マーモットと親類であると主張することでソローは、生物であればいかなる生物であっても、その生物に対してよいものは究極的にはヘンリー・ソローにとってもよいものなのだ、という見方ができるわけである。

フランクリンの『自伝』は自然界をそのようなものとして描いていない。彼の作品では行動は一八世紀の都会という環境の中で生じている。彼を利する唯一の行動領域は人間の領域である――同盟が形成され、物品やサービスが交換され、協定が結ばれたり破棄されたりし、評判が上がったり下がったりする社会的なコミュニティである。もちろん『ウォールデン』でもソローは人間の社会的コミュニティについてたくさんのことを書いているが、そのうちよいものはほとんどない。富や地位が、それらを手に入れるための努力同様、人間の不幸の主要な源泉を構成していると主張することによって、彼は明白に、フランクリンの野心的努力の目的を拒絶していることになる。フランクリンの側としては、地位や富の重要性は自明なものである。彼は読者に、地位や富は素晴らしいものですよ、と時間をかけて説得することはない。地球規模の近縁関係という概念はおそらく彼の眼中にはなかったであろうから、『ウォールデン』に描かれているような普遍的な近縁性の潜在的に解放的な効果については何も言っていないのである。ソローは説得がより難しい課題に取り組んでいる。フランクリンは、進化の結果として生じた、欺瞞者、フリーライダー、いじめを行う者といった役柄を演じたいという欲求は自制すべきだ、というのもそうした行動は（少なくとも彼の暮らしている社会的環境においては）成功しないから、というだけでよかった。ソローの場合は、読者に、意識的、意図的に、身近な親類だけでなく、視野をずっと広げて、あらゆる生命を含むようになるまで近縁関係を拡大するという考えを納得させなければならない。ソローは縁故的な忠実さを正しく理解すれば、農作物を鳥や虫に部分的に食われたとしても怒らずにいられるだろう、というメッセージを送っている。これらの生物が自分の親類だとして受け入れられれば、利己的な志向によって彼らの利益も当然関心の中に入ってくることになる。最終的に地球上の全生命がひとつの家族であると見なすことができれば、小さな人間社会における富や評判をめぐる競争は些細で些末な事柄に見えるようになるだろう。フランクリンとは異なりソローは読者に、彼らがめったにその重要性を疑ってみることのない目標や価値を再検討するように促しているのである。彼は自らの考えを基本的な適応原則、とりわけ包括適応度や縁故主義的な忠実さといった原則に関連付けることで魅力的なものにしようとしている。遠い「親戚」に対して家族的な感情を持つようにすすめることで、ソローは読者が個々の戦略に時間を浪費するのではなく、進化論的に直接的な目標――自らの遺伝子的資産――に注目するように迫っている。資源と地位は結局のところ目的に対する手段でしかない。遺伝子を次世代にできるだけ多くのこすことが目的なのだ。

いずれの作者のメッセージもわたしたちにとっては朗報である。個人の必要性と集団の必要性を同時に満足させることは可能なのだ。ライバルの新聞社であろうと農作物を食い荒らす昆虫であろうと、競争相手を駆逐することは必ずしも必要ではない。世界はわたしたちすべてを受け入れてくれる力があるのだ。いずれの作者も、このような豊富な資源を持つ環境をベースとして彼らの寛大な見方を醸成している。フランクリンがどれほどビジネスマンが多くても全員が生き残ることができる、だとか、誰でも勤勉に働きさえすればよい生活が送れる、といったことを主張するとき、その前提には好景気がある。ソローの場合は、あらゆる生物のために――野生のものであろうと家畜であろうと人間であろうと——十分な食糧がある、と言うとき、豊穣な自然環境を前提としている。これらのふたつの作品は、ざっと簡単に比較してみただけでも、ほとんど同じ主張をしていることがわかる。それらの主張は明らかに適応度に関連する含意を持ちうるけれども、個人の満足と進化の結果生じた適応の関係を明確に異なった視点から表現している。

明らかに生殖にまつわる活動を描いた文学作品もまた、同様な主題を明らかに異なったやり方で扱っている。たとえばウォルト・ホイットマン、セント・ヴィンセント・ミレイ、そしてアーネスト・ヘミングウェイは皆、性行為を行うけれども子どもを作らない（あるいは育てない）キャラクターを描いている。いずれも、そうしたことが異常であると認めたり、それを説明したりはしていない。ホイットマンとミレイの場合、主人公は性的愛情に基づいて行動するけれども、生物学的、社会的な〔子どもという〕重荷を負うことはない。これは至近的な欲望が究極的な目標と切り離されたら男女はどう行動するかを表現するためである。たとえば長期的な相手への献身と親の投資という要求から解放された、ホイットマンの「歌」の語り手は性的な楽園にいる。彼の性的放縦さに歯止めをかけるものは何もない。ミレイの詩の多くに現れる女性のキャラクターも同様に性的な制約から解放されている。決して妊娠しないから、いくらでも短期的で相手への献身を伴わない関係にふけることができ、魅力的ではあるが信頼の置けない相手と、妊娠や単独での育児といったリスクを伴わずに関係を持つことができるのだ。さらに、このような自由を享受することで、ミレイの描き出すキャラクターたちは女性のセクシュアリティに対する社会的制約を大胆に拒絶している。ホイットマンとミレイは読者を自分たちと一緒に、至近的な性的喜びの遮るもののない探求におもむかせているのである。詩のユートピア的な幻想に浸って、誰もがいっときのあいだ、実生活が決して提供し得ない、あるいは信頼できる避妊法――人類史においてはごく最近の発明――が発明される前は決して提供し得なかった、自由を享受することができるのだ。

ホイットマンとほぼ同じ前提に立っているミレイが描く至近要因の充足はホイットマンよりも牧歌的ではなく、楽天的でもない。これはおそらく女性の方が人類の生殖に大きな投資（大きな卵子、妊娠、授乳など）を行うからであろう。そのような不釣り合いに大きな投資を行うために、女性は進化の結果として、配偶者を選択する際に男性よりも相手の関与や資源を高く評価する傾向が生まれたのである。ミレイが女性のキャラクターを予期せぬ妊娠や配偶者選びの過ちから生じる悲劇についての心配事からキャラクターを解放したとはいっても、彼女は主人公たちの心理的結構から長期的関与を望む切々たる願望を完全に除去することはできなかったのである。男性は生殖においてずっと少ない投資しかしないことから、漁色（短期的なパートナーと、その間にできた子どもを捨てることを含む）は男性の適応度の観点からすれば有利な行動となってきた。ドーキンスが指摘するように「男性は基本的に多数の相手と性交渉をし、子どもの面倒を見ない傾向がある」[4]。したがって、ホイットマンやミレイが描き出した、楽しい短期的で後腐れのない性行為という理想は、進化の結果生じた女性のセクシュアリティよりも男性のセクシュアリティと完全に軌を一にしているのである。物質的、感情的資源から切り離された、エロティックな行動の喜びを描き出そうとして、ミレイはホイットマンよりも難しい課題に取り組まなければならなかった――進化論的な長い歴史にわたって、女性たちの利益と相反するような行動を正当化して描写しているわけであるから。別の言い方をすれば、彼女は長年にわたる女性の配偶者選びのスタイル、慎重に相手を選ぶというスタイルに反旗を翻しているのだ。ホイットマンは対照的に、同様に長年にわたって持続していた男性の配偶者選びのスタイルに直接的に訴えかけている。それは熱意を持って多様な大勢の相手と関係を持つことだ。この対照が、読者がこれら二作品に見られる、長期的な結果と切り離した即時的な欲望の充足の表現に見いだす感情的トーンの相違の少なくとも一部を説明してくれるだろう。

性行為と生殖との乖離は『日はまた昇る』においてはいかなる意味においても肯定的な目的には一切寄与していない。ブレット・アシュレイが妊娠しないのはどういうわけだか不明だが、それがどのような理由であったとしても、そのために彼女は性的に独立しており、エロティックな気まぐれが可能になっている。彼女は情事から情事へと、無造作に相手を取り替えている。もしこうした彼女の多情が子どもに結びついたとしたら、母親としての責任のためにそうした奔放な生活は続けられなかったであろう。しかし、その個人的な自由にもかかわらず、彼女はいっこうにその生活に満足しておらず、小説の戦後という環境が無邪気な性的な遊技場として表現されているわけでもない。ブレットの辛辣な言葉、浮き沈みの激しい気分、そして絶え間ない飲酒などは、その根底にある苦々しい気分を示唆している。彼女の情熱的だが不毛なエロティシズムは、生殖器を損傷したジェイク・・バーンズに対するフラストレーションに満ちた情熱に具現化されているが、この小説の世界を特徴付ける、より大きな不毛感に貢献している。セクシュアリティと生殖の亀裂はこの小説においては象徴的な意味を持っており、宇宙的なアイロニーと形而上学的なフラストレーションをもたらしている。ホイットマンとミレイが思い描いたものときわめて類似した状況（ふしぎなことに決して生殖に至らない性行為）で始めていながら、ヘミングウェイは人間、歴史、精神世界についての極めて異なる考えを表明するために、究極目的と至近的な欲望を切り離してみせたのである。

最終的に妊娠や子どもに結びつく性行為を作家が描く場合（これは実生活同様芸術作品でも頻繁に生ずることだ）であっても、文学的な世界は異なる関心や目的で充ち満ちている。たとえば親の投資は多くのフィクションの作品で対立の原因となっている。ハーストンは父親の確信という問題に焦点を当てている。ジョー・バンクスが妻の不貞を許し、親として全身で関与を始めるのは、彼女の子どもが自分の子どもだと確認できてからだ。読者は彼の倫理的スタンスだけでなく遺伝的な利益が彼の結婚や育児に対する投資戦略の指針になっているのを目にすることになる。子どもにとっても両親にとってもハッピーエンディングを可能にするのは宗教的な教え、倫理的な価値観、感傷主義的な愛情の概念ではなく、適応度に基盤を置いた利己性なのである。遺伝的な利益がハーストンのストーリーにおいて肯定的な力として登場しているとすれば、マーク・トウェインの『ハックルベリー・フィンの冒険』において、それはさらによいものとして描き出されている。そのような〔遺伝子的な〕利益を自ら拒絶するような、ハックの父親の、ひとりしかいない我が子に対する横暴で搾取的な振る舞いは明らかに彼の適応度を侵害している。きわめて非適応的な育児という恐怖で読者の関心を釘付けにしつつ、トウェインはこの不可避的な拒否反応と恐怖――生物学的なルーツをもち社会的に増幅された感情――を用いて、ハックの父親と、邪悪な社会的制度やイデオロギーを結びつけようとしている。

　親の投資はシャーウッド・アンダーソンのレイ・ピアソンの場合は重要だが明らかに異なった役割を果たしている。レイの問題は自分が親であるか定かではないというものではなく、親の投資そのものである。読者は彼が、エネルギーをすり減らし生命力を奪っていく親の責任へと追い込んだ運命を歎いているのを見る。それは決して彼の目的ではなかったのだ。沢山の子を持つ働き過ぎの父親として、肉体労働で食い扶持を稼がなければならないレイは早すぎる老化と永遠に続くように思われる陥穽の原因となった至近要因を取り除きたいと願っている。すなわち彼を「だまして」父親にさせた、抗しがたい性的欲望である。彼はぼんやりと、若いころの行動、個人的な自由と人生の選択を結果的に狭めてしまった行動の原因となったホルモンの作用、それと関連する適応的メカニズムを認識している。子どもたちによって確保された高い直接的適応度に喜びを感じる代わりに、レイはそれらが意味する、あらゆるものを食い尽くすような重荷を歎いているのである。このような反逆的な考えを持っているときには、彼は疑いもなく、ホイットマンの「わたしの歌」の世界に飛び込んでいきたいと思うであろう。子どもという結果につながらない性的活動の機会はまさに彼が望んでいたものであり、男性にとっては誰もが望むものである。「なぜおれが償いをしなきゃなんねえんだ？　どういうわけでハルが償わなきゃいけねえんだ？　誰であろうと、どうして償いなんかしなけりゃならんのだ？」〔小島・浜本 265〕

レイが、資源の提供者である男性としての苦境を幻滅して眺めている様子は、ホイットマンの詩の魅力を裏付けしてくれる。それは男性を——罪の意識なしに——対人的な多くの要求、とりわけ親の投資から解放してくれるからだ。アンダーソンのストーリーは（これは異なる歴史的背景を考えれば自然なことだが）ホイットマンの「歌」よりも心理的にリアルな形で表現を行っている。というのもアンダーソンの描く主人公は自らの動機（色欲）とその結果（子ども）の間に乖離があることを明確にしているからである。レイの、自らの重荷に対する理解はさらに、読者がすぐわかることだが、決して静的なものでも単純なものでもない。年下の仲間に、結婚や親としての関与を避けよというアドバイスをしよう、と思ったとき、レイは自分が子どもたちのことをいくばくかの愛情をもって思い出していることに気づくのである。これは最終的に、彼らが表象している適応的利益の間接的で、彼にとっては予想だにしなかった認識である。レイの重要な発見は、彼が相手にしてやれるどんなアドバイスも、真実のほんの一部にすぎないというものであった。多くの生殖戦略が利用でき、また、他の選択肢を考え評価する能力があることを考えれば、いかなる選択をしたとしてもそこで得られる満足には限界がある。いかなる単一の戦略も、あらゆる視点から見て、あらゆる表現型、あらゆる環境において理想的ということはあり得ない。至近的な願望がもたらした親の投資に抗議しながら、レイ・ピアソンは男性の進化論的、社会的に重要な苦境に対して声を上げている。それはホイットマンの「歌」が決して直接的に説明しようとしなかったが、それをユートピア的な幻想の中に消し去ることで遠回しに認めていたものである。

レイ・ピアソンの怒りは、彼が描写する男性のジレンマ以上のものを包含している。彼が苦しんでいるのは、自分でもうすうす気づいているように、彼の意識的、無意識的な決断に影響している適応が彼の個人的幸福に寄与するように進化してきたからではないからだ。彼の怒りに満ちた考察は、過去、未来、別の選択肢、仮定の状況を考える能力を例証している。女性のパートナーに対する非難がましい怒りは、創造的な合理化を行いナルシシスティックな自己欺瞞に浸る能力に光を当てている。この例においても他の例においても、動機や行動の進化論的な基盤を見ることで、読者は人間の本性の複雑性を垣間見ることができ、種に特有の困難に対する行動的反応の多様な表れを目にすることができる。自然選択とその作用の理解は――いかにそれがゆっくりと、しかし仮借なく、精神的、感情的プロセスを形成してきたかに対する理解も含め――ダーウィニズム的な批評理論を、その応用範囲を狭めることなく、学際的な科学に根づかせている。進化論の理論とその研究は、「決して休まない精神」[5]の、痛々しいほどに当惑に満ちた、遊び心たっぷりに創造的な、自己を精査し正当化するような活動を明らかにして、人間の諸条件の様々な側面――生理的、感情的、社会的側面――の文学的表現を研究する基盤を与えてくれるのだ。

注

1 Tooby and Cosmides, "Conceptual Foundations," 13.
2 *Ibid.*, 13, 14.
3 Dawins, *Selfish Gene*, 254.
4 *Ibid.*, 161.
5 Wallace Stevens, "The Poems of Our Climate," in *The Palm at the End of the Mind: Selected Poems and a Play*, ed. Holly Stevens (New York: Vintage Books, 1972), 158, line 18.

謝辞

本書を執筆するさまざまな段階で原稿を読み、価値ある助言をしてくれたすべての人に感謝する。ジョセフ・キャロル、アーニャ・ミュラー＝ウッド、ブライアン・ボイド、マティアス・クラーゼン、パトリシア・タランテロ、そしてジョナサン・ゴッチョールに。チャールズ・ダンカンとロバート・ファンク、そしてダーウィニズムをもとにした文学研究についてのＳＡＭＬＡ（米国現代語学文学協会南大西洋支部）の多くのセッションを企画してくださった先生方にお礼申し上げる。そしてマリスト・カレッジ理学部の同僚であるヴィクトリア・インガルスに、いつもと変わらぬ謝意を。わたしたちが共同で行った学際的な授業は常に知的好奇心を刺激し、進化生物学についてのわたしの理解を深めてくれた。

以前出版されたものの全体的あるいは部分的な再掲については、以下の雑誌、出版社から許可をいただいた。感謝いたします。

"Male Reproductive Strategies in Sherwood Anderson's " The Untold Lie. *Philosophy and Literature* 31, no. 2 (2007): 311-22. Reprinted in Short Story Criticism, vol. 142, edited by Jelena Krystovic, 114-19. Detroit and New York: Gale Cengage Learning, 2011.

"The Autobiography of Benjamin Franklin: The Story of a Successful Social Animal."Politics and Culture (Spring 2010): 1-6. https://politicsandculture. org/2010.

"Nepotism in Nathaniel Hawthorne's "My Kinsman, Major Molineux."in *Telling Stories / Geschichsten Erzählen: Literature and Evolution / Literatur und Evolution*, edited by Carsten Gansel and Dirk Vanderbeke, 296-309. Berlin and Boston: De Gruyter, 2012.

"Paternal Confidence in Zora Neale Hurston's " The Gilded Six-Bits."Evolution, Literature, and Film: A Reader, edited by Brian Boyd, Joseph Carroll, and Jonathan Gottschall, 392-408. New York: Columbia University Press, 2010.

"Biophilia in Thoreau's Walden."South Atlantic Review 79, no. 1-2 (2015): 1-24.

"The Role of the Arts in Male Courtship Display: Billy Collins's "Serenade." *Philosophy and Literature* 41, no. 2 (October 2017): 264-71.

用語一覧

アロペアレント：生物学的な両親以外で、子供の世話をする個体。
異性間：異性の相手との。たとえば異性間競争とは男女間、雄雌間の競争である。
遺伝子型：ある個体の遺伝子の構成、すなわちその生物の完全な遺伝情報。（表現型も参照）。
縁故主義（身内びいき）：近縁者をひいきし、自分の包括適応度を上げるような差別的行動。
親の投資：親が、他のものに投資することができるにもかかわらず、自らの子に対して行う、子の生存可能性（および、将来の繁殖可能性）を上げるような投資。
下降婚：自分より下位（通常は社会的地位や富を尺度とする）の相手と結婚すること。
関接適応度：ある個体が遺伝子を共有している近縁個体がどの程度繁殖に成功しているかを示す度合い。その個体と近縁個体との血縁係数に基づいて算出される。

血縁係数：ふたつの個体が共通の子孫において共有する平均的な遺伝子の割合。親子、両親を同一とするきょうだい間の血縁係数は0.5である（つまり、遺伝子の半分を共有している）。叔父叔母と甥姪、祖父母と孫の間の血縁係数は0.25である（遺伝子の四分の一を共有する）。

血縁選択：近縁者を助けるような行動を引き起こす遺伝子が自然選択によって残されること。すなわち、行為者の包括適応度を上げるような行動が自然選択によって残されること。

行動の究極要因：特定のメカニズム（すなわち至近要因）が進化した理由。すなわち、そのプログラムが寄与している、生存ないし繁殖という目的。

行動の至近要因：行動を引き起こす内的な（たとえばホルモンの、あるいは心理学的な）メカニズム。究極要因も参照。

残存生殖価：ある個体に残された繁殖能力。ある特定の時点において、年齢、性別、健康状態、環境条件、その他関係する諸要素を考慮して算出される。

上昇婚：自分より上位（通常は社会的地位や富を尺度とする）の相手と結婚すること。

生殖価：ある個体が将来、どの程度自らの適応度を上げる見込みがあるかを示す度合い。

戦略：行動の背後に眼に見えない形で存在する、無意識的なプログラム。

直接適応度：ある個体そのものがどの程度繁殖に成功しているかを示す度合い。

適応：生物がある環境により適した存在になるような、構造、機能上の変化。（それを有する個体の適応度が上昇するような遺伝的形質）。

適応的：個体の適応度を上げる（生存、繁殖の点での優位をもたらす）ような状態にあること。注意：いかなる適応もその生物の進化史のある特定の時点においては必然的に適応的であった。しかし環境、生態的ニッチに変化が生じ、かつてのような利益がもたらされない場合がありうる。

適応度：ある個体がどの程度繁殖に成功しているかを示す度合い。一般的にはその個体が次世代に遺すことができた自らの遺伝子のコピーの数で表される。

同性間：同性の相手との。

表現型：形態、生理、行動に現れた生物の特徴。遺伝子型も参照。

包括適応度：ある個体が直接的、間接的にどの程度繁殖に成功しているかを示す度合い。（自らの繁殖努力と近縁個体の繁殖努力の総合的な結果）。

利己的行動：行為者の生存、繁殖可能性を最大化するような行動。（利他的行動も参照）。

利他的行動：行為者がコストを負担して他者を助けること。（利己的行動も参照）

引用文献

Adams, Joseph D. "The Societal Initiation and Hawthorne's 'My Kinsman, Major Molineux.'" *English Studies* 1, no. 1 (1976): 1-19.

Adams, Richard P. "The Unity and Coherence of *Huckleberry Finn*." In *Twentieth Century Interpretations of "Adventures of Huckleberry Finn*", edited by Claude M. Simpson, 41-53. Englewood Cliffs, NJ: Prentice-Hall, 1968.

Aldridge, John W. "*The Sun Also Rises*, Sixty Years Later." In *Readings on Ernest Hemingway*, edited by Katie De Koster, 138-45. San Diego, CA: Greenhaven Press, 1997.

Alkana, Joseph. "Disorderly History in 'My Kinsman, Major Molineux.'" *ESQ: A Journal of the American Renaissance* 53 (2007): 1-30.

Allen, Gay Wilson. "Mutations in Whitman's Art." In *Walt Whitman: A Collection of Criticism*, edited by Arthur Golden, 37-49. New York: McGraw-Hill, 1974.

____ . *A Reader's Guide to Walt Whitman*. New York: Farrar, Straus and Giroux, 1970.

Allison, Alexander W. "The Literary Contexts of 'My Kinsman, Major Molineux'" *Nineteenth- Century Fiction* 3 (1968): 304-11.

Ammons, Elizabeth. *Edith Wharton's Argument with America.* Athens: University of Georgia Press, 1980.

_____ . "The Myth of Imperiled Whiteness in *Ethan Frome." New England Quarterly* 81, no. 1 (2008): 5-33.

Anderson, Sherwood. "The Untold Lie." 1919. In "*Winesburg, Ohio": Text and Criticism,* edited by John H. Ferres, 202-209. New York: Viking Press, 1966.　小島信夫、浜本武雄訳『ワインズバーグ・オハイオ』(講談社) 1997年

Aspiz, Harold. "Sexuality and the Language of Transcendence." *Walt Whitman Review* 5, no. 2 (1987): 1-7.

_____ . "Walt Whitman: The Spermatic Imagination." *American Literature* 56, no. 3 (1984): 379-95.

Asya, Ferda. "Edith Wharton's Dream of Incest: Ethan Frome." *Studies in Short Fiction* 35, no. 1 (1998): 23-40.

Autrey, Max L. "'My Kinsman, Major Molineux': Hawthorne's Allegory of the Urban Movement." *College Literature* 12, no. 3 (1985): 211-21.

Baskett, Sam S. "'An Image to Dance Around': Brett and Her Lovers in *The Sun Also Rises." Centennial Review* 22 (1978): 45-69.

Baum, Rosalie Murphy. "The Shape of Hurston's Fiction." In *Zora in Florida*, edited by Steve Glassman and Kathryn Lee Seidel, 94-109. Orlando: University of Central Florida Press, 1991. Baym, Nina. "Thoreau's View of Science." *Journal of the History of Ideas* 26, no. 2 (1965):221-34.

Beaver, Harold. "Huck and Pap." In *Huck Finn: Major Literary Characters*, edited by Harold Bloom, 174-183. New York: Chelsea House, 1990.

Bell, Millicent. "*Huckleberry Finn* and the Sleights of the Imagination." In *Huck Finn: Major Literary Characters*, edited by Harold Bloom, 108-25. New York: Chelsea House, 1990.

Bellis, Peter J. "Representing Dissent: Hawthorne and the Drama of Revolt." *ESQ: A Journal of the American Renaissance* 41, no. 2 (1995): 97-119.

Bender, Bert. *The Descent of Love: Darwin and the Theory of Sexual Selection in American Fiction, 1871-1926*. Philadelphia: University of Pennsylvania Press, 1996.

_____ . *Evolution and "the Sex Problem": American Narratives during the Eclipse of Darwinism*. Kent, OH and London: Kent State University Press, 2004.

Benert, Annette. "Survival through Irony: "Hemingway's 'A Clean, Well-Lighted Place.'" *Studies in Short Fiction* 11 (1974): 181-87.

Bewley, Marius. "Scott Fitzgerald's Criticism of America." In *Twentieth Century Interpretations of "The Great Gatsby,"* edited by Ernest Lockridge, 37-53. Englewood Cliffs, NJ: Prentice-Hall, 1968.

Bird, John. "Gauging the Value of Nature: Thoreau and His Woodchucks." *The Concord Saunterer,* n.s., 2, no. 1 (1994): 139-47.

Blair, Walter. "'So Noble … and So Beautiful a Book.'" In *Twentieth Century Interpretations of "Adventures of Huckleberry Finn"*, edited by Claude M. Simpson, 61-70. Englewood Cliffs, NJ: Prentice-Hall, 1968.

Bloom, Harold. Introduction to *Huck Finn: Major Literary Characters,* edited by Harold Bloom, 1-3. New York: Chelsea House, 1990.

Boehm, Christopher. *Hierarchy in the Forest: The Evolution of Egalitarian Behavior*. Cambridge, MA and London: Harvard University Press, 1999.

Boudreau, Gordon V. *The Roots of "Walden" and the Tree of Life*. Nashville, TN: Vanderbilt University Press, 1990.

Boyd, Brian. *On the Origin of Stories: Evolution, Cognition, and Fiction*. Cambridge, MA and London: Harvard University Press, 2009.

Boyd, Brian, Joseph Carroll, and Jonathan Gottschall. *Evolution, Literature, and Film: A Reader*. New York: Columbia University Press, 2010.

Boyer, Pascal and H. Clark Barrett. "Domain Specificity and Intuitive Ontology." In *The Handbook of Evolutionary Psychology,* edited by David M. Buss, 96-118. Hoboken, NJ: John Wiley and Sons, 2005.

Bremer, Sydney H. "Exploding the Myth of Rural America and Urban Europe: 'My Kinsman, Major Molineux' and 'The Paradise of Bachelors and the Tartarus of Maids.'" *Studies in Short Fiction* 18, no. 1 (1981): 49-57.

Brennan, Joseph X. "*Ethan Frome*: Structure and Metaphor." *Modern Fiction Studies* 7, no. 4 (1961): 347-56.

Bridgman, Richard. *Dark Thoreau.* Lincoln and London: University of Nebraska Press, 1982. Brodwin, Stanley. "Mark Twain in the Pulpit: The Theological Comedy of Huckleberry Finn."In *One Hundred Years of "Huckleberry Finn": The Boy, His Book, and American Culture,* edited by Robert Sattelmeyer and J. Donald Crowley, 371-85. Columbia: University of Missouri Press, 1985.

Broes, Arthur T. "Journey into Moral Darkness: 'My Kinsman, Major Molineux' As Allegory."*Nineteenth-Century Fiction* 19, no. 2 (1964): 171-84.

Bruccoli, Matthew J. "Explanatory Notes" to *The Great Gatsby*, edited and reprinted by Matthew J. Bruccoli, 180-204. Cambridge: Cambridge University Press, 1991.

Budick, Emily Miller. "American Literature's Declaration of Independence: Stanley Cavell, Nathaniel Hawthorne, and the Covenant of Consent." In Summoning: *Ideas of the Covenant and Interpretive Theory*, edited by Ellen Spolsky, 211-27. Albany: State University of New York Press, 1993.

Buell, Lawrence. *The Environmental Imagination: Thoreau, Nature Writing, and the Formation of American Culture.* Cambridge, MA and London: Harvard University Press, 1995.

____ . "Thoreau and the Natural Environment." In *The Cambridge Companion to Henry David Thoreau*, edited by Joel Myerson, 171-93. Cambridge and New York: Cambridge University Press, 1995.

Buller, David J. *Adapting Minds: Evolutionary Psychology and the Persistent Quest for Human Nature.* Cambridge, MA: The MIT Press, 2006.

Burbick, Joan. *Thoreau's Alternative History: Changing Perspectives on Nature, Culture, and Language*. Philadelphia: University of

Pennsylvania Press, 1987.

Burghardt, Gordon M., and Harold A. Herzog, Jr. "Beyond Conspecifics: Is Brer Rabbit Our Brother?" *BioScience* 30 (1980): 763-68.

Burnstein, Eugene. "Altruism and Genetic Relatedness." In *The Handbook of Evolutionary Psychology,* edited by David M. Buss, 528-51. Hoboken, NJ: John Wiley and Sons, 2005.

Buss, David M. *The Dangerous Passion: Why Jealousy Is as Necessary as Love and Sex.* New York: Free Press / Simon and Schuster, 2000.

____ . *The Evolution of Desire: Strategies of Human Mating.* Rev. ed. New York: Basic Books, 2003.

____ . *Evolutionary Psychology: The New Science of the Mind.* 2nd ed. Boston: Pearson, 2004.

____ . "Sexual Conflict: Evolutionary Insights into Feminism and the 'Battle of the Sexes'". In *Sex, Power, Conflict: Evolutionary and Feminist Perspectives,* edited by David M. Buss and Neil M. Malamuth, 296-318. New York and Oxford: Oxford University Press, 1996.

____ .*The Murderer Next Door: Why the Mind Is Designed to Kill.* New York: Penguin, 2005. Buss, David M. and David P. Schmitt. "Sexual Strategies Theory: An Evolutionary Perspective on

Human Mating." *Psychological Review* 100 (1993): 204-32.

Cameron, Sharon. *Writing Nature: Henry Thoreau's "Journal."* New York and Oxford: Oxford University Press, 1985.

Campbell, Anne. *A Mind of Her Own: The Evolutionary Psychology of Women.* Oxford: Oxford University Press, 2002.

Carlyle, Thomas. *Sartor Resartus. In "Sartor Resartus" and "On Heroes and Hero Worship,"* 1-236. New York: E. P. Dutton, 1959.

Carroll, Joseph. Evolution and Literary Theory. Columbia: University of Missouri Press, 1995.

____ "An Evolutionary Paradigm for Literary Study, with Two Sequels." *In Reading Human Nature: Literary Darwinism in Theory and Practice,* 3-54. Albany: State University of New York Press, 2011.

_____ *Literary Darwinism: Evolution, Human Nature, and Literature*. New York and London: Routledge, 2004.

_____ "Literature and Evolutionary Psychology." In *The Handbook of Evolutionary Psychology*, edited by David M. Buss, 931-52. Hoboken, NJ: John Wiley and Sons, 2005.

_____ *Reading Human Nature: Literary Darwinism in Theory and Practice*. Albany: State University of New York Press, 2011.

_____ "Wilson's Consilience and Literary Study." In *Literary Darwinism: Evolution, Human Nature, and Literature*, 69-84. New York and London: Routledge, 2004.

Cheatham, George. "'Sign the Wire with Love': The Morality of Surplus in *The Sun Also Rises*." In *Ernest Hemingway's "The Sun Also Rises": A Casebook,* edited by Linda Wagner-Martin, 99-106. Oxford: Oxford University Press, 2002.

Chinn, Nancy and Elizabeth E. Dunn. "'The Ring of Singing Metal on Wood': Zora Neale Hurston's Artistry in 'The Gilded Six-Bits.'" *Mississippi Quarterly: The Journal of Southern Cultures* 49, no. 4 (1996): 2-10. 2 Feb. 2008 http://web.ebscohost.com.online.library.marist. edu.htm

Christie, John Aldrich. *Thoreau as World Traveler*. New York and London: Columbia University Press, 1965.

Clark, Stuart. "Inversion, Misrule and the Meaning of Witchcraft." *The Witchcraft Reader*. 2nd ed., edited by Darren Oldridge. London and New York: Routledge, 2008. 120-30.

Clark, Suzanne. "Uncanny Millay." In *Millay at 100: A Critical Reappraisal,* edited By Diane P. Freedman, 3-26. Carbondale and Edwardsville: Southern Illinois University Press, 1995.

Clasen, Mathias. "'Can't Sleep, Clowns Will Eat Me': Telling Scary Stories." In *Telling Stories / Geschichten Erzählen: Literature and Evolution / Literatur und Evolution*, edited by Carsten Gansel and Dirk Vanderbeke, 324-46. Berlin: De Gruyter, 2012.

Colacurcio, Michael J. "The Matter of America: 'My Kinsman, Major Molineux.'" In *Nathaniel Hawthorne: Modern Critical Views*, edited by Harold Bloom, 197-221. New York: Chelsea House, 1986.

Collins, Billy. "Serenade." In *Sailing Alone Around the Room: New and Selected Poems,* 152-53. New York: Random House,

2001.

Cooke, Brett. "Biopoetics: The New Synthesis." In *Biopoetics: Evolutionary Exploration in the Arts,* edited by Brett Cooke and Frederick Turner, 3-25. Lexington, KY: International Conference on the Unity of the Sciences, 1999.

Cooke, Brett and Clinton Machann, eds. Applied Evolutionary Criticism: *Style* 46, special issue, no. 3-4 (2012).

Coviello, Peter. "Intimate Nationality: Anonymity and Attachment in Whitman." *American Literature* 73, no. 1 (2001): 85-119.

Cowley, Geoffrey. "The Biology of Beauty." *Newsweek* (June 3, 1996): 61-66.

Cowley, Malcolm. "Introduction to Winesburg, Ohio." In "*Winesburg, Ohio": Text and Criticism,* edited by John H. Ferres, 357-68. New York: Viking Press, 1966. First published in *Winesburg, Ohio*, edited by Malcolm Cowley. New York: Viking Press, 1960.

Cox, James M. "A Hard Book to Take." In *Mark Twain's "Adventures of Huckleberry Finn,"* edited by Harold Bloom, 87-108. New York: Chelsea House, 1986.

____ . "Remarks on the Sad Initiation of Huckleberry Finn." In *Huck Finn among the Critics: A Centennial Selection* edited by M. Thomas Inge, 141-55. Frederick, MD: University Publications of America, 1985.

Crews, Frederick C. *The Sins of the Fathers: Hawthorne's Psychological Themes.* New York: Oxford University Press, 1966.

D'Avanzo, Mario L. "The Literary Sources of 'My Kinsman, Major Molineux.'" *Studies in Short Fiction* 10 (1973): 121-36.

Daly, Martin and Margo Wilson. "Evolutionary Psychology and Marital Conflict: The Relevance of Stepchildren." In *Sex, Power, Conflict: Evolutionary and Feminist Perspectives,* edited by David M. Buss and Neil M. Malamuth, 9-28. New York and Oxford: Oxford University Press, 1996.

____ . *Sex, Evolution, and Behavior.* 2nd ed. Belmont, CA: Wadsworth Publishing Company, 1983.

Davies, Geffrey. "Edna St. Vincent Millay's *A Few Figs from Thistles." Textual Cultures* 9, no. 1 (2014): 66-94. DOI: 10/4434/tc.v9i1.2117.

Dawkins, Richard. *River Out of Eden: A Darwinian View of Life*. New York: Harper Collins, 1995.

_____ . *The Selfish Gene,* New ed. Oxford and New York: Oxford University Press, 1989.

Del Giudice, Marco and Jay Belsky. "The Development of Life History Strategies: Toward a Multi-Stage Theory." In *The Evolution of Personality and Individual Differences,* edited by David M. Buss and Patricia H. Hawley, 154-76. Oxford: Oxford University Press, 2011.

Dennis, Carl. "How to Live in Hell: The Bleak Vision of Hawthorne's 'My Kinsman, Major Molineux.'" *University Review* 37 (1971): 250-58.

DeVoto, Bernard. "The Artist as American," in *Twentieth Century Interpretations of "Adventures of Huckleberry Finn"*, edited by Claude M. Simpson, 7-15. Englewood Cliffs, NJ: Prentice-Hall, 1968. Dissanayake, Ellen. *Art and Intimacy: How the Arts Began*. Seattle: University of Washington Press, 2000.

_____ . *Homo Aestheticus: Where Art Comes From and Why*. Seattle: University of Washington Press, 1992.

_____ .*What Is Art For?* Seattle: University of Washington Press, 1988.

Donaldson, Scott. "Hemingway's Morality of Compensation." In *Ernest Hemingway's "The Sun Also Rises": A Casebook,* edited by Linda Wagner-Martin, 81-98. Oxford: Oxford University Press, 2002.

Donovan, Josephine. *After the Fall: The Demeter-Persephone Myth in Wharton, Cather, and Glasgow.* University Park: Pennsylvania State University Press, 1989.

Downes, Paul. "Democratic Terror in 'My Kinsman, Major Molineux' and 'The Man of the Crowd.'" *Poe Studies* 37 (2004): 31-35.

Drake, William. "Walden." In *Thoreau: A Collection of Critical Essays,* edited by Sherman Paul, 71-91. Englewood Cliffs, NJ: Prentice Hall, 1962.

Dunant, M. "The Pyrophone." *Popular Science Monthly* Vol 7 (August 1875): 444-53. https: en.m.wikisource org/wiki/Popular_Science_Monthly/Volume 7_The Pyrophone.

Dutton, Denis. *The Art Instinct: Beauty, Pleasure and Human Evolution*. New York: Bloomsbury Press, 2009.

Dutton, Geoffrey. *Whitman*. New York: Grove, 1961.

Easterlin, Nancy. *A Biocultural Approach to Literary Theory and Interpretation*. Baltimore, MD: Johns Hopkins University Press, 2012.

____ . "From Reproductive Resource to Autonomous Individuality? Charlotte Bronte's *Jane Eyre*." In *Evolution's Empress: Darwinian Perspectives on the Nature of Women*, edited by Maryanne L. Fisher, Justin R. Garcia, and Rosemarie Sokol Chang, 390-405. Oxford: Oxford University Press, 2013.

Egan, Michael. *Mark Twain's Huckleberry Finn: Race, Class and Society.* London: Sussex University Press, 1977.

Eble, Kenneth. "*The Great Gatsby.*" *College Literature* 1, no. 1 (1974): 34-47.

Elliott, Ira. "Performance Art: Jake Barnes and 'Masculine' Signification in *The Sun Also Rises*." In *Ernest Hemingway's "The Sun Also Rises": A Casebook,* edited by Linda Wagner-Martin, 63-80. Oxford: Oxford University Press, 2002.

Ellis, Bruce J., and Donald Symons. "Sex Differences in Sexual Fantasy: An Evolutionary Psychological Approach", *Journal of Sex Research* 27 (1990): 527-56.

Emerson, Ralph Waldo. "The Poet." In *The Collected Works of Ralph Waldo Emerson*. Vol. 3. Essays: Second Series. Edited by Joseph Slater, Alfred R. Ferguson and Jean Ferguson Carr, 1-24. Cambridge, MA and London: Harvard University Press, 1983.

Epstein, Daniel Mark. *What Lips My Lips Have Kissed: The Loves and Love Poems of Edna St. Vincent Millay.* New York: Henry Holt, 2001.

Erkkila, Betsy. "Whitman and the Homosexual Republic," in *Walt Whitman: The Centennial Essays*, edited by Ed Folsom, 153-71. Iowa City: University of Iowa Press, 1994.

Falck, Colin. "Introduction: The Modern Lyricism of Edna Millay." In *Edna St. Vincent Millay: Selected Poems*, edited by Colin Falck, xv-xxx. New York: HarperCollins, 1991.

Fass, Barbara. "Rejection of Paternalism: Hawthorne's 'My Kinsman, Major Molineux' and Ellison's *Invisible Man." College Language Association Journal* 14 (1971): 317-23.

Fertel, R. J. "Spontaneity and the Quest for Maturity in *Huckleberry Finn." In Huck Finn: Major Literary Characters,* edited by Harold Bloom, 82-98. New York: Chelsea House, 1990.

Fetterley, Judith. "*The Great Gatsby:* Fitzgerald's droit de seigneur." In *The Resisting Reader: A Feminist Approach to American Fiction*, 72-100. Bloomington and London: Indiana University Press, 1978.

Fiedler, Leslie. "Hemingway's Men and (the Absence of) Women." In *Readings on Ernest Hemingway*, edited by Katie De Koster, 90-95. San Diego, CA: Greenhaven Press, 1997.

Fisher, Benjamin K. "Transitions from Victorian to Modern: The Supernatural Stories of Mary Wilkins Freeman and Edith Wharton." *American Supernatural Fiction from Edith Wharton to the "Weird Tales" Writers,* edited by Douglas Robillard, 3-42. New York: Garland, 1996.

Fitzgerald, F. Scott. *The Great Gatsby.* New York: Charles Scribner's Sons, 1925, edited and reprinted by Matthew J. Bruccoli. Cambridge and New York: Cambridge University Press, 1991.　野崎孝訳『グレート・ギャツビー』（新潮社）1989年

Fore, Dana. "Life Unworthy of Life? Masculinity, Disability, and Guilt in *The Sun Also Rises.*" In *Eight Decades of Hemingway Criticism,* edited by Linda Wagner-Martin, 37-54. East Lansing: Michigan State University Press, 2009.

Forter, Greg. "Melancholy Modernism: Gender and the Politics of Mourning in *The Sun Also Rises.*" In *Eight Decades of Hemingway Criticism,* edited by Linda Wagner-Martin, 55-73. East Lansing: Michigan State University Press, 2009.

Frank, Waldo. "*Winesburg, Ohio* After Twenty Years." In *The Achievement of Sherwood Anderson: Essays in Criticism,* edited by Ray Lewis White, 116-21. Chapel Hill: University of North Carolina Press, 1966. First published in Story 19 (1941): 29-33.

Franklin, Benjamin. "The Autobiography." In *Benjamin Franklin's Autobiography: An Authoritative Text, Backgrounds, Criticism,* edited by J. A. Leo Lemay and P. M. Zall, 1-146. New York and London: Norton, 1986.　松本慎一・西川正身訳『フランクリン自伝』(岩波書店) 1957年

_____ . "Information to Those Who Would Remove to America." In *The Norton Anthology of American Literature*. Vol A: Beginnings to 1820. 7th ed., edited by Nina Baym, Wayne Franklin, Philip F. Gura, and Arnold Krupat, 463-468. New York and London: Norton, 2007.

Frederick, David A., Tania A. Reynolds, and Maryanne L. Fisher. "The Importance of Female Choice: Evolutionary Perspectives on Female Mating Strategies." In *Evolution's Empress: Darwinian Perspectives on the Nature of Women*, edited by Maryanne L. Fisher, Justin R. Garcia, and Rosemarie Sokol Chang, 304-29. Oxford: Oxford University Press, 2013.

Fryer, Judith. *Felicitous Space: The Imaginative Structures of Edith Wharton and Willa Cather.* Chapel Hill: University of North Carolina Press, 1986.

Fussell, Edwin. "*Winesburg, Ohio*: Art and Isolation." In *The Achievement of Sherwood Anderso*n, edited by Ray Lewis White, 104-13. Chapel Hill: University of North Carolina Press, 1966. First published in Modern Fiction Studies 6 (1960): 106-14.

Fussell, Edwin S. "Fitzgerald's Brave New World." *English Literary History* 19, no. 4 (1952): 291-306.

Fussell, Paul. *The Great War and Modern Memory.* New York: Oxford University Press, 1975. Gangestad, Steven W. "Evidence for Adaptations for Female Extra-Pair Mating in Humans: Thoughts on Current Status and Future Directions." in *Female Infidelity and Paternal Uncertainty: Evolutionary Perspectives on Male Anti-Cuckoldry Tactics*, edited by Steven M. Platek and Todd K. Shackelford, 37-57. Cambridge and New York: Cambridge University Press, 2006.

Gassman, Janet. "Edna St. Vincent Millay: 'Nobody's Own.'" *Colby Library Quarterly* 9, no. 6 (June 1971): 297-310.

Gates, Henry Louis, Jr. and Sieglinde Lenke. "Zora Neale Hurston: Establishing the Canon." In *Zora Neale Hurston: The Complete Stories*, ix-xxiii. New York: Harper Perennial, 2008.

Geary, David. C. Male, *Female: The Evolution of Sex Differences*. Washington, DC: American Psychological Association, 1998.

Gentile, Kathy Justice. "Supernatural Transmissions: Turn-of-the-Century Ghosts in American Women's Fiction: Jewett, Freeman, Wharton, and Gilman." *Approaches to Teaching Gothic Fiction*, edited by Diana Long Hoeveler and Tamar Heller, 208-14. New York: Modern Language Association, 2003.

German, Norman. "Counterfeiting and a Two-Bit Error in Zora Neale Hurston's 'The Gilded Six-Bits.'" *Xavier Review* 19, no. 2 (1999): 5-15.

Gilmore, Michael T. "*Walden* and the 'Curse of Trade.'" In *Critical Essays on Henry David Thoreau's Walden*, edited by Joel Myerson, 177-92. Boston: G.K. Hall, 1988.

Gollin, Rita K. *Nathaniel Hawthorne and the Truth of Dreams*. Baton Rouge and London: Louisiana State University Press, 1979.

Goodman, Susan. *Edith Wharton's Women: Friends and Rivals*. Hanover, NH: University of New England Press, 1990.

Grayson, Robert C. "The New England Sources of 'My Kinsman, Major Molineux.'" *American Literature: A Journal of Literary History, Criticism, and Bibliography* 54, no. 4 (1982): 545-59.

Griffith, John. "Franklin's Sanity and the Man Behind the Masks." In *The Oldest Revolutionary*, edited by J. A. Leo Lemay, 123-38. Philadelphia: University of Pennsylvania Press, 1976.

Gross, Barry Edward. Critical Extracts. In *Gatsby: Major Literary Characters*, edited by Harold Bloom, 23-25. New York: Chelsea House, 1991.

Gross, Seymour L. "Hawthorne's 'My Kinsman, Major Molineux': History as Moral Adventure." *Nineteenth-Century Fiction* 12, no. 2 (1957): 97-109.

Gunn, Giles F. "F. Scott Fitzgerald's Gatsby and the Imagination of Wonder." In *Critical Essays on F. Scott Fitzgerald's "The Great Gatsby*," edited by Scott Donaldson, 228-42. Boston: G. K. Hall, 1984.

Harding, Walter. *The Days of Henry Thoreau*. Rev. ed. Princeton, NJ: Princeton University Press, 1982.

Harris, Susan K. "Huck Finn." In *Huck Finn: Major Literary Characters*, edited by Harold Bloom, 73-81. New York: Chelsea

House, 1990.

Hart, Jeffrey. "Anything Can Happen: Magical Transformation in *The Great Gatsby,*" *South Carolina Review* 25, no. 2 (1993): 37-50.

Harvey, W. J. "Theme and Texture in *The Great Gatsby.*" *In Critical Essays on F. Scott Fitzgerald's "The Great Gatsby,"* edited by Scott Donaldson, 75-84. Boston: G. K. Hall, 1984.

Hawthorne, Nathaniel. "My Kinsman, Major Molineux." In *The Snow-Image and Uncollected Tales.* The Centenary Edition of the Works of Nathaniel Hawthorne. Vol. 11. Edited by William Charvat, Roy Harvey Pearce, Claude M. Simpson, and J. Donald Crowley, 208-31. Columbus: Ohio State University Press, 1974.　坂下昇訳『ホーソーン短編小説集』（岩波書店）1993 年

____ . *The Scarlet Letter*. The Centenary Edition of the Works of Nathaniel Hawthorne. Vol. 1. Edited by William Charvat, Roy Harvey Pearce, Claude M. Simpson, Fredson Bowers, and Matthew J. Bruccoli. Columbus: Ohio State University Press, 1962.

Hays, Peter L. "Oxymoron in *The Great Gatsby.*" *Papers on Language and Literature* 47, no. 3 (2011): 318-25.

Heerwagen, Judith H. and Gordon H. Orians. "Humans, Habitats, and Aesthetics." In *The Biophilia Hypothesis,* edited by Stephen R. Kellert and Edward O. Wilson, 138-72. Washington, DC: Island Press, 1993.

Helms, Alan. "Whitman's 'Live Oak with Moss.'" In *The Continuing Presence of Walt Whitman: The Life after the Life,* edited by Robert K. Martin, 185-205. Iowa City: University of Iowa Press, 1992.

Hemenway, Robert E. *Zora Neale Hurston: A Literary Biography.* Urbana: University of Illinois Press, 1980.

Hemingway, Ernest. "A Clean, Well-Lighted Place." New York: Scribner's, 1933. Reprinted in *The Short Stories,* 379-83. New York: Charles Scribner's Sons, 1966. Citations refer to the 1966 edition.　高見浩訳『ヘミングウェイ全短編（2）』（新潮社）1996 年

____ . *Selected Letters 1917-1961*, edited by Carlos Baker. New York: Charles Scribner's Sons, 1981.

____ . *The Sun Also Rises.* New York: Charles Scribner's Sons, 1926. Reprint New York: Macmillan, 1988. Citations refer to the 1988 edition.　高見浩訳『日はまた昇る』（新潮社）2003 年

Hinkle, James. "What's Funny in The Sun Also Rises?" In "*The Sun Also Rises": A Casebook,* edited by Linda Wagner-Martin, 107-23. Oxford: Oxford University Press, 2002.

Hoag, Ronald Wesley. "Thoreau's Later Natural History Writings." In *The Cambridge Companion to Henry David Thoreau,* edited by Joel Myerson, 152-70. Cambridge and New York: Cambridge University Press, 1995.

Hoeller, Hildegard. "Racial Currency: Zora Neale Hurston's 'The Gilded Six-Bits' and the Gold- Standard Debate." *American Literature* 77, no. 4 (2005): 761-85.

Hoff, Ann K. "'How Love May Be Acquired': Prescriptive Autobiography in *Millay's Fatal Interview.*" CEA Critic 68, no. 3 (2006): 1-15.

Hoffman, Steven K. "*Nada and the Clean*, Well-Lighted Place: The Unity of Hemingway's Short Fiction." In *Modern Critical Views: Ernest Hemingway,* edited by Harold Bloom, 173-192. New York: Chelsea House, 1985.

Howard, Lillie P. "Marriage: Zora Neale Hurston's System of Values." *College Language Association Journal* 21 (1977): 256-68.

Howe, Irving. "The Book of the Grotesque." In *"Winesburg, Ohio": Text and Criticism*, edited by John H. Ferres, 405-20. New York: Viking Press, 1966.

____ . "Introduction: The Achievement of Edith Wharton." In *Edith Wharton: A Collection of Critical Essays*, edited by Irving Howe, 1-18. Englewood Cliffs, NJ: Prentice-Hall, 1962.

Hrdy, Sarah Blaffer. *Mother Nature: A History of Mothers, Infants, and Natural Selection*. New York: Pantheon Books, 1999.

____ . *The Woman That Never Evolved*. Cambridge, MA and London: Harvard University Press, 1981.

Hubbard, Stacy Carson. "Love's 'Little Day': Time and the Sexual Body in *Millay's Sonnets." In Millay at 100: A Critical Reappraisal*, edited by Diane P. Freedman, 100-16. Carbondale and Edwardsville: Southern Illinois University Press, 1995.

Hungerford, Edward. "Walt Whitman and his Chart of Bumps." *American Literature* 2, no. 4 (1931): 350-84.

Hurston, Zora Neale. *Dust Tracks on a Road*. Philadelphia: Lippincott, 1942. Reprint, New York: Arno Press, 1969.

____ ."The Gilded Six-Bits." 1933. *Zora Neale Hurston: The Complete Stories*, with an introduction by Henry Louis Gates, Jr. and Sieglinde Lenke, 86-98. New York: Harper Perennial, 2008.　松本昇、西垣内磨留美訳『マグノリアの花：珠玉短編集』（彩流社）2016年

Hyman, Stanley Edgar. "Henry Thoreau in Our Time." In *Thoreau: A Collection of Critical Essays,* edited by Sherman Paul, 23-36. Englewood Cliffs, NJ: Prentice-Hall, 1962.

Jackson, Louise. "Witches, Wives and Mothers." *The Witchcraft Reader*. 2nd ed. Edited by Darren Oldridge, 311-23. London and New York, Routledge, 2008.

Jennings, Francis. *Benjamin Franklin: Politician*. New York and London: Norton, 1996.

Johnson, Christiane. "*The Great Gatsby:* The Final Vision." In *Critical Essays on F. Scott Fitzgerald's "The Great Gatsby,"* edited by Scott Donaldson, 112-17. Boston: G. K. Hall, 1984.

Jones, Evora W. "The Pastoral and Picaresque in Zora Neale Hurston's 'The Gilded Six-Bits.'" *College Language Association Journal* 35, no. 3 (1992): 316-24.

Jones, Gayl. "Breaking out of the Conventions of Dialect: Dunbar and Hurston." *Présence Africaine: Revue Culturelle du Monde Noir* [Cultural Review of the Negro World] 144 (1987): 32-46.

Kastner, G. E. "Improvement in Pyrophones." Patents: US 164458A: 15 June 1875. IFI Claims Patent Services. https://www.google/patents/US/64458.

Katcher, Aaron and Gregory Wilkins. "Dialogue with Animals: Its Nature and Culture." In *The Biophilia Hypothesis,* edited by Stephen R. Kellert and Edward O. Wilson, 173-97. Washington, DC: Island Press, 1993.

Kaufman, Scott Barry, Aaron Kozbelt, Melanie L. Bromley, and Geoffrey F. Miller. "The Role of Creativity and Humor in Human Mate Selection." In *Mating Intelligence: Sex, Relationships, and the Mind's Reproductive System*, edited by Glenn Geher and Geoffrey F. Miller, 227-62. New York: Taylor and Francis, 2007.

Kazin, Alfred. "The New Realism: Sherwood Anderson." In *"Winesburg, Ohio": Text and Criticism,* edited by John H. Ferres, 321-30. New York: Viking Press, 1966. Excerpted from "The New Realism: Sherwood Anderson and Sinclair Lewis." First published in *On Native Grounds: An Interpretation of Modern American Prose Literature,* edited by Alfred Kazin, 162-73. New York: Reynal and Hitchcock, 1942.

Kellert, Stephen R. "The Biological Basis for Human Values of Nature." In *The Biophilia Hypothesis,* edited by Stephen R. Kellert and Edward O. Wilson, 42-69. Washington, DC: Island Press, 1993.

Kenner, Hugh. "The Promised Land." In *Gatsby: Major Literary Characters,* edited by Harold Bloom, 74-80. New York: Chelsea House, 1991.

Kenrick, Douglas T., Melanie R. Trost and Virgil L. Sheets. "Power, Harassment, and Trophy Mates: The Feminist Advantages of an Evolutionary Perspective." In *Sex, Power, Conflict: Evolutionary and Feminist Perspectives*, edited by David M. Buss and Neil M. Malamuth, 29-53. New York and Oxford: Oxford University Press, 1996.

Keyser, Catherine. *Playing Smart: New York Women Writers and Modern Magazine Culture.* New Brunswick, NJ: Rutgers University Press, 2011.

Kilcup, Karen L. *Robert Frost and Feminine Literary Tradition.* Ann Arbor: University of Michigan Press, 2001.

Killingsworth, M. Jimmie. "Whitman and the Gay American Ethos." In *A Historical Guide to Walt Whitman*, edited by David S. Reynolds, 121-151, Oxford and New York: Oxford University Press, 2000.

____ . "Whitman's Physical Eloquence." In *Walt Whitman: The Centennial Essays*, edited by Ed Folsom, 68-78. Iowa City: University of Iowa Press, 1994.

Kruger, Daniel J., Maryanne Fisher, and Ian Jobling. "Proper Hero Dads and Dark Hero Cads: Alternate Mating Strategies Exemplified in British Romantic Literature." In *The Literary Animal: Evolution and the Nature of Narrative*, edited by Jonathan Gottschall and David Sloan Wilson, 199-243. Evanston, IL: Northwestern University Press, 2005.

Krutch, Joseph Wood. *Henry David Thoreau.* New York: William Sloane Associates, 1948. Kurland, Jeffrey A., and Steven J. C.

Gaulin. "Cooperation and Conflict Among Kin." In *The Handbook of Evolutionary Psychology,* edited by David M. Buss, 447-82. Hoboken, NJ: John Wiley and Sons, 2005.

Lane, Lauriat, Jr. "On the Organic Structure of Walden." In *Critical Essays on Henry David Thoreau's "Walden,"* edited by Joel Myerson, 68-77. Boston: G.K. Hall, 1988.

Leibowitz, Herbert. "'*That Insinuating Man': The Autobiography of Benjamin Franklin.*" In *Fabricating Lives: Explanations in American Autobiography*, edited by Herbert Leibowitz, 29-70. New York: Alfred A. Knopf, 1989.

Lemay, J. A. Leo. "Franklin's Autobiography and the American Dream." In *Benjamin Franklin's Autobiography: An Authoritative Text, Backgrounds, Criticism*, edited by J. A. Leo Lemay and P. M. Zall, 349-60. New York and London: Norton, 1986. Excerpted from *The Renaissance Man in the Eighteenth Century.* Los Angeles: William Andrews Clark Memorial Library, 1978.

Lenz, William E. "Confidence and Convention in *Huckleberry Finn." In One Hundred Years of "Huckleberry Finn": The Boy, His Book, and American Culture,* edited by Robert Sattelmeyer and J. Donald Crowley, 186-200. Columbia: University of Missouri Press, 1985.

Lesser, Simon O. "The Image of the Father: A Reading of 'My Kinsman, Major Molineux' and 'I Want to Know Why.'" *Partisan Review* 22 (1955): 372-90.

Levin, David. "The Autobiography of Benjamin Franklin: The Puritan Experimenter in Life and Art." *Yale Review* 53, no. 2 (1964): 258-75.

Lewis, R.W.B. *Edith Wharton: A Biography.* New York: Harper Row, 1975.

Lewis, Roger. "Money, Love, and Aspiration in *The Great Gatsby.*" In *New Essays on "The Great Gatsby,"* edited by Matthew J. Bruccoli 41-57. Cambridge: Cambridge University Press, 1985.

Lhamon, Jr., W. T. "The Essential Houses of The Great Gatsby." In *Critical Essays on F. Scott Fitzgerald's "The Great Gatsby,"* edited by Scott Donaldson, 166-75. Boston: G. K. Hall, 1984.

Lovecraft, H. P. *Supernatural Horror in Literature*. New York: Dover, 1973. Originally published in The Recluse 1 (1927).

Lovelock, *James. Gaia: A New Look at Life on Earth*. Rpt. with new Preface, New York: Oxford University Press, 1987.

Lowe, John. *Jump at the Sun: Zora Neale Hurston's Classic Comedy*. Excerpted in *"Sweat": Zora Neale Hurston*, edited by Cheryl A. Wall, 183-92. New Brunswick, NJ: Rutgers University Press, 1997.

Lynn, Kenneth S. "Critical Extracts." In *Huck Finn: Major Literary Characters*, edited by Harold Bloom, 22-27. New York: Chelsea House, 1990.

Marchand, Mary V. "Cross Talk: Edith Wharton and the New England Women Regionalists." *Women's Studies* 30 (2001): 369-95.

Martin, Robert K. *The Homosexual Tradition in American Poetry*. Austin and London: University of Texas Press, 1979.

Martin, Terence. *Nathaniel Hawthorne*. United States Authors Series. Edited by Lewis Leary, Rev. ed. Boston: Twayne, 1983.

Martin, Wendy. "Brett Ashley as New Woman in *The Sun Also Rises*." In *Ernest Hemingway's "The Sun Also Rises": A Casebook*, edited by Linda Wagner-Martin, 47-62. Oxford: Oxford University Press, 2002.

Marx, Leo. "Mr. Eliot, Mr. Trilling, and Huckleberry Finn." In *Twentieth Century Interpretations of "Adventures of Huckleberry Finn"* edited by Claude M. Simpson, 26-40. Englewood Cliffs, N.J., 1968.

_____ . The Machine in the Garden: Technology and the Pastoral Ideal in America. London and Oxford: Oxford University Press, 1964.

Marzec, Marcia Smith. "'My Kinsman, Major Molineux's Theo-Political Allegory." *American Transcendental Quarterly* 1, no. 4 (1987): 273-89.

Maugham, W. Somerset. *Books and You*. New York: Doubleday, Doran, and Company, 1940.

McGowan, Philip. "The American Carnival of *The Great Gatsby*." *Connotations* 13, no. 1-2 (2003 / 2004): 143-58.

McGregor, Robert Kuhn. *A Wider View of the Universe: Henry Thoreau's Study of Nature*. Urbana and Chicago: University of Illinois Press, 1997.

McLain, D. Kelly, Deanna Setters, Michael P. Moulton, and Ann E. Pratt. "Ascription of Resemblance of Newborns by Parents and Nonrelatives." *Evolution and Human Behavior* 21 (2000): 11-23.

McMurry, Andrew. *Environmental Renaissance: Emerson*, Thoreau, and the Systems of Nature. Athens and London: University of Georgia Press, 2003.

McVay, Scott. Prelude: "*A Siamese Connexion with a Plurality of Other Mortals.*" In *The Biophilia Hypothesis,* edited by Stephen R. Kellert and Edward O. Wilson, 3-19. Washington, DC: Island Press, 1993.

Michelson, Bruce. "Huck and the Games of the World." In *Huck Finn among the Critics: A Centennial Selection*, edited by M. Thomas Inge, 211-29. Frederick, MD: University Publications of America, 1985.

Millay, Edna St. Vincent. *Collected Poems,* edited by Norma Millay. New York: Harper and Row, 1956.

Miller, Edwin Haviland. *Walt Whitman's "Song of Myself": A Mosaic of Interpretations*. Iowa City: University of Iowa Press, 1989.

____ . *Walt Whitman's Poetry: A Psychological Journey.* Boston: Houghton Mifflin, 1968.

Miller, Geoffrey. *The Mating Mind: How Sexual Choice Shaped the Evolution of Human Nature.* New York: Random, 2001.

Miller, James E., Jr. *A Critical Guide to "Leaves of Grass."* Chicago and London: University of Chicago Press, 1957.

____ . "Fitzgerald's Gatsby: The World as Ash Heap." In *Critical Essays on F. Scott Fitzgerald's "The Great Gatsby,"* edited by Scott Donaldson, 242-58. Boston: G. K. Hall, 1984.

Miller, John N. "The Pageantry of Revolt in 'My Kinsman, Major Molineux.'" *Studies in American Fiction* 17, no. 1 (1989): 51-64.

Milnes, Allan. "Valley Fiesta in Brisbane, Australia." *Demotix: The Network for Freelance Photojournalists.* September 10, 2010.

Moddelmog, Debra A. "Contradictory Bodies in The Sun Also Rises." In *Ernest Hemingway's "The Sun Also Rises": A Casebook*, edited by Linda Wagner-Martin, 155-165. Oxford: Oxford University Press, 2002.

Montagu, Jeremy. *The World of Baroque and Classical Musical Instruments.* Woodstock, NY: Overlook Press, 1979.

Nagel, James. "Brett and the Other Women in *The Sun Also Rises." In The Cambridge Companion to Ernest Hemingway,* edited by Scott Donaldson, 87-108. Cambridge: Cambridge University Press, 1996.

Nevius, Blake. "On *Ethan Frome*." In *Edith Wharton: A Collection of Critical Essays,* edited by Irving Howe, 130-36. Englewood Cliffs, NJ: Prentice-Hall, 1962.

Oelschlager, Max. *The Idea of Wilderness.* New Haven: Yale University Press, 1982.

Ornstein, Robert. "Scott Fitzgerald's Fable of East and West." In *Twentieth-Century Interpretations of "The Great Gatsby,"* edited by Ernest Lockridge, 54-60. Englewood Cliffs, NJ: Prentice- Hall, 1968.

Orr, David W. "Love It or Lose It: The Coming Biophilia Revolution." In *The Biophilia Hypothesis,* edited by Stephen R. Kellert and Edward O. Wilson, 415-40. Washington, DC: Island Press, 1993.

Parker, Hershel. "The Real 'Live Oak, with Moss': Straight Talk about Whitman's 'Gay Manifesto.'" *Nineteenth-Century Literature* 51, no. 2 (1996): 145-60.

Paul, Sherman. "A Fable of the Renewal of Life." In *Thoreau: A Collection of Critical Essays,* edited by Sherman Paul, 100-16. Englewood Cliffs, NJ: Prentice-Hall, 1962.

Pearce, Roy Harvey. *The Continuity of American Poetry.* Princeton, NJ: Princeton University Press, 1961.

____ . "Hawthorne and the Sense of the Past or, the Immortality of Major Molineux." *English Literary History* 21, no. 4 (1954): 327-49.

Peck, H. Daniel. *Thoreau's Morning Work: Meaning and Perception in "A Week on the Concord and Merrimack Rivers," the Journal, and "Walden."* New Haven and London: Yale University Press, 1990.

Perlmutter, Elizabeth P. "A Doll's Heart: The Girl in the Poetry of Edna St. Vincent Millay and Louise Bogan." *Twentieth Century Literature* 23, no. 2 (May 1977): 157-79.

Peppe, Holly. "Rewriting the Myth of the Woman in Love: Millay's *Fatal Interview*." In *Millay at 100: A Critical Reappraisal,* edited by Diane P. Freedman, 52-65. Carbondale and Edwardsville: Southern Illinois University Press, 1995.

Peters, Pearlie Mae Fisher. "Missie May in '*The Gilded Six-Bits.*'" *In The Assertive Woman in Zora Neale Hurston's Fiction, Folklore, and Drama,* 89-95. New York: Garland Publishing, 1998.

Pinker, Steven. *The Blank Slate: The Modern Denial of Human Natur*e. New York: Penguin, 2002.

____ . *How the Mind Works*. New York: Norton, 2009.

Pitofsky, Alex. "Pap Finn's Overture: Fatherhood, Identity, and Southwestern Culture in *Adventures of Huckleberry Finn." Mark Twain Annual* 4, no. 1 (2006): 55-70.

Poirier, Richard. "Huck Finn and the Metaphors of Society." In Twentieth Century Interpretations of "Adventures of Huckleberry Finn," edited by Claude M. Simpson, 95-101. Englewood Cliffs, NJ: Prentice-Hall, 1968.

Posnock, Ross. "'A New World, Material Without Being Real': Fitzgerald's Critique of Capitalism in "*The Great Gatsby*." "In *Critical Essays on F. Scott Fitzgerald's "The Great Gatsby*," edited by Scott Donaldson, 201-13. Boston: G. K. Hall, 1984.

Powys, Llewelyn, "Thoreau: A Disparagement." In *Critical Essays on Henry David Thoreau's "Walden,"* edited by Joel Myerson, 53-56. Boston: G.K. Hall, 1988.

Pratto, Felicia. "Sexual Politics: The Gender Gap in the Bedroom, the Cupboard, and the Cabinet." In *Sex, Power, Conflict: Evolutionary and Feminist Perspectives,* edited by David M. Buss and Neil M. Malamuth, 179-230. New York and Oxford: Oxford University Press, 1996. Puckett, James A. "'Sex Explains It All': Male Performance, Evolution, and Sexual Selection in Ernest Hemingway's *The Sun Also Rises." Studies in American Naturalism* 8, no. 2 (2013): 125-49.

Pughe, Thomas. "Brute Neighbors: The Modernity of a Metaphor." In *Thoreauvian Modernities: Transatlantic Conversations on an American Icon*, edited by François Specq, Laura Dassow Walls, and Michel Granger, 249-64. Athens and London: University of Georgia Press, 2013. Reesman, Jeanne Campbell. "Bad Fathering in *Adventures of Huckleberry Finn.*" In *The Turn Around Religion in America: Literature, Culture, and the Work of Saven Bercovitch,* edited by Nan Goodman and Michael P. Kramer, 157-81. Surrey, England: Ashgate Publishing, 2011.

Reynolds, David S. *Walt Whitman's America: A Cultural Biography.* New York: Alfred A. Knopf, 1995.

Reynolds, Michael S. *"The Sun also Rises": A Novel of the Twenties*. Boston: Twayne, 1988.

Robinson, David M. "Thoreau, Modernity, and Nature's Seasons." In *Thoreauvian Modernities: Transatlantic Conversations on an American Icon,* edited by François Specq, Laura Dassow Walls, and Michel Granger, 69-81. Athens and London: University of Georgia Press, 2013.

Rodewald, Fred A. and Neal B. Houston. "'My Kinsman, Major Molineux': A Re-Evaluation." *Real: A Journal of the Liberal Arts* 21, no. 1 (1996): 40-44.

Rolston, Holmes, III,. "Biophilia, Selfish Genes, Shared Values." In *The Biophilia Hypothesis*, edited by Stephen R. Kellert and Edward O. Wilson, 381-414. Washington, DC: Island Press, 1993.

Rossi, William. "Thoreau's Transcendental Ecocentrism." In *Thoreau's Sense of Place: Essays in American Environmental Writing,* edited by Richard J. Schneider, 28-43. Iowa City: University of Iowa Press, 2000.

Rowe, Joyce A. "Delusions of American Idealism." In *Readings on "The Great Gatsby,"* edited by Katie De Koster, 87-95. San Diego, CA: Greenhaven Press, 1998.

Russell, John. "Allegory and 'My Kinsman, Major Molineux.'" *New England Quarterly* 40, no. 3 (1967): 432-40.

Sagan, Dorion and Lynn Margulis. "God, Gaia, and Biophilia." In *The Biophilia Hypothesis*, edited by Stephen R. Kellert and Edward O. Wilson, 345-364. Washington, DC: Island Press, 1993.

San Juan, Epifanio, Jr. "Vision and Reality: A Reconsideration of Sherwood Anderson's *Winesburg, Ohio*." In "*Winesburg, Ohio*": Text and Criticism, edited by John H. Ferres 468-81. New York: Viking Press, 1966. First published in *American Literature* 35 (1963): 137-55.

Sanderson, Rena. "Hemingway and Gender History." In *The Cambridge Companion to Ernest Hemingway,* edited by Scott Donaldson, 170-96. Cambridge: Cambridge University Press, 1996.

Sattelmeyer, Robert. "'Interesting, but Tough': *Huckleberry Finn* and the Problem of Tradition." In *One Hundred Years of "Huckleberry Finn": The Boy, His Book, and American Culture*, edited by Robert Sattelmeyer and J. Donald Crowley, 354-70.

Columbia: University of Missouri Press, 1985.

_____ . *Thoreau's Reading: A Study in Intellectual History.* Princeton, NJ: Princeton University Press, 1988.

Sayre, Robert F. *The Examined Self: Benjamin Franklin, Henry Adams, Henry James.* Madison: University of Wisconsin Press, 1988.

_____ . "The Worldly Franklin and the Provincial Critics." *Texas Studies in Literature and Language* 4 (1963): 512-24.

Schmidgall, Gary. *Walt Whitman: A Gay Life.* New York: Dutton, 1997.

Schmigalle, Günther. "'How People Go to Hell': Pessimism, Tragedy, and Affinity to Schopenhauer in *The Sun Also Rises.*" *The Hemingway Review* 25, no. 1 (2005): 7-21.

Schmitt, David P. "Fundamentals of Human Mating Strategies." In The Handbook of Evolutionary Psychology, edited by David M. Buss, 258-91. Hoboken, NJ: John Wiley and Sons, 2005.

Schulz, Dieter. "Sherwood Anderson: 'The Untold Lie.'" In *Amerikanische Short Stories des 20. Jahrhunderts*, edited by Michael Hanke, 18-26. Stuttgart: Reclam, 1998.

Schyberg, Frederik. *Walt Whitman*. Trans. Evie Alison Allen. New York: Columbia University Press, 1951.

Scigaj, Leonard M. and Nancy Craig Simmons. "Ecofeminist Cosmology in Thoreau's Walden." *Interdisciplinary Studies in Literature and Environment* 1, no. 1 (1993): 121-29.

Scott, Robert Ian. "Entropy vs. Ecology in *The Great Gatsby.*" In *Gatsby: Major Literary Characters,* edited by Harold Bloom, 81-92. New York: Chelsea House, 1991.

Seavey, Ormond. *Becoming Benjamin Franklin: The Autobiography and the Life*. University Park and London: Pennsylvania State University Press, 1988.

Seshachari, Neila. "*The Great Gatsby*: Apogee of Fitzgerald's Mythopoeia." In *Gatsby: Major Literary Characters*, edited by Harold Bloom, 93-102. New York: Chelsea House, 1991.

Shakespeare, William. *Love's Labor's Lost. In Shakespeare: The Complete Works*, edited by G. B. Harrison, 394-429. New York:

Harcourt, Brace, World, 1948.　小田島雄志訳『恋の骨折り損』（白水社）1983年

Shaw, Peter. "Fathers, Sons, and the Ambiguities of Revolution in 'My Kinsman, Major Molineux.'" *New England Quarterly* 49, no. 4 (1976): 559-76.

Shaw, Samuel. "Hemingway, Nihilism, and the American Dream." In *Readings on Ernest Hemingway*, edited by Katie De Koster, 71-77. San Diego, CA: Greenhaven Press, 1997.

Shields, John C. "Hawthorne's 'Kinsman' and Vergil's Aeneid." *Classical and Modern Literature: A Quarterly* 19, no. 1 (1998): 35-51.

Shulman, Robert. "Fathers, Brothers, and 'the Diseased': The Family, Individualism, and American Society in *Huck Finn.*" In *One Hundred Years of "Huckleberry Finn": The Boy, His Book, and American Culture,* edited by Robert Sattelmeyer and J. Donald Crowley, 325-40. Columbia: University of Missouri Press, 1985.

Shurr, William H. "Whitman's Omnisexual Sensibility." *Soundings: An Interdisciplinary Journal* 74, no. 1-2 (1991): 101-28.

Simpson, Louis. "Strategies of Sex in Whitman's Poetry." In *Walt Whitman of Mickle Street: A Centennial Collection of Essays*, edited by Geoffrey M. Sill, 28-37. Knoxville: University of Tennessee, 1994.

Singley, Carol J. "Calvinist Tortures in Edith Wharton's *Ethan Frome." The Calvinist Roots of the Modern Era,* edited by Aliki Barnstone, Michael Tomasek Manson, and Carol J. Singley, 162-80. Hanover, NH: University Press of New England, 1997.

Singley, Carol J. and Susan Elizabeth Sweeney. "Forbidden Reading and Ghostly Power in Wharton's 'Pomegranate Seed.'" *Women's Studies* 20 (1991): 177-203.

Smith, David L. "Huck, Jim, and American Racial Discourse." In *Huck Finn among the Critics: A Centennial Selection,* edited by M. Thomas Inge, 247-65. Frederick, MD: University Publications of America, 1985.

Smith, Henry Nash. "A Sound Heart and a Deformed Conscience." In *Twentieth Century Interpretations of "Adventures of Huckleberry Finn,"* edited by Claude M. Simpson 71-81. Englewood Cliffs, NJ: Prentice-Hall, 1968.

Smith, Ernest J. "'How the Speaking Pen Has Been Impeded': The Rhetoric of Love and Selfhood in Millay and Rich." In

Millay at 100: A Critical Reappraisal, edited by Diane P. Freedman, 43-51. Carbondale and Edwardsville: Southern Illinois University Press, 1995.

Smuts, Barbara. "Male Aggression Against Women: An Evolutionary Perspective." In *Sex, Power, Conflict: Evolutionary and Feminist Perspectives*, edited by David M. Buss and Neil M. Malamuth, 231-68. New York and Oxford: Oxford University Press, 1996.

Soulé, Michael E. "Biophilia: Unanswered Questions." In *The Biophilia Hypothesis,* edited by Stephen R. Kellert and Edward O. Wilson, 441-55. Washington, DC: Island Press, 1993.

Specq, François and Laura Dassow Walls. "Introduction: The Manifold Modernity of Henry D. Thoreau." In *Thoreauvian Modernities: Transatlantic Conversations on an American Icon*, edited by François Specq, Laura Dassow Walls, and Michel Granger, 1-17. Athens and London: University of Georgia Press, 2013.

Spilka, Mark. "The Death of Love in *The Sun Also Rises." In Ernest Hemingway's "The Sun Also Rises": A Casebook,* edited by Linda Wagner-Martin, 33-45. Oxford: Oxford University Press, 2002.

Stallman, R. W. "Gatsby and the Hole in Time." In *Gatsby: Major Literary Characters*, edited by Harold Bloom, 55-63. New York: Chelsea House, 1991.

Stapleton, Lawrence. "Introduction." In *Thoreau: A Collection of Critical Essays,* edited by Sherman Paul, 161-179. Englewood Cliffs, NJ: Prentice-Hall, 1962.

Stevens, Wallace. "The Poems of Our Climate." In *The Palm at the End of the Mind: Selected Poems and a Play,* edited by Holly Stevens, 158. New York: Vintage Books, 1972.

Stoller, Leo. *After "Walden": Thoreau's Changing Views on Economic Man.* Stanford, CA: Stanford University Press, 1957.

Storey, Robert. *Mimesis and the Human Animal: On the Biogenetic Foundations of Literary Representation.* Evanston, IL: Northwestern University Press, 1996.

Stouck, David. *"The Great Gatsby as Pastoral." In Gatsby: Major Literary Characters*, edited by Harold Bloom, 64-73. New York:

Chelsea House, 1991.

Sugiyama, Michelle Scalise. "Reverse-Engineering Narrative: Evidence of Special Design." In *The Literary Animal: Evolution and the Nature of Narrative*, edited by Jonathan Gottschall and David Sloan Wilson, 177-96. Evanston, IL: Northwestern University Press, 2005.

Symons, Donald. *The Evolution of Human Sexuality*. Oxford: Oxford University Press, 1979.

Thoreau, Henry David. *The Writings of Henry D. Thoreau: Walden*. 1854. Edited by J. Lyndon Shanley. Princeton, NJ: Princeton University Press, 1971.　飯田実訳『森の生活上』『森の生活下』（岩波書店）1995年

Thorpe, Dwayne. "'My Kinsman, Major Molineux': The Identity of the Kinsman." *Topic* 18 (1969): 53-63.

Tooby, John and Leda Cosmides. "Conceptual Foundations of Evolutionary Psychology." In *The Handbook of Evolutionary Psychology,* edited by David M. Buss, 5-67. Hoboken, NJ: John Wiley and Sons, 2005.

____ . "Does Beauty Build Adapted Minds? Toward an Evolutionary Theory of Aesthetics, Fiction, and the Arts." In *Evolution, Literature, and Film: A Reader*, edited by Brian Boyd, Joseph Carroll, and Jonathan Gottschall, 174-183. New York: Columbia University Press, 2010.

Trachtenberg, Alan. "The Form of Freedom in *Huckleberry Finn*." In *Huck Finn: Major Literary Characters*, edited by Harold Bloom, 48-60. New York: Chelsea House, 1990.

Travis, Jennifer. "Pain and Recompense: The Trouble with *Ethan Frome*." *Arizona Quarterly* 53, no. 3 (1997): 37-64.

Trilling, Lionel. "The Morality of Inertia." In *Edith Wharton: A Collection of Critical Essays*, edited by Irving Howe, 137-46. Englewood Cliffs, NJ: Prentice-Hall, 1962.

Trivers, Robert. *Natural Selection and Social Theory: Selected Papers of Robert Trivers.* Oxford: Oxford University Press, 2002.

____ . "Parental Investment and Reproductive Success." In *Natural Selection and Social Theory: Selected Papers of Robert Trivers,* 56-110. Oxford: Oxford University Press, 2002.

____ . "Self-Deception in Service of Deceit." In *Natural Selection and Social Theory: Selected Papers of Robert Trivers,* 255-93.

Oxford: Oxford University Press, 2002.

Troy, William. "Scott Fitzgerald — the Authority of Failure." In *F. Scott Fitzgerald: A Collection of Critical Essays*, edited by Arthur Mizener, 20-24. Englewood Cliffs, NJ: Prentice-Hall, 1963.

Twain, Mark. *Adventures of Huckleberry Finn*. in *The Works of Mark Twain*. Vol. 8, edited by Walter Blair and Victor Fischer. Berkeley: University of California Press, 1988. First pub- lished 1884 by Chatto and Windus / Charles L. Webster. Citations refer to the 1988 edition.　西田実訳『ハックルベリー・フィンの冒険　上』『ハックルベリー・フィンの冒険　下』（岩波書店）1977 年

____ . *The Adventures of Tom Sawyer*. in *The Works of Mark Twain*. Vol. 4, edited by John C. Gerber, Paul Baender, and Terry Firkin, 31-237. Berkeley: University of California Press, 1980. First published 1876 by Bliss. Citations refer to the 1980 edition.　土屋京子訳『トム・ソーヤーの冒険』（光文社）2012 年

Ulrich, Roger S. "Biophilia, Biophobia, and Natural Landscapes." In *The Biophilia Hypothesis*, edited by Stephen R. Kellert and Edward O. Wilson, 73-137. Washington, DC: Island Press, 1993.

Vandermassen, Griet. *Who's Afraid of Charles Darwin? Debating Feminism and Evolutionary Theory*, Lanham, MD: Rowman and Littlefield, 2005.

Vermeule, Blakey. *Why Do We Care about Literary Characters?* Baltimore, MD: Johns Hopkins University Press, 2010.

Waggoner, Hyatt H. *The Presence of Hawthorne*. Baton Rouge and London: Louisiana State University Press, 1979.

Wagner-Martin, Linda. Introduction to *Ernest Hemingway's "The Sun Also Rises": A Casebook*, edited by Linda Wagner-Martin, 3-14. Oxford: Oxford University Press, 2002.

Waid, Candace. *Edith Wharton's Letters from the Underworld: Fictions of Women and Writing*. Chapel Hill: University of North Carolina Press, 1991.

Walcutt, Charles Child. "Sherwood Anderson: Impressionism and the Buried Life." In *The Achievement of Sherwood Anderson: Essays in Criticism*, edited by Ray Lewis White, 156-71.

Chapel Hill: University of North Carolina Press, 1966. First published in *Sewanee Review* 60 (1952): 28-47.

Walker, Cheryl. "The Female Body as Icon: Edna Millay Wears a Plaid Dress." In *Millay at 100: A Critical Reappraisal,* edited by Diane P. Freedman, 85-99. Carbondale and Edwardsville: Southern Illinois University Press, 1995.

Walker, Nancy. "Reformers and Young Maidens: Women and Virtue." In *Mark Twain's "Adventures of Huckleberry Finn": Modern Critical Interpretations,* edited by Harold Bloom, 69-85. New York: Chelsea House, 1986.

Wall, Cheryl A. Introduction to *"Sweat": Zora Neale Hurston*, edited by Cheryl A. Wall, 3-19. New Brunswick, NJ: Rutgers University Press, 1997.

Wallins, Roger P. "Robin and the Narrator in 'My Kinsman, Major Molineux.'" *Studies in Short Fiction* 12 (1975): 173-79.

Walls, Laura Dassow. "Believing in Nature: Wilderness and Wildness in *Thoreauvian Science." In Thoreau's Sense of Place: Essays in American Environmental Writing,* edited by Richard J. Schneider, 15-27. Iowa City: University of Iowa Press, 2000.

____ . *Seeing New Worlds: Henry David Thoreau and Nineteenth-Century Natural Science*. Madison: University of Wisconsin Press, 1995.

Ward, John William. "Who Was Benjamin Franklin?" *American Scholar* 32 (1963): 541-53.

Warren, Robert Penn, "Hemingway's World." In Readings on Ernest Hemingway, edited by Katie De Koster, 34-38. San Diego, CA: Greenhaven Press, 1997.

Way, Brian. "*The Great Gatsby.*" In *F. Scott Fitzgerald's "The Great Gatsby,*" edited by Harold Bloom, 87-108. New York: Chelsea House, 1986.

Weinstein, Arnold. "Fiction as Greatness: The Case of Gatsby." In *Gatsby: Major Literary Characters,* edited by Harold Bloom, 137-53. New York: Chelsea House, 1991.

Weinstock, Jeffrey Andrew. *Scare Tactics: Supernatural Fiction by American Women.* New York: Fordham University Press, 2008.

Wershoven, Carol. *The Female Intruder in the Novels of Edith Wharton*. Rutherford, NJ and London: Associated University Presses, 1982.

Wharton, Edith. *Ethan Frome*. New York: Charles Scribner's Sons, 1911.　高村勝治訳『現代アメリカ文学全集18』（荒地出版社）1958年

____ . "A Little Girl's New York." 1938. *Edith Wharton: The Uncollected Critical Writings*, edited by Frederick Wegener, 274-88. Princeton, NJ: Princeton University Press, 1996.

____ . "Pomegranate Seed." *The World Over*, 53-110. New York and London: Appleton-Century, 1936.　薗田美和子、山田晴子訳『幽霊』（作品社）2007年

____ . Preface to *The Ghost Stories of Edith Wharton*, 1-4. Illus. Laszlo Kubinyi. New York: Scribner/Macmillan, Hudson River Ed. 1986.

____ . "Roman Fever." *Collected Stories, 1911-1937*, edited by Maureen Howard, 749-61. New York: Library of America, 2001.

White, Charles Dodd. "Hawthorne's 'My Kinsman, Major Molineux.'" *Explicator* 65, no. 4 (2007): 215-17.

White, Ray Lewis. "*Winesburg, Ohio*": *An Exploration*. Boston: Twayne Publishers, 1990.

Whitman, Walt. "Song of Myself." In *Leaves of Grass*, edited by Sculley Bradley and Harold W. Blodgett, 28-89. New York and London: Norton, 1973.　岩城久哲訳『ぼく自身の歌』（大学書林）1984年

Wilbur, Christopher J. and Lorne Campbell. "Swept off Their Feet? Females' Strategic Mating Behavior as a Means of Supplying the Broom." *Evolution's Empress: Darwinian Perspectives on the Nature of Women*, edited by Maryanne L. Fisher, Justin R. Garcia, and Rosemarie Sokol Chang, 330-344. Oxford: Oxford University Press, 2013.

Wilson, David Sloan and Joseph L. Carroll. "Darwin's Bridge to the Humanities: An Interview with Joseph L. Carroll." *This View of Life*. The Evolution Institute: 2016. Web.

Wilson, Edward O. *Biophilia*. Cambridge, MA and London: Harvard University Press, 1984.

____ . "Biophilia and the Conservationist Ethic." In *The Biophilia Hypothesis*, edited by Stephen R. Kellert and Edward O. Wilson, 31-41. Washington, DC: Island Press, 1993.

_____ . *Consilience: The Unity of Knowledge*. New York: Alfred A. Knopf, 1998.

_____ . "Prologue: A Letter to Thoreau." In *The Future of Life*, xi-xxiv. New York: Vintage Books, 2002.

Wolff, Cynthia Griffin. *A Feast of Words: The Triumph of Edith Wharton*. New York: Oxford University Press, 1977.

Wright, Robert. *The Moral Animal: Evolutionary Psychology and Everyday Life*. New York: Vintage Books, 1994.

Young, Judy Hale. "The Repudiation of Sisterhood in Edith Wharton's 'Pomegranate Seed.'" *Studies in Short Fiction* 33 (1996): 1-11.

Zall, P. M. "A Portrait of the Artist as an Old Artificer." In The *Oldest Revolutionary*, edited by J. A. Leo Lemay, 53-65. Philadelphia: University of Pennsylvania Press, 1976.

Zellinger, Elissa. "Edna St. Vincent Millay and the Poetess Tradition." *Legacy* 29, no. 2 (2012): 240-62.

Zuckert, Catherine H. "Law and Nature in *the Adventures of Huckleberry Finn*." In *Huck Finn among the Critics: A Centennial Selection*, edited by M. Thomas Inge, 231-46. Frederick, MD: University Publications of America, 1985.

Zunshine, Lisa. *Why We Read Fiction: Theory of Mind and the Novel*. Columbus: Ohio State University Press, 2006.

あとがき

本書は、Judith P. Saunders著 *American Classics: Evolutionary Perspectives*（Academic Studies Press, 2018）の全訳である。著者のジュディス・P・サンダースはニューヨークにあるマリスト・カレッジでアメリカ文学を教えており（退職後の現在も講演・講義を行っている）、本書のほかにも *The Poetry of Charles Tomlinson: Border Lines* や *Reading Edith Wharton through a Darwinian Lens: Evolutionary Biological Issues in Her Fiction* といった研究書がある。

本書はダーウィンの進化論を文学研究に応用する、いわゆる「進化論批評」と呼ばれる新しい批評理論によって書かれたもので、サンダースは進化論批評の手法を用いてフランクリン、ホーソン、ソロー、ホイットマン、トウェイン、イーディス・ウォートン、フィッツジェラルド、エドナ・ミレイ、ヘミングウェイ、ゾラ・ニール・ハーストン、ビリー・コリンズといったアメリカの作家たちによる古典的名作を分析している。

進化論批評については、サンダースは「序」で以下のように述べている。少々長くなるが引用してみたい。

全体に一貫する前提としては、文学作品は進化の結果獲得された人間の本性〔human nature〕の普遍的特質を反映し、またそれに影響を与える、というものである。文学というものはジャンルを問わず、人間と文化的・物理的環境との関係を扱い、直接的・間接的な形で生殖を動機とする行動を表現するものである。登場人物は配偶者、資源、地位を求めて競争し、欲望、嫉妬心、妬み、復讐心などがその行動の源泉となる。彼らは協力的ないし敵対的な戦略をとり、相手に対して時に誠実な、時に不誠実な対応をする。こうした人類の適応度を上げるための行動は必然的に人類の芸術表現の中に見いだすことができる。文学という「ごっこ遊び」の闘技場においては、登場人物たちは現実世界を模した選択肢や困難に直面し、そうすることで読者はさまざまな行動を「リハーサル」し、社会の複雑さについて思いを巡らし、〔登場人物の〕架空の人生を精査することができるのである。問題解決から欲求の充足に至るまで、芸術は一貫して人間の深い関心を反映しているが、中でも顕著なものは人間が置かれた条件への関心そのものだ。文学は一種のフォーラムとして機能する。そこでは書き手も読み手も自らの存在を抑制するさまざまな力を検討し、称賛し、問いかけ、そして克服しようとするのである。物語も詩も演劇も、自分自身の精神的・感情的プロセスの作用を知覚し評価しうるに足る知性を有した動物の心理を魅惑的に垣間見せてくれる。個々のテクストは単に進化の結果として得られた適応の作用を例証するだけでなく、このような適応が特定の環境的文脈においてどのように機能するのかを精査しているのである。

人類も動物の一種であるから、理性を持った万物の霊長とがんばってみてもどうしても本能的な感情からは逃れることはできない。本能的感情は「生殖を動機」として、自分の遺伝子のコピーをなるべく多く次世代に遺せるように作用するものであって、「欲望、嫉妬心、妬み、復讐心」といった形で表れ、その結果人間はさまざまな複雑な行動をとる。人類は高度に発達した、時代、地域によってきわめて多様な社会の中で生きているから、置かれた文化、環境の中でそうした「適応度を上げるための行動」はほとんど無限の複雑性をもって現出する。文学作品はこうした複雑な人間社会を生き抜くための練習場として機能する、というのが進化論批評の立場である。進化論批評の理論家ブライアン・ボイドは虚構のストーリーを「人生シミュレータ」であると述べているが、サンダースはこの「人生シミュレータ」から一歩進んで「フォーラム」という言葉で文学の可能性を表現する。サンダースによれば、文学はフォーラム、つまり市民誰もが参加できる広場で行われる公開討論会のようなものであり、そこで「書き手も読み手も自らの存在を抑制するさまざまな力を検討し、称賛し、問いかけ、そして克服しようとする」。文学作品に表れる「人間の本性」はすなわち、読み手自身が持つ「人間の本性」でもあるから、読み手も他人事として読み流すことはできない。自分の行動にはどのような本性が働いているのか。それは手放しで喜べるようなものなのか。ゆがんだ形で表れてはいないか。人間の本性の発露が特定の他者を不幸にするような場合、どう克服したらよいか。自分が現代で同じ立場に置かれたらどう行動するのか。その行動に対して周囲の人々はどう反応するだろうか。書き手が虚構の世界を通して発したさまざまな問いかけに対し、読み手は擬似的な経験という「ごっこ遊び」に没入し、自分自身を省みることで、真摯に向き合うことができるのである。サンダースが実践する進化論批評は、最新の進化心理学の研究成果を用いて登場人物たちの行動の背後にある人間の本性を暴き出し、そのような「適応が特定の環境的文脈においてどのように機能するかを精査」する。こうすることによって、読み手は文学という「フォーラム」における書き手のメッセージをより明確に理解することができるのだ。

サンダースの進化論批評による分析は決してこれまでの批評の流れを否定しているわけではなく、先行研究を踏まえてアメリカ文学の批評史に新たな一ページを加えるものである。本書に関するインタビューでサンダースは以下のように述べている。

古典とされる作品は、目の肥えた読者から何世代にもわたってさまざまに批評されてきています。進化論批評による分析が有用であるのは、このような非常に有名で、何度も議論されてきたテクストに別の角度から光を当てることができるからです。進化論的な視点をとれば、これまでの解釈が人間の本性の根源的な側面に根ざしており、的を射たものであると示したり、キャラクター、テーマ、プロットについて新しい考え方の可能性を切りひらいたり、これまで無視されてきたテクストの特徴に目を向けたりすることで、長年支持されてきた標準的な読みに反論したりすることができるのです。（Academic Studies Press の公式サイトより）

「フォーラム」は文学作品の書き手と読み手の間にのみ存在するものではなく、文学研究においては批評の蓄積そのものが時空を超えた批評家たちの間の「フォーラム」になっているわけだが、サンダースはこれまでのアメリカ文学研究を踏まえた上で、あるものは肯定し、あるものは否定し、いずれにしても進化論の視点から「新しい光」を当てることに成功している。このようなサンダースの手腕は批評家からも高く評価されており、「彼女のアプローチによってなじみのある文学テクストが新しいものに感じられるようになる。テクストは生気を取り戻し、わたしたちは新しい光のもとでもう一度作品を精査してみたいという欲求を強くかき立てられる」（ウィリアム・E・カイン）、「何世代にもわたって研究者たちが批評を積み重ねてきた文学作品に対して、進化論批評が新しい洞察を与えられることを見事に証明した」（ジョゼフ・キャロル）などと絶賛されている。進化論批評が従来の批評の上にいかなる知見をもたらすことができるのか、本書はそれを示すすぐれた実践例であると言えよう。

本書の出版にあたっては、アメリカ文学がご専門の愛知淑徳大学文学部教授の太田直子先生に日本語原稿に目を通していただき、多くの有益なご指摘、ご助言をいただいた。また、風媒社の劉永昇編集長には権利交渉にはじまり度重なる校正に至るまで大変お世話になった。この場を借りてあつく御礼申し上げます。

索引

さ

し

せ

そ

た

ち

て

と

に

ね

は

ひ

ふ

へ

ほ

み

ら

り

ろ

[著者]
ジュディス・P・サンダース　Judith P. Saunders
カリフォルニア大学サンディエゴ校にて博士号を取得、ニューヨーク、マリスト・カレッジで教鞭を執る。著書に *The Poetry of Charles Tomlinson: Border Lines*, *Reading Edith Wharton Through a Darwinian Lens: Evolutionary Biological Issues in Her Fiction* など。

[訳者]
小沢　茂（おざわ・しげる）
1977年生まれ。名古屋大学大学院文学研究科博士後期課程満期退学。愛知淑徳大学文学部教授。
訳書に『ストーリーの起源　進化、認知、フィクション』（ブライアン・ボイド著、国文社、2018年）、『ホラーは誘う　ダーウィンに学ぶホラーの魅力』（マティアス・クラーゼン著、風媒社、2021年）、『うたはなぜ滅びないのか　進化、認知、シェイクスピアのソネット』（ブライアン・ボイド著、鳥影社、2022年）他多数。

アメリカン・クラシックス　進化論的視座から読むアメリカの古典

2024年3月25日　第1刷発行　（定価はカバーに表示してあります）

著　者　ジュディス・P・サンダース

訳　者　小沢　茂

発行者　山口　章

発行所　風媒社
名古屋市中区大須 1-16-29
振替 00880-5-5616 電話 052-218-7808
http://www.fubaisha.com/

＊印刷・製本／モリモト印刷　　乱丁本・落丁本はお取り替えいたします。

ISBN978-4-8331-2120-0